KB043545

숙적과의 동침

with enemy
고지영 장편소설
숙적과의 동침
가하

숙적과의 동침

지은이 고지영
펴낸이 이형기
펴낸곳 도서출판 가하

초판인쇄 2020년 5월 12일
초판발행 2020년 5월 19일
출판등록 2008년 10월 15일 제 318-2008-00100호

주소 서울 영등포구 양평로 67, 1209 (당산동5가, 한강포스빌)
전화 02-2631-2846 팩스 02-2631-1846

www.ixbook.co.kr

ISBN 979-11-300-4374-6 03810

값 13,800원

C o n t e n t s

Prologue 프롤로그 · 7

chapter 1 재회 · 16

chapter 2 양심 · 62

chapter 3 비밀 · 124

chapter 4 고백 1 · 176

chapter 5 상실 · 237

chapter 6 결심 · 293

chapter 7 진실 · 355

chapter 8 이유 · 406

chapter 9 고백 2 · 464

chapter 10 반전 · 511

epilogue 1 에필로그 1 · · · · · · · · · · · · · · · · · · 569

epilogue 2 에필로그 2 · · · · · · · · · · · · · · · · · · 578

writer's postscript 작가후기 · · · · · · · · · · · · 587

Prologue

프롤로그

"괜찮아요?"

괜찮냐고 물어야 하는 건 오히려 이쪽이었다. 다정이 도를 넘어섰다고 생각했다.

"저한테 너무 잘해주지 말아요. 착각할 수도 있으니까."

그가 설핏 웃음 지었다.

"해도 돼요, 착각."

그 순간 여자의 심장 고동이 빨라졌다. 가까이 밀착해 있는 그에게 제 심장 뛰는 소리가 들리진 않을까 싶을 정도로. 그런데 그의 다음 말은 그녀를 더욱더 긴장하게 만들었다.

"내가 허락할게요."

그건 마치 자신을 착각의 구렁텅이로 밀어버리는 듯했다. 까만 눈동자를 지그시 바라보던 그녀가 잡고 있는 팔을 그대로 끌어당겼다.

"대가예요."

남자의 상체가 내려오자 여자는 발뒤꿈치를 들어 그의 입술에 입을 맞추었다.

"착각하게 만든 대가."

◆✣◆

"배우 해볼 생각 없어요?"

남자의 거침없던 발걸음이 뒤에서부터 들려오는 목소리에 의해 멈추었다. 이제까지 살면서 이런 제안이야 수도 없이 받아본 남자였지만, 지금 이 순간 의아함을 숨기지 않았다.

"나요?"

남자의 정갈한 미간에 세로 주름이 잡혔다. 도저히 이해 불가능이라는 표정이었다.

"네. 멀리서부터 그쪽밖에 안 보이더라고요."

자신을 불러 세운 여자는 하얗고 앳된 얼굴에 유난히 큰 눈이 매력적이었다. 윤기가 흐르는 긴 생머리에 하늘색 롱 원피스를 입은 여자를 향해 남자는 도도하게 자신의 의문을 밝혔다.

"나 올해로 서른둘인데요?"

나이 서른둘에 연예인 데뷔라니 보통 사람이라면 코로 웃을 일이다. 그러나 이어진 여자의 말에 남자는 코로 웃을 수조차 없었다.

"생각보다 어리시네요!"

"뭐요?"

남자는 순간적으로 욱해 눈썹을 구겼다가 폈다. 다음 순간 팔목을 들어 시간을 확인하는 남자에게 그 여자가 더욱 놀라운 소릴 들려주었다.

"저랑 동갑일 줄은 상상도 못 했는데."

"!"

자기 나라 안에서도 컬처 쇼크를 느낄 수가 있구나 하며 점점 벌어지는 입을 주체 못 하는 남자에게, 그 어려 보이는 여자가 자신의 명함을 내밀었다.

"받아주세요."

다가오는 출근시간의 압박에도 남자는 천천히 손을 뻗어 명함을 받았다.

SINI 엔터테인먼트
대표 신이연

'시니?'

순간 남자의 미간이 미세하게 좁혀졌다. 남자는 가슴 안에 이는 동요를 숨기며 흑구슬 같은 까만 눈동자로 신이연이라는 여자를 가만히 바라보았다. 그의 반듯한 얼굴을 정면으로 마주하게 된 이연이 큰 두 눈을 반짝 빛냈다.

"정말이지 얼굴에서 광채가 나네요. 내 살다 살다 이렇게 잘생긴 마스크는 또 처음 봅니다. 하선 닮았다는 소리 안 들어요?"

"생전 처음 듣습니다."

하선은 CG미남이라는 소릴 들을 정도로 완벽한 외모의 미남배우였다. 남자는 의심스러워지는 이연의 안목에 미심쩍은 시선을 보냈다. 이연이 배시시 미소를 지었다.

"어? 그래요? 우리 기획사 소속 하선이랑 꼭 닮은 것 같은데."

'아. 자기 회사에 하선 있다고 자랑하는 거로군?'

작게 코로 웃음을 터뜨린 남자가 다시 한 번 손목을 들어 시간을 확인하고는 말했다.

"내가 지금 출근 중이어서요. 다음에 얘기하면 안 됩니까?"

"아, 그래요? 그럼 혹시 명함 줄 수 있어요?"

몸에 꼭 맞는 슈트 차림의 남자는 망설이는 듯하더니 이내 고개를 좌우로 저었다.

"지금은 없습니다."

대답하며 주머니로 슬쩍 집어넣은 손에 종잇조각이 닿았지만 무시했다.

"그럼, 이름이 어떻게 돼요? 이름은 알려줄 수 있죠?"

이연이 또다시 큰 눈을 굴리며 묻자 남자는 간단히 대답했다.

"여태진입니다."

그리고 그 순간 태진의 주머니 속 그의 명함이 꾸깃 구겨졌다.

♦ ⁘ ♦

강남 번화가의 한가운데에 위치한 11층짜리 건물의 이름은 'JIN Entertainment'. 즉, 건물 전체가 이 엔터테인먼트라는 거다. S급 소속 배우만 스무 명에 달하고 지금 날고 긴다는 아이돌 그룹의 대다수가 적을 두고 있으며, 음원 파워를 가진 유명 아티스트가 적지 않게 소속되어 있는 바로 그 한국 최고의 엔터테인먼트 말이다.

"이인후가 우리 쪽 계약을 거부했단 말이지."

회사에 도착하자마자 들려온 반갑지 않은 소식에 태진은 꽤 오래전에 끊은 담배 생각이 간절했다.

"시니에서 대체 무슨 수를 썼는지 계약금을 두 배나 불렀는데도 꿈쩍을 안 하더라고요. 그냥 무조건 시니로 가겠대요."

비서 겸 캐스팅 매니저 학수가 조심스럽게 말을 이었다. 그레이 톤의 대리석 바닥과 아트 월로 꾸며진 넓은 사장실 안에 잠시 침묵이 가라앉았다.

'시니…….'

태진은 골치 아픈 이름을 읊조리며 미간을 구겼다. 그의 곁에 앉아 분위기를 살피던 태진의 오랜 친구인 연훈이 얼른 학수를 채근했다.

"그럼 세 배를 불렀어야지."

"세 배는커녕 열 배여도 싫대요. 진짜 앞길이 창창한 신예 중에서도 최고인 녀석인데."

"하아, 이인후도 놓친 건가…… 쩝."

진 엔터테인먼트의 부사장이기도 한 연훈이 안타까워 입맛만 다시고 있는데, 그때까지 아무 말 않고 있던 태진이 한마디를 던졌다.

"나……."

연훈과 학수가 동시에 태진을 쳐다봤다.

"봤어."

이어진 태진의 말에 연훈은 시큰둥하게 대꾸했다.

"누구? 이인후? 걔야 TV에 맨날 나오는데, 뭐."

"아니."

태진은 짧게 대답하고 바로 덧붙였다.

"이인후 낚아채간 시니 사장."

"뭐?"

"정말요?"

연훈과 학수의 표정을 보니 큰일은 큰일인 모양이다. 연훈이 제 진한 눈썹을 벅벅 긁적였다.

"그, 카메라를 엄청 싫어해서 지금까지 단 한 번도 공식석상에 얼굴 비친 적이 없다는 그 전설의 시니 엔터테인먼트 사장을? 어떻게 만났는데?"

학수 역시 흥분을 가라앉히지 못하고 오동통한 두 손을 모으며 까만 소파에 앉아 있는 태진에게로 성큼 다가왔다. 덩치가 큰 녀석이 들이대니 꽤 위압감이 있었다.

"길거리 캐스팅 한 애들을 100퍼센트 스타로 만든다는 미다스의 손, 신이연을요? 대체 어떻게 생겼어요? 소문대로 뽀글이 파마를 한 아줌마예요? 아니면 120킬로그램이 넘는 거구? 엄청난 오타쿠라는 소문도 있고, 병약한 미소녀란 얘기도 있던데, 정말 어떻게 생겼어요?"

"놀라지 마라."

태진은 껄끄러운 게 있는지 뜸을 들이다, 연훈과 학수의 갈망의 눈빛에 못 이겨 툭 던지듯 말했다.

"나…… 길거리 캐스팅 당했다."

"풋."

"크큿."

차마 본인 앞이라 참으려 노력했지만, 터진 웃음을 어쩌지 못해 연훈과 학수의 얼굴이 붉어졌다. 그런 그들을 향해 태진은 시크하게 허락했다.

"이번만 봐준다. 웃을 테면 웃어라, 이 자식들아."

"푸하하하."

"크하하하."

미친 듯이 웃어젖히는 그들을 보다가 태진은 낮게 혀를 차곤 가만히 소파에 등을 기댔다. 그의 시야로 명패가 들어왔다. '대표 JIN'이라 박힌.

"나이 서른둘에 데뷔하시려고? 큭, 대체 어떤 멍청한 놈이 진 엔터테인먼트 대표를 캐스팅해?"

연훈이 가까스로 웃음을 삼키면서 물었다. 태진은 까칠한 눈빛으로 그를 돌아봤다.

"내 얘기 제대로 듣기는 한 거냐?"

"응?"

"그 멍청한 놈이 시니 대표라니까?"

잠시 침묵이 이어졌다. 그리고 다시 빵 웃음이 터졌다.

"푸하하핫."

"그래. 웃어라, 웃어. 나도 웃기니까."

아침에 만난 시니 대표의 작고 말간 얼굴이 떠올라 태진은 피식거렸다. 그러자 학수가 재빨리 입을 열었다.

"근데 못 알아보는 것도 무리는 아니죠. 대표님도 워낙 공식석상엔 잘 안 나타나시는 데다, 가시더라도 늘 바람처럼 금방 사라지시니까요. 그리고 길거리 캐스팅 역시 무리는 아니에요. 저도 가끔씩 대표님이 탐날 때가 있거든요. 대표님 주제에 너무나 섹시해서."

학수의 작은 눈이 태진의 선명하고 서늘한 눈매에서 높은 콧대, 도톰한 입술, 샤프한 턱선을 따라 셔츠 사이로 보이는 목울대까지 슥 훑었다.

"다시 한 번 말해볼래, 차학수?"

태진이 눈썹을 구기자 학수가 두 손 올려 방어 자세를 취하며 물러섰고, 이번엔 연훈이 태진을 놀렸다.

"미다스의 손한테 찍힌 거니까 너 이제 스타 되는 거야? 이거 미리 사인이라도 받아둬야 하는 거 아닌가 몰라. 일단 여기다 사인 좀 해줄래? 응?"

탁자 밑에 있던 이면지를 대충 집어 내미는 연훈에게서 종이를 빼앗으며 태진이 소리쳤다.

"미다스의 손은 무슨! 나한테 하선 닮았다고 하더라!"

"어랏!"

연훈은 놀라 눈을 휘둥그레 뜨더니 곧 능글맞게 놀려댔다.

"이 자식, 이거 은근히 지 자랑하는 거 봐."

"그러게요. 우리나라 최고 미남배우 닮았다니까 좋으셨나 봐요."

학수도 신나서 거들었다. 태진은 울컥해 목소리를 높였다.

"그게 아니라! 내 어디가 하선을 닮았다는 거냐고! 그렇게 보는 눈이 없는 작자가 어떻게 업계 전설인 건데? 게다가 소속된 애들이 하선이랑 송아준, 이번엔 이인후까지……! 알맹이들만 쏙쏙 골라 데리고 있잖아, 그 금방이라도 무너질 듯한 피사의 사탑 같은 기획사에서!"

태진이 열변을 토해내자, 연훈도 학수도 의문이 가득한 얼굴이 되었다.

"그러게요. 진짜 어떻게 유지하는 걸까요?"

"으음. 하긴, 하선은 계약 만료 전에 이미 계약을 갱신했다는 소문이 돌았잖아? 우리 쪽에서 업계 최고 계약금을 부르는데도 쳐다도 안 보고."

"신기하긴 하네요. 그 시니 사장은 대체 어떤 사람일까요?"

고개를 갸웃하는 학수의 뇌리에 태진이 했던 말이 스쳤다. 그가 얼른 태진을 돌아보며 물었다.

"시니 사장 봤다고 하셨죠? 어떤 사람이었어요?"

"맞다. 캐스팅까지 당했으니 얼굴 자세히 봤을 거 아니야? 어땠어?"

연훈까지 가세해, 태진은 입술을 달싹이다 운을 뗐다.

"그냥, 되게 평범한 여자야. 얼굴 좀 작고 하얗고 눈 크고 코 오똑하고 치아가 가지런하고 입술은 얇은 편이고 키는 160대 중반인 것 같고, 어깨가 좀 동그랗고 전체적으로 가늘고 여린……."

열심히 말을 잇던 태진은 점점 일그러져가고 있는 연훈과 학수의 표정을 발견하고 입을 멈췄다.

"참 자세히도 묘사해주네. 나 지금 그 사장 그리라면 그리겠다, 야."

"전 지금 나가서 찾아오래도 찾아올 수 있겠는데요?"

"아이! 암튼!"

태진은 서둘러 화제를 바꾸기 위해 일 얘길 던졌다.

"이제 곧 있으면 천재 MC 송아준이 FA 시장에 나오는 거 알지? 이번엔 진짜 우리가 데려와야 해!"

"그렇지만 어떻게? 저번 계약 때도 우리는 거들떠도 안 봤다니까? 또 시니랑 바로 재계약하는 거 아니야?"

연훈은 답답하다는 듯 크게 한숨을 내쉬었다. 학수도 미간을 찡그리며 입을 뗐다.

"암튼, 시니는 정말 미스터리한 회사예요. 스타들 귀신같이 발굴해내는 거 봐요. 아까 대표님 얘기 들어보니까 시니 사장이 보통 미인이 아닌 모양이던데, 혹시 마성의 여자인 걸까요?"

"야, 야. 미인 아니야."

태진은 가볍게 부정했다. 하지만 그의 발언은 가볍게 무시당했다.

"그러게. 캐스팅을 도대체 어떻게 하는 거지? 특별한 비법이 있나? 미인계 쓰나?"

"야, 야. 내 말 듣고 있어? 안 예쁘다고, 진짜."

재차 부정했지만 이는 연훈의 고함에 묻히고 말았다.

"아!"

"아 깜짝이야."

깜짝 놀라서 눈살을 찌푸리고 있는 태진의 어깨를 덥석 잡으며 연훈이 소리쳤다.

"네가 직접 들어가보면 되잖아!!"

"뭐? 내가 어딜……?"

"길거리 캐스팅 당했다며?"

순간 눈썹을 구기다가 학수마저 눈을 초롱초롱 빛내고 있는 것이 보이자 태진은 불길한 예감에 마른침을 꿀꺽 삼켰다.

"야, 야. 나 이 회사 대표거든? 그런 내가 다른 기획사에 가서 스파이 짓을? 웃기는 소리 마라."

"그래. 회사 대표니까 우리 회사를 위해 희생 한 번만 해줘."

"그래요. 어차피 그쪽이 먼저 캐스팅한 거잖아요. 나중에 대표님 정체 밝혀져도 그쪽 책임이 크니까 딱히 문제 될 것도 없잖아요?"

죄어들듯 다가오는 연훈과 학수를 향해 두 주먹과 두 다리를 마구 휘저으며 태진은 저항해보았다.

"야, 야! 안 비켜? 너네 확 다 짤라버린다!"

chapter 1

재회

서울 변두리에 위치한 낙후된 3층짜리 건물의 2층 사무실 문패는 'SINI Ent'. 길거리 캐스팅 해서 스타로 키우는 확률 100퍼센트를 자랑하고, 키워서 A급 만든 배우만 삼십여 명인 전설의 시니 엔터테인먼트.

하지만 열심히 키운 배우들을 쏙쏙 빼가는 진 엔터테인먼트를 포함한 여러 기획사들 때문에 커다란 위기를 맞이했다. 그들은 시니 소속이라고 하면 아무리 무명이어도 일단 접근했다. 언제가 되든 뜰 게 뻔하니까. 시니에서 명함만 건넸을 뿐인데 채간 경우부터 계약을 코앞에 둔 배우를 빼앗긴 적도 있었다. 그 정도로 시니 엔터테인먼트는 업계 전설이었다.

그런데다 작년엔 7년간 부사장급이었던 조 실장이 그나마 있던 배우들과 직원들을 대거 데리고 독립해버렸다. 사명 바꾸고 상장하는 줄 알고 계약했다는 배우들 때문에 이연은 울고 싶어도 울지 못했다. 배신한 조 실장을 원망하기보다 그를 믿고 모든 걸 맡겼던 자신을 탓했다.

창립 때부터 있어준 하선과 송아준이 아니었다면 이연은 재기해볼 엄두도 내지 못했을 것이다. 다시 일어서보고자 마지막 길거리 캐스팅을 시도하고 열흘이 지났다.

"역시 연락 안 오는 건가……?"

이연은 아쉬움에 자꾸만 휴대전화를 들여다보았다.

지금까지도 그날 본 반듯한 얼굴이 뇌리에 생생했다. 기분 좋은 가을바람이 불었고 그로 인해 긴 머리가 흩날렸다. 머리카락을 귀 뒤로 넘기다가 태진을 발견했다. 꽤 먼 거리였고 인파에 묻혀 있었는데도 눈에 그 사람만 보였다.

그때 열흘 전에 시니와 계약해서 한 식구가 된 인후가 그녀의 옆 소파에 앉으며 물었다.

"누구? 저번에 말 걸었다던 아저씨?"

"아저씨라고 하지 마. 진짜 잘생겼었단 말이야. 대박 스타감인데."

태진의 반듯반듯한 이목구비를 떠올린 이연이 입맛을 다셨다. 그녀의 옆에서 인후가 비아냥거렸다.

"남자 나이 서른둘이면 아저씨지, 그럼 아줌마냐?"

"얼씨구, 그럼 나도 아줌마겠네?"

"아니. 넌 아줌마 아니야."

후후, 인후가 웃음을 터뜨리더니 손을 뻗어 이연의 앞 머리카락을 흐트러뜨렸다.

"이번엔 어디가 그렇게 좋았는데?"

인후의 질문에 이연의 다갈색 눈동자가 깊어졌다. 태진의 모습을 상기하는 것만으로도 입가에 미소가 번졌다.

"얇은 쌍꺼풀 라인, 미끄럼 타고 싶어지는 높은 콧대, 완벽한 입술선? 그런 것보다 그 형형히 빛나는 까만 눈동자가 좋았어. 어떤 세찬 바람에도 휘어지기보다 차라리 부러질 것만 같은 의지가 느껴진달까? 그리고 그 남자의 귀여운 점이 뭔 줄 알아? 존댓말을 쓰면서도 자기 자신을 칭할 때는 '나'라는 반말로 표현한다는 점."

처음 만난 순간의 그 느낌, 눈빛, 목소리 등등 모든 게 오늘 아침의 일처럼 선명했다.

"게다가 관심이 없을 때랑 있을 때의 표정 차이가 너무 확 나서 깜짝 놀랄 정도야. 내가 연예인 제의할 때만 해도 눈꼬리도 처져 있고 네가 무슨 소리 해도 귀에 안 들어온단 표정이었거든? 근데 내가 명함을 보여주니까 금방 얼굴에 생기가 돌더라고. 그게 바로 우리 시니가 그만큼 유명하다는 증거 아니겠어?"

이연이 쉬지도 않고 재잘대자 인후가 살짝 불편한 얼굴을 했다. 다음 순간 그가 자리에서 일어서더니 테이블 위에 있던 장지갑을 집어 들었다.

"유명하신 시니 대표님, 이제 밥 먹으러 갑시다. 소속 연예인 굶어 죽겠어."

이연의 낯빛이 조금 어두워졌다. 그녀는 머뭇거리다가 물었다.

"근데 너 정말 괜찮겠어?"

"뭐가."

"더 좋은 데 갈 수 있었잖아."

인후는 수많은 기획사들의 제안에도 미련 없이 시니를 선택했다. 소속배우들 촬영장에서 만나 조금 친해진 게 전부인 인후가 시니를 찾아왔을 때 이연은 크게 기뻤지만 내심 의문도 들었다. 왜 시니일까 하고.

다시 소파에 털썩 앉은 인후가 웃으며 물었다.

"우리 첫 만남 기억해?"

"으음. 영화 촬영장?"

"놉. 주차장."

인후가 검지를 들고 가볍게 좌우로 흔들었다. 그 순간 이연은 뭔가 번뜩 떠오른 듯 입을 열었다.

"설마 3년 전……?"

이연과 인후가 처음 만난 건 3년 전 영화 공개오디션장 주차장에서였다.

"화이팅!"

오디션장 건물로 들어가려는 인후의 귀에 우렁찬 응원 소리가 들렸다. 고개를 돌려보니 웬 예쁘장한 여자가 인후 또래의 여학생을 붙잡고 다부지게 다독이고 있었다.

"떨지 마. 넌 내가 점찍은 배우니까."

"그래도 너무 떨려요."

"널 못 믿겠으면 날 믿어. 내 눈은 정확하니까."

인후는 이연을 참 시끄럽고 극성스러운 매니저라고 생각했다. 그녀가 매니저가 아니라 연예기획사 사장이라는 걸 안 건 한참 뒤였다.

"어?"

여학생을 보내고 난 후 이연은 인후를 발견하고 재빠르게 다가왔다. 그녀는 부담스러울 정도로 눈을 반짝반짝 빛내며 말했다.

"자기 뜨겠다."

"예?"

그때 인후는 겨우 열아홉이었다. 인후는 근거도 없는 헛소리를 태연하게 내뱉는 이연을 경계했다.

"혹시 소속사 있어요?"

"있죠."

인후의 칼 같은 대답에 이연은 한탄했다.

"아아, 아쉽다. 그치만 뭐, 어쩔 수 없죠. 전 어떤 기획사처럼 소속사 있는 배우는 안 건드리거든요."

어떤 기획사?

인후가 의구심을 드러냈지만 이연은 그저 씩 웃을 뿐이었다. 그녀가 자신의 차로 돌아가기 직전 한마디 덧붙였다.

"근데 저기, 가르마를 반대로 바꿔봐요. 장담컨대 그게 더 매력적일걸?"

인후가 자신의 헤어스타일을 신경 쓰고 있는 사이 이연은 차에 올라타

가버렸다.

그날 여학생과 인후는 나란히 오디션에 합격했고, 그 영화는 흥행에 크게 성공했다.

그렇게 3년이 지난 후 그 여학생은 시니와 재계약 대신 진 엔터테인먼트와 계약을 했고 인후는 시니를 선택했다.

"그때 가르마를 바꾸면서 결정했어. 내 두 번째이자 마지막 기획사는 시니다 하고."

상큼하게 말한 다음 인후는 먼저 사무실을 빠져나갔다. 그를 따라 나가면서 이연은 고개를 갸웃거렸다.

"겨우 가르마 때문에?"

계단에서 내려온 이연이 사무실 건물을 돌아보았다. 처음 이곳에 시니 사무실을 열고 정확히 3년 후 훨씬 큰 건물로 이사했다. 그러나 6년 만에 다시 이곳으로 돌아왔다.

확실히 하선이라는 톱배우와 송아준이라는 톱 MC의 소속사 치고는 지나치게 초라했다. 하지만 하선은 몇 년째 휴식기였고 아준이 벌어들이는 건 아준의 탤런트 품위 유지 명목으로 다 빠져나갔다. 취미활동 지원, 피부미용 관리, 해외여행, 각종 사건사고 뒤처리 등등.

배우들에다 직원들까지 다 빼앗기고 그래도 혼자 악착같이 버텨내겠다며 작년에 다시 이 건물의 2층을 매입했다. 오래된 건물이고 엘리베이터도 없지만, 이곳에서 시니를 시작한 만큼 초심으로 돌아가 재기를 위해 노력할 생각이다.

"아자!"

이연은 힘차게 파이팅을 외친 다음 고개를 돌렸다. 그러다 인후가 들고 있는 자신의 장지갑을 발견하고 눈을 동그랗게 떴다.

"네 지갑은 어쩌고 내 지갑을 들고 있어? 나 엊그저께 네 계약금 송금했거든?"

밝은 갈색 머리카락을 휘날리며 몸을 뱅글 돌린 인후가 코웃음을 쳤다.

"그 쥐꼬리만 한 계약금 얘기는 왜 해?"

"쥐꼬리? 그 쥐꼬리가 내 전재산이다, 이 녀석아!"

인후는 이연의 지갑을 들고 냅다 차도를 건너버렸다. 이연도 황급히 따라 건너려는데, 그 순간 오른쪽 귀로 익숙한 멘트가 들려왔다.

"배우 해볼 생각 없어요?"

"아, 글쎄요. 저는 좀……."

당황한 이연이 고개를 돌리자 긴 생머리가 바람에 흩날렸다. 열흘 만에 나타난 태진이 시야로 들어왔다.

"난 있는데요."

◆ ⁘ ◆

연훈은 아침 일찍부터 태진의 집으로 찾아와, 막 잠에서 깨 방에서 나오는 태진에게 다가섰다. 상기된 얼굴로 연훈이 말했다.

"빠르면 한 달 안에 알아낼 수 있겠지?"

그가 찾아온 이유는 오늘이 바로 태진이 시니 엔터테인먼트를 방문하기로 한 날이기 때문이다. 블랙 앤 화이트로 꾸며진 심플한 느낌의 거실을 성큼성큼 통과한 태진이 아이보리 빛깔의 가죽 소파에 털썩 앉았다.

"날 뭘로 보고."

코로 웃은 그가 실크 파자마 소매를 쓸며 팔짱을 꼈다.

"일주일이면 되지."

연훈은 태진의 자신만만한 태도에 안심하며 옆 소파에 앉았다. 시니의 캐스팅 비법을 알아내기 위해 진 엔터테인먼트 대표이자 친구를 팔아야 한다는 것이 내심 마음에 걸렸던 그가 조심스럽게 입을 열었다.

"생각해봤는데, 나중에 복잡해질 수도 있으니까 계약은 절대 하지 마. 알겠지?"

태진의 날카로운 콧날이 연훈에게로 향했다. 태진이 정갈하게 정리된 까만 눈썹을 꿈틀 움직였다.

"누굴 바보로 아냐? 계약하기 전에 끝내야지."

"응. 괜한 노파심이야, 노파심. 그쪽에서 너 사기로 고소할 수도 있을 것 같아서 괜히 무서워서."

"……그럴 사람 같지는 않던데."

이연의 말간 얼굴을 떠올린 태진이 나직하게 중얼거리자 연훈이 발끈했다.

"야. 시니 사장 은근히 독종이라는 소문 있어."

시니 사장에 대한 소문이야 워낙 많지만 만만찮은 독종이란 이야긴 늘 빠지지 않았다.

"네가 지금 예쁜 얼굴만 보고 안 그럴 거라 생각하나 본데."

"안 예쁘다니까."

태진이 곧바로 부정했지만, 연훈은 가볍게 무시하고 제 할 말만 했다.

"이 드럽고 험난한 연예계에서 혼자 10년을 버틴 사람이야. 독종이 아닌 것도 이상하지."

A급 배우들을 키워내고 뺏기고 그걸 계속 반복하면서 10년을 버틴 시니였다. 말 많고 탈 많은 작은 회사라 언제 무너져도 이상하지 않았건만 오뚝이처럼 절대 쓰러지지 않았다.

"암튼, 시니 사장 독종이라니까 괜히 계약 같은 걸로 엮이지 말고 빨리 끝내자. 응?"

“알았어.”

태진은 자리에서 몸을 일으켰다. 184센티미터의 큰 키에 다부진 몸이 욕실을 향해 걸어가다가 문득 거실 벽에 붙은 전신거울에서 멈춰 섰다. 먼지 한 톨 없는 거울 속 자신을 응시하던 그가 날렵한 턱선을 만지면서 중얼거렸다.

“근데 내가 정말 잘생기긴 했나?”

줄곧 남들보다 이목구비가 뚜렷한 편이라고만 생각했는데, 시니 사장에게 길거리 캐스팅을 당한 후로 자신감이 과하게 붙었다.

“응. 우리 태진이, 아직 세수도 안 한 것 같은데도 짜증나게 잘생겼네?”

소파에 다리를 길게 꼬고 앉은 연훈이 거울에 비친 태진의 조각같이 완벽한 얼굴을 보며 말했다. 태진은 금방 수긍했다.

“흠. 계속 보니 그런 것 같기도 하네.”

“계속 보지 말고 척 보고 느껴! 더 짜증나니까!”

태진이 울분을 터뜨리는 연훈을 돌아보았다. 그러다 연훈의 우락부락한 얼굴에 깜짝 놀라는 시늉을 했다.

“어우, 넌 세수는 한 거냐?”

숱 많은 억센 눈썹과 쌍꺼풀 없이 옆으로 긴 눈, 큼지막한 코, 그리고 면도를 해도 사라지지 않는 수염 자국과 각진 턱선. 확실히 연훈은 태진과 많이 다른 얼굴을 하고 있었다.

“세수하고 스킨로션도 바르고 톤업크림도 바른 거거든?”

“톤업크림은 또 뭐야. 암튼, 계속 발라라. 안 바르면 큰일 나겠다.”

“어우씨, 잘생긴 애들 다 우주로 꺼졌으면!”

연훈은 하늘에 빌다가 회사 생각 좀 하란 태진의 핀잔에 장난을 그만뒀다.

◆ ✣ ◆

시니 엔터테인먼트 사무실로 들어오자마자 태진은 사무실 이곳저곳을 살피느라 소파에 앉지도 않았다. 이연이 태진에게 다가와 망고주스가 담긴 종이컵을 내밀었다.

"드세요."

태진은 종이컵을 힐끔거리다 그 진한 노란색에 눈살을 살짝 찌푸렸다.

"커피 없습니까?"

"네? 아, 커피는 믹스밖에 없는데."

"그럼 됐습니다. 안 마실게요."

일순 이연은 난감한 표정을 짓더니 이내 결심한 듯 문 쪽으로 걸어갔다.

"사올게요, 아메리카노."

"아, 잠깐만요."

태진이 불러 세우자 이연은 하얀 카디건 차림의 상체를 홱 틀었다. 혹시 그럴 필요 없다는 걸까 했는데.

"샷 추가, 부탁드립니다."

"아, 예."

다소 떨떠름한 낯빛의 이연이 나가고 난 후 태진은 다시 사무실 안을 둘러보기 시작했다.

한국에 다신 없을 최고의 미남배우 하선과 100년에 한 번 나올까 말까 한 천재 MC 송아준의 소속사라기엔 턱없이 부실했다.

지문인식 시스템으로 불투명한 유리문이 열리면 조그만 공간의 응접실이 보이고 안쪽에는 책상 두 개와 그 뒤쪽에 도어록 달린 나무 문 하나. 그 문에 붙은 표지판에는 '직원실'이라 적혀 있었다. 태진은 곧은 손가락으로 턱을 쓸었다.

방이 이거 하난데, 그게 직원실이면 대표실은? 설마 없는 건 아니겠지?

미팅룸이나 귀빈실 역시 보이지 않았다. 게다가 책상도 소파도 테이블도 무엇 하나 새것 같은 느낌은 없었다. 럭셔리한 분위기와 대리석을 좋아해서 자신의 사무실 전체를 천연대리석으로 꾸며놓은 태진에게는 도저히 이해가 가지 않는 인테리어였다.

"신이연, 왜 안 따라와?"

갑작스러운 목소리에 태진은 출입문을 향해 돌아섰다. 잔뜩 상기된 얼굴로 사무실에 들어온 이는 자신이 얼마 전까지 탐냈던 유망주, 신인배우 이인후였다.

인후는 혼자 있는 태진을 발견하고서 얼굴을 와락 구기더니 버럭 화를 냈다.

"뭐야? 당신 누구야? 여긴 어떻게 들어왔어? 잡상인이야? 설마, 내 사생팬?"

잡상인? 사생팬?

태진은 단박에 눈썹을 구기며 매서운 기세로 반박했다.

"둘 다 아닙니다. 그리고 상대에게 누구냐고 묻기 전에 자기가 먼저 누군지 밝히는 게 예의죠."

인후의 쌍꺼풀진 커다란 눈이 더 커지고 붉은 입술이 동그랗게 벌어졌다.

"뭐야. 당신 나 몰라?"

요즘 선글라스 없이는 길거리를 돌아다니기 곤란할 정도로 유명해진지라 어안이 벙벙했다.

"내가 당신을 어떻게 압니까?"

"나 이인후거든? 이래도 몰라?"

신인배우 주제에 건방져도 너무 건방지지 않은가. 오기가 생긴 태진이 서늘하게 맞받아쳤다.

“난 여태진입니다. 이래도 모르십니까?”

“나 꽤 유명하거든?”

“나도 꽤 유명합니다만?”

각자의 반듯한 얼굴을 들이밀며 살벌하게 대치 중인 그들 사이로 작은 목소리가 끼어들었다.

“둘이 지금 뭐 해요?”

동시에 돌아간 태진과 인후의 시야로 눈을 동그랗게 뜬 이연이 들어왔다. 이윽고 그녀의 곱지 않은 시선이 인후 쪽으로 먼저 향했다.

“이인후. 너 내 손님한테 그게 무슨 버릇없는 태도야? 내가 널 그렇게 가르쳤어?”

이연의 곧은 시선이 이번엔 깔끔한 네이비 슈트 차림의 태진에게로 갔다.

“그리고 여태진 씨, 지금 열 살이나 어린 동생이랑 말싸움하시는 거예요? 이겨도 져도 기분이 좋진 않을 것 같은데?”

조곤조곤 따져오는 이연에게서 묘한 카리스마가 느껴졌다. 경직된 채 인후와 이연을 번갈아 쳐다보고 있는 태진의 앞으로 걸어간 이연이 자신의 카디건 안쪽에서 종이로 된 커피 컵을 꺼냈다.

“드세요. 식을까 봐 품에 넣어 왔어요.”

한결 부드러워진 그녀가 태진에게 커피를 내밀었다. 조심스럽게 커피를 받아 드는 태진을 지켜보던 인후가 입을 삐죽거렸다.

“웬 별다방 커피? 돈도 없는 주제에.”

“쿠폰 썼다, 왜.”

“그럼 그렇지.”

인후는 버릇처럼 손을 뻗어 이연의 앞 머리카락을 슥슥 매만지며 미소 지었다. 그 모습을 정면에서 보게 된 태진이 예리하게 눈을 굴렸다.

'미인계(美人計)가 맞는 모양인데…… 아니지, 저 여자가 어디가 예뻐서? 그냥 인계(人計)지, 인계.'

자신을 뚫어지게 쳐다보고 있는 태진의 시선에 이연 역시 그를 바라보았다. 그리고 얼굴 가득 환한 미소를 지었다.

"정말 다시 뵙고 싶었어요."

태진은 갑작스러운 그녀의 고백과 미소에 당황해 헛기침하며 커피를 입으로 가져갔다.

"그러셨습니까?"

태진의 뜨뜻미지근한 반응에 괜스레 자신이 마음 상한 듯 인후가 눈을 부라렸다.

"도도한 척하기는. 방금 전에 자기 이름까지 대면서 유명하다고 뻔뻔하게 거짓말하던 사람 맞나 싶네."

"거짓말 아니야."

태진이 아니었다. 태진의 바로 곁에 서서 그의 얼굴을 넋 놓고 올려다보고 있던 이연의 입에서 나온 말이었다. 태진은 커피를 마시면서 눈동자만 돌려 이연을 응시했다. 그와 눈을 맞춘 이연이 미소 띤 얼굴로 분홍빛 입술을 열었다.

"이제 곧 유명해질 거니까. 그쵸?"

꿀꺽. 뜨거운 커피가 목을 타고 내려가 식도를 불태우는 순간 태진은 확신했다.

'오호라……. 이거 인계 맞는데?'

다음 순간 이연은 태진을 응접실 소파로 안내했다.

"귀한 손님을 너무 오래 세워뒀네요. 이쪽으로 앉으세요."

태진의 건너편에는 이연과 인후가 나란히 앉았다. 둥근 테이블 너머에서 이연이 물어왔다.

“태진 씨, 혹시 연기 경험은 있으세요?”

“연기라……. 일정을 연기한 적은 있습니다만.”

태진은 말하는 순간 무리수라는 걸 깨달았지만 이미 내뱉은 말이었다. 태진이 머쓱해하며 커피를 집어 창피한 입가를 가리자 인후가 비아냥거렸다.

“저주받은 노안인 초딩이세요? 웬 재미도 없는 말장난?”

“이인후 씨는 유명하다면서 스케줄은 없는 모양이죠?”

이번엔 태진이 빈정거렸다. 발끈하려는 인후를 이연이 재빨리 손을 뻗어 말렸다.

“자꾸 이럴래? 우리 얘기하는 중이잖아. 겨우 쉬는 거면서 또 바쁘게 해줄까, 내가?”

이연이 팔뚝을 꽉 붙잡자 거짓말처럼 인후가 가만히 입을 다물었다. 그걸 하나도 빠짐없이 다 지켜보고 있던 태진이 컵을 내려놓으며 말했다.

“미리 말씀드리죠. 나는 연예계 쪽엔 아예 관심이 없어서 연기는커녕 노래나 춤 경험도 없습니다. 방금 보신 것처럼 유머감각도 몹시 저주를 받았고요.”

말을 끊고서 태진은 여전히 인후의 팔에 얹어져 있는 이연의 하얀 손을 바라보았다. 이윽고 그가 얇게 쌍꺼풀진 눈을 들어 이연에게 물었다.

“이런 나를 이제 어떻게 하실 겁니까?”

어색한 침묵이 가라앉았다. 그리고 그 침묵은 인후의 감탄사로 인해 깨졌다.

“우와…… 초딩이 아니었네.”

이에 태진은 한쪽 입술 끝을 올려 웃었다.

“그럼요. 난 지극히 성숙한 현대 남성…….”

“지극히 뻔뻔한 아저씨네, 아저씨.”

인후는 태진의 오해를 바로잡아주며 혀를 날름 내밀었다가 집어넣었다.
“이인후. 그만해. 이 이상 예의 없게 굴면 밖으로 쫓아낼 거야.”
이연은 점잖게 인후를 나무라더니 언짢은 표정의 태진에게로 손을 뻗어 그의 팔목 위에 살짝 얹었다. 그 순간 태진의 몸이 경직되었다.
“제 별명이 뭔 줄 아세요?”
생뚱맞은 이연의 질문에 태진은 눈꺼풀만 깜박거렸다.
“황눈이에요.”
“왕눈이……?”
태진이 오해를 하는 것 같아서 이연은 큰 눈을 조금 작게 뜨며 대꾸했다.
“황눈이요, ‘황금 눈썰미’. 저는 척 보면 알거든요. 태진 씨는 톱배우가 될 재목이에요. 연기력만 받쳐준다면.”
“톱배우요? 나는 학예회에도 나가본 적이 없습니다.”
자신 없어 하는 태진을 토닥이면서 이연은 속눈썹이 길고 풍성한 눈을 반달로 만들어 눈웃음을 지었다.
“그렇다면 여기서 특별 레슨을 받아보는 건 어때요?”
‘특별 레슨? 이 가난한 기획사에 레슨할 선생님은 있나 보군?’
미간을 좁힌 태진이 이연의 작고 단아한 얼굴을 바라보다 시선을 내렸다.
‘……그보다 손 좀 치우지 그래?’
팔에 얹어진 이연의 손을 노려보던 그가 눈에 힘을 풀고 고개를 들었다. 그러곤 태연하게 물었다.
“레슨이요? 어떤 레슨이죠?”
“퇴근 후에 한 시간에서 한 시간 반 정도의 연기 레슨이요. 그 정도면 서로 부담스럽진 않겠죠?”
태진은 이연의 표현에서 이질감을 느꼈다.

"서로……?"

그 순간 이연의 손이 제자리로 돌아감과 동시에 깜짝 놀랄 만한 소리가 이어졌다.

"네. 제가 선생님이니까요."

태진의 눈망울이 일순 흔들렸다.

"정말입니까?"

도저히 못 믿겠다는 듯이 태진은 눈을 모로 떴다. 시니 엔터테인먼트의 대표이자 길거리 캐스팅의 전설이 연기 레슨까지 한다니, 여간해선 믿기 힘든 사실이었다.

하지만 이연은 작은 머리통을 위아래로 끄덕였다.

"물론이죠."

"우리 이연이 거짓말 안 하거든? 내 연기도 사실 이연이가 봐주는 거야."

옆에서 거드는 인후의 말에 태진은 둘을 번갈아 쳐다보다가 입술을 앙다물었다. 그러다 인후를 못마땅하게 바라봤다.

'반말이야 버릇없는 거라 쳐도, 왜 자기 회사 대표 이름을 막 부르지?'

태진은 이해할 수 없다는 듯 작게 고개를 저은 다음 이연에게 시선을 옮겼다.

"그럼, 나도 당신한테 배우면 발연기 정돈 할 수 있는 겁니까?"

"뭐? 발연기?"

인후가 버럭 소리를 지르자, 이연은 그를 달래려 어깨를 토닥거리며 태진을 응시했다.

"아직 못 믿나 본데, 저 노래랑 춤도 꽤 괜찮아요. 예전에 연예인 데뷔하려고 했었다니까요?"

"근데 왜 못 했는데요?"

태진의 비아냥에 인후가 발끈했다.

"못 한 게 아니라 안 한 거지. 그치, 이연아?"

"아니. 못 한 거야."

이연은 단호하게 대답한 후, 그녀의 확실한 부정에 놀라 눈이 커진 인후와 무표정한 태진을 번갈아 보면서 이유를 들려주었다.

"특별하지 않아서."

잠시 묘한 침묵이 이어졌다. 그사이 태진의 포커페이스가 살짝 무너져 언짢음이 드러났다. 침묵을 깬 건 황당함이 깃든 인후의 목소리였다.

"너 정말 네가 특별하지 않다고 생각하는 거야, 신이연?"

"응. 난 평범하지."

한 점의 머뭇거림 없는 당당한 대답에 인후는 가슴이 갑갑해졌다. 그가 버럭 소리쳤다.

"아냐! 너 안 평범해! 굉장히 예쁜 데다 매력적인 스타일이라고!"

"에이, 너야 내가 소속사 사장이니까 좋게 말해주는 거지."

"아니야! 진짜 장난 아니라니깐! 너 일할 때 얼굴, 완전 반짝반짝 빛이 나!"

"어, 그래, 알았어. 고마워."

건성으로 대꾸하며 도무지 믿을 생각이 없는 듯한 이연 때문에 발끈한 인후가 이번엔 태진을 끌어들였다.

"그래. 나야 그렇다 치고, 저 사람은 사실대로 말해줄 거 아냐? 아직 계약한 것도 아니니 갑을 관계도 아니고."

그러며 바로 태진에게로 고개를 돌려 물었다.

"어이, 아저씨. 솔직하게 말해봐. 우리 이연이 어때? 예쁘지? 매력 있지?"

이에 태진은 이연의 얼굴을 가만히 바라보았다. 화장기 거의 없는 작은 얼굴 안에 들어 있는 큰 눈과 오목조목한 코, 입. 한데 모아 질끈 묶은 헤어

스타일. 다음 순간 그가 한쪽 입술 끝을 올려 웃었다.

"설마요."

"솔직하게 말하라니까!"

당황해서 소리치는 인후에게 태진은 태연한 얼굴로 반문했다.

"얼마나 더 솔직하게 말합니까?"

그러곤 고집스럽게 입을 다물었다. 이연은 그를 물끄러미 보면서 쓰게 웃었다.

"맞아요. 저 진짜 평범하죠, 태진 씨?"

이번엔 질문 상대가 이연으로 바뀌자 태진은 머뭇거리다가 헛기침을 했다. 다음 순간 그가 표정을 시크하게 바꾸더니 대꾸했다.

"쓸데없는 잡담은 그만하고 싶은데요."

갑자기 분위기가 싸해졌다.

♦ ⁘ ♦

"그만두자."

뚜렷한 이유는 없었다. 그렇지만 왠지 지금 그만두지 않으면 뭔가 큰일이 벌어질 것만 같은 예감이 들었다.

그러나 진 엔터테인먼트 건물의 10층 간부 회의실에 모인 부사장 연훈과 비서 겸 캐스팅 매니저 학수는 요지부동이었다.

"이제 시작인데 무슨 소릴 하는 거야?"

"길거리 캐스팅 비결은 알아내고 하시는 소리예요?"

태진의 고개가 힘없이 떨어졌다. 그러다 문득 신경질이 났는지 눈을 부라리며 소리쳤다.

"내가 이 나이에 연기 레슨을 받게 생겼다고!"

"와우!"

"풋."

연훈은 놀랍다며 박수를 쳤고 학수는 그 뒤에 숨어서 킥킥 웃고 있었다. 두 사람이 굉장히 얄밉게 느껴지는 순간이었다.

"웃지 마, 이 자식아!"

만만한 학수에게로 주먹을 뻗으며 달려드는 태진의 팔뚝을 잡아 말린 연훈이 의아한 얼굴로 물었다.

"근데 그 기획사에 레슨 선생님들도 있단 말이야? 들어본 적 없는데?"

"들어본 적 없겠지. 선생님'들'이 아니니까."

태진은 신경질적으로 팔을 빼내며 심드렁하게 덧붙였다.

"신이연 대표가 레슨도 한댄다."

"뭐?"

"뭔 여자가 자기 입으로 자기 자랑을 그렇게 해대는지. 자기가 연기를 그렇게 잘한대. 노래랑 춤도 나쁘지 않다나 뭐라나."

말을 잇던 태진이 피식 웃음을 터뜨렸다. 그 순간, 연훈은 이상을 감지하고서 눈썹을 치켜올렸다. 연훈의 이채 서린 눈동자가 태진을 주시했다.

"계약하기 전부터 알고 지낸 사이라 이인후 연기도 자기가 봐주고 그랬다나 봐. 이인후가 연기는 좀 되잖아. 그게 다 그 여자 영향인 것 같더라고. 게다가 꼴에 카리스마도 있어. 얼굴은 말도 안 되게 동안인데, 노려볼 땐 살벌해. 그리고 무슨 여자가 그렇게 스킨십이 자연스러운지 거부감도 별로 안 들고……."

욕하는 사람 치고는 신나 보이고, 칭찬하는 사람 치고는 말이 거친 태진을 의아하게 쳐다보던 연훈이 그의 말을 잘랐다.

"너 지금 욕하는 거냐, 칭찬하는 거냐?"

연훈의 갑작스러운 질문에 태진은 즉답으로 자신의 의도를 알렸다.

"욕."

그러곤 어이없다는 듯 헛웃음을 터뜨렸다. 그가 연훈의 어깨를 툭 치며 거칠게 덧붙였다.

"쌍욕하는 거잖아, 인마."

하지만 연훈은 여전히 태진을 미심쩍다는 듯이 가늘게 뜬 눈으로 보고 있었다. 그 옆에서 학수가 놀랐다는 뉘앙스로 중얼거렸다.

"와, 이인후가 연기 지도를 신이연 대표한테 받고 있었구나! 이인후 연기력 진짜 좋은데."

학수의 감탄 섞인 혼잣말에 연훈도 태진에게서 시선을 거둔 후 선선히 고개를 끄덕이며 동의했다.

"어디 이인후뿐이냐? 시니 출신 연예인들 중에 연기 못하는 애를 못 봤다, 내가."

"저도요. 그럼, 신이연 대표가 재능이 엄청 많다는 거네요?"

학수가 질문을 던지자 태진은 어깨를 으쓱하며 회의실 책상에 걸터앉았다. 그가 중얼거리듯 대답했다.

"뭐, 연예인 준비를 했었다나 뭐라나."

"진짜요? 근데 왜 데뷔 안 했대요?"

호기심 가득한 표정을 한 학수가 태진에게로 얼굴을 들이밀었다. 태진은 그런 학수의 동그란 얼굴을 손바닥으로 밀어냈다.

"몰라."

연훈은 태진의 옆자리에 걸터앉으며 감탄사를 터뜨렸다.

"캬. 부럽다. 시니 대표는 예쁜 데다 재능까지 많네."

곧바로 태진은 불편한 눈빛을 던지고는 팔꿈치로 그의 옆구리를 푹 찔렀다.

"전부터 몇 번이나 말하지만, 안 예쁘다고."

그들을 지켜보고 있던 학수가 고개를 절레절레 흔들며 끼어들었다.

"에이, 대표님은 눈이 워낙 높으시잖아요. 우리 진 소속 여배우들한테도 예쁘단 소리 안 하시면서."

"맞아. 눈이 구름 위에 달렸나, 왜 그렇게 높아? 그 절세미녀 백효인한테도 '괜찮네.' 정도가 최고의 찬사였지, 아마?"

틀린 말은 아니었기에 태진은 그저 시크하게 코로 픽 웃었다.

♦ ✣ ♦

진 엔터테인먼트 9층 공간을 차지하고 있는 VIP 미팅룸은 전체적으로 깔끔하고 모던한 느낌이었다. 포근한 그린 색감의 벽지와 중앙에 있는 통원목 테이블이 주는 안정감이 무색하게 그곳에는 긴장감이 흐르고 있었다.

상석에 앉은 태진이 만년필을 들자 모두의 시선이 그에게로 집중되었다. 그가 시원스러운 동작으로 계약서에 서명을 마치자 그 자리에 모인 연훈과 학수를 포함한 열 명 정도의 슈트 입은 사람들이 박수를 쳤다.

"앞으로 잘 부탁드립니다."

오래 공을 들인 계약이었다. 태진은 만족스러운 미소를 지으며 길목 엔터테인먼트 대표에게 손을 내밀어 악수를 청했다.

계약이 체결되자마자 진 엔터테인먼트는 뮤지컬 업계에서 두드러진 성장세를 보이고 있는 길목 엔터테인먼트와의 인수합병을 발표했다. 기존 조직을 그대로 흡수하는 형태의 인수합병으로 진 엔터테인먼트는 단번에 뮤지컬과 공연 쪽까지 사업을 확장했다.

"수고하셨습니다, 대표님. 존경합니다."

안 그래도 큰 사업체를 거기에 만족하지 않고 더욱 크게 키우고 있는 태진의 추진력과 비범함에 학수는 감탄을 금치 못했다.

"이제 시작이지, 뭐. 이 녀석은 진 엔터테인먼트 왕국이 목표니까."

사장실과 연결된 복도를 걷던 연훈이 태진의 어깨에 팔을 둘렀다. 태진은 부정 않고 입꼬리만 올렸다. 태진의 궁극적인 목표는 연예 관련 모든 업계 쪽에 진 엔터테인먼트의 영향력이 닿는 것이었다.

"근데 이제 시니에 가실 시간 아니에요?"

학수가 손목시계를 보면서 묻자 태진의 평온했던 얼굴이 조금 굳어졌다. 내키지 않는다는 표정으로 발을 떼는 태진을 연훈이 막아섰다.

"인간적으로 넥타이핀은 빼고 가자. 배우 지망생인데, 그건 너무 위화감 들지."

연훈은 영롱한 금빛을 내뿜고 있는 명품 넥타이핀을 지적했다.

"가면서 뺄게."

태진이 다시 걸음을 옮기려는데 이번엔 학수가 앞을 가로막았다.

"그거 순금이에요? 깨물어봐도 돼요?"

천진난만한 표정으로 묻는 학수를 쳐다보면서 태진은 주머니에 손을 찔러 넣었다. 그 상태로 고개를 살짝 숙인 그가 학수의 귓가에 대고 속삭였다.

"깨물리고 싶지 않으면 비켜."

학수는 바로 구석으로 몸을 피했다.

◆ ✣ ◆

"회사 일 끝나고 바로 온 겁니다."

레슨 첫날부터 당연하다는 듯 지각을 해놓고는 첫마디가 이거였다. 탓하지 말라고 잘라내는 태진을 이연은 말없이 지그시 응시했다. 마치 처음 보는 이 야생동물을 어떻게 해야 좋을지 궁리하는 조련사처럼.

자연스럽게 그녀의 머릿속에 오늘 아침에 온 그의 문자가 떠올랐다. 레슨은 일단 받아보겠지만 계약은 천천히 결정하겠다는 무척 당당한 문자가.

"피곤하니까 대충 합시다."

넥타이를 느슨하게 풀며 태진이 하는 말에 이연은 난감한 표정으로 긴 머리를 쓸어넘겼다.

보통이 아닌 이 남자, 처음 온 날 관찰해보니 지기 싫어하며 고집깨나 있는 데다 청개구리 스타일인 것 같았다.

"쓸데없는 잡담은 그만하고 싶은데요."

그 말을 듣는 순간 다루기 쉽지 않겠다는 예감이 들었지만, 이 정도일 줄은 정말 몰랐다.

"교재 같은 건 따로 줍니까?"

슈트가 끝내주게 잘 어울리는 기다란 기럭지로 꼿꼿이 서서 시크하게 묻는 태진에게 이연이 제안했다.

"일단 같이 나가요."

그러곤 휴대전화와 지갑을 챙겨 다가갔다.

"네?"

뜻밖인지 태진의 눈이 동그래졌다. 그의 소매 끝을 잡아챈 이연이 눈을 반달로 만들며 웃었다.

"저녁 먹으러 가자고요."

"레슨은요?"

그녀가 붙잡은 옷깃에 의해 어정쩡하게 끌려가면서 태진이 물었다. 그의 매끈한 피부와 아름답기까지 한 이목구비를 바라보면서 이연은 또 한 번

눈웃음을 지었다.

"이게 레슨이에요."

태진은 레슨이라기에 일단 군말 없이 따라갔고, 이연은 근처에 국수 맛집이 있다며 그를 그곳으로 데려갔다. 별로 배가 고프지 않아 태진은 국수를 먹는 둥 마는 둥 했지만 이연은 국물까지 깨끗이 비웠다. 식사를 마치면 레슨하는 줄 알았건만 이연은 근처 카페로 자리를 옮겼다.

"이건 무슨 데이트도 아니고……."

그녀를 따라 아기자기한 카페로 들어온 태진이 혼잣말처럼 의문을 제기하자 이연은 후후 웃음을 터뜨렸다.

"데이트라고 하면 도망갈 거죠? 그러니까 데이트 아니에요. 이제부터 진짜 레슨이에요."

"레슨이요?"

탁자 위로 올린 양손에 깍지를 끼고 턱 밑으로 가져간 이연이 카페 안을 둘러보았다.

"이렇게 한산한 카페에 앉아서 사람들을 관찰하는 거예요. 곰곰이 생각하는 모습이라든지 누군가와 웃으며 이야기를 하는 모습이라든지 혹은 심각하게 대화를 나누는 모습이라든지. 관찰해서 그걸 다 자신의 것으로 만드는 거죠."

이연만을 보던 태진도 점점 주위를 보게 되었다. 카페 안에는 손님이 많은 건 아니었지만, 노트북을 두드리며 심각한 표정인 삼십 대 남성이나 이별 이야기라도 하는지 울 것 같은 얼굴의 이십 대 남녀나 환하게 웃으며 이야기 중인 사십 대로 보이는 여성 셋, 모두 각기 다른 모습이었다. 이연의 시선이 이번엔 카페의 투명 유리창 너머 밖으로 향하자 태진 역시 그 시선을 좇았다.

"물론 밖은 더 다양해요. 저기 저 여자 보여요? 방금 만난 남자한테 꽃을 받아서 저 행복하면서도 부끄러운 듯한 표정이 나왔어요. 설레는 게 느껴지죠?"

설레고 있는 여자에게서 시선을 뗀 태진이 빠른 걸음으로 혹은 느긋하게 걷고 있는 사람들을 말없이 관찰했다. 그들은 정말 다 다른 표정과 행동을 하고 있었다. 그렇게 창밖의 풍경에 빠져 있는 태진의 귀로 이연의 낮은 하품 소리가 들려왔다.

"하아암."

태진이 자신을 바라보자 이연은 입가를 가린 채 머쓱한 얼굴을 했다.

"미안해요. 오늘 잠시도 못 쉬고 계속 일만 했거든요. 그래서 그런지 좀 졸리네요."

사무실에 매니저들을 제외하면 직원이라곤 이연뿐이라 늘 바쁜 편이지만 오늘은 유난스러울 정도였다. 새로 들어온 섭외 일정들을 확인하고 나니, 시니 관련 보도자료를 체크해야 했고 그러고 나니 CF 계약 관련 미팅이 그녀를 기다리고 있었다.

"졸리면 그만 일어나죠."

태진의 퉁명스러운 말투에 혹시 화가 난 건가 싶어 덜컥 긴장한 이연이 얼른 입을 열었다.

"안 돼요. 연기 레슨이 더 중요해요, 저는."

진지한 그녀를 물끄러미 쳐다보면서 태진은 높낮이 없는 목소리로 말했다.

"그럼 엎드려서 잠깐 눈 좀 붙이든지요."

"그럴 순 없죠. 어떻게 태진 씨 혼자 두고……."

"난……."

태진은 이연의 말허리를 자르며 제 할 말만 했다.

"자는 모습 관찰할게요."

정면에 앉아서 무심하게 툭 내뱉은 태진 때문에 이연은 볼이 화악 달아올랐다. 저런 아름다운 얼굴을 한 사람에게는 절대로 보여주고 싶지 않은 모습이었기에 이연은 단호하게 고개를 저었다.

"아니에요. 이젠 안 졸려요."

"여전히 졸린 눈을 하고 있는데요."

"!"

역시 이 남자는 조금 이상하다. 무심한 듯한데 방금 예리하게 파고들었다. 참 알 수 없는 사람.

"괜찮아요, 정말."

태진은 빳빳이 고개를 세운 채 두 눈을 몇 번이고 깜박이는 이연에게서 시선을 거뒀다.

"알았어요, 그럼. 안 볼게요."

"네?"

순간 자신이 잘못 들었나 싶어서 이연은 되물었다. 태진이 유리창 밖으로 시선을 던진 그대로 목소리만 보내왔다.

"안 볼 테니까 자라고요."

그의 배려에 이연은 왠지 수줍어졌다.

◆ ⁘ ◆

샤워가운 차림의 태진이 욕실에서 나와 수건으로 젖은 진갈색 머리카락을 털었다. 그의 미간에는 세로 주름이 잡혀 있었다. 가늘어진 그의 두 눈으로 대리석 테이블 위에 놓여 있는 소형 캠코더가 들어왔다.

"하아……."

어쩌면 벌써 위기인지도 모르겠다. 오늘이 겨우 세 번째 레슨이었는데 말이다. 레슨 때 이연이 가지고 온 저 캠코더를 보고 태진은 당황한 기색을 감추지 못했었다.

어쩌자고 저걸 그냥 받아 왔을까.

태진의 세로 주름이 더욱 깊어지던 그때 캠코더 옆에 둔 휴대전화가 울렸다. 가까이 걸어가 발신번호를 확인했다.

[시니 대표]

"!"

태진은 아주 오랜만에 심장이 철렁했다. 신이연 대표가 처음으로 걸어온 전화였던 것이다. 머리를 털던 수건에서 손을 뗀 태진이 조심스럽게 전화를 받았다.

"네. 여태진입니다."

- 우와.

우와?

휴대전화를 통해 들려온 감탄 섞인 음성에 태진은 고개를 갸웃했다.

"뭡니까?"

- 아니, 전화 목소리가 너무 멋있어서요!

지나치게 솔직한 이연의 대답에 놀란 태진의 까만 동공이 일렁였다. 태진은 머쓱해 헛기침했다.

"아, 그렇습니까?"

- 네. 밤새 듣고 싶을 정도로요.

칭찬이 계속되자 태진은 괜스레 혀로 입술을 축였다. 목을 가다듬고 있는 그의 귀로 이연의 맑은 목소리가 들려왔다.

- 캠코던 잘 가져가셨죠?

"아, 네, 뭐."

태진의 다소 떨떠름한 시선이 테이블 위의 캠코더로 향했다.

- 전달드리기만 하고, 설명을 제대로 안 해드린 것 같아서요.

“아뇨. 충분히 설명하셨습니다. 셀프 동영상 찍으라고.”

- 네, 맞아요. 그날 레슨 받은 내용을 집에서 찍어보라는 거죠.

그러니까 이 캠코더는 레슨 내용을 복습할 때 그 모습을 스스로 촬영해두라는 의도로 건넨 것이었다. 솔직히 태진은 자기 얼굴을 찍어야 한다는 사실이 영 내키지 않았다.

“근데 이거 꼭 해야 합니까?”

- 물론이죠. 제 레슨 방식이에요. 솔직히 레슨만으론 나아지기 힘들거든요. 자기가 직접 보고 느끼고 고쳐나가야 해요. 물론, 저도 볼 거고요.

이연의 진지한 설득에 태진은 입안이 바짝 마르는 기분이었다. 그래서 망설이다 제 뜻을 전했다.

“별로 안 하고 싶은데요.”

나중에 문제가 될까 봐 태진은 일단 거부해보았다. 어차피 떠날 곳에 자신의 영상이 남아버리면 곤란하지 않겠는가.

- 하셔야 돼요. 부탁이자 지시예요.

차분하지만 카리스마가 느껴지는 목소리였다. 잠시 고민하던 태진이 나직하게 말했다.

“사실, 카메라가 어색합니다.”

- 이겨내야죠. 배우가 될 거니까.

이연의 태도는 단호해도 너무 단호했다. 태진은 난감한 듯이 정갈한 눈썹을 긁적였다.

“그래도 영상은 좀……. 카메라발도 안 받을 것 같고.”

- 태진 씬 카메라발 받는 얼굴이에요. 제가 장담할게요.

태진은 새어나오는 한숨을 내리누르며 물었다.

“뭘 보고 그렇게 장담하십니까?”

- 유리알 같은 피부랑 그림 그린 듯한 눈썹, 베일 것 같은 콧날 그리고 음영이 드리워지는 긴 속눈썹…….

"아, 예. 알겠습니다. 그만하세요."

태진은 자신의 외모를 무슨 예술작품 묘사하는 것처럼 설명하는 이연 때문에 민망해서 얼굴이 화끈거렸다.

- 그럼, 잘 알아들은 걸로 알고 전화 끊을게요. 잘 자요.

전화가 끊어지고 나서야 태진은 크게 한숨을 내뱉었다.

"하아."

결국 영상 촬영을 약속해버렸다. 이게 나중에 문제가 되지 않기만을 바라고 또 바랄 뿐이다.

태진은 신경질적으로 머리에 있는 수건을 바닥으로 툭 내던졌다. 하지만 곧바로 던진 것보다 빠르게 수건을 다시 집어서 욕실 안쪽 빨랫바구니에 넣었다.

◆ ✣ ◆

직원들이 모두 퇴근한 시각. 진 엔터테인먼트의 캐스팅 매니저 학수는 건물 복도를 달리고 있었다. 그의 둥글넓적한 얼굴은 잔뜩 상기된 상태였다.

사장실 문을 연 학수의 동그랗게 벌어진 두 눈으로 책상에 앉아 있는 연훈이 들어왔다. 찾던 사람은 아니었지만 그만큼 지금 이 순간 필요한 존재였다.

"부사장님, 부사장님!"

학수가 중앙에 있는 소파를 돌아 책상 앞으로 헐레벌떡 달려갔다. 프로모션 기획안에서 눈을 뗀 연훈이 바로 눈살을 찌푸렸다.

"뛰지 마, 뛰지 마. 비싼 건물 무너질라."

덩치 큰 학수가 뛰어오는 모습이 꽤 위태로워 보였던 탓이다. 자신도 덩치가 작은 편은 아니나 자신은 키가 무려 190이고 근육질이라 물살인 학수와는 차원이 달랐다.

그때 학수가 연훈의 쓸데없는 생각을 펑 날려버릴 굉장한 말을 던졌다.

"소, 송아준한테 연락 왔어요!"

"뭐? 진짜?"

깜짝 놀란 연훈이 자리에서 벌떡 일어섰다. 그 무엇보다 기쁜 소식에 두 주먹이 불끈 쥐어졌다. FA 시장의 대어 송아준에게서 연락이 오다니.

"이거 보세요!"

학수가 제 손에 들린 휴대전화 문자를 보여주었다. 연훈은 재빨리 그것을 빼앗아 읽었다.

[다음 주에 시간 한번 내볼게요. 안 될 수도 있고요.]

문자를 확인한 연훈의 표정이 살짝 찡그려졌다. 큰 머리를 갸웃한 그가 학수를 쳐다보자 학수가 흥분한 목소리로 말했다.

"굉장히 긍정적이지 않아요?"

"이게? 안 될 수도 있다는 밑밥을 미리 깔아뒀는데도?"

"당연하죠! 여태까지 송아준은 모든 연락을 싹 다 무시했었단 말이에요! 근데 시간을 낼 수도 있다잖아요!"

학수의 말이 맞았다. 5년 전 계약 만료 시점에도 그리고 얼마 전까지도 송아준과 연락이 닿은 적은 단 한 번도 없었다.

"근데 대표님은 어디 가셨어요?"

통통한 볼이 붉게 상기된 채 학수가 물었다. 연훈이 굵은 눈썹을 검지로 긁적이며 대답했다.

"시니에 레슨 갔어. 요즘 매일 가잖아."

"아아, 왜 하필 이 중요한 때에……!"

학수의 한탄 섞인 중얼거림에 연훈도 말없이 동의했다.

⬥ ⁘ ⬥

긴 다리로 계단을 두 개씩 껑충껑충 오르던 태진이 굳게 닫힌 유리문을 발견하고 멈칫했다. 자신이 올 때쯤이면 항상 활짝 열어두더니, 오늘은 꽉 잠겨 있었던 것이다.

시니 사무실의 차임벨을 눌러봤지만 조용했다. 서성이다 지문인식기 앞에 멈춰 선 태진이 문득 엄지손가락을 들어 살폈다. 자신의 지문이 이곳을 통과시켜줄 리 없건만 괜히 인식기에 손을 대보고 싶어졌다. 그래서 반쯤 장난으로 인식기에 엄지손가락을 대봤는데, 거짓말처럼 문이 스륵 열렸다.

"뭐야. 진짜 내가 연 거야?"

태진은 출입문이 열린 사실에 한 번, 그리고 열린 문으로 송아준이 나오는 모습에 두 번 놀랐다.

"제가 연 건데, 무슨 일이시죠?"

시작은 배우였으나 말솜씨가 너무 좋아서 MC로 전향한 자타공인 천재 MC 송아준. 워낙 잘 웃어서 모두가 일단은 호감을 갖고 대한다는 서글서글한 인상의 그가 무표정한 얼굴로 팔짱을 꼈다.

'아아. 여기 송아준 소속사이기도 하지.'

잠시 잊고 있었던 사실을 상기한 태진이 팔짱을 낀 채 서 있는 아준에게 물었다.

"신 대표님, 안 계십니까?"

"잠깐 나간 것 같아요. 들어와서 기다리실래요?"

아준은 친절하게 제안하면서 자신의 지문으로 출입문을 다시 열었다. 태진은 자연스럽게 아준의 뒤를 따라 사무실로 들어갔다.

초면인 두 사람 사이에 어색한 침묵이 흐르자 태진은 문 쪽을 쳐다보았다. 애타게 다시 열리기만을 기다리고 있는데, 거짓말처럼 출입문이 열렸다. 긴 머리를 휘날리며 들어온 이연이 태진을 발견했다.

"오늘은 일찍 왔네요? 어? 그나저나 어떻게 들어온 거예요?"

이연은 문득 위화감을 느끼고 놀란 눈빛이었다. 그러다 다음 순간 태진의 뒤쪽에 서 있는 아준을 발견하고는 표정이 삽시간에 굳었다.

"아…… 아준이 와 있었구나."

태진은 그녀의 굳은 얼굴이 꽤 의아했다.

"오면 온다고 전화를 주지. 얼마나 기다렸어?"

이연이 굳었던 얼굴 근육을 풀고 애써 웃으며 말하자 아준은 태연한 표정으로 툭 던지듯 대꾸했다.

"온다고 했으면 더 기다리게 했을 것 같아서."

둘 사이의 미묘한 긴장감을 포착한 태진이 빠르게 눈을 굴렸다. 그런 태진의 존재를 아랑곳하지 않고 아준은 계속 말했다.

"이제 그만 대답을 좀 들려줬으면 좋겠는데."

"아……."

이연은 이 한마디만 던져놓고 어색하게 입을 다물었다. 그러고는 눈동자만 움직여 태진을 쳐다보았다. 그러나 막상 태진과 눈이 마주치자 황급히 시선을 피했다. 그게 참 어색하고 이상해서 태진은 눈썹을 가운데로 슬쩍 모았다.

"이제 슬슬 계약기간이 다 되어가서 말이야."

아준은 한 걸음씩 이연에게로 다가가며 말을 이었다.

"재계약을 위해서 나는 꼭 네 대답을 들어야겠어."

아준의 말을 끝으로 침묵이 이어졌다. 가만히 두 사람을 살피던 태진이 불쑥 목소리를 냈다.

"나 나가 있어야 돼요?"

"그래주시면 고맙겠는데요."

그러나 아준의 대답에도 태진은 꼼짝도 하지 않고 서서 이연만을 바라보았다. 그가 재차 물었다.

"나 나가 있어야 되냐고요, 이연 씨."

"……네. 부탁드릴게요."

이연의 대답을 듣고서야 태진은 발을 뗐다. 얌전히 사무실 문을 열고 나온 태진이 계단에서 멈칫했다가 구두를 옮겼다. 자조 섞인 혼잣말과 함께.

"……엿듣는 짓까진 하지 말자, 여태진."

시니 사무실 건물에서 빠져나오자마자 휴대전화가 울렸다. 받아보니 연훈이었다. 태진은 그가 전한 말에 놀라 휴대전화를 고쳐 잡았다.

"송아준이?"

휴대전화 너머 연훈의 흥분된 목소리가 다시 들려왔다.

- 그래, 인마. 아무래도 시니 까고 우리한테 올 건가 봐.

송아준한테서 한번 보자는 연락이 왔단다. 계약 만료 시점에 미팅에 응한다는 건 어느 정도 긍정적인 신호라 볼 수 있었다.

다음 순간 태진은 고개를 들어 건물 2층 쪽을 쳐다보았다.

"마침 지금 시니에 송아준 와 있어."

- 진짜? 재계약 문제 때문에 온 거겠지?

그 순간 태진은 아까 송아준이 세상 심각한 표정으로 이연에게 했던 말을 떠올렸다.

"재계약을 위해서 나는 꼭 네 대답을 들어야겠어."

까만 눈동자에 이채가 서린 태진이 고개를 끄덕거렸다.

"아아, 응. 그러고 보니 재계약 어쩌고 한 것 같긴 하네."

- 거봐.

그런데 그런 것 치고는 사생결단의 느낌이 강했다. 아준의 무섭게 굳은 얼굴과 이연의 난감해하던 표정이 번갈아 떠오르자 태진의 미간이 좁혀졌다.

"흐음."

역시 엿들을 걸 그랬나. 쓸데없는 생각이 스쳤기에 태진은 쓴웃음을 흘렸다. 그때 전화기 너머에서 연훈이 깜짝 놀란 목소리로 물었다.

- 근데, 시니에서 송아준을 만났어? 그래도 되나?

태진은 그가 걱정하는 부분에 대해 바로 알아채고 대답했다.

"나중에 정말 우리랑 계약하게 되면 그때 대충 둘러대지, 뭐."

- 하긴. 대표끼리 친분 있어서 잠깐 들른 거라 둘러대면 지가 어쩌겠어.

"일단 알았어. 끊어봐. 상황 좀 더 지켜볼게."

태진은 전화를 끊으면서 다시 2층 쪽으로 시선을 던졌다. 그때였다.

"아저씨?"

"!"

전화를 끊자마자 들려온 달갑지 않은 호칭에 태진은 긴장한 채 몸을 돌렸다. 또렷또렷한 이목구비를 가진 화려한 외모의 인후가 건들거리며 다가오는 것이 보였다. 슬쩍 마른침을 삼킨 태진이 말없이 그를 응시했다.

"여기서 뭐 해?"

다행히 그가 전화 내용을 들은 것 같진 않았다. 안심한 태진은 자신의 앞에 멈춰 서는 인후를 지그시 바라보았다. 그러다 문득 두 눈을 가늘게 떴다.

"전부터 말하고 싶었는데, 너 왜 자꾸 반말이세요?"

태진은 언짢은 기색이 역력했다.

"뭐?"

"내가 너보다 열 살이나 많습니다만?"

한두 살도 아니고 무려 열 살이나 많은데도 인후는 태진을 볼 때마다 반말을 하고 있었다. 그게 태진은 참 신경 쓰이고 불편했다.

"억울하면 당신도 반말하든가."

인후의 뻔뻔한 태도에 태진은 서늘하게 피식 웃어버렸다.

"싫습니다. 난 아무한테나 반말하지 않거든요. 내 반말은 워낙 비싸서."

태진은 워낙 타인에게 깊게 관여하는 것을 싫어하고 자신이 먼저 다가서는 법이 없는 성격이었다. 그러므로 다른 사람들과의 거리를 유지하기 위해서 항상 존댓말이란 벽을 만들었고 그 벽을 부수고 들어선 이만이 태진에게서 반말을 들을 수 있었다.

"그럼 계속 존대하셔. 난 계속 반말할 테니."

툭 던지듯 말을 마친 인후가 스쳐지나가려고 하자 태진이 얼른 손바닥을 뻗어 그의 앞을 막았다.

"뭐야? 왜 이래?"

걸음을 저지당한 인후가 눈살을 찌푸렸다. 곱지 않은 시선을 마주한 채 태진은 이유를 밝혔다.

"나가 있으라고 했어요."

"이연이가?"

무심코 고개를 끄덕이다가 멈춘 태진이 눈썹에 힘을 주고 찡그렸다. 반말 말고 전부터 신경 쓰였던 게 하나 더 있었다.

'왜 소속사 대표 이름을 저렇게 막 부르는 거지? 그것도 자기보다 열 살이나 많은 사람을?'

하지만 그것에 대해 묻는 건 뭔가 내키지 않았다.

"왜?"

표정이 복잡해진 태진을 향해 인후가 물었다. 태진이 무거워 보이는 입술을 열었다.

"송아준 씨가 와 있거든요."

"송아준?"

인후의 눈이 크게 벌어졌다. 이내 정말 싫다는 듯이 표정을 구긴 그가 목청을 높였다.

"근데 그 둘이 있게 놔뒀단 말이야?"

태진은 그의 말이 쉽게 이해가 되지 않았다.

"왜요? 두 사람은 그냥 갑을 관계일 뿐이잖아요?"

"아니야!"

큰 소리로 부정한 인후가 놀란 얼굴의 태진에게 버럭 소리쳤다.

"송아준 그 자식이 이연이 좋아한단 말이야!"

◆ ✣ ◆

찌익.

눈앞에서 계약서가 찢어지는 걸 말없이 지켜보는 이연의 다갈색 눈동자가 어둡게 가라앉았다.

송아준 5년 재계약 끝. 더 이상의 갱신 없음.

아무것도 모르던 스물두 살에 대학에서 송아준을 만났다. 그의 훈훈한 외모와 말솜씨에 반해 이 녀석은 큰 인물이 될 거라 확신하고 무작정 같이 연예계로 뛰어들었다. 10년 동안 송아준의 매니지먼트를 하면서 그가 자신의 느낌대로 훌륭한 MC가 되어가는 걸 지켜보는 게 그렇게 행복할 수 없었다.

"회사가 더 힘들어지겠네."

찢은 계약서를 바닥으로 던진 아준이 무미건조하게 말했다. 이연은 아무런 대꾸도 하지 않았다.

"내 재계약 불발은 다 네 탓이야. 너를 원망해."

"……."

아준이 자리에서 일어서는 느낌이 들었지만 이연은 그저 자리에 조용히 앉아 있었다.

"그럼 난 이만 가볼게. 바쁘거든, 계약서 들고 줄 선 기획사들이 워낙 많아서."

이렇게 말한 다음 아준은 바지 주머니에 손을 찔러 넣으며 사무실 문 쪽으로 걸어갔다.

"나 간다."

아준은 일부러 크게 말했지만, 이연은 어떤 반응도 없었다. 멈춰 선 아준이 더욱 큰 소리를 내었다.

"나 간다고!"

그러자 차갑디차가운 이연의 목소리가 들려왔다.

"가."

아준은 으득 이를 갈며 몸을 돌렸다.

"야, 너는……!"

아준이 원망 가득한 눈초리로 이연을 서늘하게 노려보았다. 그의 입에서 기가 찬 한숨이 터져 나왔다.

"하아, 맞다. 내가 잠시 잊고 있었네. 너 되게 독한 여자인 거."

부드러운 외모와 싹싹한 성격을 가진 이연은 보기와 달리 꽤 강단이 있고 냉정할 땐 무섭게 냉정한 여자였다. 그걸 잘 알고 있었기에 아준은 지금 너무 참담했다.

이연은 천천히 자리에서 일어나 나직하게 말했다.

"지금부턴 시니 대표 아니고 10년지기 친구로서 말할게."

아준이 재계약을 거부한 이유가 정당한 것이었다면 이연도 그를 편하게 보내줄 생각이었다. 하지만 그녀에게 그 이유는 납득하기 힘든 것이었다.

"너한테 우리의 10년은 아무것도 아니었니?"

"그럴 리가. 목숨만큼 소중한 시간이었지."

아준은 그녀를 지그시 바라보며 덤덤하게 대꾸했다. 두 눈을 질끈 감았다 뜬 이연의 긴 속눈썹이 파르르 떨렸다.

"근데 넌 겨우 내가 널 받아주지 않는다는 그딴 이유 하나만으로 우리 시니를 버리려는 거잖아, 지금."

"'그딴'이라고 말하지 마!"

아준이 버럭 소리쳤다. 덩달아 이연의 목소리도 높아졌다.

"방송국 PD들한테 무릎 꿇고 기자들한테 굽실거리며 부탁하고, 그렇게 고생한 것들이 정말 소중하다면 네가 어떻게 시니를 버려? 그 고생 끝에 지금 최고의 위치에 네가 있는 건데!"

"난……!"

괴로운 듯 일그러진 아준의 얼굴이 서글퍼 보였다. 지난 10년간의 고생들이 뇌리에 스쳐지나갔다.

"그게 너랑 함께였기 때문에 견딘 거였어."

아준의 눈물 고인 두 눈을 마주하자 이연은 어떤 대꾸도 할 수가 없었다.

"처음 너랑 계약하고 재계약을 한 그 10년 동안 난 너만 좋아했고 너만 사랑했어. 근데 넌 일말의 망설임도 없이 날 거절했어. 지난 10년 동안 넌 내 얼굴과 재능이 좋다고 입버릇처럼 말해놓고선! 정작 내가 사랑한다고 하니까 도망만 다녔잖아!"

"내가 네 재능을 좋아한다는 게 사랑한다는 뜻은 아니잖아."

이연의 냉정한 태도에 아준은 울 것같이 표정을 일그러뜨렸다. 곧 그의 긴 눈꼬리를 타고 눈물이 흘러내렸다. 눈물을 본 이연이 안타깝다는 어조로 말했다.

"아준아, 부탁이야. 우리 그냥 친구로 있자. 평생 좋은 친구로……."

"친구?"

비웃음을 날린 아준이 한걸음에 이연의 앞으로 다가왔다. 그 기세에 이연은 주춤 물러섰다.

"이제 좋은 친구 안 한댔지! 몇 번을 말해! 난 네가 여자로 좋다고!"

아준의 고백은 처음 들었을 때도 지금도 이연을 난감하게 만들기만 했다. 아랫입술을 잘끈 깨물고 있는 그녀에게 아준이 계속 소리쳤다.

"대체 내가 왜 싫은 건데? 여자라곤 너밖에 모르고 돈, 명예, 권력, 뭐 하나 빠지는 게 없는데!"

이연은 한때 자기 자신보다 아끼던 10년지기 아준이 변해버린 게 안타까웠다. 그는 더 이상 그녀가 알던 꿈 많은 청년이 아니었다.

한숨을 꾹 참아낸 이연이 한숨 대신 차갑게 말을 뱉어냈다.

"남자로 안 느껴져. 철부지 애 같다고, 너."

"뭐?"

이연의 서늘한 눈빛에 울컥한 아준이 주먹으로 그녀가 서 있는 옆의 벽을 퍽 때렸다.

"다시 한 번 말해봐."

이연은 위협적인 행동을 하는 아준을 매섭게 노려보았다.

"빽하면 업계 사람들이랑 싸움질 아니면 갑질로 구설수에 오르고, 그 뒷수습은 온전히 내 차지고."

아준의 위치를 지켜주기 위해 이연은 부단히 노력했다. 그 모든 노력은 시간이 갈수록 아준에 대한 애정보다는 의무에 가깝게 변해갔다.

"그런 널 내가 어떻게 남자로 보겠니?"

"이제 안 그럴게. 안 그러면 되잖아."

아준은 붉어진 주먹을 다른 손으로 감싸며 절절한 표정으로 말했다.

"각서라도 쓸까? 그래, 쓸게. 이리 와봐."

흥분한 아준이 이연의 접어 올린 셔츠 아래로 드러나 있는 가는 손목을 거칠게 붙잡았다. 이연은 바로 불쾌감을 드러냈다.

"놔!"

"이리 좀 와보라고!"

아준은 우악스럽게 잡아끌었고 이연은 버텼다. 실랑이 끝에 이연은 그만 바닥으로 넘어졌다.

"윽……!"

그때였다.

스륵. 인후의 도움으로 사무실 문을 연 태진이 사납게 눈을 치켜뜬 채 들어왔다.

"도대체 사람을 얼마나 기다리게……!"

태진은 버럭 소리를 지르려다가 바닥에 넘어져 있는 이연과 그녀 앞에 서 있는 아준의 모습을 발견하고 입을 딱 멈추었다. 순간적으로 눈빛이 바뀐 그가 아준을 노려보았다.

"지금 뭐 한 겁니까?"

아준의 얼굴은 벌겋게 상기되어 있었다. 그때 태진의 뒤를 따라 들어오던 인후가 넘어져 있는 이연을 발견하고 달려갔다.

"이연아!"

바닥에 있는 이연을 한 번 더 확인한 태진이 씹어뱉듯 아준에게 물었다.

"설마 힘으로 넘어뜨린 겁니까?"

"아준이 형! 진짜 왜 이렇게까지 해?"

인후가 이연을 부축해 일으켜 세우면서 왈칵 화를 냈다. 아준은 서둘러 입을 열었다.

"아니, 내가 그런 게 아니야. 그냥 혼자 넘어진 거야."

그러나 이곳에서 그 말을 믿는 사람은 아무도 없었다. 이연의 치마 아래로 드러나 있는 무릎을 살피던 인후가 또 버럭 목청을 높였다.

"까져서 피까지 나잖아! 내가 가서 약 사올게."

인후는 정신없이 사무실 밖으로 뛰쳐나갔다. 주춤거리던 아준은 이연이 서 있는 쪽으로 발을 떼려고 했다. 그 순간 태진이 이연의 앞으로 서며 그를 막았다.

"가까이 오지 말고 거기 가만히 계십시오."

그러더니 재킷 안주머니에서 휴대전화를 꺼내 112를 눌렀다.

"지금 경찰에 신고할 거니까."

태진은 휴대전화 화면을 보여주며 통화 버튼에 엄지손가락을 올렸다. 그의 눈빛은 살벌했고 음성은 단호했다. 아준의 얼굴이 일그러지던 그때 이연이 나직하게 말했다.

"그러지 마세요. 아준이 말이 맞아요."

그녀에게로 고개를 돌린 태진이 미간을 좁혔다.

"저 혼자 넘어진 거예요. 아준이는 아무 상관 없어요."

황당해서 눈썹을 치켜올리는 태진의 시야로 벌겋게 자국이 생긴 이연의 손목이 들어왔다. 태진이 살짝 격앙된 목소리를 냈다.

"지금 손목이 그 상태인데도 그런 소리가 나옵니까?"

"네. 그러니까 휴대전화 내려놓으세요."

허리에 힘을 주고 꼿꼿하게 선 이연이 확고한 태도로 대답했다. 그녀의 올곧은 눈동자가 아준을 똑바로 쳐다보았다.

"단 며칠이라도 계약기간이 남긴 남았으니까. 그때까진 제가 송아준을 보호해야 할 소속사 대표거든요."

결국 태진은 휴대전화를 다시 주머니에 넣었다. 안심한 아준이 골반에 손을 얹으며 태진을 노려보았다.

"이 사람, 뭐야? 뭔데 이렇게 나서?"

아준은 눈썹을 구긴 채 이연을 돌아보았다. 그가 마주한 이연의 표정은 시리도록 차가웠다.

"말조심해. 우리 시니랑 계약할 사람이야."

두둔해주는 말에 그녀가 자신이 저지른 행동을 용서한 거라 잠시 착각했다. 아준의 얼굴이 복잡하게 일그러졌다.

"용건 끝났으면 이제 그만 돌아가, 송아준. 계약서까지 찢는 스타 따위, 나도 더는 필요 없으니까."

소름이 돋을 정도로 냉정한 말투였기 때문에 아준은 아랫입술을 깨물었다. 방금 전 이연의 행동은, 소속사 대표로서 일을 크게 키우지 않기 위함일 뿐이라는 사실을 잘 알고 있었다. 그녀에게 송아준은 남자가 아닌 그저 시니 소속 연예인일 뿐이라는 사실도.

아준은 뒤도 안 돌아보고 사무실을 나가버렸다. 그 순간 이연의 어깨가 땅으로 툭 꺼졌다. 고개를 푹 숙이고 있는 그녀에게로 시선을 돌린 태진이 조심스럽게 물었다.

"울어요?"

그러자 이연이 고개를 확 쳐들었다.

"아뇨."

씩씩하게 대답한 그녀가 눈웃음을 지었다. 그럼에도 태진은 테이블 위에서 티슈를 뽑아 이연에게 건넸다.

"안 운다니까요?"

이연이 말똥말똥한 눈으로 묻자 태진의 검지가 그녀의 무릎을 가리켰다.

"아뇨. 눈물 말고 피."

"아."

이연은 머쓱하게 웃더니 휴지를 받아 소파로 갔다. 까진 상처에서 새어 나온 피를 닦아내며 그녀가 쾌활하게 말했다.

"사실 저 울면 되게 못생겼거든요. 그래서 잘 안 울어요."

헤실헤실 웃는 그녀를 보는데 태진은 괜히 마음이 무거웠다. 그래서 무심코 고개를 돌렸다가 바닥에 떨어져 있는 찢어진 계약서 조각이 시야로 들어왔다. 더욱더 마음이 안 좋아졌다.

"근데 태진 씬 우는 모습도 멋있을 것 같아요."

태진의 얼굴을 물끄러미 올려다보고 있던 이연이 불쑥 말을 건넸다. 별보다 더 형형히 빛나는 그녀의 눈빛 때문에 태진은 그만 실소가 터졌다.

"한번 울어볼까요?"

태진이 가볍게 농담을 던지자 이연은 풋 하고 웃음을 터뜨렸다.

"우는 연기가 벌써 가능해요? 그거 난도 높은 건데."

그녀의 웃음 섞인 반응에 태진은 감정을 잡고 우는 연기를 시도해보았다. 하지만 쉽지 않았다.

"안 되네요."

"한 번만 더 해봐요."

"안 돼요. 내 눈이니까 내가 알아요. 안 됩니다."

"그래도요. 한 번만."

이연의 애교에 못 이긴 척 태진은 재시도를 해보았지만, 역시나 실패였다.

◆ ✣ ◆

태진이 시니에서 연기 레슨을 받게 된 지도 보름이 넘어가고 있었다. 오늘도 태진은 지극히 자연스럽게 시니 사무실로 들어왔다.

"저희 계약서예요."

그를 보자마자 이연이 내민 서류에 태진은 조금 긴장하고 말았다. 예상보다 빠른 전개였던 것이다.

"이 계약서, 검토 좀 하고 사인해도 되죠?"

태진은 서류를 받아 들고선 긴장을 숨긴 채 태연하게 물었다. 그러자 이연의 뒤쪽에 서 있던 인후가 달려들 듯이 다가왔다.

"우리 이연이를 못 믿는 거야?"

태진의 덤덤한 시선이 인후에게로 향했다. 그가 서류 든 팔을 내리고는 진지하게 대답했다.

"그게 아니라, 확실히 하고 싶어서 그러는 겁니다."

"확실히 할 게 뭐 있어, 신이연이 계약하자는 건데."

그래서다. 신이연 대표가 건넨 전속계약 서류에 자신이 사인을 한다는 게 무슨 의미인지 너무나 잘 알고 있기에. 자신의 작은 사인 하나가 어떤 파장을 불러일으킬지 너무나도 잘 알고 있기 때문에.

"이런 건 처음이니까, 서로 조심하자는 거죠."

태진의 냉정한 말투에 인후는 기분이 상한 듯 보였다. 뾰로통해진 그가 태진을 흘겨보았다.

"되게 유치한 성격이면서 이럴 땐 신중한 척이네."

이연은 인후에게로 손을 뻗어 그의 등을 토닥거렸다. 인후를 진정시킨 이연이 태진을 향해 입을 열었다.

"괜찮아요. 천천히 살펴보고 사인해주세요."

말을 마친 그녀가 싱긋 웃었다. 가식이나 거짓이 느껴지는 태도가 아니었다. 그녀는 진심이었다.

"전 얼마든지 기다릴 수 있으니까."

이연이 덧붙인 말을 들은 태진은 자신의 관자놀이를 긁적였다. 마음이 꽤 불편했다. 이런 걸 양심의 가책이라고 하는 건가.

"그러다 너 늙는다, 신이연."

인후가 이연을 팔꿈치로 쿡쿡 찌르며 장난스럽게 말했다.

"괜찮아. 이미 늙었어."

이연은 더 장난스럽게 인후의 농담을 받아친 후 환하게 웃었다. 그 모습을 보는 태진의 마음이 더욱 불편해졌다.

그의 불편함을 알 리 없는 이연은 다음 순간 탁자 위에서 두툼한 대본 하나를 집어 들더니 태진에게 건넸다.

"그리고 이거, 인후 예전 드라마 대본인데, 읽으면서 대사하는 연습 좀 해보세요."

대본 첫 장에 써진 제목은 '적과의 동침'이었다. 그걸 눈으로 읽은 태진은 쿨럭, 괜한 헛기침이 났다.

◆ ◆

천연대리석과 클래식 우드 인테리어로 고급스러운 느낌이 물씬 풍기는 사장실 안. 그곳에서 태진은 방금 자신이 들은 말을 믿을 수 없다는 듯 되물었다.

"뭐라고?"

그러나 그 새 소식은 토씨도 달라지지 않고 다시 그의 뇌를 흔들었다.

"송아준이 우리랑 계약하겠다고 했다니까! 대박이지?"

진 엔터테인먼트 부사장인 연훈은 회사로 들어오기 전 아준과 짧은 미팅을 가졌다. 거기서 아준에게 긍정적인 대답을 들었다.

"진작에 우리 같은 큰 회사로 옮기고 싶었대."

수백 명에 달하는 전직원이 바라고 자신 역시 염원하던 한국의 천재 MC 송아준과의 전속계약.

'정말 우리 쪽을 선택한 거야?'

불과 저번 달까지만 해도 그토록 바라던 일이었건만 태진은 죄어오는 심장에 기분이 나빠졌다. 꿈같은 일이 이루어진 것인데, 연훈과 팔짱을 끼고 포크댄스를 춰도 모자랄 판에 왜 하필 자신의 기획사인 거냐고 불안해하는 꼴이라니…….

뭔가 참으로 이상하게 돌아가고 있었다.

"나 당분간 송아준 못 만난다."

마른침을 삼킨 태진이 자못 심각한 표정으로 말했다. 그의 원목 책상 앞에 서 있던 연훈은 두 눈이 휘둥그레졌다.

"왜?"

"왜긴 왜야. 송아준이랑 시니 사무실에서 맞닥뜨린 적 있잖아."

"아아. 그건 그냥 잠깐 들른 거라 둘러대면 되지."

그렇게 간단한 문제가 아니었다. 그날 일에 대해 알 리 없는 연훈의 여유로운 태도에 태진은 마음이 불편해졌다.

"그때 일이 좀 있었단 말이야. 그래서 아직 껄끄러워."

게다가 송아준은 자신을 시니와 계약할 사람이라고 알고 있었다.

"무슨 일이 있었는데?"

연훈이 옆으로 긴 눈을 동그랗게 뜨며 물었지만, 태진은 차마 대답할 수 없었다. 그날 아준과 이연에게 무슨 일이 있었는지.

"어쨌든, 당분간 연훈이 네가 대표 대행 좀 맡아."

다소 불안하게 뛰는 심장을 다스리려 태진은 자신의 앞에 놓인 커피잔을 들어올렸다. 이미 식을 대로 식은 커피였지만 지금 이 순간 갈증을 해소하기에는 딱이었다. 그런 태진에게로 연훈은 의구심 가득한 눈빛을 보냈다.

“근데 너 어째 심하게 열심이다?”

“뭐가?”

“그렇게 하기 싫어하더니만, 지금은 들킬까 봐 네가 더 몸을 사리잖아?”

뜨끔하고 심장이 반응한 태진이 커피잔을 내려놓으며 냅다 외쳤다.

“그럼 너는 내가 어정쩡하게 들켜서 창피나 당했으면 좋겠냐? 나 아직 시니 대표의 캐스팅 필살기도 못 알아냈거든? 내가 지금 그걸 알아내기 위해서 얼마나 고생하고 있는지 네가 알기나 해? 일주일 내내 그 쥐 코딱지만 한 사무실에 가서는 발성 연습이니 표정 연습이니 해서 그 시니 대표랑 단둘이 꼭 붙어 있다고, 내가!”

“그래, 알았다, 알았어. 너 진짜 수고한다, 수고해. 그러니까 앞으로도 수고 좀 해줘.”

질색한 연훈이 두 손을 들며 항복 자세로 사장실을 빠져나갔다. 그가 나가고 나자 태진은 아주 깊게 한숨을 내쉬었다.

chapter 2

양심

자신의 촬영장에 와달라는 친한 영화감독의 부탁으로 이연은 경기도의 한 세트장으로 향했다.

김 감독은 이연을 보자마자 그녀를 데리고 리허설이 진행 중인 현장으로 갔다.

"여기 앉아서 봐."

메인 카메라 뒤쪽 공간 자리까지 양보하는 김 감독의 배려에 이연은 어쩔 줄 몰라 했다.

"내가 고마워서 그래. 덕분에 캐스팅이 아주 찰떡이거든."

김 감독은 이미 몇 개월 전에 이연에게 시나리오를 보내 주조연들의 캐스팅에 관한 조언을 얻었었다. 다수의 코미디 영화를 흥행시킨 김 감독은 그만큼 이연의 눈썰미를 맹신하고 있었다. 그녀가 뜬다 해서 안 뜬 배우 없었고, 그녀가 추천해서 미스캐스팅이란 소리 나온 적 한번 없었다.

정작 그런 그녀에게 주변 인복이 없는 건 참 안타까운 일이었다. 그녀가 부사장에게 배신을 당해 회사를 접을 뻔한 건 업계에서 꽤 유명한 사건이니 말이다.

잠시 서서 리허설을 지켜보던 이연이 웃는 얼굴로 김 감독을 돌아보았다.

"재미있는데요?"

"재미있어?"

간단한 평가였지만 김 감독의 얼굴은 확 밝아졌다. 그가 껄껄 웃으며 이연에게 제안했다.

"그럼 카메오로 인후 보내주는 거지?"

"카메오 출연이요? 저희야 감사하죠."

이번엔 이연의 표정이 화사하게 밝아졌다. 촬영시간을 체크하던 김 감독이 문득 생각난 듯 조그만 목소리로 말했다.

"근데 아준이 말이야."

'아준'이란 이름에 이연은 얼마 전 일이 떠올라서 얼굴빛이 살짝 어두워졌다. 그녀를 걱정하며 김 감독이 말을 이었다.

"알고 있나 보네. 아준이 진이랑 계약하는 거."

"네?"

이연은 순간 뒤통수를 한 대 얻어맞은 기분이었다.

♦ ✣ ♦

귀가를 위해 고급 세단에 올라탄 태진의 손에는 서류가 들려 있었다. 시동을 켜기 전 태진은 다시 한 번 서류를 꼼꼼히 살폈다.

'카오스 월드투어 일정'이란 타이틀의 서류는 내년 1년 동안 아시아, 유럽, 북남미에서 진행될 그룹 '카오스'의 콘서트 일정이 빼곡하게 적혀 있었다.

그때 조수석에 던져놓은 휴대전화가 울렸다. 태진은 무심한 시선으로 자신의 휴대전화를 보았다.

[시니 대표]

두근. 여전히 낯선 그 저장 이름에 태진의 심장은 조금씩 불안정하게 뛰기 시작했다.

"뭐지? 이 시간에? 왜?"

할 말 있으면 내일 레슨 때 해도 될 텐데. 고개를 갸웃거리던 태진의 눈매가 가늘어졌다. 그러고 보니 저번에 이연이 자신의 전화 목소리를 그렇게나 칭찬했었다. 혹시 그 목소리가 또 듣고 싶어진 걸까?

"못 말린다, 진짜."

피식 웃음을 터뜨린 태진이 잽싸게 휴대전화를 귀로 가져갔다.

"네. 여태진입니다."

평소보다 지나치게 목소리를 깔고 전화를 받자 상대방은 그와 반대로 엄청난 고음을 쏘아댔다.

- 전화 좀 빨리 못 받아? 숨넘어가겠다, 진짜! 아저씨, 당신 지금 어디야?

"이인후 씨?"

이인후였다. 태진은 예상과 빗나간 전화 상대에 맥이 탁 풀려버려 바로 목에서 힘을 뺐다.

"왜 나한테 전화질이세요?"

- 뭐?

"나 지금 엄청 바쁘거든요. 전화 받고 있을 시간 없습니다."

- 뭐야? 그렇게 바빠? 그럼 여기 못 와?

밑도 끝도 없는 인후의 요구에 태진은 헛웃음을 터뜨렸다. 그가 입가에 비웃음을 매단 채 대꾸했다.

"네. 못 갑니다. 라디오 들어야 해요."

- 아씨! 지금 장난해?

전화기 너머 인후가 버럭 신경질을 부렸다. 장난은 대체 누가 치고 있는 건지 모르겠다. 아랑곳 않고 태진은 말을 덧붙였다.

"이 시간엔 라디오를 꼭 들어야 해서요."

- 당장 와서 이연이나 들어!

"아뇨. 난 라디오를 들…… 이연이?"

순간적으로 화들짝 정신이 들게 하는 그 이름에 태진은 곧바로 핸들을 잡으며 빠르게 물었다.

"거기가 어딥니까?"

굳이 주소까지 들을 필요도 없었다. 태진은 회원제로 운영되는 고급 바의 이름을 듣자마자 전화를 끊었다.

바는 다행히 그가 있는 곳에서 멀지 않은 위치에 있었다. 능숙하게 길을 찾아 건물 입구로 들어섰다. 태진도 그곳 회원이었기에 주차부터 입장까지 일사천리였다. 바 내부로 들어선 태진은 구석 자리에 있는 인후를 발견하고 달려갔다.

"나 영화 카메오 촬영 때문에 가봐야 하는데, 도무지 일어날 생각을 안 하잖아."

난감한 낯빛의 인후가 태진을 보자마자 사정을 설명했다. 태진의 시선이 테이블에 엎드려 있는 이연에게 고정되었다. 푸르스름한 조명 밑으로 선이 고운 이연의 옆얼굴이 선명하게 드러났다.

가만히 서서 그녀의 얼굴을 한참이나 들여다보고 있는 태진을 향해 인후가 입을 열었다.

"술도 약한 주제에 양주를 마시겠다고 우기더라고. 그러더니 두 잔만에 이렇게 됐어."

곧바로 태진의 곱지 않은 눈빛이 인후에게로 돌아갔다.

"술 약한 거 알면서도 마시게 뒀습니까?"

눈썹을 구기며 자신을 책망하는 태진의 태도에 인후가 발끈했다.

"그럼 어떡해? 속상해 죽겠다는데!"

그 순간 태진은 눈을 돌려 테이블 위에 있는 호박색 술병과 빈 술잔을 확인했다.

"아무리 그래도 그렇지, 어떻게 위스키를 마시게 합니까?"

술 약한 사람에게 위스키라니. 주스나 얼음과 함께 희석해서 마시지 않았다면 아마 목이 타들어가는 듯했을 것이다.

자신을 매섭게 노려보는 태진을 향해 인후가 버럭 소리쳤다.

"나 같아도 맨정신으론 버티기 힘들 것 같아서 그냥 뒀다, 왜!"

"왜 맨정신으로 못 버티는데요? 도대체 무슨 일이 있었길래……!"

태진 역시 목소리가 높아졌다. 그러나 인후가 그의 말을 도중에 잘라버렸다.

"송아준이 진 엔터랑 계약했다잖아!"

"!"

태진의 까만 동공이 미세하게 흔들리기 시작했다. 멈출 수 없는 동요를 숨기기 위해 태진이 고개를 돌리는 순간 인후가 울분에 차 소리쳤다.

"배신감이 얼마나 크겠어! 송아준 그 자식, 고작 실연 좀 당했다고 10년지기 가슴에 대못을 박아? 이연이가 진 엔터를 얼마나 싫어하는데! 시니에서 키운 애들만 쏙쏙 빼간다고 거의 원수로 생각하는 거 제일 잘 알면서!"

괴로운 듯 미간을 찡그린 태진의 속눈썹이 작게 떨렸다. 진 엔터테인먼트가 시니 소속 배우들에게 많은 관심을 보인 건 사실이다. 같은 A급 배우여도 소속사가 시니라면 무조건 그쪽과 계약하려 했으니까. 하지만 그건 그만큼 시니가 대단하다는 증거였다.

태진이 다시 인후를 돌아보고는 나직하게 말했다.

"아직 계약은 안 한 걸로 알고 있습니다."

보고받은 바로는 송아준과 현재 구두계약까지만 진행된 상태였다. 즉, 아직 송아준이 계약서에 사인을 한 건 아니란 말이다.

"그걸 아저씨가 어떻게 알아?"

인후가 곧바로 의문 서린 눈빛을 보냈다. 태진은 대답 대신 자신의 손목을 들어 시계를 확인했다.

"시간 없다면서요? 여긴 내가 알아서 할 테니 그만 가보세요."

갑자기 냉랭해진 태진의 목소리에 인후는 그제야 휴대전화로 시간을 확인했다.

"그럼, 이연이 좀 부탁할게."

인후가 급히 자리를 뜨자 태진의 구두가 이연에게로 더욱 가까이 다가섰다. 태진은 선 채로 이연의 어깨를 향해 천천히 손을 뻗었다.

톡톡. 검지와 중지로 이연의 가냘픈 어깨를 살짝 건드린 태진이 입을 열었다.

"일어나요."

말은 그렇게 하면서 정작 목소리는 혹시라도 깰까 봐 조심스럽기만 했다.

"일어나라고요."

이연은 여전히 아무 반응이 없었다. 다음 순간 태진의 긴 손가락이 그녀의 얼굴로 뻗어졌다. 불그스름한 볼 언저리에서 손을 멈칫한 그가 주먹을 쥐며 두 눈을 질끈 감았다.

"왜 이래요, 진짜."

태진은 다시 눈을 뜨고 조금은 원망 서린 목소리로 중얼거렸다.

"나 어떡하라고요? 나 보고 대체 뭘 어떻게 하라고……."

그때 이연이 살짝 눈을 떴다. 놀란 태진은 황급히 손을 밑으로 내리면서 물러섰다. 상체를 일으킨 이연이 커다란 두 눈을 느리게 깜박거렸다. 건너편 자리가 비어 있는 걸 확인한 그녀가 손으로 턱을 괴었다.

"또 혼자네……."

조용히 중얼거리는 이연의 목소리가 서글프게 들렸다.

"왜…… 다 떠나버리는 걸까……."

이어지는 이연의 목소리에 태진은 심장이 덜컥 내려앉는 느낌이었다.

"내가 뭘 그렇게 잘못한 걸까……."

태진이 굳은 채 아무것도 못 하고 있는 사이 이연은 테이블에 이마를 대고 눈을 감았다.

어슴푸레 다시 잠에 빠져드는 이연에게 몇 년 전 기억 하나가 꿈처럼 떠올랐다.

"신 대표는 그게 문제야. 애들을 너무 믿잖아."

"믿는 게 나쁜 건 아니잖아요."

"아무리 우리 회사 애들이래도 다 믿지 마. 양아치들 많아."

"그렇게 말씀하지 마세요. 전 무조건 믿을 거예요."

"믿지 말라니까."

그런 말을 들은 지 1년도 채 지나지 않았던 어느 날, 서늘한 기운이 감도는 텅 빈 사무실에 혼자 남겨졌었다. 냉정하게 뒤돌아서 가버린 조 실장의 말을 곱씹으면서.

"그래서 내가 믿지 말라고 했잖아."

두 눈을 질끈 감고 있는 이연의 눈썹이 볼품없이 구겨지고 눈가엔 눈물이 맺혔다.

◆ ✣ ◆

이연은 눈을 뜨자마자 머리가 깨질 듯한 숙취가 느껴져서 미간을 찡그렸다. 찌푸린 채 뜬 시선의 끝에는 온통 모르는 것투성이였다. 모르는 천장, 낯선 벽지, 처음 보는 침구와 럭셔리한 가구들.

꿈인가 싶어서 손으로 두 눈을 비벼보았는데 아니었다. 자신의 집은 물론이고 오성급 호텔보다도 더 깔끔한 것 같은 이 공간은 도대체 어디란 말인가.

입을 틀어막은 채 이연은 천천히 상체를 일으켰다.

"여기가 대체 어디야?"

그러다 재빨리 이불을 걷어내 제 차림새를 살폈다. 어깨끈이 달린 가벼운 상의와 속옷만 걸친 상태다. 일순 이연의 얼굴이 일그러졌다.

휘익. 황급히 이불을 다시 끌어다 목까지 덮은 이연의 얼굴엔 더한 혼란이 떠올라 있었다.

"나 왜 다 벗고 있는 거야?"

아무것도 생각이 나지 않았다. 그래서 일단은 이불을 꽁꽁 싸맨 채로 일어나 방문을 향해 걸어갔다.

손잡이를 잡은 이연이 심호흡하고는 천천히 문을 열었다. 그녀의 눈에 운동장만큼이나 널찍한 거실이 들어왔다. 그다음엔 디귿자 모양의 상아색 가죽 소파가 들어왔고 곧이어 누워 있는 남자의 탄탄한 가슴근육도 들어왔다.

"꺅!"

움찔. 갑작스러운 비명에 소스라치게 놀라 잠에서 깬 태진이 튕겨지듯 몸을 일으키다가 넘어졌다.

"으헉!"

실크 파자마의 하의만 입은 그가 바닥을 나뒹굴었다. 이연은 태진의 얼굴을 확인하고 당황한 목소리로 소리쳤다.

"태, 태진 씨? 왜 벌거벗고 있어요? 도대체 왜!"

바닥에 쓸린 등을 만지며 몸을 일으킨 태진이 시선을 내려 자신의 옷차림을 살폈다. 가끔 잠결에 갑갑하면 윗옷을 벗곤 하는데 어젯밤에도 그런 모양이다.

"내가 원래 잘 때 상의는 잘 벗어요."

"그래도 제가 방에 있는데 조심하셨어야죠!"

"아, 예. 죄송합니다."

비몽사몽 중에 정중히 사과까지 하고 태진은 파자마 상의를 찾기 시작했다. 그 앞에서 이연은 어젯밤 일을 떠올리려고 애썼다. 그러나 아무리 생각해봐도 무엇 하나 떠오르지 않았다. 분명한 건 태진과 자신의 옷이 벗겨져 있다는 사실 하나뿐이었다.

이연은 흔들리는 동공으로 태진의 지나치게 말끔한 얼굴과 탄탄한 근육으로 이루어진 상체를 조심히 훑었다. 그녀의 심장이 콩콩콩 뛰면서 그럴싸한 가정 하나가 떠올랐다.

'태어나서 단 한 번도 그런 실수를 한 적은 없다. 하지만, 혹시 모른다. 길거리 캐스팅까지 시도했었던 매력적인 남자니까 혹시나 술김에…….'

다음 순간 그녀가 긴장한 표정으로 마른 입술을 축이고는 태진이 경악할 만한 추측을 던졌다.

"설마 그런 건 아니죠? 제가 태진 씨를 덮쳤다거나……."

"미쳤어요? 아님, 아직도 꿈꿔요?"

태진은 그녀의 말을 가차 없이 싹둑 잘랐다. 그러곤 잽싸게 파자마 상의를 입고서 단추를 잠갔다. 이연은 무안해하며 자신을 감싸고 있는 이불을 더욱 꽉 움켜쥐었다.

"……아!"

그런데 그 순간 지금까지 미처 깨닫지 못했던 엄청난 사실을 눈치챘다.

이연이 목소리를 높였다.

"제가 대체 왜 태진 씨랑 같이 있는 거예요?"

자신은 어제 분명 인후와 단둘이 바에 갔단 말이다. 이에 태진은 냉소적인 미소와 어투로 화답했다.

"참 빨리도 물어보십니다."

◆ ✣ ◆

이연을 업은 채 자신의 펜트하우스로 올라가는 전용엘리베이터에 탄 태진이 뒤쪽의 이연을 향해 말했다.

"일단, 나는 대표님 집을 모르니까 내 집으로 가는 것뿐입니다."

두 눈을 감은 이연은 세상모르게 잠에 푹 빠진 상태였다. 가상의 대답이 들린다는 듯 태진은 다음 말을 이었다.

"호텔이요? 생각해봤죠. 근데 당신은 모르겠지만, 우리가 둘이서 호텔에 가는 건 굉장히 이상한 일이거든요."

정말이지 만에 하나 연예계 베테랑 관계자가 호텔로 들어가는 우리 둘을 본다면, 그거만큼 재미있는 코미디는 없을 것이다.

연예기획사 전설인 시니 엔터테인먼트 대표와 그 기획사의 배우들을 데려가서 거대해진 국내 최대 연예기획사 진 엔터테인먼트 대표의 호텔 스캔들이 될 테니 말이다.

풀썩.

태진은 거실 가죽 소파에 이연을 내려놓은 다음 허리를 쭉 폈다. 그때 이연이 꿈틀거리며 눈을 떴다.

"윽……."

고통스러운 신음을 내뱉는 이연에게로 재빨리 상체를 숙이며 태진이 물었다.

"괜찮아요?"

이연은 고개를 좌우로 저었다.

"아니. 나 머리 아파."

그녀의 가늘고 하얀 손가락이 관자놀이를 짚었다. 그러곤 찡그린 눈을 들어 앞에 있는 태진의 얼굴을 쳐다보았다. 그녀의 큰 두 눈이 더 크게 벌어졌다.

"어? 태진 씨? 어? 언제부터……?"

"아까부터 여태진이었습니다."

이연의 볼이 화악 붉어졌다. 머쓱해진 이연은 헛기침하며 목을 가다듬었다. 그런 다음 주위를 휘휘 둘러보았다.

"이상하네요. 우리 집이 좀 넓어졌네요."

"내 집입니다."

이건 뭐 눈만 떴지, 여전히 잠자는 사람처럼 횡설수설이었다. 난감한 표정의 태진이 점잖게 입을 열었다.

"많이 취하신 것 같은데, 일단 내 방에 가서 주무시는 게……."

"아뇨. 저는 우리 집이 좋아요. 그러니까 우리 집으로 갈 거예요. 컴백홈하겠다고요."

태진은 자리에서 벌떡 일어서는 이연의 어깨를 잡아 다시 앉혔다.

"이 상태로 어딜 가신다는 겁니까?"

"마이 홈이요, 우웩……!"

일어섰다 앉는 바람에 토기가 올라온 건지 이연은 구역질하며 자신의 입을 막았다. 그러나 구토물은 이미 그녀의 치마로 흘러내린 상태였다. 경악한 태진이 돌처럼 굳어진 사이 이연은 더러워진 스커트의 지퍼를 열었다.

"저, 이거 못 입어요."

엉덩이를 들어 치마를 벗는 그녀의 행동에 소스라치게 놀란 태진은 고개를 돌리며 한 손으로 제 눈을 가렸다.

"벗지 마요……!"

하지만 그의 외침에도 이연은 꿋꿋이 치마를 벗어 바닥에 뭉쳐놓고 있었다. 거기서 끝이 아니었다. 블라우스에도 묻은 구토물을 확인한 그녀가 블라우스의 단추를 풀기 시작했던 것이다.

태진은 자신의 방으로 뛰어가 이불을 집어 왔다. 그러곤 그것을 소파 너머로 휙 던져 이연의 몸을 가렸다. 따뜻한 이불이 온몸을 감싸자 기분이 좋아진 이연은 그것을 돌돌 두르고는 소파에 풀썩 누웠다.

"여기서 얌전히 잘게요."

말간 얼굴의 이연이 바닥에 떨어져 있는 그녀의 블라우스와 치마를 쳐다보고 있는 태진을 향해 말했다. 단언컨대 이토록 난감하고 곤란한 순간은 지금껏 살면서 단 한 번도 없었다. 얕은 한숨을 내쉰 태진이 이불로 감싸진 이연을 번쩍 들어올렸다.

"꺄."

이연의 비명을 가볍게 무시하며 태진은 그녀를 자신의 방으로 데려가 침대에 눕혔다.

"여기서 얌전히 자요."

곧바로 허리를 편 태진이 발을 떼려고 하자 이연이 급하게 물었다.

"태진 씨는요?"

"나는, 다른 방에서 자면 돼요."

그러자 이연이 이불 속에서 손을 빼내 그의 팔뚝을 덥석 잡았다. 놀란 태진의 눈썹이 치켜올라갔다.

"가지 마요."

"!"

유혹이라기엔 너무 청초했고 단순 호기심이라기엔 매우 위험했다. 태진의 심장이 불규칙적으로 뛰기 시작했다. 다음 순간 모질게 마음을 다잡은 태진이 그녀의 손을 떼어내려 하자 이연이 다갈색 눈동자를 촉촉하게 적신 채 물어왔다.

"태진 씨도 저 버릴 거예요? 우리 시니 소속 배우였던 애들처럼?"

태진은 어떤 말도 행동도 할 수가 없었다.

◆ ⁘ ◆

"그렇다고 같이 잘 순 없으니, 방에서 제일 가까운 소파에서 잔 겁니다."

어젯밤에 있었던 일들을 다 전해 듣고 이연은 볼이 발그레 물들었다. 그녀가 앞에 서 있는 태진의 얼굴에서 슬그머니 시선을 내렸다.

"정말 미안해요."

쥐구멍이 있다면 그곳으로 들어가서 숨고 싶은 심정이었다. 혹은 타임머신이 있다면 하룻밤 전이나 먼 미래로 가고 싶었다.

"차마 얼굴을 못 들겠네요."

이연이 머리를 푹 숙였다. 한동안 두 손으로 이불을 움켜쥐고 조몰락거리던 그녀의 눈동자에 문득 이채가 서렸다.

"근데 저기……."

염치는 없지만, 그래도 이 말은 꼭 물어야 할 것 같아서 이연은 조심스럽게 고개를 들었다.

"제 옷은 어디다 두셨나요?"

속옷 차림인 것이 못내 신경 쓰였던 탓이다. 슬쩍 올려다본 태진은 그사이 트레이닝복으로 환복한 상태였다. 꼿꼿이 선 그가 주머니에 손을 찔러 넣으며 태연하게 대꾸했다.

"토하셨잖아요. 세탁소로 안 보낼 수가 없었어요."

"아……."

할 말을 잃은 이연이 몸을 감싼 이불을 더욱 콱 움켜쥐었다. 그래도 명색이 그를 캐스팅한 기획사 대표인데, 이미지 타격이 너무나 컸다.

이연은 주저하듯 한참을 입술만 달싹거리다가 겨우 질문했다.

"그럼 언제쯤……?"

인간적으로 아주 몹시 창피했지만 그래도 이곳에서 벗어나려면 옷이 필요했다.

"글쎄요. 요즘 워낙 바쁘다고 하던데. 아마 이따 오후쯤 가지고 올 거예요."

장인이 수놓은 듯한 화려한 나비 무늬가 박힌 검정색 트레이닝복을 위아래로 맞춰 입은 태진이 덤덤하게 대답하자 이연은 천천히 고개를 주억거렸다.

'그럼 오후까진 이곳에 있어야 한다는 얘긴데.'

난감해진 이연의 몸이 굳어졌다. 태진은 얼어붙은 것처럼 자리에 꼼짝 않고 서 있는 그녀를 가만히 쳐다보았다. 그의 시선을 느낀 이연이 용기를 내 입을 열었다.

"그럼…… 그때까지 태진 씨 옷을 좀 빌려주시면……."

"내 옷을요?"

태진의 얇게 쌍꺼풀진 눈이 의아하다는 듯 커졌다. 이연은 다시 용기를 내서 그의 얼굴을 정면으로 응시했다.

"계속 이렇게 이불로 싸매고 있을 순 없으니까요."

그러자 태진은 애벌레를 연상시키는 이연의 모습을 까만 동공으로 스윽 훑었다.

"나 결벽증 있는데요."

결벽증 때문에 자신의 옷을 못 빌려주겠다며 딱 잘라 거절하는 태진에게 섭섭한 마음과 난감한 감정이 동시에 들어 이연은 아랫입술을 깨물었다.

그녀의 표정 변화를 꼼꼼히 지켜보던 태진이 뒷말을 이었다.

"대신, 사놓고 안 입는 와이셔츠가 하나 있는데, 그걸 드릴게요."

듣던 중 반가운 소리였다. 이연의 얼굴이 이곳에 오고 나서 처음으로 밝아졌다.

"감사합니다."

이연은 꾸벅 인사를 하고는 침대로 돌아갔다. 그사이 태진은 드레스룸으로 걸음을 옮겼다.

잠시 후 돌아온 그의 손에는 포장도 뜯지 않은 와이셔츠가 들려 있었다.

"새거예요."

"정말 감사합니다."

그가 건넨 새 와이셔츠를 받아 들던 이연이 사이즈를 발견하고 멈칫했다.

[-XXL-]

"아, 이게 그 유명한 투엑스라지……."

참 낯선 사이즈였다. XXL 사이즈의 와이셔츠를 손에 든 이연이 난감함에 힘겹게 입술을 떼자 태진은 괜찮다는 듯 손을 흔들었다.

"부담 갖지 마세요. 나중에 갚으시면 되죠."

사실 저 XXL 사이즈의 와이셔츠는 190센티미터에 덩치까지 큰 연훈이 가끔 이 집에서 자고 출근할 때 입을 수 있도록 사다 둔 것이었다.

"아, 네. 근데 바지는요?"

이연이 조심히 묻는 말에 태진은 조금 곤란한 표정이었다.

"바지는 새것이 없는데."

그러곤 진지해진 얼굴로 말을 이었다.

"아까 세탁소 갔을 때 사올 걸 그랬나 봐요. 근처 세탁소가 문을 닫아서 십오 분이나 걸어서 갔다 왔는데. 왔다 갔다 삼십 분."

"아……."

아침부터 삼십 분이나 걸었다는 말에 이연은 무척 미안한 마음이 들었다. 그녀의 목소리가 방금 전보다 작아졌다.

"이래저래 감사하고 죄송하네요."

그러면서 송구스럽다는 듯이 와이셔츠의 비닐을 뜯었다. 셔츠를 펼쳐서 확인한 그녀가 천천히 입을 열었다.

"제가 여자 사이즈로 스몰 입으면 작고 미디엄 입으면 크거든요. 그렇다 보니 인간적으로 이건 너무 클 것 같네요. 그냥 입던 옷 중에 아무거나 버린다고 생각하고 주시지. 이건 뭐, 이불이랑 다를 바가 없네요?"

처음엔 조곤조곤 말을 시작한 이연이었으나 끝에는 살짝 목소리가 높아졌다. 흠칫한 태진이 그녀의 기분을 살피는 순간 이연이 다부지게 부탁했다.

"그러니까 버린다고 생각하고 반바지 하나만 주세요."

"그럼, 그럴까요?"

태진은 곧장 드레스룸으로 뚜벅뚜벅 가서 검정색 반바지를 꺼내왔다. 이연은 왠지 그가 조금 얄밉게 느껴졌지만 애써 웃으며 반바지를 받았다.

"편하게 입으세요. 난 나가 있을게요."

그렇게 태진이 방에서 나간 후 이연은 이불 속에서 꼬물꼬물 와이셔츠를 입었다. 아무도 없으니 편하게 입어도 될 텐데 그러기엔 뭔가 괜히 부끄러웠다. 이곳이 태진의 방이라서 그런가.

와이셔츠의 단추를 다 잠근 이연이 손을 아예 감춰버린 셔츠의 소매를 접으며 침대에서 내려왔다. 그러곤 책장 옆에 놓여 있는 전신거울로 걸어갔다.

"오오?"

숙취 때문에 엉망일 거라 생각했는데 전신거울에 비친 자신의 모습은 의외로 봐줄 만했다.

"꽤 섹시한데?"

아직 반바지를 입지 않은 상태의 이연은 늘씬한 각선미 때문에 무척 고혹적으로 보였다.

"아직 안 죽었네, 신이연."

커다란 와이셔츠가 원피스처럼 느껴져서 허리 부분을 잡아당겨 뒤로 넘겼더니 허리가 잘록해 보였다. 몸을 이리저리 돌려보면서 이연은 만족스러운 미소를 지었다. 그때 문득 그녀의 머릿속에 인후가 떠올랐다.

"아, 근데 인후는 촬영 잘 끝냈나?"

이연은 어젯밤 인후에게 영화 카메오 촬영이 예정되어 있었단 사실을 기억해내고 자신의 휴대전화를 찾기 시작했다.

"휴대전화가 어디 갔지?"

침대 위와 아래를 아무리 살펴도 없어서 이연은 아무 생각 없이 방문을 열고 태진을 불렀다.

"태진 씨, 혹시 제 휴대전화 못 봤어요?"

방 바로 옆에 있는 철제 선반의 먼지를 털고 있던 태진이 어깨를 틀어 그녀를 돌아보았다.

"협탁……!"

대답을 하려던 태진의 입이 도중에 멈췄다. 긴 생머리를 늘어뜨린 하얀 와이셔츠 차림의 이연을 보는 순간, 말문이 막혔던 것이다.

커다란 와이셔츠를 따라 시선을 내리니 자연스럽게 이연의 맨다리가 눈에 들어왔다. 곡선인 셔츠의 끝자락 밑으로 드러난 곧은 다리가 곤란할 정도로 매혹적이었다.

태진은 황급히 시선을 다시 이연의 얼굴로 올렸다.

"지금 뭐 하시는 겁니까?"

당황한 기색이 역력한 그로 인해 이연은 자신이 지금 와이셔츠만 입었다는 사실을 상기했다. 그녀가 싱겁게 웃었다.

"원피스 같지 않아요?"

이연도 이런 차림으로 방 밖에 나올 생각은 없었지만, 이미 엎질러진 물이었다. 다음 순간 태진은 정색하며 대꾸했다.

"그런 농담, 재미없습니다."

"농담 아닌데……."

중얼거리는 이연의 목소리는 태진에게 닿지 않았다. 그가 돌처럼 굳은 얼굴로 말을 덧붙였다.

"제대로 입고 나오세요. 아침 좀 먹읍시다."

태진은 발이 잘 안 보일 정도의 빠른 스피드로 주방에 들어가버렸다. 그리고 이연은 머쓱한 표정으로 다시 방에 들어갔다.

방으로 들어오자마자 이연은 침대로 풀썩 뛰어들었다. 아무렇지 않은 척했지만 그녀의 두 볼은 벌겋게 달아올라 있었다.

◆ ❖ ◆

"일단, 아침 주스 한 잔 마셔요."

태진은 제 몸보다 두 배는 큰 듯한 와이셔츠와 태진의 반바지를 입고 있는 이연의 앞으로 사과주스를 내려놓았다.

"감사합니다."

이연은 아일랜드 식탁 너머 태진에게 감사인사를 건네고는 주스를 마셨다. 태연하게 행동하고 싶어서 빳빳하게 고개를 쳐들었지만 시선이 자꾸만 밑으로 내려왔다.

그도 그럴 것이 지난밤부터 그에게 너무 많은 민폐를 끼쳤고 지금은 그의 반바지까지 빌려 입고 있었다. 묘한 긴장감이 밀려와서 이연은 애꿎은 주스잔만 손톱으로 긁었다.

"뭐 먹을래요? 토스트? 밥? 파스타?"

태진이 다정한 목소리로 묻자 그제야 이연은 시선을 들어올렸다.

"뭐든 돼요?"

"네. 요리는 잘 못하지만 뭐든 만들어줄게요."

태진의 호쾌하기 그지없는 대답에 이연의 두 눈이 가늘어졌다.

"갑자기 왜 이렇게 저한테 잘해줘요? 설마……."

"설마 뭐요?"

이연은 지금의 이 이상하고 어색한 기분을 확 떨쳐내고 싶었다. 그래서 식탁 옆으로 자신의 맨다리를 쭈욱 뻗으며 말했다.

"지금 제가 꽤 섹시한가 봐요?"

장난기 가득한 이연의 목소리와 행동에 태진은 당황해 정색했다.

"설마요."

이연은 표정이 서서히 굳어졌다. 장난이었는데 다큐로 받으면 어떡하냐고 웃어버릴 수도 있었는데, 하지 못했다. 서운함과 서러움이 파도처럼 밀려왔던 것이다.

"왜 그래요?"

갑자기 시무룩해진 이연의 낯빛을 포착한 태진이 식탁을 돌아 가까이 다가왔다. 태진을 올려다보면서 이연은 대충 둘러댔다.

"아, 그냥 속이 좀……."

핏기가 싹 가셔서 안 그래도 하얀 얼굴이 창백했다. 태진이 걱정스럽게 물었다.

"숙취 때문에 그래요? 밖에 나가서 해장국이라도 사 먹을까요?"

다음 순간 이연은 애써 웃으며 얼굴 근육을 풀었다. 미소 지은 그녀가 두 팔을 벌렸다.

"이러고 나갈 수나 있고요?"

큰 와이셔츠를 뚫고 쑥 나온 작은 손과 웃는 얼굴이 귀여웠다. 불쑥 태진은 그대로 그녀를 꼭 안아버렸으면 좋겠단 충동이 들었다. 스스로에게 진심으로 당황한 태진이 화끈 달아오르는 얼굴을 황급히 좌측으로 돌렸다. 그 상태 그대로 그가 말했다.

"내가 트렌치코트 빌려주면 되죠."

"코트? 그것도 분명 크겠죠?"

"아. 아버지 코트를 몰래 입은 느낌이려나."

피식 웃음을 터뜨린 이연이 불현듯 스친 의문에 미간을 좁혔다.

"잠깐."

이연이 이렇게 서두를 꺼내자 태진의 고개가 그녀에게로 돌아갔다. 의아한 눈빛의 이연이 물었다.

"코트를 빌려줄 수 있어요?"

"네."

"당신 거를요?"

"네."

그 순간 이연은 고개를 갸웃했다. 이내 입가에 묘한 미소를 단 그녀가 속삭이듯이 말했다.

"당신 참 이상해요."

"내가요? 왜요?"

태진은 이해할 수 없다는 얼굴을 했다. 곧바로 이연이 그 이유를 알려주었다.

"아까의 그 결벽증은 대체 어디로 간 거예요?"

이에 태진의 눈이 다소 크게 벌어졌다.

바지를 빌려준 것뿐인데, 결벽증까지 줘버린 걸까. 아니면 처음부터 그녀에겐 없었던 걸까.

"아……. 글쎄요. 어디로 갔을까요?"

이연이 '그럼 당장 다른 옷 내놔요!'라고 소리칠 수 없었던 건 그의 말끝에 퍼지는 사람 설레게 하는 미소 때문이었다.

이연은 목소리를 큼큼 가다듬더니 새로운 제안을 했다.

"레슨이나 하죠."

"뭘 하자고요?"

태진은 일부러 되물었다. 이연은 태연한 얼굴로 제가 한 말을 되풀이했다.

"레슨하자고요."

"그런 차림으로요?"

태진의 긴 검지가 이연의 몸을 가리키자 큰 와이셔츠에 반바지 차림의 이연이 눈을 새치름하게 떴다.

"왜요? 절 이렇게 만든 장본인이면서, 무슨 할 말 있으신가요?"

"아니, 그래도 이건 좀……."

"전 괜찮은데, 안 괜찮으신가 봐요?"

시크한 웃음을 짓는 이연을 보면서 태진은 달싹였던 입술을 꾹 다물어버렸다. 그런 다음 소파에 등을 기대며 벽을 치듯 팔짱을 꼈다.

"합시다. 해요, 레슨."

시선을 탁자로 내린 채 대답하는 태진의 얼굴은 굳어 있었다. 그의 눈동자 대신 속눈썹을 보는 이연의 큰 두 눈이 연신 깜박거렸다.

……장난인데 또 다큐로 받았네, 저 남자. 차라리 그냥 웃기라도 하지.

마치 너 절대 안 섹시하다고 확인사살 받은 기분이었다. 싱숭생숭해지는 마음 때문에 이연의 가슴이 요동쳤다.

억지로 마음을 진정시킨 이연이 휴대전화를 꺼내 만지작거렸다. 태진의 레슨 때마다 느낀 걸 적어둔 메모를 찾기 위함이었다.

[여태진의 맹점: 자존심이 강함. 낯간지러운 대사를 부끄러워 함. (예를 들면 예쁘다, 귀엽다 등등.) 애정신이나 고백신이 어려울 듯.]

메모 내용을 여기까지 읽었는데 갑자기 얼굴 근처로 손이 뻗어왔다. 스윽.

"!"

반대편 소파에서 상체를 숙인 태진이 코앞까지 손가락을 뻗어 그 끝을 이연의 이마에 살짝 얹었다.

"혹시 추워요? 열은 없는 것 같은데."

이연은 갑작스러운 그의 행동에 몸이 굳어 겨우 입술만 뗐다.

"왜, 왜요?"

"얼굴이 빨개서요."

아무래도 방금 전 일 때문에 얼굴이 화끈거려서 붉어진 모양이다. 이연은 재빨리 두 손으로 양 볼을 가렸다. 그 바람에 태진의 손이 이마에서 떨어졌다. 태진이 손을 내리며 물었다.

"난방 온도 올릴까요?"

문득 이연은 이 남자의 이런 묘한 친절이 싫다고 느껴졌다.

아준이 사무실에 왔었을 때도, 자신에게 의견을 묻고 그 대답을 듣고서야 밖으로 나갔었다. 그건 마치 자신이 그에게 특별한 존재라도 되는 양 착각에 빠지게 만들었고 우쭐함에 미소 짓게 만들었다.

확실히 이제껏 만나본 적 없는 부류의, 조금 많이 이상하고 제법 신경이 쓰이는 남자였다.

그러나 태진은 시니 엔터테인먼트의 소속 연예인이 될지도 모르는 사람이었다. 소속 배우에게 특별한 감정을 갖는 건 있을 수 없는 일이고, 10년 동안 단 한 번도 없었던 일이다.

'그러니 끌려서도 안 된다.'

커다란 결론이 내려지자 이연은 허리를 꼿꼿하게 펴고 주먹을 꽉 움켜쥐었다. 그녀가 눈앞에서 걱정스러운 눈빛을 보내고 있는 태진을 똑바로 마주했다.

"됐어요. 대표라고 너무 잘해주는 거 아니에요?"

말끝으로 이연은 싱그러운 미소를 지었다. 그녀를 빤히 쳐다보면서 태진은 도리어 물었다.

"당신이 내 대표였어요?"

"그럼 아닌가요?"

"우리가 계약을 했던가요?"

생각지도 못한 반문에 이연은 어안이 벙벙해졌다. 그가 자신이 건넨 계약서를 받았고 한 달 내내 레슨에 착실하게 나왔기 때문에 곧 시니에 들어올 거라 완벽히 착각했는지도 모른다.

태진은 실망하는 기색이 역력한 이연의 얼굴을 물끄러미 보다가 힘없이 웃었다.

"특별히 잘해주는 거 아니에요. 그냥 몸에 밴 매너예요, 매너."

이연은 여전히 심장이 동요하고 있었지만, 더 이상 그를 다그치고 싶지 않았다. 부담을 주고 싶지 않았다. 그녀가 얼른 화제를 돌렸다.

"요즘 연기 연습은 하고 있어요? 애정신이 어렵다고 했었죠?"

레슨 때 스치듯 둘러댄 말이었는데, 이연은 그걸 기억하고 있었다. 태진이 관자놀이를 긁적이며 대답했다.

"네. 고백신 같은 거요."

그런 다음 탁자 밑에서 대본 하나를 꺼냈다. 이연이 저번에 건네준 드라마 '적과의 동침'의 대본이었다.

"전에 주신 로맨틱 코미디 드라마 대본인데, 몇 번 읽어봤거든요. 근데 역시 고백신에서 자꾸 막혀요."

거짓말이었다. 사실 딱 한 번 읽어봤다.

"흐음. 역시."

예상했다는 듯 이연은 고개를 주억거렸다. 그녀의 다갈색 눈동자가 생각에 잠긴 것처럼 깊어졌다. 태진은 작은 턱을 괴는 그녀의 행동을 가만히 지켜보다가 말했다.

"지금 한번 읽어볼게요. 들어주세요."

"네."

이연은 다부지게 고개를 끄덕였다. 반짝거리는 그녀의 눈빛을 마주한 태진이 대본을 들춰보지도 않은 채 입을 열었다.

"나 좋아하죠?"

대사를 말하는 그가 생각보다 자연스러웠다. 이연이 입가에 미소를 띠는 순간 태진이 대사를 이었다.

"더 좋아해줘요. 당신이, 당신이 아니게 될 정도로."

이연은 심장의 고동이 점점 빨라지는 것을 느꼈다. 드라마 대사라는 걸 아는데도 심장이 떨렸다. 그런 이연의 설렘을 아는지 모르는지 태진의 대사는 이어졌다.

"내가 나중에 당신 가슴에 대못을 박아도 이따위 아픔은 아무것도 아니라고, 나만 있으면 된다고 애원할 정도로 날, 나만 좋아해줘요."

어째서 겨우 한 번 본 대사들을 다 외워버린 걸까. 대사를 술술 말하면서도 태진은 의문스러웠다.

"미안해요, 이렇게 이기적이어서."

진실함을 담고 있는 태진의 까만 눈동자가 이연의 진한 갈색 눈동자와 마주쳤다. 묘하게 긴장한 이연이 자신의 메마른 입술을 혀로 축였다.

"……."

"……."

태진은 대사를 잇지 않았고 둘 사이에는 언제까지 이어질지 모르는 침묵이 이어졌다. 침묵으로 인해 자신의 심장 고동소리가 그에게 들릴까 두려워진 이연은 침묵을 깨기로 결심했다. 그녀가 붉은 입술을 여는 순간 태진이 먼저 말했다.

"이 뒤는 생각이 안 나네요."

"아, 네. 연기가 많이 늘었네요, 태진 씨."

이연은 애써 웃는 얼굴로 태진을 칭찬했다. 그러자 태진은 여유로운 미소를 지었다.

"레슨 선생님이 훌륭하시거든요."

◆ ✣ ◆

삐비비빅.

현관문의 도어록이 해제되는 소리가 들렸다. TV를 켜놓은 채 휴대전화로 업무 메일들을 읽고 있던 이연의 시선이 그쪽으로 돌아갔다. 그녀의 옷을 직접 가서 찾아오겠다며 나간 태진이 돌아온 거라 생각했는데, 들어오고 있는 낯선 이를 확인한 이연은 새파랗게 질렸다.

"태진아, 나 왔……!"

연훈은 한 번도 본 적 없는 예쁜 여자가 완전 큰 와이셔츠를 입고 하얀 종아리를 드러낸 채 앉아 있는 모습에 소스라치게 놀라고 말았다.

"죄송합니다!"

연훈은 자신이 집을 잘못 찾은 거라 생각했다. 재빨리 허리를 숙여 사과한 그가 등을 홱 돌렸다. 그사이 이연은 황급히 커다란 쿠션을 하나 집어 몸을 가렸다.

뒤돌아 현관으로 나가려던 연훈이 발을 멈칫했다.

"어? 내가 직접 비밀번호로 열고 들어왔으니까 집을 잘못 찾은 건 아니잖아……? 그럼 이게 대체 무슨……."

혼란스러워하던 그가 눈을 동그랗게 떴다. 연훈은 다시 거실 쪽으로 어깨를 틀고는 고개를 꾸벅 숙였다.

"배려가 부족해서, 죄송합니다."

"네?"

이연의 선이 분명하고 큰 두 눈이 휘둥그레졌다. 연훈이 제 자리에서 손끝을 그녀에게로 뻗었다.

"태진이 여자친구분, 맞으시죠? 계신 줄 알았다면 이렇게 불쑥 찾아오진 않았을 거예요. 죄송해요."

주말 낮에 평범하지 않은 옷차림으로, 그것도 혼자 있었으니 여자친구라고 보는 것도 무리는 아니었다. 연훈의 오해에 이연은 얼굴이 화끈거렸다.

"저는 강연훈이라고, 태진이 녀석이랑 서로 집에 막 드나드는 죽마고우입니다. 그래서 비번도 알고 있는 거고요. 그 녀석한테 애인이 없는 지가 너무 오래돼서 지금도 막 생각 없이 들어와버렸네요. 많이 놀라셨죠?"

"아니, 그게 아니라……."

이연은 연훈의 오해를 풀어주고 싶었다. 하지만 이 상황을 명확하게 설명할 단어들이 떠오르지 않았다. 그때 연훈이 다시 고개를 꾸벅 숙였다.

"그럼 전 이만 가볼게요. 실례가 많았습니다."

들어온 것보다 빠르게 연훈은 집을 나가버렸다. 이연은 손톱을 입으로 가져가며 곤란에 잠겼다.

한편, 태진의 집에서 나온 연훈은 싱글벙글 웃는 얼굴이었다. 개떡 같은 성질의 친구 녀석에게 아주 오랜만에 애인이 생겼다는 사실이 기뻤던 것이다.

주차장으로 내려온 연훈이 콧노래를 부르며 자신의 차인 벤츠로 성큼성큼 걸어갔다. 그러다 세탁소 비닐에 감싸인 옷을 들고 있는 태진을 발견했다.

"야, 여태진!"

연훈이 부르자 주차장으로 들어서던 태진이 멈칫했다. 그가 손에 든 옷들을 어색하게 뒤로 감췄다. 연훈은 그런 태진이 귀엽다는 듯 웃으며 다가왔다.

"애인이 생겼으면 생겼다고 말을 해줘야지, 인마!"

태진의 앞에 선 연훈이 장난스럽게 그의 등짝을 때렸다. 그 순간 태진은 눈살을 확 찌푸렸다.

"너, 설마 들어갔다 나온 거야?"

"당연하지. 엄청 예쁘던데?"

"하아……."

태진의 입술 사이로 무거운 한숨이 터져 나왔다. 복잡하게 얼굴을 일그러뜨린 그가 운을 뗐다.

"그게 사실은……."

"러브스토리는 나중에 듣기로 하고. 야, 이제 고지가 코앞이다."

갑자기 연훈이 옆으로 긴 두 눈에 힘을 주고 생기 있는 눈빛을 보내자 태진은 눈썹을 치켜올렸다.

"고지?"

"송아준이라는 고지."

순간 태진의 표정이 딱딱하게 굳어졌다. 흑구슬 같은 새까만 눈동자가 어둡게 일렁였다.

"송아준이 계약서에 사인하겠대."

아준과 처음 만났던 날을 떠올린 태진의 낯빛이 더욱 어두워졌다. 쯧, 낮게 혀를 찬 그가 연훈에게 물었다.

"나도 꼭 가야 되나?"

"당연하지. 어제 송아준이랑 통화했는데, 대표님 얼굴도 모르는데 어떻게 계약하냐고 하더라. 그래서 너도 같이 나간다고 이미 말해놨어."

"뭐?"

태진은 노골적으로 언짢은 기색이었지만 연훈은 적극적으로 밀어붙였다.

"다음 주 수요일쯤 어때? 개인적인 스케줄 있으면 바꾸고."

"나 못 가. 지금은 좀 그래."

태진이 단번에 거절하자 연훈이 표정을 구겼다. 굵은 눈썹을 찡그린 그가 조금 신경질적으로 반응했다.

"대체 뭐가 그런데? 너 설마 시니 때문에 그래?"

태진은 아무 대답도 하지 않았다. 하지만 연훈은 대답을 들은 것만 같았다. 당분간 대표 대행을 맡으라 했을 때부터 느낌이 안 좋긴 했다.

"야, 이제 그만 거기서 나와. 이러다 진짜 계약하자고 매달릴라. 송아준이 우리 쪽으로 온다니까 이쯤에서 몸 사리자."

"조금만 더, 좀만 더 있으면 알아낼 것 같아. 캐스팅 비결."

태진은 연훈에게 시선을 주지 않은 채 말하고 있었다. 이에 연훈은 두툼한 손을 뻗어 태진의 어깨를 꽉 붙들었다.

"야, 여태진. 그만하라니까?"

"나중에. 아직은 아니야."

겨우 마주하게 된 태진의 까만 눈동자는 어지럽게 일렁이고 있었다. 그러자 연훈의 눈동자도 흔들렸다.

"너 지금 뭐 하는 거야?"

연훈이 시니에 태진을 보내기로 결심한 건 그가 까칠하고 냉정한 눈빛을 지녔기 때문이다. 그런데 지금 친구의 복잡한 눈빛은 무척 생소한 것이었다.

연훈의 입에서 허탈한 목소리가 흘러나왔다.

"캐스팅 비결을 알아내라고 보냈더니 네놈이 시니에 홀려버리면 어떡해?"

기막혀하는 연훈을 응시하던 태진이 눈썹을 꿈틀 움직였다. 그가 서늘한 음성을 내뱉었다.

"웃기지 마."

자신이 신이연에게 홀리다니, 그럴 리 없다. 절대.

"그런 쓸데없는 소리 할 거면 꺼져."

태진은 언짢은 표정으로 쌩하니 돌아섰다. 뒤에서 연훈이 다급하게 그를 불렀지만 들리지 않는 척 무시했다. 전용엘리베이터에 올라탄 태진은 손에 든 이연의 블라우스와 치마로 시선을 내렸다. 그것들이 갑자기 돌보다 무겁게 느껴졌다.

태진이 제집에 들어서자 이연이 중문 앞에서 그를 반갑게 맞이했다.

"어서 와요."

그녀의 말간 얼굴과 큰 눈을 보는 순간 태진의 동공이 미세하게 흔들렸다. 연훈에게 괜히 화를 낸 건지도 모르겠다.

홀린 게 맞을 수도 있으니까.

태진이 주먹을 불끈 쥐자 손에 든 블라우스와 치마가 같이 구겨졌다. 다음 순간 그가 그것들을 이연 쪽으로 내밀었다.

"그쪽 옷입니다. 이제 돌아가세요."

찬바람 쌩쌩 부는 냉랭한 태도였다. 갑작스러운 그의 태도 변화에 심장이 덜컥한 이연이 블라우스와 치마를 받아 들며 빠르게 물었다.

"무슨 일 있었어요?"

"아뇨."

태진은 그녀를 쳐다보지도 않은 채 짧게 대답했다. 이연은 그를 보는 시선을 거두지 않고 말을 이었다.

"방금 친구분이 다녀가셨는데, 우리 사이를 단단히 오해하고 가셨거든요. 혹시 그거 때문에 기분이 나빠지신 거예요?"

"그런 거 아닙니다."

딱 잘라 대답한 태진이 운동화를 벗고 안으로 들어왔다. 굳은 것처럼 멈춰 서 있는 이연을 스쳐지나가며 그가 툭 던지듯 말했다.

"가세요."

이연은 당황한 기색이 역력한 얼굴로 욕실을 향해 돌아섰다. 곧 욕실 문이 닫히는 소리가 들리자 태진은 자신만 들리도록 낮게 한숨을 내쉬었다.

"후우……."

그녀를 집에 들인 건 실수였다. 이러다 금방 마음에까지 들이는 건 아닐까 두려워졌던 것이다.

자신은 그녀를 속이고 있는 사람이고 결국은 상처를 주고 시니를 떠날 사람이다. 처음부터 의도가 분명한 만남이었다. 그러니 목적한 바를 이루기 위해 철저히 계산적이고 사무적이어야 했다. 그런데 지금 그에게 그런 건조한 감정은 전혀 없었다.

태진이 흔들리는 마음을 다잡고 있는 사이, 욕실에서 옷을 갈아입은 이연이 천천히 걸어 나왔다. 소파에 앉아 있는 태진에게로 다가간 그녀가 곱게 접어 팔에 올린 반바지를 들어 보였다.

"이 바지는 세탁해서 돌려드릴게요."

"아뇨. 버리세요."

태진의 얼음처럼 차가운 대답에 이연은 어쩔 줄 몰라 했다. 아랑곳 않고 태진은 방금 전보다 더 차갑게 말을 이었다.

"아시잖습니까. 결벽증이 있어서 남이 입던 건 안 입습니다."

그 순간 이연은 얼굴이 파리하게 굳었다. 하지만 태진은 그녀에게서 냉정히 시선을 거둬버렸다.

그가 갑자기 다른 사람이 된 것 같았다. 이연은 몹시 당황스럽고 무안했지만, 최대한 정중하게 허리를 꾸벅 숙였다.

"이번 일은 정말 감사했습니다. 다음 레슨 때 봬요."

돌아서서 가는 이연의 표정이 조금 서글퍼 보였다.

운동선수 매니지먼트에도 관심이 많은 태진은 오늘 세계 최고의 축구리그 스페인 프리메라리가에서 뛰었던 김재희 선수를 만나 가볍게 골프를 쳤다. 국내 은퇴식을 앞두고 있는 재희는 훌륭한 축구 실력은 물론이고 외모까지 잘생겨 은퇴 전부터 각종 광고사에서 엄청난 러브콜을 받고 있었다. 그뿐만 아니라 수많은 예능 프로그램들도 그를 섭외하기 위해 줄을 서고 있었다. 그 역시 연예계 쪽에 관심을 가지고 있었기에 태진이 직접 전속계약을 위해 나선 것이다.

재희에게 계약서를 건네고 오후 늦게 출근한 태진은 무거운 발걸음으로 사장실로 향하는 엘리베이터에 올랐다. 곧 최상층에서 엘리베이터가 멈추고 문이 열렸다.

"어?"

엘리베이터 밖에 서 있던 인물의 얼굴을 보는 순간 태진은 속으로 욕지거리를 내뱉었다.

아. 젠장.

"여긴 어쩐 일이십니까?"

아준이 놀란 표정으로 태진에게 물었다. 반면 태진은 단번에 그가 이곳에 있는 이유를 짐작해냈다. 대표가 참석하기로 한 미팅이 어그러지자 그에 대해 항의하러 온 거겠지.

"시니하고 계약하신 줄 알았습니다만……?"

"계약은 아직 안 했습니다."

태진이 바지 주머니에 손을 찔러 넣으며 차갑게 대답했다. 그의 깔끔한 명품 슈트를 눈으로 훑은 아준이 싱긋 미소를 지었다.

"하긴, 이연이가 냉정할 땐 참 냉정하죠?"

"이연 씨 때문이 아닙니다. 내 문제죠."

다음 순간 아준은 자신이 방금 나온 사장실을 힐끔 돌아보고는 동그란 눈매를 가늘게 떴다.

"그럼 그쪽도 이곳이랑 시니를 저울 중이십니까?"

그 말인즉, 송아준 자신이 진과 시니 중에 어디로 갈지 고민하고 있다는 게 아닌가.

"나는, 그냥 아는 친구가 있어서 와본 것뿐입니다."

태진은 언짢은 기색을 숨기며 심드렁하게 대꾸했다. 그때 그의 눈에 사장실 문을 열고 나오는 학수의 통통한 얼굴이 보였다. 곧바로 태진은 손을 들어올렸다.

"학수야!"

학수가 작은 눈을 크게 벌렸다. 태진은 아준을 지나쳐 학수에게로 잽싸게 뛰어갔다.

"어? 대표……."

"나의 친구, 학수!"

큰 목소리로 학수의 말을 자른 태진이 그의 어깨에 팔을 걸쳤다. 그러곤 학수의 귓가에다 속삭였다.

"쉿! 조용히 그냥 걸어."

태진과 함께 복도 끝으로 걸어가면서 학수는 엘리베이터 앞에 서 있는 아준을 힐끔 돌아보았다.

"송아준 때문이군요?"

학수도 태진이 시니 사무실에서 아준과 마주친 사실을 연훈에게 들어서 알고 있었다.

"근데 쟤 의외로 성격 안 좋은 것 같더라고요. 방금도 사장실에서 대표님 어디 있냐고, 자기 무시하냐고, 계약 안 하고 싶냐고 막 비아냥거리다 나갔어요."

태진은 나직하게 투덜거리는 학수의 뒤통수를 가볍게 쓰다듬어주었다. 복도 끝에 있는 코너를 돌자마자 태진은 학수에게서 팔을 내렸다. 학수가 다소 불만 어린 얼굴로 말했다.

"근데요, 다 좋은데요, 친구요? 저 대표님보다 세 살이나 어려요."

"액면으론 그렇게 안 보이니까 괜찮아."

태진의 냉정한 대답에 학수는 입술을 뾰로통하게 내밀었다. 위로하듯 태진은 그의 어깨를 툭툭 쳐주었다.

"절대 노안이야, 너."

◆ ✣ ◆

그날 이후 이연은 틈만 나면 태진을 생각했다.

마지막에 그가 갑자기 차가워졌던 이유가 대체 뭘까. 친한 친구가 우리 사이를 오해한 것도 한몫했겠지만, 아무래도 자신이 술에 취해 저지른 만행들 때문인 것 같았다. 점잖게 참다 참다 폭발한 게 아닐까.

사무실 응접실 소파에 앉은 이연이 자신의 머리통을 과격하게 벅벅 긁었다.

"아흐……!"

일단 집에 업혀 왔고, 진상 부리며 구토했고, 그래놓고 떡하니 침대에서 잤고, 결벽증인 사람에게 막무가내로 옷을 빌렸으며, 세탁소 심부름까지 시켰다.

민폐를 끼친 게 너무나도 많아서 곤란할 지경이었다. 이연의 입에서 깊은 한숨이 새어나왔다.

"후우……."

그날 이후 태진은 회사 일이 바쁘다며 레슨을 잠시 쉬고 있었다. 한 사흘 쉬겠다더니 벌써 일주일째였다.

"오늘도 안 왔네?"

인후가 발랄하게 들어서다 태진의 부재를 깨닫곤 물었다.

"응. 그래서 태진 씨 레슨 복습하는 영상이나 보려고."

다음 순간 이연은 노트북을 열어서 지난주 마지막 레슨 때 태진이 제출한 셀프 동영상을 켰다. 그러자 인후가 자연스럽게 그녀의 옆자리에 앉았다. 두 사람은 조용히 영상에 집중했다.

영상 속에서 태진은 "미련 남은 전 여자친구와 다시 만난 장면." 하고 중얼거리더니 바로 즉흥연기에 들어갔다.

– 여긴 웬일이야? 혹시 나니? 나 때문이야?

태진이 대사를 시작하는 순간 인후는 입을 가리면서 웃었다.

"큭큭."

계속 웃는 인후 때문에 이연은 스페이스 바를 눌러 영상을 멈춰야 했다. 기다렸다는 듯이 인후가 말했다.

"어떻게 연기를 저렇게까지 못하지? 저건 전 여친이랑 재회한 게 아니라 저승사자랑 만난 건데?"

태진의 긴장한 눈썹과 흔들리는 동공, 힘이 들어간 목소리 때문에 인후는 도저히 영상에 집중할 수가 없었다. 그의 옆에서 이연은 고민하는 표정으로 턱을 괴었다.

"이상하다. 집에서는 괜찮았는데."

"집?"

인후가 쌍꺼풀진 두 눈을 동그랗게 떴다. 그에게 태진의 집에 머문 이야기를 할 순 없었기에 이연은 황급히 입을 열었다.

"집에서 영상 봤을 때는 괜찮았다고."

"괜찮았다고? 저게?"

"그, 전에 한번 드라마 '적과의 동침' 대본을 읽은 적 있는데, 그땐 진짜 괜찮았어."

저번 주에 태진의 집에서 레슨을 했었을 때 그는 정말 괜찮은 연기를 했었다. 충분히 진심이 느껴지는 연기였다.

"다시 봐봐. 저게 괜찮은 수준이야?"

"……더 늘 거야. 늘겠지."

이연이 턱을 괸 채 코끝을 찡긋거렸다. 인후는 그녀를 빤히 쳐다보다 고개를 설레설레 흔들었다.

"너 이번엔 왠지 틀린 것 같아."

"내가? 그럴 리가."

이연은 정색하며 인후를 쳐다보았다. 그러나 인후는 조금의 동요 없이 단호했다.

"아니. 너 틀렸어. 아무리 봐도 여태진은 끼가 없거든."

이연은 한때 별명이 '황금 눈썰미'였다. 길거리 캐스팅 해서 스타 만든 배우들이 모두 외모만 예쁘고 잘생긴 게 아니라 재능까지 흘러넘쳐서.

"솔직히 레슨 받은 지 한 달이면 적어도 기본은 해야 하는데, 아직도 연기를 너무 못하잖아."

인후의 냉정한 평가에 이연의 어깨가 땅으로 축 처졌다. 시무룩한 그녀를 물끄러미 바라보던 인후가 입을 열었다.

"너 설마……."

"설마 뭐?"

"스타감을 알아본 게 아니라 첫눈에 반한 거 아니야?"

그 순간 이연의 얼굴이 굳어졌다. 이내 그녀가 미간을 찡그리며 자리에서 벌떡 일어섰다.

"야, 말도 안 돼!"

이연은 흥분한 표정으로 인후를 향해서 소리쳤다.

"나 길거리 캐스팅의 신화 신이연이야, 신이연."

"그러니까. 그래서 헷갈린 건 아닌가 싶어서."

인후는 자리에 앉은 상태 그대로 고개만 들어 그녀를 쳐다보았다. 그가 혼잣말처럼 중얼거렸다.

"첫눈에 반한 건데 착각해서 길거리 캐스팅 한 거 아닌가?"

"!"

심장이 덜컥 놀란 이연이 뭔가 반박의 말을 하려던 순간 그녀의 휴대전화에서 문자 알람이 울렸다. 띠링.

이연이 허리 숙여 휴대전화를 집어 들고는 인후에게 명령했다.

"헛소리 그만하고, 영상 보고 분석 좀 해봐. 문제점이 뭔지."

"넵, 대표님."

장난스럽게 거수경례를 한 인후가 노트북의 영상을 재생시켰다. 그사이 문자의 발신자를 확인한 이연의 눈이 커졌다.

[여태진]

태진에게서 온 문자에 이연은 심장이 콩콩콩 뛰었다.

[아무래도 바지는 돌려주시는 게 좋겠습니다. 생각해보니까 내가 무척 아끼는 바지였습니다.]

저번에 빌린 반바지에 대한 문자였다. 이연은 빠른 속도로 답장을 쳤다.

[네. 안 그래도 깨끗이 빨아서 말려놨어요.]

[그럼, 지금 가지러 가도 됩니까?]

[물론이죠.]

답장을 쓰는 이연의 분홍빛 입술 끝이 올라갔다. 미소를 띤 채 휴대전화를 움켜쥐고 있는데 바로 다음 문자가 도착했다.

[일주일 못 봤더니 자꾸 어른거려서요.]

이연은 순간 심장이 땅으로 쿵 떨어진 것만 같았다. 두근거려서 오 분째 답장을 못 하고 있는데 태진으로부터 문자가 또 도착했다.

[너무 좋아하는 바지라.]

……대체 뭘 기대한 거람.

허탈한 웃음을 지은 그녀가 자신의 이마를 콩 때렸다.

◆ ✣ ◆

근처 공원에서 보자는 태진의 마지막 문자에 이연은 곧바로 사무실에서 나가려다가 멈칫했다. 일단 책상으로 돌아온 그녀가 탁상거울로 자신의 얼굴을 살폈다. 그녀의 손이 빠르게 머리를 매만진 다음 가방 안에서 진분홍 립스틱을 꺼내 발랐다.

훨씬 생기 있어진 얼굴로 이연은 사무실을 빠져나왔다. 십 분 정도 걸어서 공원에 도착했는데 저 멀리 회색 롱코트를 입은 남자가 눈길을 사로잡았다.

이연은 한눈에 그 남자가 태진이라는 걸 알아차렸다. 그녀가 두 눈을 초롱초롱하게 빛내면서 태진을 주시했다. 다음 순간 태진은 손수건으로 벤치를 털더니 그곳에 앉아 긴 다리를 꼬았다.

'우와…….'

모델과도 같은 그 자태에 감탄한 이연이 그에게로 가는 발걸음을 빨리했다. 뛰듯이 다가간 그녀가 태진의 앞에 멈춰 섰다.

"일주일 만이네요."

벤치에 앉은 채 고개를 든 태진이 싱긋 웃었다. 이연의 눈에 비친 그는 노을이 지고 있는 늦은 오후에도 홀로 환하게 햇살을 내뿜고 있는 것만 같았다.

"잘 지냈어요?"

그동안 태진은 회사 아티스트들의 계약 갱신 문제로 바빴다. 그중에서 제일 큰 건인 송아준과는 다시 연락이 닿지 않고 있었다. 보고받은 바로는 우리 쪽과의 구두계약을 무시하고 다른 기획사들과 활발한 미팅을 갖고 있다던데, 하여튼 여간 건방진 녀석이 아니다. 태진은 아준이 사사건건 마음에 들지 않았다.

"네. 이연 씨는요?"

"저도 잘 지냈어요."

이연은 수줍은 미소를 지었다. 그사이 태진은 자리에서 일어서서 그녀와 시선을 마주했다. 그때였다.

"저기."

그들을 향한 목소리에 태진과 이연은 동시에 고개를 돌렸다. 그들의 바로 근처에 앳된 여학생 둘이 서 있었다.

"저희랑 사진 좀 찍어주면 안 돼요? 같이."

한 여학생이 태진을 향해서 조심스럽게 부탁했다. 그런데 그 여학생의 한국어는 다소 서툴렀고 억양도 어색하게 들렸다.

"네? 왜요?"

외국인으로 보이는 여학생에게 태진이 반문했다. 그는 도저히 이해가 불가능하다는 얼굴이었다.

"너무 잘생겨서요."

"네. 완전 꽃미남, 꽃미남. 베리 핸썸!"

중국인 여학생들의 칭찬에 태진은 두 눈을 휘둥그레 떴다. 그보다 빠르게 상황 파악을 마친 이연이 서둘러 말했다.

"어렵게 부탁하는 것 같은데, 어서 찍어줘요."

어쩔 수 없이 태진은 여학생 한 사람 한 사람과 사진을 찍었다. 아니, 그냥 가만히 서 있기만 했다는 표현이 정확했다. 이연은 조금 멀리 떨어져서 뒷짐을 진 채 그 모습을 지켜보았다.

"감사합니다."

"고맙습니다!"

사진을 다 찍은 여학생들이 웃으며 연신 고개를 꾸벅 숙였다. 그들이 간 후에도 태진은 얼떨떨한 표정이었다.

"대체 이게 무슨 상황인지 모르겠네요."

이런 경험은 처음이었다. 차가운 인상이라 낯선 이들은 늘 말을 잘 못 걸겠다고 했었는데, 아무리 외국인이라지만 자신에게 사진을 요청하고 진짜 찍어 가다니. 조금 신기한 기분이었다.

"자신이 잘생긴 상황이죠."

이연의 농담 섞인 진담에 태진은 헛웃음을 터뜨렸다. 그를 지그시 보면서 이연은 당당하게 물었다.

"제 눈, 역시 정확하죠?"

태진은 마주하게 된 이연의 말간 얼굴을 물끄러미 응시했다. 어둠을 품기 시작한 저녁, 아직 안 켜진 가로등 아래에서도 또렷하게 빛나는 이목구비와 선이 고운 얼굴형. 문득 태진은 이런 생각이 스쳤다.

"이연 씨도 더 젊었을 땐 사진 요청 많이 들어왔을 것 같은데."

그러자 이연이 그를 밉지 않게 흘겨보았다.

"저 아직 젊거든요?"

"그래서 '더 젊었을 때'라고 했잖아요."

피식 웃음을 터뜨린 이연이 선선히 고개를 끄덕이더니 수긍했다.

"맞아요. 사진 좀 찍혔었죠."

과거를 회상하는 듯 눈빛이 달라진 그녀를 가만히 바라보던 태진이 불현듯 떠오른 생각에 고개를 갸웃했다.

"아, 근데 사진을 싫어하신다고 들었는데."

"누가 그래요?"

이연이 의아한 표정으로 묻자 그 순간 태진은 자신이 말실수를 저질렀다는 걸 깨달았다.

"아……. 그냥 소문이……."

업계에 떠도는 소문을 부하직원이 알려줬다고 할 순 없었기에 태진은 말끝을 얼버무렸다.

"아아. 공식석상엔 안 나가서 그런 소문이 돌긴 돌아요."

말을 마친 이연이 태진의 얼굴을 빤히 쳐다보았다. 그녀의 시선에 태진은 괜히 입안이 마르는 것만 같았다.

"근데 연예계 쪽엔 아예 관심이 없었다고 하시더니, 그런 소문도 알고 계시네요?"

"우연히, 들었습니다."

태진은 차마 이연의 눈을 계속 마주 볼 수가 없어서 시선을 공원수 쪽으로 던졌다. 그의 입매가 한일자로 굳었다. 그사이 이연은 그가 앉아 있었던 벤치에 앉았다.

"여기 앉아봐요."

이연이 의자를 손으로 톡톡 치자 태진은 얌전히 그녀의 옆에 앉았다. 그를 향해 이연은 진지하게 물었다.

"재미없는 애기인데, 들어주실래요?"

"한 단어도 빠짐없이 끝까지 다 들어드릴게요."

태진 역시 진지했다. 다음 순간 두 손을 모아 마주 잡은 이연이 다소 긴장한 얼굴로 말을 시작했다.

"사실은 트라우마가 있어요, 카메라에."

상상조차 하지 못했던 그녀의 고백에 태진은 깜짝 놀랐지만, 아무런 대꾸도 하지 않았다. 그녀의 고백이 이어졌다.

"그 동그랗고 까만 렌즈 앞에만 서면 식은땀이 흐르고 어지러워요. 찰칵 소리를 들으면 더 심해지고요. 상태가 심할 땐 숨이 막히는 느낌까지 들어요."

이연은 처음이었다. 남에게 자신의 트라우마에 대해 말을 한 것이. 항상 우스갯소리로 얼버무리며 카메라를 피해왔을 뿐 진정한 이유를 밝힌 적은 없었다. 그래서인지 마주 잡고 있는 손바닥에서 땀이 묻어났다.

"어쩌다 그런 트라우마가 생긴 겁니까?"

태진이 나직한 목소리로 질문했다. 그 순간 이연은 잠깐 망설이는 눈빛을 했다.

"알고 싶어요?"

"네. 알고 싶습니다."

마주한 태진의 새까맣고 분명한 눈동자엔 흔들림이 없었다. 오히려 흔들리는 건 이연 쪽이었다.

"비밀인데."

트라우마도 비밀로 하고 있었지만, 그 트라우마가 생긴 원인은 더욱더 철저하게 비밀에 부치고 있었다. 평생 입에 담고 싶지 않았고 입에 담을 일 또한 없을 거라 여겼다.

그런데 이유는 모르겠지만 이 남자한테는 말하고 싶어졌다.

"왠지 저도 알려주고 싶네요."

이연이 싱긋 웃자 태진도 입가에 옅은 미소를 띠었다. 부드러운 공기가 두 사람을 감싸던 그때, 갑자기 태진의 코트 주머니에서 휴대전화가 울렸다. 이연에게 양해를 구한 태진이 휴대전화를 꺼내 발신자를 확인했다.

[강연훈]

오랜 친구의 이름이 보였지만 태진은 휴대전화를 다시 주머니에 넣어버렸다. 이연이 깜짝 놀라 말했다.

"전화 받아도 돼요."

"안 받아도 됩니다."

그러는 사이 전화는 끊어졌다가 곧바로 또 울렸다. 이연은 걱정스럽게 태진의 주머니를 쳐다보았다.

"일단 받아요. 계속 오잖아요."

"계속 안 받을 겁니다."

이렇게 대답한 다음 태진은 휴대전화를 꺼내더니 통화거부 버튼을 눌렀다. 눈이 커진 이연이 헛웃음을 터뜨리고는 물었다.

"고집 세단 소리 많이 듣죠?"

"네."

태진은 당당하게 고개를 끄덕였다. 이연은 그를 보면서 쓴웃음을 짓다

번쩍 깨달았다.

"아!"

손으로 제 입을 틀어막은 이연이 태진을 쳐다보자 태진은 의아한 눈빛을 보냈다.

"저 바지 놓고 왔어요. 어떡하죠?"

"무슨 바지요?"

태진이 어리둥절한 표정으로 되물었다. 손을 내리며 이연은 재빨리 대답했다.

"태진 씨 반바지요."

"내 반바지요? 도대체 무슨 소릴……. 아."

그제야 태진은 오늘 자신이 이곳까지 온 목적이 뭐였는지 떠올렸다. 그녀에게 빌려준 바지를 돌려달라고 온 것이었는데, 까맣게 잊고 있었다. 애초에 그게 목적이 아니었기 때문에.

"완전히 잊고 있었네요."

조그맣게 중얼거린 태진이 미안해하는 이연의 얼굴을 바라보았다.

"바지는 다음에 주세요."

그때 그의 주머니에서 세 번째 전화가 울렸다. 손을 넣어 휴대전화를 빼낸 태진이 그것을 이연의 눈앞에서 흔들어 보였다.

"아무래도 오늘은 이만 가봐야 할 것 같아서요."

태진은 세 번이나 전화한 이유가 그다지 중요한 용건이 아니라면 연훈의 엉덩이를 걷어차줄 거라 굳게 결심했다.

◆ ❖ ◆

비어 있을 게 분명한 거실에 환한 불이 켜져 있었다. 집으로 들어오다 불빛을 확인한 태진이 거실로 성큼성큼 발을 옮겼다.

정중앙의 가죽 소파에 벌러덩 누워 있던 연훈이 발걸음 소리를 듣고 상체를 들어올렸다. 태진은 연훈을 발견하고 미간을 좁혔다.

"남의 집에 왜 집주인처럼 있어? 사람 당혹스럽게."

그러나 코트를 벗는 태진의 얼굴에 당혹감은 전혀 없었다. 그에게 연훈의 존재는 지극히 자연스럽고 당연했기 때문이다.

"퇴근을 아예 여기로 했어. 너도 여기로 퇴근한 줄 알고."

연훈은 소파에서 부산스럽게 커다란 몸을 일으킨 다음 볼멘소리를 냈다.

"근데 넌 이 좋은 집으로 퇴근을 안 했더라?"

"할 말 있다며? 전화로 그랬잖아."

연훈의 말을 가볍게 무시하고 태진은 심드렁하게 물었다. 이에 연훈은 그가 서 있는 앞으로 저벅저벅 걸어왔다. 그러곤 굵은 눈썹을 구긴 무서운 얼굴로 태진을 노려보았다.

"너 또 시니 갔었냐?"

"본론만 말해, 본론만."

대답하기 싫다는 듯 태진은 무심히 고개를 돌렸다. 그의 옆얼굴을 쳐다보면서 연훈은 심각하게 입을 열었다.

"송아준이 우리랑 계약을 안 하겠대. 구두계약도 엄연히 계약인데, 이 자식이 단순 변심에 말을 바꿨어."

태진의 고개가 다시 연훈에게로 홱 돌아갔다. 언짢은 기색을 드러낸 눈썹은 살짝 구겨져 있었다.

"정확히 뭐라고 말했는데?"

송아준과의 마지막 통화를 떠올린 연훈이 노골적으로 인상을 찌푸렸다.

"대표가 한 번도 안 나타나는 걸 보니 자길 무시하는 것 같다나 뭐라나.

그러면서 깠어. 근데 다른 기획사들도 다 시답잖은 이유로 까였대."

그동안 들인 시간과 노력이 아깝고 억울해서 주변에 알아봤더니 다른 기획사들 역시 가지고 노는 것처럼 미팅 한두 번 하고는 대차게 까였다는 이야기를 들었다. 마치 농락당한 듯한 더러운 기분이었다.

"흐음. 전형적인 스타 갑질이네."

태진이 굳은 얼굴로 팔짱을 꼈다. 무거워진 분위기의 그를 가만히 살피던 연훈이 다부지게 말했다.

"그러니까 이제 시니하고는 인연을 끝내자."

"그러니까? 접속 부사가 이상한데?"

태진은 연훈의 말이 무척 이상하게 들렸다. 괴팍한 송아준의 변덕으로 계약이 틀어진 건데 거기에 왜 또 시니 얘기가 나온단 말인가.

그 순간 연훈이 엄청난 정보를 내놓았다.

"송아준이, 시니로 돌아갈 것 같대."

"!"

머리를 한 대 얻어맞은 것과도 같은 충격이었다. 얼토당토않은 소리에 태진은 눈썹을 사납게 구겼다.

"뭐? 송아준이 시니로?"

대표 눈앞에서 계약서까지 찢어놓고서?

태진은 자신이 방금 들은 이야기를 도무지 믿을 수가 없어서 되물었다. 연훈은 선선히 고개를 끄덕였다.

"업계에 도는 소문으론 그래."

업계에서는 이미 기정사실처럼 퍼진 소문이었다. 다음 순간 태진의 입에서 거친 욕지거리가 흘러나왔다.

"그거 미친놈이네."

그를 바라보고 있던 연훈이 눈을 동그랗게 떴다. 연훈의 흑갈색 눈동자에 의구심이 서렸다.

"뭘 또 그렇게까지……. 아직 진짜 미친 얘긴 하지도 않았구만."

"뭔데? 빨리 말해."

예민해진 태진이 곱지 않은 눈매로 연훈을 응시했다. 인상을 찡그리며 연훈이 말을 이었다.

"시니엔 계약금도 없이 들어갈 것 같다더라. 우리한텐 계약금을 삼십억대로 불러놓고, 씨."

태진의 붉은 입술이 일자로 굳게 다물어졌다. 짜증이 치민다는 표정으로 눈을 질끈 감았다 뜬 그가 나직하게 말을 뱉어냈다.

"진짜 또라이네, 그 자식."

"나도 그렇게 생각해."

연훈이 그의 말에 동의했다. 아무래도 믿기 힘들다는 듯 태진은 연훈의 눈을 쳐다보면서 재차 확인했다.

"확실한 거야?"

"아직까진 소문이지만, 거의 확실한 것 같아."

"무슨 근거로?"

카리스마가 느껴지는 눈빛으로 태진이 자신을 바라보자 연훈은 괜스레 마른침을 꼴깍 삼켰다. 가끔이지만 그가 정말 보스다운 순간이 있는데 지금이 딱 그 순간이다.

"얼마 전에 송아준이 서울 변두리에 있는 3층짜리 건물 1층, 3층을 샀다는데, 그 건물 2층이 바로 시니 사무실이래."

"!"

태진의 동공이 크게 일렁였다. 일그러지는 그의 정갈한 눈썹을 보면서 연훈은 나머지 말을 이었다.

"번거롭게 굳이 그 건물 1층, 3층을 산 이유가 뭐겠어?"

시니 엔터테인먼트로 돌아가려는 마음이거나 신이연 대표를 괴롭히려는 의도겠지.

어느 쪽도 태진은 참을 수 없이 화가 났다. 어떻게 그런 생각을 한 건지 아준의 그 뻔뻔함이 이해되지 않았다.

"아, 송아준, 그 자식!"

사이코패스나 소시오패스가 아니라면, 조기치매에 걸려서 자신이 이연에게 한 행동들을 다 잊은 게 아니라면, 시니 사무실의 위아래를 매입한 사실을 절대 납득할 수 없었다.

태진이 두 주먹을 불끈 쥔 채 분노를 표출하자 연훈이 고개를 갸웃 기울였다.

"근데 너 지금 너무 과하게 화를 낸다?"

지금 태진의 분노는 보통을 넘어선 것이었다. 이를 이상하게 여긴 연훈이 미간을 좁히며 물었다.

"송아준이랑 첫 만남 때, 대체 무슨 일이 있었던 거야?"

시니 사무실에서 태진이 송아준과 처음 만난 날, 분명 무슨 일이 있었다고 했었다. 그래서 아준과 껄끄럽다고도 했었고. 하지만 태진은 끝내 그 일에 대해서는 입에 담지 않았다.

"우린 이제 송아준한테서 손 뗀다. 계약 절대 안 해. 명심해."

태진의 단호한 선언에 연훈은 씁쓸한 표정을 지었다.

"어차피 걔가 안 한다니까?"

태진이 두 눈에 힘을 주고 그를 노려보았다. 그 서늘한 눈빛에 움찔한 연훈이 재빨리 대답했다.

"아, 알았어. 알았다고."

연훈도 이번에 대표 대행을 맡으면서 송아준과 있었던 일들을 떠올리면 짜증부터 치밀었다.

"나도 그 자식 싫어. 사람 갖고 노는 것도 아니고, 이랬다저랬다. 게다가 얼마 전에 대표 얼굴 안 보여준다고 진상 부리는 거 보니까, 어후, 시니 대표가 걔 매니지먼트하느라 고생 참 많았겠더라."

원래 다들 인기를 얻으면 어느 정도 건방져지긴 한다. 일단 대우부터 달라지니까. 하지만 아준의 시건방짐은 혀를 내두를 정도로 차원이 달랐다.

"암튼, 내가 아는 톱스타들 중엔 송아준이 제일 톱이야. 성격 나쁜 걸로. 그런 놈이 말발은 좋아가지고 항상 시청률은 톱이니, 원."

투덜거리는 연훈의 옆에서 태진은 근심 가득한 얼굴을 하고 있었다.

◆ ✣ ◆

아침부터 태진은 달리고 있었다. 시니 사무실 근처에는 주차할 곳이 마땅치 않아서 도로변에 잠깐 차를 세우고 거리가 꽤 먼 시니 사무실까지 숨차게 달리고 있었다.

"하아, 하아……!"

몸에 꼭 맞는 맞춤정장 위에 정강이까지 내려오는 롱코트를 걸친 그가 시니 엔터테인먼트로 향하는 계단을 빠르게 올라갔다.

벨을 누르자 금방 사무실 문이 열렸다. 태진의 눈에 입을 가리고 하품을 하고 있는 이연의 모습이 들어왔다.

"전화는 왜 안 받습니까?"

출근하는 길에 이연에게 전화를 걸었지만 연결되지 않아서 무작정 차를 돌렸다. 눈가를 비비며 이연이 대답했다.

"잠깐 졸았어요. 근데 아침부터 웬일이에요?"

태진은 대답 대신 가쁜 숨을 거칠게 몰아쉬었다.

"하아, 하아……."

"뛰어온 거예요? 대체 왜?"

태진을 살피면서 이연은 의문 가득한 표정을 지었다. 숨을 고른 태진이 사무실 안을 훑어보았다.

"혹시, 송아준 왔었습니까?"

"네? 아뇨."

이연이 하얀 얼굴을 좌우로 저었다. 그녀를 향해 태진은 밤새 걱정했던 부분에 대해 재차 물었다.

"연락도 없었습니까?"

"네."

고개를 끄덕이며 이연은 입고 있는 니트 카디건을 여몄다. 그사이 한걸음에 그녀의 앞으로 간 태진이 낮은 음성으로 말했다.

"그럼, 분명히 대답해요."

"네."

카디건을 여미고 있는 이연의 손에 힘이 들어갔다. 가까이 서 있는 그에게서 은은한 머스크 향이 풍겨와 긴장되었던 탓이다.

"송아준이 돌아온다면 받아줄 겁니까?"

"네?"

생각지도 못한 물음에 이연의 큰 두 눈이 더 크게 벌어졌다. 놀라는 그녀를 아랑곳 않고 태진은 할 말을 이었다.

"계약금을 한 푼도 바라지 않고 돌아온다면 다시 계약할 거냐고요."

태진이 진지하게 이연을 바라보자 이연도 올곧은 눈동자로 그를 응시했다. 이윽고 그녀가 단호하게 대답했다.

"아뇨. 안 할 거예요."

"정말이죠?"

그런 만약의 경우를 왜 생각해봐야 하는지 모르겠지만, 어쨌든 답이 쉬운 질문이었다.

"네. 송아준은 우리 시니에서 영원히 아웃인 사람이니까."

이연에게 아준은 이미 시니하고는 아무 관련이 없는 연예인일 뿐이었다. 아니, 더 정확하게 말하자면 시니 엔터테인먼트 출신의 그 흔한 스타들 중 한 명이었다.

"당연히 그래야죠. 그때 당신한테 그런 짓을 했으니까."

태진이 불편한 기색으로 나지막하게 말했다. 자신도 아직 그때 일만 생각하면 기분이 확 나빠지는데, 당사자인 이연은 어떻겠는가.

그런데 다음 순간 이연이 던진 말은 태진을 깜짝 놀라게 만들었다.

"그 이유가 아니에요."

태진의 까만 눈동자에 의아한 빛이 서렸다. 굳은 표정의 그가 이연을 주시하자 이연이 다부지게 대답했다.

"절 사랑한다고 하더라고요."

이연은 아준이 자신에게 한 거친 행동에 대해서는 잊은 지 오래였다. 고맙게도 나쁜 기억은 금방 잊는 뇌구조였기에 가능했다. 그러나 그가 자신에게 한 고백은 잊지 않았다.

"그래서 아웃이에요."

"그래서 아웃?"

태진은 이해할 수 없다는 얼굴을 했다. 그를 이해시키려면 더 자세한 설명이 필요했다. 그래서 이연은 그의 앞에 자신의 손가락 세 개를 들어 보였다.

"제가 우리 시니를 세우면서 스스로에게 지켜야 하는 룰을 세 가지 만들었는데, 10년 동안 단 한 번도 어긴 적이 없어요."

"그 세 가지가 뭔데요?"

단번에 태진은 호기심을 드러냈다. 다음 순간 이연은 왼손을 들더니 펴져 있는 오른손의 엄지손가락을 가리켰다.

"첫 번째, 카메라 앞에 서서 소속 연예인보다 유명해지지 말 것."

어릴 때부터 이쪽 일을 해온 터라 자신의 외모가 어느 정도 수준인지는 아주 잘 알고 있었다. 적어도 기자들의 이목을 끌고 소속 연예인과 비교가 되기에는 충분하다는 걸 모르지 않았다. 그래서 함부로 카메라 앞에 서서 괜한 주목을 받고 자극적인 기사 타이틀의 주인공이 되지 말자 결심했다. 물론, 트라우마의 영향이 제일 컸지만 말이다.

이번엔 이연이 왼손을 검지로 옮겼다.

"두 번째, 소속 연예인의 그 어떤 결정에도, 앞길을 응원해줄 것."

10년 동안 수많은 배우들이 시니 엔터테인먼트를 거쳐갔다. 더 크고 좋은 곳으로 훨훨 날아갔다. 처음엔 배신감에 힘들어하기도 했고 씁쓸함에 울기도 했으며 우울감에 시달리기도 했다. 하지만 그것들은 결국 다 제 자신을 갉아먹는 감정들일 뿐이라는 사실을 깨달았다. 그래서 그들의 앞길을 진심으로 응원해줬더니 훨씬 행복해졌다.

"세 번째, 소속 연예인과 사랑에 빠지지 말 것."

중지를 가리키며 말하는 그녀의 눈매에서 고집이 느껴졌다. 솔직히 이연은 이 세 번째를 어기는 것만큼 대표답지 못한 행동은 없다고 생각하고 있었다.

"아아……."

태진은 천천히 고개를 주억거렸다. 역시 10년 동안 시니 엔터테인먼트를 전설로 유지한 인물다운 발언이었다.

"훌륭한 대표님이시네요."

"그쵸?"

이연이 배시시 웃는데, 태진은 어쩐지 조금 싱숭생숭했다.

◆ ✣ ◆

늦은 오후, 이연은 사무실 문을 활짝 열어둔 채 내부를 청소하고 있었다. 콧노래를 흥얼거리면서 대걸레로 바닥을 닦고 있는 그녀의 뒤에서 익숙한 목소리가 들렸다.

"신이연."

대걸레를 움직이던 이연의 어깨가 움찔하고 멈췄다. 딱딱하게 굳은 표정의 그녀가 천천히 돌아섰다.

"송아준……?"

목소리를 들었기 때문에 이미 알고 있었지만, 문 앞의 아준을 확인하는 순간 말문이 턱 막혔다. 곧바로 이연은 얼굴에 언짢은 기색을 확연히 드러냈다.

안으로 들어온 아준이 출입문을 닫고는 구두 소리를 내며 이연의 앞까지 걸어왔다. 그녀가 경계하는 눈빛으로 한 발자국 물러서자 아준이 입을 뗐다.

"나 다른 기획사랑 계약 안 했어."

"왜? 하지."

그에게서 시선을 거둔 이연이 뒤쪽 모퉁이에 대걸레를 세워놓았다. 다시 고개를 돌린 그녀의 눈빛은 얼음처럼 차가웠다. 그녀를 마주 보면서 아준은 애원했다.

"나한텐 역시, 시니가 필요해."

"이제 와서 무슨 소리야?"

이연의 높아진 목소리에 분노가 서려 있었다. 아준은 화내는 그녀의 마음을 충분히 이해했다.

"나도 내가 뻔뻔한 거 알아."

마지막에 그렇게 행동했는데, 모를 리 없었다. 하지만 타 기획사들과 미팅을 하는 동안 시니를 떠난 것에 대해 얼마나 후회했는지 모른다.

"근데 다른 곳은 마음의 안정이 안 된단 말이야. 다들 나로 얼마만큼의 이익을 낼 수 있나 계산기만 두드려대는 것 같아."

협상을 위한 자리에서 제일 많이 나온 화제는 다름 아닌 돈이었다. 계약금, 출연료, 제작비, 광고비, 몸값 등등. 헛웃음이 날 정도로 돈에 관한 이야기만 했다. 아준은 그 상황이 몹시 견디기 힘들었다.

"계약금도 필요 없어. 그냥 시니에만 있게 해줘."

"뭐?"

이연의 정갈하게 정돈된 눈썹이 일그러졌다. 기가 막혀서 그녀는 아랫입술을 잘끈 깨물었다.

"송아준이 돌아온다면 받아줄 겁니까?"

오늘 아침에 태진이 했던 말이 불현듯 떠올랐다. 그는 아침부터 헐레벌떡 달려오더니 이연에게 물었다.

"계약금을 한 푼도 바라지 않고 돌아온다면 다시 계약할 거냐고요."

마치 미래를 예측이라도 한 듯 너무나도 정확한 질문이 아닌가. 이연은 갑자기 강한 의문이 들었다.

'그 사실을 태진 씨가 어떻게 알고 있었을까?'

태진이 예측한 상황이 눈앞에서 그대로 벌어지자 이연은 기함을 금치 못했다. 그녀의 입에서 기가 찬 헛웃음이 터졌다.

"허."

아준은 뻔뻔해도 너무 뻔뻔했다. 이연이 두 주먹을 꽉 움켜쥐는데, 아준이 단숨에 거리를 좁히며 애걸했다.

"나는 역시 너 없으면 안 돼."

"그런 말 할 거면 그만 가줘. 불편해."

이연은 그에게서 물러섰다. 그러자 아준이 황급히 그녀에게로 손을 뻗었다.

"이연아……!"

이연의 가는 팔뚝을 붙잡은 아준이 애절한 눈빛과 음성으로 호소했다. 하지만 이연은 잡힌 팔에 힘을 주며 그를 쏘아보았다.

"왜? 그때처럼 또 넘어뜨리려고? 또 피 보고 싶니?"

목소리가 높지도 않았는데, 칼바람도 이보다 매섭진 않을 것 같았다. 아준이 손에서 힘을 풀자 이연은 곧바로 자신의 팔을 거칠게 빼냈다.

아준도 그때의 일에 대해서는 자신이 지나쳤다고 생각하고 있었다. 그녀에게 남자로서 거부당한 게 너무 자존심이 상해서 솔직히 제정신이 아니었었다.

"그땐 내가 미안했어. 그러니까 다시 계약하자, 나랑."

"싫어. 나가."

이연은 짧고 단호하게 거절했다. 길게 말하고 싶지도 않다는 듯한 표정이었다. 하지만 아준은 이대로 물러설 수 없었다. 그도 이곳에 오기까지 많은 고민을 했었다.

"내가 돈 열심히 벌어줄게. 방송도 더 늘려서……!"

"그래도 너랑은 재계약 안 해."

아준의 말을 자르며 이연은 분명하게 선언했다. 그녀의 고집스러운 눈빛을 보는 순간 아준은 이젠 죽어도 되돌릴 수 없다는 걸 깨달았다. 저런 눈빛의 그녀는 한번 결정하면 절대 뒤집지 않는다.

"안 나가면 경찰 부르는 수밖에 없어. 얼굴 팔릴 텐데, 괜찮겠어?"

이연이 휴대전화를 손에 들면서 경고했다. 다음 순간 얼빠진 표정으로 있던 아준이 천천히 마른세수를 했다. 잠시 후 얼굴에서 손을 내린 그의 입가에 비웃음이 걸려 있었다.

"이 건물 1층이랑 3층 말이야, 내가 샀어. 그러니까 영업방해로 신고도 못 해, 너."

하, 웃는 건지 화내는 건지 이연의 입에서 짧은 숨이 터져 나왔다. 아준이 비릿한 웃음을 띤 채 말을 이었다.

"내 건물에 내가 온 건데, 뭐. 아, 말 나온 김에 여기 2층도 그냥 나한테 팔지 그래? 자금 사정도 안 좋잖아."

이연은 굳게 입술을 다물고 아준을 노려보았다. 아준은 그 누구보다 시니 엔터테인먼트의 사정을 잘 알고 있었다.

"하선 형은 슬럼프로 3년 가까이 쉬고 있고, 인후랑은 이제 막 계약해서 수입이 없을 테니까. 게다가 인후 그 녀석, 워낙 자유로운 영혼이라 차기작을 언제 시작할지도 알 수 없고."

이연은 차마 반박할 수 없었다. 그녀의 입에서 가는 한숨이 새어나왔다. 아무 말 없이 느리게 눈을 감았다 뜬 이연의 눈빛은 차갑게 가라앉아 있었다. 이윽고 그녀가 아준을 똑바로 쳐다보면서 말했다.

"너야말로 나한테 팔아라, 여기 위아래."

"뭐?"

"너도 알다시피 이 건물에서 내가 시니를 시작했잖아. 너보단 내가 더 애착이 강하지. 안 그래?"

이곳에서 시니의 역사가 시작된 건 창립멤버인 아준도 아주 잘 알고 있었다. 실소를 터뜨린 아준이 반문했다.

"네가 무슨 돈이 있어서?"

"내 오피스텔 팔면 돼."

"그렇게까지 하겠다고?"

"응. 이제 시니는 다시 커질 테니까 미리 준비해야지."

이연의 태도는 시리도록 단호했다. 그녀의 고집을 잘 알기에 아준은 어떤 대꾸도 할 수가 없었다.

다음 순간 이연은 사무실의 출입문을 열곤 턱을 까닥였다.

"그러니까 당장 나가. 내 사무실에서."

아준은 별말 없이 얌전히 사무실을 나왔다. 그러다 문 앞에서 이연을 향해 돌아섰다. 그가 분명하고도 서늘한 목소리로 선언했다.

"싫어도 또 보게 될 거야. 내가 여기 1, 3층 주인이니까."

그때였다.

"이사 가면 되죠."

갑자기 계단 쪽에서 들려온 남자 목소리에 이연은 그곳으로 시선을 던졌다.

"태진 씨……!"

아침에 본 모습 그대로 롱코트를 걸친 태진이 올라오고 있었다. 밝아지는 이연의 얼굴을 확인한 아준이 미간을 좁히며 몸을 돌렸다.

"싫으면 또 보지 말아야죠. 이사를 가서라도."

아준의 앞까지 긴 다리로 성큼성큼 걸어온 태진이 나직하게 말했다. 오묘하게 일그러지는 아준의 표정을 주시하면서 그가 말을 덧붙였다.

"우리 할아버지가 늘 하시는 말씀이 있거든요. 죽어서나 살아서나 이웃을 잘 만나야 한다고."

아준은 짙은 눈썹을 꿈틀하며 눈빛에 불편한 심기를 드러냈다.

이 자식은 첫 만남부터 내 속을 뒤집어놓더니 또 그런다.

"이사라니, 말을 너무 쉽게 하십니다?"

아준이 이를 악물고는 태진을 바라봤다. 태진은 그를 뚫어지게 응시하다가 어깨를 으쓱하며 입을 열었다.

"마침 오늘 대표님께 이사 가자고 제안드리려던 참이었거든요. 여기가 나한텐 너무 좁아서."

아준은 노골적으로 눈썹을 구겼다. 시니 사무실의 위아래 층을 사려고 시세의 1.5배를 지불했다. 그런데 이사라니, 아준은 울컥 화가 치밀었다.

"내가 건물이 좀 있거든요. 그 유명한 건물주입니다, 내가."

태진은 자신보다 조금 작은 아준을 내려다보면서 당당하게 말했다. 아준의 얼굴이 더욱 일그러졌다. 그에게서 시선을 뗀 태진이 이연을 돌아보았다.

"레슨 다니기도 멀고 힘들었는데, 이참에 제 건물로 옮기시죠, 대표님?"

"네? 아, 글쎄요."

이연은 어리둥절한 표정이었다. 이사는 생각해본 적도 없었는데 무려 태진의 건물로 옮기자니, 솔직히 어안이 벙벙했다.

하지만 이연은 자신을 보고 있던 아준과 눈이 마주치자 표정을 단단하게 굳혔다.

"이번엔 금수저 데뷔시키나 봐?"

입가에 서늘한 미소를 단 아준의 빈정거리는 질문에 이연은 재빨리 대답했다.

"응. 나름 자신 있어."

웃으며 고개를 끄덕이는 그녀를 바라보던 아준의 낯빛이 어두워졌다. 그가 나직하게 중얼거렸다.

"넌 늘 있었지, 자신."

배우 지망생들을 데뷔시킬 때 이연은 항상 자신감에 반짝반짝 빛났었다. 그 모습이 너무 눈부시고 예뻐서 정신을 못 차렸었다.

다음 순간 아준은 코트 주머니에 손을 찔러 넣으며 이연을 향해 말했다.

"갈게. 또 보자."

이연의 성격상 이사를 가기보단 아까처럼 1, 3층을 사겠다며 그를 찾아올 가능성이 높다. 말을 마친 아준이 자리를 뜨려는데 그 앞을 태진이 막아섰다.

"또 보지 맙시다."

태진은 아준의 동그란 눈을 똑바로 쳐다보았다. 아준이 입꼬리만 올리더니 서늘하게 웃었다.

"데뷔할 생각이 없구나, 당신?"

"!"

날카롭게 훅 들어온 아준 때문에 태진은 입술을 앙다물었다. 아준의 조소가 더욱 짙어졌다.

"당신은 날 또 봐야죠, 이 사람아. 내 프로그램에 안 나오면 영화든 드라마든 노래든 홍보가 안 되는데."

현재 아준이 진행하고 있는 프로그램은 총 네 개인데, 네 개 다 그 수많은 예능방송들 속에서 시청률 Top5 안에 꼬박꼬박 들고 있었다. 그만큼 대중들이 갖고 있는 송아준에 대한 호감도는 절대적이었다.

"아직 멀었네, 이 연예인 지망생."

비아냥거리는 아준의 말투에 태진은 어금니를 지그시 물었다. 아준은 그의 어깨를 일부러 툭 치면서 스쳐지나갔다.

그대로 시니 사무실 건물을 빠져나온 아준이 입구 근처에 있던 화분을 발로 걷어찼다. 그의 순해 보이는 얼굴엔 짜증이 가득했다.

"저 자식 뭐야, 대체."

아준은 태진의 존재가 몹시 거슬렸다. 씩씩거리고 있는 그의 시야로 반대편에 세워진 외제차 세단이 들어왔다. 끌리듯 천천히 그 고급 자동차로 다가갔다.

고급 세단 앞에 선 아준이 그것을 가만히 내려다보고 있는 동안 아준의 매니저 승규는 투덜거리면서 시니 사무실 건물 쪽으로 걸어오고 있었다.

"하여튼 이 동네, 주차할 데가 더럽게 없어."

이 근처만 빵빵 돌다가 도로변에 겨우 차를 세우고 돌아오던 승규가 어떤 차 앞에 서 있는 아준을 발견하고 황급히 뛰어왔다.

"형님, 벌써 나오셨습니까?"

승규는 아준이 시니와 재계약을 포기하면서 시니에서 데리고 나온 매니저였다. 자신과 함께하자는 아준의 제안에 승규는 5년이나 다닌 시니 엔터테인먼트에 미련 없이 사표를 던졌다.

"근데 뭘 그렇게 보십니까?"

아준의 눈길이 향해 있는 차로 자연스럽게 시선을 옮긴 승규의 두 눈이 동그랗게 벌어졌다. 승규가 감탄하는 목소리를 냈다.

"이야, 이 차를 이 동네에서 보게 될 줄이야. 여기랑 되게 안 어울리네요."

억대 가격의 외제차를 눈앞에서 보는 승규의 눈동자가 반짝거렸다. 그때 아준이 손을 뻗더니 그 차의 앞쪽 보닛을 만졌다. 열이 채 식지 않은 보닛이 아직 뜨거웠다.

"흐음."

손을 뗀 아준은 방금 전 만난 태진을 떠올렸다. 아니, 정확히는 그가 입고 있던 명품 슈트와 코트를 떠올렸다. 그건 분명 저번에 진 엔터테인먼트에서 마주쳤을 때처럼 값비싼 옷이었다.

다음 순간 아준은 뒤쪽에 서 있는 승규를 불렀다.

"야."

"네."

고개를 승규 쪽으로 돌린 아준이 나직한 목소리로 물었다.

"일반인이 말이야, 아무리 친구를 만나는 거라고 해도 진 엔터테인먼트 건물의 꼭대기 층까지 올라갈 수 있을까?"

태진을 두 번째 만난 날, 그는 진 엔터테인먼트의 최상층에 도착한 엘리베이터에서 내렸었다. 승규가 코웃음을 쳤다.

"에이, 안 되죠. 경비가 얼마나 삼엄한데. 친척이어도 힘들걸요?"

"그치?"

아준은 시니 사무실 쪽을 가만히 올려다보았다. 그의 눈동자가 어둡게 빛났다.

◆ ✣ ◆

아준이 가고 난 뒤 시니 사무실 안은 한동안 침묵이 이어졌다. 무거운 침묵을 먼저 깬 건 태진이었다.

"진짜 이사 갑시다, 우리."

"네?"

이연이 놀란 건 그가 말한 '우리'라는 표현 때문이었다. 두근거리는 그녀의 사정을 알 리 없는 태진이 심각하게 말을 이었다.

"나는 잠시도 저런 사람과 한 건물을 쓰고 싶지 않습니다."

아준이 이 건물 1, 3층을 샀다는 건 언젠간 그와 또 마주치게 될지도 모른다는 뜻이었다. 태진은 더 이상 그와 만나고 싶지 않았다.

"청담, 이태원, 압구정. 어디가 좋습니까? 골라봐요."

이연에게 재력을 과시하고 싶은 마음은 털끝만큼도 없었지만 이곳에서 가장 빨리 벗어날 수 있는 방법은 자신의 건물로 이사 가는 것뿐이었다.

깜짝 놀란 이연의 분홍빛 입술이 동그랗게 벌어졌다.

"설마, 거기에 다 건물이 있는 거예요?"

"물론이죠."

다른 곳에도 더 있긴 했지만 그녀가 부담스러워할까 봐 입에 담지는 않았다. 이연은 지금도 충분히 놀란 토끼 눈을 하고 있으니 말이다.

"태진 씨, 진짜 부자네요."

"태어날 때부터 그랬습니다."

태진은 지금 자랑하는 말투가 아니었다. 당연하다는 어조였다.

그저 태어나보니 현 재계 순위 13위인 태산그룹의 핏줄이었다. 그뿐이었다.

"좋아요. 알았어요."

한참을 고민하던 이연이 결심한 듯 고개를 끄덕였다.

"잘 생각했어요. 어디로 갈래요?"

태진이 진지한 눈빛으로 그녀에게 물었다. 그를 마주 보면서 이연은 싱긋 웃었다.

"이 건물 1, 3층을 제가 살게요."

"네?"

단박에 태진은 이맛살을 찡그렸다. 전혀 예상치 못한 대답이었다. 이연이 굳어진 태진의 단정한 얼굴을 향해서 설명했다.

"제 오피스텔을 처분하면 아준이한테서 1, 3층을 살 수 있을 거예요. 부족하면 적금이라도 깨죠, 뭐. 그러니까 우리가 나가지 말고 아준이를 내보냅시다."

이연도 더는 아준과 마주치고 싶지 않았고 이 건물은 이연에게 의미 있는 건물이었다. 그러니 이 방법이 최선이었다.

"신이연 씨."

나지막하게 태진이 이연의 풀네임을 불렀다. 그의 서늘한 눈빛은 융통성 없는 그녀에게 화를 내고 있었다.

이연은 재빨리 태진 쪽으로 한 발자국 가까이 다가서 다부지게 입을 열었다.

"정말 저를 도와주고 싶으신 거라면, 시니와 계약해주세요."

"네?"

태진의 새까만 눈동자가 크게 동요했다. 경직된 태진에게 적극적으로 얼굴을 들이민 이연이 그의 양팔을 붙들었다.

"당신을 최고의 배우로 만들어드릴게요."

이연은 이번에도 자신이 있었다. 태진의 완벽한 이목구비와 깨끗한 살결에서 시선을 떼지 못하면서 그녀가 부탁했다.

"저랑 계약해주세요, 여태진 씨."

chapter 3

비밀

대형 통유리로 된 사무실의 벽면을 향해 선 태진의 손에는 시니 엔터테인먼트의 계약서가 들려 있었다. 눈앞에 아름다운 서울 시내의 야경이 반짝거리고 있었지만, 지금 태진의 눈에는 들어오지 않았다. 들고 있는 계약서를 보는 그의 낯빛이 어두웠다.

"저랑 계약해주세요, 여태진 씨."

이연의 형형히 빛나는 다갈색 눈동자를 보는데 가슴에 작지 않은 파동이 일었다. 아무 대답도 못 하고 쓰게 웃으며 돌아섰지만 솔직히 괴로웠다.

태진의 훤히 드러난 깔끔한 이마 밑쪽으로 세로 주름이 잡히고 계약서를 쥔 손에 힘이 들어갔다.

그때 사장실 문이 노크 소리와 함께 열렸다. 그러곤 연훈과 학수가 나란히 들어왔다. 자연스럽게 소파에 앉는 연훈과 달리 학수는 통창 근처로 걸어와 태진이 들고 있는 서류를 확인했다.

"시니 계약서네요?"

태진의 어깨 너머로 계약서의 상단 부분을 읽은 학수가 작은 눈을 동그랗게 떴다. 이내 그의 호기심 어린 두 눈이 서류 내용을 속독했다.

"특별한 내용은 없는 것 같은데……. 뭐가 특별한 걸까요?"

앞면만 본 거지만 지극히 평범한 계약서류였다. 하지만 시니 엔터테인먼트와 계약하는 모든 이들이 특별했다.

태진이 몸을 돌려 자신의 책상으로 돌아가며 짧게 대답했다.

"신이연."

"신이연 대표요?"

학수가 확인차 물었다. 시니 엔터테인먼트의 전속계약서를 책상 위에 올려놓은 태진이 설명을 덧붙였다.

"그 여자가 특별하지."

태진의 부드러운 음성을 들은 학수의 눈빛에 이채가 서렸다. 학수는 태진의 눈치를 살피다 애써 장난스럽게 물었다.

"혹시 반하신 건 아니죠?"

그러자 그때까지 소파에 가만히 앉아 있던 연훈이 코웃음을 터뜨렸다. 학수와 태진의 고개가 동시에 그에게로 돌아갔다.

"설마. 쟤 되게 예쁜 여자친구 있어."

연훈이 태진을 턱으로 가리키며 말했다. 다음 순간 태진은 낮게 한숨을 내쉬었고 학수는 펄쩍 뛰며 연훈 쪽으로 달려갔다.

"진짜요?"

연훈이 앉아 있는 소파 앞에 멈춰 선 학수가 흥분한 목소리를 냈다. 입사한 지 4년이 훌쩍 넘었지만 태진에게 애인이 있다는 말을 들은 건 처음이었다. 솔직히 초기엔 저런 얼굴로 애인 없이 지낼 거면 나나 주지, 라고 얼마나 생각했었는지 모른다.

"그래. 내가 저번에 쟤네 집에 갔다가 만났다니까. 완전 큰 와이셔츠를 입고 있었는데, 딱 보자마자 하늘에서 내려온 여신인 줄 알았어."

"진짜 그렇게 예뻤어요?"

흥분한 학수가 연훈의 옆자리에 앉으며 그에게로 상체를 기울였다. 부담스러운 학수의 보름달 같은 얼굴을 밀어내면서 연훈은 말을 이었다.

"어. 얼굴 완전 작아가지고 하얗고 눈 엄청 크고 코 오똑하고 치아까지 가지런하더라. 키는 160대 중반? 어깨가 막 동그래가지고……."

학수가 갑자기 손바닥을 들어올렸다.

"자, 잠깐만요. 저 지금 데자뷰 느꼈어요."

연훈이 의아해하며 되물었다.

"데자뷰?"

학수는 방금 전 연훈이 했던 말 그대로를 들은 적이 있었다. 그의 기억이 맞다면 분명…….

"부사장님이 지금 왜 신이연 대표의 얼굴을 묘사하고 계시는 거죠?"

"뭐?"

학수의 예리한 지적에 연훈의 두 눈이 휘둥그레졌다. 학수가 상기된 얼굴로 말을 이었다.

"전에 대표님이 신이연 대표를 묘사하던 내용이랑 완전 똑같은데요?"

곧바로 자신의 기억을 더듬어본 연훈이 자리에서 벌떡 몸을 일으켰다. 그가 원목 책상 앞에 서 있는 태진에게로 달려갔다.

"야, 여태진!"

버럭 소리를 지르는 연훈을 바라보는 태진의 눈동자는 침착했다. 흥분한 연훈이 그에게 삿대질했다.

"너, 너 설마 신이연 대표를 집에까지 들였었던 거야? 그런 거야?"

그날 태진의 집에서 본 미인이 신이연 대표라면 이건 이야기가 달라진다. 사업적인 이유 때문에 속이고 있는 상대를 개인적인 공간에까지 들였다는 말이 아닌가.

"그때부터 그런 사이였으면 지금은……. 아이고, 미쳤네, 미쳤어."

지금은 분명 사이가 더 가까워졌을 것이다. 사이가 가까워졌다는 건 친해졌다는 걸 의미할 테고 그건 거짓말을 하고 있는 태진의 마음을 괴롭게 만들었을 것이다.

충분히 적당한 거리를 두고 정보만 빼내도 됐을 텐데, 똑똑한 놈이 왜 그런 미련한 짓을 했을까.

"완전 돌았어, 이놈이!"

연훈의 커다란 주먹이 태진의 어깨에 꽂혔다.

퍽.

맞은 어깨가 꽤 아플 텐데도 태진은 무표정한 얼굴로 서 있었다. 연훈에게로 천천히 고개를 돌린 그가 서늘한 눈빛을 보냈다.

"그래서 내가 처음부터 하기 싫다고 했잖아."

"뭐?"

"근데 네놈들이 시작한 일이잖아."

태진의 날 선 눈동자가 연훈과 학수를 번갈아 노려보았다. 거친 한숨을 푹 내쉰 연훈이 버럭 목소리를 높였다.

"그래! 다 등 떠민 우리 잘못이다. 우리가 잘못했어. 그러니까 이제 시니랑 그만 엮이자고, 제발!"

냉정하고 까칠한 친구 녀석이 시니 기획사하고의 관계를 금방 끊어내지 못하는 게 마음에 걸렸었지만, 그를 믿고 기다렸다. 그랬는데 일이 이렇게 흘러가버리다니. 이대로 뒀다가는 끝내 그가 다칠 것만 같았다. 연훈은 뭐라도 해야 했다.

"우린 시니한테 완전 밀린 거야. 뭘 해도 안 된다고. 송아준도 다시 뺏겼고, 너도 결국 캐스팅 비법 못 알아냈잖아?"

"……."

태진은 아무런 대답도 하지 않았다. 연훈은 답답해서 머리를 벅벅 긁다 태진의 어깨를 잡으며 부탁했다.

"이제 시니에 가지 마, 너."

"……."

"나도 이제 대표 대행 그만둘 거야. 네가 복귀해."

"……."

아무 말도 하지 않는 태진 때문에 연훈은 불안해졌다. 다음 순간 태진의 어깨를 더욱 콱 움켜쥔 그가 강하게 말했다.

"너 거기 또 가면 내가 시니 사장한테 말할 거야. 너 진 엔터테인먼트 대표라고."

"뭐?"

그제야 태진의 입이 떨어졌다. 연훈은 어떻게든 그가 다시 시니에 가는 것만은 막고 싶었다. 혹시라도 그가 나중에 시니 때문에 우는, 그런 정말 말도 안 되는 장면을 보게 될까 봐 두려웠다.

"네가 못 하겠으면 내가 해야지. 내가 부사장이니까."

연훈의 다부진 말에 태진은 길게 한숨을 내쉬었다. 마지막으로 연훈은 책임감이 강한 그의 성격을 건드렸다.

"부탁 좀 하자, 태진아. 아니, 진 엔터테인먼트 대, 표, 님!"

♦ ⁘ ♦

연훈의 부탁에도 불구하고 태진은 이틀 뒤 또 시니 사무실을 찾았다. 이젠 그도 자신을 막을 수가 없었다.

버릇처럼 시니를 찾고서야 태진도 사태의 심각성을 깨달았다. 그래서 스스로에게 브레이크를 걸기로 결심했다.

"할 말이 있습니다. 시간 좀 내주십시오. ……너무 딱딱한가? 꼭 해야 할 말이 있는데, 시간 좀 있으십니까? ……이게 낫나?"

태진은 이연에게 건넬 말을 계속 연습하면서 계단을 올라갔다. 오늘 그는 자신의 정체에 대해 밝힐 생각이었다.

그런데 사무실 출입문 앞에서 쪼그려 앉아 고개를 푹 숙이고 있는 이연을 발견하자 그 결심이 확 사그라졌다.

"이연 씨?"

이연은 가녀린 어깨를 움찔하더니 작은 얼굴을 들어올렸다. 태진을 본 그녀가 천천히 자리에서 몸을 일으켰다.

"왜 여기 있어요?"

"아, 어, 나가야 해서요."

허둥지둥 토트백을 어깨에 걸쳐 메고는 황급히 바지를 터는 이연의 행동은 어딘가 부자연스러워 보였다.

"무슨 일 있어요?"

"아뇨."

이연은 아니라고 대답했지만 태진은 미간에 세로 주름을 만들었다. 가방끈을 꽉 쥐고 있는 이연을 향해서 태진이 말했다.

"있는 것 같은데요."

그제야 이연은 시선을 똑바로 들고 태진을 응시했다. 평소와 달리 그녀의 눈빛은 다소 불안해 보였다.

"아아, 별건 아니고…… 인후 스케줄 때문에 급히 가봐야 하거든요."

"인후 씨 스케줄이요?"

"네. 오늘 인후 현장 매니저가 독감에 걸려서 못 나왔어요. 그래서 제가 대신 가봐야 해요."

아직 사무실 직원이 충원되지 않았기 때문에 이연은 어떤 스케줄이든 어느 현장이든 대신 가야 하는 상황이 생기면 무조건 갔다.

"오늘 인후가 스튜디오에서 화보 촬영이 있거든요."

"그럼 끝나면 연락 주십시오. 할 말이 있습니다."

태진이 진지하게 건넨 말에 이연은 그를 가만히 올려다보았다. 이윽고 그녀가 마른침을 삼키고는 물었다.

"혹시 시간 괜찮으시면 같이 가주실래요?"

태진은 순간 어이가 없었다. 자신이 매니저도 아니고 왜 그 버릇없는 이인후의 스케줄을 보좌하러 가야 한단 말인가.

그는 단호히 고개를 저었다.

"아뇨. 안 가겠습니다."

◆ ◆

"여긴 왜 왔어?"

인후가 스튜디오로 들어서는 이연과 그 뒤에 따라오는 태진을 발견하고 장난스럽게 물었다. 이미 화보 촬영 준비를 마친 그의 앞으로 구두 신은 이연이 또각또각 걸어갔다.

"오늘 민기 씨 아프다며?"

"너 말고, 저 아저씨."

인후는 스모키 화장을 한 눈으로 태진을 쳐다보았다. 화려한 그와 눈이 마주치자 태진은 도톰한 입술을 일자로 굳게 다물었다. 딱 보니 억지로 끌려온 것 같았다.

"또 놀릴 생각 하지 말고 촬영에나 집중해."

이렇게 말하면서 이연은 인후를 카메라 앞쪽 공간으로 밀었다. 오버사이즈의 양털코트를 입은 그가 큭큭거리며 느릿하게 걸어갔다.

카메라 앞에 서자 인후는 얼굴에서 장난기를 싹 거둬내고 마치 다른 사람처럼 촬영에 임했다.

잠시 동안 사진 촬영을 지켜보던 태진이 무심코 고개를 돌렸다. 그의 시야로 스튜디오 입구와 가까운 뒤편에 홀로 서 있는 이연이 들어왔다. 그녀는 손톱을 입에 물고 있었다. 이연에게 갈까 하다가 태진은 사람들의 눈을 의식해 구석으로 자리를 옮겼다.

얼마 후 바삐 진행되던 촬영이 멈추고 스태프들은 쉬는 타임을 가졌다. 그사이 화장을 고치던 인후가 자신의 메이크업 아티스트와 수다를 떨면서 구석에 서 있는 태진을 힐끔 돌아보았다. 그러자 메이크업 아티스트도 태진을 돌아보았다.

"?"

자신을 향한 시선들에 태진은 의아한 얼굴을 했다. 그런데 그때 이연마저 그들에게 섞여서는 태진을 쳐다보았다. 태진이 고개를 갸웃하자 그의 곁으로 이연이 걸어왔다.

"메이크업 한번 받아볼래요?"

"메이크업이요?"

"네. 저 친구가 한번 해보고 싶대요."

이연이 인후의 메이크업 아티스트를 돌아보며 배시시 웃었다. 이에 태진은 정색했다.

"아뇨. 안 받겠습니다."

그런데 이 여자는 아까부터 자신의 안 하겠다는 소리가 고맙다는 소리로 들리는지 또 자신을 막무가내로 잡아끌었다.

이연이 태진을 억지로 의자에 앉히자 메이크업 아티스트가 다가와 태진의 얼굴에 화장을 시작했다. 곧이어 헤어 디자이너까지 호기심 어린 얼굴로 와서는 뜨거운 고데기로 머리카락에 스타일링을 시도했다.

결국 정신을 차려보니 인후의 촬영이 끝난 카메라 앞이었다. 두 눈을 질끈 감았다 뜬 태진의 시야에 카메라 뒤쪽이 보였다. 그곳엔 인후가 장난기

가득한 표정으로 서 있었다.

"오오? 역시 사람은 꾸며야 돼. 이제야 좀 봐줄 만하네."

옆에서 이연도 거들었다.

"봐줄 만한 정도가 아니지. 감탄사 나오는 완벽한 외모잖아."

마치 박물관의 조각상을 감상하듯 쳐다보던 이연이 그가 서 있는 카메라 앞까지 걸어왔다. 그녀가 손가락으로 태진의 웨이브 진 앞머리를 살짝살짝 만져주었다. 그러다 태진과 눈이 마주쳤고 그 순간 그녀의 입에서는 짧은 비명이 터져 나왔다.

"꺄. 너무 잘생겼어요."

자신의 얼굴 바로 앞에서 칭찬하는 이연을 향해 태진은 나직하게 말했다.

"지나치게 가깝습니다."

"어머, 죄송해요."

당황한 이연이 뒤로 얼굴을 빼려던 그때 카메라 셔터 소리가 들렸다.

찰칵.

"엇……!"

흠칫 놀란 이연의 몸이 그대로 굳어졌다. 눈앞에서 새파랗게 질리는 그녀를 보는 순간 태진은 아까부터 이연이 이상하게 불안해 보였던 이유를 깨달았다.

"동그랗고 까만 렌즈 앞에만 서면 식은땀이 흐르고 어지러워요. 찰칵 소리를 들으면 더 심해지고요. 상태가 심할 땐 숨이 막히는 느낌까지 들어요."

전에 들은 적 있는 이연의 트라우마가 떠올랐다. 이 때문에 스튜디오에 오기 전부터 불안해했던 거였다.

태진은 카메라 뒤쪽에 서 있는 사진작가를 강하게 노려보았다.

"지금 사진 왜 찍으신 겁니까?"

"두 분 그림이 너무 예뻐서요."

카메라로 얼굴을 가린 채 사진작가는 또 셔터 버튼을 눌렀다.

찰칵.

그 순간 태진은 앞으로 손을 길게 뻗어 카메라를 가렸다.

"찍지 마십시오."

"네?"

놀란 사진작가가 카메라 위쪽으로 얼굴을 들어올렸다. 태진이 카리스마 있게 다시 말했다.

"사진 찍지 마시라고요."

그사이 이연은 관자놀이에 흐른 식은땀을 닦아냈다. 카메라를 벗어나기 위해 급히 발을 떼던 그녀가 순간 비틀거렸다.

"이연 씨……!"

쓰러지려는 이연의 허리를 태진이 팔로 단단하게 받쳤다.

"괜찮아요?"

태진은 이연을 자신의 팔로 안은 채 물었다. 그 모습을 보고 놀란 사진작가와 스태프들이 급하게 달려왔다.

"괜찮으세요, 신 대표님?"

사람들의 관심이 집중되자 이연은 억지로 몸에 다시 힘을 주면서 허리를 꼿꼿하게 폈다. 그녀가 애써 웃으며 주변을 향해 말했다.

"전 괜찮아요. 그냥 잠깐 어지러웠을 뿐이에요."

가벼운 빈혈이었다며 이연은 스태프들을 안심시켰다. 그러곤 여전히 그녀의 등 쪽에 팔을 대고 있는 태진을 돌아보며 싱긋 웃었다.

"고마워요, 태진 씨. 저 이제 괜찮아요."

그러나 그녀의 입술은 파리하게 질린 상태였다. 태진은 눈으로 빠르게 이연의 몸을 살폈다. 그러다 그녀가 주먹을 꽉 쥐고 있는 것을 확인하고는 그녀의 팔목을 잡아끌었다.

"우린 이만 가요."

"네?"

이연은 어리둥절한 얼굴을 했다. 아직 인후의 스케줄이 완전히 끝난 게 아니었기에 자리를 비울 수가 없었던 것이다. 하지만 태진은 막무가내였다.

이연의 팔을 끌고서 구석에 놓아둔 그녀의 가방을 집어 든 태진이 문 쪽으로 돌아서자 인후가 다가왔다.

"진짜 괜찮아, 이연아?"

그의 눈빛엔 걱정이 가득했다. 그런 인후를 보면서 태진은 시크하게 말했다.

"집에 혼자 갈 수 있죠? 애도 아니고."

"어? 어, 어, 당연하지. 우리 이연이나 잘 부탁해."

인후가 떨떠름한 표정으로 대답을 마치자마자 태진은 이연을 데리고 스튜디오를 빠져나왔다. 스튜디오 밖에 세워둔 이연의 차로 걸어간 태진이 이연을 향해서 어깨를 틀었다. 그러자 이연의 눈이 크게 벌어졌다.

메이크업을 한 얼굴과 손질한 헤어스타일 때문에 그가 브라운관에서 막 튀어나온 드라마 남자주인공같이 보였던 것이다. 입술을 동그랗게 벌리고 있는 이연에게 태진이 물었다.

"집이 어디예요?"

이연은 퍼뜩 정신을 차렸다.

"아, 사무실 근처 오피스텔이요."

다음 순간 그녀의 눈이 자신을 잡고 있는 태진의 커다란 손과 그가 들고 있는 토트백을 번갈아 쳐다보았다. 트라우마 증상의 여파인지 뭔지 이상하게 몽글몽글한 기분이었다. 그때 잡고 있던 이연의 팔을 놓은 태진이 손바닥을 내밀었다.

"집까지 내가 운전할게요."

차 키를 달라는 의미인 것 같았다. 왠지 허전해진 느낌이 드는 팔목을 다른 손으로 만지며 이연은 조그맣게 대답했다.

"괜찮은데."

"아닌데. 얼굴이 창백한데."

그녀의 말투를 따라 하는 태진 때문에 이연의 볼이 발그레 붉어졌다. 결국 그녀는 주머니에서 차 키를 꺼내 건넸다.

"타세요."

곧바로 태진은 조수석 문을 열어 그녀를 타게 했다. 부드럽게 문을 닫아준 그가 운전석으로 가서는 차에 올랐다. 그의 손에는 여전히 이연의 가방이 들려 있었다. 이연이 머쓱해하며 달라고 했지만 태진은 가볍게 무시한 채 가방을 뒷좌석에 놓았다. 그런 다음 차를 출발시켰다.

잠시 후, 이연의 오피스텔 주차장에 차가 세워졌다. 차에서 먼저 내린 이연이 태진에게 다가가 고개를 꾸벅 숙였다.

"고맙습니다, 집에까지 데려다주셔서."

그때 그녀의 눈에 태진이 가지고 내린 자신의 가방이 보였다. 그녀가 얼른 손을 뻗었다. 하지만 태진은 그것을 팔에 걸치면서 그녀의 손을 거부했다.

슈트 차림의 그와는 어울리지 않는 지극히 여성스러운 토트백이었기에 이연은 하마터면 웃음이 터질 뻔했다. 태진이 웃음을 참고 있는 그녀를 향해 말했다.

"괜찮으시다면 안에다 옮겨드리고 싶습니다."
"아아, 그러실래요?"
선뜻 그러라고 했지만 이연은 내심 긴장이 되었다. 남자를 집에 들이는 게 생전 처음 있는 일도 아니었다. 자신의 집은 워낙 많은 배우 지망생들이 숙소처럼 쓰던 곳이었기 때문이다. 그런데 지금은 이상하게 가슴이 설렜다.
집으로 향하는 엘리베이터 그리고 복도에서도 이연은 내내 심장이 두근거렸다. 이연이 먼저 현관으로 들어가 소파를 찾아 앉자 그제야 태진이 손에서 가방을 내려놓았다.
태진은 자연스럽게 이연의 옆자리에 앉아 다정한 목소리로 물었다.
"이제 진정이 됐습니까?"
남자주인공 같은 얼굴을 한 그가 이연의 트라우마 증상을 걱정하고 있었다. 이연은 마치 드라마의 여자주인공이 된 듯한 기분이었다.
"네. 괜찮아진 것 같아요."
고개는 끄덕였지만 사실 이연은 지금 긴장을 하고 있어서 증상이 나아진 건지 구분이 잘 가지 않았다.
"정말이요?"
태진이 미심쩍다는 눈빛을 보내자 이연은 두 손을 마주 잡고는 만져보았다.
"아직 손이 좀 차긴 하네요."
그동안은 카메라 자체를 피해왔기 때문에 트라우마 증상을 느낀 건 아주 오랜만이었다. 이연을 걱정스럽게 바라보던 태진이 다시 입을 열었다.
"트라우마가 꽤 심각한가 봐요."
이연은 말간 눈을 들어 태진을 마주 보았다. 문득 그에게 괜한 어리광을 부리고 싶어졌다. 그런 마음을 경계해야 한다고 생각하면서 이연이 말했다.

“어떻게 생긴 트라우마인지 아직 말 안 했죠, 제가?”

“네. 비밀이라고 하셨습니다.”

태진의 까만 눈동자가 어둡게 반짝였다. 이연은 홀린 것처럼 그 눈을 빤히 바라보았다.

“비밀인데, 알려주고 싶다고까지는 말했잖아요.”

“그렇지만 알려주진 않으셨습니다. 똑똑히 기억합니다.”

미처 자신이 부리지 못한 어리광이 그에게서 살짝 느껴지자 이연은 그만 웃음이 터져버렸다. 입술을 가린 채 웃던 그녀가 태진에게 물었다.

“귀엽단 말 가끔 듣죠?”

“전혀요.”

정말이었다. 태진은 까칠한 성격 탓에 귀엽다는 말을 들어본 적이 거의 없었다. 게다가 그 자신도 그 말을 들으면 놀리는 것 같아서 싫어했다. 하지만 지금은 놀림당하는 기분이 아니었다. 아니, 솔직히 놀림당하는 거라 해도 싫지 않았다.

잠시 생각에 잠긴 듯 조용히 있던 이연이 두 손을 무릎 위에 올리며 말을 시작했다.

“사실, 제가 십 대 때 잡지 모델을 했었거든요. 꽤 잘나갔었어요. 항상 바빴죠.”

태진은 가만히 앉아서 이연의 과거 이야기에 귀를 기울였다.

“근데 어느 날 매니저 오빠가 부모님이 저를 데리러 오시다가 사고가 났다는 전화를 받고 있었는데, 저는 그걸 눈으로 보고 귀로 듣고 있는데도 계속 카메라 앞에 서 있었어요.”

이연은 그날 일을 생생히 기억하고 있었다. 조금 떨어진 곳에서 매니저가 ‘이연이 부모님’, ‘빗길’, ‘교통사고’, ‘병원’ 이런 단어들을 말하고 있었는데,

그게 귀에 다 들렸는데도 이연은 기계처럼 일을 하고 있었다.

"매니저 오빠는 그 사실을 바로 전하지 않았고, 저는 의심하면서도 카메라 렌즈 앞에서 웃고 포즈를 잡았어요. 촬영을 중단시키지 않는 제 자신을 믿을 수가 없었죠. 플래시가 터질 때마다 스스로가 혐오스럽고 무서웠어요. 그 일이 끝나고 저는 쓰러졌어요."

최악의 마지막 촬영이었다. 그 사건 이후로 이연은 다시는 카메라 앞에 서지 못했다.

"그날 이후로 카메라 렌즈만 보면 긴장이 되고 식은땀이 나요."

말을 하고 있는 이연의 큰 두 눈에 눈물이 고였다. 태진은 그녀에게서 한시도 시선을 떼지 않았다.

"그날 그 사고로 부모님이 돌아가셨거든요."

울먹거리며 말을 마친 이연이 손가락으로 눈꼬리에 맺힌 눈물을 닦아냈다. 그 순간 태진이 손을 들더니 그녀의 머리를 슥슥 쓰다듬었다.

"!"

이연은 갑작스러운 그의 행동에 놀라 움직임을 우뚝 멈췄다. 촉촉하게 젖은 그녀의 눈동자가 태진을 쳐다보았다.

"지금 뭐 하시는 거예요?"

그녀의 머리 위에 손을 얹은 채 태진은 다소 어색하게 대답했다.

"그냥, 인후 씨도 가끔 하길래……."

그도 딱히 뭔가 생각하고서 한 행동은 아니었다. 그냥 그녀가 많이 힘들었겠다는 생각이 들자 손이 먼저 나갔다.

"위로해주시는 거예요?"

"……아마도."

태진의 짧은 대답과 담백한 목소리가 이연의 가슴을 쿵 하고 쳤다.

역시 이 남자는 참 이상하다.

"저 머리 안 감았는데."

"괜찮습니다. 나도 손 안 씻었습니다."

게다가 지는 것도 참 싫어한다. 피식 웃음을 터뜨린 이연이 그를 빤히 쳐다보았다. 그녀와 눈이 마주친 태진이 진지하게 말했다.

"누워서 좀 쉬어요. 혹시 잠들면 내가 침대로 옮겨줄게요."

그러더니 구석에 있는 보조 소파로 자리를 옮겼다. 작은 소파에 앉은 큰 그 남자가 이연의 가슴을 또 쿵 쳤다.

그가 누우라고 만든 자리를 가만히 내려다보던 이연이 조그맣게 중얼거렸다. 너무나 작은 목소리라 태진이 다시 말해달라고 하자 이연이 그를 쳐다보았다.

"이렇게 다정하게 굴다가 또 한동안 안 오고 그럴 거죠?"

전처럼 그가 일주일이나 시니에 나타나지 않는다면 이연은 극도로 침울해질 것만 같았다.

"그러지 마요."

이연은 태진을 바라보면서 부탁했다. 아직도 트라우마 증상의 여파가 있는 건지 아니면 그에게 또 응석을 부리고 싶어진 건지 그녀는 자신도 모르게 덧붙였다.

"제발."

솔직히 태진은 내심 당황했다. 그녀에게 그런 약속을 할 수가 없었던 탓이다. 언젠가 자신의 정체가 밝혀지게 되면, 혹은 밝혀지기 전에 시니를 떠나야 하기 때문이다.

하지만 끝내 태진은 그녀의 애원을 모른 척하지 못했다.

"계속 올게요. 이연 씨가 오지 말라고 할 때까지 계속."

이게 지금 태진이 할 수 있는 약속의 전부였다. 그녀가 멀지 않은 미래에는 자신에게 더 이상 시니에 오지 말라고 말할 거란 예감이 들었기 때문이다.

"그럼 이제 우리 평생 보는 거예요?"

지금은 그럴 생각이 전혀 없는 이연이 배시시 웃었다. 태진도 옅은 미소를 지었다. 그때 이연이 갑자기 생각난 듯 말했다.

"아, 근데 무슨 할 말 있다 하지 않았어요?"

그녀를 지그시 보면서 태진은 고개를 좌우로 저었다.

"중요한 말 아니에요. 다음에 할게요."

◆ ⁘ ◆

이연의 집에서 나온 태진은 곧장 자신의 회사로 향했다. 직원들이 다 퇴근한 시간이라 지금 제 행색이 별로 부끄럽지 않았다.

그러나 집무실로 들어서자마자 연훈과 학수가 보이자 이야기가 달라졌다.

"너, 뭐냐? 미쳤냐?"

연훈은 깜짝 놀란 얼굴로 그를 쳐다보았고 학수는 호들갑을 떨며 그에게 달려왔다.

"대박! 완전 대박! 전 우리 회사 소속 아이돌이 들어오는 줄 알았어요."

아까 스튜디오에서 당한 메이크업과 헤어스타일링의 반응이 꽤나 격했다. 태진은 손을 들어 고데기로 멋을 낸 자신의 머리를 마구 헝클어뜨렸다.

오늘 올라온 결재사항 좀 체크하겠다고 이대로 사무실에 들른 게 큰 실수다, 큰 실수.

그사이 태진의 앞으로 저벅저벅 걸어온 연훈이 배우 같은 얼굴을 하고 있는 태진을 흘겨보았다.

"다들 퇴근했으니 망정이지, 직원들이 봤으면 뭐라고 했겠냐?"

"엄청 잘생겼다 했겠죠."

옆에서 학수가 상기된 표정으로 대답하자 연훈은 그의 뒤통수를 퍽 때렸다.

"넌 그만 까불고."

연훈의 심기 불편한 눈동자가 태진을 지그시 응시했다. 그가 이런 예쁜 몰골로 나타났다는 건 뻔했다.

"누구 작품이야? 설마 신이연, 그 여자 작품이야?"

"신이연 대표 솜씨야."

태진은 바로 연훈의 표현을 정정해주었다. 울컥 속이 상한 연훈이 버럭 소리쳤다.

"너 또 거길 간 거야? 대체 왜 그러냐, 너?"

연훈은 그가 또 시니에 갔다는 사실을 믿을 수가 없었다. 자신이 네 정체를 밝히겠다 협박까지 하면서 그렇게나 부탁을 했는데 어떻게 그럴 수 있었단 말인가. 그때 불현듯 불길한 예감이 스쳤다.

"차학수."

연훈이 학수의 이름을 나직하게 부르자 학수가 긴장한 얼굴로 그를 쳐다보았다.

"너 퇴근해."

다음 순간 학수는 두 사람에게 고개를 꾸벅 숙이고 사장실을 나갔다. 그가 나가자마자 연훈은 마른침을 꿀꺽 삼켰다.

"너 설마……."

그다지 물어보고 싶진 않았지만, 꼭 확인을 해야 했다. 연훈이 태진을 향해 진지하게 질문했다.

"그 여자 좋아하냐?"

"그건 아니야."

태진의 즉답에 연훈은 크게 안심했다. 그러나 곧바로 태진이 덧붙인 단어에 연훈은 깊이 절망했다.

"아직."

"아직?"

그 여자를 아직 좋아하는 건 아니란다. 아직.

연훈은 자신도 모르게 헛웃음을 터뜨렸다.

"아직이라고?"

태진은 신분을 속이고 접근한 상대를 아직 좋아하는 건 아니라고 말했다. 계속 경계하고 싫어해도 모자랄 판국에 말이다.

"너 지금 그걸 말이라고 해?"

상대는 우리 진 엔터테인먼트의 오랜 라이벌인 시니 엔터테인먼트의 대표 신이연이었다. 그런데 어쩌면 그쪽은 우리를 라이벌이 아니라 원수쯤으로 생각할지도 모른다. 우리가 살아 있는 전설인 그 회사에 집착해서 얼마나 많은 배우들을 데려왔었던가.

거기까지 생각이 미치자 연훈의 머릿속이 명료해졌다. 연훈은 갑자기 태진의 팔뚝을 덥석 잡아챘다.

"야, 여태진."

그런 다음 그를 끌고 그의 원목 책상으로 저벅저벅 걸어갔다. 책상 의자 쪽으로 다가간 연훈이 태진을 억지로 끌어당겼다.

"너 여기 앉아."

내키지 않아 하는 태진을 강제로 앉힌 후 연훈은 혼자 문 쪽으로 성큼성큼 걸어가기 시작했다. 문을 열고 나가기 직전 그가 단호하게 명령했다.

"절대 나오지 마, 너."

그러곤 복도로 나가서 문을 쾅 닫았다. 밖에서 문손잡이를 꽉 붙잡은 채 연훈이 문 너머 태진에게 큰 목소리로 말했다.

"그 커다란 책상에 앉아서 생각해. 지금 네가 어느 회사의 어떤 위치에 있는지."

연훈은 지금이라도 늦지 않았으니 태진이 정신 차리기를 바랐다. 여기서 더 간다면 상처받는 건 시니 대표만이 아니다. 태진도 그에 못지않은 아니, 더 큰 상처를 받게 될 것이다.

그때 사장실 문이 거칠게 벌컥 열렸다. 연훈이 일그러진 표정으로 문을 연 태진을 쳐다보았다.

"이게 단순히 가둬서 해결될 일이 아니야."

태진은 굳은 얼굴로 나직하게 말했다. 연훈은 답답한 마음에 버럭 목청을 높였다.

"너 이렇게 된 게 나랑 학수 책임이라며? 그래서 나는 지금 내가 한 일에 책임을 지고 있는 것뿐이야."

감금이나 협박이 대수겠는가. 오랜 친구가 가시밭이 빤한 길로 걸어가서 일부러 가시에 찔리겠다는데, 그걸 가만히 두고 볼 수만은 없었다.

"여기서 멈추면 서로 더 큰 상처를 주는 건 막을 수도 있어. 그러니까 억지로 그만두자, 좀."

"후우……."

태진의 입에서 무거운 한숨이 새어나왔다. 그의 고집을 잘 알기에 연훈은 입을 멈출 수가 없었다.

"그래, 좋아. 안 멈추고 이대로 가다가 네가 그 여자를 좋아하게 된다 치자."

연훈은 제발 늦은 게 아니길 바라면서 말을 이었다.

"근데 그렇다고 너희가 사귈 수 있을 것 같아?"

독하지 않은 착한 여자라도 자신을 속인 남자를 받아주기란 쉽지 않다. 그런데 상대는 연예계에서 독종으로 유명한 신이연 대표다.

"그 여자가 네 정체를 알고도 네 마음을 받아줄 것 같냐고!"

불 보듯 뻔한 전개였다. 당연히 매몰차게 거절할 것이고 심하면 고소를 하거나 민사소송을 준비할지도 모른다. 핑크빛 사랑은커녕 핏빛 진흙탕 싸움이 예상된단 말이다.

태진은 시선을 떨어뜨리며 작은 목소리로 중얼거렸다.

"안 받아주겠지."

은근히 냉정한 여자라. 태진도 연훈이 걱정하는 바를 모르는 게 아니다. 적어도 자신한테 양심이란 게 있다면 그녀에게 끌려서도 안 된다는 걸 그도 아주 잘 알고 있었다.

다음 순간 태진은 무거운 얼굴로 물러섰다.

"가라. 혼자 있고 싶어."

연훈 역시 물러나자 사장실 문이 쿵 하고 닫혔다.

♦ ⁘ ♦

막 공사를 끝낸 신축 건물인 '진한류센터'를 둘러보는 태진의 곁에는 학수와 연훈 그리고 센터장이 함께였다.

"완공식은 다음 달 말일로 예정되어 있습니다."

'진한류센터'는 진 엔터테인먼트 소속 한류스타와 케이팝 아이돌 그룹들의 국내외 팬들을 위한 공간으로, 굿즈숍과 3D 홀로그램 체험관 그리고 라이브 상영관을 준비해놓은 곳이었다. 그 외에도 VR 게임장과 브런치 카페도 함께 오픈을 앞두고 있었다.

태진이 VR 게임장을 둘러보고 막 나온 그때 코트 주머니 속 그의 휴대전화가 울렸다.

[시니 대표]

발신번호를 확인한 태진이 곁눈질로 주변 사람들의 눈치를 살폈다. 그들을 피해 전화를 받기 위해 다음 코너에 있는 빈 카페 안으로 들어갔다.

"네. 여태진입니다."

곧바로 이연의 맑고 청아한 목소리가 조금 급하게 들려왔다.

- 태진 씨, 미안한데 오늘 레슨은 못 할 것 같아요.

"왜요? 무슨 일 있어요?"

아무리 바빠도 레슨을 취소한 적은 없는 이연이었다. 시간이 없으면 없는 대로 시간에 맞춰 레슨을 하던 그녀였기에 태진의 음성은 살짝 높아졌다.

- 저 말고, 인후한테 일이 생겼대서 가보려고요.

"무슨 일인데요?"

- 인후가 촬영감독님한테 혼이 좀 났대요.

태진은 눈썹을 치켜올리며 휴대전화를 고쳐 잡았다. 그러곤 다소 어이없다는 뉘앙스로 물었다.

"그런데 이연 씨가 거길 왜 가요?"

겨우 그 정도 일에 대표인 그녀가 나서는 게 의아했다. 그런데 바로 다음 순간 그 이유를 알았다.

- 울고 있다 그래서요.

"네? 울어요?"

태진은 너무 기막혀서 실소가 터졌다. 그가 훤히 드러낸 깔끔한 이마를 손으로 짚었다.

- 네. 그 녀석이 의외로 유리멘탈이거든요. 그래서 촬영장을 이탈한 모양이더라고요. 제가 가서 돌려보내야죠.

전화를 끊은 태진은 생각에 잠긴 듯 눈빛이 깊어졌다.

잠시 후 카페에서 나오는 태진을 학수가 기다리고 있었다. 휴대전화를 코트 주머니에 넣으며 태진이 물었다.

"이 이후 스케줄이 어떻게 되지?"

"7시에 진한류센터 투자자들과 저녁식사가 예정되어 있습니다."

태진은 손목시계로 시간을 확인했다. 7시까진 한 시간 정도가 남아 있었다. 결심한 얼굴로 태진이 말했다.

"딱 한 시간만 미루자."

저번 스튜디오 사건도 있고, 아무래도 이연을 혼자 촬영장에 보내는 게 영 마음에 걸렸다. 태진이 발을 떼자 학수가 잽싸게 따라왔다.

"어디 가시려고요?"

태진은 보속을 늦추며 학수를 돌아보았다. 태진의 반듯한 이목구비에 애매한 표정이 서렸다.

"갈 땐 연훈이 차 운전해."

대충 얼버무리고 돌아서는데, 그때까지 센터장과 이야기를 나누고 있던 연훈이 바지 주머니에 손을 넣으면서 성큼성큼 다가왔다.

"어디 가는데?"

오늘 연훈이 처음으로 건넨 말이었다. 종일 자신에게 삐딱했던 그의 어깨를 태진은 부드럽게 툭 쳐주었다.

"이따 보자."

◆ ◆ ◆

세트장 출입구와 가까운 주차장 구석에서 인후는 고집스럽게 팔짱을 낀 채 뾰로통한 얼굴을 하고 있었다.

"나 더 이상 못 해먹겠어."

그의 앞에는 이연이 난감한 표정으로 관자놀이를 만지고 있었다. 주위

눈치를 살핀 그녀가 차분하게 입을 뗐다.

"인후야, 촬영 이제 겨우 두 컷 남았대. 그냥 빨리 끝내는 게 낫지 않아? 지금 너 하나를 수십 명의 스태프들이 기다리고 있는데, 넌 마음이 괜찮니? 안 불편해? 나는 이렇게나 불편한데?"

그러자 인후가 두 눈을 사납게 부릅뜬 채 세트장 쪽을 노려보았다.

"감독님이 나보고 멍청하다잖아!"

CF 촬영 콘셉트를 잘 이해하고 있는 건지 의심스럽다면서 한 말이었다. 그 말을 듣자마자 인후는 촬영장을 박차고 나와버렸다.

"원래 그 감독님이 좀 거칠게 표현하시는 성격이야. 근데 악의는 없으셔."

"멍청하다는 단어 자체가 악의인데, 뭐!"

연기에 미쳐서 학교를 제대로 안 다녔기 때문에 인후에게 멍청하다는 소리는 꽤나 콤플렉스였다.

"흐어어엉!"

불현듯 인후가 잠시 그쳤었던 울음을 다시 터뜨렸다. 주변에서 그의 눈치를 보던 스태프들이 수군거렸지만, 서러운 눈물이 멈추지 않았다.

그때였다.

"그만 울어요. 다 쳐다보잖습니까."

"!"

난데없는 남자 목소리에 인후는 팩하니 고개를 돌려 그쪽을 쏘아보았다. 뒤쪽 나무 기둥에 등을 기대고 서 있던 태진이 그에게로 천천히 걸어왔다.

"당신은 왜 여기까지 따라와서 난리야?"

인후가 버럭 소리쳤다. 하지만 사실 인후는 이연을 따라온 태진을 보는 순간 울적함을 잊고서 웃음을 터뜨릴 뻔했다. 매번 뚱한 얼굴로 이연을 따라다니는 그가 조금 귀엽게 보였던 것이다. 자신보다 나이도 한참이나 많은 그가 말이다.

태진은 인후의 앞에 우뚝 서더니 오버핏 코트 주머니에 손을 찔러 넣었다.

"그깟 욕 한번 들은 거 가지고 뭘 그럽니까? 한심하게."

"뭐? 한심? 말 다 했어, 당신?"

인후의 목소리가 높아졌다. 그와 반대로 태진은 나직한 음성으로 말을 이었다.

"나는 진짜 멍청한 사람한테는 멍청하단 소리도 안 합니다. 그냥 무시하지."

그 순간 인후는 멈칫했다. 조용해진 그에게로 태진이 상체를 살짝 기울였다.

"그리고 이제 겨우 스물둘인데, 멍청하면 좀 어떻습니까?"

"뭐?"

당황한 인후가 입술을 동그랗게 벌렸다. 적잖게 동요한 그의 눈망울이 방황했다. 눈앞의 태진은 자신을 비웃는 기색도 없이 진지했다.

"근데 말이죠. 당신이 진짜 멍청했다면 촬영장을 아예 벗어나 클럽이나 가버렸겠죠. 울 정도로 화가 났으면서 이렇게 촬영장 근처를 배회하는 건 당신이 충분히 현명하다는 증거예요."

인후는 귀가 화끈거려서 큼큼 헛기침했다. 그냥 무의식중에 촬영장을 완전히 떠나면 안 될 것 같았다. 그리고 그러기도 싫었다.

"하긴, 이인후 씨는 어려도 프로니까요."

태진의 담백한 칭찬에 인후는 귀가 더 화끈거렸다.

"뭐래는 거야. 나 이제 들어가봐야 해."

머쓱해진 인후가 고개를 돌리며 발을 옮겼다. 물러나서 그들을 지켜보던 이연이 재빨리 그를 따라갔다.

"그래, 잘 생각했어. 수고해."

그렇게 인후를 무사히 세트장 안으로 들여보낸 후 이연은 안도의 한숨을 내쉬었다. 곧바로 태진에게로 돌아온 그녀가 환하게 웃었다.

"고마워요, 태진 씨."

태진은 의아한 눈빛으로 고개를 갸웃 기울였다.

"내가 뭘 했습니까?"

짐짓 모르는 척하는 그를 향해서 이연은 꽃같이 웃었다.

◆ ⁘ ◆

태진과 이연은 나란히 시니 사무실로 돌아왔다. 태진보다 살짝 앞서 사무실 안으로 들어간 이연이 갑자기 반가운 목소리를 냈다.

"오빠!"

앞에 있는 그녀의 작은 뒤통수에서 시선을 뗀 태진이 다소 불만 어린 눈빛으로 사무실 안을 확인했다.

"오빠?"

그때 그의 눈에 절로 입이 벌어질 만큼 조각상같이 잘생긴 얼굴이 들어왔다. 이연이 사무실 안에서 그녀를 기다리고 있었던 남자에게로 달려갔다.

"이게 얼마 만이야, 하선 오빠!"

그 남자는 3년 가까이 배우 활동을 쉬고 있는 하선이었다. 그나마 CF로 가끔씩 잘생긴 얼굴을 비쳤지만 그마저도 요즘엔 뜸했다. 태진은 자연스럽게 저번에 아준이 그가 슬럼프에 빠졌다고 말했었던 기억을 떠올렸다.

"안녕하십니까."

태진이 하선을 향해 고개를 꾸벅 숙였다. 그는 사적으로는 하선을 처음 보는 거였다. 그런데 하선은 다른 듯 보였다.

"어?"

놀란 눈빛의 하선이 이연을 지나쳐 태진에게로 성큼성큼 걸어왔다.

"우리 어디서 한번 본 것 같지 않아요?"

상대가 다짜고짜 던진 질문에 태진은 순간 긴장하고 말았다. 갈색 빛깔의 머리카락 아래로 선이 가는 아름다운 얼굴형을 가진 하선은 TV에서 보는 것보다 부드러운 인상이었지만, 짙은 눈썹과 선명한 이목구비 그리고 그에게서 풍기는 기품이 사람을 묘하게 압도했다.

태진은 슬쩍 시선을 피하며 대답했다.

"글쎄요."

하선은 스무 살 때 데뷔해서 올해로 데뷔 18년 차인 베테랑 배우였다. 태진을 오래전 행사장에서 우연히, 혹은 셀럽 파티에서 스치듯 봤다 해도 전혀 이상한 일이 아니다.

긴장한 태진의 귀에 하선의 혼잣말이 들려왔다.

"아아. 아닌가?"

그의 집요한 시선이 태진의 이목구비를 꼼꼼히 훑었다. 뚜렷하고 강렬한 눈매, 전체적으로 날카로우면서도 강인해 보이지만 한번 보면 눈을 떼기 힘든 이 반듯한 얼굴. 하선은 분명 본 적이 있었다.

"맞는 것 같기도 하고?"

태진에게는 식은땀이 나는 초조한 시간이 흐르고 있었다. 그러다 하선이 불쑥 작지만 분명한 목소리로 중얼거렸다.

"근데 내 기억이 맞다면 여기선 만나면 안 되는 건데."

"!"

태진은 심장이 쿵 내려앉았다. 여기서 이런 식으로 정체를 들키는 건가.

"응? 왜?"

하선의 말에 이연은 큰 눈을 동그랗게 떴다. 그녀가 태진과 하선에게로 다가오며 물었다.

"오빠가 태진 씨를 어디서 봤는데?"

태진은 그만 두 눈을 질끈 감았다.

하선이 태진과 만난 장소를 기억해내고 그의 정체까지 말한다면 이제 더 이상 이연을 똑바로 볼 수 없을지도 모른다. 태진이 직접 정체를 밝히는 것과 다른 사람에 의해 밝혀지는 것은 차원이 다른 문제이기 때문이다.

하선의 대답을 기다리는 동안 태진은 머릿속이 하얘지는 기분이었다. 두 눈을 질끈 감았다 뜨는 태진을 가만히 바라보던 하선이 어깨를 으쓱하며 대답했다.

"기억이 안 나."

"에이, 뭐야."

이연은 허탈한 웃음을 터뜨렸다. 그 순간 태진의 흔들리는 동공이 하선에게로 향했다. 태진과 시선을 마주한 하선이 고개를 갸웃했다.

"꿈에서 봤나?"

말끝으로 하선은 입꼬리를 올리며 웃었다. 그 모습에 안심한 태진은 마른침을 꿀꺽 삼켰다. 이윽고 그가 헛기침하고는 입을 열었다.

"거울에서 본 거 아니에요?"

그런 다음 하선의 옆에 서 있는 이연을 힐끔 쳐다보며 말을 덧붙였다.

"대표님 말로는 우리가 서로 닮았다던데."

이연을 처음 만났을 때 그녀가 한 말이었다. 하선은 깜짝 놀라는 표정을 지었다.

"저 사람이랑 내가 닮았다고?"

하선의 의아한 눈빛이 이연에게로 향했다. 이연은 냉큼 고개를 끄덕였다.

"응! 보자마자 완전 닮았다고 생각했……는데, 아니네?"

하선과 태진의 얼굴을 번갈아 쳐다보던 이연이 멈칫했다. 태진을 처음 봤을 때 이연은 하선을 처음 봤을 때처럼 광채가 번쩍했기 때문에 당연히 두 사람이 닮았다고 생각했다. 그런데 지금 보니 두 사람은 전혀 다른 얼굴을 하고 있었다.

눈썹의 형태나 눈 모양, 콧방울과 입술의 생김새 그리고 피부 톤까지도 전부 달랐다. 어느 부분 하나 닮은 구석이 없었다. 그나마 비슷한 거라곤 큰 키 정도였다.

당황한 이연이 눈꺼풀만 깜박거리고 있는 사이 하선은 고개를 설레설레 흔들었다.

"우리 이연이도 이제 다 됐네. 황금 눈썰미였는데."

이연은 워낙 타고난 눈썰미가 훌륭해서 길거리 캐스팅 한 애들을 스타로 만드는 게 일상이었다. 그 당연한 과정을 옆에서 지켜보는 게 재미있어서 지금까지 그녀의 곁에 머물렀다고 해도 과언은 아니었다.

"오빠 실망이야."

하선이 장난스럽게 말하자 이연은 어색한 미소를 지었다. 그녀의 머릿속에 전에 인후가 했던 말이 떠올랐다.

"스타감을 알아본 게 아니라 첫눈에 반한 거 아니야?"

자신도 모르게 긴장한 이연이 메마른 입술을 혀로 축였다. 그리고 다음 순간 태진을 빤히 쳐다보았다. 하지만 태진과 눈이 마주치자 시선을 하선에게로 돌려버렸다.

불현듯 그녀가 하선을 향해 말했다.

"아, 맞다. 오빠한테 들어온 시나리오랑 대본들 줄게."

이연은 황급히 책상으로 걸어가서는 서랍을 열어 대본들을 꺼냈다. 책상에 쌓아올린 대본들을 살피던 그녀가 발을 뗐다.

"차엔 더 많아. 금방 가서 가져올게."

사무실을 빠져나가는 그녀의 발걸음이 조급했다. 하선이 이대로 가버릴까 봐 마음이 급해진 것이다. 계단을 뛰어 내려가는 소리를 들은 하선이 문밖을 향해 소리쳤다.

"뛰지 마. 넘어질라."

그러나 이연은 이미 계단을 내려간 후였다. 피식 웃음을 터뜨리며 하선은 멀뚱히 서 있는 태진에게로 고개를 돌렸다. 하선의 진갈색 동공이 태진의 새까만 눈동자와 마주쳤다. 하선은 태진에게서 시선을 떼지 않으면서 천천히 다가왔다.

"혹시 우리 이연이 좋아해요?"

"!"

하선의 직설적인 질문에 태진은 입술만 달싹거릴 뿐 아무 대답도 하지 못했다. 동요로 인해 태진의 심장이 요동치고 있던 그때 하선이 나직하게 말을 이었다.

"그럼 우리 이연이한테 절대 상처 주지 마세요."

그 순간 태진의 심장이 거짓말처럼 진정되기 시작했다. 하선을 똑바로 마주한 태진이 다부지게 대답했다.

"안 줄 겁니다."

"그렇다면 안심이고."

하선은 태진의 올곧은 눈빛이 마음에 들었다. 사정이 있어 보이는 그가 이연에게 상처를 주지 않을 거라면, 굳이 자신이 나서지 않아도 될 것 같았다. 이연도 그를 꽤 마음에 들어 하는 눈치고.

하선의 얼굴을 살피던 태진이 조심스럽게 물었다.

“슬럼프라고 들었는데, 이제 괜찮으신 겁니까?”

“…….”

하선은 대답하지 않았다. 하지만 어두워진 표정이 그 대답을 대신했다. 그는 한참 동안 조용히 있다가 시선을 들었다.

“우리 이연이 좀 잘 부탁해요.”

“네?”

태진은 고개를 갸웃했다. 갑작스러운 그의 부탁이 무척 이상하게 들렸던 것이다.

“왜 그런 부탁을 하시죠? 그쪽도 잘해주시면 될 텐데.”

“저는…….”

하선은 이렇게 서두를 꺼내고는 잠시 말이 없었다. 주저하던 그가 무겁게 나머지 말을 이었다.

“좀 더 본격적으로 쉬어보려고요.”

“!”

솔직한 그의 고백에 태진은 깜짝 놀랐다. 그런 중요한 사실을 왜 자신한테 말하는 걸까 의문도 들었다.

그때 사무실 출입문이 열리는 소리가 들렸다. 하선과 태진은 자연스럽게 입을 다물었다. 이윽고 이연이 품에 한가득 대본들을 안고 돌아왔다. 태진은 곧바로 그녀에게 다가가 대본들을 받아 들었다.

“고마워요.”

태진에게 감사인사를 건넨 이연이 하선을 쳐다보았다.

“둘이 무슨 얘기 했어?”

“그냥 사담.”

하선은 싱긋 웃으며 대답했다. 대본들을 가지고 책상으로 발을 옮기는 태진의 등을 힐끔 본 그가 덧붙였다.

"가까이서 보니까 되게 잘생겼더라, 저 친구."

그러자 이연은 행복한 미소와 함께 잘록한 허리에 손을 척 얹었다.

"그치? 나 아직 황금 눈썰미 맞지?"

말끝으로 까르르 웃는 이연의 웃음소리가 태진의 고막을 울렸다. 태진은 손에 들고 있는 대본들보다 마음이 더 무겁게 느껴졌다.

"근데 이연아, 나 할 말 있는데."

하선이 이연을 향해서 진지하게 말했다. 그 말을 듣는 순간 태진의 얼굴엔 난감한 기색이 스쳤다. 때마침 그를 도와주듯 학수에게서 전화가 걸려왔다. 시간을 확인한 태진은 황급히 대본들을 내려놓고는 물러섰다.

"그럼, 난 이만 가볼게요."

◆ ✣ ◆

다음 날, 태진은 또 시니 사무실을 찾았다가 1층 계단에서 멈칫했다. 버릇처럼 와버렸지만, 이대로 계속 그녀에게 가도 되는 건지 문득 망설여졌던 것이다.

계단 중간에서 발을 멈춘 태진이 벽에 등을 기댔다. 아준이 매입한 1층 사무실은 여전히 비어 있는 상태였다. 그곳을 멍하니 보고 있는 태진의 입에서 깊은 한숨이 새어나왔다.

"하아……."

이렇게 언제까지고 이연을 속일 순 없었다. 그러니 반드시 멈춰야 하는데, 그 결정이 쉽지 않았다.

그때 시니 사무실의 출입문이 열리는 소리가 났다. 그러더니 바로 인후의 목소리가 들렸다.

"아, 맞다. 나 엄마아빠 좀 보고 올게."

곧이어 이연의 목소리도 들려왔다.

"아, 캐나다에 계시는?"

"응."

"얼마나 있다가 돌아올 건데?"

"모르겠어."

"모르겠다고?"

이연의 목소리가 살짝 높아졌다. 그들의 대화를 들으면서 태진은 느리게 눈을 깜박였다. 그사이 인후의 말이 이어졌다.

"알잖아. 나 자유로운 영혼인 거."

"알지."

이연의 목소리가 다시 낮아졌다. 태진은 곧바로 이어지는 그녀의 나직한 중얼거림에 귀를 기울였다.

"알고서 계약한 거니까."

거기까지 듣고서 태진은 올라왔던 계단을 내려갔다. 그러곤 복잡한 표정으로 건물 유리문 밖에 잠시 서 있었다.

"아, 깜짝이야."

털레털레 계단을 내려오던 인후가 유리문 너머 태진을 발견하고 화들짝 놀랐다.

"아저씨? 왜 거기 있어?"

인후는 나머지 계단을 뛰어 내려와, 문을 열어젖혔다. 그 순간 태진이 손을 뻗더니 그의 팔뚝을 확 끌어당겼다.

"뭐, 뭐야?"

방금 전보다 더 놀란 인후가 쌍꺼풀 짙은 눈을 부라렸다. 그의 호리호리한 몸이 태진에게 붙잡힌 팔 때문에 볼품없이 휘청거렸다.

"이거 안 놔? 이연이 부른다?"

인후가 협박 아닌 협박을 하며 버둥거렸지만 태진은 아랑곳 않고 그를 건물 벽으로 툭 밀쳤다. 인후가 황당하단 표정으로 쳐다보자 태진이 입을 열었다.

"꼭 돌아와."

태진에게서 처음 듣는 반말이었다. 그 비싸다는 반말.

"네? 아니, 뭐?"

인후는 너무 놀라서 존댓말이 튀어나왔다가 금방 반말로 바꿔 소리쳤다. 인후의 팔을 잡고 있는 손에 힘을 주며 태진이 나직하게 경고했다.

"너마저 안 돌아오면, 신이연 진짜 혼자가 될 수도 있어."

"……뭐?"

벽에 뒤통수를 기댄 상태로 인후는 재빨리 머리를 굴려보았다. 결론은 생각보다 빨리 나왔다.

"다, 당신도 어디 가려는 거야?"

하지만 태진은 대답하지 않았다. 그 대신 그의 팔뚝에서 손을 뗐다.

"명심해."

태진이 나지막하게 뱉어낸 말에 인후는 말없이 고개만 주억거렸다.

◆ ◆

예상보다 기사가 빨리 터졌다.

[배우 하선, 연예계 전격 은퇴 조짐]

아침부터 태진은 유명 사이트의 메인화면을 장식하고 있는 기사 제목에서 시선을 떼지 못하고 있었다. 물론 내용은 '설'에 가까웠지만, 그 타이틀

만으로도 굉장한 주목을 받았다. 그 기사에 대해 하선의 소속사 시니 엔터테인먼트는 아직 아무런 입장도 내놓지 않고 있었다.

그때 사장실 문이 열리고 연훈이 흥분한 얼굴로 들어왔다.

"기사 봤어?"

S급 배우의 은퇴설은 연예계를 들었다 놨다 하는 영향력을 지니고 있었다. 이제 한 며칠은 하선에 관한 각종 루머로 연예계가 시끌벅적할 것이다.

태진의 책상 앞으로 걸어온 연훈이 상기된 표정으로 입을 열었다.

"송아준이랑 재계약했단 소리도 아직 없고 만약 이대로 하선까지 은퇴하면, 시니에 이인후만 남는 거네?"

그 이인후마저도 어제 캐나다로 떠났다. 손을 들어 이마를 만지던 태진이 갑자기 자리에서 일어섰다. 연훈의 커진 두 눈이 그를 쫓았다.

"아무래도 시니에 가봐야 할 것 같아."

태진이 책상에서 나오면서 하는 말에 연훈은 방금까지 엄청 흥분됐던 마음이 싹 가라앉았다. 침착해진 그가 문으로 걸어가는 태진을 따라갔다.

"신이연이 걱정돼?"

"응."

태진은 솔직하게 대답했다. 발을 멈추고 천천히 친구를 돌아본 태진이 더 솔직하게 말했다.

"요즘은 이대로 정체를 숨기고 계속 볼 순 없을까 하루에도 몇 번씩 생각하고 또 생각해."

이미 태진은 이연에게로 향하는 자신의 마음을 막지 못하고 있는 듯 보였다. 그를 바라보는 연훈의 표정이 어두워졌다.

"연훈아."

태진이 친구의 이름을 나직하게 불렀다. 연훈이 아무 말 없이 응시하자 태진은 할 말을 이었다.

"네가 나 대신 그 여자한테 말해줄래? 내 정체."

그 순간 연훈은 작게 코웃음을 쳤다. 고개를 설레설레 저은 후 입을 열었다.

"야. 나는 진 엔터테인먼트 부사장이야. 그런 내가 나서서 대표인 네 얼굴에 먹칠을 할 순 없어."

연훈의 단호한 입장에 태진은 힘없이 피식 웃음을 터뜨렸다. 그러곤 혼잣말처럼 중얼거렸다.

"저번엔 밝힐 거라고 협박했으면서."

"그땐 그렇게 하면 말릴 수 있을 거라 생각했으니까."

처음에 자신이 태진의 등을 밀지 않았다면 그가 이렇게 고민하는 일은 없지 않았을까. 조금 후회가 되기도 했다. 하지만 후회는 언제 해도 늦는 법.

"나는 이제 네가 최대한 다치지 않고 안전하게 그곳에서 나오길 바랄 뿐이야."

연훈이 태진을 똑바로 쳐다보면서 말했다. 태진은 또다시 피식 웃음을 터뜨렸다.

"다칠 일이 뭐가 있어."

"몸 말고."

연훈의 대꾸에 살짝 놀란 듯 태진이 두 눈을 깜박거렸다. 이윽고 그가 입꼬리를 슥 올렸다.

"많이 컸다, 너?"

"많이 커서 190."

"징그러."

태진은 연훈의 넓은 어깨를 장난스럽게 밀쳤다. 다음 순간 허리에 양손을 얹은 연훈이 다부지게 선언했다.

"이 징그러운 덩치로 든든한 방패막이 되어줄게."

이에 태진은 괜히 머쓱해서 연훈을 주먹으로 툭 치고는 발을 옮겼다.

◆ ⁘ ◆

이연은 사무실 안에, 혼자 멍하니 앉아 있었다. 그녀의 앞에는 노트북이 켜진 채 놓여 있었는데, 키보드에 올려놓은 두 손은 이미 한참 전부터 움직이지 않고 있었다. 하선 관련 기사들에 대한 공식입장을 쓰던 중이었지만, 자꾸만 손이 멈췄다.

흐리멍덩한 눈으로 화면을 응시하고 있는 이연에게 문자가 하나 도착했다. 문자를 확인한 이연이 자신의 입을 틀어막았다. 이윽고 그녀가 두 눈을 질끈 감자 그녀의 긴 속눈썹이 파르르 떨렸다.

한참 후 다시 눈을 뜬 이연은 다부진 표정으로 입장문을 마무리했다. 그러곤 무언가 굳게 결심한 얼굴로 어딘가에 전화를 걸었다.

"안녕하세요, 감독님. 저 신이연이에요."

- 어, 신 대표. 오랜만이야.

휴대전화 너머로 중년남자의 호탕한 목소리가 들려오자 이연은 애써 밝게 말했다.

"너무 오랜만에 연락드렸죠? 죄송해요. 어깨 아픈 건 괜찮아지셨어요?"

- 두 달 정도 침 맞았더니 괜찮아졌어. 그나저나 하선인 진짜 은퇴한대?

중년남자의 질문에 이연은 입매가 살짝 굳어졌다. 그러나 그녀의 목소리는 방금 전과 똑같이 힘 있게 나갔다.

"은퇴까진 아니고 잠시 쉴 거예요. 워낙 섬세한 성격의 배우다 보니까 그동안 많이 힘들었던 것 같아요."

- 그럼 활동 중단이야? 에휴, 그 얼굴에 연기까지 섬세하게 잘했는데.

전화기를 들고 있는 이연의 입술이 앙다물어졌다. 눈물을 참고 있는 듯한 모습이었다.

그때 출입문에서 벨 소리가 났기에 이연은 일어나서 문을 열었다. 휴대전화를 든 채 그녀는 안으로 들어오는 태진에게 손 인사를 건넸고 태진도 그녀에게 손을 흔들었다.

태진을 바라보던 이연이 다음 순간 급격히 밝아진 얼굴로 휴대전화에 대고 말했다.

"감독님, 혹시 다음 촬영 때 마스크 신선한 배우 필요하시면 연락 주세요."

- 그래. 신 대표가 추천하는 거라면 무조건 투입이지.

"감사합니다. 근데 진짜 저희 시니 배우라서가 아니라 정말 원석이에요, 원석. 무엇보다 눈빛이 진짜 끝내줘요."

말을 이으면서 이연은 가까이 다가오고 있는 태진에게 뜨거운 시선을 보냈다. 싱긋 웃는 그녀와 달리 태진의 표정은 서서히 굳어졌다. 이연이 말을 덧붙였다.

"나이는 저랑 동갑인데 이십 대처럼 보이고요, 키는 184센티미터에 73킬로그램. 이름은 여태……."

덥석. 태진은 황급히 이연의 팔을 잡아챘다. 그녀의 행동에 크게 당황한 태진의 목소리가 높아졌다.

"지금 뭐 하는 겁니까, 신이연 씨?"

그러나 이연은 태연하게 제 입 앞으로 검지를 가져갔다.

"쉿!"

조용히 해달라는 제스처에 태진은 일순 눈썹을 일그러뜨렸다. 그사이 이연이 들고 있는 휴대전화에서 상대방 남자의 목소리가 흘러나왔다.

- 흐음. 그럼, 나 다음 일정은 뮤직비디오가 될 것 같은데, 뮤직비디오도 괜찮지?

"물론이죠! 네, 그럼 조만간 또 연락드릴게요. 감사합니다."

이연은 밝게 인사하며 전화를 끊었다. 그제야 태진은 그녀의 팔에서 손을 놓았다. 이연의 앞에 우뚝 선 태진이 딱딱하게 물었다.

"누굽니까?"

"유명하고 유능한 CF 감독님이요. 그분한테 제가 태진 씨를 추천했어요."

태진은 미간을 좁혔다. 불편한 표정으로 한숨을 폭 내쉰 그가 이연을 곱지 않은 눈길로 쳐다보았다.

"믿을 수가 없네요. 이렇게 막무가내로 밀어붙이다니."

"막무가내요?"

이연은 굳어진 얼굴로 태진과 시선을 마주했다. 태진의 얼음장같이 찬 목소리가 이어졌다.

"아직 계약한 것도 아닌 나를 추천했잖아요? 내 입장이나 기분은 전혀 생각도 안 하고."

태진은 방금 전 상황에 많이 놀란 상태였다. 그를 보는 이연의 낯빛에 황당하단 기색이 스며들었다.

"결국 시니랑 계약할 거니까 지금 저랑 함께 있는 거 아닌가요?"

그녀는 지금 태진이 화를 내는 게 이해가 되지 않았다. 자신과 계약하지 않을 거라면 두 달도 넘게 함께하고 있는 이 시간들은 대체 뭐란 말인가.

태진이 이연의 다갈색 눈동자를 빤히 쳐다보았다.

"이연 씨, 지금 많이 불안한가 봐요?"

"그런 거 아니에요. 저는 정말 제 눈을 믿고 추천한 거예요."

이연은 고집스럽게 고개를 저었지만 그녀의 큰 눈망울은 미세하게 흔들리고 있었다. 작은 두 주먹을 콱 움켜쥐는 이연을 향해서 태진은 다시 입을 열었다.

"근데 나는요, 나한테 재능이 없는 것 같아요."

끼와 재능이란 것은 누군가 발견해주기도 전에 자기 자신이 제일 잘 아는 법이다. 태진의 단호한 말에 이연의 눈동자가 더 크게 흔들렸다. 다음 순간 태진이 자신의 말을 정정했다.

"아니, 나한텐 재능이 없습니다."

자신에게 연기에 대한 재능이 없는 건 굳이 입에 담지 않아도 알 수 있을 정도로 분명한 사실이었다. 그걸 이연도 분명 모르지 않을 것이다. 다만 불안하고 초조한 현실 앞에 외면하고 있을 뿐.

"이연 씨 눈이 틀렸다고요."

태진이 확언하자 이연은 충격을 받았다. 난생처음 들어본 말이었던 것이다. 이연의 큰 두 눈에 눈물이 고여들었다. 이토록 서러운 마음이 드는 건 그의 냉정한 지적 때문이 아니었다. 그게 왜 하필이면 지금 이 타이밍이냐는 원망 때문이었다.

"태진 씨까지 저한테 왜 이래요?"

태진이 나타난 이후로 이상하게 눈물이 많아졌다. 자꾸만 감정적으로 행동하게 된다. 지금도 그랬다.

이연은 눈물을 꾹 참으며 사무실을 뛰쳐나왔다.

♦ ✣ ♦

단골술집 'DD'에서 이연은 카운터 자리를 차지하고 앉아 술을 마시고 있었다. 술이 워낙 약해서 달달한 칵테일을 주문했지만 그마저도 세 잔쯤 마시니 취기가 올라왔다.

"나한텐 재능이 없습니다. 이연 씨 눈이 틀렸다고요."

술에 취하니까 아까 전 태진의 목소리가 더욱 생생하게 귓가에 맴돌았다. 언제나 길거리 캐스팅을 하면 결과가 좋았는데, 이렇게 재능이 없다고 단정 짓는 남자는 처음이었다.

“스타감을 알아본 게 아니라 첫눈에 반한 거 아니야?”

불현듯 인후의 말이 또 떠올랐다. 이연이 자신의 긴 생머리를 다소 거칠게 쓸어올렸다.

“첫눈에 반한 건데 착각해서 길거리 캐스팅 한 거 아닌가?”

‘말도 안 돼…….’

이연은 단호하게 고개를 좌우로 저었다. 그럴 리 없었다. 그도 그럴 것이 지금껏 살면서 그런 일은 한 번도 없었단 말이다.

“신이연……?”

그때 뒤에서 누군가 그녀의 이름을 불렀다. 목소리만 듣고도 이연은 상대의 정체를 알아챘지만, 굳이 고개를 돌리지는 않았다. 이곳은 이연의 단골술집이자 그의 단골술집이기도 했다.

반갑지 않은 이가 먼저 이연의 옆으로 다가왔다. 당연히 이연은 그를 쳐다보지도 않았다.

“이연이 맞구나. 많이 힘들지, 이연아?”

그러면서 아준은 자연스럽게 이연의 옆자리를 꿰차고 앉았다. 일순 이연의 눈썹이 확 찡그려졌다.

“내 일에다가 하선 형 일까지…….”

아준이 안타깝다는 듯 말을 붙이는데, 이연은 듣기 싫다는 듯 자리에서 몸을 일으켰다. 그녀의 앞을 아준이 황급히 막아섰다.

"비켜."

이연은 그를 쏘아보면서 낮게 말했다. 하지만 아준은 아랑곳 않고 그녀에게 더 다가섰다.

"비키란 소리 안 들려?"

"이연아……."

아준이 손을 뻗자 이연은 질색하며 그 손을 매몰차게 쳐냈다. 그때 그들 사이로 다른 손이 하나 뻗어졌다.

"귀가 안 들리시나."

태진이었다. 놀란 이연이 그를 쳐다보는 사이 태진은 그녀의 어깨를 부드럽게 잡아서 자신의 옆으로 끌어왔다.

"꺼지라잖아요."

이연의 어깨를 잡은 채 태진은 아준을 빤히 응시했다. 아준은 그를 죽일 듯이 노려보며 아랫입술을 잘끈 깨물었다. 그러거나 말거나 태진은 이연에게로 고개를 돌렸다.

"한참 찾았잖아요. 그러고 나가면 어떡해요?"

"미안해요."

이연은 나직이 사과했다. 그 모습을 본 아준은 피가 날 정도로 입술을 더욱 세게 깨물었다.

그들은 그대로 아준을 지나쳐 입구 쪽으로 다정하게 걸어갔다. 아준이 신경질적으로 돌아보며 소리쳤다.

"둘이 지금 뭐 하는 거야?"

그러곤 그들의 앞까지 성큼성큼 걸어갔다. 이연 쪽으로 몸을 홱 튼 아준이 버럭 화를 냈다.

"소속 연예인이랑은 안 사귄다며? 그게 고고한 네 철칙이라며!"

"목소리 낮춰."

이연은 아준을 서늘하게 노려보았다. 그는 지금 주변의 시선을 전혀 생각지 않고 있었다. 한산한 술집 안을 둘러본 이연이 아준을 향해서 작지만 분명한 목소리로 말했다.

"부탁인데, 내 앞에 그만 좀 나타나. 아는 척도 하지 말고."

아준의 동그란 눈동자가 세차게 흔들렸다. 굳어진 그의 앞에서 이연은 태진의 팔에 팔짱을 꼈다.

"가요, 태진 씨."

태진은 조금 놀랐지만 아준에게 일부러 보이고 싶은 걸 거라 짐작하고 조용히 발을 옮겼다.

술집에서 나오자마자 이연은 태진에게서 팔을 풀었다. 그런데 그 직후 급히 걸음을 떼던 그녀가 비틀거렸다. 그런 그녀를 태진이 붙잡았다.

"놔주세요."

이연은 곧바로 팔뚝에서 그의 손을 떼어냈다. 그때 그녀의 이마로 빗방울이 툭 떨어졌다. 자동적으로 두 사람은 빗방울을 조금씩 떨어뜨리고 있는 하늘을 올려다보았다.

"이리 와요."

다시 이연의 팔을 부드럽게 잡은 태진이 그녀를 문 닫은 가게의 천막 아래로 잡아끌었다. 하지만 이연은 고집스럽게 고개를 저었다.

"싫어요."

"비 오잖아요."

"그냥 맞을래요."

이연의 팔을 잡은 채 태진은 그녀를 가만히 응시했다. 그러나 이연은 그에게 눈길조차 주지 않았다. 냉한 두 사람 사이로 빗방울이 툭툭 떨어졌다.

"미안해요."

태진이 나직하게 사과하자 그제야 이연은 시선을 돌려 그를 쳐다보았다.

"별것도 아닌 일에 내가 예민하게 굴었어요."

진지한 태진의 눈빛에 이연의 다갈색 동공이 일렁였다. 이내 이연이 고개를 좌우로 저었다. 사과해야 할 사람은 바로 자신이었다.

"저야말로 아까 되게 꼴사나웠죠? 대표답지도 못하고."

이번엔 태진이 고개를 작게 저었다. 그를 지그시 바라보면서 이연은 씁쓸한 미소를 지었다.

"솔직히 태진 씨 말이 맞아요."

"……."

"불안했어요, 많이. 내 청춘을 불태운 나의 시니가 무너질까 봐. 내 인생의 전부인 나의 회사가 이대로 사라지게 될까 봐."

이연은 무서웠다. 자신의 청춘을 가득 채웠던 사람들이 하나둘씩 사라지는 게. 그래서 억지로라도 태진만은 붙잡고 싶었다.

그때 태진이 입을 열었다.

"안 사라져요."

이연은 동그래진 눈으로 그를 응시했다. 태진이 나머지 말을 이었다.

"내가 본 대표님들 중에 당신이 최고니까."

이연은 쓰게 웃으며 고개를 좌우로 흔들었다. 그녀가 외투 주머니에서 휴대전화를 꺼냈다.

"최고 아니에요. 하선 오빠한테 이런 문자가 왔거든요."

태진은 가만히 눈을 내려 이연이 보여주는 휴대전화 문자를 읽었다.

[정말 미안해, 이연아. 근데 아무리 생각해도 난 당분간 복귀는 힘들 것 같아. 좀 오래 쉬게 해줘. 이렇게 한심한 소속 배우라서 미안하다.]

"계속 설득해보려고 했는데, 안 됐어요. 전 오히려 제가 오빠한테 도움이 못 된 것 같아서 미안하더라고요."

10년지기 아준과 틀어지고 든든한 버팀목이었던 하선마저 떠났다. 게다가 아끼는 인후도 언제 돌아올지 알 수 없었다. 이연의 슬픔을 담은 촉촉한 눈동자가 태진을 바라보았다.

"이제 저한테 남은 건 태진 씨뿐이네요."

태진은 그녀에겐 보이지 않을 정도로 아주 미세하게 고개를 저었다. 그의 눈빛에 괴로움이 차올랐다.

아니다. 사실은 아무도 안 남은 거다. 자신은 처음부터 그녀의 사람이 될 수 없었으니까.

"……."

태진은 너무 괴로웠다. 그녀에게 남은 사람이 그녀를 속이고 있는 자신뿐이라는 사실이 가슴을 아프게 때렸다.

갑자기 이연이 고개를 숙였다. 태진의 눈이 빠르게 그녀를 따라갔다. 훌쩍……. 코를 훌쩍거리는 소리에 태진의 눈빛이 흔들렸다.

"혹시 울어요?"

태진이 조심스럽게 묻자 이연이 눈가를 훔치며 그를 쳐다보았다. 그녀의 눈동자는 촉촉이 젖어 있었지만 입술은 거짓말을 했다.

"아뇨. 빗물이 눈에 들어갔어요."

그러면서 빗방울이 떨어지고 있는 어둑어둑한 하늘을 올려다보았다. 그 사이 빗방울은 더 굵어져 있었다.

태진은 영업이 끝난 가게의 천막 아래로 발을 옮긴 다음 이연을 향해 손을 뻗었다.

"그러니까 이리 와요."

이번엔 이연도 그걸 거부하지 않았다. 얌전히 태진의 옆으로 간 이연이 양손을 교차시켜 어깨를 쓸어내렸다. 그녀의 얇은 외투를 돌아본 태진이 곧바로 자신의 롱코트를 벗었다.

"춥죠?"

초겨울인 데다 밤비까지 내리고 있으니 감기에 걸리진 않을까 걱정이었다. 태진은 이연의 어깨에 제 코트를 걸쳐주었다.

"여기 잠깐만 있어요. 얼른 차 가지고 올 테니까."

그러곤 급히 뒤로 몸을 틀었다. 그 순간 그의 오른편에서 자동차가 빠르게 달려왔다. 그걸 먼저 발견한 이연이 놀라서 그의 팔뚝을 확 잡아당겼다.

"차 와요. 조심……!"

그 반동으로 인해 태진의 몸이 이연의 몸과 부딪칠 정도로 밀착했다. 그 사이 자동차는 빠른 속도로 그들을 지나쳐갔다.

"괜찮아요?"

태진이 이연의 얼굴을 들여다보며 물었다. 이연은 붙잡고 있는 태진의 팔에서 시선을 올려 그의 걱정스러운 눈빛을 쳐다보았다. 괜찮냐고 물어야 하는 건 오히려 이쪽이었다. 차에 치일 뻔한 건 그였으니까.

이연은 태진의 다정한 행동이 도를 넘어섰다고 생각했다. 그녀의 심장이 범상치 않게 뛰고 있었기 때문이다.

"저한테 너무 잘해주지 말아요. 착각할 수도 있으니까."

새침한 이연의 태도에 태진의 입꼬리가 살짝 꿈틀했다. 이윽고 그가 입을 열었다.

"해도 돼요, 착각."

그 순간 이연의 심장 고동이 더 빨라졌다. 이연은 가까이 밀착해 있는 그에게 자신의 심장 소리가 들릴까 싶어서 긴장했다. 그런데 그의 다음 말이 그녀를 더욱더 긴장하게 만들었다.

"내가 허락할게요."

그건 마치 자신을 착각의 구렁텅이로 밀어버리는 듯했다. 태진의 까만 눈동자를 지그시 바라보던 이연이 잡고 있는 그의 팔을 그대로 끌어당겼다. 태진의 상체가 내려오자 이연은 발뒤꿈치를 들어 그의 입술에 입을 맞추었다.

"……대가예요."

그녀가 붉은 입술을 떼고는 속삭였다.

"착각하게 만든 대가."

그러나 이연의 말끝은 태진의 입안으로 사라져버렸다. 이번엔 그가 그녀의 입술을 덮쳤기 때문이다.

단어를 목구멍 너머로 삼킨 이연은 태진의 야릇하게 움직이는 입술을 느끼며 두 눈을 꾹 감았다.

◆ ⁘ ◆

아침에 눈을 뜨자마자 이연의 머릿속에 떠오른 생각은 딱 하나였다.

'미쳤어.'

그녀는 침대에서 몸을 벌떡 일으켰다. 어젯밤 비를 피한 천막 밑에서 태진과 나눈 키스가 떠올랐다.

'미쳤나 봐, 진짜!'

아무리 취기가 오른 상태였다고는 하나, 해도 되는 일이 있고 안 되는 일이 있는 법이다.

'소속 연예인 아니, 예비 소속 연예인과 키스를 하다니!'

미치지 않고서야 불가능한 일이었다. 게다가 처음 시작도 자기 자신이었다.

'내가 끌어당겼을 때 태진 씬 얼마나 황당했을까. 그러기에 왜 그런 달콤

한 말을 해가지고……!'

이연은 무척이나 대담했던 자신이 떠올라, 긴 머리카락을 양손으로 움켜쥐었다. 속이 울렁거리고 머릿속이 뒤죽박죽이었다.

한참을 괴로워하던 이연은 욕실로 가서 샤워를 했다. 복잡한 마음을 진정시키기 위함이었다. 그사이 그녀의 휴대전화에 문자가 하나 도착했다. 씻고 나온 이연은 버릇처럼 휴대전화를 먼저 확인했다. 문자 아이콘을 발견한 그녀가 괜히 긴장한 채 손으로 문자를 터치했다.

[유포 가능.]

간단한 메시지와 함께 인후의 셀카 사진이 보였다. 캐나다에 있는 인후로부터 도착한 문자였다. 살짝 실망한 이연의 입가에 자조 섞인 미소가 번졌다.

이연은 곧바로 화장을 곱게 하고서 바지정장을 차려입고 출근 준비를 마쳤다. 집에서 나와 시니 사무실 쪽으로 부지런히 걸어가고 있는데, 그녀의 눈에 사무실 건물 앞에서 주변을 두리번거리고 있는 기자 한 명이 들어왔다.

"황 기자님?"

이연이 얼굴을 잘 알고 있는 황 기자에게 말을 걸자 그녀가 동그란 안경을 밀어 올리며 활짝 웃었다.

"어머, 반가워요, 신 대표님!"

"네. 오랜만이에요, 황 기자님."

진회색 점퍼를 입은 황 기자가 버릇처럼 주머니에서 수첩과 볼펜을 꺼냈다. 그 모습을 본 이연이 잽싸게 물었다.

"혹시 하선 오빠 일 때문에 오신 거예요? 보도자료 보내드렸는데."

어제 이연은 배우 하선이 잠정적으로 활동을 중단한다는 정식 보도자료를 각 신문사에 보냈다. 그렇기 때문에 황 기자는 얼른 고개를 좌우로 저었다.

"아뇨. 아직 뉴페이스 데뷔 소식은 없나 궁금해서요."

시니 엔터테인먼트에서 발굴한 신예는 무조건 뜬다는 업계의 정설 때문에 황 기자는 가끔씩 이렇게 시니 사무실에 들러 체크를 했다.

"아쉽지만, 아직은 없네요."

이연의 대답에 노골적으로 안타까워하던 황 기자가 이내 쾌활한 목소리로 말했다.

"그럼, 이번엔 이인후 씨. 인후 씨, 캐나다에 있다면서요? 근황 좀 알려줘요. 기사 써줄게요."

"아, 네. 그럼, 메일로 사진 한 장 보내드릴게요. 인후가 유포해도 된다면서 셀카를 하나 찍어서 보내왔거든요. 아직 공식 SNS에도 안 올린 따끈따끈한 거예요."

"우와, 영광이네요."

후후, 웃고 있는 황 기자의 안경 너머로 휴대전화를 꺼내 만지고 있는 이연의 말간 얼굴이 들어왔다. 황 기자는 그만 넋을 놓고 그녀의 풍성한 속눈썹과 오뚝한 콧날, 앵두 같은 입술을 쳐다보았다.

"이렇게 미인이신데, 왜 카메라 앞에 안 나서세요?"

불쑥 황 기자가 이렇게 물었다. 이연은 휴대전화 화면에서 눈을 떼고 싱긋 웃었다.

"그래서요."

"네?"

"너무 미인이라서 배우로 착각하실까 봐."

농담에 가까운 말이었지만 황 기자에게는 그저 농담으로만 들리지 않았다. 정말 그런 거라고 해도 믿을 만큼 이연은 미인이었던 것이다.

그 순간 황 기자는 그녀와 비슷한 이유로 공식석상에는 잘 안 나타나는 한 기획사 대표를 떠올렸다.

"그런 점은 진 대표랑 똑같네요."

"진 대표요?"

이연이 큰 눈을 동그랗게 떴다. 곧바로 황 기자가 그를 정확하게 표현했다.

"진 엔터테인먼트 대표 'JIN'이요."

그 역시 너무나 잘생겨서 배우랑 헷갈릴까 봐 공식적인 자리는 피한다는 소문이 무성했다. 자신도 딱 한 번 바람처럼 스쳐지나가는 그의 얼굴을 본 적이 있었는데, 포스가 엄청나서 정말 배우인 줄로 착각했었다.

"아. 그 성이 진인지 이름이 진인지 모르겠는, 그 대표요?"

이연이 떨떠름한 표정으로 대꾸하자 황 기자가 멈칫했다. 진과 시니의 묘한 라이벌 구도를 떠올린 그녀가 이연의 눈치를 살피다가 조심스럽게 물었다.

"진 대표한테 감정 별로 안 좋으시죠?"

"아니, 뭐, 그냥…… 평생 안 보고 살았으면 좋겠어요."

시니에서 키운 배우들의 80퍼센트 이상을 진 엔터테인먼트에서 데려갔다. 때문에 이연은 그 기획사로 인해 자괴감을 느낀 순간들이 너무나 많았다.

씁쓸한 미소를 지은 이연이 마지막 말을 꿀꺽 삼켰다.

웬수나 마찬가지니까.

◆ ⁘ ◆

그 시각 태진은 커다란 자신의 원목 책상에 앉아서 이연을 떠올리고 있었다.

"이제 저한테 남은 건 태진 씨뿐이네요."

태진의 깔끔한 미간에 세로 주름이 잡혔다. 곰곰이 무언가를 고민하던 그가 서랍에서 계약서를 꺼내 들여다보았다.

결국엔 그 방법뿐인가.

생각에 잠겨 있는 태진의 귀로 똑똑 노크 소리가 들리더니 학수가 결재판을 들고 들어왔다.

"내년 상반기 오디션 일정입니다."

책상에 결재판을 내려놓은 학수가 태진이 들고 있는 계약서를 힐끔 쳐다보았다.

"또 시니 계약서 보고 계셨어요?"

학수는 질색하며 떨떠름한 눈빛을 보냈다. 요즘 들어 시니로 인해 태진과 연훈이 자주 부딪치고 있었기 때문에 별로 달갑지 않았던 것이다. 그가 퉁명스럽게 중얼거렸다.

"그러다 계약서 닳겠네요."

"돌려줄 거야."

"네?"

태진의 단호한 선언에 학수의 작은 눈이 동그래졌다. 상기된 얼굴의 학수가 황급히 물었다.

"그럼, 이제 시니랑 끝내는 거예요?"

대답 대신 태진은 고개를 한 번 끄덕였다. 학수의 입에서 안도의 한숨이 크게 터져 나왔다.

"와, 전 이제 시니 쪽으론 오줌도 안 눌 거예요."

그저 한번 발을 슥 넣어봤을 뿐인데, 완전 진 엔터테인먼트 대표를 움켜쥐고선 안 놔줄 기세였다. 겨우 한 달을 예상했는데, 벌써 세 달째이지 않은가. 학수가 고개를 절레절레 흔들었다.

"어후, 오징어보다 질긴 시니 놈들."

chapter 4

고백 1

아무리 생각해봐도 지금 정체를 밝히고 시니를 떠나는 건 불가능할 것 같았다. 하지만 이대로 그녀의 곁에 머무르는 것 또한 비겁한 행동이었다.

그렇다면 자신이 할 수 있는 가장 적합한 행동은 뭘까.

며칠 밤을 새우며 고민했다. 그렇게 내린 결론을 전달하기 위해 태진은 다시 시니 사무실을 찾았다.

“대표님.”

이연이 앉아 있는 책상으로 뚜벅뚜벅 걸어온 태진이 점잖게 그녀를 불렀다. 이연은 말간 눈을 깜박거리며 태진을 올려다보았다.

“긴장되게 왜 그렇게 멋있게 부르시는 거죠?”

등장만으로도 이미 상당히 긴장한 상태인데, 그는 오금 저리게 하는 특유의 저음으로 그녀를 더욱 긴장하게 만들었다.

태진이 한 손에 들고 있던 누런 서류봉투를 그녀에게 내밀었다. 이연은 조용히 손만 움직여 봉투 안을 들여다보았다. 곧 그녀에게서 허탈한 목소리가 흘러나왔다.

“저희 계약서네요?”

“돌려드리겠습니다.”

이게 태진이 내린 결론이었다. 그의 결심을 확인한 이연의 가녀린 어깨가 땅으로 툭 꺼졌다.

"아아……. 역시 재능이 없다고 생각하시는군요."

태진을 바라보는 이연의 눈빛에 실망감이 가득했다. 기다렸다는 듯 태진이 입을 열었다.

"그런 것도 있지만."

"그런 것도 있지만?"

이연은 순간 고개를 갸웃했다. 잔뜩 긴장한 상태로 태진의 다음 말을 기다리고 있는데, 다행히 그가 바로 말을 이었다.

"아무리 생각해도 저는 시니 소속 연예인이 될 수는 없을 것 같습니다."

"도대체 왜요?"

이연은 자리에서 몸을 일으켰다. 금방이라도 울 것 같은 그녀와 시선을 마주한 채 태진이 대답했다.

"당신의 룰을 알고 있기 때문이죠."

"네?"

생뚱맞은 그의 대답에 이연의 두 눈이 휘둥그레졌다. 다음 순간 태진이 부드럽게 말을 덧붙였다.

"소속 연예인과는 사랑에 빠지지 않는다고 하셨잖습니까."

태진에겐 계속 그녀의 곁에 있을 수 있는 타당한 명분이 필요했다. 그건, 결국 고백이었다.

"이제 나랑 연애합시다, 대표님."

이연은 크게 놀랐는지 시간이 멈춘 것처럼 움직이지 않았다. 입술만 동그랗게 벌린 채.

"내가 좋아하거든요, 신이연 씨를."

시니에 버릇처럼 계속 오는 건 이연을 좋아하는 마음 때문이라는 걸 모르지 않았다. 그러나 그걸 인정하기까진 쉽지 않았다. 그냥 무조건 끌린다고 좋아할 수 있는 상대가 아니었으니까.

다음 순간 이연은 손으로 입가를 가리며 태진의 시선을 피했다.

"아, 너무 갑작스럽네요."

태진은 의아한 눈빛으로 그녀를 응시했다.

"그런가요? 나는 이연 씨도 나와 같은 마음일 거라 생각했습니다. 분명 그날 밤 나한테 먼저……."

"꺄."

이연은 급히 귀여운 비명을 질러 그의 입을 막았다. 분명 그날 밤 자신이 먼저 한 키스 얘기일 테니까.

"그건, 그러니까, 술기운에, 밤이니까……."

말을 시작하긴 했는데, 무척 횡설수설이었다. 이연도 그걸 느꼈지만 수습할 수도, 태진의 얼굴을 쳐다볼 수도 없었다. 그냥 심장만 마구 쿵쾅거렸다.

그때 사무실 출입문의 경비가 해제되는 소리가 들렸다.

"헬로우, 에브리바디!"

곧이어 명랑한 목소리가 사무실 안에 울려 퍼지자 태진과 이연은 동시에 문 쪽으로 고개를 돌렸다.

"엇, 인후야……!"

그곳엔 캐나다에 있어야 할 인후가 서 있었다. 인후는 안으로 걸어 들어오면서 두 사람의 상태를 살폈다.

"뭐야. 분위기 왜 이래?"

태진의 어색하게 굳은 얼굴과 이연의 불그스름하게 상기된 볼. 아무래도 이상했다. 그때 인후의 눈이 책상 위에 있는 계약서를 발견했다. 그것을 집어 든 인후가 태진의 코앞으로 계약서를 들이밀었다.

"아직 사인 안 했어? 해, 빨리."

"치워."

태진이 손을 들어 가볍게 밀어내자 인후는 피식 웃음을 터뜨렸다. 계약서를 다시 책상에 올려놓으면서 인후가 고개를 주억거렸다.

"하긴. 여기에 사인하기엔 인간적으로 너무 발연기더라."

"뭐?"

태진의 정갈한 눈썹이 꿈틀 움직였다. 인후가 입가에 미소를 머금은 채 제안했다.

"내가 연기 레슨 해줄까? 발연기가 과하던데."

"네가 내 연기를 알아?"

미간을 구긴 태진이 서늘하게 받아쳤다. 그러자 기다렸다는 듯이 인후가 허공에 대고 연기를 하기 시작했다.

"여긴 웬일이야? 혹시 나야? 나 때문이니?"

예전에 태진이 전 여자친구와 재회한 상황을 연기했던 그 어색한 모습과 똑같았다. 당황한 낯빛으로 태진은 인후의 어깨를 잡아챘다.

"어디서 봤어? 왜 봤어?"

태진이 어깨를 쥐고 흔드는데도 인후는 쿡쿡거리며 계속 웃었다. 결국 이연이 두 사람을 중재하고 나섰다.

"둘 다 그만."

단호한 손길로 태진과 인후를 떨어뜨린 이연이 인후 쪽을 돌아보며 물었다.

"너 언제 왔어?"

"오늘."

"생각보다 빨리 왔네?"

이연은 인후가 적어도 몇 달간은 돌아오지 않을 거라 생각하며 단단히 각오했었다. 그런데 예상을 깨고 일주일 만에 돌아온 것이다. 그가 조금 기특하게 느껴졌다.

다음 순간 인후는 큰 눈망울을 굴려 태진을 힐끔 쳐다보았다. 그와 눈이 마주치자 태진은 눈살을 찌푸렸다. 인후가 웃는 얼굴로 이연을 돌아보았다.

"그래서 나 이번엔 호캉스 가고 싶어, 호캉스."

갑작스러운 인후의 말에 이연은 한숨을 폭 내쉬었다. 역시 아직 끝난 게 아니었다.

"호캉스는 또 뭐야? 무슨 줄임말 같은데."

이연의 새치름한 시선이 인후에게로 향했다. 인후는 풉, 하고 웃음이 터졌다. 그가 장난기 어린 표정으로 그녀를 바라보았다.

"어후, 촌스러워."

"들어는 봤어, 들어는. 요즘 신조어가 워낙 많아서 그래."

이연은 두 눈에 힘을 주고 필사적으로 변명했다. 그녀의 옆에서 태진은 인후를 가볍게 타박했다.

"촌스럽다니. 귀엽기만 한데."

그러자 이연의 고개가 빠르게 태진 쪽으로 돌아갔다. 설명을 간절히 바라는 눈빛에 태진은 바로 입을 열었다.

"호텔에서 바캉스를 즐기는 거예요. 줄여서 호캉스라고 해요."

"아……."

그제야 그 단어를 정확하게 이해한 이연의 볼이 발그레해졌다. 태진은 그런 그녀를 귀엽다는 듯이 쳐다보았다.

"어디 멀리 못 갈 때 풀장까지 있는 최고급 호텔에서 그냥 막 노는 거야."

설명을 덧붙이던 인후가 갑자기 이연의 손을 덥석 붙잡았다. 그걸 눈앞에서 본 태진의 얼굴이 굳어졌다.

"그러니까 이번 한 번만 더 보내줘. 신나게 놀다 와서 일할게! 영화든 드라마든!"

"말도 안 돼. 네가 호텔에 어떻게 가?"

인후는 현재 젊은 층에서는 인지도가 꽤 높은 라이징스타였다. 이연이 단호하게 고개를 젓자 인후가 잡고 있는 그녀의 손을 붕붕 흔들었다.

"왜, 왜. 그냥 혼자 가면 되지."

"혼자 가는 건 이상하지. 마침 그때 다른 호실에 연예인이나 정재계 자제들이 묵고 있어봐. 너 괜히 엮일걸? 안 돼."

이연의 태도는 확고했다. 인후가 실망하는 표정으로 어깨를 축 늘어뜨렸다. 그 순간 태진이 손을 뻗더니 인후의 어깨를 끌어안았다. 그 바람에 인후의 손이 이연에게서 떨어졌다.

"그럼, 남자랑 가면요?"

태진이 불쑥 이렇게 물었다. 그사이 인후는 질색하며 태진을 거칠게 밀어냈다. 웃음을 참으면서 이연이 대답했다.

"그것도 이상하죠. 이상한 소문이라도 나면 어떡해요."

"흐음."

생각에 잠긴 태진의 옆에서 인후는 그가 끌어안았던 자신의 어깨를 손으로 마구 털어냈다. 그때 생각을 마친 태진이 다시 이연에게 물었다.

"그럼 남자 둘에 여자 하나는요?"

"그건……, 그냥 놀러 간 것 같네요?"

상상해봤더니 그냥 셋이서 놀러 간 그림이 그려졌다. 이연의 대답에 인후는 문득 어깨를 털던 손을 멈췄다. 잽싸게 고개를 돌린 그가 검지를 뱅글 돌리며 자신과 나머지 둘을 가리켰다.

"설마 우리 셋?"

다음 순간 약속이라도 한 듯 세 사람의 시선이 복잡하게 얽혔다. 태진은 묵직하게 고개를 끄덕였다.

"응. 우리 셋."

◆ ✣ ◆

"나랑 연애합시다, 대표님."

그의 고백에 눈앞이 캄캄해지는 기분이었다. 그리고 이내 심장이 터질 것처럼 뛰었다. 그때 마침 인후가 오지 않았다면 호흡곤란으로 비틀거렸을지도 모른다.

"내가 좋아하거든요, 신이연 씨를."

사랑고백을 들은 게 오랜만인 것도 아니었다. 그런데 너무 설레서 정신을 못 차렸었다. 게다가 그의 입에서 키스 얘기까지 나오니까 더 부끄러워서 견디기 힘들었었다.

털썩. 사무실에서 외출용 가방을 챙기다가 이연은 소파에 앉아버렸다. 인후가 그렇게 원하는 호캉스를 위해 호텔로 가야 하는데, 마음이 싱숭생숭해서 손이 움직이질 않았던 것이다.

고백 이후 이틀이 지난 지금까지 태진은 자신에게 대답을 요구하지 않고 있었다. 그런데 그런 상황이 편치만은 않았다. 이상하게 더 신경이 쓰였다.

자신도 그에게 호감이 있는 건 분명했다. 하지만 그 호감이 길거리 캐스팅으로 데려온 사람에 대한 호감인지 그 남자 자체에 대한 호감인지 분명하지 않았다.

그때 사무실의 불투명한 유리문으로 사람 실루엣이 비쳤다. 이연은 자리에서 벌떡 일어섰다. 당연히 같이 호텔로 가기로 약속한 태진일 거라 생각했는데, 아니었다. 출입문이 저절로 스륵 열렸던 것이다.

문으로 들어서는 이를 확인한 이연이 노골적으로 눈살을 찌푸렸다.

"송아준……!"

전혀 반갑지 않은 아준이었다. 이연의 표정이 삽시간에 차갑게 굳어지더니 시선이 출입문으로 향했다. 문이 열린 건 아직 지문인식 시스템에 아준의 지문이 남아 있기 때문이었다. 미리 삭제하지 않은 자신의 불찰이었다. 그사이 아준은 비틀거리며 이연에게 다가왔다.

"그래. 나야, 신이연."

아준의 불안정한 걸음걸이와 풀린 눈동자로 인해 이연은 그가 술에 취한 상태라는 걸 알아차렸다.

"너 술 마셨니?"

예상대로 가까이 온 아준에게선 술 냄새가 강하게 풍겨왔다. 이연이 코를 막으며 물러섰다. 멀어지는 그녀의 발끝을 쳐다보면서 아준은 고개를 푹 숙였다.

"제대로 사과하려고 왔어. 정말 미안해. 그땐 내가 미쳤었나 봐."

이연의 고집을 잘 알면서도 억지로 밀어붙였었다. 그러면 더 도망갈 거라는 걸 모르지 않았는데, 그땐 정말이지 마지막인 것 같아 다급해서 너무 막무가내로 굴었었다. 그 순간을 되돌릴 수만 있다면 무슨 짓이든 할 수 있었다.

"한 번만 용서해줘, 이연아."

용서를 빌면서 아준은 찬 바닥에 무릎을 꿇었다. 그 모습을 본 이연은 화들짝 놀라고 말았다.

"뭐 하는 거야? 일어나, 송아준."

이연은 극도로 당황해 아준의 어깨를 잡고 흔들었다. 하지만 아준은 오히려 몸을 더욱 움츠렸다.

"제발 나 좀 다시 봐줘. 너 아닌 다른 사람들은 나를 돈으로밖에 안 보는 것 같단 말이야!"

"일어나라고……!"

급기야 이연은 그의 겨드랑이에 손을 넣고 그의 몸을 일으키려고 했다. 그 순간 아준이 그녀의 눈을 올려다보면서 말했다.

"나 정신과 다니기 시작했어."

"!"

이연의 행동이 우뚝 멈췄다. 인기와 돈, 명예를 동시에 얻은 수많은 연예인들이 멘탈 관리를 위해서 자주 찾는 게 정신과라지만, 아준은 지난 10년간 단 한 번도 가지 않았었다.

심적으로 동요한 이연은 잠시 망설이다가 결심한 듯 출입문을 열고 나갔다. 지문인식기에서 아준의 지문을 찾아 지우려는데, 태진이 나타났다.

태진은 열린 문을 통해 아준을 발견하고 버럭 소리쳤다.

"지금 뭐 하는 짓입니까?"

사무실로 뛰어 들어온 그가 바닥에 있는 아준을 향해 불같이 화를 냈다.

"이젠 이런 짓까지 합니까? 보기 되게 흉한데, 그만 좀 질척대시죠?"

그러곤 양손으로 아준의 몸을 잡아 일으켰다. 비틀거리는 아준을 노려보면서 태진이 낮게 말을 뱉어냈다.

"스토커도 아니고."

그 말에 아준은 자존심이 상해서 주먹을 확 들어올렸다.

"뭐라고, 이 새끼야!"

그러나 술에 취한 아준이 휘두르는 주먹에 태진이 맞을 리 없었다. 태진이 가볍게 피하는 바람에 아준은 그대로 바닥에 철퍼덕 넘어지고 말았다.

"너무 밑바닥까지 다 보여주시니 낯부끄럽네요."

아준을 내려다보면서 차갑게 말한 후 태진은 그를 다시 일으켜 세웠다.

"당장 나가요."

태진에 의해서 모질게 문밖으로 밀려난 아준은 복도 벽을 짚고 주저앉았다. 아랑곳하지 않고 태진은 이연의 팔을 잡아끌었다.

"이제 우리도 가요, 이연 씨."

이연은 곧장 가방을 챙겨 태진을 따라나섰다. 건물 밖으로 나간 두 사람은 태진의 차에 몸을 실었다.

그사이 아준은 아까 넘어질 때 땅에 찧은 턱을 만지면서 자리에서 일어섰다. 급하게 계단을 뛰어 내려온 아준의 눈에 골목을 벗어나고 있는 태진의 차가 보였다.

"이 밤에 둘이 어딜 가는 거야?"

아준은 황급히 대기하고 있는 자신의 차로 달려갔다. 고급승용차에 올라탄 아준이 운전석에 있는 승규에게 말했다.

"저 차 좀 쫓아가."

승규는 곧바로 차를 출발시켰다. 태진과 이연이 탄 차는 서울 시내의 한 유명한 특급호텔로 향했다.

'호, 호텔?'

호텔 주차장 속으로 차가 사라지자 아준은 이를 으득 갈았다. 그의 꽉 움켜쥔 두 주먹이 부들부들 떨렸다. 그사이 차를 세운 승규가 뒤돌아 아준의 눈치를 살폈다.

"근데, 저기, 형님. 방금……."

"나중에 얘기해. 나 지금 머리 아프니까."

승규가 부르는 소리도 귀찮게만 들렸다. 무안해진 승규는 다시 고개를 돌려 운전대를 잡았다. 그러면서 낮게 중얼거렸다.

"분명 진 대표 같았는데."

그 순간 아준의 눈빛이 달라졌다.

"뭐?"

진 대표?

고개를 쳐든 아준이 승규의 어깨를 잡아챘다.

"너 지금 뭐라고 했어?"

◆ ✣ ◆

연훈은 지극히 자연스럽게 비밀번호를 누르고 펜트하우스로 들어섰다.

"태진아."

슬리퍼를 꿰신으며 큰 소리로 집주인을 불렀지만 대답이 없었다. 넓은 집 안을 더듬는 시야 그 어디에도 그는 보이지 않았다.

"여태진?"

위층으로 연결된 나선형 계단을 따라 올라가봤지만, 2층에도 그는 없었다.

밤 9시가 넘은 시각. 회사에서도 일찍 퇴근한 그가 이 늦은 시간에 어딜 간 걸까?

두 눈이 가늘어진 연훈은 재빨리 주머니에서 휴대전화를 꺼내 태진에게 전화를 걸었다.

"너 어디야? 또 집에 없네?"

전화기 너머로 들려오는 태진의 목소리가 나직했다.

- 최대한 다치지 않고 안전하게 시니에서 나오려고 준비 중.

예상치 못한 비장한 대답에 연훈의 굵은 눈썹이 치켜올라갔다. 그가 휴대전화를 고쳐 잡으며 한쪽 귀에 온 신경을 집중시켰다.

"그게 무슨 소리야? 너 또 신이연이랑 있구나?"

- 응.

연훈이 기막혀하던 그때 태진이 말을 이었다.

- 나 그 여자한테 고백했어.

"헉!"

연훈의 옆으로 길쭉한 눈과 두툼한 입술이 동그랗게 벌어졌다. 크게 놀란 연훈이 허둥지둥 물었다.

"그, 그래서 너 지금 어딘데?"

- 한국호텔.

그 순간 연훈은 커다란 손으로 자신의 입을 틀어막았다.

"미쳤나 봐, 이 자식!"

그는 지금 마음속 소리가 입 밖으로 튀어나올 정도로 놀란 상태였다.

"너 거기서 당장 나와!"

태진이 무슨 마음을 먹은 건지 대충 짐작이 갔지만, 아무리 생각해도 그건 좋은 결심이 아닌 것 같았다.

- 싫어.

그대로 전화가 끊어졌다. 화면이 멈춘 휴대전화를 붙든 채 연훈은 대리석 바닥을 동동 굴렀다. 그러다 다음 순간 다급한 손길로 다시 어딘가로 전화를 걸었다.

◆ ⁘ ◆

한국호텔 스위트룸의 프라이빗 풀장 안에는 요즘 한창 주가를 올리고 있는 라이징스타 이인후가 수영을 하고 있었다.

다다른 벽 끝을 손으로 짚고서 허리를 편 인후가 물속에 발을 디디고 섰다. 그러자 수면 위로 마른 근육을 가진 그의 탄탄한 상체가 드러났다. 인후는 젖은 갈색 머리카락을 섹시하게 쓸어넘기고는 물밖에 서 있는 이연을 돌아보았다.

"이연아, 너도 들어와! 물 겁나 따듯해."

팔짱을 낀 채 수영하는 인후의 모습을 지켜보고 있던 이연이 고개를 저었다.

"나는 됐어."

수영복을 챙겨올 수 있었지만 일부러 놔두고 왔다. 게다가 지금 입고 있는 상의는 흰 면티라서 물에 젖으면 속옷이 그대로 비칠 것이다.

이연은 근처에 서서 통유리로 된 창밖을 보고 있는 태진을 조심스레 힐끔거렸다. 그녀가 오늘 물에 들어가지 못하는 건 전부 그의 탓이다. 그의 눈이 신경 쓰여서.

인후가 이번엔 태진을 바라봤다.

"그럼, 아저씨는?"

태진이 어깨를 틀어 인후를 돌아보았다. 물속에 있는 인후의 벗은 상체를 눈에 담은 그가 미간을 찡그렸다.

"네가 들어간 그 물에? 나도 됐다."

노골적으로 찜찜해하는 표정이었다. 인후는 태진의 태도에 기분이 상해 작은 얼굴을 일그러뜨렸다.

"뭐야, 그거? 나 보고 더럽다는 거야?"

"잘 아네."

결벽증이 있는 태진은 평소 수영을 즐겨하는 편이 아니었다. 그 사실을 알 리 없는 인후가 발끈했다.

"아저씨 같은 삼십 대보다야 내가 깨끗하지."

"뭐?"

울컥한 태진이 달려들 것처럼 풀장 쪽으로 다가섰고 인후도 물을 헤엄쳐 태진 쪽으로 접근했다. 금방이라도 싸움이 터질 듯 일촉즉발의 순간 이연이 재빨리 그들 사이로 뛰어갔다.

"왜 이런 데 와서까지 싸워요?"

그런데,

휙.

물에 젖은 바닥이 미끄러워서 이연은 그대로 넘어지고 말았다.

"꺅."

거기서 끝이 아니었다. 넘어진 그녀의 몸이 수영장 쪽으로 밀려서 물속으로 빠져버린 것이다. 풍덩.

타고난 반사신경으로 이연은 오래 허우적대지 않고 날렵하게 발을 디디고 섰다. 그런 다음 제 흠뻑 젖은 얼굴을 손으로 닦아냈다.

"괜찮아?"

인후가 가까이 헤엄쳐 와서는 걱정스럽게 물었다.

"응, 괜찮아…… 쿨럭."

놀라고 창피해서 그렇지 딱히 아프지는 않았다. 기침을 내뱉던 이연이 불현듯 흠뻑 젖은 자신의 상의를 인지했다.

이런. 속옷이 그대로 비치잖아!

그때였다.

풍덩. 이연의 옆으로 물보라가 일면서 태진이 물속으로 들어왔다. 이연이 놀라서 그를 쳐다보는 사이 태진은 재빨리 그녀의 어깨에 대형 타월을 둘러주었다.

"!"

갑작스러운 상황에 이연은 굳어졌고 인후는 두 눈을 화등잔만 하게 떴다.

"뭐냐. 물 더럽다며?"

인후가 쌍꺼풀 짙은 눈을 부라리며 묻자 가벼운 와이셔츠 차림의 태진이 어깨를 으쓱했다.

"이연 씨가 들어왔잖아."

이연의 미세하게 흔들리는 동공이 그에게로 향했다. 그녀의 심장은 지금 쿵쿵쿵 빠르게 뛰고 있었다. 그런 이연의 옆에서 인후는 기막히다는 얼굴을 했다.

"헐. 신이연이 무슨 정수기 필터냐?"

태진은 대답 없이 피식 웃음을 터뜨렸다. 입가에 퍼지는 그의 미소를 가만히 바라보던 이연이 타월을 여미는 손에 힘을 가했다. 설레고 긴장되는 마음에서였다.

다음 순간 코웃음을 터뜨린 인후가 태진을 향해 물을 튀겼다.

"에이, 물이나 먹어라."

말끔한 얼굴에 물을 맞게 된 태진은 손등으로 볼을 닦으며 인후를 흘겨보았다. 그러나 인후는 공격을 멈추지 않았고, 태진도 그를 향해 물을 튀기기 시작했다.

두 사람의 물싸움에 이연도 졸지에 물을 맞게 되었다. 웃으며 얼굴에 튄 물을 닦아내던 이연이 두 사람에게 물을 튀겼다. 결국 세 사람은 물놀이를 즐겼다.

그렇게 얼마나 놀았을까. 삐리리리. 스위트룸 안에 전화벨이 울려 퍼졌다. 동시에 물놀이를 멈춘 세 사람은 서로의 얼굴을 쳐다보았다.

"내가 받을게."

날쌘 인후가 제일 먼저 풀장을 빠져나왔다. 수영 가운을 집어 든 채로 그는 전화부터 받았다. 곧이어 태진과 이연도 풀장에서 나와 타월로 젖은 몸을 닦았다.

인후가 전화기에서 귀를 떼더니 두 사람에게 말했다.

"차학수라는 사람이 찾아왔다는데?"

태진은 움직임이 우뚝 멈췄다. 생각지도 못한 이름의 등장에 크게 당황한 태진의 표정이 딱딱하게 굳었다. 절대 안 갈 테니 룸 넘버만 알려달라고 한 연훈의 말을 믿는 게 아니었다. 정말 자기는 안 오고 학수를 보낸 것 같으니 말이다.

"차학수가 누구야?"

의문 가득한 눈빛으로 인후가 묻자 태진의 뒤쪽에서 수영 가운을 입은 이연이 대답했다.

"나는 모르는 사람인데."

고개를 갸웃한 그녀가 태진에게로 가까이 다가섰다. 태진은 순간 긴장감이 훅 밀려왔다.

"혹시 아는 사람이에요?"

이연의 큰 눈망울을 마주한 태진은 난감한 얼굴로 자신의 관자놀이를 긁적였다.

"미안해요. 내……, 친구예요."

◆ ✣ ◆

태진은 보고도 믿을 수가 없었다.

"안녕하십니까!"

정말 학수가 맞았다. 스위트룸 문을 열고 들어온 학수가 앞에 나란히 서 있는 세 사람에게 허리를 꾸벅 숙였다.

"늦은 시간에 찾아와서 죄송합니다."

고개를 든 학수의 눈에 이연이 제일 먼저 들어왔다. 학수는 그녀의 얼굴을 보자마자 단번에 그녀가 시니 기획사 대표임을 알아챘다. 그동안 태진이나 연훈이 묘사하던 예쁜 생김새와 똑같았던 것이다.

"으헉, 듣던 대로 정말 미인이시네요!"

놀람과 감탄이 뒤섞인 표정으로 학수가 말하자 이연은 수줍은 미소를 지었다.

"감사합니다."

감사인사를 건넨 이연이 학수 쪽으로 한 발자국 다가섰다. 그녀가 상냥한 목소리로 물었다.

"태진 씨 만나러 오신 거예요?"

"네, 그렇습니다!"

학수가 씩씩하게 대답하는 사이 태진은 그를 지그시 바라보면서 가까이 다가왔다. 그의 바로 앞에 멈춰 선 태진이 손을 흔들었다.

"반갑다, 차학수?"

태진은 지금 입은 웃고 있었지만 눈이 웃고 있지 않았다. 공포를 느낀 학수가 긴장한 채 마른침을 꿀꺽 삼켰다. 그때 이연이 웃는 얼굴로 학수를 향해 말했다.

"마침 잘 오셨어요. 곧 룸서비스 시킨 음식들 올 텐데 같이 먹어요."

"네?"

학수는 당혹스러운 표정을 지었다. 그 앞의 태진도 비슷한 표정이었다. 다음 순간 태진이 재빨리 입을 열었다.

"안 됩니다. 얘 바빠요."

그러자 이연이 서운해하는 눈빛으로 학수를 쳐다보았다. 그녀의 송아지 같은 두 눈에 학수는 멈칫했다.

"많이 바빠요?"

"아, 그게……."

학수는 이연의 물음에 대답도 못 하고 태진의 눈치를 살폈다. 태진은 그에게만 보이도록 작지만 단호하게 고개를 저었다. 그 순간 이연이 말을 이었다.

"태진 씨 친구면 우리랑도 친구니까 편하게 먹고 가요."
"친구?"
학수의 긴장한 눈동자가 이연에게로 향했다. 이연은 아름다운 선홍빛 입술을 늘어뜨리며 미소를 지었다. 상황을 지켜보던 인후도 거들었다.
"그래. 이왕 온 거, 넷이서 놀자, 형."
"혀, 형?"
라이징스타에게 '형'이라 불리자 학수는 갑자기 기분이 확 좋아졌다. 통통한 얼굴 가득 환한 웃음을 띤 그가 신이 난 표정으로 말했다.
"그럼, 염치없지만 그래볼까요?"
"야."
나직하게 학수를 부른 태진이 그를 서늘하게 노려보았다. 이연은 바로 태진에게로 고개를 돌렸다.
"왜 그래요? 눈치 주지 말아요."
부드럽게 말하면서 그녀가 태진의 팔뚝을 잡았다. 그래서 태진은 더 이상 어떤 말도 할 수가 없었다.
인후는 잠시 말없이 태진과 학수를 번갈아 쳐다보고 있었다. 그가 호기심 어린 눈빛으로 입을 열었다.
"근데 둘은 어떻게 아는 사이야?"
태진과 학수의 고개가 동시에 인후 쪽으로 돌아갔다. 인후가 둘을 번갈아 보며 다시 물었다.
"진짜 친구야?"
친구라 하기엔 한쪽이 일방적으로 눈치를 너무 보는 것 같았다. 인후의 예리한 질문에 당황한 학수의 동그란 얼굴이 하얗게 질렸다.
"그게, 그러니까……."
등줄기를 타고 식은땀이 흐르는 것만 같았지만 그럼에도 학수는 최대한 자연스러운 답변을 찾고자 노력했다. 학교 선후배라고 할까 고향 의형제라고 할까. 그런데 그때 태진이 그의 고민을 멈추게 했다.

"직장 동료야."

태진의 대답에 놀란 학수가 황급히 태진을 돌아보았다. 하지만 그는 자신을 보고 있지 않았다. 학수는 무표정한 태진에게서 시선을 떼고 냉큼 대답했다.

"아, 네. 맞아요. 같은 회사."

"아아, 그렇구나."

이연은 천천히 고개를 주억거렸다. 그러다 문득 눈빛을 달리하며 태진을 바라보았다.

"그러고 보니 전 아직 태진 씨가 어떤 회사에 다니는지도 모르네요."

이연의 궁금증을 담은 말간 동공이 태진을 응시했다. 그녀를 보는 태진의 눈동자가 깊어졌다. 태진은 이연의 호기심 어린 눈빛을 끝까지 마주하지 못했다. 그가 시선을 바닥으로 내리는데, 벨이 울렸다. 딩동.

인후가 반색했다.

"룸서비스다!"

주문한 뷔페 음식들이 도착했나 보다. 급하게 문 쪽으로 달려가는 인후의 뒤를 이연이 따라갔다. 학수도 아주 자연스럽게 그들을 따라가려고 발을 뗐다. 그러나 그의 앞을 태진이 막아섰다.

"잠깐 나 좀 먼저 보지?"

도착한 음식들이 세팅되는 동안 이연과 인후는 각자 방에 들어가 옷을 갈아입었다. 그사이 태진은 학수를 구석으로 데리고 갔다.

"연훈이가 보냈냐?"

태진의 서늘한 물음에 학수는 뒤쪽 눈치를 보면서 조그맣게 대답했다.

"네. 또 사고 치실까 봐 걱정된다고."

기가 차다는 듯 태진은 짧게 한숨을 내쉬었다. 학수가 뒤쪽에 시선을 둔 채로 말을 이었다.

"근데 괜히 걱정했네요. 저렇게 좋으신 분들과 함께 있는데."

방에서 다시 나온 이연과 인후를 향한 학수의 눈빛이 부드러웠다. 순간 헛웃음이 터진 태진이 입가에 조소를 머금었다.

"언제는 오징어보다 질긴 시니 놈들이라며?"

"그거야 얼굴을 뵙기 전이자 친구를 먹기 전의 일이죠."

학수는 이상한 소문만 무성한 신이연 대표가 실제로는 굉장히 상냥한 미인이라는 사실에 감격했고 스타인 인후의 천진한 성격에 놀랐다.

그때 식탁 쪽에서 이연이 두 사람을 불렀다.

"둘이 뭐 해요? 빨리 이쪽으로 와요."

편안한 실내복 차림의 이연을 돌아본 태진이 앞에 서 있는 학수에게 나직한 음성으로 경고했다.

"얌전히 먹고 바로 가라."

"넵."

학수의 대답이 끝나자마자 태진은 옷을 갈아입으러 갔고 학수는 잽싸게 식탁으로 걸어갔다.

식탁 위에는 안심스테이크와 훈제연어, 크림새우, 문어 카르파치오 그리고 치킨 샐러드가 놓여 있었고 각종 과일과 다양한 케이크도 빈틈없이 자리하고 있었다. 사이드에는 화이트 와인도 있었다.

"우와, 맛있겠다."

학수는 많은 음식들을 한눈에 담고는 입술을 동그랗게 벌렸다. 감탄하는 그의 반대편에서 이연이 싱긋 웃었다.

"그쵸?"

그녀 쪽으로 고개를 든 학수가 작은 눈을 초승달로 만들며 웃어 보였다.

"말씀 편하게 하세요. 제가 액면가는 삼십 대인데, 실제론 이십 대거든요."

말하면서 그는 오동통한 손을 들어 턱밑으로 꽃받침을 만들어 보였다. 그 순간 이연은 깜짝 놀랐다.

"네? 정말요?"

"뭐? 이십 대?"

학수 옆에 서 있던 인후도 화들짝 놀랐다. 마침 까만 셔츠로 갈아입고 돌아온 태진만이 이연의 옆으로 가며 픽 웃을 뿐이었다.

"그게 그렇게 소스라치게 놀랄 일인가요?"

학수가 살집 있는 어깨를 축 늘어뜨리며 통통한 얼굴 가득 침울한 표정을 지었다. 그 모습을 바로 옆에서 본 인후가 웃음을 터뜨렸다.

"재미있는 형이네."

화려하게 잘생긴 인후가 자신을 보면서 웃자 학수는 다시 기분이 좋아졌다. 그가 싱글벙글 웃으며 무심코 시선을 돌렸다. 그때 그의 눈에 포크를 세고 있는 태진의 모습이 들어왔다. 학수는 반사적으로 태진을 향해 손을 뻗었다.

"제가 할게요, 대표님."

버릇처럼 한 행동이었는데, 학수의 옆에 있던 인후가 의아한 목소리를 냈다.

"대표님?"

방 안의 모두가 학수의 얼굴을 쳐다보았다. 다음 순간 학수는 잽싸게 몸을 태진 쪽에서 이연 쪽으로 틀었다.

"제가 한다고요, 신 대표님."

앞접시를 정리하고 있는 이연에게로 학수의 손이 향했다. 이연은 그를 마주 보며 고개를 저었다.

"아니에요. 제가 할게요."

"그럼, 저도 돕겠습니다."

허둥지둥 건너편으로 걸어간 학수가 태진의 손에서 포크를 빼앗아 나누어준 다음 이연에게서 앞접시도 빼앗아 나눠주었다. 반대편에서 인후는 가만히 서서 그 행동을 지켜보았다. 그러다 고개를 갸웃 기울였다.

"이상하다. 분명히 아저씨 보면서 대표님이라고 했는데……?"

인후가 작은 목소리로 중얼거렸다. 자신이 바로 옆에서 봐서 아는데 학수는 분명 태진을 향해서 손을 뻗었고 '대표님'이라 말했다. 인후의 뇌리에 문득 그럴싸한 가정이 떠올랐다.

'아저씨, 혹시 사장님인가?'

평소 입고 다니는 옷차림이나 보통 아닌 성격을 봐서는 충분히 그럴 수 있었다. 인후의 예쁜 입술에 매력적인 미소가 피어올랐다.

'아하. 그래서 그렇게 발연기가 과했던 거야? 사장님이라서?'

인후는 거의 확신했지만, 확인사살이 필요했다.

◆ ◆

그 시각 아준은 집 안에 만들어둔 바 테이블에 앉아 술잔을 기울이고 있었다. 그의 머릿속에서는 아까 차 안에서 승규가 했던 말이 반복되고 있었다.

"사실 제가 시니 들어오기 전에 진 엔터테인먼트 면접을 먼저 봤었거든요. 그때 면접장에서 진 대표를 봤었어요. 워낙 배우 뺨치게 잘생겨서 5년 전에 딱 한 번 본 건데도 강렬하게 기억하고 있는 거고요."

호박 빛깔의 위스키를 얼음도 없이 마시면서 아준은 이연과 호텔로 향하던 태진의 모습을 떠올렸다.

"근데 그 사람이 시니 사무실에서 신 대표님이랑 같이 나오는 거예요. 순간 아닌가 생각했는데, 아무래도 맞는 것 같아요."

승규는 차에서 아준을 기다리는 동안 시니 사무실 건물에서 나오는 태진을 보았고 그 순간 꽤 당황했다고 했다. 이연과 태진이 같이 있는 모습이 무척 아이러니하게 느껴졌던 탓이다. 그도 그럴 것이 그들은 개와 원숭이만큼이나 어울리기 힘든 두 대표들이 아닌가.

승규의 말들을 떠올리면서 아준은 연거푸 독한 술잔을 비웠다.

잠시 후, 승규가 어둑한 아준의 집 안으로 들어왔다. 그의 손에는 노란 서류봉투가 들려 있었다. 아준의 옆에 선 승규가 그것을 내밀었다.

"부탁하신 진 대표 자료예요."

급하게 친한 매니저들과 기자들에게 부탁해서 메일로 받거나 직접 받아온 자료들이었다.

아준은 바로 봉투 안을 열어보았다. 글이 써진 종이들이 들어 있었지만 그것들을 꺼내는 대신 더 안쪽으로 손을 집어넣었다.

"다 필요 없고, 사진 한 장이면 돼."

아준의 손에 빳빳한 사진이 잡혔다. 꺼내 확인해보니 모자를 쓴 채 누군가와 통화 중인 태진의 모습이 찍힌 사진이었다. 그걸 본 아준이 입술을 벌렸다.

"하…… 당신이었어?"

캡 모자를 눌러쓰고 있었지만 반듯한 이목구비와 서늘한 까만 눈동자가 태진임을 여실히 드러내고 있었다.

"진 엔터테인먼트에서 꽁꽁 숨기던 대표가."

크크, 웃음이 터졌다. 동글동글한 얼굴 가득 미소를 띤 채 아준은 술잔을 들어 입으로 가져갔다. 태진의 사진 위에 빈 잔을 내려놓은 그가 또 웃음을 터뜨렸다.

그 후에도 아준은 웃음을 멈출 수가 없었다.

◆ ⁘ ◆

늦은 밤, 와인잔을 든 인후가 주변을 슥 둘러보았다. 태진과 이연은 통유리로 된 창 앞에 나란히 서서 야경을 바라보고 있었고 학수는 혼자 식탁에 앉아서 남은 음식들을 비우고 있었다. 한 번 앉은 후 다시는 의자에서 일어나지 않는 학수에게로 인후가 천천히 다가갔다.

"형."

학수를 부르면서 인후는 그의 옆자리에 앉았다. 스테이크를 입안에 넣던 학수가 인후를 발견하고 고개를 꾸벅 숙였다.

"아, 예."

인후는 와인 병을 들어서 빈 잔에 따랐다. 그러곤 채워진 잔을 학수의 앞으로 밀었다.

"와인 한잔해."

"감사합니다."

또 한 번 고개를 꾸벅 숙인 학수가 와인을 물처럼 꿀꺽꿀꺽 마셨다. 인후는 그를 재미있다는 듯이 쳐다보았다.

"맛있지?"

"아, 예. 특히 스테이크가 맛있네요."

와인에 대해 물은 것인데, 학수는 스테이크 칭찬을 했다. 피식 웃음을 터뜨린 인후가 학수의 두툼한 어깨에 팔을 둘렀다. 순간 학수는 인후에게서 풍기는 쿨워터 향에 잔뜩 긴장했다.

"아저씨 아니, 태진이 형, 회사에서 좋은 보스야?"

인후가 생글생글 웃으면서 어깨동무를 하고 있는 학수에게 물었다.

"아, 네. 워낙 카리스마가 있으신 데다가 추진력이랑 결단력이…… 네?"

무심코 대답을 하다가 학수는 문득 입을 멈추고 말았다.

대체 이인후가 어떻게 태진이 보스인 걸 알고 있는 거지? 분명 같은 회사 동료라고밖에 말하지 않았는데!

긴장한 학수가 작은 눈을 연신 깜박거렸다. 그를 마주 보며 인후는 싱긋 웃었다.

"태진이 형, 사장님 맞구나? 어떤 회사?"

인후의 쌍꺼풀 짙은 동그란 두 눈에 호기심이 가득했다. 유도신문에 걸린 학수는 온몸의 땀구멍에서 식은땀이 동시에 흐르는 것만 같았다.

"아, 그게, 그러니까, 우리 회사는……."

학수가 어쩔 줄 몰라 하고 있던 그때 그의 주머니 속 휴대전화가 울렸다. 학수는 마치 구세주가 나타난 기분이었다. 얼른 휴대전화를 꺼내 확인해 보니 연훈이었다.

"네, 부사장님. 지금 가서 보고하겠습니다."

이쪽 상황을 궁금해하는 연훈에게 학수는 바로 가겠다고 대답하고는 전화를 끊었다. 그사이 인후도 제 휴대전화로 통화 중이었다. 인후를 향해 눈인사를 보낸 학수가 서둘러 이연과 태진이 있는 쪽으로 걸어갔다.

"저 먼저 가봐야 할 것 같아요. 부사장님이 찾으셔서."

학수와 눈빛을 교환한 태진이 냉큼 고개를 끄덕였다.

"어, 그래. 가봐."

호텔방을 나가기 직전 학수는 시종일관 친절했던 이연에게 허리를 꾸벅 숙였다.

"오늘 정말 감사했습니다."

그런데 그렇게 학수가 가고 난 뒤 곧바로 인후가 휴대전화를 손에 쥔 채 헐레벌떡 달려왔다.

"나, 나 잠깐 나갔다 올게!"

적잖게 흥분한 인후의 얼굴을 보고서 이연은 놀라 물었다.

"뭐? 어딜?"

"근처 클럽에 제혁이 형이랑 효인이 누나 와 있대. 나한테도 오라고 아주 난리야. 가서 얼굴만 보고 올게."

지금 가장 핫한 톱스타인 신제혁과 백효인은 인후가 드라마를 찍다 친해진 선배들이었다. 그리고 태진에게도 꽤 익숙한 이름들이었다. 자기 회사 소속 배우들의 이름이 나오자 태진은 괜히 턱을 만지며 물러섰다.

"클럽? 근데 얼굴만 보고 오는 게 가능해?"

"돌아오긴 돌아올게. 빠르면 새벽, 늦으면 아침."

태연하게 대답하면서 인후는 현관 쪽으로 폴짝폴짝 뛰어갔다. 이연이 미처 말릴 새도 없었다.

"뭐? 잠깐만……!"

인후는 그대로 달려가 스위트룸의 도어를 잽싸게 열었다. 그제야 이연은 뒤를 따라갔다.

"네가 그렇게 가버리면……!"

하지만 그사이 문은 굳게 닫혀버렸다. 갑작스럽게 벌어진 상황에 이연과 태진은 당황한 얼굴로 서로를 바라보았다. 이제 이 호텔 스위트룸에 남은 건 그들 둘뿐이었다.

이연은 어색하게 웃으면서 티셔츠 끝자락을 쥐어뜯었다. 그러더니 다음 순간 황급히 발을 뗐다.

“아무래도 전, 집에 가는 게 좋겠네요.”

그녀는 빠른 손길로 자신의 짐 가방을 챙기기 시작했다. 그러다 문득 인후의 캐리어를 발견했다. 저건 또 어쩌지. 걱정하면서 이연은 캐리어 쪽으로 경보하듯 걸어갔다. 그런데 워낙 서두르던 탓에 스텝이 엉켜 넘어지고 말았다.

쿵.

“윽……!”

이연이 치마 아래로 드러난 무릎을 손으로 감싸 쥐었다. 역시나 이번에도 아픔보다는 창피함이 더 강했다.

“괜찮아요?”

태진이 무릎을 굽혀 이연의 옆쪽으로 앉으며 물었다. 대답하려고 고개를 든 이연의 시야에 열린 방문이 들어왔다. 침실이었다.

호텔 스위트룸이 주는 긴장감이란 이런 걸까. 마치 심장이 가슴에서가 아니라 귀에서 뛰는 것처럼 소리가 쿵쿵 울렸다.

“괜찮을걸요? 아니, 괜찮잖아요. 아니, 괜찮습니다.”

횡설수설 대답한 이연은 두근대는 가슴에 손을 올리며 태진의 시선을 피했다. 금방 자리에서 일어서는 이연을 따라서 태진도 일어섰다.

“그렇게 너무 당황하지 말아요.”

나직한 목소리로 태진이 건넨 말에 그제야 이연은 그를 쳐다보았다. 그의 까만 눈동자도 그녀만큼 일렁이고 있었다.

“나도 미치겠으니까.”

태진이 덧붙이자 이연은 얼굴이 화끈 달아올랐다.

“인후 올 때까지 그냥 남은 케이크나 같이 먹죠.”

태진은 이연의 앞에 뻣뻣하게 서서 제안했다. 이연은 불편한 듯이 그를 올려다보았다.

이 상황에 케이크를?

“아뇨. 인후는 혼자 기다리셔야 할 것 같아요.”

단호하게 대답하며 이연은 그대로 문 쪽으로 돌아서려 했다. 그러나 그 앞을 태진이 몸으로 막아섰다. 이연이 다시 그를 올려보자 태진이 입을 열었다.

“솔직히 우리 같은 집에서 잠도 잔 사이잖아요.”

“그때랑 지금이랑 같아요? 그때는……!”

이 사람을 남자로 의식하기 전이었다. 이연이 나머지 말을 삼키는 사이 태진이 그 나머지 말을 자기 식으로 이었다.

“내가 고백하기 전이었죠.”

두 사람의 시선이 공중에서 얽혀들었다. 다음 순간 이연이 먼저 태진의 뜨거운 눈빛에서 시선을 떼며 말했다.

“알면 비켜요.”

그러나 태진은 그녀에게 더욱 가까이 다가설 뿐이었다. 난감한 표정을 지은 이연이 그를 흘겨보았다.

“전 여기에 더는 못 있겠단 말이에요. 그러니까 집에 가게 해줘요.”

“왜 못 있겠는데요? 고백한 나도 버티고 있는데, 그냥 있어주면 안 되는 거예요?”

지나치게 솔직한 태진의 대꾸에 이연은 아랫입술을 살짝 깨물었다. 그러는 동안에도 그녀의 심장은 쿵쿵쿵 세차게 뛰고 있었다.

그때 태진이 뭔가 생각난 얼굴로 입을 열었다.

“아. 설마 내가 덮칠까 봐 그래요?”

일순 이연의 큰 눈망울이 흔들렸다. 그런 건 아니었지만 그런 거라고 쳐야 그가 자신을 보내줄 것 같았다.

“딩동댕! 네, 그렇습니다! 그러니까 안녕히 계세요!”

잽싸게 발을 떼는 이연을 태진이 또 막아섰다. 하지만 이번엔 못 가게 막은 건 아니었다.

"알았어요. 보내줄게요. 대신……."

"대신?"

이연이 두 눈을 동그랗게 뜨고 그의 말을 반복했다. 태진이 바로 다음 말을 이었다.

"그 대신, 가기 전에 내가 한 고백에 대한 대답이라도 들려줘요. 더 이상 못 기다리겠으니까."

"지, 지금요?"

당황한 낯빛으로 이연은 마른침을 삼켰다. 그녀의 손가락이 또 티셔츠 끝자락을 움켜쥐었다.

늑대를 피하려다 호랑이를 만난 격이랄까.

잠시 동안 고민하던 이연이 눈앞의 태진을 똑바로 마주했다. 이윽고 그녀가 이해할 수 없다는 표정으로 물었다.

"도대체, 제가 왜 좋은데요?"

좋아한단 말은 들었지만 그 이유를 아직 듣지 못했다. 이연의 물음에 이번엔 태진이 난감한 얼굴을 했다. 얼마 지나지 않아 그가 대답했다.

"모르겠어요."

이유를 알았으면 진작 그 이유를 깨부숴서라도 이 마음을 멈췄을 것이다.

"정신없이 빠져들었어요."

처음부터 좋아하면 안 된다는 걸 온몸의 모든 세포가 알고 있었다. 그건 '새치는 하얗다'만큼이나 당연한 거였다. 호감을 갖는 것 자체가 이상한 거고 오히려 경계해야 옳았다.

"정신 차려보니까 좋아하고 있었다고요."

하지만 경계는커녕 자신도 모르게 빠져들었고 시도 때도 없이 그녀를 생각했으며 그녀가 있는 곳을 찾았다. 이성보다 몸이 먼저 반응했다.

좋아하는 마음을 부정할 수 없게 된 지금 태진은 진심을 다해 부탁했다.

"그러니까 거절할 거라면 분명하게 해줘요."

다음 순간 태진을 바라보고 있던 이연이 결심한 듯한 표정을 지었다.

"좋아요."

그녀의 대답에 태진은 일순 긴장했다. 굳어져서 그녀의 선홍색 입술이 다시 열리기만을 기다리고 있는데, 곧 이연이 나머지 말을 이었다.

"저한테 생각할 시간을 좀 주세요."

이연은 지금 당장 대답을 해줄 생각이 없었다. 남녀 간의 교제에는 책임이 따른다고 생각하는 신중한 타입이었기 때문이다.

"그래요. 사흘이면 될까요?"

"일주일."

"일주일이나요?"

태진의 두 눈이 살짝 크게 벌어졌다. 사흘도 충분히 생각하고 제안한 것인데, 일주일이라니.

"왜요? 못 기다려요?"

이연이 말간 얼굴로 묻자 태진은 애써 미소를 지어 보였다.

"아뇨. 그 정도야 뭐."

◆ ◆ ◆

닷새하고 두 시간.

시간을 체크한 태진이 테이크아웃 컵 캐리어를 들고서 시니 사무실 건물의 출입문을 열었다. 그런데 그때 1층의 빈 사무실 안에서 통화 중인 이연이 보였다.

태진은 열려 있는 문을 통과해 그녀의 시야로 들어갔다. 휴대전화를 든 채 이연이 눈인사를 건네자 태진이 그녀에게 아메리카노 한 잔을 들어 보였다.

고마워요. 입 모양으로 인사하며 이연이 손을 내밀었다. 그녀의 손에 커피를 쥐여주고 태진도 나머지 한 잔을 입으로 가져갔다.

이연은 통화를 이어가면서도 태진이 신경 쓰여서 그를 힐끔 쳐다보았다. 그는 자신의 손목시계를 확인하고 있었다.

잠시 후 통화를 마친 이연이 그를 돌아봤을 때에도 태진은 시계를 보고 있었다.

"시계를 왜 그렇게 봐요?"

태진에게로 다가가는 이연의 하나로 묶은 머리카락이 살랑 흔들거렸다. 시계에서 시선을 떼며 태진이 대답했다.

"시간이 너무 안 가서……가 아니라, 그냥 봤어요."

그는 무심코 솔직하게 대답하다가 말을 바꾸었다. 요즘 그에겐 시간이 너무 더디게 흘러갔다. 그건 그가 자꾸 시간을 체크하기 때문일 것이다.

닷새하고 한 시간 오십 분 남았다. 그녀와 약속한 일주일까지.

"근데 여기서 뭐 하고 있었어요?"

태진이 아무것도 없이 휘휘한 사무실 내부를 둘러보면서 물었다. 이곳과 3층은 분명 아준이 매입한 사무실이었다.

"우리 사무실 구상 중이었어요."

"네?"

생각지도 못한 그녀의 답변에 태진은 의아한 얼굴을 했다. 그러자 이연이 두 팔을 벌리더니 손으로 크게 구역을 나누어 설명했다.

"여기에 안내데스크랑 응접실, 그리고 이쪽엔 회의실이랑 직원들 책상을 놓을 거예요."

태진의 시선이 자연스럽게 그 움직임을 따라갔다. 머릿속에서 구상 중인 배치도를 대충 보여준 이연이 빨대로 커피를 쭉 들이켰다.

"사실 어제 회사 앞으로 인후 팬들이 찾아왔는데, 이 건물을 보더니 기획사 간판이 너무 작은 거 아니냐고 하더라고요. 이 건물 전체가 시니 엔터테인먼트인 줄 알았나 봐요."

이연은 우연히 팬들이 하는 이야기를 듣고서 살짝 침울해졌다. 그래서 계획을 아주 조금 앞당기기로 했다.

"그게 전 좀 속상하더라고요. 그래서 전에 말한 거 실행하려고요."

"1, 3층 매입하려고요?"

"네. 일단 1층만 먼저."

이연이 검지를 위로 쭉 펴고는 귀엽게 대답했다. 그러나 태진은 전에 그녀가 한 말이 생각나 웃음기 없는 표정으로 대꾸했다.

"그렇다면, 오피스텔을 처분하시겠군요."

"네. 어제 내놨어요."

매물이 귀한 오피스텔이라 아마 금방 새 주인이 나타날 것이다. 생글거리는 이연을 가만히 바라보다가 태진은 쓴웃음을 지었다.

"결국, 그렇게 하셨군요."

살던 오피스텔을 처분해 1, 3층을 매입할 거라 하더니 정말 그렇게 행동한 그녀의 추진력에 태진은 내심 놀랐다. 그러다 다음 순간 그의 미간이 살짝 구겨졌다.

"그럼, 송아준한테도 연락하셨겠네요."

"네. 어쨌든 이 1층 주인이니까."

이연도 아준에게 연락하고 싶지 않았지만 어쩔 수 없는 선택이었다. 이 빈 사무실을 둘러보는 것도 그의 허락이 필요했으니 말이다.

"1, 2년 안에 3층도 매입하는 게 목표예요. 3층엔 연기 아카데미를 차릴까 생각 중이고요."

남은 커피를 마저 싹 비운 이연이 씩씩하게 선언했다. 태진이 그녀를 지그시 쳐다보았다.

"내 도움을 받았다면 오피스텔을 팔 필요도 없었을 겁니다. 그런데도 정말 내가 도움을 주는 건 싫습니까?"

"네. 싫어요."

이연은 단호했다. 그녀의 고집스러운 표정을 마주한 태진은 다소 어두운 얼굴이었다. 그를 향해 이연은 다부지게 말을 이었다.

"제가 이곳에서 시니를 시작했거든요. 그래서 이 건물은 저한테 아주 특별해요."

태진은 어떤 대꾸도 할 수가 없었다. 캄캄한 밤에도 한낮의 햇살 같은 그녀가 배시시 웃었다.

"정 도와주고 싶으시면 나중에 저 이사할 때 그때 몸으로 도와주세요. 그런 도움은 좋아요."

♦ ⁘ ♦

고된 스케줄을 마치고 차로 돌아온 아준은 녹초가 된 몸을 의자에 눕혔다. 한 이틀 너무 바쁜 일정이었다. 눈을 좀 붙일까 하다가 아준은 습관처럼 휴대전화를 확인했다. 이연으로부터 문자가 하나 와 있었다.

[일단 1층 먼저 매매 의사 있어. 계속 비워둘 거면 우리한테 팔아. 문자로 답변 줘.]

부동산 업자를 통해 1층 사무실을 보여달라고 연락하더니 결심을 굳힌 모양이다. 아준은 문자를 읽다 눈살을 찌푸렸다.

"허. 우리?"

태진의 뻔뻔하게 느껴지는 반듯한 얼굴이 떠올라 휴대전화를 콱 움켜쥐었다.

"신이연, 넌 지금 속고 있는 거야."

이렇게 중얼거리며 아준은 이연에게 전화를 걸었다. 하지만 그녀는 전화를 받지 않았다. 끊고서 세 번이나 더 걸었지만 역시 연결되지 않았다. 그 사건 이후로 줄곧 이랬다.

이연이 그의 전화를 피하고 있는 게 분명했기에 아준은 운전석의 승규를 향해 말했다.

"시니 사무실로 가."

"근데 형님, 다음 스케줄이……."

"알아. 그래도 가."

한 시간 후의 스케줄은 밤샘 촬영으로 진행될 예정이었다. 그러나 그런 하드한 일정도 지금 아준에게는 아무런 문제가 되지 않았다.

얼마 후 승규가 시니 사무실 건물 앞에 차를 세웠다. 아준은 바로 차에서 내려 계단을 뛰어 올라갔다. 언제나처럼 사무실 출입문의 지문인식기에 엄지손가락을 댔는데 문이 열리지 않았다. 아무래도 자신의 지문은 이미 삭제된 것 같았다.

"이연아!"

급한 마음에 유리문을 거칠게 두드리자 곧 문이 열렸다. 그런데 그의 시야로 들어온 이는 이연이 아니라 태진이었다. 안으로 들어서며 아준이 신경질적으로 물었다.

"이연이 어디 있어요?"

"또 오셨습니까?"

태진은 귀찮다는 듯이 대꾸하며 벗고 있었던 롱코트를 입었다. 아준이 그를 노려보면서 나직하게 말했다.

"이연이 불러요. 내가 꼭 알려줘야 할 게 있으니까."

이연은 현재 회사 근처로 친한 기자가 찾아와서 잠시 나간 상태였다. 태진이 아무 반응 없이 자신을 쳐다보기만 하자 아준이 버럭 소리를 질렀다.

"빨리 불러요! 내 전화는 안 받아서 그러니까."

다음 순간 태진은 코트 주머니에서 휴대전화를 꺼냈다. 그러곤 아준을 빤히 쳐다보면서 이연에게 전화를 걸었다. 금방 이연의 목소리가 휴대전화를 통해 들려오자 태진이 입을 열었다.

"대표님, 사무실로 돌아오지 마세요."

태진의 말에 아준의 눈썹이 확 구겨졌다. 아준이 죽일 듯이 노려보는데도 태진은 태연하게 말을 이었다.

"사무실에 쥐새끼 한 마리가 들어왔거든요. 내가 잡아서 죽일 테니까 대표님은 그대로 퇴근하세요."

아준의 날 선 시선을 마주한 채 태진은 전화를 끊었다. 그를 향해 화가 난 아준이 달려들었다.

"너 지금 뭐라고 했어? 쥐새끼?"

간신히 붙잡고 있었던 이성의 끈이 끊어져버렸다. 아준은 태진의 멱살을 잡아채며 소리쳤다.

"누가 쥐새낀데?"

"송아준 당신."

태진은 아준의 손을 거칠게 떼어냈다. 그러나 아준은 또다시 그의 멱살을 잡아챘다.

"쥐새끼는 바로 너지!"

"뭐라고요?"

태진의 정갈한 눈썹이 확 치켜올라갔다. 아준이 태진의 멱살을 잡고 흔들면서 목소리를 높였다.

"대체 여긴 왜 기어들어온 거냐, 이 쥐새끼야?"

"미쳤습니까?"

"미친 건 너라니까?"

그사이 아준의 팔목을 잡은 태진이 그것을 세게 비틀었다. 팔에서 통증이 느껴졌지만 아준은 태진에게서 손을 떼지 않았다.

"도대체 이연이한테 왜 접근한 거야, 너?"

"무슨 헛소린지 도통 모르겠습니다만."

"시치미 떼지 마!"

아준이 덤덤한 얼굴의 태진을 향해서 버럭 소리쳤다.

"너 진 엔터테인먼트 대표잖아!"

그 순간 아준의 팔을 비틀고 있던 태진의 손에 힘이 풀렸다. 천천히 아래로 두 손을 떨군 태진이 주먹을 말아 쥐었다.

"시니한텐 웬수 같은 그 진 엔터테인먼트 대표!"

들켰다. 제일 먼저 들켜선 안 되는 놈에게.

아준이 어떻게 알았을까 따위는 태진에게 중요하지 않았다. 언제든 들킬 일이었기에. 다만 지금은 그저 가장 나중에 알았으면 하는 놈에게 제일 먼저 들켰다는 사실이 난감할 뿐이었다.

멱살을 쥐고 흔드는 아준을 보는 태진의 얼굴이 잿빛으로 변했다. 아준의 입술 끝이 비스듬히 올라갔다.

"할 말 있으면 해보시지?"

"이거 놓고 말해요."

태진은 팔을 들어 아준의 양손을 거칠게 쳐냈다. 으득 이를 간 아준이 주먹을 들고 달려들었다.

"뭐 하는 거야, 지금?"

갑자기 들린 이연의 목소리에 아준은 멈칫하고 그녀를 돌아보았다. 태진도 문 쪽에 선 그녀를 가만히 응시했다. 이연이 아준에게 서슬 퍼런 눈빛을 보냈다.

"네가 여긴 또 왜 왔어?"

아준은 상기된 표정으로 그녀를 향해 성큼성큼 다가갔다. 이연은 그를 경계하며 태진을 힐끔 보았다.

"태진 씨, 그럼 전화로 말한 그 쥐새끼가……?"

이연은 태진의 말을 곧이곧대로 믿고 그를 도와주러 사무실로 돌아온 것이었다. 그런데 그 '쥐새끼'가 아준을 칭하는 거였을 줄은 상상도 하지 못했다.

"이연아, 내 말 좀 들어봐."

이연에게 가까이 다가온 아준이 다급하게 말을 건넸다. 이연은 질색하는 얼굴로 물러섰다.

"아니. 나 너 보기 싫다니까. 한국말 못 알아듣니?"

"그게 아니라 저 새끼가……!"

아준이 태진을 향해서 손가락을 길게 뻗었다. 그 순간 이연은 제 귀를 틀어막으며 버럭 소리를 질렀다.

"제발 그만 좀 해, 송아준!"

아준은 이연이 그렇게 싫다고 했는데도 끈질기게 그녀를 찾아와 괴롭혔다. 이연은 그게 자신이 모질게 굴지 못한 탓인 것만 같아 일부러 큰 목소리를 냈다.

"넌 내가 너한테 얼마나 실망했는지 아직도 모르겠니?"

높아진 이연의 목소리에 아준은 굳은 것처럼 서서 그녀를 바라보았다. 아준과 시선을 마주한 이연이 씹어뱉듯 말했다.

"지금 난 쥐새끼보다 네가 더 싫어."

큰 충격을 받은 아준의 눈동자가 세차게 흔들렸다. 급기야 그는 다리에 힘이 풀린 듯 비틀거리기까지 했다.

"그러니까 내 앞에 제발 좀 그만 나타나라고!"

이연이 주먹을 움켜쥔 채 소리쳤다. 증오심이 느껴지는 그녀의 눈빛에 아준은 아랫입술을 깨물었다.

"알았어."

두 눈을 질끈 감았다 뜬 아준이 무겁게 고개를 끄덕였다.

"이제 안 올게."

이연의 성격을 잘 알기에 지금 그녀가 자신의 말을 절대 들어주지 않을 거라는 걸 알 수 있었다.

"네가 다시 오라고 할 때까지 절대 안 올게."

아준은 이만 물러서기로 결심했다. 포기하는 것은 아니었다.

"하지만 넌 꼭 날 다시 찾게 될 거야."

아준이 이연을 똑바로 쳐다보면서 의미심장하게 말했다. 이연의 정갈한 눈썹이 구겨졌다.

"헛소리 그만하고 가."

이연은 모질게 말을 뱉어내고 차갑게 돌아섰다. 곧바로 아준의 날 선 눈빛이 태진에게로 향했다. 그러나 아준은 끝내 입술을 꾹 다문 채 발길을 돌렸다.

◆ ⁘ ◆

컴퓨터 책상에서 일하고 있는 이연의 옆에는 머리카락을 더 밝게 염색한 인후가 딱 붙어 앉아 있었다. 시니 공식 SNS에 인후의 새로운 사진들을 업로드하고 있는 이연을 물끄러미 지켜보던 인후가 턱을 괴었다.

"아 맞다. 이사 간다며? 이사 선물로 뭐 해줄까? 소파? 화장대? TV?"

키보드 위에 있는 이연의 가는 손가락들이 일순 멈췄다가 다시 움직였다.

"됐어. 안 줘도 괜찮아."

"왜? 내가 선물해주고 싶어서 그래."

이연은 살짝 머쓱한 표정으로 긴 생머리를 귀 뒤로 넘겼다. 인후가 재차 묻자 결국 그녀는 솔직하게 대답했다.

"사실 새 가구를 못 들여. 있던 가구도 많이 버려야 되는 상황이야, 지금."

"뭐? 왜?"

"새로 이사할 집이 좀 작아서."

"얼마나 작은데?"

인후가 허리를 펴고는 집요하게 물었다. 이연은 대답을 망설이면서 혀로 입술을 축였다.

"그냥 흔한 옥탑방이야."

"뭐? 옥탑방?"

예상대로 인후는 자리에서 펄쩍 뛰었다. 그가 무슨 말을 할지 무슨 걱정을 할지는 뻔했다.

"겨우 옥탑방으로 이사하는 거야?"

그래서 이연은 일부러 더 호기롭게 말했다.

"대신 사무실이 두 배로 넓어지는 거니까 괜찮아. 어차피 사무실도 내 거잖아."

이연의 웃음기 섞인 음성에 인후는 실소를 터뜨렸다. 탄복할 정도로 굉장히 긍정적인 마인드였다.

"그래도 이제 곧 서른셋인데, 옥탑방은 좀 서럽지 않겠어? 그것도 전설의 시니 대표가."

"안 서러워. 이십 대 때 생각도 나고 좋지, 뭐."

인후의 걱정이 무색할 정도로 이연의 목소리는 나긋나긋하고 차분했다. 인후는 다시 턱을 괴고 이연의 말간 얼굴에 시선을 고정시켰다.

항상 느끼는 거지만, 신기하고 재미있다. 겉은 엄청 여리여리한 공주님 같은데 속은 거의 장군님인 그녀가.

"근데 오늘은 태진 씨가 안 오려나 보네."

이연이 출입문을 쳐다보면서 나직하게 중얼거렸다. 이에 인후는 바로 볼멘소리를 냈다.

"계약서 돌려받았다며? 그럼 계약도 틀어진 건데, 왜 기다려?"

이연은 자신도 모르게 태진이 오는 게 당연하다는 생각을 하고 있었다. 그녀의 분홍빛 입술 끝이 수줍게 올라갔다.

"나도 모르겠어. 버릇이 됐나 봐."

◆ ✣ ◆

진 엔터테인먼트 건물로 들어서는 아준의 발걸음은 무척 당당했다. 쓰고 있는 고가의 선글라스를 밀어 올린 아준이 한산한 로비를 슥 둘러보았다.

그때 그의 앞으로 아준 또래의 젊은 경비원이 다가왔다.

"어떻게 오셨습니까?"

앞을 막아서는 말쑥한 경비원을 보는 아준의 눈빛이 날카로웠다.

"저 처음 보는 거 아닐 텐데요?"

명품 코트 차림의 아준이 빠르게 선글라스를 벗었다. 아준의 얼굴을 확인한 젊은 경비원이 난감한 표정을 지었다. 누군지 안다고 해서, 유명하다고 해서 막 들여보낼 수는 없는 일이었다.

"송아준이 진 대표를 만나러 온 겁니다. 계속 막으실 겁니까?"

경비원은 곤란한 듯이 입술을 일자로 꽉 다물었다. 그런 그를 향해 아준은 낮게 혀를 찼다. 그때 그들의 뒤쪽에서 중저음 목소리가 들려왔다.

"저부터 만나시죠."

진 엔터테인먼트 부사장인 연훈이었다. 고개를 살짝 젖혀 연훈의 얼굴을 확인한 아준이 비죽이 웃었다.

"장소는 제가 골라도 되죠?"

그러곤 연훈에게로 뚜벅뚜벅 가더니 그보다 앞장서 걸었다. 연훈은 아준의 행동을 제지하려는 경비원을 손으로 막고는 조용히 아준을 따라갔다.

[사장실]

아준이 고른 곳은 최상층에 있는 사장실이었다. 문을 열어 비어 있는 공간으로 들어선 아준이 그곳을 여유롭게 둘러보았다.

"무슨 일로 오신 겁니까?"

연훈이 그의 뒤를 따라가며 물었다. 콧노래를 부르면서 원목으로 된 책장을 훑던 아준이 이죽거렸다.

"난 대표랑만 말 섞고 싶은데."

그런 다음 책상으로 다가가 '대표 JIN'이라고 써진 명패를 들어올렸다. 그 모습을 본 연훈의 표정이 돌처럼 굳었다.

아준은 명패를 향해서 피식 웃음을 터뜨리곤 그것을 아무렇게나 내려놓았다. 그의 뒤에서 연훈은 재빨리 명패를 제자리로 되돌려놓았다.

여기저기 툭툭 건드리고 다니던 아준이 소파에 앉더니 탁자 위에 발을 올렸다. 다리를 쭉 뻗은 채 구두를 까닥거리고 있는 그의 행동에 울컥한 연훈이 말했다.

"계속 이러시면 보안요원을 불러 내쫓을 수밖에 없습니다."

그 순간 아준은 웃음을 터뜨렸다. 입을 크게 벌려 껄껄 웃은 그가 대꾸했다.

“보안요원? 아니, 그냥 경찰을 불러요. 아니, 아니다. 그냥 기자들을 불러 모읍시다.”

아준이 슈트 재킷 안주머니에서 휴대전화를 꺼내 들었다. 과장되게 손가락을 움직이고 있는 아준을 보면서 연훈이 물었다.

“지금 뭐 하시는 겁니까?”

어이없어하는 연훈을 올려다보며 밉살스러운 행동을 멈춘 아준이 비열한 미소를 지었다.

“너네 대표, 사기꾼이잖아?”

“!”

연훈의 두 눈이 동그랗게 벌어졌다. 놀라서 아무 반응도 못 하고 있는 그에게 아준이 말했다.

“신이연 대표를 속이고 배우 지망생인 것처럼 시니에 들어갔잖아? 아니야?”

아준이 전부 다 알고 있다는 사실에 당황한 연훈은 흔들리는 시선을 탁자 위로 떨어뜨렸다.

“맞습니다.”

이렇게 대답한 이는 연훈이 아니었다. 연훈과 아준이 동시에 목소리가 들린 문 쪽으로 고개를 돌렸다.

“태진아……!”

문 앞의 태진을 발견한 연훈이 재빨리 달려갔다. 버건디 슈트를 입은 태진이 덤덤한 얼굴로 친구의 불안한 눈빛을 마주했다.

“괜찮으니까 나가 있어.”

연훈은 잠시 머뭇거렸지만 태진이 조용히 고개를 한 번 끄덕이자 어쩔 수 없다는 듯이 돌아섰다.

문이 닫히고 사장실 안에 태진과 아준만이 남았다. 다음 순간 태진은 탁자에 다리를 올리고 있는 아준에게로 저벅저벅 걸어갔다.

"당신 집무실에서 보니까 더 반갑네."

아준이 입가를 끌어올린 채 이죽거렸다. 그의 건너편 소파에 앉은 태진이 팔꿈치로 상체를 지탱한 자세로 입을 열었다.

"이연 씨한텐 말하지 마세요. 내가 직접 할 테니까."

손깍지를 낀 태진의 느리게 움직이는 엄지손가락을 주시하면서 아준은 비죽이 웃었다.

"내가 왜 그래야 되지?"

"얼마 안 걸려요. 내가 곧 말할 겁니다."

이마를 드러낸 헤어와 와인색의 슈트가 지나치게 잘 어울리는 태진을 훑는 눈길이 곱지 않았다.

"그동안 내가 못 기다리겠다면?"

고개를 갸웃 기울이는 아준의 얼굴이 몹시도 얄밉게 보였다. 그의 속셈을 파악한 태진이 손깍지를 풀며 허리를 꼿꼿하게 폈다.

"원하는 게 뭡니까?"

"어우, 역시 대표라 그런가, 눈치가 빠르시네."

감탄한 아준이 한쪽 입가를 비스듬히 올리곤 탁자에서 다리를 내렸다. 이윽고 얼굴에서 미소를 싹 거둔 그가 말을 시작했다.

"바라는 건 딱 하나."

아준이 검지를 세웠다. 그의 잘 다듬어진 눈썹도 같은 방향으로 올라갔다.

"그걸 들어주면 네가 말할 때까지 나는 입 다물어줄게."

하지만 태진은 영 내키지 않는 표정이었다. 그를 향해 비열하게 웃은 아준이 잽싸게 말을 덧붙였다.

"겁먹지 마. 어려운 거 아니야."

"……그게 뭡니까?"

태진은 들어나 볼 심산으로 무거운 입술을 열어 질문을 던졌다. 어둡게 빛나는 태진의 까만 눈동자를 빤히 보면서 아준이 대답했다.

"내가 다시 시니로 돌아갈 수 있게 도와줘."

아준이 원하는 건 오로지 시니로의 복귀, 그거 하나뿐이었다.

◆ ✣ ◆

"내가 다시 시니로 돌아갈 수 있게 도와줘."

당황스러울 정도로 뻔뻔한 제안이었다. 기가 막혔지만 태진은 아무런 대꾸도 하지 못했다. 그런 자신이 너무나 한심했다.

"하아……."

태진의 입술 사이로 무거운 한숨이 새어나왔다. 그때 사장실 문이 다시 열리고 연훈이 헐레벌떡 들어왔다. 한달음에 책상 앞까지 달려온 그가 태진의 얼굴을 살폈다.

"혹시 송아준 자식이 널 협박하는 거야? 그런 거야?"

상기된 표정의 연훈이 흥분한 목소리로 물었다. 태진은 콧구멍까지 벌렁거리며 식식대는 친구를 지그시 올려다보았다. 그러다가 짧게 고개를 저었다.

"그런 거 아니야."

"그런 게 아니면 왜 저 자식은 웃으면서 나갔는데 너는 죽을상이야?"

붉으락푸르락 달아오른 얼굴을 구기며 연훈이 문 쪽을 가리켰다. 고래고래 소리를 지르는 그를 향해서 태진이 피식 웃었다.

"사기꾼이니까?"

“야, 여태진!”

귀청을 울리는 목소리에 태진은 귀를 후비는 시늉을 했다. 힐끔 올린 시야로 연훈의 일그러진 표정이 들어왔다. 촉촉한 눈동자와 불그스름한 눈가를 본 태진이 헛웃음을 터뜨렸다.

“농담이야, 농담. 그 덩치로 울겠다, 너?”

태진의 장난에도 연훈은 계속 울상이었다. 보기와 달리 무척 여린 친구라는 걸 잘 알기에 태진은 일부러 웃는 얼굴로 말했다.

“그냥 나한테 빨리 사실대로 고백하래.”

“웃기지 마. 내가 그 말을 믿을 것 같아?”

한없이 진지하기만 한 친구를 가만히 바라보던 태진이 입가에 웃음기를 싹 거뒀다. 정색한 그가 자리에서 몸을 일으켰다.

“네가 안 믿으면 어쩔 건데? 나가.”

“야!”

“나가라고.”

태진은 책상에서 걸어 나와 연훈을 밀어내기 시작했다. 연훈은 안 나가려고 버텼지만 태진에게 잡힌 팔뚝이 계속 끌려갔다.

“안 그래도 정신 산란하니까 그만 가.”

자신을 문밖으로 밀면서 태진이 하는 말에 연훈은 그제야 몸에서 힘을 풀었다. 그러곤 얌전히 사장실 문을 닫아주었다.

문이 굳게 닫히자 태진은 어두운 얼굴로 돌아섰다. 그가 지끈거려오는 관자놀이에 검지와 중지를 얹었다. 그때 책상에 올려둔 휴대전화가 문자 수신음을 울렸다. 태진은 천천히 그곳으로 걸어가 문자를 확인했다.

이연이었다.

[이사가 좀 빨리 결정됐어요. 혹시 내일 시간 되시면, 도와주러 올 수 있으세요?]

휴대전화를 쥔 채 태진은 꼼짝도 하지 않았다. 그렇게 굳은 듯 서서 문자를 읽고 또 읽었다. 그런데 얼마 지나지 않아 문자가 하나 더 도착했다.

[큰 짐은 다 옮겼는데, 작은 짐들이 많아서요.]

마치 태진을 어르는 듯한 뉘앙스의 문자였다. 태진은 엄지손가락으로 그 휴대전화 문자를 느리게 쓸었다. 그러곤 한참 후에야 꾹꾹 눌러 답장을 보냈다.

[글쎄요. 요즘 회사 일이 좀 바빠서...]

[그럼 어쩔 수 없죠, 뭐.]

이연의 답장에서 태진은 시선을 떼지 못했다. 휴대전화를 내려놓는 태진의 눈동자가 텅 빈 것처럼 탁했다.

책상 의자에 힘없이 털썩 앉은 태진이 마른세수를 했다. 아직도 머리가 지끈거리며 아팠다. 눈썹을 구기면서 두 눈을 질끈 감았다 뜬 그가 다시 휴대전화를 집어 들었다. 그러곤 빠르게 문자를 보냈다.

[바빠도 가겠습니다.]

♦ ✣ ♦

소형트럭 앞으로 청바지에 점퍼를 걸친 태진이 뚜벅뚜벅 걸어왔다. 트레이닝복 차림의 이연이 반갑게 손을 흔들었다.

"태진 씨!"

이연의 밝은 얼굴을 마주하는 태진의 표정은 다소 긴장한 것처럼 굳어 있었다.

"와줘서 고마워요."

생글거리는 이연에게서 시선을 뗀 태진이 소형트럭 위의 종이박스들을 쳐다보았다.

"이거 옮기면 되나요?"

"네, 맞아요."

이연은 태진의 그림 같은 옆얼굴을 보면서 싹싹하게 답했다. 그사이 소매를 걷어붙인 태진이 두 팔을 뻗어 제일 큰 상자를 들어올렸다. 이연도 그 옆의 상자를 들고 태진을 따라 계단으로 갔다.

"옥상으로 가시면 돼요."

옥탑방 안으로 상자를 옮긴 태진은 자연스럽게 이연이 들고 있는 상자로 손을 뻗었다. 상자를 사이에 두고 두 사람의 손이 맞닿았다.

"앗……!"

순간 놀란 이연이 상자에서 손을 뗐다. 떨어질 뻔한 상자를 태진이 양손으로 단단하게 붙잡았다.

"미안해요."

이연은 발그레 달아오른 얼굴로 사과했다. 갑자기 따뜻한 손이 닿아서 놀란 것뿐인데, 태진이 불쾌하게 느꼈을까 봐 걱정스러웠다.

"괜찮습니다."

짧게 대답한 태진이 물러섰다. 그러곤 점잖게 말을 꺼냈다.

"이제 내려오지 마세요. 내가 다 옮길게요."

"그래도……."

"어차피 얼마 없던데요, 뭐. 나 혼자 하는 게 수월해요."

그렇게 태진은 혼자 옥탑방을 나갔다. 짐들이 쌓여 있는 어수선한 공간에 홀로 남겨진 이연은 상자를 열고 그 안의 것들을 꺼내 정리하기 시작했다.

창가에 놓인 책상에 탁상 달력을 올려놓던 이연이 그 달력 안의 작은 숫자들을 물끄러미 응시했다.

'일주일 그리고 하루.'

고백에 대한 답을 들려주기로 약속한 일주일은 바로 어제였다.

'그런데 왜 대답을 묻지 않지? 왠지 오늘 태도도 묘하게 차가운 것 같고.'

마음은 결정했는데 태진이 묻질 않으니 먼저 대답하기가 애매했다.

시무룩한 표정으로 서 있는 이연의 뒤로 종이박스를 든 태진이 나타났다. 마지막 박스인 듯 그는 그걸 내려놓고 집으로 들어왔다.

원룸 형태의 내부를 둘러본 태진도 상자를 열어 정리를 시작했다. 그러던 중 상자 안에서 사진 앨범을 발견했다. 일반 노트 크기의 사진 앨범을 집어 드는 태진에게로 무심코 이연의 시선이 향했다. 그녀가 화들짝 놀라 손을 뻗었다.

"보면 안 돼요."

"왜요?"

앨범을 빼앗아 품에 꼭 안는 이연을 빤히 보면서 태진이 물었다. 어릴 때 사진들을 모아둔 앨범으로 시선을 내린 이연이 조그만 목소리로 대답했다.

"이 중에 대학 때 찍은 사진이 한두 장 있는데, 되게 촌스럽거든요. 그땐 화장도 안 하고 다녀서."

"지금도 안 한 것 같은데."

나직한 태진의 지적에 이연의 입술이 삐죽 튀어나왔다. 그녀가 하얗게 눈을 흘겼다.

"색조화장을 안 해서 그렇지, 바를 건 다 바른 거거든요?"

스윽. 이연의 말이 끝나기가 무섭게 태진은 상체를 숙였다. 급작스럽게 훅 다가온 반듯한 얼굴에 이연은 하마터면 딸꾹질이 나올 뻔했다.

"그런 거예요? 전혀 몰랐네."

태진의 까만 눈동자가 투명한 이연의 피부를 뚫어지게 살폈다. 날카로운 콧날과 달콤한 숨결에 당황한 이연은 재빨리 고개를 돌렸다. 그러곤 황급히 앨범을 책장으로 옮기는데 그 순간 앨범 사이로 사진이 한 장 떨어졌다. 어린 티가 묻어나는 아준이 억지웃음을 짓고 있는 이연과 어깨동무를 하고 찍은 사진이었다.

태진은 허리 굽혀 사진을 집어 들고는 불쑥 질문을 던졌다.

"이연 씨한테 송아준은 어떤 존재였어요?"

그의 시선은 지금과 많이 다른 아준의 해맑은 얼굴에 머물러 있었다.

"소중한 존재."

이연의 단호한 대답을 들은 태진의 눈길이 그녀에게로 향했다.

"……였었죠. 싫어하는 사진도 참고 찍을 만큼."

이연이 뒷말을 덧붙이고는 쓴웃음을 지었다.

"근데 이제는……. 아시잖아요?"

도리어 묻는 그녀에게 태진은 묵직하게 고개를 끄덕였다. 힘줄이 도드라지도록 두 주먹을 움켜쥔 그가 입을 열었다.

"이연 씨, 나는요, 송아준을 용서할 수가 없어요."

"저랑 똑같네요."

태진의 말에 맞장구를 친 이연이 배시시 미소를 지었다.

"그래도 이렇게 아준이 얘기를 하면서 웃을 수 있는 건 다 태진 씨 덕분이에요."

그녀의 해사하게 웃는 얼굴을 바라보던 태진은 불현듯 가슴이 답답하고 괴로워졌다.

"고마워요, 태진 씨."

자신이 과연 그녀에게 고맙다는 인사를 들을 자격이 있을까? 지금도 그녀를 속이고 있는 자신이? 정체를 밝히면 다신 못 만나게 될까 봐 그러지도 못하고 있는 자신이?

태진은 말없이 몸을 돌려 다시 정리를 시작했다. 한참을 묵묵히 손만 움직이던 태진이 어느 정도 정리가 끝난 집을 둘러보며 말했다.

"거의 다 정리된 것 같으니 난 이만 가볼게요."

"벌써요?"

이연은 서운한 기색이 역력한 얼굴이었다. 태진은 대답 대신 걷어 올렸던 소매를 손목까지 내렸다.

"자장면이라도 먹고 가시지."

"일이 바빠서요."

짧게 대꾸하며 태진은 현관 쪽으로 걸음을 옮겼다. 문을 나서기 전 그가 부드럽게 말했다.

"문단속 잘하고 잘 자요."

돌아서서 가는 그의 뒷모습이 어쩐지 쓸쓸해 보였다. 태진이 사라진 방향에서 시선을 떼지 못하며 이연이 중얼거렸다.

"저 남자, 오늘은 왜 저렇게 힘이 없어."

이연은 내내 어두웠던 태진의 얼굴을 떠올리며 고개를 떨구었다.

"……마음 쓰이게."

♦ ✣ ♦

현관문을 열자 그 앞에 태진이 서 있었다. 인터폰 화면으로 이미 확인한 얼굴이었지만 아준은 짐짓 처음 보는 척 눈을 크게 벌렸다.

"어? 우리 집 어떻게 알았어?"

몸에 꼭 맞는 회색 체크무늬 슈트를 입은 태진이 덤덤한 눈빛으로 그를 응시했다. 아준의 정돈된 눈썹이 둥글게 휘었다.

"아하. 진 엔터테인먼트 대표님이시지, 참."

진 엔터테인먼트는 명실상부 국내 최대 규모의 톱 연예기획사였다. 그런 회사의 대표가 고작 연예인 한 명의 집 주소를 못 알아낼 리 없었다.

"들어와."

아준이 중문을 통과해 먼저 들어가자 태진은 주머니에 손을 찔러 넣으며 그를 따라갔다.

"차라도 마실래?"

소파로 걸어가던 아준이 태진을 돌아보면서 물었다. 무표정한 태진의 얼굴에 슬쩍 세로 주름이 잡혔다.

"우리가 서로 얼굴 맞대고 차 마실 사이는 아니잖습니까?"

"나도 그냥 한번 말해봤어. 예의상."

무심히 고개를 돌린 아준이 소파로 가서는 털썩 앉았다. 그가 태진을 향해 건성으로 손짓했다.

"일단 앉아. 예의상."

"그러죠. 예의상."

태진이 반대편 소파에 앉고는 아준을 빤히 쳐다보았다. 얼마간의 침묵을 유지한 후 나직하게 물었다.

"시니에 돌아오고 싶다고 했었죠?"

"응, 맞아."

아준은 반색하는 표정을 지었다. 들뜬 움직임으로 상체를 기울인 그가 빠르게 말을 뱉어냈다.

"이연이한테 얘기해봤어? 네가 옆에서 말이라도 잘해주면……."

"안 됩니다."

"뭐?"

말허리가 댕강 잘려버리자 아준은 눈꺼풀을 몇 번이나 깜박거렸다. 태진이 까만 눈동자로 그를 마주 보면서 나머지 말을 이었다.

"시니에 돌아오는 거, 절대 안 된다고요."

아준은 순간적으로 울컥 화가 치밀어서 벌떡 일어섰다. 아준의 손가락이 태진의 무덤덤한 얼굴을 가리켰다.

"너 이 자식, 잘 들어. 나 지금 당장 이연이한테 갈 거야! 가서……!"

이번에도 태진은 아준의 말을 도중에 잘랐다.

"보이콧하겠습니다."

"뭐? 보이콧?"

아준은 두 눈과 입술이 동그랗게 벌어졌다. 다음 순간 태진도 소파에서 몸을 일으켰다.

"당신이 진행하는 방송에 우리 진 엔터테인먼트 연예인들의 출연을 보이콧하겠습니다."

"뭐, 뭐라고?"

아준의 동공이 지진 난 것처럼 사정없이 요동쳤다. 자신의 방송에 그 많은 연예인들을 출연시키지 않겠다는 말에 아준은 기가 막혔다. 진 엔터테인먼트 소속 연예인들로 방송계가 굴러가고 있다고 해도 과언이 아닌데 말이다.

태진은 고개를 빳빳이 들고 다시 한 번 설명했다.

"당신이 시니에 돌아오려고 하면, 바로 보이콧하겠다고요."

"정말 보이콧까지 하겠다고?"

아준은 믿을 수 없다는 듯이 물었다. 일그러진 표정의 그에게로 태진이 얼굴을 살짝 숙였다. 그러곤 씹어뱉듯이 경고했다.

"그러니까 시니에 다신 얼쩡거리지 마, 이 새끼야."

덜컥 겁을 먹은 아준의 심장이 불안정하게 쿵쾅쿵쾅 뛰었다. 태진은 서슬 퍼런 눈빛으로 그의 긴장한 얼굴을 훑었다. 그 순간 오기가 생긴 아준은 굳은 입가를 늘어뜨려 억지 미소를 지었다.

"이제야 발톱을 드러내는군?"

눈 하나 깜짝 안 하고 협박하는 태진이 전과 달리 보였다. 입꼬리를 비스듬히 올린 아준이 비아냥거리는 투로 말을 이었다.

"그렇게 살벌하게 힘자랑하는 거 보니까 이제야 진짜 진 엔터테인먼트 대표 같네."

태진은 아무 반응 없이 그에게서 무심하게 시선을 뗐다.

"이만 가보겠습니다."

몸을 돌리는 태진의 행동에 아준은 눈썹을 일그러뜨리며 소리쳤다.

"어딜 가? 아직 얘기 안 끝났는데!"

"난 끝났습니다."

단호하게 대꾸한 후 태진은 현관으로 뚜벅뚜벅 걸어갔다. 주저 없이 현관문을 열고 나가는 태진을 아준이 슬리퍼를 끌며 따라 나왔다.

"야, 여태진!"

아준이 엘리베이터로 걸어가고 있는 태진의 뒤에서 소리쳤지만 태진은 발을 멈추지 않았다. 이를 악문 아준이 태진을 따라잡고는 그의 옷깃을 덥석 붙잡았다. 그리고 그대로 눈앞의 비상문을 열었다.

퍽. 안쪽 벽으로 밀쳐진 태진이 비틀거렸다. 흐트러진 태진을 향해서 아준은 버럭 목소리를 높였다.

"내가 그깟 보이콧 무서워서 이연이한테 말 못 할 것 같아?"

아준의 난동에 가까운 행동에도 태진은 태연한 낯빛이었다. 시선을 내리깐 태진이 다리에 힘을 주고 똑바로 서는 사이 아준은 눈을 부라리며 계속 소리쳤다.

"내가 네 정체 다 밝힐 거야!"

"뭔가 오해하신 것 같은데."

태진이 옷매무새를 가다듬으며 운을 뗐다. 아준에게로 상체를 살짝 기울인 그가 나머지 말을 뱉어냈다.

"당신이 다시 시니로 돌아오려고 한다면 보이콧하겠다는 뜻이었습니다.”

“뭐……?”

당황한 아준의 동공이 세차게 흔들렸다. 창백하게 질린 아준이 믿을 수 없다는 듯이 입을 열었다.

“그럼, 내가 이연이한테 네 정체를 밝히는 건 괜찮고, 시니로 돌아가는 건 안 된다는 거야?”

“네. 시도조차 하지 마십시오. 무조건 막겠습니다.”

태진의 태도는 매서우리만치 단호했다. 아준은 울컥 부아가 치밀어 소리를 빽 질렀다.

“네가 뭔데? 너 따위가 뭔데!”

태진은 이성을 잃은 아준을 향해 입꼬리만 올려 비웃음을 날렸다. 아준은 그야말로 길길이 날뛰었다.

“나는 시니에 10년 동안 몸담았던 사람이야!”

“하지만 결국 버리신 분이죠.”

아준의 말이 끝나기가 무섭게 태진은 차갑게 대꾸했다. 그 순간 아준의 행동이 멈칫했다.

“뭐라고?”

아준은 화를 참지 못하고 태진에게로 달려들었다.

“이 자식아, 네가 뭘 안다고……!”

멱살을 잡아챈 아준이 태진의 상체를 마구 흔들었다. 참다못한 태진도 그의 멱살을 잡았다. 그 바람에 아준은 중심이 흔들려 계단 위에서 발을 헛디뎠다.

“으악……!”

아준이 넘어지면서 태진을 잡아당겼고, 그렇게 두 사람은 같이 계단에서 굴러떨어졌다.

◆ ⁘ ◆

이연이 병실 안으로 헐레벌떡 뛰어 들어왔다. 환자복을 입고 있는 태진을 발견한 그녀가 흥분해 물었다.

"이게 대체 어떻게 된 일이에요?"

태진은 하얗게 질린 그녀를 보면서 뒷머리를 긁적였다. 그러다 따끔한 통증이 느껴져서 움직임을 멈추었다. 그가 손을 내리며 간단하게 대답했다.

"계단에서 굴렀어요."

"어디 계단이요?"

"우리 집 계단이요."

태진은 차마 사실대로 말하지 못했다. 침대 위에 기대앉아 있는 그를 가만히 응시하던 이연의 눈빛이 달라졌다.

"거짓말하지 말아요."

그녀의 곱지 않은 눈길이 태진을 당혹스럽게 만들었다. 이연은 가는 허리에 양손을 척 얹고 새치름하게 물었다.

"제가 여기에 어떻게 왔다고 생각하세요?"

그러고 보니 이연이 사고 난 걸 어떻게 알고 달려온 건지 이상하긴 했다. 태진은 그녀에게 연락했을 만한 인물을 떠올렸다.

"송아준이 연락했군요."

이연은 아무 대꾸 없이 입술을 앙다물었다. 그 순간 태진은 아준이 전화로 무슨 얘기를 했을까 싶어 긴장이 되었다.

"송아준이, 뭐라던가요?"

이연을 주시하는 태진의 까만 동공이 잔잔하게 일렁였다. 이연이 허리에서 손을 내리며 대답했다.

"당신이 계단에서 자길 밀었대요. 그래서 둘 다 지금 병원이라고."

"허."

태진은 너무나 기가 막혀서 실소가 터졌다. 넘어지던 순간 자신을 잡아당긴 건 송아준 그였다.

"못 믿겠어서 일단 와봤는데, 두 사람 상태가 비슷하네요."

이연은 이곳에 오기 전 아준의 병실 먼저 들렀다. 이마에 반창고를 붙이고 여기저기 멍이 들어 있던 아준과 지금 눈앞의 태진의 상태는 크게 다르지 않았다.

"실랑이하다가 같이 굴렀거든요."

담담한 태진의 대답에 이연은 짧은 한숨과 함께 자신의 긴 머리를 쓸어 넘겼다.

"도대체 아준이한텐 왜 간 거예요?"

이연의 커다란 눈망울이 태진을 책망했다. 결국 태진은 아준과 있었던 일을 설명하려 입을 열었다.

"그게, 그러니까 사실은……."

그런데 이연이 태진의 말허리를 잘라버렸다.

"전화 받고 얼마나 걱정했는지 알아요? 심장이 내려앉는 줄 알았다고요!"

순간 멈칫한 태진은 그 이상 말을 잇지 못했다. 대신 이연의 상기된 얼굴에서 시선을 떨구며 작게 사과했다.

"……미안해요."

그녀의 걱정했다는 말이 이렇게 기쁘면서도 슬프게 들릴 줄은 몰랐다. 태진이 나직하게 말을 이었다.

"송아준한테 따끔하게 경고만 하려고 했는데, 그렇게 흥분할 줄은 몰랐어요."

"하아……."

다음 순간 이연은 다리에 힘이 풀렸는지 자리에 주저앉았다. 태진은 그 모습을 보고 놀라 침대에서 몸을 일으켰다. 이연의 앞으로 걸어간 그가 우물쭈물 말했다.

"가벼운 뇌진탕이라, 한 이틀 정도 입원하면 괜찮을 거래요."

안심한 듯 고개를 푹 숙이는 이연의 작은 어깨가 가늘게 떨렸다.

"걱정시켜서 미안해요."

태진이 자그마한 그녀를 애틋한 눈길로 쳐다보면서 다시 한 번 사과했다. 그제야 이연이 머쓱한 얼굴로 고개를 들었다. 그녀가 자신의 카디건을 손으로 쓸며 중얼거렸다.

"옷을 너무 얇게 입고 와서 춥네요."

"그것도 미안하고요."

얼마나 마음이 급했으면 이 쌀쌀한 밤에 저 얇은 옷 하나 걸치고 뛰어왔을까. 태진의 표정이 어두워졌다.

"그래도 많이 안 다쳐서 다행이에요."

자리에서 일어선 이연이 싱긋 웃어 보였다. 그녀의 사랑스러운 미소에 태진은 가슴이 아리듯 아팠다.

◆ ✣ ◆

"잘하는 짓이다."

연훈은 팔짱을 끼고 서서 환자복 차림의 태진에게 핀잔을 주었다. 씁쓸한 표정으로 입맛만 다시던 태진이 손을 휘휘 내저었다.

"환자한테 잔소리할 거면 가, 인마."

그러나 연훈은 그저 코로 웃을 뿐이었다. 그가 목을 길게 빼고 태진의 혹이 난 뒤통수와 멍이 든 턱을 번갈아 쳐다보았다.

"그 나이에 계단에서 구르고 싶냐?"

연훈의 비아냥거림에 태진은 일순 눈썹을 확 찡그렸다. 그러나 그의 말은 거기서 끝이 아니었다.

"그것도 송아준이랑?"

태진의 일그러졌던 얼굴 근육이 풀리더니 두 눈이 동그래졌다. 그에게 사고에 대한 이야기를 자세히 하지 않았던 터라 의아했다.

"송아준이랑 구른 건 어떻게 알았냐?"

"송아준이랑 나란히 입원했으면서 모르길 바랐냐?"

태진의 입가에 허탈한 웃음이 서렸다. 온 병원 사람들이 송아준의 얘기를 하고 있다는 걸 깜박했다. 같은 날, 같은 증상으로 입원했는데, 연훈이 그 정도 예측 못 할 리 없었다.

"송아준 때문에 다친 거 맞지? 그 자식, 확 고소해버릴까?"

화가 치민 듯 연훈이 갑자기 목소리를 높였다.

"됐거든? 어차피 당분간 조용할 거야."

"왜?"

보이콧 얘기를 들은 이상 이제 함부로 행동하진 못할 것이다. 그가 이대로 다신 시니에 돌아올 엄두조차 내지 못한다면 제일 좋겠지만.

자신을 뚫어지게 보고 있는 연훈의 시선을 피하며 태진이 대답했다.

"입원했으니까. 간호사들 말 들어보니까 나보다 살짝 더 다친 것 같아. 얼굴에 든 멍 때문에라도 한 일주일 입원할걸?"

연훈은 여전히 미심쩍어하는 눈빛이었지만 더 묻지는 않았다. 태진은 벽시계를 확인하곤 이불을 걷어내며 말했다.

"야, 너 이제 그만 가라."

"온 지 얼마나 됐다고 벌써 가래?"

연훈이 서운한 기색을 내비치는데도 아랑곳하지 않고 태진은 자리에서 일어섰다.

"곧 이연 씨 올 거란 말이야."

연훈은 순간 울컥했다.

"야, 너는……!"

볼멘소리를 하려던 그가 태진의 환자복을 보고는 입을 멈췄다. 마음이 약해진 것이다. 거울 앞으로 걸어가는 태진의 뒤에서 연훈은 고개를 주억거렸다.

"그래. 알았다, 알았어."

그러나 그의 손은 재킷 안주머니에서 명함을 꺼내고 있었다.

JIN Entertainment
부사장 강연훈

연훈은 자신의 명함이 잘 보이도록 탁자에 올려놓은 다음 병실을 나갔다.

◆ ⁘ ◆

이연을 기다리던 중 태진은 침대 옆 탁자에서 연훈의 명함을 발견했다.

JIN Entertainment
부사장 강연훈

태진의 까만 눈동자가 더욱 짙어졌다. 이제는 모든 걸 고백하라는 무언의 압박이었다. 그가 아니더라도 태진은 스스로 때가 왔음을 아주 잘 알고 있었다.

그때 병실 문이 열리고 이연이 고운 얼굴을 빠끔히 내밀었다. 손에 든 명함을 상의 주머니에 넣으며 태진은 침대에서 일어섰다.

"이연 씨."

태진은 사온 과일 바구니를 내려놓고 있는 이연의 이름을 불렀다. 순백의 코트 차림인 이연은 오늘 유독 아름다웠다.

"나 할 말 있어요."

"저도요."

예상치 못한 이연의 반응에 태진의 눈이 동그랗게 벌어졌다.

"이연 씨도요?"

의아해하는 그의 앞으로 가까이 다가온 이연이 다부진 표정으로 말했다.

"그래요, 우리."

"네?"

너무 생뚱맞은 말이었다. 태진이 눈썹을 치켜올리던 그 순간 이연이 표현을 바꿔 다시 말했다.

"연애합시다, 우리."

"!"

태진의 심장이 크게 쿵쾅거렸다. 거칠게 뛰는 심장 고동과 달리 태진은 그 자리에 굳은 듯 움직이지 못했다.

"저도 태진 씨가 좋아요. 당신보다 고백이 늦어서 미안해요."

어젯밤에 병원까지 정신없이 달려오면서 생각했다. 그의 고백을 진작 받아줄걸 하고. 이연이 수줍은 얼굴로 며칠 미뤄진 고백을 전했다.

"약속한 기한을 넘긴 것도 미안하고요. 그런데 분명한 건 당신한테 고백받지 않았어도 전 오늘 당신을 좋아한다고 말했을 거예요."

발그레해진 이연의 볼이 태진의 시야를 가득 채웠다. 그는 더 이상 그 어떤 말도 할 수가 없었다.

다음 순간 이연은 꼼짝 않고 서 있는 태진의 앞으로 바짝 다가섰다. 그러곤 발꿈치를 들어 그의 입술에 자신의 입술을 맞추었다. 그녀에게서 풍기는 장미 향과 부드러운 입술 감촉에 태진은 천천히 두 눈을 감았다.

chapter 5

상실

회원들만 이용할 수 있는 클럽 안. 시끄러운 음악과 그 리듬에 몸을 맡기고 있는 사람들 틈에 인후가 있었다. 리드미컬하게 상체를 흔들고 있는 인후의 곁으로 배우 친구인 재선이 마찬가지로 어깨를 들썩이며 다가왔다.

"오오, 너 춤 좀 썩었다?"

"지는."

시크하게 대꾸한 다음 인후는 자리에서 벗어났다. 갈증을 느낀 탓이다. VIP 룸으로 걸음을 옮기는 인후의 뒤를 재선이 따라왔다. 룸으로 향하는 복도에서 재선은 불현듯 뭔가 생각난 얼굴로 인후의 어깨를 잡아 세웠다.

"야, 근데 너 벌써 소속사 이적해? 그것도 진 엔터로?"

걸음을 멈춘 인후가 눈살을 찌푸렸다. 어이없다는 듯 코웃음을 치며 재선을 돌아보았다.

"나 시니랑 계약한 지 세 달밖에 안 됐는데, 그게 무슨 헛소리야?"

재선의 짙은 눈썹이 치켜올라갔다. 곧바로 재선은 요즘 제 귀에 심심치 않게 들려오는 소문을 떠올렸다.

"그럼, 네 촬영장에 진 엔터테인먼트 대표가 자주 나타난단 소문은 뭐야?"

"그런 소문이 돌아?"

인후가 무척 의아하다는 듯이 되물었다. 재선은 냉큼 고개를 끄덕였다.

"응. 봤다는 스태프들이 한둘이 아니야. 진 엔터테인먼트 대표가 겁나 잘 생긴 걸로 유명하거든."

"에이, 헛소문이야."

인후는 대수롭지 않다는 어조로 대답하며 머리를 절레절레 흔들었다. 자신은 진 엔터테인먼트 대표와 만난 적도 없을뿐더러 그의 얼굴조차 알지 못하니 말이다.

"그래?"

"그래. 난 시니에 뼈를 묻을 거야."

대답을 마친 인후가 고른 치아를 드러내며 환하게 웃었다. 여자라면 누구나 한눈에 반했을 그 화사한 미소에 재선은 괜한 생각이 들었다.

"너 혹시 신 대표 좋아하냐?"

그러자 인후는 입꼬리를 올린 채로 고개를 주억거렸다.

"좋아하지."

그가 자신의 질문을 제대로 이해하지 못한 것 같아서 재선은 다시 설명했다.

"아니. 여자로서 말이야."

그 순간 인후의 작은 얼굴이 옆으로 갸웃 기울어졌다. 그런 쪽으론 한 번도 생각해본 적 없었다.

"글쎄……?"

인후의 반응에 안심한 듯 재선의 입가가 실룩 올라갔다. 그때 무심코 돌린 시야로 복도 끝에서 질척하게 키스를 하고 있는 남녀의 모습이 들어왔다.

"그치? 신 대표랑 저렇게 키스하는 게 상상이 될 리가 없지."

재선이 턱으로 키스하는 남녀를 가리켰다.

"신 대표가 아무리 예뻐도 열 살이나 연상……."

퍽.

재선은 말하는 도중에 인후에게 뒤통수를 맞았다. 순간적으로 놀란 그가 인상을 확 구겼다.

"아씨, 뭐야!"

"신 대표님이야. '님' 자 붙여."

인후가 표정을 무섭게 굳히고 재선을 노려보았다. 재선은 어이없다는 듯이 뒤통수를 만지며 펄쩍 뛰었다.

"아오! 지는 맨날 신이연이라고 부르면서!"

재선에게서 무심히 시선을 거둔 인후는 발길을 돌려 클럽을 빠져나왔다. 어쩐 일인지 기분이 갑자기 다운되어 더는 그곳에 있고 싶지 않았다.

◆ ✣ ◆

퇴원을 준비하고 있는 태진의 곁에는 이연이 함께였다. 환자복 단추에 손을 올린 태진이 뒤쪽의 이연을 향해 돌아섰다.

"나 옷 갈아입을 건데."

태진이 중얼거리듯 건넨 말에 이연의 얼굴이 발그레 물들었다.

"아, 미안해요."

이연이 황급히 침대 커튼을 쳐주려고 팔을 들자 태진의 입가에 미소가 번졌다.

"아니, 보라고 얘기한 건데."

태진이 웃음 섞인 목소리로 말했다. 그에게로 고개를 돌린 이연이 말간 눈동자를 깜박거렸다.

"나 근육 잘 붙는 체질이라 몸매엔 자신 있거든요."

그녀 앞에서 단추를 풀면서 태진이 말을 덧붙였다.

"놀리지 말아요."

이연은 양 볼에 홍조를 띤 채 태진의 어깨를 찰싹 때렸다. 두 사람의 꽃 같은 얼굴에 해사한 미소가 피어올랐다.

웃으면서 태진은 자연스럽게 환자복 상의를 벗었고 이연은 잽싸게 눈을 가리며 커튼을 쳤다. 그녀의 행동을 귀엽다는 듯이 보던 태진이 벗은 상의를 침대에 던졌다. 그때 그 주머니 안에서 연훈의 명함이 떨어졌다. 태진은 그것을 주워 손에 움켜쥐곤 입술을 앙다물었다.

내일 말하자, 내일.

오늘 딱 하루만 행복하자.

잠시 후 캐주얼한 옷차림으로 갈아입은 태진이 창밖을 쳐다보았다. 늦은 첫눈이 내리고 있었다. 눈 내리는 풍경이 아름답고 눈앞의 이연이 너무나도 예뻐서 태진은 절로 웃는 얼굴이 되었다.

"눈도 오는데, 퇴원하는 길에 데이트할래요?"

"좋아요."

처음 만났을 때와 비슷한 느낌의 하늘색 벨벳 원피스를 입은 이연이 싱그럽게 웃었다.

"영화 볼까요? 연극이나 뮤지컬도 좋고."

"뭐든 좋아요, 뭐든."

나란히 병실을 나서는 태진과 이연의 표정이 무척 행복해 보였다. 이연에게로 어깨를 튼 태진이 손을 내밀었다.

"그럼 일단, 손부터 잡을까요?"

곧 이연의 작은 손이 태진의 단단한 손을 꽉 붙잡았다.

◆ ⁘ ◆

인후는 응접실 소파에 길게 누워 휴대전화로 게임을 하면서 이연을 기다렸다. 얼마 후 그의 귀에 사무실 문이 열리는 소리가 들렸다. 바로 휴대전화를 끈 인후가 밝은 얼굴로 몸을 일으켰다. 그런데 그의 시야로 들어온 이는 한 명이 아니었다.

"왜 둘이 같이 와?"

인후가 이연과 태진을 번갈아 쳐다보면서 물었다. 서로의 시선을 교환한 태진과 이연이 어색한 미소를 지었다. 그걸 본 인후의 눈썹에 힘이 들어갔다.

"우연히 만났어."

대답은 태진이 했지만 인후는 일부러 이연에게 다시 확인했다.

"진짜?"

"응."

이연이 작은 턱을 끄덕였다. 거기서 그치지 않고 인후는 또 질문을 던졌다.

"어디서 만났는데?"

"요 앞에서."

"요 앞 어디?"

인후의 집요한 질문이 이어졌다. 재차 눈빛을 교환한 태진과 이연이 동시에 입을 열었다.

"편의점."

"빵집."

그 순간 인후의 표정이 벌레 씹은 것처럼 일그러졌다. 그렇지 않아도 종일 다운되어 있었던 기분이 더욱 가라앉는 느낌이었다. 급기야 인후는 두 사람을 향해 버럭 목청을 높였다.

"둘이 사귀냐?"

당황한 듯 이연과 태진의 동공이 크게 흔들렸다. 다음 순간 이연이 얼굴을 굳히며 정색했다.

"미쳤어?"

그녀를 따라 태진도 정색했다.

"돌았냐?"

사실 그들은 연애 사실을 당분간 비밀로 하자고 입을 맞춘 상태였다. 그들을 주시하고 있는 인후의 눈빛이 날카롭게 빛났다.

"둘 다 겁나 정색하는 걸 보니 더 수상하네."

의심의 눈초리를 거두지 않는 인후에게로 이연이 다가섰다. 그녀가 진지해진 표정으로 입을 열었다.

"회사가 이 지경인데 무슨 연애야? 지금 활동 가능한 시니 소속 연예인이라고는 너 하나뿐인데."

말을 마친 이연이 조금 어색하게 시선을 피하고는 손에 들고 있던 비닐봉지를 탁자 위로 올렸다.

"빵 먹을래? 너 좋아하는 슈크림 빵 사왔는데."

인후는 봉지에서 빵을 꺼내는 이연을 물끄러미 보면서 근처 벽에 등을 기댔다. 팔짱을 끼고 워커 신은 발을 까닥거리던 그가 심드렁하게 말했다.

"내 이적설이 돈대."

"뭐? 왜?"

이연이 화들짝 놀라 물었다. 그러곤 금방 눈매가 확 가늘어져서는 다시 물었다.

"너 혹시 딴 기획사랑 미팅했어?"

"안 했어! 날 뭘로 보고. 그냥 루머지."

인후가 버럭 하며 정색하더니 가만히 서 있는 태진에게로 고개를 돌렸다. 태진의 반듯한 이목구비를 본 인후는 새삼스럽지만 확실히 배우 뺨치게 생긴 얼굴이라 생각했다.

"……응?"

갑자기 자신을 빤히 쳐다보는 인후의 행동이 태진은 몹시 의아했다.

"뭘 봐?"

태진이 툭 던지듯 묻자 인후가 덤덤하게 대답했다.

"잘생긴 얼굴."

"뭐?"

인후에게선 처음 듣는 말이었기에 태진은 두 눈을 크게 떴다. 그리고 다음 순간 손을 길게 뻗어 인후의 이마를 짚었다.

"열은 없는데."

태진은 고개를 갸웃하며 심각하게 중얼거렸지만 인후는 말없이 그를 응시하고 있을 뿐이었다. 곧이어 태진이 세상 진지하게 물었다.

"혹시 정말 미친 건 아니지?"

그 질문에 기분이 확 나빠진 인후가 그의 손을 쳐내고 앞머리를 정돈했다. 그 순간 이연이 그들을 불렀다.

"빵 먹어요, 둘 다."

태진이 탁자 위에 빵을 쌓아놓은 이연에게로 다가갔다. 먼저 슈크림 빵을 한 입 베어 문 그가 눈썹을 꿈틀했다.

"생각보다 많이 안 달고 맛있네요."

"그쵸? 거봐요."

후후, 웃는 이연의 고운 얼굴을 인후는 벽에 기대선 채 멍하니 바라보았다. 그때 이연이 태진의 얼굴 쪽으로 검지를 뻗었다.

"근데 태진 씨, 입에 크림 묻었어요."

"어디요?"

"왼쪽 입술 끝에요."

"난 안 보이니까 보이는 사람이 닦아줘요."

태진이 애교스럽게 말하며 이연에게로 얼굴을 들이밀었다. 인후는 그 모습을 지켜보다 그만 실소를 터뜨렸다.

'저러면서 사귀는 게 아니야?'

아랫입술을 잘끈 깨문 인후가 재빨리 티슈를 한 장 쑥 뽑더니 태진에게로 성큼성큼 걸어갔다. 그러곤 그것으로 태진의 입을 턱 막았다.

"보이는 사람이 닦으라며?"

얼빠진 듯이 까만 눈동자만 깜박거리는 태진의 입가를 야무지게 닦아준 인후가 서늘하게 코웃음을 쳤다.

"난 이만 간다."

휴지를 쓰레기통에 던진 다음 인후는 어깨를 축 늘어뜨리며 맥없이 돌아섰다. 터덜터덜 문을 향해 가고 있는 그의 뒤에서 이연이 말했다.

"진짜 가게? 이거 먹고 가지."

"됐어."

인후는 대충 손을 들어 휘휘 흔들었다. 그러자 이번엔 태진의 목소리가 들려왔다.

"아님 가져가서 먹든가."

"됐다고."

퉁명스럽게 대꾸하며 인후는 사무실 문을 열었다. 그때 태진의 빈정거리는 말소리가 낮게 들렸다.

"사춘기냐?"

순간 욱한 마음에 인후는 몸을 홱 틀었다. 그러곤 부릅뜬 눈으로 태진을 쏘아보았다.

"우씨, 내가 사춘기면 댁들은 갱년기다!"

이렇게 심한 말을 토해낸 뒤 인후는 사무실을 뛰쳐나왔다.

◆ ✣ ◆

"흐음……."

인후는 집으로 향하는 내내 생각에 잠겨 있었다. 어제부터 줄곧 그의 뇌리 한켠에 딱 붙어서 떨어지지 않던 말 때문이었다.

"그럼, 네 촬영장에 진 엔터테인먼트 대표가 자주 나타난단 소문은 뭐야? 봤다는 스태프들이 한둘이 아니야. 진 엔터테인먼트 대표가 겁나 잘생긴 걸로 유명하거든."

이연과 매니저 민기를 제외하고 자신의 촬영장에 자주 드나들던 건 여태진, 그였다. 게다가 그는 어떤 회사의 사장이었다.

"설마……."

계속 무시하고 싶었던 가정 하나가 머릿속을 잠식했다. 그러나 이내 고개를 빠르게 저었다.

"에이, 말도 안 돼."

인후는 께름칙한 기분을 떨쳐내기 위해 어딘가로 전화를 걸었다. 이윽고 익숙한 친구의 뿔난 음성이 들려왔다.

- 왜? 어제 때린 거 사과하려고?

재선은 어젯밤에 클럽에서 맞은 일을 따지고 들었다. 하지만 인후는 그걸 가볍게 무시했다.

"야, 임재선. 어제 네가 내 촬영장에 진 엔터테인먼트 대표가 나타난다는 소문이 있다고 했었잖아?"

- 아아, 응. 근데 갑자기 그건 왜?

"정확히 어떤 촬영장이었는지 알아?"

- 으음. 글쎄? ……아! 임팩트 컸던 거는 너 얼마 전에 CF 촬영하다가 도중에 촬영장 이탈한 적 있었잖아? 그때도 너 달래러 나타났다던데?

CF 촬영장 이탈 사건. 그때 울고 있던 자신을 달래러 온 건 이연과 태진이었다. 마른침을 꿀꺽 삼킨 인후가 머뭇거리다 물었다.

"혹시 말이야, 그 진 엔터테인먼트 대표, 잘생긴 데다 젊기까지 하냐?"

- 어. 그럴걸? 삼십 대라고 했던 것 같아. 거기다 키도 크대. 나도 직접 본 적은 없는데, 한번 나타나면 웬만한 배우들은 그냥 묻힌대.

"이름은 알아?"

- 모르지. 그냥 다들 진 대표라고 부르니까. 명함에도 'JIN'이라고만 쓰여 있대.

여태진. 그의 이름에도 '진'이 들어간다. 인후의 심장이 조금씩 빠르게 뛰기 시작했다.

'그럼, 설마 아저씨가 진 대표……?'

어떻게 끊었는지도 모르게 전화를 끊은 다음 인후는 초조한 표정으로 거실을 서성였다. 그러다 고개를 좌우로 세차게 저었다.

"에이, 아니야, 아니야. 절대 그럴 리 없어."

그동안 태진과 있었던 많은 일들이 떠올랐다. 스며들듯 미운 정이 듬뿍 들었던 터라 인후는 계속 부정했다.

"까칠하긴 해도 나쁜 사람 같지는 않던데, 우릴 속였을 리 없잖아."

입은 그렇게 말하고 있었지만 가슴은 여전히 불안했다.

◆ ✣ ◆

"아침부터 웬일이에요?"

사무실 문이 열리고 태진이 나타나자 이연의 얼굴엔 화색이 돌았다. 태진은 안으로 들어서며 다정하게 대답했다.

"보고 싶어서요."

이연의 하얀 피부에 홍조가 번졌다. 수줍게 눈꺼풀을 내린 이연이 조그만 목소리로 말했다.

"사실은 저도 보고 싶었어요."

그녀를 바라보는 태진의 눈빛이 달콤하게 반짝였다. 문득 그 까만 눈동자에 이채가 서리더니 이내 잔잔한 파도처럼 일렁였다. 입술 안쪽 살을 꽉 깨문 그가 애써 웃으며 제안했다.

"커피 한잔하지 않을래요?"

"좋죠. 아, 근데 여긴 여전히 커피믹스밖에 없는데."

"그거 얘기한 거예요."

이연은 태진의 반응이 의외라는 듯 눈썹 끝을 치켜올렸다. 이윽고 그녀가 입가에 미소를 머금고는 서둘러 발을 옮겼다. 탕비실에서 금방 믹스커피를 타온 이연이 그것을 태진에게 건넸다.

"자요, 아침부터 보러 와준 선물."

"고마워요."

종이컵을 받아 든 태진이 조심스럽게 커피의 맛을 보았다. 처음 먹어보는 생소한 맛에 태진의 미간이 좁혀졌다.

"윽, 다네요."

단맛이 강했지만 나쁘진 않았다. 커피를 들여다보는 태진의 얼굴을 빤히 응시하던 이연이 애교스럽게 물었다.

"지금 우리처럼요?"

그런데 예쁘게 웃어줄 거라 생각했던 태진이 어색한 겉웃음을 지었다. 그 표정이 어쩐지 서글퍼 보여서 이연은 이상하게 가슴이 뭉클했다.

그때였다.

"이연아, 이연아!"

인후가 다급하게 사무실 문을 열어젖혔다. 마주 서 있던 태진과 이연이 동시에 고개를 돌렸다. 인후는 나란히 서 있는 두 사람의 모습이 눈에 들어오자마자 이맛살을 찡그렸다.

"왜 또 같이 있어? 어제도 같이 있었잖아."

불만 가득한 인후의 목소리를 들으면서 태진은 유유히 커피를 마저 마셨다. 잠시 후 그가 삐딱하게 턱을 들고는 대꾸했다.

"넌 왜 또 왔냐? 어제도 왔었잖아."

태진과 인후의 불편한 시선이 공중에서 맞닿았다. 다음 순간 인후는 아랫입술을 깨물며 이연에게로 눈을 돌렸다.

"이연아, 있잖아."

그러곤 종종걸음으로 그녀를 향해서 다가왔다. 그를 지켜보던 태진이 못마땅한 표정을 하더니 입을 열었다.

"대표님 이름 좀 함부로 부르지 말지?"

불쾌감이 묻어나는 까칠한 음성이었다. 태진이 있는 쪽으로 이연과 인후의 고개가 돌아갔다. 이연은 다소 난감한 얼굴이었고 인후는 기가 막힌다는 듯 헛웃음을 터뜨렸다.

"당신이 무슨 자격으로 그런 말을 하는데? 시니랑 계약한 것도 아니고 이연이랑 아무 사이도 아니라며?"

태진은 왠지 평소보다 심통이 나 있는 것 같은 인후를 지그시 보다 제법 근엄하고 진지하게 대답했다.

"버릇없어 보이니까 하는 말이잖아."

"상관 마세요. 외부인인 주제에."

깐죽거리는 인후의 태도에 태진은 낮게 혀를 찼다. 하지만 인후는 코웃음과 함께 고개를 홱 돌려버렸다.

"이연아, 나 곧 있으면 생일이잖아."

인후가 이렇게 서두를 꺼내자 이연은 천천히 고개를 끄덕였다. 그런 이연에게로 쌍꺼풀진 큰 눈을 반짝거리며 인후가 나머지 말을 이었다.

"클럽에서 생파 할까?"

이연의 두 눈이 휘둥그레졌다. 미간을 좁힌 그녀가 즉시 반문했다.

"생일 파티를 하겠다고? 그것도 클럽에서?"

배우의 사생활은 터치하지 않는 이연이었지만, 인후는 아직 나이가 어린데다 현재 캐스팅 제안과 스케줄 문의가 엄청난 상태라 걱정이 먼저 되었다. 그러나 인후는 천진난만하기만 했다.

"응. 꼭 한번 해보고 싶었거든. 같이 연기했던 동료들 대빵 많이 초대해서 막 화려하게 하는 거야. 일단, 제혁이 형이랑 효인이 누나는 무조건 초대해야 돼. 둘 다 되게 잘 놀거든."

인후가 태진을 힐끔 돌아보았다. 그의 표정은 돌처럼 굳어 있었다. 인후는 바로 톱스타 신제혁과 백효인이 둘 다 진 엔터테인먼트 소속임을 떠올렸다.

다음 순간 아우터 주머니에 손을 쑥 넣은 인후가 꼼짝 않고 서 있는 태진을 향해 어깨를 틀었다.

"아저씨도 올 거지?"

"나 그날 바빠."

태진의 즉답에 인후는 두 눈을 가늘게 떴다.

"언젠지 말도 안 했구만."

인후가 중얼거리듯 투덜대자 태진은 굳어 있던 얼굴 근육을 풀고는 입을 열었다.

"대신 선물 줄게."

인후의 단정한 눈썹이 치켜올라갔다. 입가에 잔잔한 미소를 머금은 태진이 부드럽게 물었다.

"뭐 갖고 싶어?"

인후는 가만히 태진의 반듯한 얼굴을 응시했다. 그제부터 답답했던 가슴이 더욱 묵직해지는 느낌이었다. 가슴을 치고 싶은 충동을 참아낸 인후가 대답했다.

"땅."

"뭐?"

태진이 실소를 터뜨렸지만 인후는 말을 멈추지 않았다.

"건물."

"장난치지 말고."

피식 하고 싱겁게 웃어버리는 태진과 달리 인후는 꽤 진지한 표정이었다.

"장난 아닌데? 아저씨, 돈 많잖아?"

태진의 얼굴에서 미소가 서서히 사라져갔다. 주머니 안에서 주먹을 그러쥐며 인후가 뱉어내듯이 말했다.

"사장님이니까."

태진은 얼어붙은 것처럼 아무런 대꾸도 하지 못했다. 그는 대체 인후가 어떻게 자신의 직책을 알고 있는 건지 혼란스러웠다.

잠자코 그들의 대화를 듣고 있던 이연이 태진에게 물었다.

"태진 씨, 사장님이었어요?"

태진은 어색하게 고개를 돌렸다.

"아, 네. 그게 사실은……."

그런데 그가 대답의 말을 이어가려던 그 순간 이연의 눈꼬리가 축 처졌다.

"그 자리 되게 힘든데."

이연도 대표이기 때문에 알 수 있었다. 그 자리의 무게를.

이연의 나직한 중얼거림을 들은 태진의 까만 동공이 미세하게 일렁였다. 그때 그의 코트 주머니 속 휴대전화가 진동했다. 태진이 휴대전화를 꺼내려고 손을 움직이는데 이연이 다시 그의 시선을 빼앗았다.

"무조건적인 신뢰를 보여줘야 하는 자리잖아요."

태진은 똘망똘망한 눈망울로 똑 부러지게 말하는 이연을 바라보다가 미간을 좁히며 쓴웃음을 지었다.

"무조건적인 신뢰?"

"내 사람을 그냥 일단 믿어주는 거요."

이연은 당연하다는 어조로 설명을 덧붙였다. 그러나 태진은 동의할 수 없다는 듯 고개를 갸웃했다.

"그건 이연 씨한테만 해당되는 거죠. 난 그런 대표가 아니에요."

단호하게 말한 태진이 근엄한 표정으로 팔짱을 꼈다. 주머니에선 계속 휴대전화가 진동하고 있었다. 그때 인후가 연갈색 머리카락이 흐트러지도록 격하게 고개를 끄덕거렸다.

"하긴. 신이연은 솔직히 헌신 그 자체지. 그래서 뒤통수도 많이 맞았고."

"야, 이인후."

이연이 인후에게로 하얗게 눈을 흘겼다. 인후는 무척 억울하다는 얼굴을 했다.

"칭찬하는 거야. 그렇게 해서 네가 시니를 전설로 만들었으니까. 나만 해도 그래. 네가 누군가에게 무조건적인 신뢰를 보여주는 모습에서 널 신뢰하게 됐어."

인후의 어른스러운 말에 태진은 내심 감탄하면서 주머니 속 휴대전화를 확인했다. 그사이 전화가 끊어지고 문자가 하나 들어와 있었다.

[대표님, 비상사태입니다!]

학수의 문자를 읽은 태진은 본능적으로 안 좋은 예감을 느꼈다.
“나 아무래도 지금 가봐야 할 것 같아요.”
태진은 황급하게 말했다. 그의 다급한 기색에 이연이 걱정하자 태진은 한층 부드럽게 말을 덧붙였다.
“저녁에 다시 올게요.”

◆ ◆

시니 사무실 건물에서 나온 태진이 전화를 걸기 위해 휴대전화를 꺼낸 순간 동그란 안경을 낀 낯선 여자와 눈이 마주쳤다.
“어?”
진회색 점퍼를 입은 여자가 반색하는 표정으로 안경을 밀어 올렸다.
“혹시 진 대표님?”
태진이 멈칫했다. 그의 굳은 얼굴을 꼼꼼히 살피며 여자가 앞으로 발을 디뎠다.
“맞죠, 진 엔터테인먼트 진 대표님? 전에 딱 한 번 뵀었는데, 워낙 미남이셔서 또렷하게 기억합니다. 전 MM 미디어 기자 황선영이라고 합니다.”
황 기자가 활짝 웃으면서 태진에게 손을 내밀었다. 태진은 정중하게 악수에 응하고는 주변을 슥 둘러보았다. 그가 서 있는 위치를 눈으로 훑은 황 기자가 뒤쪽 건물을 손가락으로 가리켰다.
“근데 거긴 1, 3층이 비었고 2층이 시니 기획산데, 무슨 일로 오신 거예요?”
“개인적인 일입니다.”
태진은 딱딱하게 대답했다. 하지만 황 기자는 좀처럼 보기 힘든 거물을 만났다는 사실에 자꾸만 입꼬리가 실룩실룩 올라갔다. 그러다 다음 순간 불현듯 뭔가 떠올라 재빨리 입을 열었다.

"설마 이인후 씨도 관련 있는 거예요, 그 스캔들에?"

"그 스캔들?"

태진의 반듯한 얼굴에 물음표가 떴다. 손가락을 입가로 가져간 황 기자가 목소리를 낮췄다.

"이인후 씨랑 친한 백효인 씨, 스캔들 터졌잖아요."

불과 삼십 분쯤 전에 들은 따끈따끈한 정보였다. 동요한 태진의 짙은 눈썹이 꿈틀하는 것을 보면서 황 기자는 중요한 말을 덧붙였다.

"그것도 재벌 3세와 마약 스캔들."

"!"

그 순간 태진이 들고 있던 휴대전화가 다급하게 울렸다. 확인해보니 연훈이었다.

곧바로 태진은 전화를 받으며 황급히 자신의 차로 뛰어갔다. 황 기자는 수첩을 꺼내다가 그를 놓치고 말았다. 거물을 놓쳤다는 아쉬움에 황 기자는 떠나는 그의 모습을 허망하게 지켜보았다. 그런데 그때였다.

털썩. 시니 건물 안쪽 계단에 서 있던 누군가가 풀썩 주저앉았다. 그 소리를 들은 황 기자가 잰걸음으로 다가가 유리문을 열었다.

"어? 신 대표님?"

그곳엔 이연이 허옇게 질린 얼굴로 입을 틀어막고 있었다. 스커트 자락을 움켜쥔 채 계단에 앉아 있는 이연을 의아해하며 황 기자가 물었다.

"괜찮으세요, 신 대표님?"

이연은 그 자세 그대로 천천히 고개를 끄덕였다. 하지만 거짓이었다. 그녀는 전혀 괜찮지가 않았다.

'태진 씨가…… 그 진 대표라니.'

태진을 뒤따라 나왔다가 우연히 대화를 듣고 만 이연의 눈가가 불그스름해졌다.

[선배 통해서 진 대표 이름 알아냈어. 여씨래. 여태진. 네 부탁은 들어줬으니 이제 내 부탁 차례다. 소개팅!]

인후는 방금 전에 도착한 문자를 읽고 또 읽었다. 출입문이 열리는 소리가 났는데도 그는 꼼짝도 할 수가 없었다.

소파에 앉은 채 인후는 총기 없는 눈빛으로 고개를 들었다. 태진을 배웅하겠다며 나갔던 이연이 보였다.

"굳이 배웅까지 해줄 건 뭐야."

그런 사기꾼. 볼멘소리를 낸 다음 그는 심각하게 이연을 불렀다.

"야, 신이연."

그러나 이연은 그에게는 눈길도 주지 않고 조용히 탁자 위에 있는 빈 종이컵을 치웠다.

"이연아."

한 번 더 그녀를 부르자 그제야 이연이 인후를 응시했다. 그 시선을 마주하며 인후는 마른침을 꿀꺽 삼켰다. 그가 긴장된 표정으로 물었다.

"너 혹시 아저씨 회사가 어딘지 알아?"

일순 이연의 눈썹이 실룩거렸다. 그녀가 종이컵을 구기면서 입술을 꾹 다물었기에 인후는 땅이 꺼지게 한숨을 내쉬었다.

"아저씨가 여기 들어온 지 세 달 가까이 됐는데, 왜 아직 그것도 몰라? 도대체 왜?"

인후의 언성이 다소 높아졌다. 답답하다는 듯이 자리에서 벌떡 일어선 그가 격앙된 어조로 말했다.

"아저씨가 회사 대표인 것도 아까 알았잖아, 너!"

이렇게 될 걸 알고 그랬던 걸까. 인후는 이연과 태진의 관계가 친숙해진 것이 본능적으로 찜찜했다.

"놀라지 마."

이연의 앞에 선 인후가 낮고 무거운 목소리로 경고했다. 이연은 가만히 아랫입술을 깨물었다.

"아저씨가, 그 여태진이, 진 엔터테인먼트 대표야!"

인후가 다부지게 진실을 알려주었다. 하지만 이연도 이미 알고 있는 사실이었다.

"나도 알아."

"뭐?"

예상하지 못했던 이연의 반응에 인후는 크게 놀랐다. 그 순간 이연은 다리에 힘이 풀린 듯 털썩 주저앉았다. 그제야 인후는 그녀의 불그스름한 눈주위가 보였다.

"나도 조금 전에 알았어."

혼이 나간 듯 무너진 그 모습에 인후는 마음이 아팠다.

◆ ✣ ◆

톱스타 백효인에 관한 증권가 정보지를 확인한 태진은 기함을 금치 못했다. 이 내용이 더 퍼져서 기사화까지 돼버린다면 백효인의 배우 인생도 끝장이었다.

태진은 지끈거리는 이마를 손으로 짚으며 제 앞에 서 있는 효인의 매니저 정혁을 응시했다.

"백효인, 지금 어디 있습니까?"

정혁의 양옆에는 연훈과 학수가 서 있었다. 태진의 눈치를 보던 정혁이 쭈뼛거리며 대답했다.

"미국에 있습니다."

쾅.

태진이 책상을 주먹으로 내리치자 그곳에 있던 세 사람 모두 어깨를 움찔하며 놀랐다. 태진의 서슬 퍼런 눈빛이 정혁에게 고정되었다.

"도망친 겁니까? 그 사고를 쳐놓고?"

겁에 질린 정혁이 시선을 떨구면서 입을 열었다.

"미국 여행은 원래 계획했던 거라 도망은 아닌 것 같은데……."

그가 말하는 사이 태진은 의자에서 몸을 일으켰다. 그 움직임만으로도 정혁은 마른 어깨를 잔뜩 움츠리고 말았다. 곧 태진의 서늘한 목소리가 공중에 퍼졌다.

"그날 클럽에서 놀았던 건 팩트죠?"

"네. 근데 그 마약 했다는 놈들이랑은 다른 룸이었어요. 정말이에요. 제가 봤어요."

정혁이 다시 어깨를 펴고 적극적으로 해명했다. 그날 정혁은 술에 많이 취한 효인이 걱정돼서 룸 앞을 떠나지 못했었다.

"그 다른 룸에선 누구랑 있었습니까?"

이어진 태진의 물음에 정혁은 머뭇거렸다. 그러다 마른침을 꿀꺽 삼키고는 대답했다.

"그, 권성태……."

"권성태. 마약 했다는 새끼들 중 하나네요?"

태진의 입에서 험한 단어가 튀어나오자 그때까지 가만히 있던 연훈이 급히 앞으로 발을 디뎠다.

"진정해, 태진아."

그러나 그는 곧바로 태진의 차가운 눈빛을 받아야 했다. 그들 사이에서 정혁은 적극적으로 설명했다.

"권성태가 효인이랑 놀다가 다른 룸으로 갔어요. 그래서 거기서 약을 한 모양인데……."

"백효인이 안 했다는 증거는?"

태진의 까만 눈동자가 정혁을 뚫어지게 쏘아보았기에 정혁은 긴장한 채 혀로 마른 입술을 축였다. 이윽고 그가 다부지게 대답했다.

"저요. 저는 효인이가 약을 하지 않았다고 믿습니다."

"지금 그깟 당신 믿음 따위가 뭐가 중요합니까?"

정혁의 말이 끝나기가 무섭게 태진은 그를 다그쳤다. 답답하다는 듯이 낮게 혀를 찬 태진이 그의 앞으로 걸어갔다.

"권성태는 재벌 3세입니다. 마약? 그게 뭐? 관련 기사들 덮고 또 잘 살면 그만입니다. 근데 백효인은 어떨 것 같습니까? 기사? 내가 덮어줄 겁니다. 활동? 내가 계속 시켜줄 겁니다. 그렇게 내가 다 해줘도 재벌 3세랑 마약 했다는 루머는 꼬리표처럼 따라다닐 겁니다. 졸졸."

태진의 말이 이어질수록 정혁의 얼굴은 창백하게 질려갔다. 얼이 빠져서 입만 동그랗게 벌리고 있는 정혁에게 태진이 물었다.

"백효인은 뭐랍니까?"

"……휴가 중이라 방해받고 싶지 않다고 전화기를 꺼둔 것 같습니다."

정혁의 목소리에서 떨림이 묻어났다. 지그시 어금니를 깨문 태진이 그 앞에서 팔짱을 꼈다. 그런 다음 뱉어내듯 명령했다.

"그럼 당신이 가세요."

"네?"

파리한 얼굴의 정혁이 눈을 크게 떴다. 정혁보다 키가 큰 태진이 그를 내려다보며 나직한 음성으로 말을 이었다.

"백효인이 한 시간 이내로 나한테 전화하게 만드십시오. 그게 불가능하다면 당신이 한 시간 이내로 미국에 가 있든지."

어차피 답이 정해진 지시였다. 정혁은 기가 팍 죽어 고개를 숙였다. 그뿐만 아니라 그 자리에 있는 연훈과 학수도 오금이 저렸다.

◆ ✣ ◆

이연은 자신의 자리에 앉아서 차분하게 전화를 받았다. 휴대전화 저편에서 태진의 부드러운 목소리가 넘어왔다.

- 미안한데, 오늘은 다시 못 갈 것 같아요.

"왜요?"

이유를 물으면서 이연은 앞에 있는 컴퓨터 화면의 메시지 창을 보았다. 열 번쯤 읽은 증권가 정보지가 눈에 들어왔다.

[S급 톱스타 B양, 재벌 3세와 마약 스캔들에 휩싸임. 클럽에서 친구들과 마약을 흡입한 혐의를 받고 있는 재벌 3세 K군. 그날 그곳엔 그의 비공식 여자친구인 톱스타 B양도 함께였음. 때문에 그녀도 마약을 했다는 의심을 피할 수 없게 됨.]

톱스타 B양. 백효인은 시니와도 인연이 깊은 배우였다.

덤덤히 눈을 내리깐 이연이 휴대전화를 고쳐 잡으며 다시 물었다.

"회사 일이 많이 바빠요?"

- 네. 정신이 하나도 없네요.

이연의 핑크빛 입술에 쓴웃음이 서렸다. 휴대전화를 든 손에 힘이 들어가 미세하게 떨렸지만 이연은 애써 담백하게 말했다.

"밥은 먹고 일해요."

- 네. 이연 씨도 마무리 잘하고 들어가요.

끝까지 다정한 태진의 목소리를 들으며 이연은 전화를 끊었다. 처음부터 그녀의 행동을 모두 지켜보고 있었던 인후가 빠르게 다가왔다.

"그냥 끊으면 어떡해?"

책상 앞에서 버럭 화를 내는 인후를 올려다본 이연이 피식 헛웃음을 터뜨렸다.

"그럼 뭐, 휴대전화에다 침이라도 뱉을까? 소리라도 꽥꽥 질러?"

태진을 탓할 것도 없이 모든 게 자신의 잘못이었다. 그에게 먼저 접근한 건 자신이었으니까.

태진과 처음 만난 장소는 강남 번화가 한복판, 지금 생각해보니 진 엔터테인먼트 사옥 근처였다. 그때 태진은 깔끔한 슈트 차림이었지만 명함은 없다고 했었다.

그리고 곰곰이 떠올려보면 이상한 점도 한둘이 아니었다. 태진은 아준이 계약금 없이 재계약을 요구할 거란 사실을 알고 있었고, 카메라를 싫어한다는 이연에 관한 소문도 알고 있었다. 게다가 회사에 대해 물으니 긴장하는 기색도 보였었다. 무엇보다 하선이 태진을 만났을 때도 뭔가 석연치 않았었다.

"근데 내 기억이 맞다면 여기선 만나면 안 되는 건데."

하선은 분명 그렇게 말했었다. 이연은 갑자기 머리가 지끈거리는 것 같아 관자놀이를 손가락으로 짚었다. 인후가 문득 생각났다는 듯 입을 열었다.

"그러고 보니 전에 아준이 형이 진 엔터테인먼트랑 계약했다는 소문이 돌았을 때도 아저씨는 절대 아니라고 하더라고. 그때 이상하긴 했었는데!"

울분을 터뜨리는 인후에게서 조용히 시선을 내린 이연이 한숨을 폭 내쉬었다. 그 모습에 멈칫한 인후가 그녀에게로 상체를 숙였다.

"괜찮아, 이연아?"

다음 순간 이연은 시원스럽게 자리를 털고 일어섰다. 그녀가 걱정 어린 표정을 하고 있는 인후를 돌아보면서 싱긋 웃었다.

"그럼. 괜찮지."

이연은 대수롭지 않다는 태도로 씩씩하게 대답했다.

"정말 괜찮아, 나."

그녀의 눈빛은 형형히 빛나고 있었고 표정 또한 밝았다. 그래서 인후는 조금 안심했다.

◆ ⁘ ◆

어른스러운 척하는 이성을 마음이 따라가지 못할 때가 있다. 딱 지금이 그랬다.

또각또각. 구두 소리를 내며 볼드체크의 바지정장을 입은 이연이 건물 안으로 들어왔다. 거침없이 당당하게 로비를 통과하는 그녀를 젊은 경비원이 막아섰다.

"무슨 일로 오셨습니까?"

이연은 꾸벅 목 인사를 건넨 다음 자신의 긴 생머리를 귀 뒤로 넘겼다.

"진 대표님을 만나러 왔습니다."

그녀의 큰 눈과 오똑한 코, 꽃 같은 입술에 시선을 빼앗긴 경비원은 순간 가슴이 설렜다. 진 엔터테인먼트에서 일한 지 3년이 넘었지만 이 정도의 미인을 본 건 손에 꼽을 정도로 적었다. 그의 마음을 알 리 없는 이연이 정중하게 말을 이었다.

"저는 시니 엔터테인먼트 대표, 신이연이라고 합니다."

그녀의 아름다운 얼굴을 멍하니 쳐다보던 경비원이 헛기침하고는 다시 물었다.

“미리 연락하고 오신 겁니까?”

“아뇨.”

“그럼 죄송하지만…….”

여기까지 말했을 때 그의 눈에 엘리베이터 쪽에서 걸어 나오는 태진의 모습이 들어왔다.

“마침 저기 진 대표님 나오시네요.”

경비원의 손이 뻗어진 곳으로 이연의 고개가 돌아갔다. 그와 함께 돌아간 긴 머리카락이 눈치 없이 찰랑거렸다.

“대표님!”

경비원이 태진을 부르며 먼저 뛰어갔다. 어두운 얼굴의 태진이 경비원을 무심히 쳐다보자 그가 빠르게 보고했다.

“시니 엔터테인먼트의 신 대표님이 찾아오셨습니다.”

“!”

태진은 심장이 철렁 내려앉는 기분이었다. 황급히 돌아간 그의 시야에 걸어오고 있는 이연의 모습이 들어왔다. 이연을 담은 새까만 동공이 파도가 이는 것처럼 일렁였다.

찰싹. 그리고 이연이 손을 들어 태진의 뺨을 때렸다. 이연에게 뺨을 맞은 태진은 잠시 움직이지 못했다. 그사이 그의 볼은 벌겋게 달아올랐다.

“대표님!”

앞에 서 있던 경비원이 깜짝 놀라 목소리를 높였다. 안절부절못하는 그에게 태진은 손바닥을 들어 보였다.

“괜찮습니다.”

그런 다음 씩씩거리며 작은 어깨를 들썩이고 있는 이연을 향해 몸을 틀고 정중하게 말했다.

"일단, 조용한 곳으로 자리를 옮기시죠."

이연의 날 선 눈빛이 그를 강하게 노려보았다.

"창피한 줄은 아나 보죠?"

로비를 오가던 직원들이 걸음을 멈추고 그들을 지켜보고 있었다. 태진이 물러서며 엘리베이터 쪽으로 손을 뻗었다.

"같이 올라가시죠."

이연은 그를 노려보던 시선을 거두고 발을 뗐다. 태진은 얼굴이 잿빛이 되어 그녀의 뒤를 따라갔다.

잠시 후 '사장실'이라고 써진 문 앞에 이연이 섰다. 그녀가 입술 안쪽을 이로 깨물었다. 속은 게 너무 분해서 다 뒤집어엎으려고 찾아온 것인데 정작 이 문을 열고 들어가기가 겁이 났다.

그런 이연의 옆으로 태진이 섰다. 두 사람 사이에 숨 막히는 긴장감이 흘렀다.

"들어가세요."

문을 열어주는 태진의 행동에도 이연은 움직이지 않았다. 두 눈에 힘을 주고 태진을 올려다보는 그녀의 눈가가 붉었다.

"정말 당신이 진 엔터테인먼트 대표 진이에요?"

"……."

태진은 대답하지 못했다. 텅 빈 긴 복도에 이연의 울먹거리는 목소리가 울려 퍼졌다.

"아니죠? 당신이 진 대표일 리가 없잖아!"

태진의 눈동자에 촉촉한 물기가 스며들었다. 이연의 애절한 얼굴을 보니 차라리 자신이 정말 진 대표가 아니었으면 좋겠다는 생각까지 들었다. 태진은 흔들리는 두 눈을 질끈 감았다 뜨고는 재킷 안주머니에 손을 넣었다. 작은 종이를 꺼낸 그가 이연에게 말했다.

"처음 만났을 때 건네지 못했던 내 명함입니다."

이연은 태진이 건네는 명함을 미세하게 떨리는 두 손으로 받았다.

JIN Entertainment

대표 JIN

명함을 확인한 이연의 입에서 실소가 터졌다.

"하."

처음 만난 그날 태진은 명함을 가지고 있었다. 기가 막힌다는 듯 이마를 짚은 그녀가 태진을 쏘아보았다.

"처음부터 작정하고 절 속인 거였네요."

이연은 배신감에 온몸이 바들바들 떨릴 정도였다. 그녀의 원망 담은 눈빛이 태진을 날카롭게 찔렀다.

"왜죠? 우리 회사에 대해 알아보기 위해서? 아니면 더 괜찮은 배우들을 미리 빼가기 위해서?"

태진은 이연의 핏발이 선 눈을 마주하기가 힘들었다. 그래서 시선을 내리며 떨리는 양손을 그러쥐었다.

"전 꼭 들어야겠으니 빨리 대답해요. 도대체 저한테 왜 그랬냐고요!"

호흡이 거칠어질 정도로 격앙된 이연의 목소리에 태진은 가슴이 미어지는 것 같은 통증을 느꼈다. 그가 서둘러 입을 열었다.

"변명처럼 들리겠지만, 처음엔 단순한 호기심이었어요. 거물급들만 소속되어 있는 시니가 신기했고, 발굴한 배우들마다 스타로 만드는 시니의 캐스팅 비법이 궁금했어요."

태진은 시리도록 차갑게 빛나는 이연의 다갈색 눈동자를 보면서 힘겹게 말을 이었다.

"하지만 시니에 대해, 그리고 당신에 대해 알아갈수록 속이고 있는 상황이 너무 힘들어져서……."

"그래서 저희 계약서를 가져가셨나요?"

이연이 태진의 말허리를 싹둑 잘랐다. 계약서를 가져간 건 맞았기에 태진은 뭐라 대꾸할 말이 없었다.

"계약서 분석해보니 어떻던가요? 별거 없었죠?"

칼날과도 같은 이연의 매서운 태도 때문에 태진은 입안이 말라서 목이 아플 지경이었다. 마른침을 삼키는 그의 목울대가 크게 움직였다.

"분석하지 않았다고 말해도, 지금은 믿지 않으시겠죠."

태진이 한층 낮아진 목소리로 말했지만 이연은 들은 척도 하지 않았다.

"아아, 혹시 그런 건가?"

일순 이연의 눈동자가 번뜩하더니 입꼬리가 위로 휘었다. 그녀의 다음 말을 기다리는 태진의 동공이 불안하게 일렁였다.

"진 엔터테인먼트 대표 신분으로 시니와 계약할 수는 없으니까 계약서를 돌려줘야 했을 거고, 그 핑계로 저랑 사귀려고 한 건가요?"

자신이 계약서를 돌려주면서 고백한 건 맞지만, 그 마음까지 오해하는 건 정말 원치 않았다. 태진이 급하게 입을 열었다.

"이연 씨, 그건……!"

"제가 당신을 좋아하게 되면 속인 것도 용서할까 봐?"

얼음장처럼 차가운 이연의 목소리에 태진은 가슴이 싸하게 아팠다. 이런 고통은 태어나서 처음 느껴본다.

"저를 그런 바보멍청이로 보셨나 봐요?"

"그런 거 아닙니다."

태진은 그저 안타깝고 답답했다. 그래서 앞으로 발을 디디며 이연에게 조심스레 손을 뻗었다.

"이연 씨에 대한 내 마음은……."

탁. 그러나 이연은 태진의 손을 벌레 보듯 거칠게 쳐냈다.

"손대지 마요."

분노로 가득 찬 이연의 눈동자가 태진을 꼼짝 못 하게 만들었다. 굳은 것처럼 멈춰버린 그를 향해 이연이 쏘아붙였다.

"소름 끼치니까."

하늘이 무너지는 듯한 충격이란 게 이런 걸까. 태진은 마치 세상이 내려앉은 것 같은 기분에 사로잡혔다. 그에게서 차갑게 시선을 거둔 이연이 등을 돌려 가버렸다.

남겨진 태진은 그 자리에서 털썩 무너져 내렸다.

◆ ⁘ ◆

동그란 테이블 너머에는 이연이 다리를 꼰 채 앉아 있었다. 태진에겐 그다지 흥미가 없는 연기 레슨 시간이었다.

"희로애락을 한번 표현해보세요."

"으음. 어렵네요."

태진은 노골적으로 난감한 표정을 지었다. 감정을 일일이 드러내는 성격도 아니었고 희로애락이 뭔지 생각해본 적도 없었다. 그런데 그걸 무작정 표현해보라니 솔직히 난감하기 그지없었다.

서서히 일그러지는 태진의 얼굴을 가만히 지켜보던 이연이 이번엔 구체적으로 질문을 했다.

"그럼, 살면서 언제가 제일 기뻤어요?"

조금 전과 달리 대답이 빨랐다.

"회사 일이 잘 풀렸을 때?"

"제일 슬펐던 적은요?"

"회사 일이 뜻대로 안 풀렸을 때?"

주저 없는 태진의 대답에 이연의 입가에 쓴웃음이 서렸다.

"흐음."

입술을 일자로 앙다문 이연이 자신의 턱을 긁적였다. 그녀를 주시하던 태진이 싱겁게 웃었다.

"재미없나 봐요?"

이연은 시선을 들어 말간 눈동자로 그를 마주 보았다.

"아뇨. 그런 게 아니라, 저랑 똑같아서요."

그러곤 예쁘게 활짝 웃었다. 그렇게 웃으니 주변까지 환해지는 느낌이었다. 다음 순간 그녀가 큰 눈을 반짝거리며 입을 열었다.

"그럼 제일 화가 났던 건 언제인지 동시에 말해볼까요?"

태진은 선선히 고개를 끄덕였다. 이연이 손가락으로 하나, 둘, 셋을 세고 두 사람은 동시에 대답했다.

"제 자신이 실수했을 때?"

"내가 실수했을 때?"

너무도 닮은 두 대답에 태진과 이연은 서로를 보며 웃음을 터뜨렸다.

"우리 둘 다 너무 재미없는 인생이네요."

이연이 웃는 얼굴로 건넨 말에 태진은 머리를 갸웃 기울였다.

"아닌데."

태진의 나직한 중얼거림을 들은 이연이 눈꺼풀을 깜박거렸다. 금방 태진이 말을 덧붙였다.

"난 요즘 좀 재미있는데."

또다시 이연의 분홍빛 입술이 포물선을 그리며 미소 지었다.

"연기 레슨이 재미있어요?"

"아뇨. 당신이."

급습에 가까운 태진의 대답에 놀란 듯 이연은 두 눈이 동그랗게 벌어졌다. 광대를 발그레 붉힌 그녀가 조그맣게 속삭였다.

"사실은 저도 그래요."

이연의 그 말은 태진을 미소 짓게 만들었다. 이연이 별처럼 반짝이는 눈빛으로 이어 말했다.

"여태진 씨, 당신이 흥미로워요."

그런데 그때 이연의 사랑스러운 얼굴이 흐려지기 시작했다. 태진은 황급히 손을 뻗어 그녀를 잡으려고 했다. 하지만 돌아온 건 차디찬 그녀의 음성이었다.

"손대지 마요. 소름 끼치니까."

태진은 잠에서 깼다. 머리카락을 적신 식은땀이 관자놀이를 타고 흘러내렸다.

"하아……!"

거친 숨을 몰아쉬는 태진의 눈에 침대 바로 옆에 서 있는 연훈이 들어왔다. 그는 태진이 맞고 있는 수액 주사를 확인하고 있었다.

"악몽 꿨냐?"

연훈은 창백한 태진에게로 시선을 내리고는 낮게 혀를 찼다. 출근을 안 하기에 한번 와봤더니 거실에 태진이 쓰러져 있었다. 그를 발견한 순간 연훈은 얼마나 놀랐는지 모른다. 태어나서 가장 크게 놀랐다고 해도 과언이 아니었다.

"일주일 내내 야근을 해도 기침 한번 안 하던 놈이, 고작 스트레스로 쓰러지냐."

덕분에 연훈은 혼비백산이 되어 태진을 옮기고 그의 주치의를 불러야 했다. 아침부터 생난리를 쳤던 연훈의 애정 어린 핀잔에 태진은 쓰게 웃었다.

며칠 새 눈에 띄게 핼쑥해진 태진을 내려다보는 연훈의 얼굴빛이 어두웠다. 신이연 대표가 찾아와 태진의 뺨을 때렸다던 그날, 연훈은 속이 상해서 울 뻔했다. 목격한 직원들에게 입단속을 시키면서 몇 번이나 울컥울컥했다.

연훈이 태진의 링거 주삿바늘로 시선을 옮기며 입을 열었다.

"미안하다."

"뭐가?"

갑작스러운 연훈의 사과에 태진은 의아한 눈빛을 보냈다. 연훈이 무겁게 대답했다.

"내가 시작한 일이잖아."

침울한 표정으로 서 있는 그를 보면서 태진은 힘없이 입꼬리를 올렸다.

"내가 제대로 끝내지 못한 일이지."

얼마든지 도중에 멈출 수 있는 일이었다. 끝낼 기회는 많이 있었다. 하지만 그걸 피하고 도망친 건 자신이었다.

"그러니까 나는 더 아파야 해."

자신이 자초한 일이었기에 태진은 오직 자신만을 탓했다.

"그래도 싸."

"태진아……."

연훈이 울상을 지으며 눈썹을 일그러뜨렸다. 그를 향해 한숨을 내쉰 태진이 자리에서 상체를 일으켰다. 그러곤 헤드보드에 등을 기대면서 차갑게 말했다.

"나가. 조용히 쉬고 싶어."

"여태진."

태진은 울먹거리는 친구의 목소리를 더는 듣고 싶지 않아서 일부러 서늘하게 굴었다.

"백효인 기사는, 안 나가게 잘 막고 있지?"

연훈은 묵직하게 고개를 끄덕였다. 개인끼리 공유해서 퍼뜨리는 증권가 정보지는 못 막아도 기사는 막을 수 있을 때까지 막아야 했다.

"내일은 출근할 거니까 걱정 말고 가."

그렇게 연훈이 나가자마자 태진은 자신의 팔에서 주삿바늘을 빼버렸다. 피가 새어나왔지만 그에겐 그걸 신경 쓸 여력이 남아 있지 않았다.

◆ ⁘ ◆

이연은 싱글침대에 옆으로 누운 채 끙끙 앓고 있었다. 악몽을 꾸는 듯 그녀의 미간은 찡그려져 있었다.

그때 현관문이 열리고 인후가 모습을 드러냈다. 밖에서 한참 동안 문을 두드려도 반응이 없었기에 문을 한번 열어본 것이었다. 그냥 열린 문에 당황하며 인후는 안으로 들어섰다.

운동화를 벗은 인후가 침대 근처로 걸어왔다. 그의 눈에 이연의 얼굴에서 흐르는 땀이 보였다.

"무슨 식은땀을 이렇게나……."

흠칫 놀란 인후가 이연에게로 손을 뻗었다. 그 순간 이연이 스르륵 눈을 떴다. 그녀 쪽으로 허리를 숙이며 인후가 다급하게 말했다.

"병원 가자, 이연아."

부스스 몸을 일으킨 이연이 머리를 설레설레 흔들었다.

"병원은 무슨. 됐어."

그러나 인후는 새파랗게 질려 안절부절못했다.

"금방이라도 쓰러질 것 같잖아, 너."

이연이 괜찮은 척 굴기에 정말 괜찮은 줄 알았다. 그게 아니란 걸 오늘 이연의 귀신 같은 몰골을 보고서야 깨달았다.

"그렇게 씩씩한 척하더니 결국 몸살이 났네, 났어."

하긴. 어떻게 멀쩡하겠는가. 자신도 자다가 벌떡벌떡 일어날 정도로 분한데, 이연은 분명 그 이상의 충격일 것이다.

"그냥 감기야. 한숨 자고 일어나면 괜찮을 거고."

침대에 앉은 채 이연은 싱겁게 웃었다. 그런 다음 천천히 자리에 누웠다. 그러나 눈을 감고 한참을 있어도 잠에 들지 못했다.

"잠도 안 오네."

손등으로 이마의 땀을 슥 닦아낸 이연이 다시 일어나 앉았다. 인후는 불안한 눈빛으로 그녀를 지켜보고 있었다.

다음 순간 이연이 쾌활하게 제안했다.

"차기작 얘기나 할까?"

그녀가 일부러 밝게 행동한다는 느낌이 들어 인후는 안타까웠다.

"나는 네가 영화를 했으면 좋겠는데, 장르는 스릴러로. 어때?"

"아무거나 좋아."

부드럽게 대답하면서 인후는 이연의 앞에 몸을 숙여 쪼그려 앉았다.

"진짜? 다 할 거야?"

"응. 다 하라면 다 할게."

인후는 이연이 원하는 거라면 뭐든지 들어주고 싶었다. 몸이 부서져라 열심히 해줄 자신도 있었다.

"아, 마침 괜찮은 시나리오 있어."

환하게 웃는 얼굴로 이연은 몸을 일으켰다. 나무 책상으로 휘적휘적 걸어가던 그녀가 살짝 비틀거렸다. 그 바람에 그녀의 발가락이 책상 다리와 부딪쳤다.

"읏……!"

이연이 비명과 함께 주저앉자 인후는 화들짝 놀라서 그녀에게로 달려갔다. 무릎을 굽혀 앉은 인후가 이연의 얼굴을 살폈다.

"괜찮아?"

이연은 윗니로 아랫입술을 잘끈 깨물고 있었다.

"아씨, 아파."

그녀의 울음을 참는 얼굴이 눈에 들어오자 인후는 가슴에 불이 나는 기분이었다.

"연고가 어디 있더라?"

새끼발가락에서 새어나온 미세한 피를 발견한 이연이 자리에서 일어섰다. 돌아서는 그녀의 뒤에서 인후가 버럭 소리쳤다.

"차라리 울어, 신이연!"

그러자 이연이 천천히 그를 향해 돌아섰다. 그녀의 입가엔 옅은 웃음이 서려 있었다.

"안 울어. 내가 왜 울어?"

그녀는 기가 막힌다는 듯 입꼬리를 올린 채 말을 이었다.

"고작 사기 한번 당한 걸로 울 순 없지. 나 이쪽 일 10년이나 했어. 독하단 소릴 수백 번 들으면서 버텼다고."

지난 10년간 별의별 일을 다 겪었다. 방송국 PD에게 따귀도 맞아봤고 기자에게 욕설도 들어봤으며 소속 배우 부모에게 머리끄덩이도 잡혀봤다. 그때마다 울었다면 이연은 아마 지금 몸 안에 물이 한 방울도 남아 있지 않을 것이다.

"나 전설의 시니 대표, 신이연이야."

이연은 시니 엔터테인먼트에 대한 자부심이 있었다. 그건 그녀에게 목숨과도 같았다.

◆ ✣ ◆

경비원의 제지는 화려한 얼굴로 가볍게 통과했다. 사실 자꾸 막으면 진상 좀 부리려고 했는데 예상보다 쉽게 보내주었다. 물론 위에서 따로 지시가 있었을지도 모르지만 인후는 자신이 스타라서 들여보낸 거라 멋대로 생각하기로 했다.

벌컥. 사장실 문을 거칠게 여는 인후의 눈동자는 벌겋게 충혈되어 있었다.

"야, 아저씨! 아니, 여태진!"

진 엔터테인먼트 사장실 안에는 태진과 학수가 함께 있었다. 무언가를 심각하게 상의 중이던 그들이 인후를 발견하고 움직임을 멈췄다.

"이인후 씨?"

학수가 깜짝 놀란 표정으로 한달음에 뛰어왔다. 그를 본 척도 않고 인후는 태진 쪽으로 달려들었다.

"이 나쁜 자식아!"

두 손을 앞으로 뻗으며 달려가려는 인후를 덩치 좋은 학수가 가볍게 저지했다.

"어우, 이러지 마세요. 진정하세요."

학수는 굵은 팔로 인후의 마른 몸을 단단히 막았다. 캐시미어 코트를 걸친 긴 팔다리를 버둥거리며 인후는 고래고래 소리를 질렀다.

"네가 어떻게 우리한테 그럴 수가 있냐!"

인후를 막아서고 있는 학수가 술 냄새를 감지했다.

"윽……!"

학수는 코를 감싸 쥐고 인후를 쏘아보았다. 보통 지독한 냄새가 아니었다.

"대체 술을 얼마나 드신 거예요?"

그러거나 말거나 인후는 학수를 밀치고 태진 쪽으로 걸어갔다. 학수가 급히 그의 어깨를 잡아챘지만 인후는 그 손을 뿌리쳤다. 포기하지 않고 또다시 인후에게로 손을 뻗는 학수를 태진이 말렸다.

"괜찮으니까 나가 있어."

하지만 학수는 내켜 하지 않았다.

"그래도……."

주저하는 학수를 향해서 태진은 차갑게 말했다.

"나가. 명령이야."

결국 학수가 사장실에서 나가자 인후는 기다렸다는 듯이 태진의 멱살을 잡아챘다. 그러나 술에 취한 탓에 위협적인 느낌은 전혀 없었다.

"왜 우리를 속였어, 왜!"

태진은 촉촉하게 젖어 있는 붉은 눈동자를 보면서 나직하게 사과했다.

"진심으로 미안하게 생각하고 있어."

"그딴 사과 필요 없어!"

인후가 목에 핏대를 세우며 소리쳤다.

"다 늦었다고!"

술을 마시면서 계속 생각해봤다. 자신이 왜 이렇게 짜증날 만큼 속상한지. 왜 밤마다 울화통에 잠 못 드는지.

"나는 이제, 사람을 못 믿을 것 같으니까."

그건 자신이 태진을 너무 믿고 그에게 마음을 너무 줘버린 탓이었다. 인후의 원망 가득한 눈빛이 태진을 노려보았다.

"내가 아저씨 너를, 생각보다 많이 좋아하고, 의지하고 있더라?"

까칠한 존댓말을 하고 매번 뚱한 얼굴로 촬영장에 오고 꼭 돌아오라며 무섭게 협박했던 괴팍한 당신을 말이다. 인후의 큰 눈에서 눈물이 떨어져 볼을 타고 흘러내렸다. 인후는 신경질적으로 눈물을 닦아냈다. 하지만 눈물은 또 흘렀다.

"그래서 이렇게 가슴이, 돌덩이를 얹어놓은 것처럼 무겁고, 찢어발겨진 것처럼 따갑고……!"

그를 바로 앞에서 지켜보는 태진의 마음도 멍든 것처럼 아팠다. 태진이 무거운 시선을 바닥으로 떨구었다. 그 순간 인후가 왈칵 눈물을 쏟으며 소리쳤다.

"내가 이런데, 우리 이연인 어떻겠어?"

이연의 이름이 나오자 태진의 얼굴은 흙빛으로 변했다. 그의 눈동자는 텅 빈 것처럼 빛을 잃었다.

"근데 걔는 울지도 않더라. 막 대표인 척하느라 겁나 씩씩해. 독한 척하느라고 이를 악물고 있다고!"

눈물을 참던 이연의 얼굴이 떠올라 인후는 눈가에 팔을 대고 엉엉 울었다.

"그래서 나는, 그게 더 아파…… 흐엉……."

얼마나 울보로 보일까 잠깐 걱정했지만, 어차피 태진도 알고 있는 사실이니 인후는 마음껏 울기로 했다.

◆ ✣ ◆

거리는 크리스마스 분위기에 젖어 화려한 축제 같았지만, 태진만 혼자 다른 세상에 있는 것 같았다.

생기라곤 없는 얼굴로 태진은 시니 사무실로 향하고 있었다. 사무실 문이 열리자 그는 긴장한 기색으로 구두를 옮겼다. 이연은 들어오는 태진을 보면서 낮게 한숨을 내쉬었다. 그녀가 눈썹을 구긴 채 등을 돌렸다.

"제대로 사과하고 싶어서 왔습니다."

태진은 아랑곳없이 뚜벅뚜벅 걸어가 머리를 숙였다.

"미안합니다."

그러나 그를 돌아보는 이연의 눈빛은 싸늘하기만 했다.

"몇 번이고 사실을 고백하려고 했습니다. 그런데……."

"됐으니까 그만 돌아가주세요, 진 대표님."

이연이 무표정한 얼굴로 말허리를 잘랐다. 태진은 천천히 고개를 들어올렸다. 그의 눈이 냉기를 품고 있는 이연의 눈동자와 마주쳤다.

"그리고 제발, 다신 오지 말아주세요."

찬바람 쌩쌩 부는 이연의 태도에도 태진은 그녀에게로 한 발자국 가까이 다가섰다. 그가 고집스럽게 말을 이었다.

"이연 씨 화가 풀릴 때까지 계속 오겠습니다."

이연은 크게 헛웃음을 터뜨렸다.

"허."

그녀의 정갈한 일자 눈썹이 치켜올라갔다.

"상상만 해도 끔찍하네요."

"네?"

태진의 동공이 커졌다. 이연이 그를 똑바로 보면서 나머지 말을 덧붙였다.

"사기꾼 얼굴 계속 보는 거."

태진은 큰 충격을 받은 듯 입술 끝이 미세하게 떨렸다. 조용히 시선을 떨구는 그의 표정이 서글퍼 보였다.

"제 발로 안 가시겠다면 어쩔 수 없죠."

그에게서 무심히 시선을 떼며 이연은 휴대전화를 집어 들었다. 그러곤 번호를 꾹꾹 눌러 어딘가로 전화를 걸었다. 태진은 그녀의 행동을 묵묵히 지켜보았다.

“거기 파출소죠? 영업 방해로 신고 좀 하려고요. 여기 주소가요, 100-1번지 건물 2층입니다.”

근처 파출소에 신고를 하는 내용이었다. 전화를 끊은 이연이 꼼짝 않고 서 있는 태진을 향해 말했다.

“경찰 오기 전에 조용히 가시죠?”

태진은 입술을 꾹 다문 채 그녀를 바라보았다. 어금니를 지그시 깨문 이연이 말을 더 뱉어냈다.

“다신 나타나지 마시고요.”

태진의 눈 주위가 서서히 붉어졌다. 그러나 이연의 독한 말은 거기서 끝이 아니었다.

“저한테 이제 당신은 그저 사기꾼일 뿐이니까.”

이연의 말은 비수가 되어 태진의 가슴을 푹 찔렀다. 상처받은 채 태진은 물러섰다. 사무실을 나가는 그의 넓은 어깨가 초라해 보였다.

사무실에 홀로 남겨진 이연이 휘청거렸다. 쓰러지지 않으려 그녀는 벽을 손으로 짚었다.

모든 것이 끝났다.

이제 그와는 끝이 난 것이다.

그 사실이 훅 다가오자 이연의 눈에서 눈물이 흘러내렸다. 휴대전화를 손에 쥔 그녀가 손등으로 입술을 틀어막았다.

“흐읍……! 흐흑…… 흑……!”

사실 파출소에 신고하는 척만 했다. 전화를 걸지도 않았다. 신고하고 싶었지만 차마 하지 못했다. 태진을 많이 좋아했으니까. 그의 방문이 일순 기뻤을 정도로 아직도 그를 보면 설레니까.

그렇기 때문에 이연은 지금 더 힘들었다. 차라리 그에게 차였다면 이보단 덜 힘들었을 것이다.

"흑, 흑…… 흐윽……!"

이연이 다른 손으로 가슴을 쥐어뜯었다. 그동안 참았던 눈물이 쉴 새 없이 흘러내렸다. 그때 사무실 안으로 인후가 들어왔다. 울고 있던 이연은 그가 온 걸 눈치채지 못했다.

인후는 굳은 얼굴로 천천히 그리고 조용히 이연에게 걸어왔다. 이연의 앞에 선 인후의 눈동자도 촉촉이 젖어들었다. 말없이 이연을 지켜보던 인후가 팔을 뻗어 그녀의 가녀린 몸을 끌어안았다. 이연은 그의 품에서도 눈물을 멈추지 못했다.

◆ ✣ ◆

[이인후, 영화 '송연'으로 차기작 결정!]

승규는 인터넷 포털사이트 메인화면에 뜬 기사 제목을 읽고 동공이 커졌다. 건너편 고급 가죽 소파에 앉아 있는 아준에게로 휴대전화를 돌리며 승규가 물었다.

"'송연'이라면 거장 박해세 감독 새 영화 맞죠?"

아준은 눈동자를 굴려 기사를 읽었다. 곧 그가 눈꺼풀을 내리자 승규가 휴대전화를 거둬갔다.

"칸 가겠네."

게임 중이던 제 휴대전화로 무심한 시선을 던지며 아준은 작게 중얼거렸다. 그의 말에 수긍하듯 승규는 고개를 주억거렸다. 그러다 문득 움직임을 멈추고 아준의 눈치를 살폈다. 잠시 주저하던 승규가 어렵게 입을 뗐다.

"근데 이렇게 계속 소속사 없이 활동하실 거예요?"

좋은 제안들 다 걷어차고 떠돌이처럼 소속사 없이 활동한 지 세 달째였다. 무슨 생각을 하는 건지 도통 말을 안 하니 그 속을 알 길이 없었다.

"1인 기획사 차릴 거야."

마침내 듣게 된 아준의 속내에 승규는 일순 표정이 밝아졌다.

"드디어 결정하신 거예요?"

"응. 그리고 이번 기산 박 기자한테 독점 주자."

아준은 친한 기자들이 워낙 많아서 돌아가면서 자신에 관한 독점 기사나 인터뷰를 싣게 했다. 그 기자들 덕분에 아준과 관련된 안 좋은 기사는 덮는 게 쉬웠다. 지금 아준의 호감 이미지는 아준에게 우호적인 기사를 많이 그리고 자주 써주는 그들이 만들어준 거나 다름없었다.

"네. 알겠습니다."

씩씩하게 대답하던 승규는 문득 이연을 떠올렸다. 처음 기자들을 똑똑하게 활용하라고 알려주었던 건 그녀였다. 승규가 조금 불안한 얼굴을 하더니 목을 긁적였다.

"근데, 우리끼리 괜찮을까요?"

1인 기획사에 대한 걱정이었다. 선한 인상의 그를 마주 보면서 아준은 의미심장하게 웃었다.

그때 아준의 손에 있던 휴대전화가 울리며 전화기 모양이 떴다. 자연스럽게 휴대전화를 내려다보던 아준이 흠칫했다. 발신자 이름에서 눈을 떼지 못하며 그가 한껏 상기된 목소리를 내뱉었다.

"와, 깜짝이야."

"왜요?"

건너편 승규가 호기심 어린 눈빛으로 상체를 들이밀었다.

[신이연]

발신자를 확인한 승규가 놀라서 엉덩이를 들썩였다.

"어? 대표님 전화네요?"

이연이 수개월 만에 처음으로 걸어온 전화였다. 아준은 심장이 쿵쿵쿵 뛰어 가슴을 울리자 반복적으로 심호흡을 했다.

"후우, 후우……!"

그러곤 잔뜩 얼어붙은 얼굴로 통화 버튼을 눌렀다. 휴대전화를 조심히 귀에다 가져간 그가 긴장된 음성으로 말했다.

"여보세요?"

- 나야, 이연이.

"응. 알아. 당연히 알지."

아준이 재빠르게 대답했다. 그런 다음 경직된 상태로 이연의 말을 기다렸다.

- 시니 사무실 건물 1층 말이야, 아직도 팔 생각 없니?

"아니. 있어. 팔게."

아준은 즉답하며 빠른 속도로 눈꺼풀을 깜박거렸다. 승규는 허리를 꼿꼿하게 편 채 그런 아준을 지켜보고 있었다.

"벌써 준비가 다 된 거야?"

- 응. 다 됐어.

이연의 차분한 목소리를 듣자마자 아준은 두 다리에 힘을 주고 자리에서 벌떡 일어섰다. 자연스럽게 승규의 시선도 그를 따라갔다.

- 3층은…….

"만나서 얘기하자."

아준이 급하게 이연의 말을 잘랐다. 이런 좋은 기회를 놓칠 순 없었다.

"사무실로 갈게."

- 그래.

이연의 대답을 듣는 순간 아준은 다리에 힘이 풀려 소파에 털썩 주저앉고 말았다. 통화가 끝난 휴대전화를 붙들고 있는 아준의 심장이 두근두근 뛰었다.

◆ ⁘ ◆

이곳에 올 때마다 불편하거나 천대를 받거나 문전박대까지 당했었는데, 이번엔 이연이 자신을 맞아주었다. 아준은 문 앞에 서 있는 이연을 향해 환하게 웃는 얼굴로 물었다.

"잘 지냈어?"

"응."

그러나 대답과 달리 이연은 전보다 살이 빠진 모습이었다.

"근데 더 말랐다?"

마지막으로 보고 보름 남짓의 길지 않은 시간이 흘렀다. 그동안 그녀에겐 대체 무슨 일이 있었던 걸까. 이연은 아무런 대꾸 없이 눈을 내리깔았다. 아준은 수척해진 그녀가 너무나 신경 쓰였지만 더는 묻지 않았다.

다소 어색해진 분위기를 바꾸기 위해 아준은 서둘러 입을 열었다.

"매매 계약서는 언제든지 쓸 수 있어. 너 편한 날짜로 하자."

이연은 고개만 작게 끄덕였다. 아준은 코트 주머니로 손을 넣으며 계속 밝게 말했다.

"그럼 정말 오피스텔 팔았겠네. 어디로 이사했어?"

대답 대신 이연은 물러서며 응접실 소파 쪽으로 손짓을 했다.

"일단 앉아."

"어, 고마워."

아준은 긴장한 채 발걸음을 옮겼다. 마주 보고 앉은 두 사람 사이에 침묵이 흘렀다. 먼저 침묵을 깬 건 이연이었다.

"너 여기 마지막으로 온 날, 나한테 할 말 있었지?"

그날 아준은 이연에게 태진의 정체를 말해주려고 했었다. 그러다 차가운 이연의 태도에 실망해 물러섰고.

이연이 돌연 꺼낸 말에 아준은 무겁게 머리를 주억거렸다.

"진 엔터테인먼트 여태진 대표에 관한 거였지?"

"!"

아준의 두 눈이 동그랗게 벌어졌다. 자신이 계단에서 구른 사고로 병원 치료를 받고 쉬는 동안 태진은 정체를 들킨 것이었다.

"아, 응, 맞아. 다 알았구나."

혹시 그 이유 때문에 이연이 저렇게 마른 건가 싶어서 아준은 마음이 불편했다. 이연이 그와 지나치게 친숙했던 건 부정할 수 없는 사실이니.

"그때 널 그렇게 모질게 내쫓지 않았다면 좀 더 일찍 알았을 텐데."

이연이 후회하는 어조로 말하자 아준은 그동안의 설움이 눈 녹듯 사라지는 것 같았다.

"미안해."

말끝으로 이연은 시선을 떨구며 사과했다. 예상하지 못한 일이라 아준은 크게 당황했다. 그의 동공이 지진 난 것처럼 일렁였다.

"아니야. 괜찮아. 난 정말 괜찮아."

어쩔 줄 몰라 하면서 아준은 같은 말을 반복했다. 그러다 문득 입을 멈추고 이연의 수척한 얼굴을 살폈다.

"너는, 괜찮아?"

"당연하지."

다시 시선을 든 이연이 호쾌하게 대답했다. 그녀의 입가엔 미소까지 서려 있었다.

"나 원래 씩씩하잖아."

"맞아. 그래서 늘 멋있었어, 너."

이연은 어떤 수모를 당해도 어떤 억울한 일이 닥쳐도 항상 당당했고 당찼다. 빛을 사람으로 만든다면 신이연일 거란 생각이 들 정도로 반짝반짝했다. 지금이야 충격 때문에 다소 힘이 없어 보이지만 금방 회복해서 빛날 거라 믿는다.

"커피 마실래?"

이연이 자리에서 일어서며 물었다. 아준은 대답 대신 그녀를 나직하게 불렀다.

"이연아."

"응?"

이연이 그를 내려다보았다. 그러나 아준은 다음 말을 쉽게 잇지 못했다. 그저 입술만 달싹거렸다.

"말해봐. 뭔데?"

다시 자리에 앉으면서 이연은 다정하게 물었다. 그녀의 부드러운 목소리에 아준은 용기를 내서 말을 꺼냈다.

"나 1인 기획사 차릴 거야."

"아……. 그래?"

이연의 얼굴에 조금 의아한 기색이 서렸다. 그런데 아준이 전하고 싶은 말은 그게 다가 아니었다.

"근데 네가, 시니가 도와줬으면 좋겠어."

이연이 처음 발굴한, 시니 엔터테인먼트의 첫 계약 대상자가 아준이었다. 아준은 시니가 산전수전을 다 겪으며 업계에서 전설이 되어가는 10년의 모든 과정을 지켜보았다.

"내 1인 기획사의 공동 매니지먼트를 맡아줬으면 해."

이연에게 거절당하고 욱한 마음에 시니에서 나오긴 했지만, 시니에 대한 애정은 변함이 없었다. 그도 그럴 게 그는 시니에서 데뷔했고 시니에서 스타가 되었다. 애정이 없다면 그게 더 이상한 일일 것이다.

"우리 다시 잘해보자."

아준의 제안에 이연은 고민하는 표정이 되었다. 그녀에게 또다시 거절당할까 봐 아준은 마음이 조급해졌다.

"너 시니를 이대로 둘 거야?"

그제야 이연의 다갈색 눈동자가 흔들렸다. 지금처럼 소속 연예인이 한 명인 상황은 창립 때 이후로 처음이었다. 아준이 그 점을 지적했다.

"예전처럼 북적북적하게 만들어야지. 그러려면 자금도 많이 필요할 거고 무시할 수 없는 스타 이름도 필요하잖아?"

아준은 스타인 자신을 이용하라고 말했다. 하지만 이연은 여전히 시원스럽게 대답하지 않았다.

아준은 다부진 표정으로 마지막 카드를 꺼냈다.

"계약은 1년. 그동안 사무실은 여기 3층을 쓸 거고, 계약이 끝나면 그 3층을 너한테 넘길게."

그렇게 되면 이연은 온전히 이 건물의 주인이 된다. 망설이는 이연을 보면서 아준은 쐐기를 박았다.

"네가 싫어하는 짓은 절대 안 할 거야. 널 그저 비즈니스 파트너로만 대할게. 약속해."

드디어 결심한 듯 이연의 핑크빛 입술이 열렸다.

"그래, 좋아."

◆ ◆

새해 아침부터 천재 MC 송아준에 관한 기사가 쉴 새 없이 쏟아졌다.

[(단독)송아준, 1인 기획사 설립! 시니와 공동 매니지먼트!]
[1인 기획사 송아준, 시니랑 협업! 어마어마한 10년 의리]
['1인' 송아준, 전 소속사 '시니'와 파트너십 유지!]

노트북으로 기사들을 확인하던 학수의 작은 눈이 동그래졌다. 놀란 학수가 말을 더듬었다.

"이, 이게 다 뭐예요?"

스크롤바를 계속 내리고 있는 학수의 옆에는 연훈이 소파에 기대앉아 있었다. 그가 툭 던지듯 대꾸했다.

"뭐긴 뭐야. 다 예상했던 일이잖아."

송아준이 진 엔터테인먼트를 포함한 여러 연예기획사들을 계약으로 갖고 놀다가 버린 일은 이미 업계에서 유명한 이야기였다.

"이건 말이 1인이지, 시니랑 재계약이나 다름없네. 아님, 시니가 송아준의 독립을 돕는 건가? 뭐가 됐든 상부상조……."

그런데 그 순간 갑자기 굉음이 들렸다.

쾅!

"아 깜짝이야."

넓은 등을 움찔한 연훈과 학수가 동시에 책상 쪽으로 고개를 돌렸다. 태진의 회장님 의자가 벽과 부딪쳐 나뒹굴고 있었다.

"비싼 의자 부서지겠다, 인마."

"며칠 쉬시더니 파워업하셨나 봐요."

의자를 엉덩이로 밀치듯 거칠게 일어섰던 태진이 제 이마를 손으로 짚었다.

"송아준 기획사랑 공동 매니지먼트?"

태진은 방금 확인한 사실을 도저히 믿을 수가 없었다. 이연이 왜 그런 선택을 했는지 이해가 되지 않아서 두통이 밀려오는 느낌이었다.

"솔직히 송아준 성질이 개차반이라 버거울 것 같았는데, 차라리 잘됐죠, 뭐. 근데 그 성격에 의리는 있는 게 신기하네요."

학수의 의견에 태진은 서늘하게 조소를 흘렸다.

"의리? 웃기고 있네."

태진의 비웃음은 아준이 어떤 인물인지 너무나도 잘 알기 때문에 나온 것이었다. 얻고자 하는 것이 있으면 그 어떤 더럽고 비열한 짓도 하는 놈이 바로 송아준이었다.

"이건 정말이지, 말도 안 돼."

태진은 이연에게 묻고 싶었다. 왜 그런 선택을 한 것인지. 혹시 회사가 많이 힘든 것인지.

"하아……."

그러지 못하는 신세인 태진은 땅이 꺼지게 한숨을 내쉬었다. 그러다 자리에서 휘청 몸이 흔들렸다. 그 모습을 본 연훈이 걱정을 담아 학수에게 말했다.

"야, 재 잡아라. 또 쓰러질라."

학수는 허둥지둥 태진 쪽으로 뛰어가서 그를 회장님 의자에 다시 앉혔다.

그 후로도 태진은 줄곧 생각하고 또 생각했다. 이연이 왜 그런 파렴치한 행동을 한 아준을 다시 받아준 것인지. 아무리 생각해도 결론에 도달할 수는 없었다. 오히려 괜한 생각만 커져갈 뿐이었다. 결국 태진은 시니 사무실로 차를 운전했다. 안절부절못하고 있느니 차라리 이연을 직접 만나서 괜한 생각을 떨쳐내고 싶었다.

시니 사무실 근처에 차를 세운 태진이 휴대전화로 시간을 확인하고는 차에서 내렸다. 이제 곧 이연이 퇴근할 시간이었다. 잠시 건물 앞에 서서 기다리고 있으니 이연이 계단을 내려왔다. 그녀 앞으로 다가서며 태진은 정중하게 말했다.

"할 말이 있습니다. 시간 좀 내주십시오."

이연은 태진을 올려다보고 돌처럼 굳었다. 토트백 손잡이를 꽉 움켜쥔 그녀의 입에서 얼음장 같은 차가운 목소리가 흘러나왔다.

"전 들을 말 없어요. 가주세요."

그럼에도 태진은 꼭 확인하고 싶었다. 혹시 아준과 다시 계약하기로 결심했을 때 자신의 영향이 조금이라도 있었던 건 아닌지. 자신에게 속은 상처 때문에 그런 선택을 한 건 아닌지. 그저 자신의 괜한 생각인지 아닌지.

"잠깐이면 됩니다. 하나만 확인하게 해주십시오."

태진의 간절한 부탁에도 이연은 반 발자국 물러서며 단호하게 거절했다.

"또 경찰 부를 거예요."

태진은 자신을 경계하는 그녀의 태도가 안타까웠다. 그때 이연의 뒤쪽 계단에서 아준이 나타났다.

"어라? 이게 누구야?"

아준은 태진의 앞에 멈춰 서며 입꼬리를 슥 올렸다.

"사기꾼 여태진이네?"

그의 등장이 불쾌한 듯 태진은 얼굴을 딱딱하게 굳히더니 어금니를 지그시 물었다. 다음 순간 이연이 아준에게로 어깨를 틀었다.

"그냥 가자."

그러나 아준은 부드럽게 미소 지으며 골목 끝에 세워놓은 자신의 차를 가리켰다.

"먼저 차에 타 있어."

이연은 두 사람을 번갈아 쳐다보다가 무겁게 발을 뗐다. 차 쪽으로 걸어가고 있는 이연에게서 시선을 뗀 아준이 태진을 서늘하게 쏘아보았다.

이제부터 이연과 미팅 겸 저녁식사를 할 예정인데 고작 이 사기꾼 녀석 하나 때문에 망칠 순 없었다. 눈빛에 이채가 서린 아준이 태진을 향해 나직하지만 결코 작지 않은 목소리로 말했다.

"보이콧하겠다는 협박까지 해서 내 입 막아놓고, 들켰더라?"

태진은 눈썹을 확 구겼고, 이연은 걸음을 우뚝 멈췄다.

"뭐?"

코트 자락이 휘날리도록 몸을 홱 돌린 이연이 멀어졌던 거리를 성큼성큼 다시 좁혀오기 시작했다. 그녀를 보면서 아준은 짐짓 곤란한 척을 했다.

"들었어? 들을까 봐 일부러 조그맣게 얘기했는데."

아준이 관자놀이를 긁적이는 사이 그들의 곁으로 돌아온 이연이 태진을 싸늘하게 노려보았다.

"아준이 입 막으려고 협박까지 했어요?"

"그건……!"

태진이 설명하려고 했지만 이연은 들어주지 않았다.

"당신 정말 쓰레기군요!"

충격을 받은 태진의 눈동자가 격하게 흔들렸다. 단단히 오해를 한 그녀에게 진실을 말해주고 싶었지만 충격이 워낙 커서 목소리가 나오지 않았다.

얼어붙은 태진 대신 아준이 입을 열었다.

"보이콧으로 협박당했어도 내가 끝까지 말했어야 하는 건데……. 미안해, 이연아."

이연은 아준을 돌아보며 면목 없다는 듯이 대꾸했다.

"그런 말 하지 마. 내가 더 미안하니까."

태진은 그저 멍하니 서서 그녀를 지켜보았다. 어차피 그녀에게 제일 큰 상처를 준 건 자신이 분명한데, 보이콧에 대한 변명을 해서 뭐 하나 싶었다.

그러나 아준을 향한 그녀의 다음 말에는 가슴이 좀 많이 아팠다.

"마음고생 많았겠네."

"아니야."

아준의 쑥스러움을 연기하는 얼굴이 가증스럽게 느껴졌다. 태진의 입가에 절로 쓴웃음이 서리던 그때 아준이 이연의 어깨를 살포시 건드리며 말했다.

"추우니까, 넌 차에 들어가 있어. 내가 얌전히 돌려보낼게."

이연은 태진에게는 눈길도 주지 않고 다시 아준의 차로 걸어갔다. 멀어진 그녀가 차문을 열자 아준은 태진 쪽으로 한 발자국 가까이 다가섰다.

"봤지? 지금 네 신뢰가 얼마나 바닥인지."

아준이 비열한 미소를 지었다. 태진은 그런 그를 그저 묵묵히 응시했다.

"그러니까 이제 그만 가라, 이 협박범이자 사기꾼아."

이렇게 말하며 아준은 태진의 어깨를 밀치려 했다. 하지만 태진이 그의 손을 가볍게 쳐냈다.

"계약하자고 네가 나선 거지?"

위험하게 들릴 정도로 낮아진 음성이었다. 아준은 자신을 죽일 듯이 노려보고 있는 태진을 향해 비릿하게 웃었다.

"그랬다면 어쩔 건데?"

태진의 더욱 날카로워진 눈빛에도 아준은 빈정거림을 멈추지 않았다.

"과정이 어땠는지는 전혀 중요하지 않아. 지금 결과가 중요하지."

얄밉게 머리를 설레설레 흔든 그가 태진을 빤히 보면서 입술 끝을 비스듬히 올렸다.

"결국 나, 시니로 돌아왔잖아."

그렇다. 아준은 기어코 이루고 싶었던 걸 이뤄냈다. 앞으로 그가 원하는 것을 위해 무슨 짓을 더 할지 태진은 걱정스러웠다.

"잘도 이연 씨가 너 같은 쓰레기를 다시 받아줬네."

태진이 씹어뱉듯 말했다. 아준은 그의 서슬 퍼런 눈빛이 재미있다는 듯 히죽였다.

"그래. 계약하자니까 이연이가 덥석 받아주더라. 솔직히 나도 놀랐어."

이연의 고집을 잘 알기에 꽤 어려우리라 생각했다. 그러나 그녀는 심적으로 많이 지쳐 있었고 그건 아준에게 절호의 기회였다.

"근데 생각해보면 다 네 덕분인 것 같아. 네가 이연이를 빡 돌게 만들었잖아."

비아냥거리는 아준의 말투에 태진은 아래로 내리고 있는 두 주먹을 꽉 움켜쥐었다. 안 그래도 목에 걸린 생선가시처럼 줄곧 마음에 걸렸던 부분이었다. 그녀가 자신 때문에 그런 선택을 한 건 아닌가. 괴로운 듯 태진의 얼굴이 일그러졌다.

"이연이가 욱하는 성질이 있거든. 이럴 줄 알았으면 그냥 내가 더 빨리 밝힐 걸 그랬어."

태진은 계속되는 아준의 저급한 표현에 울컥 화가 치밀어 그의 멱살을 덥석 잡아챘다.

"이 자식이……!"

그런데 그때 그들 쪽으로 누군가 다다다 달려오는 소리가 들렸다.

"지금 뭐 하시는 거예요?"

이연이었다. 그녀는 차에 타지 않고 계속 서서 그들을 지켜보고 있었다. 그러다 태진이 아준의 멱살을 잡자 달려온 것이다.

탁. 이연이 아준을 붙잡고 있는 태진의 손을 뿌리쳤다. 상처받은 눈빛으로 태진은 그녀를 쳐다보았다.

“함부로 건드리지 마세요.”

태진은 내쳐진 손보다 그 말이 더 아팠다. 다음 순간 아준을 돌아본 이연이 한층 부드러워진 음성으로 말했다.

“누가 보면 안 되니까 차에 가 있어. 나도 금방 갈게.”

아준은 싱긋 웃는 얼굴로 고개를 끄덕였다. 그가 바로 돌아서서 멀어지자 이연은 태진에게로 몸을 틀었다.

“이 이상 진상 부리지 말고 그만 가세요. 만약 또 오시면 경찰에 신고할 거예요. 제가 못 할 것 같진 않죠?”

이연이 똑바로 쳐다보면서 냉랭하게 말했다. 두 눈을 지그시 감았다가 뜬 태진이 그녀의 날 선 시선을 마주했다. 결국 그는 억누르고 있던 화를 참지 못하고 버럭 목소리를 높였다.

“어떻게 저런 놈이랑 또 계약을 합니까!”

태진은 도저히 이해할 수 없다는 얼굴로 계속 소리쳤다.

“저 자식이 당신한테 어떤 짓을 했는데……!”

“당신보단 나아요.”

이연이 태진의 말허리를 잘랐다. 시간이 멈춘 것처럼 태진의 움직임이 일순 멎었다. 그에게서 시선을 떼지 않으며 이연은 독한 말을 쏟아냈다.

“세상의 그 어떤 나쁜 놈도 당신보다 낫다고요, 지금 나한텐.”

그런 다음 그녀는 매몰차게 돌아섰다. 이연이 아준과 함께 차를 타고 떠난 후에도 태진은 그 자리에서 움직이지 못했다. 한참 뒤 태진의 두 다리가 힘을 잃고 바닥으로 툭 꺼졌다.

“아저씨?”

멍하니 주저앉아 있는 태진의 정수리 쪽에서 익숙한 목소리가 들렸다.

“여기서 뭐 해?”

태진의 빛을 잃은 탁한 눈동자가 위로 올라갔다. 그의 눈에 캡 모자를 눌러쓴 인후가 보였다.

"……다, 당장 꺼져!"

정신을 퍼뜩 차린 인후가 한 박자 늦게 윽박질렀다. 그 순간 태진이 무시무시한 기운을 뿜어내며 벌떡 몸을 일으켰다.

"너 이 자식……!"

태진이 코앞까지 들이닥치자 인후는 놀라서 어깨를 크게 움찔하고 말았다.

"어우, 왜요."

상체를 움츠린 인후가 문득 자신의 말과 행동에 자괴감을 느꼈다.

"아씨, 쫄았어. 존심 상해."

인후는 헛기침하면서 다시 어깨를 폈다. 태진이 버럭 목소리를 높여 물었다.

"어떻게 송아준을 다시 시니에 들여? 넌 왜 그걸 가만히 뒀어?"

그러자 인후 역시 이맛살을 구기며 목청을 높였다.

"송아준이 당신보단 나으니까!"

"뭐……?"

태진의 동공이 파도처럼 일렁였다. 인후도 이연과 같은 말을 하고 있었다.

"이연이 좋다고 노골적으로 찝쩍대는 송아준이 음흉한 당신보다 낫다고!"

한 대 맞은 듯한 느낌이었다. 태진은 입술을 앙다물었다. 굳게 닫힌 입매가 미세하게 떨렸다.

"당신이 얼마나 끔찍한 짓을 저질렀는지 읊어줄까?"

인후가 이를 으득 갈면서 이렇게 서두를 꺼냈다.

"이제 겨우 스물셋인 나를 인간불신으로 만들었고, 이연이를 그렇게 펑

펑 울게 만들었어. 그리고 송아준이 다시 시나랑 계약하게 된 것도 다 당신 탓이야!"

점점 잿빛으로 변해가던 태진의 얼굴이 일순 일그러졌다.

"이연 씨가 펑펑 울었다고……?"

울 때마다 누가 볼세라 잽싸게 눈물 먼저 닦던 이연이 목 놓아 울었다니, 태진은 믿을 수가 없었다.

"그래! 3년 넘게 알고 지냈는데, 처음 봤어. 우는 건 꼴사납다고 입버릇처럼 말했었던 신이연이……! 진짜 더럽게 서럽게 울더라."

태진은 가슴이 찢어지는 것만 같았다. 사소한 거짓말로 시작된 일이 얼마나 엄청난 결과를 초래했는지 절실히 느껴졌다.

"당신을 진심으로 좋아했었나 봐."

인후의 나직한 말에 태진은 전신이 바닥으로 한없이 가라앉는 기분이었다.

"이제 알겠지? 여기 오면 안 되는 이유."

인후가 조금 전보다 차분해진 음성으로 말을 이었다.

"신이연한테 당신은 상처고 고통이야."

태진은 부정할 수 없었다. 그녀에게 지금 자신의 존재는 분명 그러할 테니.

"물론, 나한테도."

이 말을 끝으로 인후는 가버렸다. 홀로 남겨진 태진은 이제 다신 이곳에 올 수 없을 것 같은 느낌이 들어 괴롭고 슬펐다.

chapter 6

결심

태진은 일에만 매달렸다. 그 외의 시간에는 잠만 잤다. 머릿속에 일 이외의 생각을 집어넣지 않으려고 부단히 노력했다. 그랬더니 그럭저럭 버틸 만했다.

태진은 오늘도 아침 일찍부터 자신의 책상에 앉아 있었다. 잠시 후 문이 거칠게 열리고 연훈과 학수가 헐레벌떡 뛰어 들어왔다. 벌겋게 상기된 그들의 얼굴로 태진이 무심한 시선을 들어올렸다.

"기사 봤어?"

눈이 커지고 콧구멍도 커진 연훈이 큰 목소리로 물었다. 태진은 방금까지 보고 있었던 휴대전화를 그가 서 있는 책상 앞으로 툭 던졌다.

"이 미친놈?"

휴대전화 화면에는 마약 스캔들에 관한 새로운 기사가 떠 있었다.

[K씨 측근의 말에 따르면, 당시 사귀던 배우 여자친구가 약을 권해서 호기심에 하게 되었다고……]

연훈과 학수도 이미 읽은 기사였다. 이 기사를 처음 접했을 때 그들은 경악을 금치 못했었다.

"뭐 이런 놈이 다 있어, 진짜!"

"이건 완전 덮어씌우기잖아요!"

연훈과 학수가 울분을 터뜨렸다. 그때 사장실 문이 다시 열리고 정혁이 조심스럽게 안으로 들어왔다. 그도 지금 벌어진 상황에 대해 잘 알고 있었다.

태진은 정혁에게 시선을 고정시키며 자리에서 일어섰다. 태진의 따가운 시선이 부담스러워서 정혁은 눈꺼풀을 밑으로 내렸다. 그 순간 태진의 서늘한 음성이 들려왔다.

"백효인은 어디서 뭐 하는 겁니까, 도대체?"

정혁은 긴장한 채 슬쩍 다시 눈을 들었다. 어느새 다가온 태진이 거대한 산처럼 서 있었다. 왜소한 체구의 정혁이 주저하면서 입을 열었다.

"무서워서 숨은 걸 거예요. 걔가 보기보다 겁이 많거든요."

마약 스캔들이 터진 이후 효인은 종적을 감춰버렸다. 도망이라기보다 숨은 것 같았다. 센 이미지와 달리 그녀는 무척 여리고 순진한 성격이었으니까.

"이게 숨어서 해결될 일입니까?"

태진의 목소리는 높지 않았지만 충분히 감정을 드러내고 있었다. 정혁은 마른 입술을 혀로 축이며 시선을 떨구었다. 연훈이 그를 돌아보면서 물었다.

"효인인 아직도 미국에 있어?"

"네. 아직 귀국하지 않은 것 같아요."

정혁이 어두운 낯빛으로 대답했다. 그의 대답이 마음에 안 든다는 듯 태진은 정갈한 눈썹을 구겼다.

"같아요?"

말끝을 따라 하는 태진에게 질겁한 정혁이 서둘러 다시 입을 열었다.

"한국에 있으면 위치추적 어플로 어디 있는지 알 수 있거든요. 근데 미국에 꽁꽁 숨어버린 것 같아요. 아니, 숨었어요."

불분명한 표현을 싫어하는 태진 때문에 정혁은 얼른 마지막 표현을 바꾸었다. 그사이 태진은 팔을 포개 가슴 앞으로 가져갔다. 정혁이 그의 눈치를 보며 말을 이었다.

"저도 사방팔방으로 찾고는 있는데……."

"그럼 이제 한 가지 방법밖에 없군요."

태진은 정혁의 말을 끝까지 들어주지 않았다. 멈칫한 정혁의 눈망울이 일렁였다. 이윽고 태진이 아무 표정 없이 그 방법을 알렸다.

"전속계약해지 통보."

정혁의 각진 얼굴이 파리하게 질렸다.

"대표님, 그건……!"

연훈도 놀라서 급하게 입을 열었다.

"에이, 그건 너무했다. 지금 계약해지 통보는 효인이한테 사형선고나 마찬가지야."

다른 것도 아니고 배우 생명에 치명적인 마약 루머였다. 사실인지 누명인지 확인도 안 된 상태에서 S급 배우를 내칠 순 없었다.

"그럼 지금 당장 내 앞에 데려오든지."

태진이 연훈에게로 돌아서며 차갑게 대꾸했다. 연훈은 입술만 달싹이다가 한숨을 폭 내쉬었다. 태진의 냉정한 말이 이어졌다.

"약을 권한 배우 여자친구가 백효인이라고 밝혀지는 건 이제 시간문제야. 이러다 백효인한테 약쟁이 이미지 박히면 어떡할 건데? 더 늦으면 수습도 안 돼."

모든 사건사고에는 응급처치가 생명이다. 수습이 가능한 골든타임을 허망하게 놓칠 순 없었다. 연훈에게서 시선을 뗀 태진이 정혁의 잿빛 얼굴을 쳐다보았다.

"딱 하루만 더 기회 주겠습니다."

그 '배우 여자친구'가 백효인이라고 밝혀지는 순간부터가 골든타임이었다. 그러니 더 이상 지체할 시간이 없었다. 태진은 빨리 그녀를 찾아 해명할 기회를 만들어주고 싶었다.

"백효인, 데려오세요."

◆ ✣ ◆

「투어 스케줄은 예정대로 진행해주십시오. 저번처럼 급하게 공연이 추가되는 일은 없어야 합니다. 이건 부탁이 아니라 경고입니다.」

미국 에이전시와의 통화를 마친 태진이 등 뒤에서 기다리고 있는 정혁에게 돌아섰다.

"효인이 찾았습니다!"

통창 앞의 태진을 향해 정혁은 당당하고 다부진 표정으로 말했다. 태진은 꽤 의외라는 듯이 눈썹을 치켜올렸다.

"정말 찾아냈습니까?"

"네."

효인은 현재 3주간의 미국 여행을 마치고 돌아오는 중이었다. 문자로 비행기 시간만 딱 찍어서 보내왔지만 정혁은 그것만으로도 안심이 되었다.

"곧 있으면 공항 도착이래요."

그녀가 돌아오면 모든 상황이 깨끗하게 수습될 것이다. 그런 생각이 들자 정혁은 기뻐서 입꼬리가 실룩거렸다. 다음 순간 태진은 옷걸이에 걸려 있는 자신의 롱코트를 집어 들었다. 그때 사장실로 들어오던 학수가 그를 보고 물었다.

"어디 가세요?"

"공항."

태진이 짧게 대답하자 학수는 자연스럽게 정혁을 쳐다보았다. 정혁에게서 간단한 설명을 들은 학수가 다시 태진을 향해 물었다.

"데리러 가시게요?"

코트를 걸친 태진이 단추를 채우면서 시크하게 대답했다.

"또 어디로 내빼면 곤란하잖아."

직접 데리러 가겠다는 말에 학수는 다소 놀란 표정이었다. 그동안은 소속 연예인들에게 애정이 없는 건 아니었지만, 어느 지점에 선을 긋고 그 이상 관여하지 않았던 태진이었다. 그런 그가 소속 연예인을 데리러 간다는 게 신기했다.

학수는 얼른 태진과 함께 걸음을 옮겼다. 그러다 문득 뭔가 생각난 듯이 말했다.

"근데 문제가 좀 있어요."

"왜?"

학수는 오늘이 무슨 날인지를 떠올렸다. 매니지먼트를 담당하고 있는 일부 예능인들의 해외 촬영이 있는 날이었다.

"오늘 인기 예능프로 멤버들이 해외 촬영 나가서 아마 공항에 기자들이 많을 거예요."

그 멤버들의 리더가 송아준이란 말은 일부러 하지 않았다. 오프닝 영상 촬영 때문에 마주칠 가능성도 거의 없는데 괜히 시니와 관련된 인물의 얘기를 꺼내 태진을 심란하게 만들고 싶지 않았다.

"그래?"

카메라가 많을지도 모른다는 말에 태진은 골똘히 생각하는 표정을 지었다. 이윽고 그가 책상으로 가서는 차 키를 집어 들었다.

"그럼 잘 숨겨서 데려와야겠네."

태진은 눈에 띄는 밴 대신 자신의 차를 타고 가기로 결정했다.

◆ ◆ ◆

사무실을 지키고 있던 이연은 승규로부터 한 통의 전화를 받았다. 그의 다급한 음성에 이연도 덩달아 긴장했다.

"뭐? 협찬 가방?"

승규는 3층 사무실 책상에 협찬품이 든 쇼핑백이 있는지 확인해달라고 했다. 이연은 휴대전화를 든 채 3층으로 뛰어 올라갔다.

비밀번호를 누르고 사무실로 들어가자마자 까만 쇼핑백이 보였다. 잽싸게 그것을 집어서 열어보니 명품 백팩이 고급스러운 자태를 드러냈다.

"이걸 두고 가면 어떡해?"

적잖게 당황한 이연의 목소리가 높아졌다. 그녀는 곧바로 2층으로 다시 가서 외투를 챙겼다.

"당장 가지고 갈게. 기다려."

전화를 끊은 후 발걸음이 더 빨라졌다. 후다닥 사무실을 빠져나온 이연은 곧장 자신의 차를 운전해서 공항으로 향했다.

공항까지 멀지 않은 거리라 그나마 다행이었다. 공항 차도로 들어선 이연의 눈이 익숙한 하얀색 밴을 찾았다. 능숙하게 그 밴 뒤에 차를 세우고 협찬 가방이 든 쇼핑백을 챙겨 차에서 내렸다.

하얀 밴의 문을 열고 올라탄 이연이 캐주얼한 옷차림으로 거울을 보고 있는 아준에게 쇼핑백을 건넸다.

"여기, 가방!"

아준은 백팩을 꺼내서 앞자리의 승규에게 줬다. 승규는 자연스럽게 그 안에 짐들을 넣기 시작했다. 시간을 확인하며 이연이 물었다.

"늦지 않았어?"

"당연히 늦었지. 오프닝 촬영 준비도 벌써 끝났대."

아준이 불만 가득한 표정으로 베레모 아래 이맛살을 찡그렸다. 승규가 아준의 눈치를 보다 백팩을 돌려주었다.

"아, 근데 이거 메고 뛸 수도 없고."

백팩을 메면서 아준이 투덜거렸다. 명품 브랜드숍의 협찬이니만큼 무엇보다 카메라 노출이 중요했다. 이연이 그 점을 강조했다.

"뛰면 안 돼. 잘 보이게 어깨도 쫙 펴고 천천히 걸어야 해."

"알지. 이 생활 몇 년 찬데."

이연에게 찡끗 윙크를 날린 아준이 베레모를 고쳐 쓰고는 밴의 문을 열었다. 아준이 차에서 내리자 이연은 내릴 준비를 하고 있는 승규를 돌아보았다.

"나머지 협찬품은 잘 챙겼어?"

"네. 옷도 다 입었고요, 모자도 썼어요."

승규가 시원스럽게 대답하고는 차에서 내렸다. 이연은 기자들이 어느 정도 돌아간 후에 차에서 내릴 요량이었다.

의자에 푹 기댄 이연의 시야로 바닥에 떨어져 있는 모자 하나가 들어왔다. 존 킴 디자이너의 부띠끄에서 어렵게 협찬받았다고 들은 베레모였다. 아까 아준이 쓰고 있던 모자와 닮은 듯 다른.

"!"

이연은 깜짝 놀라 바닥에 있는 모자를 집어 들었다. 그러곤 바로 차에서 내렸다.

아준은 횡단보도 앞에서 신호가 바뀌기를 기다리고 있었고 승규는 건너편의 기자들 때문인지 그와 조금 거리를 두고 서 있었다. 이연은 재빨리 승규에게로 뛰어가서 물었다.

"협찬받은 모자는 이거 아니야?"

이연이 들고 있는 모자의 마크를 확인한 승규의 두 눈이 휘둥그레졌다.

"아, 맞다! 다른 걸 썼어요."

승규가 울상을 지었다. 그가 혼자서 아준의 스케줄 관리, 운전, 스타일리스트 일까지 전부 도맡아 하고 있어서 벌어진 일이었다. 한때 아준에게는 '팀 아준'이란 이름으로 로드매니저, 스타일리스트, 헤어메이크업 전문가, 현장매니저까지 다 붙어 있었지만 승규를 뺀 모두가 아준의 변덕스러운 성격을 못 맞춰주겠다며 떠났다.

이연은 다시 한 번 아준의 위치를 확인했다. 지체할 시간이 없었다. 협찬품이 아닌 모자가 카메라에 노출되면 끝이었다. 협찬사의 항의가 벌써부터 귀에 들리는 듯했다.

그때 신호등 색깔이 바뀌었고 아무것도 모르는 아준은 당당히 걸음을 뗐다. 그 모습을 포착한 이연이 재빨리 달려갔다.

"아준아! 모자!"

걸음을 우뚝 멈춘 아준이 눈치 빠르게 상황을 파악하고는 자신의 베레모를 벗었다. 역시 데뷔 12년 차 연예인다운 반응이었다. 그런 다음 아준은 이연의 손에서 모자를 가져왔다.

모자를 쓴 아준의 모습을 확인한 이연이 돌아서려던 참이었다.

찰칵찰칵. 플래시가 터지며 카메라 셔터 소리가 이어졌다. 아준이 그들의 목표란 걸 알면서도 이연은 순간 숨이 턱 막히는 느낌이 들었다. 전신에 식은땀이 확 솟는 것도 같았다.

"흡……!"

갑자기 이연이 굳어지자 아준은 고개를 갸웃했다.

"왜 그래?"

이연은 별거 아니라고 대답하고 싶었지만 심장이 쿵쾅쿵쾅 뛰어서 목소리가 나오질 않았다.

"어디 아파?"

이연의 하얗게 질린 얼굴이 이상해서 아준은 걱정스러운 눈빛을 보냈다. 그 와중에도 이연은 아준을 향해 있는 많은 카메라들과 촉박한 출국 시간을 떠올렸다. 두 주먹을 꽉 그러쥔 이연이 가까스로 힘을 끌어모아 대답했다.

"아니. 아무것도 아니야. 조심히 잘 가."

아준은 조금 떨떠름한 표정이었지만 시간상 어쩔 수 없이 모자를 눌러쓰면서 걸음을 뗐다. 매니저 승규까지 보내고 난 뒤 이연은 자신의 자동차 뒤쪽에 쪼그리고 앉았다. 오늘따라 트라우마 증상이 더욱 격렬한 기분이었다. 요즘 스트레스를 많이 받은 탓일까.

"하악……, 하악……."

이연의 숨이 거칠어졌다. 등줄기를 타고 식은땀도 흘러내렸다. 무엇이라도 붙잡고 싶어진 그녀의 마른 손이 자동차 범퍼를 짚었다. 그런 채로 호흡을 다스리려고 노력했다. 사람들이 많이 오가는 곳이니만큼 이연은 최대한 빨리 괜찮아지고 싶었다.

'이겨내야 해, 신이연.'

그러나 마음과는 달리 심장은 계속 세차게 뛰었고 땀도 멈추지 않았다. 두 눈을 질끈 감고 주먹을 움켜쥔 채로 이연은 쓰러지지만 않으려고 버텼다.

"이연 씨?"

갑자기 익숙한 저음이 들렸다. 전에 몇 번이나 멋있다고 칭찬했었던 음성과 비슷한 것 같았다. 이연은 힘겹게 눈꺼풀을 위로 올렸다. 그 순간 그 목소리가 더 가까워졌다.

"이연 씨!"

이연은 흐려지는 시야로 들어오는 얼굴을 확인했다.

"태진 씨……?"

무릎을 굽혀 앉아 그녀를 들여다보는 이는 태진이었다. 당황한 기색이 역력한 태진의 얼굴을 보는데, 이연은 마치 꿈을 꾸는 것만 같았다. 손을 뻗어 그를 잡으려다가 그녀는 푹 꼬꾸라졌다.

꽤 먼 거리여서 설마설마했는데, 정말 이연이었다. 차에서 내리자마자 이연을 발견하고 태진은 얼마나 놀랐는지 모른다.

"이연 씨!"

태진이 힘없이 쓰러지는 이연의 몸을 두 손으로 단단히 받쳤다. 놀라서 파리하게 질린 그가 이연을 급히 안아 들었다. 그러곤 재빨리 자신의 차로 뛰어갔다. 운전석에서 내린 학수가 뛰어오고 있는 태진과 그의 품에 안겨 있는 이연을 발견했다.

"신 대표님?"

축 늘어진 이연을 보고 놀란 학수의 작은 눈이 휘둥그레졌다. 그를 향해 태진은 짧게 명령했다.

"문 열어."

학수는 잽싸게 뒷좌석 문을 열었다. 안쪽으로 조심스럽게 이연을 내려놓은 태진이 그녀의 새하얀 얼굴을 살폈다. 이런 얼굴을 전에도 본 적이 있었다. 태진이 걱정스러운 표정을 짓던 그때 이연이 스르륵 눈을 떴다.

"괜찮아요?"

태진의 목소리에서 긴장과 떨림이 묻어났다. 이연이 메마른 입술을 달싹였다.

"아…… 태진 씨?"

어째서 자신이 태진과 함께 있는 걸까. 아까 정신을 잃기 전 그가 보였던 건 꿈이 아니었단 말인가?

이연은 마른침을 삼키며 속눈썹이 긴 눈을 느리게 깜박거렸다.

"이제 정신이 들어요?"

이연이 고개를 끄덕이자 태진은 조금 안심하는 얼굴이었다. 그러다 문득 표정을 딱딱하게 굳히고는 물었다.

"근데 거기에 왜 쓰러져 있었던 거예요? 혹시 카메라에 노출됐었어요?"

지금 이연의 모습은 전에 스튜디오에서 카메라 셔터 소리를 들었을 때와 비슷했다.

"아까, 아준이 모자 때문에……."

태진의 추측은 맞아떨어졌다. 이연의 대답을 듣자마자 태진은 버럭 화를 냈다.

"당신이 송아준 스케줄을 왜 따라다닙니까?"

"따라다닌 게 아니라……!"

뭔가 반박하려던 이연이 아랫입술을 깨물고는 태진을 노려보았다. 당신이 무슨 상관이냐고 다시 소리칠 생각이었는데, 학수의 목소리가 그녀를 방해했다.

"대표님, 효인 씨 왔어요."

조수석 문이 열리더니 학수가 빠르고 나직하게 말했다. 그리고 다음 순간 효인이 조수석에 올라탔다. 작은 얼굴을 반 정도 가린 큰 선글라스와 벙거지 모자를 벗은 그녀가 뒷좌석을 돌아보았다.

"어머."

이연을 먼저 발견한 효인의 예쁜 두 눈이 동그래졌다.

"오랜만이에요, 신 대표님."

이연은 반색하는 그녀를 향해 어색한 미소를 지었다. 약 3년 만의 불편한 재회였다.

9년 전, 그녀를 길거리에서 캐스팅해 데뷔시킨 건 이연이었다. 아끼던 그녀가 진 엔터테인먼트를 선택했을 때 이연은 화 한번 내지 않았다. 그녀의 부모가 재계약은 꿈도 꾸지 말라며 머리끄덩이를 잡았을 때조차 이연은 원망 한마디 내뱉지 않았었다.

효인이 모자에 눌렸던 풍성한 파마머리를 매만지며 이연에게 물었다.

"여긴 웬일이세요?"

그런데 그때 이연이 미간을 찌푸렸다. 손가락으로 코를 슬쩍 비빈 이연이 눈을 예리하게 빛냈다.

"술 마셨니?"

효인에게서 풍기는 술 냄새를 맡았던 것이다. 효인은 약간 당황하는 기색이었다.

"기내에서 와인 한잔했어요."

그러나 이연은 입꼬리만 슥 올려 서늘하게 웃었다.

"한 잔 정도가 아닌데."

이연의 중얼거림을 들은 효인이 제 입을 슬그머니 가렸다. 사실 효인은 악성 루머 때문에 힘들어서 와인을 몇 잔이나 비운 상태였다.

"백효인."

이연이 나직하게 자신의 이름을 부르자 효인은 손을 내리며 얌전히 대답했다.

"네, 대표님."

엄밀히 말하면 효인은 아직 현 소속사 대표에게는 인사는커녕 눈길도 한번 주지 않았다. 하지만 현 소속사 대표는 아무렇지도 않은 듯 아니, 오히려 흥미롭다는 듯이 그녀들을 가만히 지켜보았다.

"정신 똑바로 차려."

이연의 칼바람 쌩쌩 부는 냉랭한 말투에 효인은 살짝 긴장하는 기색을 보였다. 이연이 한층 더 차가워진 음성으로 말했다.

"너 지금 벼랑 끝에 서 있어."

이연은 자신이 발굴한 그녀가 이대로 무너지는 걸 원치 않았다. 그래서 그녀가 좀 더 경각심을 갖고 신중하게 생각하고 조심히 행동하기를 바랐다.

"이대로 배우 인생 끝내고 싶어?"

이연이 굳은 표정으로 날카로운 목소리를 내뱉었다. 효인의 고운 얼굴이 파리하게 변했다.

"대표님, 혹시 그 소문 때문에 그러세요? 저 정말 아니에요!"

효인은 억울하다는 듯 소리쳤지만, 이연이 바로 반박했다.

"네가 아닌 걸 누가 믿어주는데?"

허를 찔린 기분이었다. 사실 효인은 연락 오는 친구들을 포함해서 아무도 자신을 믿어주지 않는단 느낌을 받고 있었다.

"나도 너 안 믿거든."

매서우리만치 차갑게 이어진 말에 효인의 유리구슬 같은 눈동자엔 눈물이 고였다. 그녀가 나직하게 중얼거렸다.

"제가 아직 시니 소속이었으면 믿어주셨겠죠."

"당연하지."

코를 훌쩍거리면서 이연을 지그시 응시한 효인이 투정 아닌 투정을 부렸다.

"그래도 이제야 화를 내시네요. 3년 전에 제가 진 엔터테인먼트로 옮긴다 했을 때 화 한번 안 내시기에 조금 서운했는데."

3년이 지난 지금까지 효인은 여전했다. 변함없이 감정에 솔직했고 순진무구했다. 그녀를 보는 이연의 얼굴에 근심이 서렸다.

"그때도, 지금도 나는 네 미래를 생각할 뿐이야."

이연이 진지하게 말하자 효인의 눈에선 눈물이 톡 떨어졌다.

"전 이만 내릴게요. 감사했습니다."

이연은 효인에게서 고개를 돌리며 태진에게 말했다. 그런 다음 미련 없는 몸짓으로 차문을 열고 홱 내려버렸다.

"이연 씨! 이연 씨!"

태진이 다급하게 불렀지만, 이연은 못 들은 척 무시했다.

♦ ✣ ♦

진 엔터테인먼트와 계약한 날 태진을 처음 보고 느낀 건 친해지기 어렵겠구나였다. 그 예감은 그대로 적중해서 사장실보다 부사장실을 더 자주 찾게 만들었다.

낯선 사장실만큼이나 어색한 사장실 주인이 까만 소파에 앉아 있는 효인에게로 뚜벅뚜벅 걸어왔다.

"백효인 씨."

취기가 가신 지 꽤 됐는데 태진의 저음에 심장이 쿵쾅거렸다. 헛기침을 한 번 내뱉은 효인이 어색하게 시선을 피하며 다리를 꼬았다. 그 바람에 치마가 말려 올라가 하얀 허벅지가 드러났지만 태진은 그녀의 얼굴만 보고 있었다. 효인은 민망한 표정으로 급히 치맛자락을 내렸다.

"딱 하나만 묻겠습니다."

건너편에 앉은 태진의 손에는 서류가 들려 있었다. 효인이 그 서류에서 태진의 얼굴로 시선을 옮겼다.

"마약 했습니까, 안 했습니까?"

태진이 똑바로 쳐다보면서 단도직입적으로 묻자 효인의 표정은 돌처럼 굳었다.

"정말 안 했어요. 권성태 그 사람이 거짓말하는 거라고요."

"증거는 있습니까?"

"제가 안 했다는데 증거가 왜 필요해요?"

효인이 촉촉하게 젖은 눈으로 울먹였지만 그녀를 보는 태진의 눈빛은 무심하기 그지없었다. 그는 그저 진실을 확인하고 싶을 뿐이었다.

"대표님도 신 대표님처럼 절 안 믿으시는 거네요."

효인이 윗니로 아랫입술을 잘끈 깨물었다. 그녀의 눈물 고인 두 눈동자를 빤히 보면서 태진이 입을 열었다.

"믿을게요."

효인은 순간 심장이 두근거렸다. 태진의 부드러워진 저음 때문이었다. 효인의 붉은 입술이 포물선을 그리며 매력적인 미소를 지었다. 태진이 진지하게 말을 덧붙였다.

"그러니까 둘 중에 하나만 선택하세요."

그게 뭐냐는 듯 효인은 빠른 속도로 눈꺼풀을 깜박거렸다. 태진은 아까부터 한 손에 가지고 있었던 서류를 효인의 앞 탁자에 내려놓았다.

[전속계약해지]

서류의 제일 상단에 쓰여 있는 제목을 확인한 효인의 두 눈이 크게 벌어졌다.

"!"

그녀는 놀라서 손으로 입을 틀어막았다. 태진은 여전히 표정 없는 얼굴로 자신의 말을 이었다.

"저희랑 계약을 해지하시든지, 약물검사 받고 기자회견을 하시든지."

양자택일이 아니라 답이 정해진 선택이었다. 효인은 참담한 심정으로 긴 파마머리를 쓸어넘겼다.

"기자회견이라니, 말도 안 돼요!"

도대체 자신이 왜 하지도 않은 일 때문에 기자회견까지 해야 한단 말인가. 그녀는 그저 모든 것이 시간과 함께 흘러가기를 바랐다. 하지만 태진은 그녀와 같은 생각이 아니었다.

"모델로 활동하고 있는 그 수많은 CF들 생각은 안 하십니까? 광고주들도 들썩이고 있어요."

효인은 크게 동요했다. 그녀가 엄지손톱을 잘근잘근 깨물었다.

"오전부터 권성태의 전 여자친구가 백효인이란 사실이 댓글로 퍼지고 있습니다. 지금 당장 이 사태를 해결해야 합니다."

초조해 보이는 그녀를 향해서 태진은 심각한 어조로 말했다. 효인은 마음이 불안해 시선을 이리저리 돌렸다. 태진이 차분한 저음으로 그녀를 안심시켰다.

"적극적으로 나서신다면 적극적으로 도와드리죠."

◆ ⁘ ◆

이연은 사무실의 응접실 소파에서 태진의 연기 영상을 보고 있었다. 노트북 화면을 물끄러미 보던 그녀가 스페이스 바를 눌러 화면을 멈췄다. 그러곤 얕은 한숨을 내쉬었다.

하얗고 마른 손을 자신의 얼굴로 가져간 이연이 난감한 표정으로 턱을 긁적였다.

"진짜 연기를…… 너무 못하는구나."

그녀가 방금까지 보고 있었던 영상은 태진이 마지막으로 제출한 레슨 복습 영상이었다. 그 영상을 보고 이연은 확실하게 깨달았다.

"끼가 전혀 없어."

태진의 말이 맞았다. 그는 연기엔 재능의 '재' 자도 없는 남자였다.

그렇다면 태진을 처음 본 순간 느낀 감정은 뭐였을까?

분명 멀리서도 그밖에 안 보이고 심장이 마구 쿵쾅거렸었다. 그래서 전과 똑같이 재능과 매력이 있는 원석을 발견한 거라 자부했는데 말이다.

"스타감을 알아본 게 아니라 첫눈에 반한 거 아니야?"

인후가 맞았다. 자신은 태진에게 첫눈에 반한 것이었다. 그 감정이 그동안 길거리 캐스팅 할 때 느낀 감정들과 비슷해서 헷갈렸을 뿐.

"하아……."

이연은 아주 크게 한숨을 내뱉었다.

"말도 안 돼……."

중얼거리는 그녀의 목소리에는 힘이 하나도 없었다. 자조 섞인 헛웃음을 지은 이연이 자신의 긴 머리를 헝클었다.

"사기꾼한테 반하기나 하고……. 한심하다, 신이연."

황금 눈썰미라 자부했던 두 눈이었건만 이제는 자신감이 바닥까지 떨어졌다.

"뭐 해?"

갑작스러운 아준의 등장에 이연은 반사적으로 노트북을 닫았다. 이연이 아준을 보면서 어색한 웃음을 짓는 사이 아준은 그녀의 옆으로 와 앉았다.

"레슨 영상 보고 있었어?"

"응."

"누구 거?"

이연은 바로 대답하지 못했다. 아준은 그 점이 이상했다. 방금 노트북을 황급히 닫은 행동도.

"설마 너 여태진 영상 본 거야?"

아준이 눈을 가늘게 뜨며 물었다. 그냥 한번 찔러본 것이었는데, 이연은 눈에 띄게 당황했다. 정색한 아준이 버럭 목소리를 높였다.

"야, 너 설마 아직도 그 사기꾼한테 미련 있냐?"

"그런 거 아니야."

이연 역시 정색했다. 하지만 그녀의 눈동자는 미세하게 흔들리고 있었다. 결국 이연은 동요를 숨기기 위해 자리를 박차고 일어섰다.

"나 먼저 퇴근할게."

의자에 걸쳐둔 무스탕을 아무렇게나 집어 든 이연이 사무실을 나섰다. 건물을 빠져나와 집 쪽으로 걷고 있는데, 그런 그녀의 앞에 태진이 나타났다. 아무래도 그는 사무실에서 집으로 가는 길목에서 이연을 기다리고 있었던 것 같았다.

"여태진, 당신……!"

태진을 발견한 이연이 뒤쪽을 힐끔 돌아보았다. 사무실이 있는 건물에서 상당히 떨어진 거리였지만 그래도 아준이 나타날까 봐 신경 쓰였다. 태진과 아준 사이가 워낙 안 좋으니 웬만하면 마주치게 하고 싶지 않았다.

덥석.

태진의 팔뚝을 잡은 이연이 골목으로 그를 잡아끌었다.

"왜 온 거예요, 또?"

이연은 가로등 불빛이 닿을락 말락 한 어두운 골목으로 태진을 데려가서는 쏘아붙였다.

"한마디만 하고 가겠습니다."

태진은 주변을 신경 쓰는 그녀를 안심시키듯 부드럽게 말했다. 이연의 시선이 그에게로 고정되자 태진이 말을 이었다.

"백효인 씨가 기자회견을 하겠다고 결정했습니다."

"그래서요?"

이연의 반응은 날카로웠다. 그녀는 별로 듣고 싶지 않다는 얼굴이었지만 태진은 꿋꿋하게 말을 덧붙였다.

"그게 다 신 대표님 덕분인 것 같아서요. 감사합니다."

"전 한 게 없는데요."

이연은 여전히 냉랭했다. 그날 차 안에서 그녀가 효인에게 했던 말들은 분명 효인의 결심에 적지 않은 영향을 줬을 것이다. 그걸 인정하지 않는 이연을 물끄러미 보던 태진이 천천히 입술을 열었다.

"사실은……."

그가 이곳에 온 이유는 그 한 가지만이 아니었다. 오면 안 된다는 걸 알면서도 올 수밖에 없었던 이유가 또 있었다.

"당신이 송아준이랑 있으니까 마음이 불안해서 숨이 잘 쉬어지지가 않아요."

태진은 아준이 시니와 계약을 체결했다는 그날부터 마음이 줄곧 시니에 와 있었다. 이연이 걱정스러워서 어쩔 줄을 몰랐다.

"그런 말, 불편하네요."

이연의 얼굴이 딱딱하게 굳어졌다. 그녀를 바라보는 태진의 눈동자가 어둡게 일렁였다. 잠시 조용히 있던 태진이 결심한 듯 다시 입을 열었다.

"불편해도 들어주세요. 당신을 좋아한 건 진심이었으니까."

태진은 진심으로 그녀가 좋았다. 자신이 그녀를 속이고 있다는 사실마저 잊을 정도로 그녀에게 푹 빠져버렸다. 항상 그녀를 생각하고 그녀를 걱정했다. 지금도 그건 조금도 변함이 없었다.

"그리고 아직도……."

"그 말도 이젠 믿을 수가 없네요."

이연이 태진의 말허리를 차갑게 잘랐다. 그에 대한 배신감이 너무 커서 그의 고백조차 순수하게 믿을 수가 없었다. 가슴은 아팠지만 지금 마음이 그랬다.

◆ ✣ ◆

[“권씨의 여자친구였던 건 맞지만, 결단코 마약을 권한 사실은 없다. 배우 커리어를 걸고 맹세한다. 약물검사에도 응할 것이고 (악성 루머에 대해) 강경하게 대응할 예정이다.”]

효인의 기자회견 기사를 확인하고 있는 이연에게로 아준이 다가왔다. 곧이어 그가 진지하게 건넨 말에 이연은 눈을 동그랗게 떴다.

“명품 주얼리 행사장?”

내일 아준이 초대된 행사장에 같이 가지 않겠냐는 제안이었다.

“응. 이제 그런 데도 가보는 게 좋을 것 같아서.”

꽤 오랫동안 공식석상에는 나가지 않았던 이연이었고 그 사실을 아준도 잘 알고 있었다. 그런데 갑작스럽게 그런 제안을 하다니, 이연은 상당히 의아했다.

“근데 거긴 갑자기 왜?”

이연이 의구심 가득한 눈빛으로 물었다. 탁자 건너편 아준이 심각한 표정을 짓더니 나직한 목소리로 대답했다.

“솔직히 네가 그런 곳엘 너무 안 가니까 여태진 얼굴도 몰랐었던 거잖아.”

시리도록 아픈 지적이었지만 틀린 말은 아니었다. 이연은 흔들리는 시선을 탁자 위로 떨구었다.

카메라 트라우마가 있는 그녀에게 카메라가 많은 행사장은 상상하는 것만으로도 긴장되는 곳이었다. 그래서 그렇게 피하기만 해오다, 무슨 일을 당했던가.

"네가 만약 그런 곳에 자주 갔었다면 여태진 얼굴까진 몰랐어도 이름 정도는 알았을 거야. 그럼, 그렇게 당하지도 않았겠지."

냉정하게 느껴질 정도로 맞는 말인지라 이연은 입술을 앙다물었다. 그제야 아준이 그녀의 낯빛을 살폈다.

"내가 너무 솔직했나?"

자신의 신랄한 표현에 이연이 상처를 받았을 것 같았다. 하지만 그래도 말하지 않을 수 없었다. 아직도 아준은 태진에게 속은 게 많이 분했기 때문이다.

"아니야."

이연은 단호하게 고개를 좌우로 저었다.

"지금 나한테 꼭 필요한 말이네."

아준의 말처럼 자신이 공식석상에 자주 나갔었다면 진 엔터테인먼트의 진 대표에 대해 그렇게까지 아무것도 모르진 않았을 테니 말이다.

"고마워, 아준아."

행사장의 카메라들이 무섭지 않다면 거짓말이었지만, 그래도 이연은 일단 부딪쳐보고 싶었다. 그녀의 형형히 빛나는 눈빛에 싱긋 미소 짓던 아준이 문득 자신의 배를 만졌다.

"아아, 배고프다. 촬영 스케줄이 꼬여서 오늘 한 끼도 못 먹었거든."

그러곤 이연에게로 상체를 기울이며 슬쩍 물었다.

"같이 밥이나 먹으러 갈래? 혼자 가긴 좀 그래서."

이연은 일순 망설였지만 딱히 거절할 이유를 찾지 못했다.

"그래."

그녀가 시원스럽게 고개를 끄덕였다.

◆ ⁘ ◆

명품 주얼리 행사장에 초대된 아준은 오랜만에 턱시도를 차려입었다. 입구부터 화려한 행사장으로 들어서는 아준의 곁에는 우아한 느낌으로 곱게 화장을 한 이연이 있었는데, 그녀는 세련된 연분홍 빛깔의 고급스러운 머메이드 디자인 원피스를 입고 있었다.

아름다운 라인을 드러낸 롱 원피스를 입은 그녀를 그곳에 있는 모든 이들이 힐끔힐끔 쳐다보았다. 그녀의 원피스는 슬릿이 길게 들어가 걸을 때마다 각선미가 드러났다.

아준은 자연스럽게 준비된 포토월로 걸어갔고 이연은 카메라들 뒤쪽에 멈춰 서서 그를 지켜보았다. 아준을 향한 카메라는 엄청났다. 쉴 새 없이 플래시가 터졌고 카메라 셔터 소리가 났다. 카메라 뒤쪽에 있는데도 이연은 점점 견디기 힘들어지고 있었다. 하지만 공식석상에 모습을 드러내기로 한 이상 견뎌내야 하는 일이었다.

그리고 이렇게 애써 참다 보면 카메라 트라우마를 극복할지도 모르지 않은가. 시니를 위해서도, 자신을 위해서도 트라우마는 극복할 필요가 있었다.

사진 촬영을 끝낸 아준이 이연에게로 다가왔다. 이연은 자신도 모르게 클러치백을 꽉 그러쥐었던 손을 바꾸며 그를 맞이했다.

"갈까?"

아준은 부드럽게 이연을 에스코트했다. 그런 아준을 향해서 행사 주최자가 다가와 인사를 건넸다. 그와 악수를 나눈 아준이 자신의 옆에 서 있는 이연을 소개했다.

"제가 많은 도움을 받고 있는 시니 대표님이세요."

이연은 클러치백을 잡은 두 손을 가지런히 모아 정중하게 머리를 숙였다.

"처음 뵙겠습니다. 신이연입니다."

나이 지긋한 주최자는 이연을 보고 노골적으로 감탄하는 표정이었다. 환한 미소를 띠며 그가 말했다.

"그 유명한 시니 대표님이 이렇게 미인이셨군요."

"감사합니다."

진심 어린 칭찬에 이연은 수줍게 웃으면서 감사인사를 전했다. 주최자와 함께 있던 직원들도 이연의 미모를 입이 마르도록 칭찬했다.

"대표님이 아니라 초빙된 여배우인 줄 알았어요."

그들의 칭찬은 결코 과장된 것이 아니었다. 홀 내부에는 아름다운 배우들이 많이 있었지만 이연은 그들 중에서도 단연 눈에 띄는 미인이었다.

"송아준 씨, 여기 좀 봐주십시오."

그때 아준을 향해 부탁하는 낯선 목소리가 조금 크게 들려왔다. 아준과 이연이 고개를 돌림과 동시에 찰칵찰칵 카메라 셔터 소리가 났다. 무심코 카메라 렌즈를 보게 된 이연의 얼굴이 새하얗게 질렸다. 반사적으로 이연은 시선을 돌렸다.

"대표님도 카메라 좀 봐주세요."

이번엔 이연을 향한 카메라 셔터 소리가 계속 울렸다. 공식석상에 나선 이상 이렇게 되리란 걸 모르지 않았건만, 막상 카메라 렌즈가 보이니 이연은 도망치고 싶어졌다. 결국 이연은 주먹을 움켜쥐며 물러섰다. 그러나 아준이 그림자처럼 그녀를 따라왔다.

"어디 가?"

막아서는 아준 때문에 이연은 이러지도 저러지도 못하고 멈춰 섰다.

"곧 행사 시작할 텐데."

식은땀이 등줄기를 타고 흘러내렸지만 이연은 애써 입꼬리를 올렸다. 그러느라 입술 끝이 바르르 떨렸다. 그걸 발견한 아준의 눈동자에 의문이 서렸다.

"이연아……?"

이연은 아준이 눈치채지 못하도록 태연하게 행동하고 싶었다. 심장이 불규칙하게 뛰어서 귓가를 쿵쿵 울리고 있었지만 그래도 절대 들키고 싶지 않았다.

"너 왜 그래?"

"응? 뭐가?"

밑으로 내리고 있는 주먹을 더욱 힘껏 움켜쥔 이연이 싱긋 웃는 얼굴로 되물었다. 솔직히 쓰러질 것처럼 힘들었지만 이를 악물고 참았다.

"너 오늘 좀 이상하다?"

그러나 10년지기 아준이 그녀의 이상증세를 못 알아챌 리 없었다. 이연의 하얗게 질린 낯빛과 굳은 표정을 주시하던 아준이 물었다.

"카메라가 어색해서 그래?"

"아, 응."

이연은 애써 미소 지으며 고개를 주억거렸다. 그녀를 귀엽다는 듯이 보면서 아준은 피식 웃음을 터뜨렸다.

"그래도 조금만 참아봐. 지금 네가 여기에서 제일 예쁘거든."

아준이 이연의 어깨로 손을 뻗어 토닥거렸다. 다정한 손길이었지만 이연은 어깨를 움찔 떨었다. 지금 이 순간 그녀는 모든 게 불편했다.

"나 화장실 좀."

이연은 도망치듯 그곳에서 벗어났다.

◆ ✣ ◆

늦은 밤, 사무실에 놀러 온 인후는 깜짝 놀랄 만한 소식을 듣고 말았다.

"어딜 갔다 왔다고? 행사장?"

"응."

인후가 아는 이연은 절대 공식적인 행사에는 참석하지 않는 대표였다. 늘 자신은 앞에 나서는 사람이 아니라 뒤에서 받쳐주는 사람이라고 입버릇처럼 말하며 얼굴을 내비치지 않았었다.

"그런 공식적인 자리엔 왜 간 건데?"

그렇기 때문에 인후는 이 상황이 쉽게 이해가 되지 않았다. 철제 컴퓨터 책상에서 몸을 일으킨 이연이 앞에 서 있는 인후를 향해 다부지게 선언했다.

"앞으로도 공식석상에 자주 나갈 거야."

"갑자기 왜? 왜 그러려는 건데?"

이연은 한번 한다면 하는 여자였다. 그녀의 성격을 잘 알기에 인후는 그녀가 오래 고집해온 마음을 갑자기 바꾼 이유를 알고 싶었다. 하지만 이연은 바로 대답해주지 않았다. 잠시 동안 무언가를 생각하던 인후가 다시 물었다.

"설마, 여태진 때문이야?"

최근 있었던 갑작스러운 변화나 충격적인 사건이라면 그밖에 없지 않은가. 인후의 추측이 맞았는지 이연의 얼굴이 잿빛으로 변했다.

"그게 다 내가 공식석상에 안 나가서 생긴 일 같아서."

이연은 태진과의 일을 자신의 탓으로 돌리고 있었다. 인후는 그게 답답했다.

"그런 말이 어디 있어!"

욱해서 소리치던 인후가 문득 창백한 이연의 입술을 발견하고 행동을 멈췄다. 미간을 좁힌 그가 조심스럽게 물었다.

"근데 너 어디 아파? 입술색이……."

"그냥 조금 피곤해서 그래."

대수롭지 않다는 듯이 대답하며 이연은 제 입술을 손으로 가렸다. 재빠르게 혀로 입술을 축인 그녀가 다시 자리에 앉아 컴퓨터 화면을 보았다. 그런 상태로 인후에게 물었다.

"다음 주에 영화 크랭크인이지?"

"아, 응."

인후는 고개를 끄덕이면서 벽에 걸린 스케줄보드를 확인했다. 그곳에는 제 것 외에 아준의 일정도 적혀 있었다. 그때 컴퓨터 모니터 너머로 이연이 눈웃음을 보냈다.

"잘할 거라 믿지만, 그래도 더 잘해야 해."

인후는 그녀를 따라 웃으며 엄지손가락을 척 세워 보였다. 그러다 문득 그녀가 컴퓨터로 보고 있는 게 무엇일지 궁금해졌다.

"근데 뭘 그렇게 봐?"

이연은 가까이 다가오는 인후 쪽으로 모니터 화면을 돌렸다.

"시니 오디션 일정."

"오디션?"

화면에는 다음 분기에 진행될 오디션의 접수부터 예선, 본선 그리고 결과 공개까지의 일정이 떠 있었다.

"응. 공개오디션 진행할 거야."

지금까지 시니 엔터테인먼트에서 공개오디션을 진행한 적은 단 한 번도 없다. 이연의 길거리 캐스팅으로 배우를 발굴하는 것이 기본이었기 때문이다.

"길거리 캐스팅은 이제 안 해?"

인후는 무심코 물었다가 급격히 어두워지는 이연의 얼굴을 보고서 아차 싶었다.

"아, 미안."

나는 바본가. 아니, 바보다. 진짜 바보멍청이. 길거리 캐스팅으로 여태진을 만났는데, 그게 또 하고 싶겠냐!

인후는 자책하면서 자신의 입술을 손으로 찰싹찰싹 때렸다.

◆ ✣ ◆

"우와, 대박……."

태블릿 PC를 터치하는 학수의 손길이 점점 느려졌다. 작은 눈에 놀란 기색을 가득 담은 그가 사장실 까만 소파에 앉아 있는 연훈을 향해 말했다.

"하루 종일 포털사이트 메인이 신이연 대표님이네요."

이에 연훈이 가볍게 손짓하자 학수는 그의 코앞으로 태블릿 화면을 들이밀었다.

[전설의 시니 엔터테인먼트, 전설의 미인 대표! 신이연]

[여배우 빰치는 미모의 신이연 대표, 그녀는 누구인가? 업계 전설]

이러한 타이틀의 기사를 열면 명품 주얼리 행사장에서 찍힌 이연의 사진도 함께 떴다.

"이뿐만 아니라 각종 커뮤니티에도 신 대표님 관련 글로 도배가 되어 있어요. 댓글수도 장난 아니고요."

학수의 손에서 태블릿 PC를 가져온 연훈이 기사들을 훅훅 훑어 내렸다.

"그러게. 기사들도 넘치다 못해 흐르네, 흘러."

아침에 소식을 들었지만 오래 기획해온 한중일 합작 드라마 제작에 관한 회의가 예상보다 길어지는 바람에 연훈은 이제야 기사를 접했다. 그런데 이 정도로 화제일 줄은 상상도 하지 못했다.

"하긴. 공식석상에 얼굴을 드러낸 건 처음이니까. 거기다 눈에 띄는 미인이니."

"맞아요. 웬만한 연예인보다 훨씬 예쁘시죠."

이연을 직접 본 적이 있는 연훈과 학수인지라 이런 반응들을 어느 정도 수긍했다. 다음 순간 연훈은 문득 뒤쪽 원목 책상을 돌아보았다. 그곳엔 태진이 책상에 이마를 댄 채 엎드려 있었다.

우려와 달리 오전부터 방금 전까지 이어진 마라톤 회의 때는 제법 멀쩡했었다. 그래서 안심했는데 문제는 그 후였다. 태진은 자신의 방으로 돌아오자마자 쭉 저 상태였다.

"쟤 죽은 건 아니지?"

그런 태진의 곁으로 조심스럽게 다가간 학수가 책상 쪽으로 상체를 기울였다. 그러더니 이내 안심하는 표정으로 대답했다.

"뭔가 중얼중얼하시는 거 보니까 그건 아닌 것 같아요."

연훈은 소파에 앉은 상태로 태진을 바라보면서 얕은 한숨을 내쉬었다. 그때 태진과 가까이 있는 학수의 귀로 태진의 중얼거림이 들려왔다.

"저렇게 카메라 앞에 서면 안 되는 사람인데……."

무슨 소린지 전혀 모르겠다는 듯 학수는 그저 고개를 갸웃거리며 소파로 돌아갔다. 학수가 멀어진 후에야 태진은 상체를 들어올렸다. 그는 줄곧 이연을 걱정하고 있었다. 태진의 입에서 무거운 한숨이 새어나왔다.

"하아……."

카메라 트라우마가 있는 이연이 스스로 카메라 앞에 섰다. 자신이 시니 엔터테인먼트 대표임을 밝히면서. 그리고 절대 다신 받아주지 않겠다던 아준과 새로운 계약을 했다. 태진은 이연의 그런 행동들이 전부 자신의 탓인 것만 같아서 너무 괴로웠다.

한편, 소파에서 학수와 함께 태진의 분위기를 살피고 있던 연훈이 자리에서 일어섰다. 그러곤 체념한 듯이 학수를 향해 말했다.

"우린 이만 퇴근하자."

그런데 그 말이 끝나기가 무섭게 태진이 의자에서 벌떡 일어섰다.

"강연훈."

태진의 부름에 연훈은 굵은 눈썹을 치켜올리며 어깨를 틀었다. 나직한 음성이 이어졌다.

"넌 야근이야."

"왜? 안 그래도 한국어, 중국어, 일본어로 장시간 회의해서 지금 얼마나 피곤한데……."

연훈이 불만 섞인 목소리를 내자 태진이 그의 말을 싹둑 잘랐다.

"술친구가 필요해."

이에 연훈은 조용히 입술을 앙다물었다.

◆ ⁘ ◆

인후는 킹사이즈 침대의 헤드쿠션에 기대 시나리오를 읽다 늘어지게 하품을 했다. 그때 그의 다리 옆에 둔 휴대전화가 울렸다. 발신자를 확인한 인후의 정갈한 눈썹이 꿈틀거렸다. 별로 내키진 않았지만 무시할 순 없어서 일단 전화를 받았다.

- 이인후.

불쑥 매력적인 저음으로 자신의 풀네임이 들려오자 인후는 괜히 심장이 덜컹했다. 그게 짜증이 치밀어서 버럭 신경질을 부렸다.

"왜 전화질이야?"

- 야, 이인후.

또다시 들려온 태진의 목소리에 인후는 문득 그가 술에 취한 것 같다는 느낌을 받았다.

"아저씨 아니, 당신, 혹시 술 마셨어?"

'아저씨'라는 표현이 왠지 친근하게 느껴져서 급히 호칭을 바꾸어 물었다. 그러나 태진은 그의 질문을 무시하고 자신의 말을 던졌다.

- 신 대표, 카메라 앞에 서는 거 막아.

"뭐?"

다짜고짜 이게 무슨 소리란 말인가?

인후의 선이 또렷한 두 눈이 휘둥그레졌다. 영문을 알 수 없는 소리는 다시 반복되었다.

- 카메라 앞에 서지 못하게 하라고.

"왜?"

인후가 목청을 높여 물었다. 취기가 감도는 태진의 음성이 분명하고 단호하게 이어졌다.

- 그냥 무조건 막아.

"내가 왜 그래야 하는데?"

- 묻지 말고 꼭 그렇게 해줘.

태진의 목소리가 조금이라도 덜 진지했다면 인후는 진작에 전화를 끊었을 것이다. 입술을 깨물며 난감해하던 인후가 목을 가다듬고는 냉정하게 말했다.

"공식석상에 나가고 안 나가고는 이연이가 결정할 일이야."

- 인후야.

태진이 나직하게 부르는 소리에 인후는 또 심장이 덜컹 내려앉는 기분이었다. 인후가 미간을 찡그리는 순간 휴대전화 너머 태진이 목소리를 보내왔다.

- 진지하게 부탁할게.

인후는 어쩔 줄 몰라 하면서 자신의 높은 콧대를 긁적였다. 그러다가 뒤통수도 벅벅 긁었다. 그사이 태진의 말은 계속되었다.

- 이연 씬 카메라 앞에 서면 안 돼.

"그러니까 이유를 말하라고!"

인후는 답답해서 외쳤다.

- …….

하지만 태진은 말해줄 생각이 없는 것 같았다. 급기야 혼자서 이것저것 마구 생각해보던 인후가 눈동자를 번뜩였다.

"당신 설마, 우리 이연이가 유명해져서 시니한테 잠재력 있는 배우들이 몰릴까 봐 그래?"

누가 봐도 예쁜 이연이 공식석상에 자주 나가면 자연스럽게 시니가 유명해질 것이고 그러면 신인배우들이 많은 관심을 가지게 될 것이다. 그걸 시기하는 걸까.

인후의 추측에 전화기 너머에선 한숨소리가 들려왔다.

- 어떻게 그런 유치한 생각을 하냐?

"뭐? 유치?"

인후는 열이 뻗쳐 침대에서 벌떡 일어섰다. 휴대전화를 고쳐 잡은 그가 목소리를 높여 따졌다.

"그게 여태진 당신 입에서 나올 말이야? 당신은 유치하지 않아서 정체 숨기고 시니에 들어왔었냐?"

- ……그래. 내가 실언했다. 미안.

태진은 의외로 금방 사과했다. 갑자기 전투력이 팍 꺾인 인후는 침대에 풀썩 앉아 어깨를 축 늘어뜨렸다. 인후가 차분하게 가라앉아 있는 머리카락을 움켜쥐며 투덜거렸다.

"당신 때문에 우리 이연이는 이제 길거리 캐스팅도 안 하겠대."

– …….

길거리 캐스팅으로 배우가 될 원석을 찾아내는 건 이연의 뛰어난 재능이었다. 누구도 따라 하지 못하는 그녀만의 능력. 그것을 태진 때문에 버린 것이다.

"그러니까 더 이상 시니 일에 관여하지 말고 우리 이연이도 힘들게 하지 마."

차갑게 말을 뱉어낸 다음 인후는 전화를 끊었다. 그러나 휴대전화를 던져둔 후에도, 시나리오를 다시 집어 든 후에도 그는 내내 가슴속에 뭔가가 찜찜했다. 태진의 낮은 목소리가 자꾸만 맴맴 돌았다.

도대체 왜 이연이를 카메라 앞에 세우지 말라는 거야?

분명히 이유가 있는 것 같은데 알 수 없어 답답했다.

♦ ✣ ♦

커다란 원목 책상에 앉아 서류를 들여다보고 있는 태진의 얼굴빛이 어두웠다. 서류에 기입된 지난해 매출 실적, 영업이익, 순이익 등이 만족스럽지 않은 건 아니었다. 오히려 창사 이래 최고 실적이었으니 크게 기뻤다. 하지만 태진은 웃지 못했다. 잠시 후 그가 한동안 보지 않았던 휴대전화를 들어 확인했다.

이틀째 포털사이트의 검색어 1위는 '신이연', 2위는 '시니 대표'였다. 내내 신경이 쓰였던 터라 태진은 이연에게 전화를 걸었다. 하지만 그녀와 통화를 할 수는 없었다. 고민하던 태진은 결국 이연의 옥탑방을 찾았다. 시니 사무실은 문이 굳게 닫혀 있었기 때문에 집으로 온 것이었다.

그러나 옥탑방의 새시 문 앞에서 태진은 망설였다. 동그란 열쇠구멍을 지그시 쳐다보던 태진이 심호흡과 함께 문을 두드렸다.

똑똑.

"이연 씨? 여태진입니다."

안에서는 아무 반응이 없었다. 태진은 초조해 말을 이었다.

"걱정이 돼서 왔습니다. 얼굴만 보고 돌아갈게요."

이연의 카메라 트라우마 증상을 눈으로 직접 본 적이 있는 태진은 지금 그녀의 상태가 많이 걱정되었다. 카메라 셔터 소리 한 번에도 새하얗게 질려서 땀을 흘리는데 그렇게 카메라가 많은 행사장에서 사진이 찍혔으니, 분명 견디기 너무 힘들었을 것이다.

똑똑. 태진은 재차 노크했다. 그러나 이번에도 아무 반응 없이 조용했다. 창문에 비친 불그스름한 스탠드 등이 그녀가 안에 있음을 간접적으로 알려주는데도 말이다.

"그날, 카메라에 많이 찍혔죠?"

이대로 안에 못 들어가고 돌아가더라도 태진은 이연의 상태를 확인하고 싶었다. 문 너머로 괜찮다는 말 한마디만 해줘도 안심할 수 있을 것 같았다.

"몸은 괜찮은 거예요? 트라우마 때문에 또 식은땀이 많이 났을 텐데."

태진이 문 앞에 서서 말을 잇고 있던 그때 아준은 옥탑방으로 향하는 계단을 올라가고 있었다. 태진의 목소리를 들은 아준이 멈칫하고는 자리에 우뚝 섰다.

'트라우마?'

하루 종일 연락이 닿지 않는 이연이 걱정돼서 찾아왔다가 아준은 생각지도 못한 말을 듣게 되었다.

그 순간 아준의 코트 주머니 속 휴대전화가 길게 진동했다. 아준은 황급히 휴대전화를 손에 쥐고 계단을 내려갔다. 그러곤 계단 밑에서 작은 목소리로 전화를 받았다.

"지금? 알았어. 바로 갈게."

이연의 옥탑방을 힐끔 올려다본 아준은 이내 미련 없이 발을 옮겼다.

태진은 조용한 이연의 집 앞에서 삼십 분을 기다렸다. 그쯤 되니 몸이 으슬으슬 추웠다. 추운 겨울 날씨를 감당하기에는 얇아 보이는 롱코트를 여미며 태진은 다시 문을 두드렸다. 하지만 이번에도 역시 대꾸는 없었다.

'정말 없나?'

그냥 돌아갈까 하다가 태진은 마지막으로 한 번만 더 노크해보기로 하고 손을 뻗었다. 그런데 손이 닿기도 전에 그토록 굳건하던 문이 쩍 열렸다.

"이연 씨, 역시 안에 계셨……."

깜짝 놀란 태진이 열린 문틈으로 말했다. 그러나 문 사이로 나온 건 이연이 아니라 고양이였다.

"야옹이?"

태진은 너무 놀라서 자신이 고양이를 굉장히 귀엽게 칭했다는 사실도 눈치채지 못했다. 활짝 열린 문 사이로 청결하게 정리된 세간이 보였다. 안쪽에 있는 작은 침대도 눈에 들어왔다. 태진은 조심스럽게 이연의 이름을 불러보았다.

"이연 씨?"

문을 잠그지 않고 외출한 걸까.

태진이 고개를 갸웃하며 문을 닫으려던 그 순간 신음이 들렸다. 그는 반사적으로 소리가 들린 쪽을 쳐다보았다. 그제야 침대 이불 속에 파묻힌 듯이 누워 있는 창백한 이연이 보였다.

"이연 씨……!"

이연은 땀에 젖은 채 신음하고 있었다. 태진은 재빨리 달려가 이연의 상태를 자세히 살폈다. 이마에는 열이 펄펄 끓고 있었고 얼굴과 목엔 땀이 흥건했다. 이연의 이마에서 손을 뗀 태진이 그녀를 들기 위해 목뒤로 팔을 넣었다.

"일단 나랑 병원 가요……!"

그때 이연이 뭔가 말을 뱉어냈다.

"태진……."

태진은 그녀의 입에서 나온 제 이름에 화들짝 놀라 움직임을 멈췄다. 이연이 파랗게 질린 입술을 달싹였다.

"여태진, 이…… 죽일 놈……."

원망 섞인 욕설에 태진은 그만 딸꾹질이 튀어나왔다. 하지만 금방 다시 정신을 차리고 그녀를 든 채 병원 응급실로 향했다.

◆ ✣ ◆

회원제 고급 술집의 룸 안은 시끌벅적 소란스러웠다. 그곳에는 아준과 매니저 승규 그리고 그들과 친한 방송국 PD들과 작가들이 사담을 나누면서 술을 마시고 있었다.

제일 구석에 앉은 아준은 혼자 조용히 술잔을 기울이며 아까 우연히 들었던 내용에 대해 떠올렸다.

"몸은 괜찮은 거예요? 트라우마 때문에 또 식은땀이 많이 났을 텐데."

'트라우마 때문에 식은땀이 났을 거라고?'

아준의 머릿속에 공항에서 모자를 건네주다가 멈칫했던 이연의 모습과 얼마 전 행사장에서 이상했던 이연의 행동들이 떠올랐다. 두 상황의 공통된 점이 있다면 바로 이연이 카메라에 노출됐었다는 점.

생각에 잠겨 있던 아준의 눈동자가 번뜩이더니 이채가 서렸다.

'혹시 이연이한테 카메라 트라우마가 있나?'

그럴듯한 의문이 스치자 아준은 자신도 모르게 손으로 입을 틀어막았다. 입가를 가리고 있는 아준의 동공이 잔잔하게 일렁였다.

'이런. 내가 큰 실수를 했네.'

지난 10년간 이연이 그토록 카메라를 꺼려했던 이유가 트라우마 때문이었다니.

그러다 아준은 문득 자신은 10년 넘게 몰랐었던 걸 고작 몇 개월밖에 알고 지내지 않은 태진은 알고 있다는 사실이 화가 났다. 하지만 지금이라도 안 것이 중요했기에 울컥한 마음을 다스렸다.

입술을 안쪽으로 말아넣은 채 무언가를 곰곰이 생각하던 아준이 잠시 후 결심한 듯 술잔을 들고 자리에서 일어섰다. 룸 안에 있는 이들의 시선을 받으며 아준은 술잔을 높이 들어올렸다.

"오늘은 제가 사겠습니다. 마음껏 드세요."

그곳에 있는 모든 이들이 그에게 환호를 보냈다.

◆ ✣ ◆

병원에서 다시 이연의 옥탑방으로 돌아온 태진은 수건을 찾아 차가운 물에 적셔 왔다. 그리고 그것을 이연의 깨끗한 이마에 얹었다. 주사를 맞고 열은 많이 내렸지만 아직 미열이 있는 상태였기 때문이다.

그런 다음 약국에서 사온 알약을 물에 녹여 이연의 입에 흘려주었는데, 아직 정신이 몽롱한 이연은 잘 받아들이지 못하고 거의 반을 뱉어냈다. 태진은 속상해하면서 휴지로 그녀의 입가를 닦아주었다. 거기서 멈추지 않고 태진은 이연의 팔을 주무르고 어깨를 토닥거렸다. 그래서인지 이연은 곤히 잠에 드는 모습이었다.

그 후로도 태진은 십 분에 한 번씩 이연의 수건을 갈아주었다. 그러다 문득 손목시계로 자정이 넘은 시간임을 확인했다. 잠시 내일 스케줄을 상기해보고 있는데, 이연의 목소리가 태진의 주의를 끌었다.

"……무울……."

"네?"

무슨 말인지 알아듣지 못한 태진이 이연의 얼굴로 귀를 갖다 댔다. 그제야 이연의 목소리가 정확하게 귀에 꽂혔다.

"물……."

"아, 네."

태진은 얼른 머그잔에 물을 따라서 이연의 입술 사이로 흘려주었다. 그러나 이번에도 잘 삼키지 못하고 계속 입가로 물을 흘렸다. 그 순간 이연의 일자 눈썹이 꿈틀 움직였다.

"무울……!"

그 한 단어에서 급박함이 느껴졌기에 태진은 마음이 조급해졌다. 어쩔 수 없이 태진은 머그잔을 들고 물을 마셨다. 하지만 삼키지는 않고 입안에 물을 머금은 상태로 이연의 입술 사이에 흘려주었다. 그제야 이연이 눈썹에 힘을 풀었다. 그걸 두 번 더 반복하자 이연은 갈증이 해소된 듯 편한 얼굴로 잠들었다.

태진은 새벽녘까지 이연의 곁을 지키다가 열이 다 내려간 걸 확인하고 집을 나섰다. 그러나 도어록이 설치되어 있지 않은 새시 문 때문에 가던 발길을 멈추었다. 잠기지 않은 문이 걱정돼서 태진은 또 한참을 문밖에 머물렀다.

그렇게 어슴푸레 아침이 밝아오던 그때, 어젯밤 이연의 집 안에서 나왔던 고양이가 다시 나타났다. 갈색 고양이를 향해 무릎을 굽힌 태진이 손으로 고양이의 등을 쓰다듬었다. 고양이는 얌전히 태진의 발 쪽으로 머리를 숙였다.

"네가 이 집 주인 좀 잘 지켜줘."

자신이 끝까지 그녀를 지켜줄 수 있다면 제일 좋겠지만, 그건 그녀가 원치 않을 것이다.

"겉으론 씩씩한 척해도 엄청 여리거든."

힘없는 미소를 띤 채 말을 잇던 태진이 문득 두 눈을 동그랗게 떴다.

"아."

다음 순간 태진은 다시 이연의 집 안으로 들어섰다. 고양이도 그를 따라갔다. 하지만 그는 안으로 들어가지는 않고 현관에서 구두를 벗어 안쪽으로 돌려놓았다. 그러곤 이연의 삼선 슬리퍼를 찾아 신었다. 슬리퍼가 발에 너무 꽉 껴서 터질까 걱정이 되긴 했지만 그래도 차까지는 버텨줄 것 같았다.

신발을 바꿔 신고서야 태진은 안심하고 그곳을 벗어났다.

◆ ⁘ ◆

이연은 아침에 일어나니 몸이 개운했다. 머릿속도 말끔했고 더 이상 땀도 나지 않았다. 트라우마 증상의 여파로 이틀 내내 몸살과 비슷하게 몸이 으슬으슬하고 아팠는데, 지금은 거짓말처럼 말짱했다.

'꿈 때문인가?'

이연은 자연스럽게 지난밤 꿈을 떠올렸다. 꿈속에서 잘생긴 남자가 다정하게 안아주고 키스를 해주었는데 그게 기분이 썩 나쁘지 않았다. 아니, 솔직히 나쁘지 않은 정도가 아니라 황홀하기까지 했다.

그런데 잘생긴 남자의 얼굴을 곰곰이 떠올려보던 이연이 큰 눈을 빠른 속도로 깜박거렸다. 꿈속의 그 남자가 누구를 참 많이 닮은 것 같았기 때문이다.

"미쳤구나, 정말."

이연의 입에서 기가 찬 음성이 터져 나왔다. 그도 그럴 게 그 남자는 여태진이었던 것이다. 두 볼이 화악 달아오른 이연이 양손을 얼굴로 올렸다.

"중증이네, 중증이야."

손으로 턱을 괸 채 이연은 중얼거렸다.

"대체 언제까지 이럴래?"

아직까지 태진을 떨쳐내지 못하고 계속 그를 생각하고 떠올리는 자신이 미련하게 느껴졌다.

"으휴!"

크게 한숨을 내뱉은 다음 이연은 침대에서 몸을 일으켰다. 그때 그녀의 발이 바닥에 놓여 있는 머그잔을 건드렸다.

"근데 컵이 왜 여기에……?"

이연은 머그잔을 집어 들며 고개를 갸웃했다.

어젯밤에 내가 물을 마셨던가?

기억이 나지 않았다. 그냥 그랬나 보다 하고 설거지통에 머그잔을 집어넣고 돌아서는데, 화장실 앞쪽에 수건이 보였다.

"수건 위치도 좀 이상한데?"

중얼거리는 이연의 얼굴에 의구심이 가득했다.

혹시 지난밤에 누군가 왔었던 걸까?

이연은 미심쩍은 시선으로 집 안을 둘러보다 고개를 좌우로 흔들었다.

"에이, 설마."

그런데 그 순간 현관에 놓인 낯선 남자 구두를 발견했다.

"!"

흠칫 놀란 이연은 천천히 무릎을 굽혀 앉았다. 깨끗한 명품 구두를 가만히 들여다보던 그녀가 이마를 긁적였다. 그러곤 시선을 구두에서 새시 문으로 옮겼다.

"정말, 여태진이 온 거였어?"

이연은 믿을 수 없다는 듯이 눈을 크게 뜨며 마른침을 삼켰다. 태진을 본 게 꿈이 아니었다.

"우리 집에 들어와서 뭘 한 거지? 설마 날…… 간호했나?"

어쩐지 이상할 정도로 몸이 개운하다 했다. 불현듯 이연은 자신의 팔을 주무르고 어깨를 다독이던 손길이 기억났다. 이연은 갑자기 볼이 화악 붉어지는 걸 느꼈다.

그렇다면 그와 키스를 한 것도 꿈이 아니란 말인가?

"이 남자가 정말……!"

자리에서 벌떡 일어선 이연이 벌겋게 달아오른 얼굴로 성을 냈다.

야옹.

그때 침대 밑에 있던 고양이가 걸어 나왔다.

"어? 야옹아."

이연은 태진과 똑같은 호칭-그녀는 모르겠지만-으로 고양이를 불렀다. 이 고양이는 그녀가 키우는 반려묘는 아니고 가끔 그녀의 옥탑방에 놀러 오는 길고양이였다.

그런데 고양이가 이연에게 다가오지는 않고 쳐다만 보자 이연은 괜히 뜨끔해서 얼른 애교를 부렸다.

"언니 화난 거 아니야. 봐봐. 웃고 있잖아."

이연이 입꼬리를 올리니 그제야 고양이가 그녀에게 다가왔다. 몸을 웅크리고 앉은 이연이 고양이의 등을 쓰다듬었다. 그러다 문득 이 고양이는 어젯밤 태진을 봤겠구나 하는 생각이 스쳤다.

"근데 너 혹시 어젯밤에 잘생긴 오빠 봤니? 키도 크고 내 이상형처럼 생긴 남잔데."

야옹. 소리를 낸 고양이가 태진의 구두로 가서는 구두코에 얼굴을 비볐다. 이연은 순간 헛웃음이 터졌다.

"그래. 그 구두 주인."

태진의 구두 쪽으로 몸을 튼 이연이 고양이를 쓰다듬으며 중얼거렸다.

"아무래도 돌려줘야겠지?"

◆ ⁘ ◆

이연은 라인이 슬림한 코트를 집었다가 헛기침을 하고는 패딩을 꺼내 입었다. 진하지 않게 화장한 얼굴을 체크한 그녀가 쇼핑백에 태진의 구두를 담았다.

일요일이었기 때문에 태진의 회사 대신 집으로 향했다. 살짝 긴장한 이연은 무심코 아파트 건물 엘리베이터 앞에 섰다가 다시 걸음을 옮겼다. 펜트하우스 전용엘리베이터가 있는 걸 깜박한 탓이다. 잠시 후 엘리베이터에서 내린 이연이 현관문의 초인종을 눌렀다.

딩동, 딩동.

곧 문이 열리고 실크 파자마 차림의 태진이 나왔다. 피곤한 기색이 역력한 그의 얼굴에 멈칫했지만 이연은 이내 당당히 따졌다.

"변태세요?"

"……부정은 못 하겠네요."

태진의 대답에 또 한 번 멈칫한 이연이 정신을 가다듬고는 쇼핑백을 그의 코앞으로 들이밀었다. 쇼핑백을 받아 들고 안을 확인하는 태진에게 이연이 목청을 높였다.

"왜 남의 집에 함부로 들어와요? 변태도 아니고."

"부정은 못 하겠다니까요."

고개를 든 태진이 싱겁게 웃었다. 그답지 않은 푸석한 얼굴이 몹시 신경 쓰였지만 이연은 애써 차갑게 말했다.

"앞으로 함부로 우리 집에 찾아오거나 들어오지 마세요."

태진은 이연의 말을 덤덤히 받아들였다. 이연은 도도하게 하고 싶은 말을 덧붙였다.

"당신 때문에 현관 열쇠를 도어록으로 바꿨으니까."

"잘했네요. 안 그래도 걱정했는데."

태진은 도어록을 설치했다는 말에 크게 안심했다. 그 진심으로 안도하는 표정에 이연은 가슴이 뛰었다. 하지만 하고 싶은 말이 더 있었기에 두 눈에 힘을 잔뜩 주었다.

"그리고 제 몸에 손댔죠? 부정 안 하더니 진짜 변태 맞네."

사실 이연은 처음부터 이 부분을 따지고 싶었다. 간호해준 건 고맙지만, 스킨십은 별개의 문제였다.

"물을 달라고 하셨는데, 잘 못 넘기시기에 입술로 넘겨드렸습니다."

"그런 말을 잘도 하시네요?"

자신은 지금 민망함에 얼굴이 화끈거리는데 말이다. 이연의 날카로운 눈초리가 태진을 쏘아보았다. 태진은 어깨를 으쓱하며 입을 열었다.

"물 달라고 급박하게 요구하셨거든요."

"제가요?"

광대가 불그스름해진 채 이연은 반문했다.

"네. 본인이."

이연은 더 따지고 싶었지만 하지 못했다. 그녀의 기억 속에도 자신이 심한 갈증을 느꼈던 것 같았기 때문이다.

"아침 약은 먹었어요?"

태진이 불쑥 물었다. 이연의 눈이 동그래지자 태진은 미간을 좁히며 안타까워했다.

"침대 맡에 뒀는데, 몰랐어요?"

아침 약이라니, 그럼 병원에도 다녀왔다는 말인가? 미처 몰랐던 사실에 이연은 꽤나 당황스러웠다.

잠시 후, 큼큼 헛기침으로 목을 가다듬은 그녀가 단호하게 말했다.

"암튼, 전 경고하러 온 거예요."

태진은 이연의 매서운 표정을 보면서 고개를 끄덕였다. 이연이 냉랭한 목소리로 말을 이었다.

"한 번만 더 찾아오면 이번엔 진짜로 신고할 거예요."

그런 다음 그녀는 미련 없이 돌아서서 가버렸다. 그러나 그 뒤에 남겨진 태진은 휘둥그레진 두 눈을 깜박거리고 있었다.

이윽고 그가 고개를 갸웃했다.

'이번엔 진짜로?'

◆ ✣ ◆

긴히 할 이야기가 있다는 아준의 전화에 이연은 그가 있는 방송국 스튜디오로 향했다. 스태프들을 스쳐갈 때마다 길게 푼 머리카락이 휘날리도록 씩씩하게 인사를 건네던 이연이 어느 방 앞에 선 승규를 발견했다.

"여깁니다, 대표님."

이연은 승규의 어깨를 토닥이면서 아준의 이름이 붙어 있는 대기실로 들어섰다. 의자에 앉아 있던 아준이 그녀를 돌아보았다. 촬영을 끝마친 뒤였지만 그는 아직 메이크업을 지우지 않은 상태였다. 이연이 아준의 앞으로 의자를 끌어다 앉았다.

"무슨 일 있어?"

"응. 나 고민 있어."

대답하는 아준의 표정이 어두웠다. 아준 쪽으로 상체를 기울여 그의 동글동글한 얼굴을 살핀 이연이 진지하게 다시 입을 열었다.

"뭔데 그래? 뭐든지 털어놔봐."

이연의 맑은 눈망울을 마주한 아준은 마른침을 꿀꺽 삼켰다. 그가 꽉 닫힌 대기실 문을 눈으로 확인하고는 목소리를 낮춰 말했다.

"요즘 파파라치가 따라붙는 것 같아."

"파파라치?"

이연은 눈썹을 치켜올렸다. 아준의 스캔들을 노린 파파라치라면 굉장히 드문 일이었다. 10년간 이연을 짝사랑했던 아준이었기에 그동안 그에게 스캔들은 전무했다. 그런 아준을 잘 알고 있는 이연이 반색하며 물었다.

"너 요즘 만나는 여자 있어?"

아준은 그녀를 빤히 쳐다보았다. 이연이 고개를 갸웃 기울이는 순간 아준이 검지를 뻗었다.

"너."

"나?"

이연은 황당해했다. 그녀의 정갈한 눈썹이 일그러지는데도 개의치 않고 아준은 말을 이었다.

"너랑 밥도 자주 먹고 같이 잘 다니니까 의심하고 있나 봐."

굳은 얼굴의 이연이 입술을 앙다물었다. 솔직히 그녀는 지금 이 상황이 잘 이해가 되지 않았다. 파파라치들이라면 그녀가 누군지, 아준과 그녀가 얼마나 오랫동안 알고 지냈는지 아주 잘 알 텐데 왜 그런 의심을 하는지 의문이었다.

"내가 시니 대표란 걸 모르지 않을 텐데."

그녀와 달리 아준은 이 상황이 아무렇지도 않은지 부드럽게 웃었다.

"그거야 네가 미혼인 데다 워낙 예쁘니까."

부담스러워진 이연은 양손에 깍지를 끼며 의자에 등을 기댔다. 생각에 잠긴 눈빛을 하고 있던 그녀가 아준을 똑바로 쳐다보면서 제안했다.

"그럼, 당분간 거리를 좀 두자."

"뭐?"

아준의 동그란 두 눈이 크게 벌어졌다. 그의 낯빛에 당혹감이 스쳤지만 이연은 담담했다.

"그게 좋겠어."

이연을 향해 어색하게 웃는 아준의 속은 까맣게 타들어갔다.

아, 이게 아닌데.

◆ ✣ ◆

연훈은 회사에서부터 태진을 따라나섰다. 요즘 통 기운이 없는 그를 염려한 탓이다. 일할 때는 평범하고 괜찮은데 꼭 혼자 두면 죽을상이었다.

한산한 골목에 차를 세우는 태진에게 조수석의 연훈이 물었다.

"오늘도 마시게?"

운전석에서 내리려 차문을 연 태진이 친구를 돌아보았다.

"안 마시면 잠이 안 와서."

시니에 갈 수 없게 된 날 이후로 줄곧 그랬다. 태진이 차에서 내리자 연훈도 황급히 그를 따라 내렸다.

"근데 또 여기야?"

연훈은 태진이 서 있는 술집 건물을 올려다보았다. 요즘 태진이 부쩍 자주 찾는 술집의 이름은 'DD'였다. 앤티크한 분위기를 가진, 어디서나 흔히 볼 수 있는 술집이었지만 태진은 꽤 마음에 들어 했다.

"다른 좋은 데도 많은데 왜 자꾸 여길……."

연훈은 투덜거리면서 술집으로 먼저 들어섰다. 뒤따라 들어올 태진을 위해 문을 잡고 있는데, 그러다 구석 자리에 있는 두 사람을 발견했다. 칸막이가 있었지만 키가 큰 연훈에게는 너무나 잘 보였다.

"!"

연훈의 옆으로 긴 눈이 동그래지더니 태진이 들어오는 방향으로 급히 돌아섰다.

"왜? 비켜."

입구를 막아서는 연훈의 행동에 태진은 의문을 드러냈다. 의구심 가득한 눈동자를 마주한 연훈은 난감한 표정으로 입술을 축였다. 눈빛이 달라진 태진이 그의 어깨를 덥석 잡으면서 물었다.

"혹시, 안에 이연 씨 있어?"

이번엔 연훈의 눈빛이 달라졌다. 태진이 왜 이곳을 자주 찾는지 이제 알 것 같았다.

"뭐야. 여기 설마 이연 씨 다니는 데야?"

그의 말대로 이곳 'DD'는 이연의 단골술집이었다. 태진이 담백하게 고개를 끄덕이자 연훈은 실소를 터뜨렸다. 다음 순간 태진은 앞으로 발을 디디려 했다. 연훈이 잽싸게 손을 뻗어 그를 말리지만 않았더라도 그렇게 했을 거다.

"송아준이야."

반갑지 않은 이름에 태진은 눈썹을 구겼다.

"송아준이 있다고. 매니저랑."

연훈이 덧붙인 설명을 들은 태진은 두어 발자국 물러섰다. 들어가고 싶은 마음이 싹 사라진 것이다.

"근데 엉망으로 취해 있네."

다시 한 번 뒤를 힐끔 확인한 연훈이 낮게 혀를 끌끌 찼다. 그사이 태진은 출입문을 활짝 열었다.

"가자. 나까지 눈 버리기 전에."

태진이 서둘러 자리를 뜨자 연훈도 급히 따라갔다.

◆ ⁘ ◆

아준은 연훈이 묘사한 것처럼 아주 엉망으로 취해 있었다. 그런 상태로 그는 연신 이연의 이름을 불렀다.

"이연아……. 신이연……!"

그의 곁에서 승규는 주변 눈치를 살피며 발을 동동 구르고 있었다.

"형님, 정신 좀 차려보세요."

아준은 인사불성이었다. 그렇게 승규에게는 더디기만 한 시간이 흐르고 있을 때, 그들이 있는 테이블로 이연이 달려왔다. 그녀는 테이블과 한 몸이 되어 있는 아준을 보고 얕은 한숨을 내쉬었다.

"후우."

그녀의 눈치를 살핀 승규가 면목 없다는 듯이 입을 열었다.

"여기까지 오시게 해서 죄송해요. 근데 형님이 자꾸 찾으셔서."

아준은 몇 시간째 이연을 애타게 찾았지만 이연은 술에 취한 그의 연락을 무시했다. 결국 보다 못한 승규가 직접 이연에게 연락을 넣어 그녀를 오게 만들었다.

아준에게서 시선을 뗀 이연이 차분하게 말했다.

"일단 차로 옮기자."

승규는 잽싸게 차 키와 지갑 그리고 아준의 휴대전화를 챙기고 아준에게 외투를 입혔다. 무척 손에 익은 듯한 행동이었다.

"여기 잠깐만 계세요. 금방 차 가져올게요."

승규가 허둥지둥 자리를 뜨자마자 이연은 아준을 흔들어 깨웠다. 이연을 발견한 아준이 얌전히 상체를 일으켰기에 이연은 그를 완전히 일으켜 세웠다. 아준의 겨드랑이에 어깨를 넣고 그를 부축한 이연이 힘겹게 발을 뗐다. 술집 마스터는 그들의 모습을 익숙하다는 듯이 지켜보았다.

'DD' 건물 앞에서 이연은 아준을 단단히 붙잡은 채 승규를 기다렸다. 그때 조용히 있던 아준이 갑자기 이연을 밀치고 앞으로 걸어 나갔다.

"아준아!"

차가 오가는 길목이었기 때문에 이연은 놀라서 아준의 팔뚝을 잡아챘다.

"너 취했잖아. 위험해. 여기에 나랑 있자. 응?"

아준은 이연에게 끌려오면서 한 손으로 마른세수를 했다. 큰 한숨을 내뱉은 그가 이연을 물끄러미 응시했다.

"이연아, 넌 아직도 내가 싫어?"

갑작스러운 그의 물음에 이연은 두 눈이 휘둥그레졌다. 그녀가 단호히 고개를 좌우로 저었다.

"내가 널 왜 싫어해."

하지만 아준은 알고 있었다. 그녀가 자신과 닿을 때마다 어두워지는 걸. 그녀의 말대로 자신이 싫은 게 아니라면, 그건 아직 스킨십이 어색해서 그러는 걸까.

우리가 너무 오랫동안 친구여서…….

그때였다.
찰칵.
카메라 셔터 소리가 들렸기에 아준과 이연은 반사적으로 고개를 돌렸다. 그 순간 이연은 카메라 렌즈를 정면으로 보게 되었다. 또 셔터가 눌렸다.
찰칵.
"!"
온몸에 소름이 돋아서 이연은 파리하게 굳어졌다. 아준은 황급히 그녀의 얼굴을 살폈다.
"이연아?"
이연은 어두운 밤인데도 눈에 확연히 보일 정도로 창백해진 상태였다. 아준의 눈동자가 미세하게 떨고 있는 이연의 어깨와 손으로 향했다. 다음 순간 아준은 조심스럽게 이연의 코트 소매를 붙잡았다.
"괜찮아?"
"하아, 하아……."
이연은 대답 대신 받은 숨을 내쉬었다. 아준은 안타깝다는 듯이 쳐다보면서 두 팔을 뻗어 그녀의 가녀린 몸을 부축했다.
찰칵.
또다시 파파라치의 카메라 셔터 소리가 들리자 이연은 정신을 퍼뜩 차리고 아준을 밀쳐냈다. 급히 카메라를 찾아보았지만 파파라치는 이미 사라진 뒤였다.

◆ ✣ ◆

회사 계정 스팸메일함에 쌓여 있는 메일들을 빠르게 훑어보던 태진이 코웃음을 쳤다. 진 대표의 재벌 3세 설을 기사로 다루겠다는 메일부터 진 대표의 성적취향에 대해 터뜨리겠다는 메일까지 종류가 매우 다양했던 것이다.

"돈 주고 처리할게."

태진의 책상 앞에 학수와 나란히 선 연훈이 진지하게 의견을 전했다. 그러나 태진은 고개를 저었다.

"그냥 놔둬."

"왜? 돈 몇 푼 주면 끝날 일인데."

연훈은 이해할 수 없다는 얼굴이었다. 그동안 저런 메일이야 수도 없이 받아봤지만, 이번엔 꽤 구체적이었다. 괜한 구설수에 오르지 않으려면 구체적인 몇 건만이라도 깔끔하게 처리해두는 게 좋을 것 같았다.

"협박범들한테 돈 주면서까지 기사를 막을 필요는 없다고 생각해."

태진의 낮은 음성은 무척 단호했다. 계속 찜찜해하는 표정인 연훈을 위해서 태진은 친절히 설명을 덧붙였다.

"일단, 내가 태산그룹 명예회장님 손자니까 재벌 3세인 건 설이 아니라 사실이고. 그러니 터져도 무방하고. 그리고 또 뭐? 성적취향?"

연훈은 기다렸다는 듯이 재빨리 그의 컴퓨터 앞으로 걸어가서는 어떤 메일 하나를 열었다.

"사진까지 첨부되어 있더라."

"사진?"

그제야 태진은 관심을 드러냈다. 흥미로운 눈빛을 하고 있는 그에게 연훈은 사진 파일을 열어 보여주었다. 어두운 골목에서 찍힌 그 사진에는 큰 키에 체격 좋은 남자와 그보다 살짝 작은 키에 모델같이 늘씬한 남자가 부둥켜안고 있었다.

두 팔을 교차시켜 팔짱을 낀 태진이 자신과 끌어안고 있는 큰 체구의 남자를 턱으로 가리켰다.

“뭐야, 이 덩치는.”

“그러게. 어우, 덩치만 보면 사람 아니고 곰 같은데?”

연훈은 사진을 검지로 콕 찍으며 질색했다. 자연스럽게 그를 슥 돌아본 태진이 불현듯 눈썹을 확 찡그렸다.

“너 아니냐?”

“나야?”

태진의 지적에 연훈은 화들짝 놀라는 얼굴을 했다. 조금도 예상하지 못했는지 연훈은 바로 패닉 상태에 빠졌다. 학수가 그런 그들 사이로 몸을 집어넣더니 마우스를 잡았다.

“참으로 찐한 포옹 장면이지만, 이 정도에 놀라시면 안 되죠. 다음 사진에선 뽀뽀까지 하셨거든요.”

학수의 빠른 손이 다음 사진을 클릭해서 모니터 화면에 띄워놓았다. 이를 확인한 연훈과 태진은 진심으로 당황했다.

“내가 언제 이랬어?”

태진의 볼에 뽀뽀를 하고 있는 자신의 모습에 충격받은 연훈이 대리석 바닥을 펄쩍 뛰었다.

“나도 기억 안 나. 기억을 했으면 네가 지금 살아 있겠냐?”

태진은 신경질을 부리면서 깨끗한 볼을 거칠게 닦았다. 그럼에도 화가 안 풀린다는 듯 자리에서 일어나 연훈의 어깨를 퍽 때렸다.

“술 좀 적당히 처먹어.”

“지는.”

어차피 기억 못 하는 건 피차일반 아닌가. 연훈이 태진을 쏘아보며 큰 주먹을 들자 학수가 재빨리 그들 사이로 파고들어 중재했다.

“싸우지 마세요, 두 분.”

중간에 껴서 이리 치이고 저리 치이면서 학수는 울상을 지었다.

♦ ✣ ♦

월초에 항상 있는 임원회의를 마치고 돌아온 태진을 기다리고 있었던 건 청천벽력과도 같은 소식이었다.

[송아준, 신이연 대표와 핑크빛 데이트]

믿을 수 없게도 아준과 이연의 스캔들이 터진 것이다. 두 사람이 가깝게 마주 보고 서 있는 모습과 아준이 이연을 끌어안고 있는 모습이 찍힌 사진들도 스캔들 기사와 함께였다. 사장실 중앙에서 태블릿 PC로 기사를 확인한 태진은 얼어붙었다. 그의 뒤에서도 학수와 연훈이 머리를 맞대고 스캔들 기사를 확인하고 있었다.

"어? 둘이 사귄대요?"

학수가 휘둥그레진 눈으로 소란을 피웠다.

"아, 어, 그런가 보다, 야."

연훈은 맞장구를 치면서 태진의 눈치를 살폈다. 뒷모습밖에 안 보이는데도, 태진이 어떤 표정일지 훤했다.

태진이 천천히 돌아섰다. 마치 검정 슈트의 저승사자를 마주한 것처럼 연훈은 긴장했다. 저승사자 아니, 태진의 서늘한 음성이 울려 퍼졌다.

"너흰 이게 사귀는 사이 같냐?"

연훈과 학수는 괜히 기가 죽어서 입술을 꾹 다물었다. 그들을 차갑게 노려보면서 태진은 말을 덧붙였다.

"이연 씨가 하얗게 질려 있잖아."

그러자 연훈과 학수는 황당해하며 서로의 얼굴을 쳐다보았다. 다음 순간 연훈이 태진을 돌아보며 물었다.

"넌 그게 보여?"

옆에서 학수도 거들었다.

"전 어두워서 얼굴까진 잘 안 보이는데요."

대답 대신 태진은 한심하다는 듯이 머리를 설레설레 흔들었다. 연훈은 문득 두 눈을 동그랗게 떴다.

"아."

그러더니 갑자기 기사 속 사진을 다시 확인했다. 아준의 외투 안 옷차림을 뚫어지게 관찰한 그가 고개를 주억거렸다.

"하긴. 옷 보니까 그날이네. DD 갔다가 송아준 있어서 그냥 나온 날."

얼마 전 'DD'에서 우연히 아준을 봤을 때 그는 사진 속에서처럼 물방울무늬 셔츠에 청바지를 입고 있었다.

"그때 송아준 엄청 취해 있었잖아? 그래서 데리러 왔었나 보네."

그날의 아준은 인사불성으로 취해 테이블을 거의 끌어안고 있었다.

"흐음."

연훈의 말을 듣는 둥 마는 둥 태진은 태블릿으로 스캔들 사진을 자세히 살피고 있었다. 어느 순간 그가 까만 동공을 예리하게 빛냈다.

이건 분명히 송아준 쪽에서 이연 씨를 붙잡은 거다. 이연 씬 카메라 트라우마 때문에 힘들어서 움직이지 못했을 거고…….

태진의 반듯한 얼굴에 근심이 서렸다. 어두운 낯빛의 그가 생각에 잠긴 표정으로 걸음을 옮겼다. 이연은 앞으로도 계속 이렇게 카메라에 노출될 것이고 혼자서 트라우마로 힘들어할 것이다. 그녀의 트라우마를 낫게 할 좋은 방법이 없을까?

원목 책상 앞에서 발을 멈춘 태진이 턱에 손을 얹으며 고심하는데, 연훈이 자신의 태블릿을 들고 그에게로 성큼성큼 걸어왔다.

"야, 근데 지금 그게 문제가 아니야. 그 협박범한테 메일이 또 왔어. 내일 당장 재벌 3세 설을 터뜨리겠대."

태진은 곧바로 생각에서 깨어나 연훈을 빤히 응시했다.

"내일 당장?"

"그래, 인마. 이제 어떡할래, 너?"

연훈은 답답하다는 듯이 한숨을 폭 내쉬었다. 그러나 초조한 모습의 연훈과 대조적으로 태진은 무척 덤덤했다.

"지금 당장 하라고 해."

"뭐?"

단번에 연훈의 이맛살이 찡그려졌다. 태진은 어이없어하는 그에게 무표정한 얼굴로 대꾸했다.

"당장이 왜 내일이야, 오늘이지."

연훈만큼이나 학수도 당황한 낯빛이었다. 그들이 농담인 건가 무슨 생각이 있는 건가 갈팡질팡하고 있는 사이 태진은 단호하게 명령했다.

"바로 터뜨리라고 해."

진심인 것이 느껴지자 연훈은 벌컥 화를 냈다.

"너 미쳤냐?"

조용하게 만들어도 모자랄 판에 오늘 터뜨리라고 부추기다니, 도저히 이해가 안 갔다.

"지극히 정상이야."

애가 타는 연훈과 달리 태진은 태연하기만 했다. 연훈이 상기된 얼굴로 다시 입을 열었다.

"너 언론에 주목받는 거 싫어하잖아. 그래서 공식석상에도 잘 안 나간 거면서."

"그렇다고 내가 어떻게 번 돈인데 그놈한테 줘? 차라리 재벌 3세인 걸 밝히고 주목받을래."

연훈은 도무지 납득할 수가 없었다. 태진이 재벌 3세라는 게 밝혀지면 그동안 그가 했던 노력들이 모두 태산그룹의 힘이라는 둥 다이아몬드수저라는 둥 불쾌한 루머가 나올지도 모른다.

"다시 한 번 생각해봐. 무엇보다 명예회장님이 가만있지 않으실걸?"

연훈은 태진이 제일 존경하는 명예회장님의 이야기를 꺼냈다. 그러나 이번에도 태진은 조금도 흔들림이 없었다.

"등짝 한 대 아니, 세 대 정도 맞으면 돼."

고집스러운 그의 입매를 쳐다보던 연훈이 문득 미간을 좁혔다.

"너 사실은 뭔 꿍꿍이가 있는 거지?"

태산그룹 여산호 회장님의 손자인 게 드러나면 귀찮은 일들이 늘어날 것이다. 여기저기서 관심을 가질 테니까. 그럼에도 그 사실을 밝히게 둔다는 건 분명 대단한 이유가 있는 걸 것이다. 일단 태진의 이슈로 인해 많은 일들이 주목받지 못하고 묻힐 것이다. 그중에서도 지금 가장 화제가 되고 있는 이슈라면…….

"너 설마 송아준 스캔들 덮으려고……!"

연훈이 목소리를 높이자 태진은 얼굴을 굳히며 정색했다.

"야, 내가 설마 신이연 대표를 위해서 그런 짓까지 하겠어?"

"그, 그래. 그건 아니지?"

연훈은 크게 안도하는 표정을 지었다. 하지만 그것도 잠시. 태진은 다시 그의 얼굴을 일그러지게 만들었다.

"더한 짓도 할 수 있지."

"야, 여태진!"

연훈이 버럭 소리를 질렀지만 태진은 가볍게 무시했다.

◆ ✣ ◆

[(공식)신이연 대표와 송아준 열애설, 사실 무근]

시니 엔터테인먼트는 송아준의 열애설 기사가 터진 지 오 분 만에 공식입장을 발표했다. 시니 창립 이래 제일 빠른 입장발표였다. 그럼에도 불구하고 사람들은 천재 MC 송아준의 첫 스캔들에 많은 관심을 가졌다. 기자들 역시 끊임없이 연락을 해왔다.

사실이 아니라고 해명하다 지친 이연은 진동을 멈추지 않는 휴대전화를 뒤집어놓았다. 응접실로 가자 소파에 앉아 매니저의 휴대전화를 만지고 있는 인후가 보였다. 영화 촬영을 마치고 돌아온 이후 쭉 저 자세로 아는 기자들에게 문자를 보내고 있었다. 그도 자신만큼 스캔들 부인에 열심이었다.

그런데 인후가 불현듯 자리에서 벌떡 일어섰다.

"뭐야, 이거."

황당함이 깃든 인후의 화려한 얼굴이 이연에게로 돌아갔다. 이연은 말간 눈동자로 그를 응시했다.

"이거 봤어? 지금 막 뜬 건데."

인후는 잽싸게 이연의 앞으로 휴대전화를 가져갔다.

[국내 최대 연예기획사 J의 대표는 재벌 3세]

이연은 인후가 보여준 기사를 읽고는 큰 두 눈을 연속으로 깜박거렸다. 우리나라 최대 연예기획사는 진 엔터테인먼트였고, 그곳의 대표는 여태진이었다.
“연예기획사 J의 대표……. 아저씨 얘기 아니야?”
이연도 같은 생각이었지만 손톱을 입으로 가져갈 뿐 아무런 대꾸도 하지 않았다.
“아저씨가 재벌 3세였어?”
놀란 인후가 기사 내용을 자세히 읽었다. 기사엔 J의 대표는 TS그룹의 명예회장님 막내아들의 외동아들로 재벌 3세라고 쓰여 있었다.
“이니셜이 TS네. 태산? 태산그룹 아니야?”
태산그룹이라면 현 재계 순위 20위 안에 드는 재벌이었다. 주요 사업만 건설, 바이오, 화장품, 금융 등등 다양했다.
“대박 금수저였네, 아저씨.”
인후가 감탄을 터뜨리며 요란스럽게 박수를 쳤다. 그러다 불쑥 의문이 들었다. 왜 이런 민감한 기사가 그냥 터져버린 걸까 하고.
“근데 진 엔터테인먼트는 이거 안 막고 뭐 한 거야?”
연예계를 몇 날 며칠이고 시끄럽게 할 빅 이슈임에는 분명하나, 굳이 알려지지 않아도 될 이야기이기도 했다.
“그 큰 기획사에서 고작 기사 하나 못 막을 리 없을 텐데.”
관심받고 싶어서 미칠 정도가 아니라면 막는 게 맞았다. 이연도 인후와 같은 생각이었다. 그녀의 다갈색 눈동자가 어둡게 일렁였다.
“덕분에 아준이 형 스캔들은 조용히 묻히겠네.”
금세 검색어 순위가 뒤바뀌었다. 인후는 사람들의 관심이 태진에게로 옮겨가는 것이 고마웠다. 하지만 이연은 이번엔 그와 같은 생각이 아니었다. 그녀가 아랫입술을 잘끈 깨물었다.
‘설마 일부러……?’

◆ ✣ ◆

어쩌자고 여기까지 와버린 걸까.

이연은 태진의 아파트 건물 앞에서 후회했다. 오늘 터진 태진의 기사가 하루 종일 그녀를 전전긍긍하게 만들었기 때문에 생긴 일이었다.

도대체 만나서 무슨 말을 하려고?

안절부절못하다가 결국 태진의 집까지 쫓아왔지만, 덜컥 와서 뭘 묻고 싶은 걸까 스스로에게 묻고 싶었다.

혹시 일부러 재벌 3세 설 기사를 막지 않은 거냐고? 아준과 자신의 스캔들을 묻히게 하려고 그런 거 아니냐고?

만약 그렇다고 하더라도 거짓말을 잘하는 그가 진실을 말해줄 리 없었다. 그리고 설사 그렇다고 하면 또 어쩔 건가. 정리 안 된 머릿속이 복잡하기만 했다.

그냥 돌아가자. 돌아가는 게 좋겠어.

이연은 이대로 돌아가기로 결심했다. 이연이 자신의 차로 돌아가기 위해 발길을 돌린 순간 그녀 앞으로 최고급 외제차가 와서 섰다. 빠르게 운전석에서 내린 기사가 뒷좌석 문을 열자 그 안에서 칠십 대 중후반 정도로 보이는 우아한 분위기의 할머니가 손가방을 든 채 내렸다.

세련된 벨벳 원단의 투피스를 입은 할머니가 내뿜는 범상치 않은 기운에 압도된 이연은 자신도 모르게 시선을 내리깔고는 몸을 틀었다. 그때 그 할머니가 카랑카랑한 목소리로 이연을 불러 세웠다.

"거기, 아가씨."

어깨를 움찔한 이연이 천천히 고개를 돌렸다. 그녀가 제 가슴 위에 손을 올렸다.

"아, 네. 저요?"

“그럼 여기에 아가씨 말고 누가 있죠?”

톡 쏘는 말투에 이연은 반사적으로 주위를 둘러보았다. 주변에도 근처 주차장에도 사람은 단 한 명도 없었다. 이연은 재빨리 할머니 쪽으로 달려갔다. 이연이 가까이 오자 할머니는 기품 있게 말했다.

“이곳 펜트하우스로 올라가고 싶은데, 엘리베이터가 어디 있는지 아시나 해서요.”

“아하. 그거 저도 전에 왔을 때 헷갈렸는데, 펜트하우스로 가시려면 전용엘리베이터를 타셔야 해요. 전용엘리베이터는 저기 안쪽에 있어요.”

이연은 입가에 꽃미소를 단 채 친절하게 대답했다. 그러나 사근사근한 그녀를 보는 할머니의 눈매는 갑자기 매서워졌다.

“여기 펜트하우스는 한 세대뿐이라고 알고 있는데, 아가씨가 전에 여길 와봤다고요?”

“아…….”

자신이 뭔가 말실수를 한 건가 싶어서 이연은 순간 긴장했다. 그때였다.

“할머니!”

주차장 쪽에서 트레이닝복 차림의 태진이 급하게 뛰어왔다. 그를 발견하고 이연은 더욱 긴장했다.

“이 밤에 여기까지 혼자 오신 거예요? 할아버지랑 김 실장님이 할머니 찾는다고 아주 난리가 났어요.”

태진의 말이 채 끝나기도 전에 할머니는 앞으로 발을 디디며 윽박질렀다.

“너 이 녀석!”

태진은 그럴 줄 알았다는 듯이 할머니에게 넓은 등을 들이밀었다.

“네, 네. 일단 한 대 때리세요.”

할머니는 손을 들더니 태진이 아닌 이연 쪽으로 뻗었다. 이연의 팔을 잡아 부드럽게 끌어당긴 할머니가 카랑카랑한 목소리로 물었다.

"이 아가씨랑 무슨 사이냐?"

그제야 태진은 이연을 발견했다. 화들짝 놀란 그의 눈이 화등잔만 하게 커졌다.

"이연 씨?"

태산그룹 여산호 회장님의 부인인 유진재 여사는 최고급 가죽 소파에 다리를 꼬고 앉은 채 우아한 움직임으로 손자가 내려온 드립커피의 향을 맡았다. 그러면서 반대편에 앉아 있는 이연을 물끄러미 관찰했다.

"손자 녀석이랑 동종업계 사장님인 줄도 모르고 내가 실례를 범했군요."

커피잔을 내려놓는 유 여사를 향해서 이연은 정중하게 머리를 숙였다.

"아닙니다. 소개가 늦어 죄송합니다."

유 여사의 강렬한 포스에 긴장해서 커피잔에는 손도 못 댄 그녀가 미리 꺼내놓은 명함을 커피잔 옆으로 밀었다.

"시니 엔터테인먼트 대표, 신이연입니다."

유 여사는 여유로운 손짓으로 명함을 집어 들고는 꼼꼼히 확인했다. 그 사이 유 여사의 옆에 앉은 태진이 상체를 기울이며 이연에게 물었다.

"근데 이연 씨가 여긴 웬일이에요? 오면 온다고 연락을 주시지."

"저는 그냥 지나가다가 우연히……."

이연은 유 여사의 눈치를 보면서 말끝을 흐렸다. 이연의 명함을 손가방 안에 넣은 유 여사가 손자를 돌아보았다.

"난 우연 아니다."

태진의 시선이 유 여사에게로 향했다. 카리스마가 느껴지는 눈빛을 마주한 태진은 곧바로 등을 내밀었다.

"아, 예. 그러시겠죠. 그러니까 빨리 한 대 치세요."

기다렸다는 듯이 유 여사는 진주 반지를 낀 손으로 그의 등을 세게 내려쳤다.

찰싹.

"너 내가 우리 이용하지 말라고 했지!"

유 여사가 카랑카랑한 목소리로 소리쳤다. 태진은 따가운 등을 만지고 싶었지만 눈앞에 이연이 있었기 때문에 묵묵히 고통을 참아냈다. 유 여사의 호통이 이어졌다.

"네가 태산그룹에서 일 안 하겠다 선언하고 연예기획사 차릴 때 우리랑 굳게 약속한 거 아니냐!"

그랬다. 태산그룹 계열사 대신 연예기획사를 선택했을 때 태진은 분명 태산그룹의 힘이나 이름을 절대 빌리지 않고 성공해 보이겠다고 약속했었다.

"죄송해요."

태진은 변명 한마디 없이 머리를 숙였다. 그의 정수리를 노려보던 유 여사가 서늘하게 말했다.

"근데 그딴 기사 하나를 못 막아?"

태진과 이연은 동시에 멈칫했다. 슬그머니 고개를 든 태진이 이연의 눈치를 살폈다. 그때 유 여사가 표현을 정정했다.

"아니, 안 막아?"

태진의 까만 동공이 미세하게 흔들렸다. 그가 허리를 꼿꼿하게 펴면서 헛기침을 내뱉자 이연은 그의 행동을 주시했다.

"이유가 뭐야?"

매서운 눈초리의 유 여사가 태진의 오른 팔뚝을 덥석 잡았다. 태진은 부자연스럽게 유 여사를 쳐다보았다.

"기사 안 막은 이유."

난감한 표정으로 입꼬리만 올려 웃은 태진이 왼손을 들더니 유 여사의 손 위에 포갰다.

"할머니."

태진의 나직한 부름에 유 여사는 가는 눈썹을 치켜올렸다. 혀로 입술을 축인 태진이 하고 싶은 말을 이었다.

"저도 장가가야죠."

"뭐? 장가?"

유 여사가 황당하다는 얼굴을 했다. 태진은 입을 동그랗게 벌리고 있는 유 여사의 손을 쓰다듬었다.

"요즘은 그 정도 어필해야 결혼할 수 있어요."

유 여사의 표정이 확 일그러졌다. 그리고 다음 순간 그녀의 손이 태진의 등을 때렸다.

퍽.

"윽……!"

태진의 입에서 고통에 찬 비명이 터져 나왔다. 이번엔 의지가 강한 그도 등을 만지지 않을 수 없었다.

"한심한 놈!"

유 여사는 카랑카랑한 목소리로 손자를 타박했다. 태진과 이연의 시선이 그녀에게로 향했다.

"네 정체를 모르고도 좋다는 여자를 만나야지!"

유 여사가 혀를 끌끌 차면서 내뱉은 말에 이연은 괜스레 헛기침이 튀어 나왔다.

"콜록……."

그리고 괜히 얼굴도 화끈거렸다.

chapter 7

진실

나른한 주말 오후, 이연은 옥탑방 옆에 있는 평상에 누워 있었다. 아직은 바람이 쌀쌀한 편이었지만 복잡한 머릿속을 개운하게 만들기에는 적당했다.

태진은 정말 자신의 기사를 일부러 안 막은 거였다. 이유는 못 들었지만 알 것 같았다. 그 덕분에 아준과 이연의 스캔들은 처음부터 없었던 일처럼 사그라졌으니까.

푸른 구름만 가득하던 그녀의 시야로 갑자기 아준의 선글라스 낀 얼굴이 들어왔다. 벌떡 상체를 일으킨 이연이 놀란 표정으로 물었다.

"여긴 웬일이야?"

"얼굴 보러 왔지."

가죽 점퍼 차림의 아준이 싱그럽게 웃어 보였다.

"밥 아직 안 먹었으면 같이 먹으러 갈래?"

이연의 옆자리에 앉은 아준이 그녀의 흐트러진 머리카락을 발견하고 쓸어넘겨주었다. 예전에는 자주 해주던 행동이었다. 하지만 지금 이연에겐 그저 부담스럽기만 했다. 이연은 아준의 손길을 살짝 피하면서 자리에서 일어섰다.

"아니. 난 괜찮아."

허전해진 손에 주먹을 쥐며 아준은 씁쓸한 미소를 지었다. 이연을 따라 천천히 몸을 일으킨 아준이 그녀를 향해 돌아섰다.

"아, 혹시 파파라치 때문에 그래?"

이연은 대답하지 않았지만 아준은 대답을 들은 것처럼 말을 이었다.

"걱정 마. 요즘엔 안 따라다녀."

사실 이연은 파파라치에게 사진이 찍힌 날 아준이 보였던 행동을 아직까지 이해할 수가 없었다. 카메라가 있는 걸 알면서도 그는 자신의 팔을 잡고 끌어안듯 부축하려고 했다. 파파라치에게 좋은 먹잇감을 준 거나 다름없었다.

"그러니까 나가자. 카메라 없을 거야."

"괜찮다니까."

한 손을 뻗는 아준을 향해 이연은 다소 신경질적으로 반응했다. 때문에 아준의 얼굴은 딱딱하게 굳어졌다. 아준이 경직된 표정으로 마른침을 삼키고는 다시 입을 열었다.

"있어도 내가 가려줄게. 아, 소리가 싫은 거면 가려도 소용없나?"

"!"

일순 이연의 행동이 멈칫했다. 그녀가 동요로 인해 일렁이는 눈동자로 아준을 쳐다보았다.

"송아준, 너 혹시 나한테 카메라 트라우마 있는 거 알고 있니?"

방금 그의 말속에서 느껴졌다. 그가 자신의 트라우마에 대해 알고 있다는 것이. 예상대로 아준은 고개를 끄덕였다.

"응. 최근에 알았어."

"아아, 그랬구나."

이연은 무척 혼란스러워 보이는 얼굴로 중얼거렸다. 아준이 선글라스를 벗어 점퍼 안쪽에 넣는데, 이연이 불쑥 물었다.

"혹시, 여태진 씨한테 들었니?"

이연의 카메라 트라우마를 알고 있는 사람은 태진밖에 없었으니 당연한 질문이었다. 그녀의 질문에 아준은 우뚝 행동을 멈췄다. 시선을 든 그가 도톰한 입술을 열었다.

"아아……."

그러곤 자신의 바지 주머니에 손을 찔러 넣었다.

"맞아."

아준은 고개를 끄덕거렸다. 이연의 다갈색 동공이 세차게 흔들렸지만 그는 말을 멈추지 않았다.

"여태진 입으로 들었어."

아준의 눈빛이 비열하게 번뜩였다.

◆ ✣ ◆

이연은 인후와 함께 우리나라에서 제일 큰 영화제의 개막식에 초대되었다. 개막식 행사는 한국영화회관 A홀에서 진행되었다. 양탄자가 깔린 바닥을 이연은 하이힐 신은 발로 당당히 걸어갔다. 하얀 바지정장 차림인 그녀의 곁에는 턱시도를 멋지게 차려입은 인후가 있었다.

"샴페인 가져올게."

인후는 이렇게 말하고는 행사장 케이터링 쪽으로 걸음을 옮겼다. 그때 태진이 샴페인 잔을 든 채 이연 쪽으로 걸어왔다. 배우보다 더 배우 같은 그가 시야를 가득 메우자 이연은 눈꺼풀을 밑으로 내려버렸다.

"이런 곳에서 뵈니 더욱 반갑네요."

입술 끝을 올려 미소 지은 태진이 한 손에 든 샴페인 잔을 이연에게 내밀었다. 그러나 이연은 손바닥을 들어 보이며 거부했다.

"됐어요. 인후가 가져올 거예요."

그녀의 시선은 케이터링 바 섹션 앞에 서 있는 인후를 향해 있었다. 태진의 시선이 그녀를 따라갔다.

"오늘은 이인후 씨랑 오셨네요?"

"상관 마시죠."

당황스러울 정도로 찬바람 쌩쌩 부는 냉랭한 반응이었다. 날이 잔뜩 서 있는 이연의 태도에 태진은 의아한 눈빛을 했다. 그렇지만 이내 다시 부드럽게 말했다.

"음식들이 맛있던데요."

"아, 네."

대화를 거부하는 듯한 이연의 짧은 대답을 들은 태진의 얼굴에 서운한 기색이 스쳤다. 이연에게로 한 발자국 다가선 태진이 조심스럽게 물었다.

"혹시 무슨 일 있으십니까?"

이연은 그를 빤히 쳐다보았다. 그 날카로운 눈초리에 태진은 자신도 모르게 긴장했다.

"당신이 참 밉네요."

이연이 툭 던지듯 말을 내뱉자 태진은 동공이 일렁였다. 시선을 떨궜다가 든 그가 이연을 똑바로 응시했다.

"계속 미워하십시오. 내가 잘못한 건 맞으니까."

이연은 기가 막힌다는 듯이 헛웃음을 터뜨렸다.

"되게 뻔뻔하시네요."

"그렇게 콘셉트를 바꿨습니다."

태진은 이연이 자신의 집에 두 번이나 찾아와서인지 그들 사이가 조금은 가까워졌다고 생각했다. 그런데 불과 며칠 사이에 그보다 더 멀어진 느낌이었다.

그런 어색한 분위기의 그들 사이로 명랑한 목소리가 파고들었다.

"대표님!"

자연스럽게 고개를 돌려보니 푸른빛 실크 롱드레스를 입은 효인이 태진에게 다가오고 있었다. 효인은 현재 해명 기자회견으로 억울한 마약 투약 의혹은 사라졌지만 적잖은 이미지 타격으로 일이 확 준 상태였다.

이연을 향해 꾸벅 인사를 건넨 효인이 태진의 앞에 멈춰 섰다. 다이아몬드가 박힌 링 귀걸이가 그녀의 미모를 더욱 빛나게 만들어주고 있었다.

"저 드릴 말씀이 있어요."

"뭡니까?"

태진은 무표정한 얼굴로 물었다. 위험할 정도로 매혹적이고 섹시하다는 평가를 받고 있는 효인의 아름다운 얼굴을 마주하고도 저런 표정을 하는 남자는 아마 태진 하나뿐일 것이다.

"여기선 좀……."

효인의 긴 눈매가 이연을 힐끔 돌아보았다. 그러자 눈치 빠른 이연이 바로 입을 열었다.

"제가 갈게요. 얘기 나누세요."

이연은 쌩하니 돌아서서 가버렸다. 케이터링 쪽으로 가는 그녀의 뒷모습을 태진은 계속 눈으로 좇았다.

"그 소문 들으셨어요?"

효인이 묻는데도 태진은 시선을 돌리지 않았다. 개의치 않고 효인은 자신의 말을 이었다.

"아준 오빠의 갑질이 점점 심해진대요."

그제야 태진의 눈길이 그녀에게로 향했다. 태진의 까만 눈동자를 마주한 효인은 괜히 긴장돼서 그의 윤기 나는 콧대로 시선을 내렸다. 그녀가 목을 가다듬고는 재차 입을 열었다.

"제가 아끼는 후배가 있거든요? 이제 데뷔한 지 1년 된 한채림이라고……. 아시죠?"

"알죠. 우리 회사 소속이니까."

다시 태진의 반듯한 얼굴을 마주한 효인이 다소 격앙된 목소리로 설명했다.

"아준 오빠 방송에 게스트로 나가서 말대꾸 좀 했다고 그 뒤부턴 아예 무시한대요. 인사도 안 받아주고. 그리고 몇 달 전에 제가 게스트였을 때는 쓸데없는 소리 한다면서 노려봤었어요. 그것도 방송 중에. 전 그냥 아준 오빠가 의외로 여자들한텐 인기가 없다고 했을 뿐인데."

태진이 얕은 한숨과 함께 눈꺼풀을 내리자 긴 속눈썹으로 인해 그늘이 생겼다. 효인은 조각 같은 그의 이목구비에서 시선을 떼지 못했다.

"제가 전에 같은 소속사여서 잘 아는데, 아준 오빠 성격 진짜 개차반이에요."

"나도 잘 압니다."

태진의 눈동자가 잠시 효인에게 머물더니 얼마 지나지 않아 케이터링 쪽으로 돌아갔다.

"이대로 가만 놔두면 더 심해질걸요? 뭔가 대책을 세워야 하는 거 아니에요?"

흥분한 채 말을 잇던 효인이 문득 태진이 쳐다보고 있는 방향을 확인했다.

"근데 아까부터 어딜 그렇게 보세요?"

오가는 사람들이 많아서 그가 뭘 보고 있는 건지 감이 오지 않았다. 그때 다시 고개를 돌린 태진이 나직하게 물었다.

"할 말 끝났습니까?"

"아, 아뇨. 저 도대체 언제부터 일할 수 있어요? 저도 이제 서른이잖아요. 마음이 급해요."

조금 전보다 작아진 목소리로 효인이 말하자 태진은 냉정하게 대답했다.

"좀 더 기다리십시오."

그런 다음 그는 바람처럼 빠르게 그녀에게 등을 돌려 가버렸다.

◆ ✣ ◆

"잠깐만요."

이연은 영화제 개막식이 끝나자마자 혼자 지하주차장으로 내려왔고 그녀의 뒤를 태진이 따라왔다. 할 말이 있다는 그를 이연은 일관되게 무시했다.

"잠깐만요, 이연 씨."

긴 다리로 이연을 따라잡은 태진이 지하주차장 기둥 앞에서 그녀를 막아섰다. 이연은 바로 얼음장 같은 눈빛을 보냈다.

"전 할 말 없다니까요?"

태진은 그녀가 갑자기 이렇게까지 차가워진 이유를 알고 싶었다. 그들이 서로 다른 눈빛으로 마주 보고 있던 그때, 조금 떨어진 곳에서 남자 둘이 대화하는 목소리가 들렸다.

"야심차게 터뜨린 스캔들이 묻혀서 어쩌냐?"

"아아. 그 송아준 스캔들?"

그 순간 태진과 이연은 반사적으로 기둥 뒤에 몸을 숨겼다. 생각하고 한 행동이 아니었다. 다만 기자들이란 느낌이 들자마자 괜히 숨게 된 것이다.

태진과 이연이 멋쩍은 시선을 교환하고 있을 때 다시 남자들의 목소리가 들려왔다.

"근데 그거 뭐, 조작에 가까우니까."

"조작?"

태진과 이연의 눈이 크게 벌어졌다. 그들은 숨소리조차 죽이고 대화에 귀를 기울였다.

"응. 송아준이 일부러 와달라고 했다니까."

"그 대표랑 함께 있는 사진을 찍어달라고?"

거기까지 들었을 때 이연의 클러치백 속에 있는 휴대전화가 진동했다. 이연은 재빠르게 그것을 꺼내 통화거부 버튼을 눌렀다. 그러곤 지하주차장 구석에서 이야기 중인 기자들의 목소리에 온 신경을 집중했다.

"그래. 사진 찍어달라고 시간이랑 장소를 문자로 보냈더라고."

"어지간히 좋아하나 보네, 그 대표."

아준의 스캔들 전말을 알게 된 태진의 눈매가 가늘어졌다.

'고의로 스캔들을 만들었어?'

태진은 얼음처럼 싸늘한 표정으로 넥타이를 느슨하게 풀었다. 그만큼 아니, 그보다 더 충격을 받은 이연이 혼란 속에서 걸음을 뗐다.

"저 먼저 갈게요."

태진이 미처 잡을 새도 없이 이연은 몸을 홱 돌려 자신의 차로 가버렸다. 태진도 바로 자신의 차를 찾아 올라탔다. 그가 운전하는 고급 세단이 빠른 스피드로 사라져갔다.

◆ ⁘ ◆

인후의 영화 촬영장에서 돌아온 매니저 민기가 시니 사무실로 들어왔다. 생각에 잠겨 있던 이연이 그를 보고 반갑게 맞이했다.

"어서 와. 인후는?"

"여기 오겠다고 고집부렸는데, 피곤해 보여서 들여보냈어요."

밤샘 촬영을 마치고도 인후는 사무실에 오고 싶어 했다. 그런 그를 집에 내려주고 오느라 민기는 애를 좀 먹었다.

"잘했어. 민기 씨도 바로 퇴근하지. 피곤할 텐데."

다정한 이연의 목소리를 들으면서 민기는 그녀 쪽으로 걸어왔다. 앳된 그의 얼굴이 다소 심각했다.

"대표님."

프린터 앞에서 인쇄되고 있는 공개오디션 지원서들을 살피던 이연이 시선을 들어올렸다.

"그게 진짜예요? 진 엔터에서 일하는 매니저 친구한테 들은 건데요."

"뭐가?"

민기는 곤란한 듯 뒤통수를 벅벅 긁었다.

"뭔데?"

이연이 재차 묻자 그제야 민기가 입을 열었다.

"진 엔터에서 소속 연예인들을 아준 형님 방송에 출연시키지 않겠다고 선언했대요."

"뭐?"

이연은 믿을 수가 없었다. 진 엔터테인먼트는 국내 최대 연예기획사이니만큼 활약하고 있는 연예인들이 워낙 많았다. 진 엔터테인먼트의 연예인들을 빼면 연예계가 돌아가지 않을 거란 우스갯소리가 있을 정도였다.

"아준 형님 갑질 때문이라는데, 아는 거 전혀 없으세요?"

이연은 당황한 표정으로 아준의 메인 방송 담당 PD에게 전화를 걸었다. 담당 PD는 대답 대신 한숨만 푹푹 내쉬었다. 결국 이연은 전화를 끊고 바로 승규에게 연락을 넣어 당장 아준을 데리고 회사로 들어오라 지시했다.

발등에 불이 떨어진 시니 엔터테인먼트는 긴급회의에 들어갔다.

◆ ✣ ◆

늦은 밤, 이연이 정확한 상황 파악을 위해 방송국에 간 사이 아준은 3층 사무실에서 승규가 사온 맥주를 열 캔이나 비웠다.

"빌어먹을."

아준의 입에서 거친 욕지거리가 흘러나왔다. 그의 반대편에는 승규가 걱정스러운 얼굴로 앉아 있었다.

"그 자식이 감히 진짜 보이콧을 해?"

들고 있던 맥주 캔을 찌그러뜨리며 아준이 벌컥 성을 냈다. 그는 태진이 괘씸해서 견딜 수가 없었다.

"내가 전에도 보이콧한다 그래서 혼쭐을 내줬는데 말이야."

"혼쭐을 내줬어요?"

승규가 놀란 표정으로 묻자 아준은 입가를 비스듬히 올렸다. 그때 방송국에서 돌아온 이연이 사무실 문을 열고 들어왔다. 하지만 술에 취한 아준은 그녀가 온 것을 눈치채지 못했다. 이연을 발견한 승규가 자리에서 일어섰다. 아준이 그를 올려다보면서 말했다.

"여태진 그 자식이 정체를 숨기고 여기 들어온 거였잖아. 그래서 내가 그거 비밀로 해줄 테니까 나 시니로 돌아오게 도와달라 그랬거든?"

아준에게로 다가가던 이연의 구두가 우뚝 멈춰 섰다. 이연이 크게 벌어진 눈으로 아준을 주시했다.

"근데 그 자식이 그건 죽어도 안 된대. 내가 계속 우기면 내 방송에 자기 회사 연예인들 출연을 보이콧할 거래."

이어진 아준의 말에 이연은 자신도 모르게 입을 틀어막았다. 잠시 후 입에서 손을 내린 이연이 서늘한 목소리를 내뱉었다.

"송아준."

아준의 고개가 빠르게 돌아갔다. 술기운으로 인해 벌게진 그의 눈과 시리도록 차가운 이연의 눈이 마주쳤다.

"그게 사실이야?"

"이, 이연아."

당황한 아준이 자리에서 몸을 일으켰다. 이연이 두 눈을 질끈 감았다 떴다.

"그러니까 태진 씨가……."

그녀는 도중에 말을 멈추고 마른침을 삼켰다. 건조한 목구멍이 찢어질 듯 따가웠다.

"정체를 밝히는 걸 막으려고 보이콧 협박을 한 게 아니라, 시니에 돌아오는 걸 막으려고 보이콧 협박을 한 거라고?"

이연이 목소리를 높이자 아준은 시선을 바닥으로 떨구었다. 그를 보면서 이연은 버럭 화를 냈다.

"어떻게 나한테 그런 거짓말을 해?"

아준이 다시 고개를 들어 그녀를 쳐다보았다. 그러곤 울컥한 표정으로 소리쳤다.

"뭐가 됐든 보이콧 협박은 한 거잖아, 그놈이!"

"뭐라고?"

이연은 너무 기막혀서 말문이 막혔다. 왈칵 눈물까지 날 것 같아 그녀는 두 주먹을 꽉 그러쥐었다.

"너 때문에 나는 그 사람이 이기적으로 협박한 거라고 오해했어. 근데……!"

태진은 이연을 걱정해서 그런 거였다. 자신을 위해서였는데, 그것도 모르고 이연은 그를 비난했었다.

"그 자식이 이상한 거야. 왜 내가 시니로 돌아오는 걸 막으려고 그딴 거지 같은 협박을 해?"

흥분한 아준은 이연에게로 달려들 듯이 다가갔다. 승규가 황급히 그를 따라갔다.

"이 세상에 나보다 더 너랑 시니를 생각하는 사람은 없는데!"

이연의 앞에서 아준은 고래고래 소리를 질렀다. 그에겐 자신의 억울한 마음을 알아달라는 행동이었지만, 이연에겐 그저 술주정으로밖에 안 보였다.

"형님, 그만하세요."

승규가 술에 취한 아준을 적극적으로 말렸다. 그럼에도 아준은 막무가내였다.

"그런 나한테 자기 정체 밝히는 건 괜찮지만 시니로 돌아오는 건 안 된다고? 지가 뭔데! 이방인인 주제에! 사기꾼인 주제에……!"

아준의 벌건 눈동자에는 눈물이 고여 있었다. 그에게서 냉정하게 시선을 떼며 이연은 한숨을 내쉬었다.

"후우……."

머리가 지끈거리는 것 같아서 그녀는 이마를 감싸 쥐었다.

◆ ✣ ◆

누구도 경기도의 한 저수지 낚시터에 절세미남 배우, 하선이 있을 거라고는 상상도 하지 못할 것이다.

낚싯대 앞에서 하선은 덥수룩하게 기른 턱수염을 만지고 있었다. 그러다 다음 순간 늘어지게 하품을 했다.

'오늘도 꽝인가.'

지루한 기다림에 지친 하선이 벙거지 모자를 고쳐 쓰고는 자신의 텐트로 돌아갔다. 하선은 구석에 있는 짐 가방을 열어 약을 먹은 다음 휴대전화를 꺼냈다. 버릇처럼 시니 엔터테인먼트를 검색해보려고 했는데 문득 검색창 순위에 떠 있는 '한국영화제'라는 검색어가 눈에 들어왔다.

슬럼프가 오기 전까진 매해 참석했었던 영화제인지라 저절로 손이 움직였다. 영화제 개막식 사진들을 천천히 훑어보고 있던 하선의 눈이 갑자기 커졌다.

'이야기를 나누고 있는 신이연 대표와 이인후'란 제목의 사진을 본 하선이 헛웃음을 터뜨렸다.

"이연이가 이런 공식적인 자리에……?"

그의 뚜렷한 이목구비에 의아한 기색이 스쳤다.

"그렇게 싫어했으면서."

나직이 중얼거리며 하선은 다른 사진들을 마저 훑어보았다. 그러다 어떤 남자 사진 한 장에 다시 손이 멈췄다.

"이 친구는……."

사진 설명을 눈으로 읽은 하선의 입가에 묘한 미소가 서렸다. 잠시 후 그가 휴대전화 화면을 끄며 조용히 혼잣말을 했다.

"재미있네."

♦ ⁘ ♦

아준은 지난밤 자신이 이연에게 했던 행동들이 떠올라 전전긍긍하고 있었다. 그때 그의 휴대전화가 다급하게 울렸다. 발신번호를 확인해보니 방송국 작가였다.

- 아준 씨, 큰일 났어요.

"뭔데?"

아준의 눈살이 사납게 찌푸려졌다. 안 그래도 위기 상황인데 또 무슨 큰 일이 터졌단 말인가.

- 다음 주부터 방송 펑크 나게 생겼어요.

"뭐? 왜?"

- 게스트 섭외가 안 되니까요. 다섯 명이 필요한데 세 명밖에 섭외가 안 됐어요.

진 엔터테인먼트의 보이콧 효과는 예상보다 빨리 찾아왔다. 그만큼 그 회사 소속의 연예인들 수가 워낙 많았다.

- 바로 진에 연락을 넣어봤는데, 대표님이 내리신 결정이라 대표님과 직접 이야기해야 한다고 하더라고요. 그럼 당장 만나게 해달라니까 그건 또 힘들대요.

아준은 전화를 끊고서 진 엔터테인먼트부터 찾아갔다. 하지만 입구에서 막혀 들어가보지도 못했다. 그는 자신의 소속사 AJ와 공동 매니지먼트를 맡고 있는 시니로 향할 수밖에 없었다.

"이연아!"

그가 급히 시니 사무실로 들어가자 어두운 낯빛의 이연이 자리에서 일어섰다.

"송아준, 나 지금 너 보고 싶지 않아."

이연이 눈꺼풀을 내린 채 말했다. 그러나 아준은 흥분한 상태로 그녀에게 헐레벌떡 뛰어갔다.

"일 때문에 온 거야."

그제야 이연은 차갑게 가라앉은 눈동자를 들어올렸다.

"다음 주 방송이 펑크 나게 생겨서."

"나도 전화 받았어."

이미 상황을 전해 들은 터라 그녀도 고민 중이었다. 이연이 아준의 상기된 얼굴을 향해 얕은 한숨을 내뱉었다.

"따지려고 진 엔터테인먼트 찾아갔는데, 문전박대당했어. 난 거기 출입 금지래."

생각보다 사태가 심각했기 때문에 이연은 마음이 무거워졌다. 이연도 아준이 미웠지만, 그래도 그는 시니와 계약으로 묶인 연예인이었다.

"그러니까 네가 해결해야 해."

"……알았어."

이연은 묵직하게 고개를 끄덕였다.

"너 시니 대표잖아."

"알았다니까."

압박을 주는 아준의 말에 이연은 잘라내듯이 냉랭하게 대꾸했다. 아준은 아랑곳하지 않고 말을 이었다.

"정 안 되면 정체 숨긴 일을 들먹이면서 여태진한테 협박이라도 하란 말이야."

"!"

그 순간 이연의 눈빛이 날카롭게 변했다. 그녀가 입술을 앙다물었다가 천천히 뗐다.

"시니 대표로서 내가 얼마나 더 참아줄까?"

"뭐?"

이연은 이제 슬슬 아준에 대한 인내심이 한계에 도달하고 있음을 느꼈다. 스캔들 조작부터 계속되는 크고 작은 거짓말들 그리고 점점 더 안하무인이 되어가는 성격.

"경고하는데, 날 이 이상 화나게 만들지 마. 널 용서하고 다시 계약하는 게 아니었다고 이미 후회하고 있으니까."

이연이 차갑게 뱉어낸 말에 아준은 크게 동요했다.

"뭐……?"

적잖은 충격을 받은 그를 향해서 이연은 체념한 듯이 말했다.

"송아준, 너한테 정말 실망이야."

◆ ✣ ◆

아준이 메인 MC로 진행을 보고 있는 프로그램만 네 개였다. 모두 한두 명 혹은 그 이상의 게스트가 필요한 방송이었다. 그렇기 때문에 진 엔터테인먼트의 보이콧이 계속되는 건 너무나 큰 타격이었다. 진 엔터테인먼트는 현재 방송국 관계자들과의 만남을 전부 거부하고 있는 상태였고 송아준 갑질 관련 기사도 준비 중이었다.

결국 이연은 혼자서 진 엔터테인먼트의 문을 두드렸다. 다행히 태진은 이연의 개인적인 연락은 무시하지 않고 받아주었다. 솔직히 그녀도 이곳에 오기까지 쉽지 않았다. 대표 신이연은 간절했으나 여자 신이연은 내켜 하지 않았기 때문이다.

아무 문제 없이 이연은 최상층에 있는 사장실까지 안내받았다. 차가운 대리석으로 꾸며진 공간으로 이연이 들어서자 무표정한 얼굴의 태진이 그녀 쪽으로 걸어왔다.

"어서 오십시오, 신 대표님."

두 사람은 마주 보고 앉아 학수가 가져다준 커피를 마셨다. 자신에게 눈길도 주지 않는 이연의 눈치를 살피던 학수가 꾸벅 인사를 하고 나간 후에도 두 사람은 말이 없었다.

커피잔을 내려놓은 이연이 두 손을 가지런히 모았다. 태진은 깔끔한 브라운 슈트 차림의 그녀를 물끄러미 바라보았다.

"오늘 여기까지 찾아온 건 보이콧 철회를 부탁드리기 위해서입니다."

"네. 물론 그러시겠죠."

태진도 커피를 내려놓고 두 손에 깍지를 껴 무릎 위로 올렸다. 그때 이연이 작은 머리를 숙였다.

"정중하게 부탁드립니다. 보이콧 철회해주세요."

태진의 까만 동공에 잔잔한 파도가 일었다. 한 기획사 대표가 자신의 아티스트를 위해서 머리를 숙이는 모습이 상당히 강렬하게 다가왔다.

반면, 이연에게는 아준 때문에 머리 숙이는 일이 꽤 익숙했다. 천재 MC 송아준을 만들고 지킨 이는 다른 누구도 아닌 신이연 그녀였으니까.

"우리 송아준 씨가 실수를 좀 한 모양인데……."

다시 고개를 든 이연이 이렇게 말을 시작하자 태진의 정갈한 눈썹이 꿈틀 움직였다.

'우리 송아준 씨…….'

그의 단정한 입매에 씁쓸한 미소가 서렸다가 사라졌다. 태진이 굳은 얼굴로 말했다.

"실수라뇨. 갑질을 실수라고 포장하시면 안 되죠."

이연의 낯빛이 살짝 어두워졌다. 그럼에도 태진은 멈추지 않았다.

"송아준 갑질이야 워낙 유명하잖습니까. 신인 혹은 무명인 친구들한테 막말하고 인사도 안 받아주고 무시하고. S급들한테도 함부로 대할 때가 있다니 말 다 했죠, 뭐."

"아준 씨도 반성하고 있습니다. 다신 그런 일 없도록 제가 잘 타일렀으니 보이콧 철회해주세요."

이번 일로 아준도 느낀 게 많을 것이고 바보가 아니니까 앞으로 조심할 것이다. 그러나 태진은 꼼짝도 하지 않았다. 이연은 심각한 표정으로 재차 입을 열었다.

"게스트 섭외가 안 되고 있어요. 당장 다음 주부터 방송이 힘들어지게 됐습니다."

그녀의 커다란 눈망울이 태진을 똑바로 쳐다보았다. 그러곤 야무지게 나머지 말을 이었다.

"저도 송아준 씨 개인만의 문제였다면 이렇게까지 부탁드리지 않습니다."

그녀가 이렇게 쉽게 머리를 숙일 수 있는 건 그 피해가 고스란히 아준에게만 향하지 않기 때문이다. 방송국에도, 타 연예인들에게도 피해가 가는 일이었다.

잠시 조용히 있던 태진이 입술을 열었다.

"좋습니다. 철회하죠."

태진도 보이콧을 길게 가져갈 생각은 아니었다. 일회성이자 경고성 보이콧이었다.

"정식 보이콧은 아니었거든요. 송아준에게 경고하는 차원이었죠."

"아아, 네. 감사합니다."

사태 종료에 이연은 안도의 숨을 내쉬었다.

"대신……."

태진이 이렇게 서두를 꺼내자 이연은 찰나지만 긴장하는 기색을 보였다. 태진의 말은 바로 이어졌다.

"한 번만 더 이런 일이 생긴다면 아무리 신 대표님의 부탁일지라도 절대 조용히 넘어가지 않을 겁니다."

"네. 알겠습니다."

이연은 똑 부러지게 대답했다.

◆ ✣ ◆

"송아준, 너한테 정말 실망이야."

아준은 얼마 전 이연이 차갑게 뱉어낸 한마디를 잊으려야 잊을 수가 없었다. 눈을 떠도 감아도 늘 그녀의 벌레 보는 듯한 눈빛과 함께 떠올랐다.

실망? 그래. 더 실망하게 해줄게.

표정을 굳히고 아준은 응접실에 모여 있는 시니 식구들을 바라보았다. 보이콧 사건으로 놀랐을 식구들을 독려하는 차원에서 이연이 불러 모은 것이었다.

그들에게로 다가가며 아준은 방송에서나 들을 수 있는 다정다감한 어조로 말했다.

"처음으로 다 모인 데다 스타일리스트까지 새로 들어왔으니, 우리 같이 사진이나 찍을까?"

그러자 이연과 인후, 승규, 민기 그리고 막 입사한 스타일리스트 누리까지 아준을 쳐다보았다.

"네, 좋아요!"

이십 대 초반의 누리가 제일 먼저 밝게 대답했다. 그 순간 아준은 퍼뜩 생각났다는 듯이 말했다.

"아, 안 되겠다. 이연이 카메라 트라우마 때문에……."

"송아준!"

이연이 날카로운 눈빛으로 잽싸게 그의 말을 막았지만, 이미 그곳에 있는 모든 이들이 다 듣고 난 후였다.

"이연이한테 카메라 트라우마가 있어?"

자리에서 벌떡 일어선 인후가 놀란 얼굴로 물었다. 시니 식구들 모두가 그와 같은 표정이었다.

"어. 몰랐어?"

아준은 고개를 끄덕였다. 그러면서 눈동자로는 이연을 주시했다. 그녀는 화를 참고 있는 듯 입술을 꽉 다문 상태로 그를 노려보고 있었다.

"아, 그래서 그동안 공식석상에 안 나갔던 거구나."

인후가 나직이 중얼거리며 이연을 돌아보았다. 다시 소파에 앉은 그가 옆자리의 이연에게 물었다.

"카메라를 보는 게 많이 힘든 거야?"

"응. 렌즈 보는 거랑 셔터 소리가 좀 힘들어."

이렇게 된 이상 이연은 솔직하게 대답하기로 결심했다. 그녀는 인후와 승규, 민기 그리고 누리의 불안한 시선을 덤덤하게 마주했다.

"그래도 걱정할 정도는 아니야. 전보다 나아졌어."

얼마 전 영화제 개막식에서도 두어 번 정도 카메라에 찍혔지만, 렌즈를 보지 않아서인지 견딜 만했다. 그럼에도 인후는 걱정 가득한 얼굴이었다.

"그럼, 이제 촬영장에도 오지 마."

"그 정돈 아니라니까."

"진짜 안 와도 괜찮은데, 난."

인후가 힘없이 덧붙인 말에 이연은 짐짓 도도한 표정으로 턱을 쳐들었다.

"인후야. 나 시니 대표야."

일부러 씩씩하게 행동하는 것 같은 이연 때문에 인후는 쓴웃음을 지었다. 이연은 당당하게 말을 이었다.

"내가 가겠다면 가는 거야."

◆ ✣ ◆

"이연아, 정말 오게?"

촬영장에 오고 있다는 이연의 말에 인후는 휴대전화를 들고 안절부절못했다.

- 응. 크랭크업 얼마 안 남았으니까 감독님이랑 스태프들한테 인사해야지.

자신은 절대 그녀의 고집을 꺾을 수 없었다. 그녀가 하고 싶은 건 다 하길 바라니까.

전화를 끊고서 인후는 세트장 출입구로 가서 그녀를 기다렸다. 마침 촬영 준비 시간이었기에 가능한 일이었다. 한곳에 서 있지 못하고 이리 갔다 저리 갔다 하면서 계속 움직이던 인후가 낮게 중얼거렸다.

"이연이 정말 괜찮으려나."

그때였다.

"왜? 이연 씨 어디 아파?"

"아, 깜짝이야."

등 뒤에서 들려온 남자 목소리에 놀란 인후가 어깨를 움찔 떨었다. 곧 그의 시야로 태진의 반듯한 얼굴이 들어왔다.

"아저씨가 아니, 그쪽이 여긴 웬일이야?"

"설마 이 영화에 너만 출연한다고 생각하는 건 아니지?"

그제야 인후는 촬영 중인 영화의 주조연들 상당수가 진 엔터테인먼트 소속이라는 사실을 상기했다. 태진이 휴대전화를 손에 꼭 쥐고 있는 인후를 지그시 응시하면서 말했다.

"밖에 분식차 준비했어. 가서 먹어."

"싫어. 안 먹어."

인후가 고집스럽게 대꾸하자 귀공자 같은 의젓한 포스로 서 있던 태진이 어깨를 으쓱했다.

"그래. 맘대로 해. 너만 손해지, 뭐."

바로 몸을 돌리려다가 태진은 문득 방금 전에 인후가 중얼거렸던 말이 떠올랐다. 그가 흑갈색 바지 주머니에 손을 찔러 넣으며 다시 인후를 보았다.

"근데 이연 씨한테 무슨 일 있어?"

"상관 마시죠, 타사 대표님은."

인후는 뾰로통하게 반응했다. 아직도 그에겐 태진을 향한 미운 감정이 많이 남은 것 같았다.

어쩔 수 없다는 듯이 태진은 발길을 돌려 스태프들이 몰려 있는 분식차 방향으로 걷기 시작했다.

"아, 혹시!"

인후가 갑자기 목소리를 높였다. 태진은 몸을 뱅글 돌려 그를 마주 보았다. 이번엔 인후가 목소리를 낮춰 물었다.

"아저씨 아니, 진 대표도 이연이한테 카메라 트라우마 있는 거 알고 있었어?"

"!"

태진은 깜짝 놀란 얼굴로 그와의 거리를 다시 좁혔다. 인후는 재빨리 영리한 머리를 굴려 한 달쯤 전의 기억을 더듬었다.

"그래서 전에 카메라 앞에 세우지 말라고 했던 거지?"

"넌 어떻게 알았는데?"

굳은 표정의 태진이 한산한 주변을 살피면서 반문했다. 인후가 무척 호기롭게 대답했다.

"우리 시니 식구들은 다 아는 얘기야."

"뭐? 어떻게?"

태진이 방금 전보다 더 놀란 눈빛으로 물었다.

"아준이 형이 말해줘서……."

태진의 반응이 심상치 않았기에 눈치 빠른 인후는 말끝을 흐렸다. 태진은 도저히 이해할 수 없다는 얼굴을 했다.

"송아준은 어떻게 이연 씨 트라우마에 대해 알고 있는 건데?"

이연이 그에게 말했을 리는 없었다. 그 사실이 드러나는 걸 지극히 꺼렸던 그녀니까.

태진이 의문 가득한 표정을 짓고 있던 그때, 뒤에서부터 목소리가 들려왔다.

"당신한테 들었으니까요."

태진은 곧바로 뒤로 몸을 틀었다. 도도하고 당당한 포스의 이연이 세트장을 향해 걸어오고 있었다.

"나한테요?"

태진이 의아해 물었다. 그의 앞에 멈춰 선 이연이 머리를 끄덕였다.

"네. 아준이가 당신한테 들었다고 하던데요."

"뭐라고요?"

태진의 눈썹이 일그러졌다. 억울함에 가슴이 갑갑할 정도였다.

혹시 그 오해 때문인가. 이연이 갑자기 더 차가워졌던 건.

"나는 그런 말을 한 적이 없어요."

태진은 단호하게 부인했다. 하지만 이연은 믿어주지 않았다.

"아준이가 분명히 태진 씨 입으로 들었다고 했어요."

맹세컨대 태진은 이연의 카메라 트라우마를 누군가에게 말한 적이 없었다.

"난 그걸 입 밖으로 낸 적이……."

그런데 태진의 뇌리에 기억 하나가 스쳤다.

"아."

그때다. 분명 그때 아준이 엿들은 것이다.

"있네요."

태진이 인정하자 이연은 입매가 딱딱하게 굳었다. 이연을 간호했던 날을 떠올리며 태진이 뒷말을 덧붙였다.

"이연 씨 집 앞에서."

순간 이연의 얼굴에 물음표가 떴다. 의아해하는 그녀에게 태진이 설명했다.

"문을 두드려도 반응이 없기에 문에 대고 트라우마 때문에 힘든 거냐고 물은 기억은 있네요."

이연의 굳었던 얼굴 근육이 살짝 풀어지고 붉은 입술이 동그랗게 벌어졌다.

그럼 그걸 아준이 옥탑방 근처에서 들었다는 건가?

"잠깐."

그때 태진이 표정을 무섭게 굳혔다. 마주 보고 있는 이연이 긴장할 정도의 날카로운 변화였다.

"그럼……."

태진의 머릿속이 바쁘게 움직였다.

'이연 씨가 카메라 트라우마란 걸 알고서 일부러 파파라치에게 연락을 했고, 카메라 셔터 소리에 사색이 된 이연 씨를 붙잡고 사진 찍힌 거군?'

이를 으득 간 태진이 갑자기 몸을 홱 돌렸다. 굉장한 기세로 멀어져가는 그가 불안해서 이연은 황급히 쫓아갔다.

"어디 가려고요?"

주차장까지 쫓아간 이연이 태진의 팔뚝을 잡아챘다. 태진은 그녀를 향해 어깨를 틀면서 쓴웃음을 지었다.

"이연 씨, 전에도 말했지만 나는 말입니다……."

나직이 말을 뱉어내는 목소리에서 여러 가지 감정이 느껴졌다.

"송아준을 절대 용서할 수가 없습니다."

말을 마친 태진이 차가운 손으로 이연의 손을 떼어냈다.

곧바로 차로 간 태진은 차 안에서 전화를 걸었다. 상대는 기다렸다는 듯이 예상보다 빨리 전화를 받았다.

"송아준."

태진은 한 손을 핸들에 얹은 채 오싹할 정도로 낮은 음성을 내뱉었다.

"어디야?"

휴대전화 너머에서 피식 웃는 소리가 들린 것도 같았다. 핸들을 쥔 태진의 손에 힘이 들어갔다.

- 시니 사무실 위층.

아준의 대답을 듣자마자 태진은 전화를 끊으려고 했다. 그러나 아준이 그렇게 두지 않았다.

- 혼자니까 빨리 와. 외로워.

꼭 약을 올리는 듯한 뉘앙스였다. 태진은 더욱 기분이 나빠져서 거칠게 전화를 끊었다. 그런 다음 바로 차를 출발시켜 시니 사무실 건물로 향했다.

건물 3층까지 올라가 반쯤 열려 있는 사무실 문으로 들어서니 소파에 다리를 꼬고 앉은 아준이 손을 붕붕 흔들었다.

"어서 와, 진 대표."

천진난만한 그의 태도가 눈에 거슬렸다. 아준의 앞으로 뚜벅뚜벅 걸어간 태진이 장승처럼 우뚝 버티고 서자 아준은 소파에 편하게 등을 기댔다.

"대체 이유가 뭐야? 카메라 트라우마 있는 사람을 굳이 파파라치 앞에 세운 이유!"

태진이 씹어뱉듯이 건넨 말에 아준은 비릿하게 웃었다. 문 쪽을 힐끔 확인한 뒤 아준이 대답했다.

"너한테 보여주고 싶었어. 이젠 이연이 옆에 내가 있다는 걸. 너는 두 번 다시 차지하지 못할 이연이의 옆자리에 지금 내가 있다고."

"겨우 그딴 이유로……!"

울컥 화가 치민 태진은 양손을 뻗어 아준의 멱살을 잡아 그를 일으켜 세웠다.

"소시오패스냐? 정신 좀 차려."

태진이 멱살을 가볍게 흔들자 아준의 눈빛이 달라졌다. 아준이 어금니를 지그시 깨물었다.

"짝사랑도 정도껏 해야 귀여운 거야, 송아준."

살벌한 눈빛만 보면 벌써 태진의 멱살을 같이 잡고도 남았을 그였다. 하지만 아준은 무기력하게 두 손을 아래로 내린 채였다.

"너 이럴 줄 알고 내가 미리 준비해둔 게 있어."

"뭐?"

태진이 눈썹을 치켜올리자마자 제대로 닫히지 않았던 사무실 문이 열리고 손에 카메라를 든 기자들이 들어왔다.

찰칵찰칵.

요란한 카메라 셔터 소리가 작은 사무실 내부에 울려 퍼졌다. 아준의 멱살을 잡고 있는 태진을 찍는 카메라만 다섯 대였다.

♦ ⁘ ♦

[송아준, 진 엔터테인먼트 대표에게 멱살 잡히다!]

['시니'와 '진' 기획사 불화설, 사실이었나?]

두 기획사의 불화는 업계에서 이미 유명한 이야기라는 식의 기사가 내일 포털사이트들의 메인을 장식할 뻔했다.

연훈은 헬스룸에서 러닝머신을 뛰고 있는 태진의 옆에 서 상기된 얼굴로 말했다.

"기사 터지는 건 막았는데, 기자들 입으로 퍼지는 소문까진 못 막을 거야."

연훈이 연락을 받고 현장에 도착했을 땐 이미 이연에 의해서 사태가 어느 정도 수습이 된 뒤였다. 연훈은 사진을 사들이고 기자들에게 입단속을 단단히 시켰다. 이번 사건으로 진 엔터테인먼트의 고급스러운 이미지가 저렴하게 전락되는 것만은 막고 싶었다.

"그러니까 당분간 시니랑 엮이지 말자."

기자들을 사주한 건 아준이었고 태진은 덫에 걸린 것이었지만, 그래도 이쪽에서 피하는 게 맞았다. 송아준이 보통 또라이가 아니라는 사실을 절실히 깨달았기 때문이다.

"제발. 응?"

더 이상 아준에게 시달리고 싶지 않아서 연훈은 간절하게 부탁했다. 그러나 러닝머신 위의 태진에게선 아무 반응이 없었다.

"왜 대답이 없어?"

결국 연훈은 뛰고 있는 태진의 시야로 들어갔다. 그제야 태진이 러닝머신을 멈추고 내려왔다. 태진은 자책하고 있었다. 명백한 자신의 실수였다고. 아준에게서 풍기는 수상한 낌새를 분명 모르지 않았는데.

생각이 많아 보이는 까만 눈동자를 보면서 연훈이 물었다.

"아까 송아준이 하는 말 못 들었어?"

태진은 흐르는 땀을 닦으며 고개를 좌우로 저었다. 듣지 못했다. 자신은 문밖에서 마지막까지 기자들을 설득하고 있는 이연을 보고 있었기 때문에.

"자기 한 번만 더 건드리면 SNS 라이브 방송 틀어놓고 너랑 한판 붙는다잖아."

사무실을 나오기 직전 아준이 경고하는 것처럼 건넨 농담이었다. 무심코 그걸 상상했다가 연훈은 등골이 오싹해졌다.

"그 자식은 진짜 그러고도 남을 놈이야."

치가 떨린다는 듯이 연훈은 머리를 절레절레 흔들었다. 태진은 체념한 표정으로 가늘게 한숨을 내쉬었다.

◆ ✣ ◆

사무실 책상 의자에 앉아, 이연은 근심에 잠겨 있었다. 태진이 또 아준의 멱살을 잡았다. 불안해서 태진을 황급히 쫓아갔었지만 이미 사달이 난 후였다. 분명 태진은 이연의 카메라 트라우마를 알고서 파파라치 앞에 세운 아준의 행동을 용서할 수 없었을 것이다.

하지만 좀 더 이성적이어야 했다. 얼마 전 보이콧 사건에 이번 일까지 더해져 많은 기자들이 시니와 진 엔터테인먼트의 사이가 심상치 않음을 눈치챘을 테니 말이다. 이는 가십거리로 전락되거나 근거 없는 루머의 기원이 될 가능성이 있었다. 결코 서로의 회사에 좋은 영향을 주진 않을 거란 뜻이다.

"후우……."

무거운 한숨과 함께 이연의 고개가 앞으로 고꾸라질 듯 숙여졌다. 그 상태로 피로에 젖은 두 눈을 감았다.

태진과는 이대로 거리를 두는 게 맞았다. 우리 시니가 아준의 매니지먼트를 맡고 있는 한. 태진과 아준은 절대 사이가 좋아질 수 없었고, 아준은 지난 10년간 시니의 이름을 드높여준 자랑스러운 스타였다. 시니 엔터테인먼트를 지켜야 하는 대표로서 아준을 저버리는 건 힘든 일이었다. 그를 다시 받아준 것도 그 이유에서였다.

다음 순간 이연은 천천히 몸을 일으켜 사무실 안을 둘러보았다. 겨우 사태를 수습하고 났더니 아준은 며칠 쉬겠다며 외국으로 여행을 가버렸다.

그리고 인후는 영화 마지막 촬영에 온 힘을 기울이고 있었다.

그래서 오랜만에 사무실이 한산했다.

"대청소나 해볼까?"

이연은 일부러 씩씩하게 목소리를 내면서 자신의 블라우스 소매를 걷어 올렸다. 그러곤 문이란 문은 다 연 다음 구석에서 청소기를 꺼내 바닥을 쓸고 다녔다. 바닥 청소가 끝나자 이연은 손걸레를 빨아 책장 앞으로 갔다. 위에서부터 닦아 내려가다가 제일 아래 칸을 닦기 위해 책장 앞에 웅크리고 앉았다.

그러다 낯익은 캠코더 하나를 발견했다. 일순 표정이 밝아진 이연이 냉큼 그것을 집어 들었다.

"잃어버린 건가 했는데, 이런 곳에 숨어 있었네."

시니와 꽤 오랫동안 역사를 함께한 캠코더였다. 이연은 생각보다 먼지가 많지 않은 캠코더를 손으로 슥슥 털면서 일어섰다.

"다음 레슨 때 써야지."

신나서 중얼거리던 이연이 문득 움직임을 멈췄다. 그녀의 말간 얼굴에 씁쓸한 빛이 떠올랐다.

"……레슨, 또 할 수 있겠지?"

태진과의 연기 레슨이 마지막이었다. 열심히 가르쳤는데, 그는 사실 배우 될 생각이 전혀 없는 연예기획사 대표였다. 배신감에 의욕과 자신감이 많이 떨어졌지만, 그래도 이대로 포기할 수는 없다.

"그럼. 할 수 있어. 할 수 있고말고."

손에 든 캠코더의 먼지를 다시 털면서 이연은 씩씩하게 혼잣말을 했다.

"이제 다음 주면 오디션 시작이니까."

그녀는 곧 있으면 시작될 시니 공개오디션에 사활을 걸 예정이었다. 아직 길거리 캐스팅을 할 수 있을 정도로 멘탈이 회복된 상태가 아니었기 때문에 시니에게는 공개오디션이 재도약의 기회였다.

"근데 용량이 얼마나 남았나?"

불현듯 궁금해진 이연이 캠코더 액정화면을 젖혔다. 거기에 녹화된 영상들은 많지 않았다. 그런데 그 속에서 한 번도 본 적이 없는 영상을 발견했다.

"응? 이게 뭐지……?"

이연은 고개를 갸웃하며 화면을 터치했다. 영상이 재생되자 화면 가까이에서 카메라를 만지작거리던 태진이 물러나 소파에 앉는 모습이 보였다. 화면 속 태진은 연기 레슨을 받을 때보다 더 어색한 표정이었다.

- 아아, 무슨 말을 먼저 꺼내야 할지 모르겠네요.

태진이 찍어둔 영상이라는 걸 알아채고 이연은 아연실색해서 입을 동그랗게 벌렸다.

- 이 영상을 이렇게 찍고는 있지만, 솔직히 이연 씨가 이걸 보는 일은 없길 바라요.

이연의 커다란 눈망울이 지진이라도 난 것처럼 일렁였다. 영상 속 슈트 입은 태진이 말을 이었다.

- 왜냐하면 이연 씨가 이걸 본다는 건 내가 직접 고백하진 못했다는 뜻이 되니까. 내가 당신에게 고백한 뒤에는 이 영상을 지워버릴 거거든요. 창피하니까.

태진의 말이 이어질수록 이연은 심장이 점점 세차게 뛰었다. 입술도 바짝 마르는 것 같았다. 그래서 혀로 입술을 축이고 윗니로 아랫입술을 깨물었다.

- 이연 씨, 사실 나는 여기 있으면 안 되는 사람이에요.

태진의 까만 눈동자가 슬프게 반짝였다. 이연은 영상 속 태진의 잿빛 얼굴에서 한시도 시선을 떼지 못했다.

– 진 엔터테인먼트의 대표 자리에 있는 사람이거든요.

이미 알고 있는 사실인데도 이연은 가슴이 찌릿하고 아팠다. 솔직한 태진의 고백이 흘러나왔다.

– 근데 처음 이연 씨를 만나고 문득 궁금해졌어요. 시니는 어떤 곳일까 하고. 어떤 대단한 곳이길래 난다 긴다 하는 톱스타들이 다 그곳 출신인 걸까 궁금했죠.

태진이 나직하게 말을 잇는 동안 이연은 아프게 뛰고 있는 가슴에 손을 얹었다.

– 으음. 막상 들어와서 보니까 이연 씨가 대단한 사람이더라고요. 심지가 곧고 카리스마 있고 밝고 에너지까지 넘치고 사람도 잘 믿고…….

이연은 숨소리조차 죽이고 태진의 낮은 목소리에 귀를 기울였다.

– 그래서 반했나 봐요.

그 순간 이연은 심장이 철렁 내려앉는 느낌이었다. 그녀는 자신을 좋아한다는 그의 마음까지 의심했었다.

– 이렇게 제멋대로인 데다가 이기적이고, 용기도 없어서 미안해요. 이런 주제에 당신한테 반해서 미안하고요.

잠시 말을 멈춘 태진의 눈가가 붉어진 것 같았다. 이연의 눈가도 그와 비슷해졌다.

– 지금 이 순간에도 나는 당신이 나를 용서해줬으면 좋겠다는 이기적인 생각밖에 안 드네요.

태진의 입가에 눈물보다 더 슬픈 미소가 걸리자 이연은 다리에 힘이 풀려서 바닥에 주저앉았다. 그래도 캠코더는 손에서 놓지 않았다.

– 정말 미안하고…….

영상 속 태진은 마지막 인사를 준비하고 있었다.

– 사랑합니다.

그의 절절한 고백에 이연의 다갈색 눈동자가 일렁거렸다. 영상이 끝났는데도 이연은 얼이 빠진 채 그대로 앉아 있었다. 가슴이 쿵쾅거리고 미어지는 것처럼 계속 아팠다.

이연이 움직인 것은 휴대전화가 울려서였다. 천천히 자리에서 일어나 책상으로 힘없이 걸어갔다. 그녀가 책상 위에 둔 휴대전화 화면을 확인했다.

[하선 오빠]

"!"

예상치 못한 이름에 놀란 이연이 재빠르게 전화를 받았다.

"오빠?"

그러자 하선이 다짜고짜 중저음인 목소리로 말했다.

- 우리 좀 만날까?

한동안은 연락도 닿지 않을 거라 생각했던 터라 그의 제안이 놀라웠다. 이연은 일단 세차게 고개를 끄덕였다.

"나야 좋지. 어디서 볼래?"

- 내 건물 알지?

이연은 하선이 유일하게 가지고 있는 건물을 떠올렸다.

"강남에 있는 거?"

- 응. 거기서 보자.

"알았어. 이따 봐."

전화를 끊고서 이연은 아직도 그녀의 한 손에 있는 캠코더를 끌어안았다. 그런 다음 제 책상 서랍에 소중하게 넣어두었다.

◆ ⁘ ◆

하선의 건물은 강남역 근처 번화가 한복판에 있었다. 주인만큼이나 화려하게 생긴 9층짜리 건물. 건물의 이름은 이연의 추천으로 HS. 하선의 이니셜이다.

HS 빌딩과 제일 가까운 버스정류장에서 내린 이연은 오버핏 카디건을 여미며 익숙한 발걸음을 옮겼다. 이 번화가는 그녀가 가끔 길거리 캐스팅을 하고자 할 때 걷던 거리였다. 평일 낮인데도 수많은 인파로 넘실거리는 곳이었고 즐비하게 늘어선 성냥갑 같은 건물들이 화려하게 빛나는 거리였다.

한때는 이런 곳에 시니 엔터테인먼트 건물을 세우리라 꿈도 꿨었다. 할 수 있을 거라고 믿어 의심치 않았고 가능성도 충분히 보였었다. 마음을 줬던 이들이 하나둘 시니를 떠나기 전까지는 말이다.

이연은 씁쓸한 미소를 지으며 횡단보도 앞에 섰다. 반대편에도 이쪽만큼이나 많은 사람들이 서 있었다. 대다수가 직장인들로 보였고 가방을 멘 학생들도, 외국인들도 더러 있었다.

곧 신호등이 바뀌고 이연을 포함한 사람들이 길을 건너기 시작했다. 8차선 횡단보도를 오가고 있는 인파 사이에서 이연은 눈에 쏙 들어오는 한 남자를 발견했다. 그는 건널목을 가로지르는 중도 아니었고 신호등 근처에서 있는 것도 아니었다. 그런데도 제법 먼 거리에 있는 이연의 눈에 콕 들어와 박혔다.

길거리 캐스팅을 시도할 때와 비슷했다. 이런 식으로 눈에 확 들어오는 사람들에게 무작정 말을 걸었으니까. 이연의 걸음이 횡단보도 중간쯤부터 느려지다가 멈춰 섰다. 오고 가는 행인들에 의해 그 남자가 사라졌다가 다시 나타나기를 반복했다.

여태진. 그였다.

이연은 또 이렇게 많은 사람들 속에서 단번에 태진을 찾아낸 것이다. 처음 만났을 때처럼. 그나마 길거리 캐스팅이 아니어서 다행이었다. 만약 그랬다면 이번에도 명백한 실패일 테니까.

"아아, 진짜……."

이연의 입에서 한탄 섞인 목소리가 흘러나왔다.

왜 또 발견해버린 걸까. 대체 어쩌려고.

인도에 서서 연훈과 이야기 중인 태진을 보니 주책없이 마음이 설렜다. 그에게 뛰어가고 싶다는 생각이 간절했다.

'아……. 아직도 좋아하고 있구나.'

억누르고 있던 태진에 대한 감정이 북받쳐 올랐다. 가슴이 뜨거워지면서 왈칵 눈물이 샘솟았다.

"흐윽……!"

이연은 손등으로 입술을 막고서 울음을 터뜨렸다. 신호등 색깔이 다시 바뀌려 하고 있었지만 그녀는 눈치채지 못했다.

그 순간, 휘익. 누군가 큰 손으로 이연의 팔뚝을 잡아챘다.

"신이연."

"!"

중저음 목소리에 퍼뜩 정신을 차리니 턱수염을 기른 잘생긴 얼굴에 페도라를 쓴 하선이 보였다.

"하선 오빠……!"

"왜 길거리에서 울고 있어?"

하선은 속상하다는 듯이 눈썹을 찡그렸다. 이연은 대답 대신 잽싸게 눈물을 닦았다. 그녀의 젖은 눈동자를 보면서 하선은 걱정을 가득 담아 물었다.

"뭐야? 대체 무슨 일이 있었던 건데?"

HS 빌딩 최상층은 하선의 개인공간이었다. 주거하는 집처럼 꾸며놓은 공간에서 이연은 하선에게 그동안 태진과 있었던 일에 대해 전부 다 털어놓았다.

"……그렇게 된 거란 말이지."

자초지종을 듣고 난 하선이 수염 자란 턱을 만지며 고개를 주억거렸다. 이연은 그와의 사이에 놓인 테이블로 시선을 내리고 있었다.

1층에 있는 커피숍에서 테이크아웃 해온 아메리카노를 한 모금 마신 하선이 자리에서 일어섰다.

"내가 혼 좀 내줘야겠네."

"뭐?"

이연은 놀라서 눈꺼풀을 들어올렸다. 그녀에겐 눈길도 주지 않고 하선은 유리 가벽 앞의 수납장으로 가서 검정색 캡 모자를 찾아 썼다. 그러곤 입고 있는 꽃무늬 셔츠 소매를 접어 올리는 시늉을 했다.

"내가 아끼는 동생한테 그런 짓을 했으니 당연히 혼내줘야지."

농담인 줄 알았는데 그가 셔츠와 안 어울리는 가죽 재킷에 팔을 집어넣자 이연은 덜컥 긴장했다.

"설마 찾아가서 때릴 건 아니지?"

천천히 몸을 일으킨 이연이 불안해 보이는 눈동자로 물었다. 그러자 하선이 그녀 쪽으로 성큼 다가와 손을 슥 내밀었다.

"가자."

"뭐? 싫어. 난 안 가."

이연은 펄쩍 뛰었다. 그녀를 나무라듯이 하선은 "씁." 소리를 내고는 낮게 혀를 찼다.

"가자니까."

이연의 말간 얼굴에 난감한 기색이 떠올랐다.

◆ ✣ ◆

태진은 안색이 안 좋은 효인을 사장실 안으로 들이고 따뜻한 차를 준비시켰다. 시폰 원피스에 캐시미어 숄을 두른 효인은 가느다란 손가락으로 모자이크 디자인의 찻잔을 만졌다. 그녀의 고운 얼굴에는 근심이 서려 있었다.

"긴히 하실 말씀이란 게 뭡니까?"

효인의 건너편 자리에 앉은 태진이 팔짱을 끼고는 긴 다리를 꼬았다. 자연스럽게 구두 신은 발과 면바지 사이로 발목이 드러났다. 진지하게 대답하기 위해 찻잔을 내려놓다가 우연히 그의 발목 쪽을 보게 된 효인이 멈칫했다.

살가죽만 얇게 덮인 마른 발목에 모형같이 예쁜 복숭아뼈. 너무나도 취향저격이었다. 자기가 지금 이럴 때가 아닌데도 말이다.

"목숨이 걸린 시급한 일이라고 하셨습니다만."

태진이 무미건조한 정 없는 목소리로 재촉했다. 효인은 마른침을 삼키며 겨우 눈을 들었다.

"권성태 쪽에서 협박을 하고 있어요. 혼자 빠져나가니까 좋냐고."

효인은 공식기자회견으로 결백을 주장했고 마약 반응 검사 결과도 음성이었다. 스스로 혐의를 벗은 것이다. 그렇게 권성태 측의 거짓말이 들통나자 그쪽에서는 사람을 보내 협박을 시도했다.

"무시하세요."

"무시가 그렇게 간단하면 제가 대표님을 찾아왔겠어요?"

누군가 초인종을 누르고 사라졌고, 집 밖에 나서면 따라붙는 시선이 느껴졌다.

"스토커 짓까지 하면서 저를 괴롭히고 있단 말이에요."

효인은 절박했지만 태진은 여유롭게 커피를 마셨다. 유유자적 태평하기만 한 그의 태도에 효인은 서운한 마음이 들었다.

"적극적으로 도와주시겠다면서요?"

"이미 적극적으로 도와드렸는데요."

태진은 눈길도 주지 않으면서 대꾸했다. 시선을 내리깐 그의 짙은 속눈썹을 향해 효인이 말했다.

"끝까지 도와주셔야죠."

그녀의 화려하게 화장한 얼굴이 울상으로 일그러졌다. 여전히 자신을 보지 않는 태진에게 효인은 목소리에 힘을 주어 물었다.

"권성태랑 개인적으로 아시죠?"

"내가요?"

그제야 태진은 까만 눈동자를 들어 효인을 쳐다보았다. 효인이 조심스럽게 말을 이었다.

"대표님도 재벌 3세고, 태산그룹 사람이잖아요?"

태진의 깔끔한 미간에 세로 주름이 잡혔다. 커피잔을 소리 나게 내려놓은 태진이 다시 정 없게 말했다.

"나 그쪽 사람 아닙니다. 진 엔터테인먼트 사람이죠."

효인은 그에게서 풍기는 냉기를 감지하고 두어 번 헛기침했다.

"죄송해요. 같은 재벌 3세라고 다 친하진 않을 텐데. 제가 지금 마음이 불안해서 아무 말이나 막 나오네요."

효인은 하루라도 빨리 권성태의 그림자가 싹 거둬지길 바랐다. 그걸 해낼 수 있는 사람은 눈앞의 태진밖에 없다고 믿었다.

그러나 태진은 그녀를 더 불안하게 만들었다.

"권성태는 분명 초범이라 집행유예로 나올 겁니다."

"아……."

가슴속 불안감이 배가 되었다. 효인은 곱게 다듬은 엄지손톱을 잘근거렸다. 그때 태진이 그녀에게 제안했다.

"그러니 원하시면 무고죄로 고소해드리겠습니다."

"네?"

효인의 유리구슬 같은 눈망울이 일렁였다. 그녀가 태진의 깨끗한 이마 밑 날카로운 콧대와 아몬드 모양의 눈을 멍하니 쳐다보았다.

"아무 죄 없는 당신에게 누명을 씌웠으니 무고죄로 고소가 가능하거든요."

그제야 효인은 조금 안심하는 표정이었다. 꼬았던 긴 다리를 푼 태진이 손깍지를 꼈다.

"법무팀 부를까요?"

효인이 매혹적인 붉은 입술을 늘어뜨리며 안도하는 모습을 보이자 태진은 단호하게 쐐기를 박았다.

"그러니까 쫄지 마세요. 당신이 쫄 이유가 전혀 없는 상황입니다."

◆ ⁘ ◆

"가자더니, 어디 가는 거야?"

이연은 당황한 기색을 숨기지 못하고 물었다. 운전석에 앉은 하선이 모자 아래 눈을 힐끔 돌려 조수석을 보았다.

"시니. 왜? 진 대표한테라도 가자는 줄 알았어?"

태진을 혼내주겠다면서 가자길래 당연히 그렇게 생각했다. 하지만 하선이 운전하는 차가 강남역에서 점점 멀어지자 그게 아니라는 사실을 알아차렸다.

"아니. 그건 아닌데."

붉은 신호등을 확인하고 차를 세운 하선이 새침한 이연을 향해 장난스럽게 물었다.

"근데 왜 입이 나와 있어?"

"내가? 입이 나와 있다고?"

이연은 뚱한 얼굴로 팔짱을 끼다 짐짓 의아하다는 듯이 되물었다. 웃음을 참고 있는 하선의 입가가 실룩거렸다.

"응. 꼭 삐친 것같이."

"아니야. 그럴 리가."

이연은 정색하며 머리를 흔들었다. 그러나 하선은 그녀를 너무나 잘 알고 있었다. 저건 분명 토라졌을 때의 표정이었다.

"너 지금 되게 귀엽다?"

하선의 입술 끝이 포물선을 그리며 부드럽게 올라갔다. 저런 표정의 이연을 본 게 얼마 만인지 모르겠다.

"진 대표가 보고 싶었구나?"

"그런 거 아니야."

이연이 큰 눈을 더 크게 뜨고는 하선을 향해 어깨를 틀었다. 하선은 따가운 눈초리에도 계속 싱글벙글 웃었다. 결국 이연은 창밖으로 시선을 돌려 버렸다. 신호등 색깔이 바뀌었고 하선은 정면만 본 채 차를 출발시켰다.

"오빠는 찬성이다."

"뭐가."

이연은 창밖만 보면서 심드렁하게 대꾸했다.

"뭐든."

하선의 짧은 대답을 들은 이연이 천천히 그쪽으로 고개를 돌렸다. 그녀의 동그란 눈동자가 의아하게 반짝였다. 하선은 그녀를 돌아보며 씩 웃었다.

"너 하고 싶은 거 다 해."

"무슨 소리 하는 거야, 자꾸."

대체 이 오빠가 왜 이러냐는 듯 이연은 어리둥절한 얼굴이었다.

"근데 도저히 못 하겠다 싶으면 오빠가 도와줄게."

"그러니까 뭐를?"

계속 이어지는 하선의 영문 모를 소리에 이연은 의구심 가득한 어조로 물었다. 그러나 하선은 대답 대신 감탄사를 터뜨렸다.

"캬. 진짜 많이 컸네, 우리 이연이."

그러곤 차를 세우더니 이연에게로 손을 뻗어 그녀의 머리를 쓰다듬었다.

"처음 만났을 땐 진짜 아무것도 모르고 의욕만 넘치는 상꼬맹이가 따로 없었는데."

이연은 그만 머쓱한 헛웃음을 터뜨렸다. 그녀가 하선을 처음 만난 건 갓 만 스무 살을 넘긴 해였다. 그때도 하선은 톱스타였고 이연은 그저 신생업체 대표였다. 꼬맹이로 보는 것도 무리는 아니었다.

이연이 웃는 얼굴로 하선의 어깨를 툭 때렸다.

"자꾸 이상한 소리만 할 거야?"

이연에게 하선은 시니를 창립할 때부터 많은 도움을 준 은인이자 이연의 비전만을 보고 시니를 선택해준 유일한 톱스타였다. 무한한 신뢰가 있는 소중한 사람이었지만, 가끔 이렇게 영문 모를 행동을 하는 특징이 있었다.

"내려. 사무실 앞이야."

하선이 맞은 어깨를 손으로 쓰다듬으며 말했다. 그제야 이연은 창밖을 확인했다. 어느새 차는 시니 사무실 건물 앞에 세워져 있었다.

"원래도 좀 이상했는데, 오늘은 진짜 이상해, 오빠."

안전벨트를 푼 이연이 하선을 돌아보았다. 하선은 그녀를 향해 캡 모자를 벗어서 흔들었다.

"또 보자."

이연은 피식 웃고는 차에서 내렸다. 밖에서 손 인사를 건넨 그녀가 돌아선 후에도 하선은 차를 출발시키지 않았다. 이연이 시야에서 완전히 사라지자 하선의 눈빛이 달라졌다. 그가 모자를 푹 눌러쓰며 나직하게 중얼거렸다.

"우리 이연이를 울렸단 말이지……."

◆ ✣ ◆

이틀간 밴 안에서 쪽잠을 자야 했을 정도로 강행군이었다. 그러나 그 고된 촬영도 내일이면 끝이 난다.

"아흐……."

기진맥진해서 집으로 돌아온 인후가 그대로 차디찬 대리석 바닥에 누워버렸다. 볼로 찬기가 고스란히 전해졌지만 이대로 눈을 감으면 바로 잠들 수도 있을 것 같았다.

"힘들어."

인후가 진심을 담아 혼잣말을 했다. 딱 세 시간 빈다기에 무조건 집에 보내달라고 했다. 답답한 차 안에서는 이제 일 초도 자고 싶지 않았기 때문이다.

스르르 몸을 일으킨 인후가 휴대전화를 꺼내 시간을 확인했다. 쉴 수 있는 시간이 두 시간 반도 채 안 남았다. 그러나 인후에게는 꼭 해야 할 일이 있었다. 비장한 표정의 그가 통화 목록 제일 상단에 있는 이연의 번호를 눌렀다. 하지만 그녀의 목소리를 들을 수는 없었다.

집에 오고 있는 도중에도 걸었었는데 바쁘다며 금방 끊었었다.

"아깐 받기라도 하더니, 이젠 아예 안 받냐……."

그냥 이연과 이런저런 이야기를 나누고 싶었을 뿐이었다. 그런 단순한 바람도 이루어지지 않아서 인후는 울적했다.

"알아. 사무실 직원도 충원해야 하고 오디션 준비로도 바쁘겠지. 그래도 내 전화는 좀 받아주지."

볼멘소리를 내면서 인후는 또 이연에게 전화를 걸었다. 그러나 이번에도 신호음 소리가 전부였다. 힘없이 귀에서 휴대전화를 뗀 인후가 그것을 소파에 던져놓았다. 그러곤 나직이 투덜거렸다.

"아, 그 한채림 욕도 한바탕해주고 싶었는데."

오늘 유난히 더 피곤한 건 하루 종일 NG를 내던 신인배우 한채림 때문이었다. 그녀는 오늘 촬영이 클라이맥스 신이라 유독 힘들어했다. 채림의 앳된 얼굴을 떠올린 인후가 낮게 혀를 찼다.

결국 인후는 하소연할 곳을 찾지 못하고 조용히 욕실로 향했다. 샤워를 마치고 돌아온 그는 휴대전화부터 확인했다. 선후배들이나 지인들에게는 연락이 와 있었지만, 정작 기다리는 이에게선 깜깜무소식이었다.

[오늘 정말 죄송했습니다, 선배님. 제가 아직 많이 부족해서 민폐를 끼쳤습니다. 마지막 촬영에선 NG를 안 내도록 노력하고 또 노력하겠습니다.]

채림이 보낸 문자만 골라 정독한 다음 인후는 또다시 이연에게 전화를 걸었다. 하지만 지루한 신호음만 계속되었기에 얕은 한숨과 함께 전화를 끊었다.

"우씨, 크랭크업만 해봐라. 24시간 내내 붙어 있어야지."

굳게 결심하면서 전체적으로 톤다운된 침실로 발을 옮겼다. 곧바로 푹신한 베개에 머리를 댄 인후가 느릿하게 눈을 깜박였다.

문득 이연 다음으로 그리운 이가 떠올랐다.

"그나저나 우리 금수저 아저씨는 잘 지내나? ……아. 그러고 보니 한채림도 진 엔터 소속이네……."

중얼거리며 인후는 짤막한 단잠에 빠져들었다.

◆ ✣ ◆

"누가 왔다고?"

태진은 깜짝 놀라서 자리에서 일어서고 말았다. 그의 책상 앞에 선 연훈이 상기된 얼굴로 대답했다.

"하선이 왔다니까?"

하선이 진 엔터테인먼트에 나타났단다. 연예계 활동을 잠정 중단했고 진 엔터테인먼트와는 아무 연이 없는 그 하선이 말이다.

"그래서 지금 아래에 아주 난리가 났어."

하선이 나타나자 진 엔터테인먼트는 삽시간에 소란스러워졌다. 연훈은 연락을 받고 그를 데리러 갔다가 로비에서 벌어진 사인회를 보고 입이 쩍 벌어졌다. 연예인들을 지겹도록 봐온 베테랑 직원들마저 열광할 정도로 하선은 차원이 다른 대스타였다.

그래서 연훈은 학수에게 하선의 보호와 에스코트를 맡기고 사장실로 먼저 올라왔다. 그리고 한참 후에야 직원들 사인회를 끝낸 하선이 학수와 함께 사장실로 들어왔다. 위풍당당하게 등장한 그에게로 태진이 재빨리 걸어갔다.

"여기까지 웬일이십니까? 연락 주셨으면 내가 시니로 갔을 텐데……."

"이연이가 안 반가워할 텐데요?"

하선의 뼈가 느껴지는 대꾸에 연훈과 학수는 멈칫하고 서로의 눈치를 살폈다. 두 사람이 그렇게 나가고 난 뒤 하선은 소파에 털썩 앉았다.

"할 말이 있어서 왔어요."

"네, 말씀하십시오."

태진도 하선의 건너편 자리에 앉았다. 페도라를 조금 삐딱하게 고쳐 쓴 하선이 중저음 목소리로 말을 시작했다.

"내가 만약 활동 중단 선언을 철회하고 여기랑 계약한다면……."

도중에 하선은 잠시 뜸을 들였다. 긴장한 태진의 눈썹에 힘이 들어갔다.

"계약금은 얼마나 줄 수 있어요?"

"!"

태진은 심장이 철렁 내려앉는 느낌이 들 정도로 놀랐다.

'설마 진 엔터테인먼트에서 복귀를 추진한단 말인가?'

미간을 좁힌 태진이 믿을 수 없다는 듯 반문했다.

"활동 중단을 철회하신다고요?"

"네."

하선은 단호했다. 태진은 확실하게 듣고 싶어서 재차 물었다.

"그리고 저희랑 새로 계약을 하신다고요?"

"네."

하선은 이연이 '오빠'라 부르며 따르는 사람이었다. 그걸 잘 알기에 태진은 마음이 무거웠다.

"갑자기 이러시는 이유가 뭡니까?"

조각상으로 오해할까 봐 기른 듯한 콧수염과 턱수염을 한 번씩 만진 하선이 매력적인 미소를 머금었다.

"사실 연예계가 너무너무 재미없었는데, 다시 흥미로워졌거든요."

하선은 얼마 전까지만 해도 오랜 슬럼프에 지쳐 있었다. 삶이 무료했고 매사에 의욕도 의지도 없었다. 그런데 영화제 사진을 보고 오랜만에 재미있다고 생각했다. 더 알아보고 싶다고 느꼈다.

"그럼 시니로 다시 가셔도 되지 않습니까?"

"시니는……."

태진의 물음에 하선은 턱을 긁적이며 심각한 표정을 지었다. 그가 자신을 뚫어지게 보고 있는 태진을 향해서 한쪽 눈을 찡긋했다.

"너무 작아서."

크게 당황한 태진의 까만 동공이 흔들렸다. 그 모습이 재미있다는 듯 하선은 또 눈을 찡긋했다.

"진은 크니까."

태진은 난감한 기분에 사로잡혔다. 하선은 우리나라에서 손에 꼽힐 정도로 거물급인 톱스타였다. 하선에게 이런 기획사 대표는 당신이 처음이야 따위의 말을 듣고 싶은 게 아니라면 그를 거절하는 건 미친 짓이었다.

그런데 태진은 지금 그 미친 짓이 하고 싶었다. 이마를 짚었다가 입가로 손을 내린 태진이 자신도 모르게 중얼거렸다.

"돌겠네, 정말."

그 소리를 들은 하선이 눈썹 끝을 실룩였다. 그의 조각 같은 얼굴에 언짢은 기색이 피어올랐다.

"왜요?"

날카로워진 눈빛을 마주한 태진이 뭔가 대답하려 했지만 하선은 기다리지 않고 말을 이었다.

"여기 원래 시니 소속 배우들 빼가는 데 도가 튼 곳이잖아요?"

"!"

태진은 순간 심장이 쿵, 크게 울렸다. 어쩌면 그는 정말 계약이 하고 싶어서 이곳에 온 게 아니라 저 말이 하고 싶어서 왔는지도 모른다. 이런 생각이 스치자 놀란 가슴이 진정되었다.

"저희는 정당한 계약조건을 제시했을 뿐, 선택은 언제나 그분들의 몫이었습니다."

자신들은 그저 시니 엔터테인먼트와 계약 만료 시점인 배우들에게 새롭게 계약을 제안했을 뿐이다. 이쪽에서 해줄 수 있는 최선과 최고의 조건으로.

"아, 물론 그렇죠. 정당한 거래고 합법이죠. 회사를 순전히 돈으로 키우는 게 무슨 잘못인가요."

"……."

태진은 할 말이 없었다. 솔직히 계약금만큼 그 배우의 가치를 확실하게 드러내는 건 없으니 과감하게 금액을 제시할 때도 물론 있었다. 하지만 그 모든 노력을 돈이라고 표현하는 건 참 씁쓸했다.

"……."

"……."

그들 사이에 불편한 침묵이 흘렀다. 잠시 후 하선은 불현듯 손목시계를 확인했다.

"어우, 이런. 전 이만 가봐야겠네요."

예상치 못한 사인회로 인해 이곳에 머무는 시간이 길어졌다. 자리에서 일어선 하선이 문으로 휘적휘적 걸어가다가 문득 발을 멈췄다.

"아참. 이연이가 어디냐고 물어봐서 여기 있다고 했어요."

이연이란 이름이 나오자 태진은 일순 긴장했다. 그와 달리 하선은 웃는 얼굴로 말을 덧붙였다.

"분명 지금 열나게 쫓아오고 있겠네요."

하선의 말처럼 이연은 사장실 안으로 거의 뛰어들 듯이 들이닥쳤다. 미리 비서실에 언질을 해두었으니 망정이지, 안 그랬으면 꽤나 시끄러울 뻔했다.

벌컥 문을 거칠게 열어젖힌 이연이 큰 소리로 하선을 불렀다.

"하선 오빠!"

"가셨습니다."

문 앞에서 그녀를 기다리고 있던 태진이 간결하게 대답했다. 이연은 불그스름하게 달아오른 얼굴로 숨을 몰아쉬었다. 그러기도 잠시뿐. 그녀가 황급히 물었다.

"하선 오빠가 뭐라던가요?"

태진은 말없이 가슴에 손가락을 얹었다. 이연이 두 눈을 동그랗게 떴다.

"혹시 때린 건 아니죠?"

혹 하선이 그의 가슴이라도 가격한 건가 불안해졌다. 그러나 다행히 그건 아닌 듯 태진은 고개를 좌우로 저었다.

"내상을 입었습니다."

"내상이요?"

이연은 방금 전보다 더 크게 놀랐다. 그녀의 고운 얼굴에 걱정이 깃드는 것을 보면서 태진은 낮게 중얼거렸다.

"칼 없이 찔린 기분이랄까."

"?"

이연의 큰 눈망울에 물음표가 떴다. 의문 가득한 표정의 그녀가 조심스럽게 물었다.

"괜찮은 거예요?"

태진은 가슴에 손을 얹은 채로 다시 한 번 고개를 저었다.

"아뇨."

무거운 대답을 들은 이연의 얼굴도 어두워졌다. 태진이 가라앉은 목소리로 말을 이었다.

"아프네요."

진심이었다. 태진은 하선의 신랄한 표현에 충격과 상처를 동시에 받았다.

"내가 회사를 키운 방법이 잘못된 걸까요……."

진 엔터테인먼트 왕국이 목표였다. 그래서 모두가 놀랄 만큼 사업의 규모를 키워나갔다. 그걸 유지할 힘과 계획이 완벽하게 준비되어 있었다. 그렇기 때문에 성공이라 믿었다. 합리적인 경영을 했고 과감한 투자를 했다 자부했다. 그런데 지금 내실을 기하지 않은 건 아닌지 불안해졌다.

"저는요, 다 빼앗겼어요."

이연이 자조적으로 말했다. 바닥만 보고 있던 태진이 천천히 시선을 들어 올렸다.

"여기 진 엔터테인먼트뿐만 아니라 다른 기획사들한테도, 심지어 내 사람이었던 부사장한테도."

이연은 사람을 키우는 게 회사를 키우는 거라고 생각했다. 그래서 오로지 사람에게만 집중했을 뿐인데, 그게 그들을 지치게 만들었던 건지도 모른다. 소규모가 되어버린 회사가 그 증거였다.

"저도 제가 잘못해서 그렇게 된 거겠죠."

그들은 각자 다른 이유로 같은 고민을 공유했다. 이연이 담담한 어조로 말을 마치자 태진은 눈꺼풀을 내리며 고개를 살짝 숙였다.

"위로, 감사합니다."

"위로 아닌데요."

이연은 당황한 낯빛으로 정색했다. 그러나 태진은 그녀의 말이 들리지 않는 것처럼 말을 이었다.

"꽤 괜찮은 위로였어요."

"위로 아니라니까요?"

이연은 무척 억울해했지만, 태진은 그저 싱긋 웃을 뿐이었다.

♦ ⁘ ♦

늦은 밤, 이연은 시니 사무실로 돌아왔다. 그런데 사무실 안에 불이 환하게 켜져 있었다. 나갈 때 경황이 없어서 체크하지 않은 건가 싶어 황급히 안을 살펴보았다.

"왔어?"

컴퓨터 책상에 앉아 있던 하선이 페도라를 벗어서 흔들었다. 이연은 바로 그에게 달려갔다.

"오빠, 대체 태진 씨한테 뭐라고 한 거야?"

이연이 다짜고짜 묻자 하선은 눈을 가늘게 뜨면서 자리에서 일어섰다. 그녀의 앞에 우뚝 선 하선이 골반에 손을 척 얹었다.

"왜? 그놈이 너한테 다 일러바치디?"

"그건 아니고. 그냥 오빠 때문에 마음이 아팠대서……."

이연은 하선의 서늘한 눈초리를 피하며 말끝을 흐렸다. 생각해보니 방금 전 자신이 다소 흥분했던 것 같아서 살짝 민망해졌다.

하선이 그녀의 어색해하는 얼굴을 주시하면서 말했다.

"그냥 한번 물어봤어. 계약금 얼마나 줄 수 있냐고."

"뭐? 왜?"

화등잔만 해진 이연의 눈이 하선에게 향했다. 하선은 그녀를 덤덤하게 마주 보았다. 이연은 마른침을 삼키곤 뜸을 들이다 다시 물었다.

"설마 오빠도 거기로 가려고?"

하선은 대답 없이 어깨를 으쓱했다.

단언컨대 이연은 그동안 타 기획사를 선택한 배우들을 원망해본 적이 단 한 번도 없었다. 그러나 이번엔 달랐다. 하선이었고, 그 진 엔터테인먼트였다.

"왜, 왜 하필 진 엔터테인먼트야! 내가 그 여태진 대표를 얼마나 원망하고 있는데!"

이연은 솔직하게 서운한 감정을 드러냈다. 지금까지와는 급이 다른 섭섭함에 왈칵 눈가가 뜨거워졌다.

"그 남자, 나한테 정체를 솔직하게 밝힐 기회가 얼마든지 있었을 텐데도 말 안 했어!"

하지만 이연도 알고 있었다. 여태진 그가 몇 번이나 자신에게 말하려 했다는 것을.

"조금만 일찍 말해줬다면 아니, 자기 입으로만 말해줬다면……!"

이렇게 그를 용서하기 힘들진 않았을 텐데.

이연이 말을 멈추고 아랫입술을 깨물고 있던 그때 하선이 그녀의 뇌리를 뒤흔들 만한 발언을 했다.

"그럼 너, 나도 원망할래? 나도 알고 있었는데."

"뭐?"

이연의 두 눈이 크게 벌어졌다. 일렁이는 눈망울을 보면서 하선은 얕은 한숨을 쉬었다.

"나 사실 전에 만났을 때 여태진이 진 대표인 거 눈치채고 있었다고."

이연은 도저히 믿을 수가 없었다. 오랫동안 신뢰를 쌓아온 그마저 자신을 속였다는 거 아닌가. 울컥 화가 치민 이연이 버럭 목소리를 높였다.

"오빠가 어떻게 나한테 그럴 수가 있어!"

"네 탓은 없다고 생각해?"

하선이 그녀의 말을 냉정하게 자르며 물었다. 이연이 일순 멈칫하자 하선은 무서운 표정으로 말을 이었다.

"어떻게 국내 최대 연예기획사 대표 얼굴을 몰라? 어떻게 얼굴도 모르고 라이벌 회사 대표를 캐스팅해? 네가 그러고도 시니 대표야?"

하선의 말은 하나도 틀린 점이 없었다. 그래서 더 아팠다. 이연은 입술을 꾹 다물고 주먹을 그러쥐었다. 어쩌면 무지했던 자신을 또 탓하고 싶지 않아서 태진을 계속 원망했던 건지도 모른다.

“명심해. 여태진 대표를 이 회사에 들인 건 너야. 다 네가 자초한 거라고.”

시리도록 신랄한 지적에 이연은 시선을 떨구고 코를 훌쩍거렸다. 하선의 말대로 태진을 길에서 발견하고 그에게 명함을 건네고 그가 시니에 와주길 바랐던 건 결국 자신이었다. 처음부터 알고 있었으면서도 그걸 이용한 태진만을 탓했다. 비겁했다.

chapter 8

이유

태진은 10층 간부 회의실에서 연훈과 학수를 데리고 드라마 제작사 인수 건으로 임시회의를 진행하고 있었다.

먼저 연훈이 드라마 제작사 자료를 들여다보면서 말했다.

"제작사하고는 두 번째 미팅 조율 중이야."

첫 미팅은 상당히 호의적이었다. 이제 구체적인 금액이나 세부사항에 대한 이야기가 나오면 서로 미묘한 줄다리기를 시작하겠지만 말이다.

"근데 말이야."

한 손으로 턱을 괴고 있던 태진이 불쑥 이렇게 서두를 꺼냈다. 연훈과 학수가 태진을 주시했다.

"인수하는 게 맞는 걸까?"

"뭐? 갑자기 그게 무슨 소리야?"

태진이 나직하게 던진 물음에 연훈은 사색이 되었다. 제법 큰 드라마 제작사와 손을 잡기로 이미 구두로 합의가 끝난 상황이었다.

"네가 작년부터 밀던 프로젝트잖아."

하루 이틀 얘기해오던 건도 아니었고 이미 미팅까지 한 프로젝트이건만, 연훈은 그런 질문을 하는 태진의 의도가 이해되지 않았다.

"진 엔터테인먼트 왕국을 만들려면 제작사는 꼭 필요해."

요즘 같은 세상에 콘텐츠만큼 중요한 건 인기 작가와 스타 감독의 영향력이었다. 그들이 소속되어 있는 드라마 제작사의 파워를 절대 무시할 수 없었다. 태진도 그걸 모르지 않았다. 하지만 마음에 덜컥 걸리는 게 있었다.

"내가 몸집 부풀리기에만 집중해서 정작 중요한 걸 놓치고 있는 건 아닌가 해서."

적극적인 인수합병을 통해서 규모를 키워나가는 중이었지만, 태진은 요 며칠 계속 의문이 들었다. 과연 그게 옳은 길일까 하는.

"너, 무슨 일 있었냐?"

어리둥절한 표정을 지은 연훈이 물었다. 태진은 그저 힘없이 픽 웃을 뿐이었다.

"아님, 어디 아파? 주치의 불러줘?"

연훈은 학창시절부터 반장과 전교회장을 도맡아 했던 태진의 추진력과 고집을 제일 잘 알고 있는 사람이었다. 그렇기에 더더욱 주춤하는 그가 낯설었다.

"정신 좀 차려, 여태진."

연훈이 회의 테이블을 톡톡 두드리며 강한 어조로 말했다.

"응. 정신 차릴게."

태진이 그의 손에 있는 제작사 자료를 가져갔다. 연훈의 얼굴에 반가운 기색이 스치자 태진이 선언했다.

"보류하자."

"뭐?"

연훈과 학수는 크게 당황한 낯빛이었지만, 개의치 않고 태진은 단호하게 결단을 내렸다.

"드라마 제작사 인수 건, 보류하자고."

그는 일단 인수합병 프로젝트를 잠시 중단하고 현재 회사 내부 상황을 먼저 체크해야겠다는 생각이 들었다.

◆ ✣ ◆

자신의 책상에서 이연은 오디션 지원서 뭉치를 손에 들고 한 장씩 꼼꼼히 살펴보고 있었다. 벌써 삼십 분째 하선이 그녀의 책상에 걸터앉아 있는데도 말이다.

"아직도 삐쳤냐?"

결국 하선이 항복을 선언하며 두 손을 들었다. 삼십 분 만에 이연이 싸늘한 시선을 들어 그를 쳐다보았다.

"진짜 진 엔터테인먼트랑 계약할 거야?"

이연은 제일 궁금했던 질문을 던졌다. 하선은 바로 잘생긴 얼굴을 구겼다.

"아니. 미쳤냐?"

이번엔 이연이 미간을 찡그렸다. 큰 눈을 껌벅거리던 그녀가 다시 질문했다.

"그럼 거긴 왜 갔어? 계약금은 왜 물어보고……?"

하선은 덥수룩하게 기른 머리를 쓸어넘기며 진지한 표정을 지었다. 마치 영화의 한 장면처럼 멋있었지만 그의 입에서 나온 한마디는 개구쟁이의 그것이었다.

"괴롭히고 싶어서."

"허."

이연은 그만 실소를 터뜨렸다. 그녀가 어이없다는 목소리로 중얼거렸다.

"악마야, 뭐야."

하선은 고개를 설레설레 젓더니, 윙크를 찡긋 날렸다.

"타락천사."

"어우, 뭐야."

이연은 아연해서 머리를 절레절레 흔들었다.

괴짜. 하선의 전 매니저이자 부사장급이었던 조 실장이 왜 그런 별명을 지어줬나, 새삼 느끼는 순간이다.

이연은 하선에게서 시선을 떼 다시 지원서들을 들여다보았다.

"나 바쁘니까 그만 가."

하선은 턱수염을 긁적이면서 엉덩이를 떼고 일어섰다. 호기심 가득한 그의 갈색 눈동자가 이연이 보고 있는 서류들을 살폈다.

"뭐가 그리 바쁜데?"

"이제 사흘 후면 공개오디션 예선 시작하거든."

이연은 지원한 사람들에게 특별한 결격사유만 없다면 모두 예선을 보게 할 생각이었다. 그래서 수백 명의 지원서를 하나하나 자세히 살펴보는 중이었다.

오늘 밤 안에 예선이 예정대로 진행된다는 내용과 정확한 시간 및 장소 그리고 심사위원 관련 공지를 올리려면 시간이 부족했다. 심사는 이연과 함께 김 감독이 맡아주기로 했었는데 그가 시사회 일정으로 불참하게 돼서 이연이 혼자 하게 되었다.

"공개오디션?"

하선이 의아해하며 물었다. 이연은 지원서에서 눈을 떼지 않으면서 대답했다.

"응. 해보려고."

"처음 있는 일이네, 시니에선."

시니가 창립된 해부터 쭉 함께한 하선이었지만 시니에서 공개오디션을 진행한다는 건 처음 들었다.

잠시 생각에 잠겨 있던 하선이 지원서 한 장을 손으로 빼냈다.

"심사는 누가 하는데?"

그러자 이연이 지원서 뭉치를 내려놓고는 엄지손가락으로 자기 자신을 가리켰다.

"나."

하선의 두 눈이 휘둥그레졌다. 그가 긴 검지를 이연의 말간 얼굴로 뻗었다.

"너 혼자?"

"응."

"무슨 자신감이야?"

낮게 피식 웃음을 터뜨리며 하선은 지원서로 시선을 내리깔았다. 의자에서 일어선 이연이 잘록한 허리에 양손을 척 얹었다.

"나 길거리 캐스팅의 전설, 신이연이야."

하선은 그녀에게 지원서를 돌려준 다음 언제나처럼 씩씩한 그녀의 머리를 슥슥 쓰다듬었다.

그때였다.

"나도 심사위원에 껴줘."

인후가 화려한 얼굴 가득 환한 미소를 띤 채 안으로 걸어왔다. 사무실로 들어오면서 그들의 대화를 들었나 보다.

"뭐?"

이연이 커다래진 눈으로 인후를 쳐다보는 사이 하선은 그를 향해 손을 흔들었다.

"인후, 안녕?"

"안녕하세요, 선배님."

인후는 대선배인 하선에게 깍듯하게 인사를 했다. 하선은 아마 인후가 유일하게 긴장하는 인물일 것이다.

이연은 재빨리 인후에게 다가가 물었다.

"너 방금 전에 뭐라고 했어?"

"심사위원 하겠다고. 영화 촬영도 끝났잖아. 나도 돕게 해줘."

인후가 사랑스럽게 어깨를 살랑살랑 흔들었다. 이연이 애교 부리는 인후를 귀엽다는 듯이 보고 있을 때 하선이 그녀의 뒤로 걸어왔다. 그러곤 이연의 정수리에 자신의 턱을 올렸다.

"그럼, 나도."

이연은 깜짝 놀라 눈을 치켜떴다.

"오빠도?"

그녀의 정수리에서 얼굴을 뗀 하선이 앞으로 걸어 나왔다.

"응. 시니 일인데, 당연히 내가 도와야지."

이연의 표정이 화사하게 밝아졌다. 한동안 일이 너무 안 풀린다 했던 때도 있었는데, 갑자기 이게 대체 무슨 일인가 싶었다.

"나 창립멤버잖아."

하선이 제 넓은 가슴에 손을 올리며 한쪽 눈을 찡긋했다. 이연은 심장이 기분 좋게 콩콩콩 뛰었다. 의욕이 마구 샘솟는 느낌이었다.

"우와!"

인후가 두 팔을 번쩍 들어올렸다. 감탄사를 터뜨린 그가 상기된 얼굴로 말했다.

"심사위원 레벨 보소."

이연도 그와 같은 생각이었다. 객관적으로 봐도 무척 훌륭한 심사위원 라인업이었다. 무려 길거리 캐스팅의 전설인 신이연 대표와 현재 충무로 캐스팅 1순위라는 이인후, 따로 설명이 필요 없는 톱스타 하선.

다음 순간 하선은 활짝 웃고 있는 이연의 어깨를 툭 건드렸다.

"오디션 장소는 어디로 하게? 내가 장소 빌려줄까?"

"아니, 괜찮아. 여기 1층으로 할 거야."

하선의 그림 같은 선명한 눈썹이 둥글게 휘었다.

"여기 1층?"

"응. 내가 샀거든. 근데 일단 청소부터 해야 돼. 도와줄 거지?"

생글거리며 천연덕스럽게 부탁하는 이연을 향해 하선은 픽 웃었다.

"물론이지."

"나도 도와줄게."

하선의 옆에서 인후도 적극적으로 손을 들었다. 오랜만에 시니 사무실 안이 웃음소리로 가득했다.

◆ ◆

아침 일찍부터 태진과 연훈, 그리고 학수는 사장실 정 가운데 까만 소파에 둘러앉아 있었다.

"시니에서 공개오디션을 진행하네요."

태블릿 PC를 만지고 있던 학수가 나직하게 중얼거렸다. 그는 지금 시니 엔터테인먼트의 공식 SNS를 들여다보고 있었다.

"워낙 레전드들이 많이 속해 있었던 기획사라 배우들 많이 몰리겠는데요?"

시니 엔터테인먼트는 이 업계에서 그야말로 살아 있는 전설이었다. 길거리 캐스팅으로 톱스타를 만든 배우만 해도 양손에 꼽을 수가 없으니 말이다.

"우리도 공개오디션이 코앞인데, 일정 겹치겠네."

연훈이 소파에 등을 기대며 걱정스럽게 말했다. 그러자 학수가 얼른 그의 앞으로 태블릿 화면을 들이밀었다. 그 화면에는 시니 오디션 일정이 떠 있었다. 연훈이 그것으로 시선을 내렸을 때 태진이 입을 열었다.
"응. 우리 예선 접수기간에 거긴 최종발표야."
바로 연훈의 눈이 태진에게 돌아갔다. 깍지를 끼고 있는 태진의 손에는 아무것도 없었다. 보고 말한 게 아니라 머릿속에 있는 내용을 말한 것이었다.
"그럼 시니에서 떨어진 애들이 우리 쪽에 지원할 수도 있겠네요."
학수가 태블릿을 내려놓으며 힘없이 중얼거렸다. 연훈도 찜찜한 표정으로 고개를 주억거렸다. 문득 생각났다는 듯 학수가 두 사람을 향해 말했다.
"아, 근데 어젯밤에 심사위원 명단이 수정됐는데, 신이연 대표 포함 3인으로 바뀌었더라고요."
그건 태진도 미처 체크하지 못한 부분이었다. 의아해하는 태진과 연훈을 보면서 학수는 통통한 턱을 긁적였다.
"심사위원이면 보통 관록의 사람들은 아닐 텐데요."
"그런 사람들을 대체 어디서 데려와? 거기 사정 빤한데."
연훈은 의문 서린 표정으로 시니 사정을 잘 알고 있는 태진을 쳐다보았다. 태진도 모르겠다는 듯 어깨를 으쓱했다. 그 순간 연훈의 눈빛에 이채가 반짝였다.
"아. 갑자기 어디서 투자가 들어왔나?"
오디션 기간 동안 업계 전문가 심사위원을 두 명이나 초빙했다면 그 비용이 만만치 않았을 것이다.
"그런 소문은 들어본 적 없는데."
태진이 고개를 갸웃하자 학수가 급격히 진지해진 얼굴로 입을 열었다.
"혹시 중국 쪽 아닐까요?"
"중국?"
"네. 중화권에서 인기 많잖아요, 송아준. 혹시 한류를 좋아하는 재벌 그룹이 투자한 거 아닐까요?"

학수의 말대로 아준은 그가 진행하는 프로그램이 중화권에서 방영되면서 큰 인기를 누리고 있었다.

"우리도 한류스타 많잖아."

"근데 투자 소식은 없지."

태진이 쓴웃음을 지으며 내뱉은 말에 연훈도 똑같은 표정을 지으며 거들었다. 그들의 씁쓸한 낯빛을 살피다가 학수는 조용히 자신의 입을 틀어막았다.

'왜 그런 말을 꺼낸 거냐, 이 주둥이야.'

학수가 격하게 후회하고 있는데, 태진이 그를 물끄러미 바라보면서 혼잣말처럼 물었다.

"왜 우리한텐 투자 소식이 없을까?"

이에 학수는 태블릿을 손에 들고 자리에서 벌떡 일어섰다.

"부, 분석해 오겠습니다."

태진과 연훈에게 허리를 꾸벅 숙인 학수가 잽싸게 사장실을 빠져나갔다. 학수가 나가자마자 연훈은 근처 테이블 위에 있던 투명 파일을 집어 태진 쪽으로 건넸다.

"아. 그리고 이거."

태진은 파일 안에서 서류들을 꺼냈다.

"상반기 공개채용에서 최종까지 오른 지원자들이야."

서류들은 상하반기로 나뉘어 진행되고 있는 공개채용에서 2차 면접까지 통과한 지원자들의 이력서였다. 최종면접은 대표와 일대일 면접이었다.

"흐음."

태진은 자신이 면접을 봐야 할 지원자들의 이력서를 한 장 한 장 자세히 들여다보았다. 그런데 그때 연훈이 급히 상체를 기울였다.

"거기 경력직에 조웅진이라고 있지?"

태진의 손은 마침 '조웅진'이라는 남자의 이력서에 멈춰 있었다.

"그 사람이 재작년까지 시니에서 부사장급이었어."

"!"

태진은 일순 눈동자가 반짝이더니 눈을 내리깔았다. 안경을 낀 평범한 얼굴의 남자 사진 밑으로 사십 대 초반의 나이가 쓰여 있었다. 그리고 20년 넘게 이쪽 업계에서 일한 화려한 경력도 기재되어 있었다.

"애들 빼돌려서 요란하게 독립하더니, 얼마 못 가 폭삭 망했대."

연훈이 덧붙인 설명에 태진의 눈매가 가늘어졌다. 이력서를 집어 든 태진이 그것을 공중에서 팔랑 흔들며 입꼬리를 슥 올렸다.

"이게 그 작자란 말이지……. 빨리 만나보고 싶네?"

◆ ✣ ◆

오늘은 이연과 친한 김 감독의 새 영화 VIP 시사회가 있는 날이었다. 내일부터 시니의 공개오디션 예선이었지만 이연은 일부러 시간을 내서 시사회에 참석했다.

"와줘서 정말 고마워, 신 대표."

김 감독은 심사위원을 해주기로 한 약속을 지키지 못한 것이 못내 미안해서 차마 이연에게 따로 연락도 하지 못했었다. 그럼에도 불구하고 바쁜 시간을 쪼개서 초대에 응해준 이연의 심성에 내심 탄복했다.

"영화 잘 볼게요, 감독님."

김 감독과 짧은 인사를 마친 이연은 제일 앞자리로 안내를 받았다. 플라워 패턴의 긴 치맛자락을 부여잡고 자리에 앉았는데, 그때 옆자리의 남자가 그녀에게로 고개를 돌렸다.

"!"

태진이었다. 오랜만은 아닌데 오랜만인 것 같은 그의 반듯한 이목구비에 이연은 심장이 쿵 반응했다.

설마 자리를 지정한 담당자가 시니와 진 엔터테인먼트의 불화설을 알고 있는 건 아니겠지.

속으로 의심하면서 주위를 살핀 이연이 태진의 새까만 눈동자와 마주치자 고개를 까닥 숙였다.

"안녕하세요."

태진은 눈과 입이 동그랗게 벌어졌다. 이연은 예쁘게 색을 입힌 브라운 빛깔의 눈썹을 치켜올렸다.

"왜요?"

"먼저 인사해주시니 황송해서요."

농담 같았지만 왠지 진심이 느껴졌다. 머쓱해진 이연은 시선을 앞으로 돌렸다.

"괜히 인사했단 생각이 드네요."

텅 빈 무대만 보고 있는 이연의 옆에서 태진은 싱글벙글 웃고 있었다. 잠시 후 그가 이연 쪽으로 상체를 기울이며 입을 뗐다.

"시니 오디션 일정이 저희랑 겹치던데……."

"그래서요?"

이연은 고개를 돌리지도 않고 대꾸했다.

"그냥 그렇다고요."

태진의 무덤덤한 대답을 들은 이연이 그제야 그를 돌아보았다. 그녀가 새치름한 눈빛을 보냈다.

"자신 없으신가 봐요, 그 큰 기획사가?"

"아뇨. 그럴 리가요."

태진은 입가에 옅은 미소를 단 채 대답했다. 그러다 순간 뭔가 떠오른 듯 이연 쪽으로 더욱 바짝 붙었다. 이연이 어깨를 움츠리는데도 아랑곳하지 않고 태진은 속삭였다.

"조웅진, 망한 거 알아요?"

이연의 선이 뚜렷한 동그란 눈이 더 크게 떠졌다.

"조 실장님 망했어요?"

"네. 잘됐죠?"

태진이 작은 목소리로 묻자 이연은 고개를 좌우로 저었다.

"아뇨. 저도 망할 뻔했던 순간이 있었기 때문에 그런 생각은 안 드네요."

자신을 배신한 사람이었지만 불행해진 걸 통쾌해하지 못했다. 그 비슷한 아픔을 이미 알고 있기에.

"미안해요. 내가 너무 솔직했네요."

시무룩해진 태진의 사과에 이연은 하마터면 웃음이 터질 뻔했다. 이연이 입가를 가리며 태진을 쳐다보았지만 그는 아무 일 없었다는 듯이 허리를 펴고 자리에 번듯하게 앉았다. 이연의 핑크빛 입술이 작게 미소를 짓던 그때 시사회가 시작되었다.

그렇게 시간이 흘러 시사회가 끝나고 이연은 먼저 자리에서 일어섰다. 태진은 자연스럽게 그녀를 따라갔다. 그런데 영화관에서 나오는 그들의 앞으로 휴대전화를 마이크처럼 든 기자들이 몰려왔다.

"시니랑 진 엔터테인먼트 사이가 안 좋기로 유명한데, 어떻게 같이 나오시네요?"

"오래전부터 두 대표님들이 서로 앙숙이라던데, 사실이 아닙니까?"

이연은 살짝 긴장하며 기자들의 목에 걸려 있는 카메라를 쳐다보았다. 태진은 이연의 눈치를 살피더니 앞으로 나서며 입을 뗐다.

"모두 잘못 알고 계시는 겁니다."

자연스럽게 이연은 태진의 뒤에 숨은 것처럼 되었다. 그런 상황이 마음에 들지 않아서 이연도 앞으로 나섰다.

"네. 저희가 얼마나 사이가 좋은데요."

이연은 애써 고운 얼굴 가득 꽃 같은 미소를 지었다. 그러나 예리한 기자들은 전부터 들은 게 있는지라 좀처럼 믿는 눈치가 아니었다.

그때 옆을 돌아본 태진이 이연의 가늘게 떨고 있는 어깨를 발견했다. 카메라 때문에 불안한 것 같아서 태진은 그녀의 정수리 쪽에서 복화술로 물었다.

"어깨동무해도 됩니까?"

이연도 복화술로 대답했다.

"안 하고 뭐 하세요?"

허락이 떨어지자마자 태진은 그녀의 가녀린 어깨에 긴 팔을 살포시 얹었다. 그 온기에 거짓말처럼 이연의 떨림이 잦아들었다.

"하하하, 보세요. 저희 절친이에요."

"그럼요. 베프죠, 베프."

태진의 팔목을 잡으면서 이연은 회사 이미지에 하등의 도움이 안 되는 불화설을 불식시키기 위해 노력했다.

◆ ✣ ◆

이연은 시사회가 있던 건물에서 빠져나와, 지상주차장에 세워둔 자신의 차로 향했다. 시간을 확인하면서 그녀는 바쁘게 걸음을 재촉했다. 그런데 그때,

"신 대표님!"

뒤에서 부르는 소리에 이연은 구두를 멈추고 어깨를 틀었다. 시야로 아는 얼굴이 들어왔다.

"그쪽은……."

"강연훈입니다."

그녀를 따라온 이는 연훈이었다. 그는 시사회 내내 이연의 뒤쪽에 앉아 있었지만, 그녀에게 말 한마디 붙이지 못했었다. 그래도 이대로 헤어지면 또 언제 볼지 알 수 없어서 뒤따라온 것이었다.

"잠깐만 시간 좀 내주시면 안 될까요?"

"왜요?"

이연은 다소 날카롭게 반응했다. 개의치 않고 연훈은 다시 한 번 정중하게 부탁했다.

"전부터 꼭 드리고 싶었던 말씀이 있습니다. 시간 길게 뺏지 않겠습니다. 십 분이면 됩니다."

이연은 연훈을 경계하면서 휴대전화로 시간을 확인했다. 공개오디션 준비 때문에 바로 가봐야 했지만 이연은 승낙할 수밖에 없었다.

"그러면 딱 십 분만 내보죠."

두 사람은 곧바로 근처에 있는 조용한 카페로 자리를 옮겼다. 두 사람이 주문한 커피가 나오자 연훈은 정중하게 말했다.

"시간 내주셔서 감사합니다."

그러곤 네이비 빛깔의 슈트 재킷 안쪽에서 명함 한 장을 꺼냈다.

"다시 정식으로 소개하겠습니다. 진 엔터테인먼트 부사장, 강연훈입니다."

연훈이 테이블 유리 위로 자신의 명함을 밀었다. 명함을 집어 든 이연이 낮게 중얼거렸다.

"부사장님이셨군요."

연훈은 명함을 보고 있는 그녀의 청초한 얼굴을 응시하면서 말을 덧붙였다.

"아시다시피 태진이의 죽마고우이기도 합니다."

이연은 말없이 커피를 마셨다. 무슨 생각을 하고 있는지 알 수 없는 그녀를 향해 연훈은 결심한 듯 머리를 숙였다.

"죄송합니다."

체격 좋은 그가 갑자기 머리를 숙이자 이연은 크게 당황했다.

"갑자기 이러시니까 당황스럽네요."

고개를 든 연훈이 이연을 바라보았다. 그는 오늘 솔직하게 다 털어놓을 생각이었다.

"태진이를 시니에 보낸 건 접니다."

연훈의 고백에 이연의 다갈색 동공이 흔들렸다. 시선을 내리깐 그녀가 나직하게 대꾸했다.

"그래도 달라지는 건 없어요."

"그래도……."

연훈이 말을 끊고 잠시 뜸을 들이자 이연이 복잡해 보이는 눈빛을 들어 올렸다. 이윽고 연훈이 다부지게 나머지 말을 이었다.

"그 녀석이 직접 계획한 건 아니라는 사실을 말씀드리고 싶었습니다."

처음부터 태진은 내켜 하지 않았었다. 그리고 그런 일을 스스로 계획할 정도로 약은 친구도 아니었다.

"태진이가 우연히 신 대표님을 만났다고 하기에 제가 욕심을 부렸습니다. 그래서 정체를 숨기고 시니에 대해 알아보라고 떠밀었습니다."

할 말을 마친 연훈이 깊은 한숨을 폭 내쉬었다.

"솔직히 말하고 나니까 속이 다 시원하네요."

요즘 태진이 변했다. 좋은 건지 나쁜 건지 아직은 알 수 없었다. 하지만 그가 변한 게 지금 자신의 눈앞에 있는 여인 때문인 것만은 분명했다. 이 고백으로 태진이 변화를 멈출지는 모르겠으나 연훈은 일단 속은 후련했다.

◆ ⁘ ◆

시니 엔터테인먼트 사무실 건물의 1층은 시니의 첫 공개오디션 장소로 개조되었다. 입구에서 제일 가까운 방 하나는 참가자들의 대기실로 꾸며졌고 정중앙의 넓은 공간은 오디션이 진행될 무대였다. 그리고 그 앞에는 책상 세 개를 놓아 심사위원석으로 만들었다.

정오가 되자 세 책상은 하선과 이연 그리고 인후 순으로 자리가 채워졌다. 오디션은 매니저 민기가 참가자들을 무대로 데리고 나오는 방식으로 진행되었다. 참가자들 대부분은 심사위원석의 하선과 인후를 발견하면 일단 한 번씩은 멈칫했다. 그들 때문에 극도로 긴장하는 이도, 기뻐하는 이도 있었다. 이연은 그것 또한 오디션의 과정이라 여겼다.

민기가 번호순으로 다섯 명씩 데리고 나오면 한 사람당 삼 분이 주어졌다. 삼 분 동안은 자유 주제로 뭘 해도 좋았다. 연기를 해도 좋았고, 노래를 불러도, 자기소개를 해도 괜찮았다. 그걸 보고 끼와 재능을 판단하는 건 심사위원의 몫이었다.

예선 1일 차 오디션은 다섯 시간을 훌쩍 넘겨서야 끝이 났다. 오디션이 끝나자마자 심사위원들은 머리를 맞대고 둘러앉았다. 하선이 심사용 체크리스트 용지를 만지작거리면서 의견을 물었다.

“11번 어때? 나는 고득점 줬는데.”

“놉.”

긴 머리카락을 하나로 묶은 이연이 무척 단호히 고개를 저었다. 이번엔 인후가 물었다.

"48번은?"

"놉."

이번에도 이연의 대답엔 거침이 없었다. 하선과 인후는 서로 눈빛을 교환하며 머쓱하게 웃었다. 하선은 다시 자신의 체크리스트로 시선을 내렸다.

"그럼 82번은? 단아하니, 난 제일 괜찮던데."

"82번은 저도 최고점이에요."

인후도 재빨리 거들었다. 이연은 체크리스트를 보는 대신 자신의 기억을 더듬었다.

"82번이라……, 으음. 괜찮았지."

확실히 기억에 남는 참가자였다. 예쁜 건 둘째 치고 웃는 얼굴이 시선을 확 잡아끌 정도로 매력적이었다. 청아하고 맑은 목소리 또한 강점이었다.

"그럼 드디어 한 명 통과야?"

하선과 인후가 안도하는 표정을 지었다. 그러나 그들이 기쁨을 만끽하는 건 아주 잠시뿐이었다.

"보류."

이연이 던진 짧은 단어에 하선과 인후는 동시에 멈칫하고 그녀를 돌아보았다.

"겨우 보류?"

세 명의 심사위원 중 둘에게 최고점을 받은 참가자가 이연에게는 겨우 '보류'였다. 하선은 기가 막혀서 반쯤 웃으며 물었다.

"1차 통과자가 나오긴 하는 거지?"

"당연히 나와야지."

이연은 농담기가 전혀 없는 어투로 대답했다. 한없이 진지한 그녀를 바라보면서 하선은 고개를 절레절레 흔들었다. 그가 체크리스트를 놓으며 중얼거렸다.

"사백 명 중에 네 명은 나오려나?"

"크크."

옆에서 인후는 입가를 가린 채 작게 웃음을 터뜨렸다. 그러곤 하선 쪽으로 상체를 기울이며 장난스럽게 말했다.

"1차인데도 엄청난 경쟁률이네요."

이에 하선은 혼자만 심각한 이연을 힐끔 보고는 대꾸했다.

"중간에 앉은 심사위원이 워낙 깐깐해서."

그들 사이에서 이연은 진지하게 체크리스트를 살피고 있었다. 오늘 생각보다 괜찮은 참가자가 없었지만 실망하기엔 아직 일렀다. 예선은 앞으로 사흘이나 더 남아 있기 때문이다.

그때였다. 대기실을 정리하고 있던 민기가 세 사람 근처로 빠르게 걸어와서 입을 뗐다.

"대표님, 승규 형 왔어요."

이연은 의외라는 듯한 눈빛으로 고개를 쳐들었다.

"승규가?"

전화하면 될 텐데 굳이 오디션 장소까지 찾아왔다는 건 보통 급한 용무가 아닐 것이다. 이연은 바로 자리에서 일어섰다. 마침 걸어 들어오고 있는 승규와 눈이 마주쳤다.

"무슨 일이야? 아직 심사 안 끝났는데."

"대표님께 상의드릴 게 있어서요."

승규의 마른 얼굴에서 심상치 않은 낌새를 느낀 이연이 그를 데리고 대기실로 들어갔다.

"뭔데? 이제 말해봐."

이연은 승규를 의자에 앉힌 다음 부드럽게 말했다. 그제야 승규가 어두운 낯빛으로 입을 열었다.

"아준 형님이 내일 밤에 홍콩으로 가시거든요."

이연의 일자 눈썹이 꿈틀 움직였다. 그녀가 아는 한 요 근래 아준의 해외 스케줄은 없었다.

"또 여행이야? 저번에 갔다 왔잖아."

"이번엔 개인적으로 초대를 받으셨대요."

승규가 덧붙인 설명을 듣자마자 이연은 의아해서 두 눈을 동그랗게 떴다.

"그걸 왜 나한테 말 안 하고?"

아준은 개인적인 여행이든 초대든 이연에게 꼭 말하곤 했었다. 10년 넘게 쭉 그래왔다. 시니 창립멤버로서 서로 소소한 것까지 의견을 나누던 습관에서 비롯된 것이었다.

"저도 그게 이상해서요."

승규가 근심 가득한 얼굴로 대답했다. 아준은 공항까지 차로 데려다주겠다는 승규의 제안마저 거절했다.

"공항도 혼자 가겠다고 하시고."

그의 말을 가만히 듣고 있던 이연의 눈빛에 이채가 서렸다.

♦ ✣ ♦

태진은 책상에서 드라마 단막극 대본을 보고 있었다. 이번에 CBC 방송국에서 개최한 단막극 공모전에서 대상을 받은 작품이었다.

대본을 다 읽은 태진이 자신의 높은 콧대를 만졌다. 코끝이 찡해진 탓이다. 그런데 그 여운을 와장창 깨뜨리는 소리가 울렸다.

"대표님, 대표님, 대표님!"

사장실 문이 벌컥 열리더니 효인이 쾌활한 목소리로 태진을 부르며 들어왔다. 아니, '쳐들어왔다'라는 표현이 더 정확했다.

태진은 단박에 정갈한 눈썹을 구겼다.

"시끄럽습니다."

효인은 까칠한 그의 태도에도 아랑곳하지 않고 책상으로 뛰어와 발랄하게 말했다.

"저 요즘 진짜 살맛 나요."

그녀는 요 며칠 얼마나 마음이 편해졌는지 모른다. 그건 모두 태진 덕분이었다.

"정말 감사해요, 대표님!"

화려한 브이넥 원피스를 입은 효인이 환하게 웃는 얼굴로 감사인사를 건넸다.

"뭐가 말입니까?"

태진은 도저히 영문을 모르겠다는 표정이었다. 그를 마주 보며 효인은 칼라 렌즈를 낀 큰 눈동자를 반짝반짝 빛냈다.

"계속 나 괴롭히면 무고죄로 고소하겠다고 했더니 권성태 측에서 연락을 싹 끊었거든요."

이젠 어떤 협박성 문자도 오지 않았고 의문의 초인종 소리도 듣지 않게 되었으며 누군가 따라오는 것 같은 느낌도 사라졌다.

"무고죄를 알려주신 진 대표님께 저 이제 충성할게요. 충성, 충성!"

효인은 가느다란 팔을 올려 귀엽게 경례를 했다. 태진의 입에서 서늘한 실소가 터져 나왔다.

"그럴 필요는 없습니다."

효인에게서 무심히 눈을 뗀 태진이 책상으로 눈꺼풀을 내렸다. 그때 효인이 다시 그의 시선을 들게 만들었다.

"저 뭐든지 할게요!"

태진은 눈썹을 치켜올리며 그녀에게로 고개를 들었다. 효인과 눈이 마주친 그가 확인하듯 물었다.

"뭐든지?"

"네. 그동안은 싫은 역할은 죽어도 안 했었거든요. 예를 들면, 가난하고 불우한 환경의 캔디 같은 역할이요."

효인은 예쁜 외모로 악녀 역할을 맡아 얼굴을 알렸고, 그 이후 도도하지만 허당인 부잣집 딸을 연기한 주말 드라마가 대히트를 치면서 스타덤에 올랐다. 그녀를 톱스타 반열에 올린 미니시리즈에서의 역할도 당찬 전문직 여성이었다.

"근데 이제는 안 가리고 다 할 거예요."

효인이 태진을 향해서 다시 경례했다.

"충성, 충성!"

태진은 이마 중앙에 있는 그녀의 경례 손을 보면서 쓴웃음을 지었다.

"참 부담스럽네요."

무심코 시선을 내리는데, 그의 눈에 단막극 대본이 들어왔다.

"아."

순간 눈을 번뜩인 태진이 자리에서 일어섰다. 효인의 동그란 눈동자가 그를 따라 올라갔다. 태진이 그녀를 빤히 응시하며 물었다.

"그럼, 단막극도 가능합니까?"

"다, 단막극이요?"

효인의 하얀 얼굴에 난감한 기색이 스쳤다. 솔직히 백효인 클래스에 단막극이라니, 상상이 되지 않았다.

하지만 태진은 그녀가 방금 전에 내뱉은 말을 잊지 않았다.

"뭐든지 다 하신다면서요?"

태진의 추궁에 효인은 그저 어색한 미소만 지을 뿐이었다.

◆ ✣ ◆

예선 2일 차 오디션이 끝나자마자 이연은 바로 아준의 집으로 향했다. 아준은 이연을 안으로 들이며 그녀가 신기 편하도록 슬리퍼를 돌려주었다.

"바쁠 텐데, 이 시간에 웬일이야?"

요즘 공개오디션 예선 중이라 정신없이 바쁜 걸 아준도 잘 알고 있었다. 슬리퍼를 신고 아준의 앞에 선 이연이 진지하게 물었다.

"너 오늘 홍콩 간다며?"

"아, 그거 때문에 온 거야?"

아준은 물러서면서 싱거운 웃음을 터뜨렸다.

"승규가 말했구나?"

"홍콩엔 왜 가는데?"

그러나 이연은 웃음기가 전혀 없는 채로 재차 물었다. 관자놀이를 긁적인 아준이 웃는 얼굴로 대답했다.

"완천그룹 알지? 거기 사모님 생일 파티에 초대를 받았어."

이연의 눈매가 가늘어졌다. 완천그룹이면 홍콩에서 유명한 미디어 그룹이었다. 한류 콘텐츠에 아주 관심이 많다고 해서 이연도 주목하고 있는 기업이었다.

"근데 왜 나한테 미리 말 안 했어?"

"깜박했어."

아준의 담백한 대답에 이연의 눈초리가 변했다.

"깜박? 그게 말이 된다고 생각해?"

아준은 머리가 좋고 명석해, 본인에게 도움이 되지 않는 행동은 절대 하지 않았다. 그런 그가 완천그룹 사모님의 개인적인 파티에 초대를 받았다.

평소 그라면 바로 거절하거나 제일 먼저 이연에게 상담을 했을 것이다.

"너랑 나랑 알고 지낸 지 이제 11년이야."

안 좋은 예감이 스친 이연은 두 눈에 힘을 주고 의심의 눈빛을 보냈다.

"솔직하게 말해."

아준은 설마 이렇게 허무하게 발목이 잡힐 줄은 몰랐다.

"안 그러면 나 너 못 보내."

이연의 사람을 꿰뚫어 볼 듯이 곧은 눈빛은 아준을 꼼짝도 못 하게 만들었다. 그녀에게 더 이상의 변명과 거짓말은 무리였다. 마른침을 삼킨 아준이 어렵게 입술을 열었다.

"사실은……."

제게 개인적으로 건네온 은밀한 제안이었다. 이연에게는 절대 말할 생각이 없었다. 말하면 그녀가 어떻게 나올지 뻔하니까.

"시니에 투자를 해주겠대."

"뭐?"

완천그룹 사모님이 친구들과의 모임에 한류스타인 아준을 초대했다. 그저 친구들 앞에서 자신의 면만 세워주면 시니 엔터테인먼트에 대한 투자를 진행하겠다고 제안했다.

"나만 가서 좀 웃어주면 시니에 거금을 투자해준다잖아."

아준은 일그러지는 이연의 얼굴에서 시선을 내렸다. 그도 콧방귀와 함께 거절하고 싶었지만, 결국 받아들일 수밖에 없었다.

"내가 직접 시니에 투자하고 싶어도 네가 받을 리도 없고. 홍콩 완천그룹 투자면 그야말로 대박인 거니까."

시니가 화려하게 재기하기 위해서는 무엇보다 자금이 필요했다. 신인 발굴과 홍보에도 적잖은 비용이 들 것이고 전속계약을 위한 계약금도 있어야 했다.

"나도 나름 고민하다 결정한 거야."

아준은 그 초대에 응하는 것이 자신이 시니를, 그리고 이연을 위해서 할 수 있는 유일한 일이라고 생각했다.

"나 보내줘, 이연아."

아준이 다시 이연을 쳐다보면서 부탁했다. 그를 쏘아보고 있던 이연이 고개를 저었다.

"싫어."

단호한 그녀의 태도에 아준은 애가 탔다.

"돈이 있어야 신인 애들도 많이 키울 거 아니야."

"그래도 안 돼."

"난 시니가 하루라도 빨리 더 커지길 바라. 이건 그 절호의 기회고."

아준에게 시니는 이연만큼 소중한 공간이었다. 시니가 예전처럼 북적거리고 바빠지면 이연도 웃는 날이 더 많아질 것이고 그러면 자신도 행복할 것이다.

"그리고 그쪽한테 밉보여서 좋을 것도 없어. 나중에 우리 시니 배우들 중화권 진출에도 좋을 거야."

아준은 여전히 이연이 좋았지만 그 전처럼 자신의 마음을 밀어붙일 생각은 없었다. 그저 자신이 할 수 있는 일을 묵묵히 하다 보면 언젠간 그녀도 진심을 알아주지 않을까 하는 마음이었다.

"고작 하루야. 하루만 만나주면 돼. 나 진짜 괜찮아."

아준이 호기롭게 말했다. 그러나 이연은 그의 말을 가차 없이 잘랐다.

"가지 마."

"이연아……!"

아준은 자신의 의도를 알아주지 않는 이연이 답답했다. 이연은 그를 못마땅하다는 듯이 바라보았다.

"그깟 투자 안 받으면 그만이야."

강한 어조로 대꾸하는 그녀를 마주 보면서 아준은 입술을 달싹였다. 그런데 그보다 이연이 빨랐다.

"내 연예인한테 웃음 팔게 안 해, 난."

아준은 그만 말문이 턱 막혔다. 그가 입술을 앙다물며 주먹을 그러쥐었다. 그러지 않으면 그녀를 안아버릴 것 같았기 때문이다.

이래서였다. 아준은 이래서 이연이 좋았다. 융통성도 없고 고집만 세고 남의 말도 더럽게 안 들어서. 그렇게 해서 자기 사람을 목숨처럼 지키는 그녀가 너무 좋았다.

♦ ⁘ ♦

늦은 오후, 태진은 통유리창을 통해 서울 시내를 내려다보고 있었다. 요즘 그는 이런 식으로 잠시 머리를 식힐 때가 많았다. 이렇게 하면 머릿속이 맑아지면서 해야 할 일이 싹 정리되었다.

뒤에서 학수가 그를 불렀다.

"대표님, 최종면접입니다."

진한 레드 컬러 슈트를 맵시 나게 차려입은 태진이 몸을 뱅글 돌렸다. 곧 그의 시야로 안경을 낀 키 작은 중년의 남자가 들어왔다.

"처음 뵙겠습니다. 조웅진입니다."

웅진이 자신을 소개하자 태진의 표정이 밝아졌다.

"아하."

꼭 한번 만나보고 싶었던 그 조 실장이었다. 태진은 신사화를 앞으로 디디며 악수를 청했다.

"반갑습니다."

태진이 내민 손을 마주 잡으며 웅진 역시 환한 미소를 지었다. 솔직히 웅진은 태진이 자신을 이렇게까지 반갑게 맞아줄 줄은 상상도 하지 못했다. 자신이 진 엔터테인먼트 대표에게 이런 대우를 받을 정도란 말인가. 이 업계에서 오래 일한 보람을 느끼는 웅진이었다.

"정말 만나 뵙고 싶었습니다."

이렇게 말하면서 태진은 손아귀에 힘을 꽉 주었다. 그 느낌에 놀라 웅진은 어깨를 움찔했다. 금방 손을 놓은 태진이 소파로 그를 안내했다.

"앉으시죠."

웅진이 소파에 앉고 얼마 후 태진도 건너편 자리에 앉았다. 그의 손에는 웅진의 이력서가 들려 있었다.

"본인 회사를 차렸다가 접으셨다고요?"

태진의 첫 질문에 웅진은 쓴웃음을 머금었다.

매니저 중 하나가 배우랑 눈이 맞아서 회사 돈을 가지고 해외로 도망을 가버렸다. 그들만 미친 듯이 찾아다니다가 그나마 있던 배우들도 떠나고 그렇게 회사는 망해버렸다.

"네. 사람을 잘못 쓰는 바람에……."

"그건 시니 대표랑 똑같네요."

"!"

태진이 시크하게 툭 던진 대꾸에 웅진은 또 한 번 움찔했다. 알 수 없는 한기를 느낀 웅진이 조심스레 태진의 눈치를 살폈다. 그러나 그는 덤덤한 얼굴로 이력서만 보고 있었다.

웅진이 불안하게 눈동자를 굴리고 있던 그때 태진이 입을 열었다.

"발굴한 스타로는 하선, 송아준, 이상후, 강수현……. 전부 톱스타들이네요."

"네, 그렇습니다."

태진이 자신의 화려한 경력을 읽자 웅진은 어깨를 펴고 당당하게 대답했다.

"그리고 다 시니 출신이네요?"

바로 이어진 태진의 지적에 웅진은 살짝 경직됐지만 대꾸는 다부졌다.

"제가 거기서만 7년 넘게 일했거든요."

그 순간 태진은 전에 본 적 있는 아준과 이연의 사진을 떠올렸다. 그들이 대학 시절 찍었던 사진이었다.

"송아준을 발굴하신 분은 따로 있는 걸로 아는데."

태진이 나직하게 중얼거렸다. 그의 반듯반듯한 이목구비를 멍하니 보고 있던 웅진이 잽싸게 설명을 덧붙였다.

"아, 아준이는 발굴한 건 아니고 키웠죠, 제가."

태진은 거들먹거리는 웅진을 물끄러미 쳐다보았다. 눈길이 왠지 곱지 않은 것 같아서 웅진은 괜히 안경을 밀어 올렸다.

"흠흠."

그러다 문득 불길한 생각이 스쳤다. 뭔가 분위기가 위압적이고 불편해서 가시방석에 앉은 느낌이 드는데 이게 무슨 면접이란 말인가. 그래서 웅진은 조심스럽게 물었다.

"근데 이거, 대표님 최종면접 맞죠?"

"네, 맞습니다."

태진은 그렇다고 대답했지만 그의 눈빛은 여전히 곱지 않았다.

"아니, 꼭 취조당하는 것 같아서……."

웅진은 불만을 표하면서 말끝을 흐렸다.

그 후에도 면접 분위기는 좋게 흘러가지 않고 오 분 만에 끝이 났다. 그러더니 마지막엔 한 번 회사를 배신한 사람은 채용할 수 없다는 뉘앙스의 말까지 들어야 했다.

웅진은 마치 요란하게 시간 낭비를 한 기분이었다. 자리를 털고 일어선 그가 답답하게 조이고 있던 넥타이를 느슨하게 풀었다. 그러면서 태진을 향해 물었다.

"신 대표님은 잘 지내죠?"

태진도 자리에서 몸을 일으켰다. 그가 이제는 노골적으로 적대감을 드러냈다.

"그쪽이 할 질문은 아닌 것 같습니다만."

웅진의 오동통한 얼굴이 일그러졌다. 시니와 사이가 안 좋은 진 엔터테인먼트라면 자신을 받아줄 거라고 굳게 믿었는데, 큰 착각이고 오만이었다. 그리고 오늘 보니 두 대표 사이도 그다지 나쁘지 않은 것 같았다.

"너무 그러지 마세요. 신 대표님의 뒤통수를 친 일에 대해서는 이미 충분히 고통받았으니까."

웅진이 한숨과 함께 말을 뱉어냈다. 온갖 권모술수로 배우들과 직원들을 데리고 나오느라 이연을 이용하고 배신했다. 그랬더니 부메랑처럼 고스란히 자신에게 돌아왔다. 다 자업자득이었다.

"다시는 얼굴 마주할 수 없는 사이가 되어버렸지만, 신 대표님한테 아직까지 애정이 많아요. 워낙 오래 알았고 인연이 깊어요."

그에게 독립은 오랜 꿈이었다. 그 일로 인해 아끼던 이연에게 상처를 준 건 미안하게 생각하지만, 그땐 그렇게 하지 않으면 독립할 수 없을 거라 믿었다.

"인연은 무슨."

태진은 기가 막힌다는 듯 입술 끝을 올리며 실소를 터뜨렸다. 그 모습에 웅진은 오기가 생겼다.

"진짜예요. 제 친구가 신이연 대표님 매니저였거든요."

순간 태진의 까만 눈동자에 섬광이 스쳤다. 눈빛이 달라진 그가 한층 높아진 목소리로 물었다.

"친구분이 매니저였다고요? 신 대표님 십 대 때 말씀하시는 거죠?"

웅진은 고개를 끄덕였다. 같이 이쪽 일을 시작했던 친구가 꽤 오래전에 이연의 매니저 일을 했었다. 그때부터 웅진은 이연을 알고 있었지만 이연은 그를 모르는 눈치였기에 그동안 굳이 입에 담지는 않았었다.

"네. 신 대표님의 처음이자 마지막 매니저요."

그런데 예상보다 태진은 과한 관심을 드러냈다. 그가 웅진의 앞으로 다가오며 적극적으로 물었다.

"혹시 지금도 연락 됩니까?"

♦ ✣ ♦

시니 사무실로 들어온 아준은 비어 있는 책상들을 둘러보고 허탈해했다. 지나가다 들른 거라며 얼굴이라도 보려고 했는데, 이연은 부재중이었다.

아준은 미련 없이 출입문 쪽으로 발길을 돌렸다. 그런데 그가 열기도 전에 문이 열렸다.

"어?"

아준은 살짝 기대했지만 시야로 들어온 이는 하선이었다. 하선에게 고개를 까닥 숙여 인사를 건넸다. 실망한 아준의 눈빛을 읽은 하선이 말했다.

"이연인 오디션 때문에 1층에 있어. 난 촬영용 캠코더 가지러 왔고."

오디션이 막바지로 접어들어서 요 며칠 계속 회의의 연속이었다. 말을 마친 하선이 성큼성큼 책장으로 걸어갔다. 그가 캠코더를 찾으면서 우스갯소리를 했다.

"요즘 이연이가 날 수족처럼 부리거든."

"아, 예."

아준은 이연이 가겠다는 걸 하선이 막았을 게 눈에 보이듯 빤해서 웃음도 안 나왔다. 예전부터 하선은 이연을 그렇게 유난스럽게 아꼈었다.

사무실에서 나가기 위해 아준은 다시 문 쪽으로 발을 뗐다. 하선이 그의 뒤통수에 대고 물었다.

“완천그룹 사모님의 초대를 거절했다며?”

아준은 걸음을 우뚝 멈추고 눈썹을 찡그렸다. 이연에게 들은 걸까 아니면 워낙 이쪽 업계에서 잔뼈가 굵은 사람이라 정보망이라도 따로 있는 걸까.

“대단한데?”

감탄 섞인 목소리에 아준은 천천히 몸을 틀었다. 그가 청바지 주머니에 한 손을 찔러 넣으며 대꾸했다.

“이연이가 대단한 거죠.”

이연이 고집을 부리지 않았다면 자신은 홍콩에 갔을 것이고 시니는 투자를 받았을 것이다. 이연의 마음을 잘 알지만 그래도 아쉬운 건 아쉬운 거였다.

“이제 시니는 재기하기 힘들 거예요.”

아준은 심란한 얼굴로 하선을 바라보았다. 하선은 수염 난 턱을 긁으며 그를 마주 보았다.

“왜 그렇게 생각해?”

“투자를 못 받았잖아요. 게다가 홍콩 거대 그룹에게 미움을 샀고…….”

아준은 좋은 기회를 놓친 것이 못내 안타까웠다. 그런데 그 순간 하선이 싱긋 웃었다.

“시니는 재기할 거야.”

확신에 찬 그의 발언에 아준은 그저 어이가 없었다. 그래서 자신도 모르게 코웃음을 치며 질문을 던졌다.

"어떻게 확신하세요?"

빈정거리는 아준을 정면으로 마주한 하선은 서서히 입가에서 웃음기가 사라져갔다. 이윽고 하선이 굳어서 더욱 조각 같아진 얼굴로 말했다.

"내가 연예계로 돌아갈 거니까."

"네?"

아준의 동그란 두 눈이 휘둥그레졌다. 그가 믿을 수 없다는 듯이 황급히 물었다.

"다시 활동하신다고요?"

"응."

하선은 고개를 세차게 끄덕였다. 당황한 아준은 어색한 웃음을 지었다.

그렇게 간단히 대답할 문제는 아닌 것 같은데.

"슬럼프는, 괜찮아지신 거예요?"

놀란 가슴을 진정시킨 아준이 조심스럽게 질문했다.

"당연하지."

하선은 그를 향해 윙크를 찡긋했다.

"앞으로 잘 부탁해."

솔직히 하선은 예전부터 이연에게 이상한 집착을 보이는 아준이 마음에 들지 않았었다. 그래서 이참에 확실하게 정리해줄 생각이었다.

◆ ⁘ ◆

효인이 주연을 맡은 단막극 드라마 '동치미'는 방송되자마자 큰 화제를 불러일으켰다.

"백효인이 단막극이라니, 그것도 캔디 역할로."

드라마를 직접 봤으면서도 연훈은 아직까지 얼떨떨한 기분이었다. 그가 놀란 건 그뿐만이 아니었다. 효인이 드라마에서 입었던 옷과 들었던 가방 그리고 착용했던 액세서리까지 전부 판매가 급증하면서 완판녀로 등극한 것이다.

"놀라울 정도로 단번에 재기 성공이네요."

학수가 제 몸처럼 아끼는 태블릿으로 기사를 체크하며 연신 감탄사를 터뜨렸다.

"CF계약도 물밀듯이 밀려오고 있어요."

사장실로 보고하러 오기 전에 학수가 직접 홍보실에서 확인한 내용이었다.

"도대체 백효인을 어떻게 설득했냐, 너?"

연훈이 옆에 앉아 있는 태진의 어깨를 잡아 흔들었다. 건너편 학수도 호기심 어린 얼굴이었다.

"그러게요. 백효인 씨가 단막극이랑 캔디 역할을 진짜 싫어했거든요. 자기랑 안 어울린다고."

백효인 정도의 톱배우가 되면 자기 일에 고집이 생기기 때문에 매니지먼트하기가 쉽지 않다. 그런데 그런 그녀를 단막극에 출연하도록 설득한 태진의 비법이 정말 궁금했다.

"난 한 게 없는데."

"한 게 없다고?"

태진의 심드렁한 대답에 연훈과 학수는 의아스러운 눈빛을 교환했다. 어제 효인의 매니저 정혁과 통화를 했던 학수가 서둘러 입을 열었다.

"근데 백효인 씨는 대표님께 완전 충성심을 갖고 있다던데요?"

정혁이 표현한 바로는 그랬다. 호의를 넘어선 충성심이라고. 연훈은 입가에 장난기 가득한 미소를 띠었다.

"혹시 효인이가 너 좋아하는 거 아니야?"

"어? 그런 걸까요? 설마 호감?"

학수까지 합세해서 놀리자 태진은 정갈한 눈썹을 구기며 그들을 쏘아보았다.

"너네 할 일 없냐? 일 줄까?"

그의 살벌한 눈초리에 연훈과 학수는 일순 멈칫했다.

"아니. 바빠, 우리. 곧 공개오디션 시작하잖아."

"그럼요. 눈코 뜰 새 없이 아파요. 아니, 바빠요."

학수는 기가 죽어서 말실수까지 했다. 그런 다음 자신의 말을 증명하려는 듯 허겁지겁 태블릿을 챙겨 나갔다. 급 조용해진 공간에서 연훈은 슬쩍 태진의 눈치를 살폈다. 그가 조심스럽지만 무겁진 않게 질문을 던졌다.

"신 대표한테선 연락 없었어?"

자신이 사실대로 고백하면 이연이 태진을 용서해서 연락할 거라 믿었는데, 너무 안이한 생각이었던 걸까.

"그 사람이 언제 나한테 연락하는 거 봤냐."

태진은 한없이 씁쓸한 미소를 지었다. 길 잃은 고양이 같은 눈을 하고 있는 그를 보면서 연훈은 이마를 긁적였다.

"하긴. 그쪽도 오디션 때문에 바쁘니까."

연훈의 위로에도 태진은 조용히 시선을 떨굴 뿐이었다.

◆ ❖ ◆

퇴근하고 돌아온 태진은 스위치를 눌러 전등을 켰다. 환해진 거실이 오늘따라 지나치게 넓어 보였다. 솔직히 혼자 살기엔 너무 넓은 느낌이었다. 휘휘한 공간에 조금 쓸쓸한 기운이 감돌았다.

커다란 디귿자 가죽 소파를 눈에 담자 그곳에 큰 와이셔츠를 입고 앉아 있었던 이연이 떠올랐다.

"후우……."

가는 한숨을 내쉬며 태진은 터덜터덜 심플한 인테리어 공간을 통과해 그 소파로 걸어갔다. 소파에 털썩 앉은 그가 주머니에서 휴대전화를 꺼냈다. 연락처 목록을 만지다가 '시니 대표'라는 이름 위에서 손이 멈칫했다. 그녀에게 전화를 걸고 싶었지만, 그 전에 해야 할 일이 있었다.

태진은 결심한 표정으로 연락처에서 '조웅진'을 찾아 전화를 걸었다. 그가 전화를 받자마자 태진은 물었다.

"찾았습니까?"

다짜고짜 들려온 질문에 당황한 듯 상대는 "네?" 이외에는 어떤 말도 하지 못했다.

"그 친구, 찾았냐고요."

태진이 재차 묻자 그제야 웅진이 대답했다.

- 아아. 김필주 말씀하시는 거죠? 신 대표님 전 매니저. 근데 워낙 연락 끊긴 지가 오래돼서…….

"찾으세요."

태진은 웅진의 말을 도중에 잘랐다. 태진의 다소 강압적인 요구에 웅진은 바로 볼멘소리를 냈다.

- 그렇게 말씀하셔도 지금 연락 닿는 지인 자체가 없어서…….

"신 대표님한테 용서받을 수 있는 기회일지 모릅니다."

- 네?

웅진의 목소리가 살짝 커졌다. 그리고 그는 잠시 동안 아무 말도 하지 않았다.

- …….

고민하는 게 느껴졌기에 태진 역시 더는 재촉하지 않았다. 얼마 지나지 않아 웅진은 한층 진지해진 음성으로 말했다.

- 한 번 더 찾아볼게요.

그제서야 태진은 만족한 얼굴로 전화를 끊었다.

♦ ✣ ♦

"여기까지 웬일이에요?"

태진은 호기롭게 시니 사무실에 문을 두드리고 들어섰지만 막상 이연의 얼굴을 보니 온몸이 굳었다. 그래서 겨우 쥐어짜낸 변명이 이거였다.

"근처에 왔다가 여기 커피믹스가 생각나서요."

이연은 핑크빛 입술을 늘어뜨리며 쓴웃음을 지었다. 처음 이곳에 왔을 땐 질색하던 그 커피믹스가 생각이 났단다.

"커피믹스요?"

기막혀하며 이연은 양팔을 교차시켜 팔짱을 꼈다. 태진은 조금 어색한 미소를 지었다.

"그 커피 맛이 그립더라고요."

작게 피식 웃음을 터뜨린 이연이 손목에 있던 머리끈을 빼내 입에 물었다. 그러곤 긴 머리카락을 손가락으로 슥슥 빗어 한데 묶었다. 그 모습을 태진은 멍하니 지켜보았다.

이윽고 이연은 몸을 뱅글 돌려 탕비실로 향했다. 말꼬리 같은 그녀의 머리카락이 살랑살랑 흔들렸다.

"그럼, 마시고 가세요."

탕비실에서 커피를 타온 이연이 태진에게 머그컵을 건넸다. 태진은 컵을 받으면서 중얼거리듯 말했다.

"내가 타도 되는데……."

"손님이잖아요."

분명하게 선을 그으며 이연은 슬쩍 시선을 피했다. 사실 그녀도 태진이 반가웠지만 막 반가워하기도 애매했다. 솔직히 그를 어떻게 대해야 할지 감정이 헷갈렸다. 이젠 그를 봐도 화가 나지 않았고, 속았던 일도 더 이상 떠오르지 않았기 때문이다.

"윽, 여전히 다네요."

응접실 소파에 앉아 커피를 한 모금 마신 태진이 미간을 좁혔다. 태진의 반응에 이연의 눈매가 가늘어졌다. 그녀가 건너편에 앉으며 새치름한 눈빛을 보냈다.

"그리웠던 거 맞아요?"

"네, 맞아요."

태진은 머그컵을 내려놓으며 이연을 지그시 응시했다. 이연이 진지한 그 눈빛을 마주하는 순간 태진이 말했다.

"너무너무 그리웠어요."

이연의 큰 눈망울이 흔들렸다. 사무실 내부를 한 번 슥 둘러본 태진이 뒷말을 이었다.

"이곳이."

이연은 생각지도 못한 태진의 말이 내심 고마웠다. 그런데 그의 말은 거기서 끝이 아니었다.

"그리고 당신이."

태진이 덧붙인 단어에 이연은 순간 심장이 두근거렸다. 태진의 어둡게 빛나는 새까만 눈동자와 이연의 미세하게 흔들리는 다갈색 눈동자가 공중에서 맞닿았다. 마치 시간이 멈춘 것만 같은 느낌이었다.

다음 순간 이연이 먼저 시선을 피하자 태진은 다시 커피를 마셨다. 머그컵을 비운 그가 조심스럽게 물었다.

"이연 씨는 그리운 사람 없어요?"

"없어요."

이연은 길게 생각하지 않고 딱 잘라 대답했다. 태진은 꿋꿋하게 재차 물었다.

"오랫동안 못 만난 친구라든가 전 매니저 오빠라든가?"

"!"

이연의 얼굴이 굳어졌다. 눈에 띄는 변화였지만 태진은 애써 태연하게 질문을 이었다.

"혹시 우연이라도 전 매니저 오빠를 만나면 묻고 싶은 거 없어요?"

"없어요."

태진의 말이 채 끝나기도 전에 이연은 정색했다. 그가 왜 이런 질문을 하는 건지 이해가 되지 않았다. 그녀의 심장이 방금 전과는 다른 의미로 쿵쾅거렸다.

"쓰러져 있는 저를 대신해서 부모님의 임종을 지켜주신 분이지만, 만나고 싶지는 않아요."

카메라 앞에서 쓰러졌던 날 부모님이 돌아가셔서 이연은 부모님의 임종을 지키지 못했었다. 그렇기 때문에 그 매니저를 떠올리는 것조차 쓰라린 고통이었다.

"과거에 묻어두고 싶어요."

이연에게선 긴장하는 기색까지 느껴졌다. 그래서 태진은 확신했다. 지금 그녀에겐 그 매니저가 꼭 필요하다는 걸.

♦ ✣ ♦

"드디어 끝!"

시니 엔터테인먼트의 공개오디션 최종결과가 나왔다. 사실은 진작 결정된 것이었지만 이연이 고심에 고심을 거듭하고서야 결단을 내렸다.

"하아…… 힘든 여정이었다……."

이연의 옆 책상에 앉아 있던 하선이 거의 눕듯이 늘어졌다. 그사이 이연은 탕비실 냉장고로 가서 캔 맥주를 두 개 꺼내왔다. 그녀가 끝까지 함께해 준 하선에게 맥주 하나를 건넸다.

"수고했어, 오빠."

"응. 어떤 고집쟁이 때문에 나 진짜 수고했지. 수고한 나에게 치얼스."

바로 캔 맥주를 따서 입으로 가져가려던 하선의 눈에 맥주 뚜껑을 따려고 끙끙거리는 이연이 보였다. 하선은 자리에서 일어나 자신의 것을 그녀에게 주고 그녀의 것을 가져왔다.

"아참."

다시 의자에 앉아 맥주 뚜껑을 따던 하선이 뭔가 생각난 듯 입을 열었다. 그러다 고개를 절레절레 저었다.

"에이, 아니다."

하선이 말하려던 것을 관두고 맥주를 마시자 이연은 몹시 궁금해졌다.

"뭐야? 뭔데?"

"아아, 이걸 얘기해야 되나 말아야 되나."

"사람 궁금하게 해놓고, 뭐야? 빨리 말해."

의자 앞 책상에 걸터앉은 이연이 하선의 어깨를 잡고 흔들었다. 그제야 하선은 결심한 듯 말을 꺼냈다.

"조 실장님 소식 들었어?"

"아아."

이연은 하선에게서 손을 떼고 맥주 캔을 양손으로 마주 잡았다. 그녀가 작아진 목소리로 대답했다.

"망했다는 거?"
"그거 말고."
"그거 말고?"
이연의 두 눈이 휘둥그레졌다. 하선은 순진무구한 얼굴로 눈망울을 굴리는 이연을 빤히 응시한 채 맥주를 한 모금 마셨다. 맥주를 목구멍으로 넘긴 그가 툭 던지듯 말했다.
"진 엔터테인먼트로 면접 보러 다닌다던데?"
"뭐?"
이연은 믿을 수 없다는 표정이었다. 빠르게 눈꺼풀을 깜박이는 그녀를 향해 하선은 말을 덧붙였다.
"최종까지 올랐다더라."
"허."
이연의 입에서 헛웃음이 터져 나왔다. 그녀와 비슷한 표정으로 실소를 머금은 하선이 시니컬한 어투로 말했다.
"이쯤 되면 진 엔터테인먼트에서 우리 시니를 짝사랑하는 거 아니냐?"
이연은 맥주 캔을 책상에다 탁 소리 나게 내려놓은 후 두 다리를 땅에 디뎠다. 그러곤 바로 문 쪽으로 달려갔다.
"이연아, 어디 가?"
하선이 불렀지만 그녀는 대답 없이 사무실을 나가버렸다. 굳게 닫힌 문을 바라보다가 하선은 피식 웃음을 터뜨렸다.
"역시 예나 지금이나 이연이 곁이 제일 재미있다니까."
중얼거리면서 맥주를 깨끗이 비웠다. 캔에서 떨어진 마지막 한 방울이 그의 턱수염을 적셨다. 손으로 턱을 닦던 하선이 문득 움직임을 멈췄다.
"그러고 보니……."
그는 요 며칠 공황장애 약을 복용하지 않았다. 그런데도 컨디션이 꽤 좋았다.

하선은 입술 끝을 슥 올리며 이연이 남겨두고 간 캔 맥주를 집어 들었다.

◆ ⁘ ◆

이연은 진 엔터테인먼트 사장실의 문을 벌컥 열었다. 워낙 급하게 오느라 그녀는 흰 티에 남방을 걸친 청바지 차림이었고 아무렇게나 머리를 틀어 올린 상태였다.

걸어 나오다가 이연을 발견한 태진의 표정이 밝아졌다. 그가 손에 쥔 작은 메모지를 들어올리며 말했다.

"마침 잘 왔어요. 안 그래도 막 시니로 가려던 참이었는데."

그러나 이연의 얼굴은 얼음장처럼 차갑게 굳어 있었다. 그녀가 태진의 앞에 서며 다짜고짜 물었다.

"조 실장님 만났죠?"

"네, 만났습니다."

태진은 즉답했다. 숨길 이유가 전혀 없기 때문이다.

"……랄까 만나러 왔죠, 그쪽이. 우리 진 엔터테인먼트 경력직에 지원했더라고요. 감히."

처음엔 기가 막혔다. 조웅진이라는 작자의 뻔뻔함이. 그러다 문득 어떤 인간인지 궁금해졌다. 그래서 최종면접이라는 명목으로 얼굴을 봤다.

욕심 많고 허영심 있는 자였지만 뼛속까지 나쁜 사람 같지는 않았다. 게다가 그 덕분에 중요한 정보도 얻게 되었고.

이연이 냉랭한 목소릴 냈다.

"조 실장님한테 제 전 매니저 얘기 들었어요?"

사실 이연은 조 실장이 자신의 전 매니저와 친구란 사실을 알고 있었다.

하지만 굳이 그와 그 시절의 이야기를 하고 싶진 않아서 모른 척했었다.

"그래서 저번에 저한테 전 매니저 얘길 꺼냈던 거예요?"

조 실장이 진 엔터테인먼트 면접을 봤다는 말을 듣자마자 태진이 그에게 전 매니저에 대한 얘기를 들었을지도 모른단 생각이 들었다.

"네, 맞습니다."

예상대로 태진은 고개를 끄덕였다. 이연은 그날 그가 갑자기 전 매니저 얘기를 꺼낸 게 이제야 이해가 되었다.

"과거는 과거로 묻어두고 싶다고 했잖아요. 전 다 잊었어요. 그러니까 당신도 더는……."

그러나 이연의 말은 태진이 들고 있던 메모지를 다시 공중으로 들어올리는 바람에 그 이상 이어지지 못했다.

"그럼, 김필주 씨 안 만나실 거예요?"

"!"

이연은 순간 소름이 돋았다. 얼마 만에 들어본 이름인지 모르겠다. 그녀의 일렁이는 동공이 태진의 훤히 드러난 이마와 오똑한 콧대, 단정한 입술을 훑으며 방황했다.

"누구요……?"

이연이 마른침을 삼키고는 되물었다. 태진은 메모지를 팔랑 흔들었다.

"김필주라고, 이연 씨 매니저였던 남자요."

그가 들고 있는 메모지에는 '김필주'라는 이름과 전화번호가 적혀 있었다. 이연의 입매가 딱딱하게 굳어졌다.

"만나기 싫다고 했잖아요."

"왜요?"

태진이 메모지 든 손을 내렸다. 메모지에서 시선을 뗀 이연이 차가운 목소리로 대답했다.

"그 사람을 만나면 괴로웠던 그 순간이 떠오를 거고, 그러면 저는 또……."

고통 속에 자책할 것이다. 이연이 말을 멈추자 태진은 다시 물었다.

"그러면 계속 그렇게 피하기만 할 거예요? 카메라를 피해왔던 것처럼?"

태진의 묵직한 질문은 이연의 뇌리를 뒤흔들어놓았다. 윗니로 아랫입술을 세게 깨문 이연이 태진을 노려보았다.

"지나친 참견이시네요."

이연은 날카롭게 반응하며 물러섰다. 그러곤 쌩하니 어깨를 틀었다.

"저 갈게요."

태진은 길쭉한 다리로 성큼 걸어가 그녀의 앞을 막아섰다.

"잠깐만요, 이연 씨."

"비켜요."

이연이 그를 쏘아보면서 말했다. 태진이 안타까운 눈빛을 보내는 순간 그녀가 말을 덧붙였다.

"정말 화내기 전에."

결국 태진은 옆으로 몸을 틀어 길을 터주었다.

◆ ✣ ◆

이연은 하루 종일 태진이 한 말을 곱씹고 있었다.

"그러면 계속 그렇게 피하기만 할 거예요? 카메라를 피해왔던 것처럼?"

이연에겐 김필주가 아픈 기억이고 고통이라 한순간도 마주하고 싶지 않았다. 앞으로도 피할 수만 있다면 피하고 싶었다.

"후우……."

이연이 길게 푼 머리카락을 쓸어넘기며 한숨을 폭 내쉬었다.

"무슨 생각을 그렇게 해?"

갑자기 들린 목소리에 이연은 멍하니 책상만 보고 있던 시선을 들어올렸다. 사무실로 들어온 이는 모자를 눌러쓴 하선이었다.

"음? 별거 아니야."

이연은 자리에서 일어나 그를 향해 걸어갔다. 그러다 캡 모자를 벗은 하선의 얼굴을 확인하고 깜짝 놀랐다.

"어? 수염 밀었네?"

하선은 코 밑과 턱에 있던 수염을 깨끗하게 밀고 머리도 깔끔하게 자른 상태였다. 말끔한 하선의 조각 같은 이목구비에 이연은 절로 감탄사가 터져 나왔다.

"와, 역시 CG미남."

그녀가 하선에게 엄지손가락을 척 들어 보였다. 하선은 잘생긴 얼굴 옆으로 브이 자를 했다.

"CG미남 복귀 완료."

이연은 까르르 웃음을 터뜨렸다. 그사이 손을 내리고 모자를 다시 쓴 하선이 다부지게 말했다.

"그러니까 언플 좀 해줘, 이연아."

참 생뚱맞은 부탁이었다. 웃음을 멈춘 이연이 두 눈을 깜박이다 깨끗한 미간을 좁혔다.

"언론플레이? 갑자기 무슨 소리야?"

고개를 갸웃 기울이는 그녀에게 하선이 한마디 더 던졌다.

"하선, 활동 재개한다고."

"뭐?"

화들짝 놀란 이연의 눈이 크게 벌어졌다. 하선은 머쓱한 기분에 한 손으로 뒤통수를 긁적였다. 매력적인 미소와 함께 하선이 부탁했다.

"반년 만에 말 바꾸긴 살짝 창피하니까 슬쩍 흘려서 분위기 먼저 봐봐. 그런 다음에 네가 적당한 시기에 공식발표 내주고."

"오빠……."

이연의 큰 눈망울이 일렁였다. 이에 하선은 손을 뻗어 그녀의 앞 머리카락을 흐트러뜨렸다.

"다시 일하자, 나랑."

이연은 감격해 입술을 앙다물었다. 흐트러뜨린 머리카락을 슥슥 쓰다듬어준 하선이 손을 내리며 진지하게 말했다.

"계약기간 중에 무작정 쉰다고 우겨서 미안해. 이해해줘서 고맙고."

"아니야. 오히려 내가 고맙지."

활동 중단을 결정한 톱스타에게 그것을 철회하는 건 결코 간단한 일이 아니다. 하선의 큰 결심이 이연은 진심으로 고마웠다.

"나 더 열심히 할게."

"나도."

쉽지 않은 결정이었고 이로 인해 어떤 비난을 받게 될지도 알고 있었다. 하지만 하선은 지난 10년간 시니가 보여준 신뢰를 믿기로 했다. 어디어디 소속이라는 이름의 든든함을 그는 너무도 잘 알고 있었으니까.

다음 날 바로 이연은 여론을 알아보기 위해 친한 기자들에게 연락해 '하선 연예계 복귀설'을 알렸다.

◆ ✣ ◆

늦은 밤까지 혼자 사무실을 지키고 있던 이연이 퇴근 준비를 시작했다.

그런데 그때 누군가 사무실의 벨을 눌렀다. 이연은 의아해하면서 출입문 쪽으로 걸어갔다. 문을 열자 갈색 카디건을 걸친 태진이 보였다.

"왜 또 왔어요?"

이연은 새침한 표정으로 물러섰지만 태진은 그녀를 향해 훈훈한 미소를 지었다.

"하선 씨 컴백, 축하드려요."

몇 시간 전에 하선의 연예계 복귀설에 대한 공식입장을 냈는데, 그에 대한 축하였다.

"그 얘기 하러 왔어요?"

이연은 그를 경계하듯이 팔짱을 꼈다. 태진은 고개를 좌우로 저었다.

"아뇨. 커피믹스가 마시고 싶어서요."

"커피믹스 떨어졌어요."

이연은 냉랭한 목소리로 대꾸했다. 그 순간 태진이 아래로 내리고 있던 두 팔을 들어올렸다. 그의 양손에는 커피믹스 두 박스가 들려 있었다.

"그럴 줄 알고 내가 미리 사왔어요."

준비성 좋은 그의 행동에 이연은 그만 웃음이 터져버렸다. 가는 손가락으로 입가를 가린 이연이 그가 들고 있는 두 박스를 번갈아 쳐다보았다.

"손도 크셔라."

"발도 커요."

태진은 장난스럽게 대답하며 자신의 신발을 들어 보였다. 그 모습에 이연의 미소는 더욱 짙어졌다.

"이거 어디에 둘까요?"

이연은 대답 대신 검지로 탕비실을 가리켰다. 태진은 커피 박스를 탕비실 안쪽에 내려놓은 다음 다시 문 쪽으로 걸어갔다.

"나 이제 갈게요."

"벌써 가게요?"

이연이 깜짝 놀란 표정으로 물었다. 그녀가 아쉬워하는 기색을 보이자 태진은 그녀가 있는 방향으로 급히 몸을 틀었다.

"그럼, 김필주……."

"안녕히 가세요."

태진이 무슨 말을 할지 뻔했기 때문에 이연은 미련 없이 등을 돌렸다. 태진은 입맛을 다시며 쓸쓸히 돌아섰다.

◆ ✣ ◆

모처럼 한가한 주말이라 이연은 늦잠을 자고 일어났다. 그랬더니 머리가 조금 아픈 것 같았다. 잠시 이마를 감싸 쥐고 있다가 이연은 자리를 털고 일어섰다. 일단 바깥 공기를 먼저 마시는 게 좋겠다 싶어서 집 밖으로 나왔다.

찌뿌듯한 몸에 기지개를 켜다가 옥탑방 옆 평상에 누워 있는 태진을 발견하고 화들짝 놀랐다.

"잘 잤어요?"

캐주얼한 옷차림의 태진이 상체를 들어올렸다. 봄 햇살을 받아 반짝이는 그의 진갈색 머리카락과 웃는 얼굴은 꽃처럼 화사했지만, 이연의 기분은 그렇지 못했다.

"여기 평상이 되게 좋네요."

"이번엔 집까지 찾아오신 거예요?"

이연은 어이없다는 눈빛으로 태진을 슥 훑었다. 갑자기 머리가 더 아파오는 것 같았다.

"참 집요하시네요."

이연이 싸늘하게 고개를 돌려버리자 태진은 벌떡 몸을 일으켜 그녀의 앞으로 뚜벅뚜벅 걸어왔다.

"시간이 없어서요."

"네?"

이연의 시선이 다시 그에게로 돌아갔다. 진지한 표정을 한 태진이 자신의 뒷목을 만지면서 그녀를 응시했다. 망설이는 듯하던 그가 이내 그 뜻을 설명했다.

"김필주 씨가 내일모레면 다시 베트남으로 떠난대요."

이번에 떠나면 김필주가 또 언제 한국으로 돌아올지 알 수 없었다. 초조해진 태진이 빠르게 말했다.

"그 전에 잠깐만이라도 만나봐요. 예?"

"이봐요, 여태진 씨."

이연은 이해할 수 없다는 듯이 두 팔에 팔짱을 척 끼고 그를 올려다보았다.

"처음부터 싫다고 분명하게 말씀드렸잖아요. 그런데 도대체 왜 이렇게까지 하시는 거예요?"

일도 바쁠 텐데 거의 매일 찾아오고, 그렇게나 싫다는데 왜 자꾸 만나라고 설득하는 건지.

"그야……."

이연의 의구심 가득 찬 차가운 눈동자를 마주한 태진이 한참 후에야 입을 열었다.

"그 사람이 당신한텐 카메라 같아서요."

이연은 속눈썹을 파르르 떨며 시선을 내렸다. 태진은 그녀에게서 눈을 떼지 않았다.

"그 사람을 만나면 카메라가 좀 덜 무서워지지 않을까 해서."

카메라 앞에서 떠는 그녀가 너무 안쓰러워서 트라우마를 낫게 할 방법이 없을까 고민하던 차에 김필주에 관한 소식을 들었다. 그는 이연에게 카메라 트라우마가 생기게 된 사건의 결정적인 원인을 제공한 자였고 그 사건과 유일한 연결고리였다.

그렇게 이연이 아픈 과거였던 그와 마주하게 되면 카메라도 담담히 볼 수 있을 것 같았다. 그래서 수소문한 끝에 김필주가 잠시 한국에 머물고 있다는 사실을 알아냈다. 태진은 그녀가 이번 기회를 놓치지 않기를 바랐다.

태진이 이렇게까지 하는 이유는 딱 하나였다.

"난 그냥 당신이 이젠 카메라를 덜 무서워했으면 좋겠어요. 그래서 이제 카메라를 봐도 아프지 않았으면 좋겠어요."

그가 진정으로 원하는 건, 이연이 조금도 아프지 않는 거였다.

태진의 진심을 들은 이연의 눈가가 붉어졌다.

◆ ✣ ◆

"안녕하세요!"

시니 엔터테인먼트의 첫 공개오디션 최종합격자인 라경은 사무실로 들어오자마자 활기차게 인사했다.

"앞으로 잘 부탁드립니다!"

400대 1의 경쟁률을 뚫은 그녀는 단아한 외모에 청아한 목소리를 가진 스물한 살의 대학생이었다. 라경의 앞에 선 이연이 매력적인 그녀를 마주보면서 환하게 웃었다.

"라경 씨는 보이스가 참 좋은 것 같아."

"감사합니다. 근데 저, 노래도 곧잘 해요."

"정말? 내가 운이 좋네."

이연의 웃는 얼굴을 보는 라경의 오목조목한 얼굴에도 미소가 피어올랐다. 이연이 연기 경험이 적은 라경에게 레슨에 대해 설명하려던 그때, 이연의 휴대전화가 울렸다. 번호를 확인해보니 CBC 방송국 쪽 번호였다.

"라경 씨, 잠깐만."

이연은 양해를 구하고 통화 버튼을 눌렀다. 그런데 전화를 받은 이연의 귀로 생각지도 못한 말이 들려왔다.

"……오디션 멘토요?"

서바이벌로 진행되는 오디션 프로그램에 멘토로 출연해보지 않겠냐는 제안이었다. 곤란한 듯 이연이 깔끔한 이마를 긁적였다.

"근데 저는 방송에 나갈 생각이 없어요."

이연은 길게 고민하지 않고 부드럽게 거절했다. 휴대전화 너머에선 그녀를 설득하려는 목소리가 다급하게 이어졌다. 하지만 이연은 끝까지 고개를 저었다.

"죄송합니다. 먼저 끊겠습니다."

이연이 전화를 끊자마자 라경은 호기심 어린 얼굴로 한 발자국 가까이 다가왔다. 그녀가 밝은 목소리 톤으로 물었다.

"방송 출연 제의예요?"

"응."

라경은 배우를 꿈꾸고 있는 자신보다 훨씬 빼어난 미모에 투명한 피부까지 가지고 있는 이연을 물끄러미 쳐다보았다.

"근데 왜 안 하세요? 시니가 더 유명해질 기회인데."

이연은 무심코 대답을 하려다 멈칫했다.

이유는 없었다. 그냥 무조건 할 수 없다고 생각했다. 또 본능적으로 카메라를 피하고 만 것이다. 트라우마를 극복해보고자 억지로 카메라 앞에 선 적도 있으면서, 또 이렇게 피하고 있었다. 이연의 다갈색 눈동자가 어둡게 가라앉았다.

계속 이렇게 피하기만 해도 되는 걸까.

◆ ✣ ◆

아침 7시도 되지 않은 시간이었다. 파자마 차림의 태진은 현관문 앞에 서 있는 이연을 보고 크게 동요했다.

"이연 씨?"

생머리를 길게 늘어뜨린 어른스러운 분위기의 이연이 두 손을 가지런히 모은 채 태진을 올려다보았다.

"이렇게 아침 일찍부터 무슨 일이에요?"

태진은 눈가를 비비며 물었다. 아직 잠이 덜 깨서 헛것을 보는 건가 했는데, 그건 아니었다.

"필주 오빠, 오늘 떠난댔죠?"

"아, 네."

이연의 질문에 태진은 서둘러 고개를 끄덕였다. 이연이 크로스로 멘 가방끈을 꽉 움켜쥐었다.

"만날게요."

그 순간 태진은 정갈한 눈썹을 치켜올렸다.

"정말요?"

태진의 입꼬리가 부드러운 포물선을 그리며 올라갔다. 그는 어렵게 마음을 바꿔준 이연이 고마웠다.

"그러니까……."

이연이 이렇게 서두를 꺼내자 태진은 바로 대답했다.

"네."

이연은 가방끈을 놓고서 태진 쪽으로 손을 뻗었다. 태진은 자연스럽게 그녀의 작고 하얀 손으로 시선을 내렸다.

"같이 가줘요."

"네?"

뜻밖의 제안에 놀란 태진이 황급히 시선을 들었다. 광대가 불그스름해진 이연이 눈을 동그랗게 떴다.

"싫어요?"

"아뇨. 그럴 리가."

태진은 단박에 고개를 젓고는 해사하게 웃었다.

"오히려 고마워서 그러죠."

그러면서 이연의 손을 잡으려고 했지만 이연은 금방 자신의 손을 거둬갔다.

♦ ⁘ ♦

느지막한 오후, 국제공항 근처에 있는 한 클래식한 분위기의 카페에서 이연은 김필주와 만났다. 한산한 카페의 제일 안쪽 자리에는 이연과 태진이 앉아 있었고, 그들의 반대편에는 푸근한 인상의 김필주가 있었다.

테이블에 묘한 긴장감이 감돌던 그때 필주가 먼저 무거운 침묵을 깼다.

"잘 지냈어?"

"네."

이연은 눈꺼풀을 내리며 얌전히 대답했다. 그는 당황스러울 정도로 예전과 크게 다르지 않았다. 15년이나 흘렀는데도 말이다. 그건 필주도 같은 생각인 듯 보였다.

"그대로네, 우리 이연이."

필주가 이연의 말간 얼굴을 물끄러미 쳐다보았다. 다시 시선을 든 이연이 부드럽게 대꾸했다.

"오빠도 그대로예요."

그러자 필주의 눈꼬리가 밑으로 처지며 다소 처연한 미소를 만들어냈다.

"나야 뭐, 이제 배 나온 아저씨지."

15년 전 이십 대 중반이었던 필주는 참 꿈 많은 청춘이었다. 그 시절 배우 지망생인 이연을 만나고 그의 꿈은 더욱 커졌다. 그래서 제 그릇에 담기에는 지나치게 큰 꿈을 꿨다.

"그땐 미안했다."

필주가 눈꺼풀을 내리며 낮아진 음성으로 사과했다. 그를 바라보는 이연의 눈동자가 흔들렸다. 필주의 말이 이어졌다.

"널 배우로 키우고 싶은 욕심이 너무 컸어."

예쁘고 끼 많은 이연이 톱스타가 될 거라 굳게 확신했다. 그래서 욕심을 부렸다.

이연이 잡지 촬영을 하고 있던 그날, 이연의 부모님에게 일어난 교통사고를 일부러 숨겼다. 촬영이 끝나고 알려도 된다고 스스로를 다독였다.

"그날 널 바로 병원으로 보냈어야 하는데……."

그날 이연을 바로 병원으로 보냈다면 어떻게 됐을까. 그녀는 톱스타, 자신은 잘나가는 연예기획사 대표가 되었을까. 꼭 그렇진 않더라도 지금보다 마음은 편하지 않았을까.

필주는 그날의 선택을 몹시 후회하고 있었다.

"너희 부모님 돌아가시고 너랑은 연락도 안 닿지, 회사는 점점 기울어가지. 거기다 친구한테 사기까지 당했지. 그길로 도망치듯 외국으로 떠났어."

그 당시 워낙 힘든 일들이 한꺼번에 몰려왔었다. 엎친 데 덮친 격이라고 건강까지 안 좋아졌었다. 나쁜 욕심을 부린 벌인지도 몰랐다.

"그래서 너한테 꼭 전해줘야 할 말이 있었는데, 그걸 이제야 전하네."

필주는 그 당시 이연에게 전하고 싶었지만 전하지 못했던 말을 지금에서야 전했다.

"너 쓰러져 있을 때 내가 너희 부모님 임종 지켰잖아. 너희 부모님이 마지막 순간에 그러셨어. 네 탓이 아니라고. 자책하지 말라고. 죽는 것보다 그게 더 슬프다고."

이연의 부모님은 마지막 순간까지 딸 걱정을 하셨다. 딸을 만나러 오는 길에 사고가 났으니 분명 자신 때문이라고 자책할 딸에게 그러지 말라고 당부하고 떠나셨다.

부모님의 마지막 말을 전해 들은 이연의 큰 눈에 눈물이 그렁그렁 고였다. 필주는 그녀에게 작별 인사를 건네고 자리를 떴다.

"흐윽……!"

필주가 떠나자마자 이연은 입을 틀어막으며 눈물을 쏟았다. 그녀는 그동안 카메라가 무서웠던 게 아니었다. 카메라를 보면 그때 그 순간 돌아가신 부모님이 생각나서 미치도록 슬펐던 거다.

"흐으윽……. 흐으으윽……."

태진은 숨죽여 우는 이연의 어깨를 조심스럽게 감싸 안았다.

"괜찮아요, 이연 씨. 이제 그만 내려놔도 돼요."

자신의 품에서 눈물을 뚝뚝 떨어뜨리는 이연을 태진은 부드럽게 쓰다듬었다. 결국 이연은 서럽게 울음을 터뜨렸다.

"흐어어엉……."

그렇게 원 없이 울었다.

◆ ✣ ◆

월요일 아침, 각 팀 팀장들을 소집한 전체회의가 끝나고 태진은 연훈과 학수와 함께 엘리베이터에 올랐다.

"학수야."

마치 정장 브랜드 모델처럼 슈트를 너무나도 멋지게 소화한 태진이 학수를 지그시 바라보았다.

"네, 대표님."

최상층 버튼을 누른 학수가 그에게로 몸을 틀며 정중하게 대답했다.

"나 배우들 면담 좀 하자. 일 없는 친구들 위주로."

"네?"

학수의 작은 눈이 동그랗게 벌어졌다. 엘리베이터 벽에 기대서 있던 연훈도 적잖게 놀란 눈치였다.

"배우들 면담? 왜?"

"왜긴. 격려 차원이지."

태진은 당연하다는 어투로 대답하고는 다시 학수를 쳐다보았다.

"일정 잡아."

"네, 대표님."

얌전히 대답하는 학수를 구석으로 밀친 연훈이 태진에게로 얼굴을 들이밀었다.

"너 요즘 왜 그러냐, 진짜?"

태진은 대꾸 없이 그를 빤히 응시했다.

"갑자기 사람이 너무 변해도 큰일 나는 거야, 인마."

연훈은 태진의 이런 변화가 적응이 되지 않았다. 태생이 다정다감하고 섬세한 캐릭터가 아니지 않은가.

조용히 움직이던 엘리베이터가 최상층에서 멈춰 섰다. 태진이 먼저 긴 다리를 움직여 내렸고 그 뒤를 연훈과 학수가 따라갔다.

"이러다 대표님, 방송 출연까지 하시는 거 아니에요? 서바이벌 오디션 멘토로?"

복도를 걸으면서 태진의 눈치를 살피던 학수가 일부러 만들어낸 명랑한 톤으로 말했다.

"갑자기 뭔 소리야?"

연훈이 숱 많은 눈썹을 치켜올리며 학수를 돌아보았다. 태진도 그를 힐끔 보았다. 급 진지해진 학수가 두 손을 가지런히 모으고는 대답했다.

"사실은, 방송국에서 출연 제의가 왔거든요."

서바이벌 오디션 프로그램에 멘토로 출연해달라는 제의였다. 자연스럽게 보고할 타이밍을 찾고 있었는데 지금이 적기인 것 같았다.

"태진이?"

연훈의 선 굵은 턱이 태진을 가리켰다. 학수가 고개를 끄덕이자 태진은 자리에 우뚝 멈춰 섰다.

"난 안 돼. 방송 체질이 아니야."

태진은 정색하며 거부했다. 그러다 문득 뭔가 떠오른 듯 입가에 달콤한 미소를 띠었다. 그가 연훈과 학수를 번갈아 보며 말했다.

"이인후가 나보고 발연기랬어."

"발연기가 무슨 상관이야? 어차피 멘토로 나가는 건데."

연훈은 솔직히 태진이 방송에 출연했으면 하는 마음이었다. 잘생긴 데다 똑똑하고 센스까지 있는 친구라 어디에 내놔도 진 엔터테인먼트의 이미지에는 무조건 플러스였다.

"암튼, 싫어. 더 유명해지는 거."

딱 잘라 거절한 다음 태진은 다시 발을 뗐다. 평범한 복도를 런웨이 느낌으로 성큼성큼 걷던 그가 옆에서 따라오는 연훈을 향해 말했다.

"연훈이 네가 나가."

"내가?"

연훈은 두 눈을 휘둥그레 떴다. 그런 그의 뒤에서 학수가 재빠르게 껴들었다.

"근데 출연 제의한 기획사가 한 곳 더 있대요."

"어딘데?"

태진과 연훈이 동시에 학수를 돌아보았다. 두 사람에게 바짝 다가선 학수가 비장한 표정으로 대답했다.

"시니요."

"시니?"

태진의 까만 눈동자가 일순 번뜩였다. 다음 순간 학수는 자신의 턱에 손을 갖다 대며 걱정스러운 얼굴을 했다.

"만약 시니에서 신 대표님이 나오시고 우리 쪽에서 부사장님이 나가신다면……. 아아, 어떡하죠? 비주얼에서부터 밀려요. 밀리는 정도가 아니라 완패……."

퍽.

울컥한 연훈이 팔꿈치로 학수의 토실토실한 어깨를 찍었다.

"이 자식이 듣자 듣자 하니까 말을 섭섭하게 하네?"

학수는 아픈 어깨를 움켜쥐며 자리에서 폴짝폴짝 뛰었고 연훈은 서러운 표정으로 그를 쏘아보았다. 그들에겐 눈길도 주지 않은 채 태진은 짧은 숨을 내쉬었다.

"후우!"

그런 다음 세상 진지한 얼굴로 중얼거렸다.

"시니한테 완패할 순 없지."

그 목소리를 들은 연훈과 학수가 고개를 돌렸다. 바지 주머니에 양손을 찔러 넣으며 태진이 근엄하게 선언했다.

"만약에 신 대표가 나오면 내가 나간다."

학수는 반색했고 연훈은 황당해하는 기색이 역력했다.

"더 이상 유명해지기 싫다며?"

"네 얼굴이 유명해져도 곤란할 것 같아서."

자신을 향한 태진의 말에서 뼈를 느낀 연훈이 그에게로 득달같이 달려들었다.

"야, 너 그거 무슨 뜻이냐? 앙?"

"뭘 물어봐? 네가 이해한 그 뜻이야."

학수는 또 싸움을 시작한 두 상사를 말리느라 진땀을 빼야 했다.

◆ ✣ ◆

회사에서 돌아온 이연은 편한 트레이닝복으로 갈아입고 사진 앨범을 정리하고 있었다. 십 대 때 이후로는 찍은 사진이 거의 없기 때문에 정리라고 할 것도 없었지만 말이다.

그래도 그녀가 굳이 앨범을 꺼낸 이유는 부모님의 사진을 보기 위함이었다. 너무 그리웠지만 죄송스러워서 감히 사진을 제대로 꺼내보지도 못했었다. 그런데 이제는 부모님의 사진을 보며 미소를 지을 수도 있게 되었다. 그녀의 손이 어린아이를 사이에 두고 예쁘게 웃고 있는 젊은 부부의 사진을 쓰다듬었다.

이연이 가족사진에 푹 빠져 있던 그때, 침대 위에 둔 휴대전화가 울렸다. 바닥에 앉은 상태로 손만 뻗어 그것을 집었다. 액정화면에 뜬 번호는 저장되어 있지 않은 번호였다. 이연은 고개를 갸웃하며 전화를 받았다. 전화를 건 이는 방송국 작가였다.

"아, 안녕하세요, 작가님."

얼마 전 서바이벌 오디션 방송에 출연해달라고 부탁했던 그 작가였다.

그녀가 이번엔 개인 번호로 전화를 건 것이다.

"저번에 분명하게 거절했는데요."

그때와 똑같은 부탁이 들려오자 이연은 난색을 표했다.

- 네. 알죠. 그런데 길거리 캐스팅의 신화이자 찰떡 캐스팅 추천으로 유명하신 신 대표님을 저희가 꼭 한번 모시고 싶습니다.

이연은 워낙 이쪽 업계에선 유일무이한 존재였고 이름 대신 '황금 눈썰미'로 통할 정도로 살아 있는 전설이었다.

- 스페셜 멘토로 모시는 거라 촬영도 하루면 끝나고요, 간단하게 맞춤 조언만 좀 해주시면 되는 거거든요. 대표님의 선구안은 수많은 신인들과 무명배우들에게 큰 도움이 될 거예요.

"아아, 글쎄요."

난감한 표정을 한 이연이 손가락으로 관자놀이를 문질렀다. 그녀가 망설이는 기색을 보이자 작가는 더욱 적극적이 되었다.

- 지금 당장 대답하지 않으셔도 괜찮습니다. 충분히 생각하시고 답변 주세요. 저희는 얼마든지 기다릴 수 있습니다.

전화를 끊고 이연은 고민에 빠졌다.

그러다 잠시 후 노트북을 열어 포털사이트 검색창에 '카메라'를 입력했다. 이미지 카테고리를 클릭해서 나열된 카메라 사진들을 본 그녀의 얼굴이 굳었다. 하지만 화면에서 시선을 떼지는 않고 집중해서 보았다. 그러곤 문득 눈을 감고 심호흡을 했다.

이연은 지금 카메라에 익숙해지려고 노력하는 중이었다. 일명 이미지 트레이닝. 실제 카메라를 보는 건 아직 자신이 없었기 때문에 이렇게 사진을 보고 연습하는 것이다.

그녀의 노력은 그 후로도 꽤 한참 동안 계속되었다.

chapter 9

고백 2

[점심 같이 먹을래요?]

이연의 문자에 태진은 심장이 쿵 떨어지는 느낌이었다. 안 그래도 마지막으로 본 게 울던 모습이라 줄곧 신경이 쓰였었는데 그녀가 먼저 만나자고 제안을 해온 것이다.

태진은 점심시간이 되기도 전에 앞머리를 만져 이마를 반쯤 드러내고 시니로 향했다. 그런데 시니 건물 앞에 차를 세우고 내리다가 황 기자와 딱 마주쳤다.

"진 대표님? 어머나, 어머나."

황 기자는 눈이 부시게 반듯한 태진의 이목구비에 홀린 듯 달려왔다. 태진은 과하게 반색하는 그녀가 부담스러워서 주춤 물러섰다.

"그 소문이 사실이에요?"

황 기자가 다짜고짜 던진 질문에 태진은 깔끔한 미간을 좁혔다. 그때 시니 건물 안에서 이연이 걸어 나왔다. 이연을 발견한 황 기자가 안경을 밀어 올리며 의미심장한 미소를 지었다. 그녀의 미소에 이연과 태진은 서로 눈빛을 교환하며 묘하게 긴장했다. 황 기자가 두 사람을 번갈아 보면서 말했다.

"두 분이 서바이벌 오디션 방송에 경쟁 멘토로 나가신다던데?"

시니와 진 엔터테인먼트는 현재 가장 주목받고 있는 라이벌 연예기획사였다. 두 회사의 규모는 많이 달랐지만 영향력은 비슷했다. 만약 한 프로그램에 두 기획사 대표가 나란히 나온다면 분명 큰 화제를 불러일으킬 것이다. 게다가 두 대표는 미모도 출중하지 않은가.

"아아, 그거요. 어떤 식으로 진행될진 아직 잘 모르겠지만, 다윗과 골리앗의 싸움 아닐까요?"

이연이 자신의 팔을 감싸듯 끌어안더니 손가락으로 톡톡 두드렸다. 순간 황 기자의 안경 너머 두 눈이 초롱초롱하게 빛났다.

"어? 그거 마지막엔 다윗이 이기지 않나?"

그 이야기의 결말은 작은 다윗이 몸집이 큰 골리앗을 이긴다. 황 기자가 흥미진진한 표정으로 태진을 돌아보았다. 태진은 입꼬리를 슥 올리고는 이연을 지그시 응시했다.

"본인이 이길 거라고 생각하시나 봐요?"

대치하듯이 서로를 향해 선 태진과 이연의 눈빛이 불꽃이라도 튈 것처럼 뜨거웠다.

"지진 않을 것 같아서요."

태진은 이연의 당당한 대답에 크게 웃음을 터뜨렸다.

"하하하, 농담이 참 재미있으시네요."

"농담한 적 없는데요."

호호, 하며 이연은 일부러 웃음소리를 냈다.

신경전을 벌이고 있는 두 사람을 지켜보던 황 기자가 점퍼 주머니에서 수첩을 꺼냈다.

"두 분, 지금 싸우실 거면 저 바로 기사 써도 되죠?"

노골적으로 신나하는 표정의 그녀 때문에 태진과 이연은 황급히 서로에게 가까이 다가섰다. 자연스럽게 태진은 이연의 어깨에 팔을 둘렀고 이연은 그의 팔목을 잡았다.

"아직 모르시나 본데, 저희 절친 됐거든요?"

"맞습니다. 이제 베프입니다, 베프."

황 기자는 실실 웃으며 수첩을 집어넣었다. 그때 이연과 바짝 붙은 태진이 그녀의 정수리에 대고 복화술로 물었다.

"그래서, 진짜 방송에 나가실 겁니까?"

"네."

이연은 나직하게 대답하며 고개를 끄덕였다. 눈이 커진 태진이 다시 복화술로 물었다.

"카메라가 엄청 많을 텐데요?"

다음 순간 이연은 그의 팔에서 손을 떼고 그를 가만히 올려다보았다. 그 사이 황 기자는 걸려온 전화를 받고 있었다.

입가를 손으로 살짝 가린 이연이 태진에게 속삭였다.

"계속 피하기만 할 순 없잖아요?"

말끝으로 그녀는 눈부시게 환한 미소를 지었다.

◆ ⁘ ◆

인후는 영화 스케줄 때문에 밀려 있었던 CF 촬영을 마치고 당당히 시니로 돌아왔다. 그런데 곧바로 듣게 된 시니의 새 소식에 화들짝 놀랐다.

"오디션 프로그램?"

인후의 옆에서 복귀작 시나리오를 고르고 있던 하선도 처음 듣는 이야기였기에 적잖게 놀랐다.

"이연이 네가 방송에 나간다고?"

동요하는 두 사람을 번갈아 쳐다보면서 이연은 싱긋 웃었다.

"응. 한번 해볼까 해."

이연은 방금 전 그들에게 서바이벌 오디션 프로그램에 멘토로 출연할 거라고 선언했다. 1층 사무실에 직원도 충원됐고 하선도 돌아왔다. 그러니 이제는 대표인 자신이 시니의 재기를 위해 직접 뛸 차례였다.

인후가 그녀의 앞으로 달려들 듯이 얼굴을 들이밀었다.

"트라우마는 어쩌고?"

걱정 가득한 인후의 눈빛을 마주한 이연이 입술을 달싹이는 순간 하선이 방금 전보다 더 놀란 표정으로 물었다.

"이연이 너 트라우마 있어?"

인후가 먼저 하선을 돌아보며 진지하게 대답했다.

"네. 카메라 무서워해요, 이연이."

하선의 얼굴색이 급격히 어두워졌다. 이연을 각별히 아껴왔다고 생각했는데 그녀에게 카메라 트라우마가 있는 걸 전혀 몰랐다.

"근데도 방송에 나가겠다는 거야?"

하선은 이해할 수 없다는 듯이 이연을 뚫어지게 응시했다. 인후도 부릅뜬 눈으로 이연을 다그쳤다.

"대체 왜?"

"나를 위해서도, 시니를 위해서도, 이제 트라우마는 극복해야지. 방송에 나가서 시니의 건재함을 보여줄 거야."

"진짜 그 이유가 다야?"

이어진 인후의 질문에 이연은 바로 대답하지 못하고 블라우스 소매를 만지작거렸다. 방송 출연을 결심한 이유 중에 태진이 있었기 때문이다.

◆ ⁘ ◆

태진과 이연은 함께 서바이벌 오디션 프로그램에 멘토로 출연하게 되었다. 그들이 함께하는 것만으로도 엄청난 양의 기사가 쏟아졌다.

많은 관심 속에서 이루어진 프로그램의 첫 미팅은 CBC 방송국 회의실에서였다. 나란히 어색하게 앉아 있는 태진과 이연을 작가들이 둥글게 에워쌌다. 메인작가가 먼저 태진의 옆으로 앉으며 눈동자를 반짝반짝 빛냈다.

"저 오늘 진 대표님 처음 뵀는데, 정말 잘생기셨네요."

"맞아요. 배우보다 더 배우 같으세요."

보조작가들도 태진의 말끔한 얼굴을 감탄하면서 바라보았다.

"감사합니다."

태진은 내심 부담스러워하면서도 겉으론 정중하게 인사했다. 다음 순간 보조작가 중 한 명이 태진에게로 상체를 숙이며 적극적으로 물었다.

"뭐 드실래요, 진 대표님?"

그녀를 피해 뒤로 얼굴을 빼면서 태진이 대답했다.

"커피믹스 오리지널 좋아합니다."

그의 대답이 끝나기가 무섭게 작가들은 까르르 웃음을 터뜨렸다. 누가 보면 태진이 굉장히 웃긴 농담이라도 한 줄 알 것이다.

"외모는 루왁 아니면 안 드실 것같이 생기셨는데, 소탈하시네요."

메인작가가 태진을 입이 마르도록 칭찬했다. 태진의 옆에서 조용히 그 상황을 지켜보는 이연의 입가에 쓴웃음이 서렸다.

그때 커피를 타러 가려던 막내 작가가 급히 발을 멈추고 이연에게 물었다.

"아, 맞다. 신 대표님은요?"

지금까지 이연의 존재를 잊고 있다가 겨우 떠올린 듯한 뉘앙스였다. 이연은 기분이 살짝 상해서 대답할 마음이 안 들었다. 그 순간 태진이 그녀 대신 대답했다.

"신 대표님도 커피믹스 좋아하십니다."

이연은 동그래진 눈으로 태진을 쳐다보았다. 태진의 발언에 작가들은 입가를 가리거나 박수를 치며 호들갑을 떨었다.

"어머머, 두 분이 생각보다 많이 친하신가 봐요?"

"이상하다. 소문엔 오랜 앙숙이라던데."

메인작가의 곱지 않은 눈초리를 감지한 이연이 갑자기 태진의 팔에 팔짱을 슥 꼈다.

"제 남친이에요, 태진 씨."

"!"

이연의 돌발행동에 태진은 온몸이 빳빳하게 굳었고 작가들은 모두 당황한 낯빛이었다. 그녀들을 죽 둘러보면서 이연은 설명을 덧붙였다.

"남자인 친구."

'남친'을 잠시나마 남자친구라고 생각했던 작가들의 얼굴에 다시 미소가 피어올랐다.

"아하. 남자사람친구."

이연은 굳어 있는 태진에게서 팔을 빼고 활짝 웃었다. 그런 다음 카리스마 있게 상황을 정리했다.

"회의 시작하시죠."

그제야 다소 들떴던 분위기가 가라앉고 진지하게 회의가 시작되었다. 회의 시작과 동시에 이연은 작은 다이어리를 꺼내 메모를 시작했다.

"우리 참가자들한테는 다음 주에 방문해주시면 되는데요."

"어디로 방문하면 되나요?"

메인작가의 설명에 이연은 메모하면서 질문을 던졌다.

"경기도 양평에 있는 리조트요."

"리조트요?"

펜으로 장소를 적으려던 이연이 살짝 당황한 표정을 지었다. 메인작가가 관련 자료를 건네면서 설명했다.

"스페셜 게스트 형식이라서 두 분이 합숙소인 리조트로 오셔야 해요."

천천히 펜을 다시 움직이는 이연의 옆에서 태진이 대답했다.

"네, 알겠습니다. 같이 갈게요."

'같이?'

이연은 그의 말속에서 이질감을 느끼고 고개를 갸웃했다.

'설마 같이 가려는 건가?'

이연의 심장이 불안정하게 콩닥거렸다.

'그냥 하는 말이겠지?'

◆ ✣ ◆

이연은 태진이 말한 '같이'의 의미를 출발 전날 알 수 있었다.

[여태진]

마스크 팩을 하고 있는 이연의 눈이 휴대전화 액정을 확인하고 크게 벌어졌다. 빠른 속도로 두 눈을 깜박거린 그녀가 팩을 떼어내고 전화를 받았다.

- 내일 만나서 가시죠.

휴대전화를 통해 들려온 태진의 저음에 이연은 황급히 고개를 돌려 목을 큼큼 가다듬었다.

"아뇨. 전 제가 운전해서 갈게요."

분명하고 도도하게 의견을 전달했는데, 상대는 오히려 더 당당한 목소리를 냈다.

- 기름 한 방울 안 나는 나라에서 같은 곳엘 가는데 왜 차를 따로 탑니까?

"뭐라고요?"

- 그리고 매연으로 인한 환경오염도 생각하셔야죠. 아침 8시까지 갈게요.

공해까지 걱정하는 태진 때문에 이연은 자신도 모르게 헛웃음이 터졌다. 그녀가 휴대전화를 고쳐 잡으며 말했다.

"그러실 필요 없다고요."

- 남친이 하는 말이니까 그냥 들어요.

태진의 목소리에서 웃음기가 느껴졌다. '남친'은 이연이 먼저 '남자인 친구'를 일부러 그렇게 줄여서 썼던 단어였기에 솔직히 조금 민망했다.

- 잘 자고 내일 아침에 봐요.

"내일 오지 말아요. 알았죠? 절대 오지 말…… 여보세요? 끊었어. 자기 말만 하고 끊었어, 이 남자!"

태진은 이연의 말을 끝까지 듣지 않고 전화를 끊었다. 휴대전화를 움켜쥔 채 이연은 자리에서 벌떡 일어섰다.

"아, 뭐야. 나 내일 뭐 입지?"

갑자기 마음이 조급해졌다.

◆ ✣ ◆

모처럼 레이스 달린 샤랄라 원피스를 입고 고데기를 이용해 긴 생머리에 예쁘게 웨이브까지 넣었는데…….

"비가 오네."

주르륵 쏟아지는 빗물을 손바닥으로 확인한 이연이 침울한 표정으로 우산을 집어 들었다. 미니백을 크로스로 바꿔 메고 우산을 쓴 채 대문 밖으로 나왔는데, 마침 태진의 차가 막 골목 끝에서 멈춰 서는 게 보였다.

이연은 그곳을 향해 최대한 예쁘게 걸어가기 시작했다. 또각또각 하이힐

소리를 내며. 그런데 걷던 도중 고여 있는 물웅덩이를 밟는 바람에 흙탕물이 튀겼다.

"!"

혹 살색 스타킹에 묻진 않았을까 걱정이 되었다. 그래서 뒤로 다리를 한 짝씩 번갈아 들면서 확인해보았다. 다행히 다리는 아직 깨끗했다. 이연이 안심하던 그때였다.

휘이이익.

갑자기 강풍이 불었다. 이연이 반사적으로 휘날리는 원피스 치맛자락을 부여잡는 사이 우산이 날아갔다.

"꺅!"

어쩔 줄 몰라 두리번거리는 이연의 눈에 슈트 차림으로 우산을 쓴 채 뛰어오고 있는 태진이 보였다. 대체 차에선 언제 내린 거람. 혹시 자신이 다리를 폴짝폴짝 드는 것도 다 본 게 아닐까 신경이 쓰였다.

"괜찮아요?"

황급히 달려온 태진이 우산을 씌워주자 이연은 살짝 긴장하며 그를 올려다보았다. 그런데 그녀를 씌워주느라 태진의 슈트가 젖고 있었다. 그걸 보고 이연은 그 쪽으로 바짝 붙으며 우산을 밀었다. 그러다 그 반동에 발목이 삐끗해서 넘어질 뻔했다.

"끄악!"

놀란 이연의 입에서 괴상한 비명이 흘러나왔다. 그래서 이연은 그만 두 눈을 질끈 감았다.

'끄악이 뭐야, 끄악이. 오늘 일진이 왜 이리…….'

이연의 생각은 허리에서 느껴지는 뜨거운 손길 때문에 더는 이어질 수 없었다. 태진이 휘청거리는 그녀의 허리를 손으로 감싸서 넘어지지 않도록 단단히 받친 것이다.

똑바로 선 이연이 태진의 손등을 건드리자 태진은 재빨리 손을 뗐다.

"아, 미안해요. 불쾌했어요?"

이연은 대답하지 못했다.

조금도 불쾌하지 않았으니까. 손을 떼라고 건드린 게 아니라 그 손을 덥석 잡으려다 멈칫한 거였으니까.

다음 순간 이연은 헛기침하고는 다시 걷기 시작했다. 태진은 우산을 받치며 따라갔다.

"비 오는데 힐은 왜 신었어요?"

태진이 이연의 하이힐을 보면서 건넨 말에 이연은 민망한 미소를 머금었다.

"그러게요. 제가 왜 그랬을까요."

차에 다다르자 태진은 조수석의 문을 열어주었다.

"타세요."

끝까지 너무나 젠틀하기만 해서 얼굴이 화끈거릴 정도였다. 이연은 고개를 까닥 숙이고 얼른 차에 올라탔다.

◆ ⁘ ◆

합숙소에 도착하니 촬영 준비가 한창이었다. 얼마 지나지 않아 카메라 세팅이 끝나고 태진과 이연은 각각 개인 마이크를 몸에 달았다. 그런 다음 간단한 소개와 함께 서른 명 남짓의 오디션 참가자들 앞에 섰다.

리허설 중 태진은 옷매무새를 가다듬는 척하면서 슬쩍 이연의 얼굴을 살폈다. 그들을 향하고 있는 열 대가 넘는 카메라들 때문인지 긴장한 모습이었다.

아직 카메라는 돌고 있지 않았지만 수많은 카메라 렌즈에 둘러싸였다는 것만으로도 이연은 손에서 땀이 나기 시작했다. 이미지 트레이닝을 그렇게 열심히 했는데도 말이다. 그녀가 원피스에 손바닥을 문질렀다.

태진은 그녀의 신경을 카메라가 아닌 다른 곳으로 돌려야겠다는 생각이 들었다. 다음 순간 그가 오디션 참가자들 쪽으로 가까이 다가섰다.

"여러분. 만약 선택할 수 있다면, 저희 두 기획사 중 어디로 들어가고 싶습니까?"

갑작스러운 태진의 행동에 제작진들과 진행자는 깜짝 놀랐고 참가자들은 웅성거리기 시작했다.

"진은 완전 크고, 시니는 완전 레전드니까 못 고르겠어요."

"맞아요. 너무 어려워요. 정말 못 고르겠어요."

크게 동요하는 참가자들의 모습에 이연은 자신도 모르게 미소를 지었다. 그녀의 웃는 얼굴을 돌아본 태진이 옅은 미소와 함께 말했다.

"그래도 우리나라에서 제일 큰 곳이 낫지 않나?"

일부러 자극적인 말을 던진 것이다. 예상대로 이연은 발끈했다. 그녀도 앞으로 나섰다.

"그건 아니죠. 그건 진짜 편협한 생각이에요."

이연이 똑 부러지게 반박하자 태진은 참가자들을 보며 어깨를 으쓱했다. 이번엔 그가 반박했다.

"그래도 그렇게 커진 이유가 있을 거 아닙니까?"

"양이 많다고 무조건 좋은 건가요? 질이 좋아야지."

그들의 신경전을 재미있다고 느낀 제작진들이 카메라를 돌리기 시작했다. 태진과 이연은 촬영이 시작된 걸 눈치채지 못했다. 그때 제작진들에 의해 투입된 진행자가 그들 사이로 끼어들었다.

"자자, 그만 싸우시고 그 판단을 참가자 친구들한테 직접 맡겨보죠."

그제야 태진과 이연은 서로에게서 시선을 떼고 진행자를 쳐다보았다.

진행자가 오디션 참가자들에게 말했다.

"자, 이제 여러분은 멘토로 모시고 싶은 대표님을 선택해서 그분 앞으로 가시면 됩니다."

그러나 이번에도 참가자들은 망설이며 주저하는 기색이었다. 잠시 상황을 지켜보던 진행자가 태진과 이연을 향해 돌아섰다.

"짧게나마 어필하실래요?"

갑작스러운 제안에 이연은 머뭇거렸지만 태진은 기다렸다는 듯이 당당히 앞으로 나섰다.

"TV를 틀면 말이죠, 그게 언제든지 무조건 진 엔터테인먼트 소속 연예인이 한 명 이상은 나옵니다."

그만큼 진 엔터테인먼트에 소속되어 있는 연예인이 많다는 의미였다. 실제로 진 엔터테인먼트의 규모는 국내 최고였으니 과장된 이야기도 아니었다.

"어필은 이 정도면 될 것 같네요."

"오오."

참가자들이 상기된 표정으로 박수를 쳤다. 그들을 주시하고 있던 이연은 살짝 초조해졌다. 그래서 태진보다 더 앞으로 나서며 말했다.

"근데 요즘엔 채널이 진짜 많잖아요. 그쵸?"

태진을 견제하는 이연의 발언에 참가자들 얼굴에는 웃음꽃이 피었다. 태진은 손으로 턱을 괴며 짐짓 머쓱한 표정을 지었다.

이연은 참가자들을 향해 다시 입을 열었다.

"톱스타 이름 한 명만 대보실래요? 아무나 좋아요."

그러자 앞쪽에 서 있던 앳돼 보이는 여학생이 제일 먼저 대답했다.

"강수현이요!"

강수현은 이십 대 후반의 젊은 나이에 각종 영화제에서 그야말로 상을 쓸어 담은 톱스타였다.

"아하, 그 친구."

나직하게 읊조린 이연이 두 손에 깍지를 끼고는 참가자들의 다양한 얼굴을 죽 훑었다. 이윽고 그녀가 눈을 형형히 빛내며 말했다.

"제가 분당에 있는 탄천길에서 발견한 보석이죠. 그때 수현이는 자전거를 타고 있었는데, 제가 막 뛰어가서 붙잡았어요. 첫눈에 알아봤거든요, 스타가 될 거라는 걸."

무용담과도 같은 이연의 길거리 캐스팅 일화에 참가자들은 입을 동그랗게 벌리며 감탄했다.

"우와."

그 결과, 진 엔터테인먼트는 열다섯 명, 시니 엔터테인먼트는 열여섯 명으로 멘토 희망 참가자들이 갈렸다. 자신을 멘토로 선택한 참가자들의 수를 확인한 이연이 밑에서 주먹을 불끈 쥐었다.

'이겼다!'

무심코 그녀의 작은 주먹을 보게 된 태진은 피식 웃음을 터뜨렸다. 그가 눈썹을 긁적이며 이연의 뒤로 다가가 속삭였다.

"참 좋으신가 봐요."

이연은 그를 향해 큰 눈을 초승달로 만들며 화사하게 웃어 보였다.

"네. 행복하네요."

그때 그녀의 눈이 카메라 렌즈를 발견했다. 카메라가 돌고 있다는 사실을 전혀 몰랐다. 다시금 슬쩍 긴장이 되었지만 전처럼 트라우마 증상 때문에 괴롭고 힘든 느낌은 아니었다. 이연은 카메라를 신경 쓰지 않으려 애쓰며 자신을 선택해준 참가자들에게 집중했다.

◆ ✣ ◆

인후는 시니 사무실의 문을 열고 들어와, 이연을 찾기 시작했다. 친구 생일 파티에서 마신 술 때문에 그의 광대는 자줏빛으로 물들어 있었다.

"이연아!"

소파에서 대본책을 얼굴에 덮은 채 자고 있었던 하선이 부스스 몸을 일으켰다. 그는 복귀작 때문에 고심하다가 깜박 잠이 들었었다. 잠에서 깬 하선이 뒤통수를 벅벅 긁었다.

"이연이 어디 갔어요?"

하선을 발견한 인후가 휘적휘적 걸어왔다. 그의 취기 가득한 음성을 들은 하선이 눈살을 찌푸렸다.

"촬영 갔잖아."

"촬영이면, 오디션 방송이요?"

인후는 딸꾹질하면서 하선의 옆자리에 철퍼덕 앉았다. 대본책으로 입가를 가리고 하품하던 하선이 대답했다.

"응. 합숙소는 양평에 있는 리조트래."

이연을 볼 수 없단 사실에 인후는 표정이 시무룩해졌다. 문득 창문을 힐끔 돌아본 그가 걱정스럽게 중얼거렸다.

"비도 오는데, 잘 갔으려나?"

"진 대표랑 같이 갔을 텐데, 뭐."

하선이 손에 든 대본을 들여다보면서 심드렁하게 대꾸하자 인후의 쌍꺼풀진 눈이 휘둥그레졌다.

"네? 진 대표요?"

하선의 의아한 시선이 그에게로 올라갔다.

"몰랐어? 이연이 진 대표랑 같이 방송하잖아."

인후는 어깨를 축 늘어뜨렸다.

"아아……."

몰랐다. 그동안 밀린 인터뷰와 잡지 촬영 그리고 해외 화보 촬영 등등으로 바빠서 미처 거기까진 체크하지 못했었다.

"갑자기 불안해지네."

인후가 이맛살을 찌푸리며 혼잣말을 했다. 하선은 다시 대본으로 눈을 내렸다.

"뭐가?"

"둘이 또 잘되는 건 아니겠죠?"

그러면서 인후는 하선 쪽으로 불그스름한 얼굴을 들이밀었다. 확 풍겨오는 술 냄새에 코를 막은 하선이 그를 흘겨보았다.

"왜? 넌 싫어?"

"네. 이연이 정도면 더 좋은 남자 만날 수 있으니까요."

인후가 쌍꺼풀 짙은 큰 눈을 부라리며 강하게 대답했다. 이에 하선은 코에서 손을 떼며 픽 웃었다. 하지만 인후는 무척 진지했다.

"그런 거짓말쟁이랑 또 연애하는 건 전 반대예요."

◆ ⁘ ◆

촬영이 끝나자마자 담당 PD와 메인작가가 태진과 이연의 곁으로 다가왔다. 그들은 오늘 촬영에 큰 만족감을 내비쳤다.

"오늘 방송 진짜 재미있을 것 같아요. 두 분이 너무 잘해주셔서."

태진은 부드러운 미소를 지으며 모든 공을 이연에게 돌렸다.

"이연 씨가 잘해주셨죠. 재미있게 견제도 잘해주시고."

그 말에 이연은 괜히 뜨끔해서 태진을 쳐다보았다. 태진은 그녀를 마주 보면서 싱긋 웃었다.

"맞아요. 신 대표님, 방송에 소질 있으신 것 같던데요?"

PD의 진심 어린 칭찬에 이연은 볼을 발그레 붉혔다. 그래도 한때는 배우를 꿈꿨던 그녀였기에 꽤 듣기 좋은 칭찬이었다.

"저녁으로 고기 먹을 건데, 드시고 가세요."

메인작가가 태진에게로 다가서며 제안했다. 태진은 당연하다는 듯이 이연을 돌아보았다.

"저녁 먹고 갈래요?"

이연이 좋다면 그도 먹을 생각이었다. 이연은 선선히 고개를 끄덕였다.

"그럴까요, 그럼?"

그렇게 태진과 이연은 스태프들과 함께 리조트 지하에 있는 식당으로 향했다. 자연스럽게 나란히 앉는 태진과 이연의 반대편에는 담당 PD와 메인작가가 앉았다.

"맛있게 드세요!"

서글서글한 성격의 담당 PD는 삼겹살을 직접 구워서 이연과 태진의 앞 접시에 놓아주었다. 그러다 테이블 구석에 있는 소주병을 발견하고는 두 사람에게 물었다.

"소주 한 잔 어떠세요?"

"운전해야 해서요."

태진은 단칼에 거절했다. 그러나 이연은 그 반대였다.

"저는 마실게요."

다음 순간 PD가 재빠르게 소주병을 따서 내밀자 이연은 그 앞으로 소주잔을 들이밀었다. 태진의 곱지 않은 눈길이 그녀에게 닿았지만 이연은 전혀 신경 쓰지 않았다.

"두 대표님들과 함께해서 영광입니다."

"저도 영광입니다."

이연은 PD와 즐겁게 술을 주거니 받거니 했다. 그러는 횟수가 늘어갈수록 이연의 주량을 잘 알고 있는 태진은 내심 불안해졌다. 그래서 PD가 작가와 이야기를 하고 있는 사이 이연의 잔으로 손을 뻗었다.

"적당히 마셔요."

태진이 잔을 빼앗자 이연의 눈초리가 새치름해졌다.

"술도 약하면서."

식당 안은 꽤 소란스러웠지만 태진의 나직한 목소리는 이연의 귀에 확 꽂혔다. 곧바로 이연은 그에게서 잔을 도로 가져왔다. 태진이 뭐라고 한마디 하려던 순간 이연이 그 쪽으로 얼굴을 기울이며 속삭였다.

"진 엔터테인먼트 대표 주제에 나한테 잘해주지 말아요."

태진은 어이가 없어서 그녀를 빤히 쳐다보았다. 광대가 붉어진 채로 이연은 그를 째려보았다.

그때 PD가 이연의 잔으로 소주병을 기울였다.

"신 대표님, 한 잔 더 하실래요?"

태진이 손을 뻗어 이연의 잔 입구를 막았다. 그러곤 PD를 지그시 응시하며 또박또박 말했다.

"더 안 드실 겁니다."

"아, 네."

잽싸게 소주병을 거둔 PD는 메인작가를 툭툭 쳐서 옆 테이블로 자리를 옮겼다.

"치잇."

옆쪽에서 이연이 내는 소리에 태진은 그녀에게로 고개를 돌렸다.

"제 매니저세요?"

샐쭉한 표정의 이연이 투덜거렸다. 그러자 태진이 그녀의 술잔을 물컵으로 바꿔놓으면서 물었다.

"매니저는 잘해줘도 됩니까? 그럼 하고."

이연은 술기운에 달아오른 얼굴이 조금 더 붉어지는 걸 느꼈다.

◆ ✣ ◆

적당히 취기가 오른 이연은 비틀거리며 지하주차장을 걷고 있었다. 그녀의 뒤를 태진이 바짝 붙어서 따라왔다.

"어이쿠!"

하이힐 신은 발목이 꺾이면서 이연이 휘청했다. 태진은 다급하게 손을 뻗어 이연의 팔뚝을 붙잡았다.

"나 좀 잡으면 안 됩니까?"

태진이 답답하다는 듯이 이연에게 말했지만 이연은 고집스럽게 그의 손을 떼어냈다.

"안 돼요, 안 돼."

설렌단 말입니다.

이연은 고개를 절레절레 저으며 다시 태진의 차를 향해 걷기 시작했다. 성큼성큼 이연을 앞지른 태진이 차문을 열어주자 이연은 치맛자락을 잡고 무도회장에 초대된 공주같이 인사를 해 보였다.

그녀가 조수석에 탄 후 태진도 운전석에 올라탔다. 벨트를 매던 그가 문득 이연을 돌아보았다. 이연은 자꾸만 감기려는 무거운 눈꺼풀을 느리게 끔벅거리고 있었다. 태진이 그녀에게 물었다.

"해드릴까요?"

"네? 뭘요?"

이연은 고개를 갸웃거렸다. 태진의 검지가 그녀의 어깨로 뻗어졌다.

"그거."

"?"

이연이 어깨에 크로스로 메고 있는 가방끈을 슥슥 끌어당겼다. 훅, 짧은 숨을 내뱉은 태진이 팔을 쭉 뻗어 벨트를 잡았다. 그대로 이연에게 벨트를 매주자 이연은 머쓱한 미소를 지었다. 그러다 괜히 휴대전화를 꺼내 만지작거렸다.

그사이 태진은 조용히 차를 출발시켰다. 그렇게 말없이 달리길 수분 후, 이연은 휴대전화를 만지던 손을 멈추고 태진에게로 고개를 돌렸다.

"혹시 말이에요."

"네."

"자려는데, 귓속에 벌레 들어간 적 있어요?"

참으로 생뚱맞은 질문이었다. 어둑어둑해진 도로를 향해 있던 태진의 눈동자가 이연을 힐끔 돌아보았다.

"벌레요? 아뇨."

"그거 되게 무서운 거예요. 진짜 자기만 아는 공포거든요. 벌레가 막 고막을 치면서 윙윙거려요."

태진은 상상만 해도 께름칙한지 미간을 좁혔다. 그때 신호등 색깔이 바뀌려고 했기에 태진은 지그시 브레이크를 밟았다.

"근데 그러다가 윙 소리가 뚝 멈췄어요."

태진의 다소 불안하게 일렁이는 눈동자가 다시 이연에게로 향했다. 그가 이연의 다음 말을 재촉했다.

"왜요?"

"밖으로 나갔거든요. 휴대전화 불빛을 비춰서."

이연은 휴대전화 화면을 켜서 자신의 귀로 갖다 댔다. 그러곤 고개를 살짝 기울였다.

"요렇게."

휴대전화에서 나오는 빛으로 인해 그녀의 발그스름한 얼굴이 더 잘 보였다.

"아아. 빛."

태진은 이연의 귀여운 행동을 보고 작게 미소를 지었다. 휴대전화를 내려 두 손으로 얌전히 잡은 이연이 그를 향해 말했다.

"고마워요."

"네?"

갑작스러운 인사에 태진의 눈이 동그래졌다. 이연은 그에게서 시선을 떼지 않으며 말을 이었다.

"생각해보니까 전 그 벌레고 당신은 휴대전화 불빛 같더라고요."

그녀가 하고 싶은 말을 이해한 태진의 표정이 부드럽게 풀어졌다.

"절 어둠 속에서 꺼내줘서 고마워요."

이연은 어떻게든 피하려 했었지만 태진은 끝끝내 김필주를 만나게 해주었다. 그 일에 대한 고마움이었다.

"당신 아니었으면 평생 컴컴한 과거에 갇혀 살았을 거예요."

태진이 아니었다면 앞으로도 계속 부모님의 사고를 자책하면서 카메라를 피해 살았을 것이다. 그날에 머물러서 조금도 성장하지 못했을 것이다.

"취중진담입니당."

수줍게 웃으며 이연은 창밖으로 고개를 돌렸다. 그때 마침 신호등 색깔이 바뀌었기에 태진은 잔잔한 미소와 함께 차를 출발시켰다.

◆ ✣ ◆

이연은 자신을 깨우는 나직한 음성에 잠에서 깼다.

"집에 도착했어요."

부스스 눈을 뜬 이연이 고쳐 앉으며 창밖을 확인했다. 익숙한 주택 골목이 보이자 이연은 무릎에 있는 미니백을 열었다.

"어우, 얼마예요, 기사님?"

가방 안에서 지갑을 꺼내기 직전 그녀를 깨운 음성이 다시 들려왔다.

"택시기사 아니고 여태진입니다."

이연의 고개가 빠르게 왼쪽으로 돌아갔다. 태진의 반듯한 얼굴을 눈에 담은 그녀가 겸연쩍은 미소를 지었다.

"어머, 택시가 아니네."

술기운에 깜박 잠이 든 모양이다. 이연은 부끄러운 듯이 시선을 떨구고 얌전히 벨트를 풀었다. 그사이 태진은 차에서 내려 조수석의 문을 열어주었다.

"고맙습니다."

조그맣게 감사의 인사를 전하며 이연은 차에서 내렸다. 아까 취해서 한 말 때문인지 태진을 보는 게 왠지 쑥스러웠다. 그래서 빨리 그와 헤어지고 싶었다.

"오늘 여러 가지로 신세를 많이 졌네요. 다음에 꼭 갚을게요."

미니백을 어깨에 걸친 이연이 앞에 서 있는 태진에게 다시 한 번 꾸벅 인사했다.

"그럼 저는 이만!"

그러곤 바로 몸을 홱 돌렸다. 그 반동으로 씩씩하게 걸어가려고 했는데, 그만 발목이 꺾이며 전봇대에 머리를 부딪쳤다.

쿵.

통증이 느껴지는 이마를 부여잡는 이연에게로 태진이 달려왔다.

"괜찮아요?"

괜찮을 리가 없었다. 부딪친 이마는 물론이고 발목도 시큰하니 아파왔다. 아무래도 오늘은 일진이 너무 사나운 것 같았다.

"그런 상태로 저 많은 계단을 올라갈 수 있겠어요?"

앞에 선 태진이 옥탑방으로 올라가는 높다란 계단을 보면서 물었다. 이연은 솔직히 자신이 없었다. 그래서 대답 없이 서 있었는데 태진이 대뜸 등을 보이더니 무릎을 굽혀 앉았다.

"업혀요."

평소 같았으면 무조건 거절했겠지만 발목도 아팠고 아직 술기운이 가시지 않은 상태였기 때문에 이연은 과감히 뻔뻔해지기로 했다.

"그럼, 신세 진 김에 한 번만 더 질게요."

말과 달리 이연은 한참을 주저하다가 아주 조심스럽게 태진의 등에 업혔다. 태진은 가뿐하게 그녀를 업고 일어섰다. 가로등 불빛에 비친 이연의 광대가 불그스름했다.

"나 무겁죠?"

이연은 계단을 오르고 있는 태진의 등에 시선을 고정한 채 쑥스러운 듯이 물었다.

"아뇨."

"나 술 냄새 나죠?"

"아뇨."

"솔직히 힘들죠?"

"아뇨."

문득 이연은 태진이 기계적으로 대답한다는 생각이 들었다. 혹시나 하며 또 다른 질문을 던져보았다.

"나 짜증나죠?"

"아뇨."

이쯤 되니 이연은 태진이 듣고 대답하는 게 아니라 그냥 무조건 아니라고 대답하는 것만 같았다. 의심의 눈초리를 보내면서 이연은 새로운 질문을 생각했다.

"나 좋아하죠?"

"네."

이번엔 태진이 다르게 대답하자 이연의 얼굴이 확 붉어졌다.

'다 듣고 대답하는 거였구나.'

그때 옥상에 다다른 태진이 이연을 평상 위에 앉혔다. 이연은 왠지 수줍어서 미니백만 꼭 쥐고 있었다. 태진은 그 앞에 한쪽 무릎을 구부려 앉고는 그녀의 양옆을 손으로 짚었다.

"좋아해요. 아직도 많이."

이연의 일렁이는 큰 눈망울이 태진을 응시했다. 태진은 한 손을 올려 그녀의 흐트러진 머리카락을 쓸어넘겨주었다. 전봇대에 부딪친 이마가 아직도 조금 붉었다.

"술에 취한 당신이 너무 사랑스러워서 키스하고 싶을 만큼."

"태진 씨……."

이연은 태진의 고백에 어쩔 줄을 몰랐다. 그저 심장이 쿵쾅거리고 얼굴이 화끈거렸다. 진지한 태진의 까만 눈동자를 마주한 이연이 마른침을 삼켰다. 붉은 혀로 입술을 축인 그녀가 겨우 입을 열었다.

"그러니까 저는요, 제 마음은…… 우욱!"

정말 중요한 순간이었는데, 갑자기 토기가 올라왔다. 이연은 입을 막으며 재빠르게 현관문으로 달려갔다.

"괜찮아요?"

뒤에서 태진의 목소리가 들려오자 이연은 두 눈을 질끈 감았다.

고백을 들어놓고 대답 대신 헛구역질을 하는 여자라니, 가히 최악이 아닌가. 오늘은 정말이지 하루 종일 일진이 왜 이런지 모르겠다.

"제발, 오늘은 그냥 가줘요."

이연이 등 뒤의 태진에게 부탁했다. 태진은 천천히 고개를 끄덕였다.

"알았어요."

멀어지는 태진의 구두 소리를 들으며 이연은 술이 약한 자신을 원망했다.

◆ ✣ ◆

이연은 난생처음으로 여성잡지의 독점 인터뷰에 응했다. 이연의 업계 레전드가 된 성공담을 다룬 독점 인터뷰였다. 그 전에는 무조건 거절했었는데, 이번엔 그러지 않았다. 카메라가 전처럼 무섭지 않았기 때문에 가능한 일이었다. 이 모든 것이 여태진, 그 덕분이었다.

카페에서 인터뷰를 마치고 나온 이연이 휴대전화를 꺼내 들고 생각에 잠겼다. 며칠 전 태진의 고백을 그런 식으로 망쳐버렸으니 이번엔 자신이 용기를 낼 차례였다.

이연은 심호흡을 몇 번 반복한 다음 태진에게 전화를 걸었다. 태진의 나직한 음성이 들려오자마자 그녀가 말했다.

"할 말 있으니까 만나요, 우리."

- 네.

태진은 마치 기다리고 있었다는 듯이 대답했다. 이연의 심장이 기분 좋게 두근두근 뛰었다. 굳게 결심한 이연이 다시 입술을 열었다.

"우리가 처음 만난 곳, 기억해요?"

- 물론이죠.

이번에도 태진의 대답은 빨랐다. 이연은 분홍빛 입술을 늘어뜨려 작게 미소를 지었다.

"그럼, 거기서 삼십 분 뒤에 봐요."

전화를 끊고서 이연은 한 번 더 심호흡을 했다. 그녀는 오늘 태진에게 고백을 할 예정이었다. 처음 만난 그날처럼 햇살 반짝이는 오후에 처음 만난 그곳에서, 사실은 그때 첫눈에 반한 거였다고 말이다.

다음 순간 이연은 씩씩하게 걸음을 뗐다. 인터뷰 때문에 잠시 나온 것이라 자동차 키가 사무실에 있었다. 그녀의 구두가 익숙한 사무실 건물로 향했다. 시니 사무실의 문을 열고 들어서니 응접실 소파에 앉아 있는 하선이 보였다.

"언제 왔어?"

이연이 반색하며 물었다. 하선은 기대 있던 허리를 펴고 입꼬리를 슥 올렸다.

"조금 전에. 인터뷰는 잘했어?"

이연은 쪼르르 달려가 하선의 옆자리에 앉았다. 그러곤 아까 인터뷰 때의 기억을 떠올리며 쫑알쫑알 말했다.

"나 완전 얼었잖아. 말을 하는데 내가 대체 무슨 말을 하는 건지 잘 모를 정도였어."

하선은 그녀를 귀엽다는 듯이 보았다.

"처음엔 원래 다 그래. 카메라는 괜찮았어?"

"응. 땀이 조금 나긴 했는데, 생각보다 괜찮았어."

그런데 말을 하던 도중 이연의 눈빛에 이채가 서렸다.

"근데 오빠 얼굴색이 안 좋네?"

하선의 잘생긴 얼굴은 며칠 전보다 거칠어져 있었다. 거기다 핏기도 없고 파리했다.

"잠을 좀 못 자서 그래."

하선이 뒷목을 만지면서 힘없이 대답했다. 이연이 손을 올려 그의 이마를 짚었다. 열은 없었기에 바로 손을 떼며 말했다.

"복귀작 고르느라 그러는구나?"

"응."

하선은 느리게 고개를 끄덕였다. 잠시 그의 마른 얼굴을 빤히 쳐다보던 이연이 호기롭게 제안했다.

"같이 골라줄까?"

그녀를 보는 하선의 두 눈이 가늘어졌다. 쯧, 하고 혀를 찬 하선이 장난스럽게 대꾸했다.

"확 의지해버릴까 보다."

"뭐야, 그게."

이연은 호탕하게 웃으며 그의 어깨를 부드럽게 밀쳤다. 그러다 퍼뜩 놀라 벽시계를 확인했다. 약속시간까지 이십 분도 채 안 남아 있었다. 마음이 조급해졌다.

"여기 계속 있을 거지? 나 잠깐 나갔다 와야 하는데."

"응. 갔다 와."

황급히 자리에서 일어선 이연은 책상으로 가서 차 키를 찾았다.

"그럼, 갔다 올게, 오빠."

이연이 손 인사를 건네고 돌아서는 순간 하선의 낯빛이 더욱 어두워졌다. 그걸 보지 못한 이연은 사무실 문 쪽으로 거의 뛰듯이 걸어갔다.

그녀는 문 앞에서 불현듯 떠오른 기억에 몸을 뱅글 돌렸다.

"아, 맞다. 새로운 대본이 하나 들어왔는데……!"

그런데 시야로 들어온 하선의 상태가 이상했다. 상체가 숙여져서는 머리부터 바닥으로 떨어지고 있었던 것이다.

쿵.

"하선 오빠!"

이연은 쓰러진 하선을 향해 정신없이 달려갔다.

♦ ⁘ ♦

이연은 하선의 침실 앞에서 근심 어린 표정으로 서 있었다. 그녀의 옆에는 하선의 주치의가 함께 있었다. 거친 숨을 몰아쉬며 쓰러졌었던 하선이 병원 대신 집으로 가달라고 부탁했기에 이연은 그를 태우고 가면서 주치의에게 연락을 넣었다. 너무 놀라서 심장이 쿵쾅거리고 손발이 저릿저릿하며 계속 떨렸지만 그래도 최대한 침착하게 상황을 해결했다.

주치의가 돌아가고 난 후 이연은 하선의 침실로 들어갔다. 그사이 선잠에서 깬 하선은 상체를 일으켜 앉아 있었다. 그가 복잡한 눈빛으로 이연을 지그시 바라보았다. 어떻게든 그녀가 나갈 때까지 버티려고 했었는데, 마지막 순간에 그녀가 돌아설 줄은 몰랐다.

"미안."

하선은 그냥 모든 게 미안했다. 그녀의 눈앞에서 쓰러진 것도, 그녀의 약속을 망친 일도, 무거운 자신을 부축하게 한 점도.

"못 볼 꼴을 보였네."

하선이 시선을 떨구며 나직하게 말했다. 왜 이런 일이 벌어졌는지는 그 자신이 제일 잘 알고 있었다.

"요즘 컨디션이 좋아서 약을 잘 안 먹었거든."

이연이 그의 앞으로 천천히 걸어왔다. 그녀가 침대 옆에 멈춰 서자 하선은 시선을 들어올렸다. 그의 눈동자에 이연의 울 것 같은 얼굴이 비쳤다.

"나야말로 미안해. 공황장애일 거라고는 꿈에도 생각 못 했어."

하선은 공황장애를 앓고 있었다. 그런데 소속사 대표인 주제에 전혀 몰랐다. 단순히 슬럼프라고만 생각했었다.

그 순간 하선의 입가에 쓴웃음이 서렸다. 예전부터 이연은 모든 일에 자책하는 버릇이 있었다. 너무 책임감이 강한 탓이다.

"나도 너한테 카메라 트라우마 있는 거 몰랐잖아. 서로 퉁쳐."

하선은 일부러 가볍게 웃으면서 장난스러운 어조로 대꾸했다. 그러곤 다음 순간 창밖으로 시선을 던졌다. 먹구름이 가득하니 금방이라도 비가 쏟아질 것만 같았다.

"비 오려나 봐."

"그러게."

이연도 창문으로 눈길을 돌렸다. 비가 오고 있다고 해도 이상하지 않을 정도로 어두운 날씨였다.

"비 오기 전에 어서 가."

"응."

이연은 고개를 끄덕이고는 문을 향해 돌아섰다. 침실에서 나오자마자 이연은 자신의 휴대전화를 찾아보았지만 보이지 않았다. 아무래도 차 안에 있는 것 같았다.

"하아……."

워낙 정신이 없었던 탓에 태진에게 약속장소에 못 나간다는 연락도 하지 못했다. 한 시간도 훌쩍 지났으니 태진도 이미 돌아갔을 테지만, 아무것도 모른 채 자신을 기다렸을 그에게 너무나 미안했다.

그때 현관문이 열리고 인후가 헐레벌떡 들어왔다. 아까 하선의 휴대전화로 전화를 했기에 대충 상황을 설명했더니 바로 달려온 것이다.

"선배님은 좀 어때?"

"괜찮아졌어."

이연은 짧게 대답한 다음 인후를 지나쳐 현관으로 걸어갔다. 그녀가 슬리퍼를 벗고 구두를 신었다.

"들어가봐."

그러나 인후는 얼마 전부터 이연에게 할 말이 있었다. 다른 누구도 아닌 그녀에게만 하고 싶은 말이었다. 그래서 황급히 그녀를 불러 세웠다.

"이연아."

이연이 중문 앞에서 돌아섰다. 평소보다 기운이 없어 보였기에 인후는 일부러 밝게 말했다.

"한채림이라고 알지? 걔가 나 좋아하는 것 같아."

"뭐? 진짜?"

이연이 알기로 한채림은 인후와 같이 영화를 찍은 신인 여배우였다. 이연이 입술을 늘어뜨려 부드러운 미소를 짓자 인후의 입가에도 똑같은 미소가 서렸다.

"요즘 시도 때도 없이 연락해. 귀찮아 죽겠어."

"귀찮아 죽겠는 얼굴이 아닌데?"

인후의 생글거리는 표정을 보면서 이연은 흘러내린 긴 머리카락을 뒤로 쓸어넘겼다. 그러다 다음 순간 머리를 절레절레 흔들었다.

"그래도 아직 스캔들은 조심하자. 둘 다 어리잖아."

인후도 채림도 이제 겨우 이십 대 초반이었다. 그리고 무엇보다 채림이 아직 너무 신인이었다. 만약 스캔들이 난다면 채림 쪽이 안 좋은 말을 들을 확률이 더 컸다. 이미 스타인 이인후를 이용해서 떠보려 한다는 등의.

"그, 그래야겠지?"

인후는 살짝 당황한 듯 보였다. 이연은 두 팔에 팔짱을 척 끼고는 카리스마 있게 고개를 한 번 끄덕였다.

◆ ✣ ◆

차에 타자마자 휴대전화부터 확인했는데, 배터리가 없어서 꺼진 상태였다. 이연은 다급한 마음에 일단 약속장소로 출발했다. 물론 그녀도 알고 있었다. 그곳에 태진이 없을 거라는 걸. 하지만 그럼에도 멈출 수가 없었다.

앞 유리창으로 빗방울이 톡톡 떨어졌다. 아까부터 날이 어둑하더니 비가 내리기 시작한 것이다.

'틀렸어. 벌써 두 시간 가까이 흘렀잖아. 게다가 비까지 오고 있고. 가지 말자. 가지 말자고, 신이연.'

그러나 생각과 달리 이연은 약속장소까지 쉼 없이 달려 도착해버렸다. 당연히 태진은 보이지 않았다.

'그럼 그렇지.'

핸들에서 손을 떼며 이연은 힘이 잔뜩 들어갔었던 어깨를 축 늘어뜨렸다. 그런데 그 순간 유리창을 통해 저 멀리 우산을 쓴 채 걷고 있는 태진의 옆모습이 보였다.

"태진 씨……?"

아직 그가 있었다. 이연은 곧바로 차에서 내렸다. 그리고 보슬비를 맞으면서 태진을 봤던 곳으로 달려갔다. 그런데 막상 가보니 인파 속 어디에도 그의 모습이 보이지 않았다.

'방금까지 있었는데……!'

분명 여태진 그였다. 자신이 잘못 봤을 리 없다.

"어디 갔지?"

퇴근시간이 가까워진 탓에 인도에는 많은 사람들이 오갔고 횡단보도를 건너는 사람들도 많았다. 그들이 쓰고 있는 우산으로 인해 시야가 자꾸만 가려졌지만 그래도 이연은 태진을 찾으려고 애썼다. 사람들을 헤집고 다니던 이연의 눈에 드디어 다시 태진이 보였다. 이연은 그를 향해 힘껏 달려갔다.

덥석.

그리고 태진의 팔뚝을 잡았다.

"제가……!"

이연은 거친 숨을 몰아쉬었다. 그녀를 발견한 태진의 눈이 동그랗게 벌어졌다.

"이연 씨?"

"또 찾아냈어요."

태진은 놀라서 눈꺼풀을 깜박거리다 비를 맞고 있는 이연에게 자신의 우산을 씌워주었다. 이연이 말을 이었다.

"저는 당신이 아무리 멀리 있어도 찾아낼 수 있어요."

정말이었다. 이연은 몇 번이고 그를 찾아낼 자신이 있었다. 왜냐하면,

"첫눈에 반한 남자니까."

"!"

태진의 까만 눈망울이 크게 일렁였다. 우산 아래 촉촉하게 젖은 이연이 다부지게 선언했다.

"당신이 어디에 있든지 이렇게 또 찾아낼게요."

오늘 이 말을 못 하게 되는 줄 알았다. 그런데 할 수 있어서 다행이었다.

"저도 당신을 많이 좋아하니까."

이연이 물기 머금은 눈동자로 태진을 바라보면서 고백했다. 그 순간 태진은 우산을 떨어뜨리고 양팔로 그녀를 꽉 끌어안았다. 가슴이 벅차고 심장이 아프게 뛰었다.

오늘 그녀를 못 만나게 되는 줄 알았다. 그런데 왠지 끝까지 꿋꿋하게 기다리고 싶었다. 그랬더니 이런 행복이 찾아왔다.

"사랑해요, 이연 씨."

이연을 품에 안은 태진이 그동안 꾹꾹 눌러왔던 마음을 전했다.

"이 말이 너무 하고 싶었어요."

◆ ✣ ◆

두 사람은 비에 젖은 몸을 이끌고 태진의 집으로 향했다. 이연이 집으로 들어와 긴 머리카락을 터는 사이 태진은 재빨리 수건을 찾아서 가져왔다. 태진에게서 수건을 받은 이연이 얼굴을 톡톡 쳐서 닦자 태진은 그녀를 가만히 서서 지켜보았다.

이연은 문득 젖어 있는 블라우스를 상기하고서 수건으로 앞섶을 가렸다. 그녀의 말간 얼굴만을 보면서 태진이 물었다.

"나 이제 용서해주는 거죠? 정체 숨겼던 거."

그러자 이연은 새치름한 눈빛을 보냈다.

"용서는 벌써 했거든요?"

"정말요? 언제요?"

두 눈 크게 뜨고 묻는 태진에게 이연은 싱그럽게 웃어 보였다. 그게 언제인지 이연은 명확하게 알고 있었다.

"캠코더 발견했을 때?"

"아아, 그 캠코더 보셨군요……."

태진은 자신이 녹화해둔 영상을 떠올리고 쑥스러운 듯이 관자놀이를 긁적였다. 그러다 그건 자신의 질문에 대한 정확한 대답이 되지 못한다는 사실을 알아챘다.

"캠코더를 언제 발견했는데요?"

그러나 이연은 손가락을 입술에 대고 뜸을 들였다. 구체적인 시기를 궁금해하며 태진은 그녀에게로 상체를 숙였다. 이연이 그의 턱을 양손으로 붙잡고는 윙크를 찡긋했다.

"그건 비밀이에요."

눈앞에서 이연은 꽃처럼 예쁜 얼굴로 화사하게 웃었다.

"저 이제 씻어도 되죠?"

"아, 물론이죠."

태진이 물러서자 이연은 욕실로 걸음을 옮겼다. 그러다 문득 떠오른 기억에 태진을 돌아보았다.

"혹시 이번에도 옷 안 빌려주시려나?"

그녀가 처음 이 집에 왔던 날을 상기하고 태진은 웃음을 터뜨렸다.

"모르셨어요? 저기 안쪽 드레스룸이 사실 이연 씨 드레스룸이에요."

태진의 손이 위풍당당하게 안방 옆에 있는 방을 가리켰다. 그곳을 힐끔 돌아본 이연이 새침하게 물었다.

"정말요?"

"엄밀히 말하면 다 내 옷인데요, 나는 이제 이연 씨 거니까."

태진은 능청스럽게 말하면서 싱긋 웃었다. 수줍게 따라 웃은 이연은 그에게 옷을 골라달라고 말한 뒤 욕실로 들어갔다. 그런데 문을 닫기 직전 그녀가 고개를 빠끔히 내밀었다.

"아, 맞다."

드레스룸으로 가려던 태진이 그녀를 향해 돌아섰다. 이연이 말간 얼굴로 똑 부러지게 말했다.

"우리 비밀연애 해야 하는 건 알죠?"

"네?"

당황한 표정의 태진을 내버려둔 채 이연은 욕실 문을 닫아버렸다. 문에 대고 태진은 다시 한 번 되물었다.

"네?"

블랙 앤 화이트 인테리어로 심플하게 꾸며진 거실의 정중앙을 차지하고 있는 상아색 소파에 태진과 이연이 앉아 있었다.

팔짱을 낀 채 가만히 있던 태진이 먼저 침묵을 깼다.

"왜 비밀연애를 해야 하죠?"

그는 자신의 후드티와 반바지를 입고 있는 이연에게서 한시도 시선을 떼지 않았다. 지그시 눈을 감았다 뜬 이연이 그와 똑같이 팔짱을 꼈다.

"정말 모르시겠어요?"

"네."

당당히도 대답하며 태진은 긴 다리를 꼬았다. 팔짱 끼고 다리까지 꼬니 불편한 심기가 더욱 여실히 드러났다. 이연이 일자 눈썹을 실룩거렸다. 그녀의 심기도 편친 않았다.

"주목받는 거 좋아하시나 봐요?"

"아뇨."

태진은 단호히 고개를 저었다. 곧바로 이연의 눈매가 가늘어졌다.

"우리가 공개적으로 사귀면요, 인기 포털사이트의 메인을 장식하게 될 거예요."

"그게 왜요?"

태진이 날렵한 턱을 빳빳하게 쳐들었다. 코로 낮게 숨을 내뱉은 이연이 분명하고 야무지게 말했다.

"우리 연예인들보다 더 주목받게 될 거라고요."

"그게 뭐가 어때서요?"

태진의 눈썹이 치켜올라갔다. 두 사람의 생각이 너무나도 달랐다. 설레설레 도리질을 친 이연이 다시 입을 열었다.

"태진 씨. 우리는 연예인이 아니에요. 사업하는 사람들이지."

일순 태진의 움직임이 멈칫했다. 그리고 다음 순간 조용히 다리를 풀었다. 자신은 그저 연애하는 걸 숨기고 싶지 않았을 뿐인데, '사업가'라는 표현까지 나왔다.

"우리 연예인들보다 주목받아선 안 되는 사람들이라고요."

물론 이연의 말은 하나도 틀린 점이 없었다. 그럼에도 썩 내키지는 않는 태진이었다.

"우리 시니와 진 엔터테인먼트의 파급력을 소속 연예인들이 아닌 우리에게 쓸 순 없다고요."

"아, 예."

태진은 떨떠름한 얼굴로 대답했다. 여전히 깔끔하게 납득하진 않은 듯한 모습이었다. 그를 뚫어지게 응시하면서 이연은 말을 이었다.

"그리고 각자 회사에서 무슨 일이 생길 때마다 서로가 소환될 거예요."

생각해보니 그것도 그랬다. 분명 어떻게든 엮어서 자극적인 제목을 뽑아내 조회수를 올리고 말 것이다.

"그리고 공식적인 자리에서 조금만 시선이 안 맞아도 결별설이 터지겠죠. 혹 웨딩홀만 지나가도 결혼설이 터지거나."

진 엔터테인먼트에도 공개연애 중인 배우 커플이 있었다. 그들이 얼마나 많은 '설'에 시달리고 있는지 태진도 잘 알고 있었다.

"어우, 엄청 피곤하겠네요."

태진이 팔짱을 풀며 머리를 가로저었다. 드디어 그가 납득한 듯 보이자 이연의 입가엔 미소가 피어올랐다.

"비밀연애, 해야겠죠?"

"네."

결국 태진은 시원스럽게 고개를 끄덕였다.

◆ ◆

몰고 온 차에서 내린 이연이 기지개를 켰다. 그녀의 기분 문제인지 날씨의 영향인지 컨디션이 아주 좋았다.

"날씨 좋다!"

봄을 품고 반짝거리는 하늘 아래에서 이연은 상쾌한 기분으로 두 발을 움직였다.

"길거리 캐스팅 하기에 딱 좋은 날씨네."

아무리 생각해도 자신의 눈썰미를 이대로 썩히는 건 너무나 아까웠다. 그래서 큰맘 먹고 길거리 캐스팅을 다시 시작하기로 했다.

그때 청바지 뒷주머니에 꽂아둔 휴대전화가 울렸다. 발신자는 '여태진'. 아직은 딱딱하게 저장된 이름이었다. 물론 시간이 꽤 지난다 해도 달콤하게 바꿀 생각은 없지만 말이다.

10년 넘게 일만 하다가 드디어 시작한 연애가 부끄러워서가 아니었다. 비밀연애라는 이유 때문이었다.

- 뭐 해요? 점심 먹었어요?

통화 버튼을 누르자 태진의 달달한 저음이 들려왔다. 안 그래도 반짝거리던 세상이 더욱 핑크빛으로 찬란하게 빛났다.

"네. 점심 먹고 길거리 캐스팅 나왔어요."

이연은 휴대전화를 든 채 잠시 멈췄던 걸음을 옮기기 시작했다. 전화기 너머 태진의 목소리가 티 나게 높아졌다.

- 아, 정말요? 듣던 중 반가운 소식이네요.

태진은 분명 자신이 길거리 캐스팅을 그만둔 일에 대해 상당히 신경을 쓰고 있었을 것이다. 그래서 더 말해주고 싶었다.

"근데 오늘은 별로 눈에 들어오는 사람이 없네요."

많은 이들이 오가는 압구정 거리를 슥 둘러본 이연이 고개를 갸웃 기울였다.

- 그래요?

"워낙 잘생긴 사람이 내 애인이라 그런가."

이연의 윤기 나는 입술이 포물선을 그리며 어여쁜 미소를 만들었다. 제대로 된 첫 연애라서 머리가 어떻게 된 걸까. 낯간지러운 소리가 잘도 흘러나왔다.

- 하하하하.

태진의 유쾌한 웃음소리에 이연은 수줍은 표정으로 입술을 안쪽으로 물었다. 태진이 한층 신이 난 목소리로 말했다.

- 미안해요. 내가 적당히 잘생겼어야 하는 건데.

이연이 피식 웃음을 터뜨리는 순간 그녀의 시야로 쏙 들어오는 남자가 있었다. 범상치 않은 포스였다.

"엇?"

- 왜요?

태진이 놀라 물었다. 이연은 휴대전화를 두 손으로 잡고서 빠르게 대답했다.

"저 지금 겁나 잘생긴 남잘 봤어요! 끊어요!"

그러곤 지체 없이 전화를 끊고 멀어지는 남자 쪽으로 내달렸다.

그 시각 태진은 집무실 통유리창 앞에서 휴대전화를 쥔 채 한동안 움직이지 못했다.

"겁나 잘생긴 남잘 봤으니 끊자?"

이연이 전화를 끊은 이유가 너무나도 기가 막혔다. 태진의 입에서 허탈한 한숨이 터져 나왔다.

"허."

통유리를 통해 복잡한 서울 시내를 내려다보면서 태진은 제 이마를 짚었다.

"이 여자가 정말……."

이연은 지금 재능을 살려 일을 하고 있는 것이었지만 속 좁게도 얼굴도 모르는 그 잘생긴 남자에게 질투가 났다.

"……감당할 수 있을까? 벌써부터 이 상태인데."

이마에서 손을 내린 태진이 주먹을 불끈 쥐었다. 자기 자신에게 보내는 파이팅 포즈였다.

그때 똑똑 노크 소리가 들리고 깔끔한 남색 슈트 차림의 학수가 결재판을 들고 들어왔다.

"대표님."

태진은 아무 일 없었다는 듯이 주머니에 손을 찔러 넣으며 여유롭게 돌아섰다. 꾸벅 인사를 한 학수가 정중하게 말했다.

"공개오디션 최종심사 가셔야 합니다."

태진은 오늘 아침에 들은 스케줄을 상기하고는 바로 걸음을 뗐다. 문으로 걸어가면서 그가 나직하게 중얼거렸다.

"그래. 나도 가자. 잘생기고 예쁜 애들 보러."

학수는 보폭 넓게 성큼성큼 엘리베이터로 향하는 태진을 재빨리 뒤따라 갔다.

"최종심사에 진짜 괜찮은 친구들이 많이 올라왔습니다."

"그래야지. 진 엔터테인먼트 최종인데."

엘리베이터 앞에서 길쭉한 다리를 멈춘 태진이 고개를 주억거렸다. 학수가 신나서 말을 덧붙였다.

"맞습니다. 알아보니까 경쟁률이 업계 최고였답니다."

"듣던 중 두 번째로 반가운 소리네."

금빛을 띠고 있는 엘리베이터 문에 비친 태진의 얼굴에 만족스러운 미소가 피어올랐다.

어느새 진 엔터테인먼트는 그의 자부심이 되어가고 있었다.

◆ ✣ ◆

응접실 중앙에 있는 테이블로 뚜벅뚜벅 걸어온 하선이 소파에 앉고는 다리를 꼬았다. 그가 무릎에 길고 매끈한 손가락을 올렸다.

"나 복귀작 결정했어."

"진짜?"

이연은 생각지도 못한 소식에 눈이 동그래졌다. 하선은 건너편의 이연에게로 들고 온 대본을 보여주었다.

"이거."

대본의 제목은 '예지몽'이었다. 로맨스에 판타지가 살짝 가미된 장르로, 하선은 예지몽을 꾸는 만화가 지망생과 사랑에 빠지는 까칠한 동네 순경 역할을 제안 받았다. 대본을 손에 들며 이연은 조금 걱정스러운 얼굴을 했다.

"무리 안 해도 되는데."

하선이 앓고 있는 공황장애를 떠올린 이연은 솔직히 그가 복귀를 서두르지 않았으면 했다.

"무리 아니야. 벌써 4년 가까이 쉬었잖아."

하선의 태도는 단호했다. 활동 중단을 결심했었을 때와 비교하면 지금은 증상이 거의 없는 거나 다름없었다. 이때를 놓치고 싶지 않았다. 게다가 하루에도 몇 번이고 하선의 복귀작에 관한 추측성 기사가 나오고 있는 상황이었다. 더 이상의 혼란은 원치 않았다.

“주인공 역할을 아주 마음에 들어 한다고 연락 넣어.”

“그래, 알았어.”

이연은 무릎에 대본책을 올리고는 대답했다. 감히 ‘하선’의 부탁을 두 번이나 거절할 수는 없었다.

그때 사무실 안으로 인후가 들어왔다. 그가 쓰고 있던 캡 모자를 벗으며 꾸벅 인사했다.

“안녕하세요.”

인후는 이연의 눈치를 살피면서 모자를 다시 썼다. 그를 향해 손을 흔들던 하선이 장난스럽게 말했다.

“너는 쉬는 날인데 또 사무실이야? 연애도 안 해?”

그러자 하선을 따라 시선을 돌렸던 이연이 눈살을 찡그렸다. 그녀가 인후 대신 대답했다.

“연애는 아직 안 되지.”

그사이 가까이 다가온 인후는 어색하게 웃으며 하선과 이연을 번갈아 쳐다보았다. 하선이 떨떠름한 표정으로 물었다.

“왜?”

“아직은 연기에만 집중할 때지. 지금 인후 반응이 얼마나 좋은데.”

하선의 미간에 세로 주름이 잡혔다. 매끈한 턱을 긁적이던 그가 인후에게로 손가락을 뻗었다.

“그래서, 이 좋은 나이에 연애를 못 하게 막으시겠다?”

“연애를 막겠다는 게 아니라 조금만 미루자는 거야.”

이연은 고집스럽게 대답했다. 답답하다는 얼굴로 등을 기댄 하선이 양손을 공중으로 올리는 제스처를 취했다.

“그건 너무 꼰대 마인드 아니야? 나이 들수록 꼰대가 되어가네, 우리 이연이?”

이연은 어이없다는 듯 입가를 비스듬히 올렸다. 그러곤 하얗게 눈을 흘겼다.

“꼰대라고 해도 어쩔 수 없어. 그래도 난 인후 연애 반대야.”

이 말을 끝으로 이연은 가방을 챙겨 외근을 나갔다. 사무실에 하선과 단둘이 남게 되자 인후는 괜히 손톱을 들여다보면서 말했다.

“저 연애할 생각 없어요. 진짜예요. 이연이 말 들을 거예요.”

2030 여성들에게 인기 최고인 이인후가 지금 너무 쭈구리 같았다. 허리를 구부정하게 웅크리고 있는 인후를 보면서 하선은 머리를 절레절레 흔들었다.

“바보네, 바보야. 네가 지금 좋아하는 여자가 없으니까 그런 말을 하나본데.”

인후는 조심히 눈을 들어 하선을 쳐다보았다. 곧바로 하선은 두 팔에 팔짱을 끼더니 눈을 가늘게 떴다.

“뭐야? 설마 있어? 하긴. 한창 나인데, 없을 리가 없지.”

“사실, 신경 쓰이는 친구는 있는데…….”

인후는 부끄러운지 광대가 살짝 붉어졌다. 하선이 앞으로 허리를 숙이며 잘난 이목구비를 들이밀었다.

“누군데?”

하선의 물음에 인후는 하루에 한 번씩은 꼭 전화하거나 문자하는 채림의 귀여운 얼굴이 떠올랐다. 그녀가 노골적인 사랑고백이나 유혹적인 말을 했다면 오히려 이렇게 신경이 쓰이진 않았을 것이다.

채림이 묻는 질문들은 늘 연기에 관한 것이었다. 그리고 매번 존경한다는 마음을 드러냈다. 고작 한 살 차이인데, 자신을 굉장히 어려워했다. 그러면서도 적당한 거리에서 멀어지지 않았다. 꼭 어느 유명한 사람의 말처럼 불대하듯이 자신을 대했다. 너무 가까워서 뜨겁지도, 너무 멀어서 춥지도 않게.

솔직히 그녀와 더 자주 연락하고 싶었지만, 그게 연애의 시작이 될까 봐 머뭇거려졌다.

"근데 이연이가 연애하지 말라니까, 안 할 거예요."

인후는 이연을 속상하게 하고 싶지 않았다. 이연이 우는 모습을 봐버린 탓인지도 모르겠다.

잠시 인후를 지그시 보던 하선이 그의 어깨를 덥석 잡으며 다부지게 말했다.

"오케이. 형만 믿어. 내가 이연이 설득해줄게."

"정말요?"

다소 시무룩했던 인후의 표정이 밝아지자 하선은 피식 웃음을 터뜨렸다. 그의 머리를 쓰다듬다가 하선은 문득 떠오른 생각에 고개를 비스듬히 기울였다.

"근데 이연이 말이야, 예뻐진 것 같지 않냐?"

"이연이 원래 예뻤는데요."

"아니, 그러니까 더 말이야, 더."

하선은 요즘 유난히 맑고 생기가 도는 이연의 얼굴을 떠올렸다. 자신이 알기로 그 정도로 급 예뻐지는 경우는 시술, 피부과 그리고 연애뿐이다.

"요즘 부쩍 예뻐진 것 같은데."

하선이 날카로운 제 턱선을 만지며 중얼거렸다. 다음 순간 인후의 순진한 눈망울을 마주한 그가 질문을 건넸다.

"설마 자기는 연애하면서 네 연애를 막는 건 아니겠지?"

"에이, 설마요."

인후는 웃으며 고개를 흔들었지만 하선은 의심을 거두지 않았다.

◆ ⁘ ◆

붙여놓은 두 책상에는 공개오디션 최종합격자인 라경과 얼마 전 다시 시작한 길거리 캐스팅에서 데려온 남혁이 앉아 있었고, 그들의 앞에는 이연이 서 있었다.

"배우는 사기꾼이에요."

체크무늬 바지정장을 멋들어지게 소화한 이연이 라경과 남혁을 향해서 진지하게 말했다.

"정말요?"

"그 말, 배우에 대한 명예훼손 아닌가요?"

라경은 눈이 동그래졌고 남혁은 흥미롭다는 듯 입가를 슥 올렸다. 이연은 조금도 동요하지 않고 차분하게 말을 이었다.

"그만큼 가끔은 정말 말도 안 되는 이야기를 말이 되는 양 해야 하는 직업이니까요."

맑은 눈동자를 초롱초롱하게 빛내는 라경과 달리 남혁은 금세 흥미를 잃은 표정이었다.

"판타지 혹은 SF 장르에선 신이 되기도 하고 초능력을 써야 하기도 하죠."

이연은 오랜만에 하는 연기 레슨이 참 즐거웠다. 그렇지만 연기 경험이 전무한 남혁에게는 그저 지루한 시간이었다.

"으아함……."

남혁이 늘어지게 하품을 했다. 입을 가리지도 않았다. 그 모습을 본 이연의 동공이 미세하게 일렁였다. 그녀가 아래로 내리고 있는 두 손을 그러쥐었다. 어쩌면 지금 남혁보다 더 연기에 관심이 없었을 태진도 레슨 때 하품을 한 적은 없었는데. 갑자기 태진이 보고 싶어졌다.

다음 순간 그녀의 재킷 주머니에서 휴대전화가 진동했다. 꺼내서 확인해 보니 하선에게서 문자가 와 있었다.

[긴히 제안하고 싶은 게 있어. 우리 집으로 와줘.]

마침 레슨을 마칠 시간이었기에 이연은 곧바로 자리를 정리했다.

그길로 차를 몰고 청담동으로 향했다. 복층 형태의 고급 빌라로 들어서자 하선이 그녀를 맞이했다. 그는 이연을 금장타일로 꾸며진 응접실로 데리고 갔다. 그곳엔 인후도 있었다. 인후는 이연이 타원형 테이블에 앉자마자 커피를 가져왔다. 하선이 커피를 마시는 이연에게 제안했다.

"MT 가자."

"MT?"

이연이 되묻자 하선은 옆에 앉은 인후의 어깨에 팔을 둘렀다. 인후는 다소 어색한 표정이었다.

"응. 나 제주에 별장 있잖아. 거기로 우리 시니 식구들 단합 MT 가자고."

하선의 말이 끝나기가 무섭게 인후는 주머니에서 접혀진 종이 한 장을 꺼냈다.

"내가 미리 설문도 돌렸어. 이건 갈 수 있는 멤버 리스트."

인후가 펼친 종이에는 시니 식구들의 MT 참가 가능 여부가 OX로 표시되어 있었다. 그런데 갈 수 있다고 'O'로 표시된 멤버는 하선과 인후뿐이었다.

"갈 수 있는 멤버가 둘뿐이야?"

"너까지 셋이지."

하선은 웃는 얼굴로 능청스럽게 말했지만 이연은 곤란한 듯이 콧등을 찡긋거렸다. 그녀의 눈치를 살핀 인후가 재빨리 설명을 덧붙였다.

"다들 바쁘대서."

"민기 씨도?"

"어?"

이연이 던진 물음에 인후는 뜨끔해서 하선을 쳐다보았다. 하선이 눈짓을 하자 인후는 바로 대답했다.

"어, 바쁘대."

사실 MT 참가 설문을 돌린 적도 없었다. 인후는 그냥 하선이 하란 대로 하고 있을 뿐이었다.

"내가 따로 준 일이 없는데, 왜 혼자 바빠?"

이연은 이해할 수 없다는 듯이 중얼거리다 눈매가 가늘어졌다. 이내 그녀의 눈빛에 이채가 서렸다.

"혹시 민기 씨도 이직하려고 그러나?"

불길한 예감이 들어 손톱을 입술로 가져갔다. 부정적인 생각이 먼저 드는 것은 그녀가 이미 많은 이들을 떠나보낸 탓이다.

이연의 얼굴이 어두워지자 하선은 잽싸게 손을 뻗어 손톱을 물어뜯으려는 그녀의 팔목을 끌어내렸다.

"사실은 내가 조용히 휴양을 좀 하고 싶다니까 알아서 다들 빠진 거야. 콜록, 콜록!"

그러면서 의도적으로 기침을 했다. 그와 동시에 인후가 훌륭한 연기력을 보여주었다.

"괜찮으세요, 형님? 힘들면 저한테 기대세요."

하선은 곧장 인후의 어깨에 머리통을 기댔고 인후는 그의 어깨를 감쌌다. 두 사람의 다정한 모습에 이연은 절로 웃음이 터졌다.

"둘이 사이좋네. 꼭 의형제 같아, 지금."

"응. 복숭아나무 밑에서 의형제 맺었어, 우리."

다시 허리를 편 하선이 호탕하게 껄껄 웃었다. 인후가 그를 돌아보며 천진난만하게 물었다.

"복숭아나무요? 왜 하필 복숭아나무예요?"

그러자 갑자기 분위기가 조용해졌다. 이연은 어색한 표정으로 커피잔을 들었고 하선은 눈썹을 벅벅 긁었다.

"괜찮아. 공부하면 돼."

하선은 짐짓 대수롭지 않다는 듯이 말했다. 그러곤 인후의 등을 툭툭 두드렸다.

"우리 인후, 일단 삼국지부터 읽고 오자."

인후는 자신이 뭔가 바보 같은 질문을 했다는 걸 깨닫고 입술을 앙다물었다. 다음 순간 하선은 다시 MT 얘기로 화제를 돌렸다.

"암튼, 나 드라마 촬영 시작하면 어디 가지도 못하잖아. 그러니까 좀 가자."

커피잔을 얌전히 내려놓은 이연이 잔을 두 손으로 감싼 채 입을 열었다.

"근데 오빠, 나 요즘 너무 바빠. 직원도 경력직으로 더 뽑아야 하고 라경이랑 남혁이 레슨도 해야 해. 그 애들한테 오디션도 잡아줘야 되고. 제주도까지 갈 시간 없어."

그녀는 한없이 진지한 모습이었다. 솔직히 이연은 해야 할 일이 너무나 많아서 MT는 생각해볼 여유도 없었다.

"정 휴양하고 싶으면 우리 옥탑방으로 와. 거기 평상이 죽여주게 힐링되거든."

이연은 하선을 향해 윙크를 찡긋하고는 커피를 마셨다. 하선이 씁쓸한 표정으로 입맛을 다시는 사이 인후가 손으로 입가를 가린 채 얼굴을 기울여왔다.

"작전 실패네요."

"어우, 잰 고집이 너무 세."

하선도 이연이 들을세라 입가를 가렸다. 하선은 제주도에 가서 인후의 연애를 반대하는 이연을 적극적으로 설득해보려고 했다. 그녀가 요즘 너무 바빠서 얼굴도 제대로 볼 수 없었기에 일부러 멀리 떠나려고 한 것인데, 거기서부터 설득 실패였다.

하선의 못마땅한 눈초리가 업무 전화를 받고 있는 이연의 옆모습을 흘겼다. 인후는 쓴웃음을 지으면서 괜히 휴대전화를 꺼내 만지작거렸다.

chapter 10

반전

번화가 중심에 위치한 대형 서점. 그곳에 이연이 있었다. 자신의 키보다 훨씬 큰, 벽 쪽 책장을 올려다보는 이연의 눈동자가 반짝거렸다.

찾았다. 근데 닿을 수 있을까.

원하는 시집을 발견한 이연이 분홍빛 입술을 늘어뜨렸다. 그녀가 그 시집을 향해 손을 뻗으려던 순간 뒤에서부터 누군가 몸을 밀착했다.

"우왓."

일부러 놀라게 하려는 동작에 이연은 깜짝 놀라 움찔하다가 옆으로 넘어질 뻔했다.

"엇……!"

태진은 휘청하는 그녀의 허리를 커다란 손으로 감싸 안았다. 놀래주려던 거지, 넘어지는 걸 바란 게 아니었다.

태진이 자신의 품에 안긴 이연을 내려다보며 싱겁게 웃었다.

"안기고 싶었구나?"

장난기 어린 말투에 이연은 밉지 않게 그를 흘기며 그의 팔을 툭 때렸다.

"안고 싶었군요?"

그녀가 두 다리를 똑바로 서면서 밀어내는데도 불구하고 태진은 그녀에게로 다시 양팔을 쭉 뻗었다.

"정답."

그대로 그는 이연의 상체를 끌어안았다. 이연은 놀라서 눈을 크게 뜨고 주변을 살폈다. 서점 내에는 사람들이 아주 많았고, 그들은 태진과 이연을 노골적이지 않게 힐끔힐끔 훔쳐보고 있었다.

"사람들 보잖아요."

이연의 작은 손이 태진을 투닥투닥 때렸다. 솜방망이로 맞고 있는 느낌이라 태진은 절로 웃음이 났다.

"이연 씨가 예뻐서 보는 거예요."

그 순간 솜방망이가 움직임을 멈췄다. 그제야 태진은 이연을 놓아주었다. 이연의 말간 눈동자엔 수줍음과 의구심이 공존했다.

"그런 낯간지러운 표현, 잘 못하시더니."

"잘 못하는 게 아니라, 원체 입에 발린 소릴 못해요. 진심이면 꽤 잘해요, 나."

연기 레슨 때 태진은 유독 '예쁘다', '귀엽다'라는 표현을 부끄러워했었다. 그런데 그건 진심이 아니라 못한 거였고 지금은 진심이니 이렇게 표현을 잘한단다. 이연의 볼이 발그레 붉어졌다.

"그래서 연기를 못하는 건지도……."

태진이 안타깝다는 어조로 중얼거리자 이연은 어색한 겉웃음을 지었다.

"그건 그냥 재능의 문제……."

은근히 냉정한 이연이 말끝을 흐렸다. 금방 태진의 표정도 어색해졌다.

"아……."

두 사람 사이에 살짝 불편한 공기가 감돌았다. 이연은 터지려는 웃음을 참으며 가방을 고쳐 멨다.

"저 화장실 좀 다녀올게요."

그렇게 도망치듯 이연이 가고 난 후 태진은 아까 그녀가 집으려고 했던 시집으로 시선을 옮겼다. 그때 누군가 인사를 건넸다.

"안녕하세요."

크거나 작지 않은 적당한 키에 단단해 보이는 체격을 가진 남자였다. 태진은 그를 알고 있었다.

"아, 그쪽은…… 석춘 씨?"

"기억하시네요."

석춘의 살 없는 밋밋한 눈꺼풀과 매부리코 그리고 엷붉은 입술은 한 번 보면 좀처럼 잊기 힘든 인상적인 이목구비이긴 했다. 하지만 태진이 그를 기억하는 건 다른 이유에서였다.

"요전번에 면담했잖아요, 우리."

석춘은 얼마 전 진 엔터테인먼트 내부에서 진행한 대표 면담에 참가한 배우였다.

"네. 그 면담, 정말이지 너무 좋았어요."

석춘은 입꼬리를 부드럽게 올리며 활짝 웃었다. 진심으로 기뻐하는 얼굴에 태진은 머쓱하게 미소 지었다.

"겨우 오 분이었는데요, 뭐."

"그 겨우 오 분이 인생을 바꾸기도 하니까요."

무명배우인 석춘은 자신이 진 엔터테인먼트 대표와 단둘이 이야기를 나누게 될 줄은 꿈에도 상상하지 못했다.

"대표님께 저는 그저 수십 명의 배우 중 하나겠지만, 저한테 대표님은 절대적인 신 같은 존재시거든요."

게다가 그날 태진이 건넨 한마디가 그의 가슴에 남아 있었다.

"저는 석춘 씨처럼 선악이 공존하는 마스크를 굉장히 좋아해요. 가능성이 무궁무진하거든요."

그 말이 고마웠고 그 시간이 그렇게 행복할 수가 없었다.

"그런 분이 제 얼굴을 좋다고 해주셔서, 저 그날 진짜 부자가 된 기분이었거든요. 포기할 뻔했는데, 열심히 할 의욕도 생기고."

같은 오 분이었지만 두 사람이 느낀 무게는 달랐다. 태진은 자신의 행동 하나 말 한마디가 얼마나 큰 영향력이 있는지 잠시 잊고 살았었다. 반성하는 마음이 들어 조용히 시선을 떨구는 태진을 향해 석춘이 부탁했다.

"앞으로도 면담 자주 해주세요."

"네. 그럴게요."

그때 그들 사이로 맑은 목소리가 파고들었다.

"저, 말씀 중에 죄송한데, 손석춘 씨?"

목소리의 주인공은 이연이었다. 석춘은 자신을 알아보는 이연에게 놀랐다.

"아, 네. 맞습니다."

"어머. 꺄. 저 진짜 팬이에요."

이연이 두 손으로 제 입을 틀어막았다. 그녀는 예전에 석춘이 출연한 독립영화를 보고 그의 소속사가 어딘지 검색까지 해봤었다. 이연은 황급히 악수를 청했다.

"아, 저는 신이연이라고 합니다. 시니 엔터테인먼트 대표예요."

"우와."

이번엔 석춘이 감탄사를 터뜨렸다. 그도 그럴 것이 바로 그녀가 전설의 황금 눈썰미 신이연 대표라지 않은가. 발굴한 톱스타를 세려면 손가락에다 발가락까지 필요하다는 그 신이연 대표.

석춘은 넋을 놓고 이연의 예쁘장한 얼굴을 쳐다보았다.

"절 아시는 눈치시네요? 그래서 드리는 말씀인데, 혹시 계약 만료는 언제쯤……."

"지금 뭐 하시는 겁니까, 이연 씨?"

이연의 말은 태진이 그녀의 팔꿈치를 잡는 바람에 끝까지 이어지지 못했다. 이연은 그를 돌아보면서 어깨를 으쓱했다.

"그냥, 진 엔터 좀 따라 해봤어요."

"그건 정당한 계약 제의였습니다만."

"계약'금' 제의였겠죠."

이연이 새침하게 받아치자 태진은 어이없다는 듯이 골반에 손을 얹었다. 얄팍한 눈에 장난기가 서린 석춘이 두 사람에게 말했다.

"두 분, 지금 사랑싸움 하시는 거예요?"

"!"

움찔한 태진과 이연의 고개가 동시에 홱 돌아갔다. 눈에 띄게 당황한 이연이 입을 열었다.

"저희, 아니, 아니 사귀는데요?"

그러나 석춘은 입가를 슥 끌어올렸다. 사실 그는 아까 목격하고 말았다. 두 사람의 애정행각을.

"아니 사귀시는데, 포옹은 왜 하셨어요?"

"저, 저희는 원래 만나면 반갑다고 포옹해요."

이연의 변명을 듣자마자 석춘은 그녀에게로 두 팔을 벌리며 다가섰다.

"그럼 저랑도……."

그때였다.

"뭐 하시는 거예요?"

"뭐 하시는 겁니까? 거 사람 그렇게 안 봤는데."

이연은 정색하며 물러섰고 태진은 그녀를 감싸며 손으로 석춘의 접근을 막았다. 결국 석춘은 크게 웃음을 터뜨렸다.

"그럴 땐 그냥 포옹하게 두셔야죠. 두 분 다 외모는 배우에 가까운데, 연기가 영 안 되시네요."

태진은 또다시 듣게 된 연기 못한단 소리에 절망했고, 이연은 태진과 동급 취급에 묘하게 기분이 나빠졌다.

♦ ⁘ ♦

태진과 이연은 붉은 벽돌로 된 3층 주택의 옥상으로 손을 잡고 올라갔다. 자연스럽게 옥탑방으로 들어간 그들은 싱글침대에 엉덩이를 대고 앉았다.

"아까 서점에서 제가 한 말에 마음 상하진 않았죠?"

이연은 얼굴을 마주하고 앉아 있는 태진의 손을 쓰다듬었다. 태진은 웃으며 고개를 끄덕였다. 잠시 침묵을 유지하던 이연이 솔직하게 고백했다.

"사실은, 진 엔터테인먼트가 부러웠던 것 같아요."

"부러웠다고요? 왜요?"

이연은 시선을 피하면서 은은한 미소를 머금었다. 그녀가 머쓱한 표정으로 대답했다.

"그 수많은 배우들이 선택한 곳이니까?"

진 엔터테인먼트란 거대한 존재는 그녀의 열등감이자 자격지심이었다. 그동안 진 엔터테인먼트를 미워했던 건, 그만큼 커지지 못한 못난 자신이 미웠던 거니까.

"난 오히려 시니가 부러웠는데."

태진은 이렇게 운을 떼며 엄지손가락으로 이연의 가느다란 손가락을 쓸었다.

"황금알을 낳는 거위도 아니고 어떻게 그렇게 스타들만 쏙쏙 골라서 낳는지."

재미있는 표현에 이연은 픽 웃음을 터뜨렸다. 다음 순간 그녀가 상체를 움직여 태진의 이마에 뽀뽀를 했다.

"귀엽네요, 태진 씨."

태진의 반듯한 얼굴 앞에서 이연이 작게 속삭였다. 갑자기 태진이 이연의 허리를 잡고 그녀를 침대에 눕혔다.

휙.

이연은 제 허리를 감싸고 있는 태진의 강한 손길에 심장이 쿵쾅쿵쾅 뛰었다.

"이래도 귀여워요?"

태진이 이연의 얼굴로 자신의 얼굴을 내리며 속삭였다. 이연이 뭐라 대답할 새도 없이 바로 태진의 입술이 덮쳤다. 태진은 작정이라도 한 듯 이연의 입안을 거칠게 휘저어놓았다. 당연스레 서로의 타액이 섞이고 혀가 엉켜들었다. 각자의 손은 쓰다듬기 바빴고 몸은 조금이라도 더 밀착하기를 원했다.

"……흐읏!"

태진이 아랫입술을 빨아들이자 이연의 입에서 무의식적으로 신음이 튀어나왔다. 당황한 이연의 눈망울이 태진의 이글거리는 눈동자와 맞닿았다. 누가 먼저랄 것도 없이 방금 전보다 더 거친 키스가 시작되었다. 두 사람이 열에 들뜬 시간을 보내고 있던 그때,

"이연아?"

갑자기 문밖에서 하선의 목소리가 들렸다. 태진과 이연은 반사적으로 서로에게서 떨어졌다. 그런데 그는 혼자가 아니었다.

"이연아, 우리 왔어!"

인후의 목소리도 들려왔던 것이다. 침대에서 후다닥 일어선 이연이 다소 불그스름한 얼굴로 태진을 향해서 손짓했다.

"숨어요, 어서!"

"여기 숨을 데가 어디 있어요?"

태진이 황당해하며 물었다. 이에 이연도 멈칫했다. 하긴. 원룸인 옥탑방이라 몸을 숨길 곳이 마땅치 않았다. 이연은 재빨리 머리와 눈망울을 같이 굴렸다. 그사이 태진은 자리에서 몸을 일으키려고 했다.

"그냥 나가서 인사할게…… 윽!"

그러나 그는 이연이 억지로 침대에 눕히는 바람에 그 뜻을 이루지 못했다.

등잔 밑이 어두운 법.

이연은 태진을 눕히고 그 위에 이불을 덮었다. 그리고 얼마 전에 단 레이스 침대 커튼을 확 쳤다. 그러고 나니 그의 모습이 잘 보이지 않았다. 이연은 안심하며 현관문을 열고 밖으로 나갔다. 문밖에는 하선과 인후가 선글라스와 모자로 중무장을 한 채 서 있었다.

"이 밤에 웬일이야, 둘 다?"

이연이 놀란 얼굴로 두 사람을 번갈아 쳐다보았다. 하선은 그저 얼굴 가리기용으로만 사용했던 선글라스를 벗으며 되물었다.

"오라며?"

"내가 언제?"

이연은 반문했고 하선은 다시 되물었다.

"MT 대신 오라며?"

물음표 랠리가 이어지다 결국엔 이연이 입술을 틀어막는 것으로 끝이 났다. 물음표 싸움에서 승리한 하선이 평상을 돌아보았다.

"이 평상이구나. 최고로 힐링된다는 곳이."

확실히 주변 주택들이 높지 않아서인지 조용하고 세상에 이곳만 덩그러니 있는 느낌이었다. 왜 이연이 힐링이 된다고 추천했는지 알 것 같았다.

인후가 들고 있던 캔 맥주와 안주를 평상 위에 내려놓았다.

"맥주 사왔으니까 같이 마시자."

"어? 어, 그래."

이연은 두 사람 사이에 앉아 맥주를 마시면서도 집 쪽을 힐끔힐끔 쳐다보았다. 이연의 옆에서 땅콩을 먹던 하선이 그 움직임을 포착했다. 그러다 문득 한기를 느끼고 어깨를 움츠렸다.

"어우, 근데 아직 밤엔 좀 쌀쌀한 것 같다? 안으로 들어갈까?"

하선이 재킷을 여미며 자리에서 몸을 일으키자 이연은 잽싸게 그 앞을 막아섰다.

"어딜, 여자 혼자 사는 집에 들어가겠대?"

드물게도 이연이 정색하는 모습에 하선은 눈썹 끝을 치켜올렸다.

"나 예전에 너희 집을 숙소처럼 사용했었는데?"

"그땐 여기보다 넓고 좋았잖아. 여긴 남자 둘이 들어가면 꽉 차. 안 돼."

그때와 지금은 달라도 너무 달랐다. 그땐 애인은 물론이고, 좋아하는 남자도 없었다.

두 손을 쫙 펴서 하선의 접근을 막은 이연이 발을 옮겼다.

"내가 담요 갖다 주면 되잖아. 그러니까 그냥 여기 있어."

그런 다음 혼자 집 안으로 쏙 들어갔다.

이연은 제일 먼저 침대 쪽을 확인했다. 자신이 커튼을 쳐둔 그대로였다. 세 걸음 만에 침대로 가서 레이스 커튼을 열고 얼굴을 집어넣었다. 이불도 덮어놓은 상태 그대로였다. 이연이 이불을 살짝 걷어내자 태진의 잠든 얼굴이 드러났다. 작은 침대에 웅크린 채 잠이 든 그 모습에 이연은 측은한 마음이 들었다.

어디 가서든 이런 취급 받을 남자는 아닌데.

"미안해요."

조그맣게 속삭인 이연이 태진의 볼에 뽀뽀를 쪽 했다. 그런데 그때 현관문이 벌컥 열리는 소리가 났다.

"이연아, 나 화장실……!"

"!"

이연은 움찔 놀라서 고개를 돌렸다. 인후와 눈이 마주쳤고 다음 순간 인후의 눈동자는 그녀에게서 태진으로 옮겨졌다.

"쉿!"

이연이 검지를 세워 입술에 대자 인후는 황급히 다시 나갔다. 곧 이연의 귀로 인후의 목소리가 크게 들려왔다.

"형님, 우리 그만 가요."

"왜?"

"솔직히 저 남의 집에선 화장실 못 가거든요."

"뭐? 너 그렇게 까탈스러운 놈이었어?"

"네. 그러니까 빨리 가요. 똥 나오기 직전이에요."

하선과 인후의 대화를 들으면서 이연은 집 밖으로 나갔다. 다 마신 맥주캔을 정리하고 있던 하선이 그녀를 돌아보았다.

"이연아, 우리 이만 갈게."

"아, 응. 조심해서 가, 둘 다."

인사를 하면서도 이연은 인후를 똑바로 쳐다보지 못했다. 그녀는 그저 민망한 표정으로 다시 안으로 들어갔다.

하선과 함께 대문을 열고 나오자마자 인후는 휴대전화를 꺼냈다. 어두운 골목에서도 누가 알아볼세라 선글라스를 끼던 하선이 그를 힐끔거렸다.

"뭐 하냐, 너?"

인후는 대답 없이 손가락을 빠르게 움직였다. 그런 다음 주머니를 뒤적거려 선글라스를 찾았다. 동그란 선글라스를 낀 인후가 그제야 당당하게 대답했다.

"채림이한테 문자 보냈어요."

하선의 선글라스 너머 눈매가 가늘어졌다. 이연이 아직 연애를 허락하지 않았건만, 그 스스로 문자를 보낸 것이다.

"갑자기 왜?"

"갑자기 생각나서요."

문득 하선은 아까 자꾸만 집 쪽을 확인하던 이연의 수상한 행동을 떠올렸다. 그리고 인후는 그 집에 들어갔다가 나오더니 갑자기 채림에게 연락을 했다. 왠지 서로 연관이 있을 거라 느껴졌다.

그사이 인후는 채림에게서 걸려온 전화를 받고 있었다. 하선은 자리를 피해주려다 골목에 세워진 고급 세단을 발견했다. 분명 이 동네와는 어울리지 않는 차였다. 불현듯 하선의 눈빛이 달라졌다.

◆ ⁘ ◆

하선의 새 드라마 제작발표회는 그야말로 기자들로 북새통을 이루었다. 그도 그럴 것이 남자주인공이 무려 하선에다 여자주인공은 백효인이었다. 주목을 하지 않으려야 않을 수가 없었다.

제작발표회가 열리는 한국호텔 VIP 홀은 고급스러운 타일장식과 최고급 카펫, 그리고 화려한 조명으로 꾸며져 있었다. 호화스러운 샹들리에 밑으로 인형처럼 예쁜 효인이 태진과 함께 걸어왔다.

"오늘 잘 부탁드립니다."

이연과 이야기를 나누고 있던 하선이 가까이 다가온 태진의 악수에 응했다. 그런 다음 자연스럽게 효인의 봄꽃 같은 의상을 칭찬했다.

그사이 이연은 클러치백을 쥔 손을 까닥거리며 태진에게 반갑다는 인사를 보내고 있었다. 태진 역시 빙그레 웃으며 그녀에게 오늘도 예쁘다는 무언의 칭찬을 보냈다.

하선은 무심코 고개를 돌리다 그들의 뜨거운 눈빛 교환을 캐치했다. 그는 조용히 태진의 달달한 입가와 이연의 핑크빛 볼을 번갈아 확인했다.

'이 둘, 설마……?'

꼭 며칠 전에 잃어버렸던 퍼즐조각을 찾은 기분이었다. 하지만 확신이 없었기에 하선은 슈트 재킷 주머니에서 휴대전화를 꺼냈다. 그러곤 입술을 끌어올려 싱긋 미소 지었다.

'확인 한번 해보지, 뭐.'

제작발표회가 시작되기 전 무대 뒤에서 대기 중이던 하선이 태진에게 다가갔다. 그리고 그의 등을 톡톡 두드렸다.

"네?"

하선은 태진의 까만 눈동자 쪽으로 손을 슥 올렸다. 까닥까닥 손짓만으로 태진을 구석으로 데려왔다.

"무슨 일이십니까?"

벽을 보고 선 하선이 옆에 서는 태진에게 제 휴대전화를 보여주었다. 정확히는 동영상이었다.

"헉!"

태진은 정말 헉 소리가 튀어나왔다. 그도 그럴 것이 그가 보여준 동영상은 자신이 이연에게 정체를 고백하려고 찍어둔 그 영상이었기 때문이다.

"어떻게 이걸 하선 씨가……?"

태진은 파도가 일렁이는 것처럼 요동치는 눈망울로 하선을 쳐다보았다. 휴대전화를 재킷 안주머니에 넣으며 하선은 입꼬리를 슥 올렸다.

"그 캠코더, 제가 사준 거거든요."

태진은 민망함 가득한 얼굴로 이마를 긁적였다. 하선은 그 모습이 재미있어서 고개를 돌리고 웃었다. 금세 웃음기를 거둔 하선이 말을 이었다.

"공개오디션 때 캠코더가 하나 필요해서 찾다가 이연이 책상에서 발견했어요. 근데 익숙한 거길래 한번 열어봤죠."

이연이 책상 서랍에 숨겨뒀던 것을 가져가려다가 왠지 찜찜해서 확인해봤더니 그 영상이 있었다. 첫 감상은 놀랍고도 감동스러웠다.

"우리 이연이 울리면, 곧바로 이 영상을 세상에 풀어버릴 거예요."

그렇지만 하선은 자신이 받았던 감동을 숨기고 태진에게 장난스럽게 협박을 했다. 태진의 표정이 살짝 더 굳었다.

"아마 진짜 창피하겠죠? 진 엔터테인먼트 대표라는 사람이 시니를 염탐하러 들어왔었다는 걸 사람들이 알면."

농담인 것 같았지만 그래도 태진은 긴장해서 마른침을 꿀꺽 삼켰다. 확실히 드러나서 좋은 과거는 아니었다.

"그러니까 이연이한테 잘해줘요."

"그렇게 말씀 안 하셔도 알아서 잘할 겁니다."

태진이 딱딱하게 대답하자 하선의 입술 끝이 실룩거렸다. 하선이 팔짱을 끼면서 고개를 주억거렸다.

"정말 사귀는구나."

"네?"

태진이 눈을 치켜떴다. 하선은 자신의 작전에 무척 만족스러운 미소를 짓고 있었다.

"모르셨습니까?"

"네. 그냥 찔러본 건데. 잘해주라고."

태진은 헛웃음을 터뜨리며 골반에 손을 얹었다. 그의 어깨에 한 손을 올린 하선이 부드럽게 주물렀다.

"이연이가 워낙 새침데기라 그런 건 말을 안 하거든요. 아. 그래도 착각하지 말아요. 협박은 진심이니까."

그러곤 사람 홀리는 매력적인 미소와 함께 멀어져갔다.

◆ ✣ ◆

학수가 운전하는 차 안에서 태진은 이마를 감싸 쥐고 있었다. 십 분 넘게 조용한 그를 가만히 지켜보던 연훈이 못 참겠다는 듯 그 이유를 묻자 태진이 한 대답이 충격적이었다.

"하선이 네 동영상을 갖고 있다고?"

연훈은 자세를 고쳐 앉으며 안절부절못했다.

"어, 어, 어떤 동영상?"

"도, 도대체 어느 정도 수위죠?"

운전대를 잡고 있는 학수도 깜짝 놀라서 물었다. 둘 다 더듬거리는 꼴이 무슨 생각을 하는지 빤히 보였다.

"상상하는 것들 말고."

태진은 운전석과 옆자리를 번갈아 보면서 정색했다.

"하아, 다행이다."

연훈과 학수는 동시에 안도의 한숨을 내쉬었다. 두 손에 깍지를 낀 태진이 차분하게 말을 이었다.

"사실 이연 씨한테 내가 진 엔터테인먼트 대표라는 걸 고백하는 영상을 찍어뒀었는데, 그걸 하선이 자기 휴대전화로 옮겨놨더라."

연훈과 학수의 눈이 동그랗게 벌어졌다. 두 사람 다 아무런 대꾸도 하지 않았다.

"이연 씨 울리면 풀겠대."

태진이 나직하게 덧붙인 말에 연훈은 갑자기 그의 손을 덥석 잡았다. 곧바로 질색한 태진이 그걸 강하게 거부했지만 말이다.

"신 대표 절대 울리지 마라, 너."

모질게 내쳐졌어도 연훈은 기어이 하고 싶은 말을 했다. 그러다가 문득 스친 생각에 미간을 찡그렸다.

"그래도 하선이니까 다행이지. 그걸 만약에 송아준이 가지고 있었다고 생각해봐. 상상만 해도 끔찍하다, 야."

연훈은 치가 떨린다는 듯이 어깨를 움츠렸다.

"어우."

운전석의 학수도 상체를 부르르 떨었다. 오만상을 찌푸린 그가 맞장구를 쳤다.

"분명 그 영상은 여기저기 퍼져서 우리 진 엔터테인먼트의 이미지에 치명적인 타격을 입히겠죠."

"사기꾼 기업이란 소리 안 들으면 다행이게?"

어떻게든 그 동영상이 세상에 공개되는 일만은 없어야 했다. 그들의 과오는 이대로 조용히 묻혀야만 했다.

"제발, 그 영상이 지구상에서 사라졌으면!"

연훈은 두 손 모아 빌고 또 빌었다.

♦ ✣ ♦

정말 갑자기 일어난 일이었다. 뜬금없다는 표현을 이때 쓰는 건가 할 정도로.

[송아준♡신이연 대표, 또 열애설]

[송아준, 소속사 대표와 두 번째 스캔들]

아침부터 유명 포털사이트 검색어 1, 2위는 '송아준'과 '신이연'이었다. 아니 땐 굴뚝에서 난 연기라고 생각했는데, 그것도 아니었다.

아준이 인터뷰에서 이상형을 묻는 질문에 '소속사 대표님 같은 여성'이라고 정확하게 인물을 지정하는 바람에 이연과 두 번째 열애설이 터진 것이다.

사람들은 올해 들어 벌써 두 번째 스캔들이지 않냐, 사귀니까 이상형으로 언급한 거 아니냐 등등 열애설을 '열애'로 확신하고 있는 분위기였다.

아준의 두 소속사 AJ와 시니 엔터테인먼트는 바로 사실 무근이라는 공식입장을 발표했지만 그럼에도 송아준의 인기 탓에 관심은 계속되었다.

태진은 아준의 열애설이 터지자마자 시니 사무실로 찾아왔다. 그는 처음에는 지적인 현대 남성처럼 차분하게 말했다.

"공개연애 합시다."

"그건 안 돼요."

하지만 이연이 단호하게 고개를 젓자 목청이 살짝 높아졌다.

"송아준하고만 벌써 두 번째 스캔들이에요. 덮을 수 있는 건 우리가 연애한다는 사실을 공개하는 것뿐입니다."

이곳에 오는 내내 생각하고 또 생각해봤지만 방법은 그거 딱 하나였다.

"꼭 그렇진 않아요. 이번 스캔들은 그냥 인터뷰 때문에 불거진 추측성 기사일 뿐이라니까요?"

유명 커뮤니티에 누군가 추측성 글을 올린 것이 열애설의 시작이 된 거라 이연은 대수롭지 않게 여겼다.

"분명 이대로 지나갈 거예요."

"이대로 지나가더라도 내가 불쾌하다고요."

태진은 강한 어조로 대꾸했다. 소심하게 보일까 입 밖으로 내고 싶진 않았지만 이연이 제대로 이해를 하지 못하는 것 같아서 결국 입에 담았다.

"왜 이연 씬, 내 입장은 전혀 생각을 안 합니까?"

"네?"

이연은 당황해 표정이 굳어졌다. 그러고 보니 태진의 마음을 조금도 배려하지 못했다. 사실이 아니니 상관없다고만 생각했다.

"내 기분이 어떨지 정말 모르겠어요?"

태진의 목소리가 높아졌다. 화를 낸다기보다 몹시 서운해하고 있었다. 씁쓸한 그의 눈빛을 마주한 이연이 아랫입술을 깨물었다.

그때 사무실 안으로 하선이 들어왔다. 열애설 때문에 잠깐 들른 것인데, 어째 분위기가 심상치 않았다.

"뭐야? 둘이 싸워?"

문밖에서 들은 큰소리도 있고 해서 하선은 놀란 얼굴로 물었다. 이연은 긴 머리를 쓸어넘기며 그를 돌아보았다.

"그런 거 아니야."

그러나 하선은 그녀의 붉어진 광대와 태진의 굳은 입매가 너무나도 잘 보였다. 조용해진 공간 안에 이연의 휴대전화가 울렸다. 황 기자로부터 걸려온 전화였다. 무슨 용무인지 뻔했지만, 받지 않을 수도 없었다.

"나 전화 좀 받고 올게."

이연은 휴대전화를 든 채 사무실 문을 열고 나갔다. 그녀가 나가자 하선은 태진의 앞으로 뚜벅뚜벅 걸어왔다.

"여태진 씨?"

사귄 지 얼마나 됐다고 벌써 의견충돌이란 말인가. 하선의 눈초리가 곱지 않았다. 태진은 얕은 한숨을 내쉬며 그를 마주 보았다.

"내가 가지고 있는 동영상이 무섭지 않은가 봐?"

하선이 서늘하게 말을 내뱉은 순간 태진은 그의 뒤쪽으로 다급히 시선을 던졌다. 이연이 다시 들어오고 있었던 것이다.

"동영상? 그게 무슨 소리야?"

이연의 날이 선 음성에 하선은 화들짝 놀라서 어깨를 틀었다.

"전화 받으러 나간 거 아니었어?"

"끊겼어."

이연이 까만 휴대전화 화면을 들어 보이며 짧게 대답했다. 그러곤 그의 앞으로 또각또각 구두 소리를 내면서 걸어왔다. 두 발을 멈추고 팔짱을 낀 그녀가 고개를 까닥 젖혔다. 그 행동에서 묘한 카리스마가 느껴졌다.

"혹시 오빠, 내 캠코더 만졌어?"

태진을 협박할 정도의 동영상이라면 그거 하나밖에 없었다. 고백 동영상.

하선이 조용히 시선을 피하자 이연은 팔을 풀며 목소리 톤을 높였다.

"당장 지워."

그러나 하선은 안 들린다는 듯이 손목시계를 확인했다. 그런 다음 허겁지겁 걸음을 옮겼다.

"나 스케줄 가야 해."

"오빠!"

이연이 그를 붙잡으려고 했지만 하선의 움직임이 더 날쌨다.

"나중에 얘기해."

하선은 손을 휘휘 저으며 밖으로 나가버렸다. 길을 잃은 이연의 곱지 않은 눈초리가 이번엔 태진에게로 향했다.

"왜 저한테 바로……!"

말을 안 했냐고 따지고 싶었지만 그는 업무 전화를 받고 있었다. 그녀 역시 다시 울리는 전화를 받아야 해서 그와는 그 이상 대화하지 못했다.

◆ ◆

하선은 이번 드라마 홍보차 아준이 진행하는 방송에 출연해야 했다. 썩 내키지는 않는 일이었지만 어쨌든 아준이 아직 시니와 협업 관계인 이상 받아들일 건 받아들여야 했다.

똑똑.

하선의 대기실에 문을 두드린 아준이 조심스럽게 안으로 들어왔다. 대기실 안에는 하선이 혼자 대본을 보며 앉아 있었다.

“안녕하십니까.”

“어. 그래.”

감정 없는 어투로 대답하면서 하선은 의자 등받이에 기댔다. 아준은 그의 앞으로 걸어가서 허리를 꾸벅 숙였다.

“저희 방송에 나와주셔서 감사합니다.”

하선은 드라마 홍보를 위한 방송 출연은 모두 거절한 상태였다. 하지만 유일하게 아준의 방송만은 허락했다.

“이연이한테 감사해. 이연이 아니었으면 허락 안 했을 방송이니까.”

이연의 부탁이라서 허락한 거였다. 하선은 이연이 원하는 거라면 웬만하면 들어주고 싶었고 작은 도움이라도 되고 싶었다. 부모님을 일찍 여읜 그녀가 안타까워서 그런 건지, 취해서 인복이 없다고 투정 부리던 모습을 봐서 그런 건지 이유는 정확히 모르겠지만 줄곧 마음이 그랬다.

과거부터 한결같은 하선을 잘 아는 아준이 방송에서만 보이는 서글서글한 미소를 지었다.

“물론 이연이한테도 고맙다고 연락했죠.”

하선의 복귀 선언 후 첫 예능방송이니 고시청률은 떼놓은 당상이었다. 아준의 어깨에 힘이 잔뜩 들어갔다.

"진짜 고마운 거면 이연이 이제 그만 괴롭혀."

하선이 나직이 건넨 말에 아준은 입술을 꽉 다물었다. 그때 테이블 위에 둔 하선의 휴대전화에 문자가 들어왔다. 자연스럽게 두 사람의 고개가 돌아갔다.

[빨리 그 동영상 지워. 태진 씨 곤란하게 하지 말고.]

'동영상?'

이연의 문자를 읽은 아준의 눈빛에 이채가 서렸다. 하선이 자신의 휴대전화를 급히 집어 들었다.

"뭐야. 봤어?"

"네? 뭘요?"

아준은 아무것도 모른다는 듯이 천진하게 되물었다. 그를 보는 하선의 눈초리에 의심이 묻어났지만 더는 묻지 않았다.

"안 봤으면 됐고."

하선은 휴대전화를 뒷주머니에 깊숙이 꽂아넣었다. 그사이 아준은 다시 꾸벅 인사를 하고 나갔다.

◆ ⁘ ◆

늦은 밤, 이연은 태진의 집으로 퇴근을 했다. 토트백을 고쳐 메면서 중문으로 들어서는 그녀를 태진은 아무 말 없이 맞이했다. 그는 이미 실크 파자마를 입고 있는 상태였다.

이연은 슬리퍼를 신으며 태진의 눈치를 살폈다. 그러나 무슨 생각을 하는 건지 표정을 읽을 수가 없었다. 그래서 자신이 먼저 솔직하게 말했다.

“저는 싸우고 오래 끄는 걸 별로 좋아하지 않아요.”

“나도요.”

열리지 않을 것 같았던 태진의 입술이 열렸다. 이연은 왠지 마음이 놓였다.

태진은 그녀를 소파에 앉히고 따뜻한 우유를 가져왔다. 밤이라 배려한 것이다. 우유를 한 모금 마신 이연이 입을 뗐다.

“그, 공개연애는…….”

진지하게 고려해볼 생각이었다. 그런데 태진이 그녀의 결심을 말렸다.

“안 해도 괜찮아요.”

태진의 말이 의외라는 듯 이연은 정갈한 눈썹을 치켜올렸다. 태진은 그녀를 지그시 응시한 채 말을 이었다.

“저번엔 내가 너무 속 좁게 굴었어요. 미안해요.”

이미 끝난 얘기였고 얼마든지 자신 쪽에서 너그럽게 이해하고 넘어갈 수 있는 부분이었는데, 송아준과 관련된 일이다 보니까 이성보다 감정이 앞섰다.

“이연 씨 말대로 커뮤니티 글에서부터 시작된 추측성 열애설이라 금방 잠잠해지더라고요.”

실제로 이틀도 안 돼 스캔들은 잠잠해졌다. 사진도 없었고 근거도 터무니없었기 때문이다.

“저야말로 미안해요. 반대 입장이었다면 저도 화가 났을 것 같아요.”

이번엔 이연이 사과했다. 며칠 동안 생각해봤는데 아무래도 자신이 너무한 것 같았다. 생애 첫 연애인 탓인지 배려가 없어도 너무 없었다.

“내가 백효인 씨랑 스캔들이 났다면요?”

태진이 불쑥 적절한 예를 하나 들었다.

“네. 상상만 해도 울컥하네요.”

머릿속에서 상상해본 이연은 쓴웃음이 났다. 그러다 문득 눈썹을 더 일그러뜨렸다.

그런데 왜 예를 백효인으로 콕 찍어서 든 걸까. 조금 질투 나는데.

태진은 입술을 삐죽거리는 이연에게로 손을 뻗어 그녀의 턱을 잡고 이마에 뽀뽀를 쪽 했다. 그런 다음 높은 코끝을 그녀의 오똑한 코에 비볐다. 이연의 입가가 풀어지며 작은 미소를 만들자 태진은 얼굴을 떼고 그녀의 우유를 체크했다. 조금밖에 줄어들지 않은 상태였다.

"우유 말고 와인 한잔할래요?"

"네."

이연은 기다렸다는 듯이 냉큼 고개를 끄덕였다. 그 움직임이 하도 경쾌해서 태진은 웃음이 났다. 우유 대신 와인을 권한다는 게 무슨 의미인진 아는 건가.

태진은 바로 와인과 치즈를 준비해서 가져왔다. 와인은 술이 약한 이연을 위해서 달달한 스파클링 와인으로 준비했다.

와인을 맛있게 마시던 이연이 잠시 후 잔을 내려놓고 진지하게 말했다.

"저 할 말 있어요."

"어, 뭔데요?"

태진도 와인잔을 내려놓았다. 이연에게로 상체를 기울이는 그의 입가에 매력적인 미소가 걸렸다.

"괜히 설레네."

기대감 가득한 눈빛을 마주한 이연이 빙그레 웃었다.

"올해가 가기 전에 연기 아카데미를 오픈할 거예요."

기대한 말은 아니었지만 파급력은 그 이상이었다. 깜짝 놀란 태진의 눈이 휘둥그레졌다.

"시니 사무실 건물의 3층을 매입해서 거기에 오픈하려고요."

요즘 계속 생각하고 있는 계획이었다. 어느 정도 구체적인 날짜가 잡히면 태진에게 제일 먼저 말할 예정이었는데, 조금 일찍 말해도 상관없을 것 같았다.

이연을 보는 태진의 까만 눈동자가 반짝거렸다.

"생각보다 엄청 빠르네요."

태진은 진심으로 놀라고 있었다. 자신의 추진력이 국내 최고라고 생각했는데 이연의 추진력도 만만치 않았다.

"네. 그래서 전 앞으로 많이 바빠질 거예요."

연기 아카데미는 연기 레슨이 너무나 즐거운 이연에게 새로운 꿈이었다. 시니의 매니지먼트 업무와 병행하려면 미리 준비해둘 것이 많았지만 이연의 얼굴에는 생기가 돌고 광채가 나는 느낌이었다. 그녀가 행복해 보여서 태진도 기분이 좋았다. 그렇지만 아주 살짝 장난이 쳐보고 싶어졌다.

"그러니까 더더욱 공개연애는 안 하겠다는 말로 들리네요."

"꼭 그런 건 아니에요."

이연이 정색하며 두 손을 마구 저었다. 태진은 쿡, 하고 웃음을 터뜨렸다.

"농담이에요."

"농담에서 뼈가 느껴져서……."

이연은 발그레 달아오른 얼굴로 말끝을 흐렸다. 공개연애를 망설이고는 있지만 그 문제와 별개로 태진은 그녀에게 무척 소중한 존재였다.

"암튼, 제가 이렇게까지 결심할 수 있었던 건 모두 태진 씨 덕분이에요."

나직하게 말을 시작한 이연이 태진과의 사이에 손을 짚었다. 가까워진 이연의 얼굴 앞으로 태진도 얼굴을 들이밀었다.

"당신이 아니었다면 저는 여전히 카메라를 무서워하는 그 열여덟 살 소녀였을 거예요."

이번엔 이연이 아까 태진이 했던 것처럼 코를 비볐다. 서로의 입가가 부드럽게 위로 올라갔다. 코를 맞댄 채 이연이 속삭였다.

"사랑해요."

서로만을 비추는 눈동자에서 하트가 뿜어져 나올 것만 같았다. 다음 순간 그들은 동시에 움직여 서로의 입술이 닿게 했다. 이연은 두 팔을 태진의 목에 둘렀고 태진은 손으로 그녀의 뒷목을 감쌌다. 고개를 살짝 비튼 태진이 이연의 가지런한 치열을 훑고 그녀의 혀를 빨아당겼다. 이연도 서툴지만 똑같이 따라 했다.

"하아, 하아……."

야릇한 소리를 내며 이어지던 키스는 이연에 의해서 멈추었다. 그녀가 먼저 입술을 뗐던 것이다. 태진이 열에 들뜬 눈빛으로 다시 키스하려고 하자 이연이 다음에 보인 행동이 놀라웠다. 그녀가 자신의 블라우스 단추를 하나둘 풀기 시작했다.

"소녀가 아니라니까요?"

태진의 눈이 커지더니 이내 동요로 인해 일렁였다. 단추를 다 푼 이연이 태진의 손을 잡아끌었다. 그 순간은 이연도 긴장했고 태진도 긴장했다. 봉긋한 가슴에 손을 올린 태진이 다른 손으로 그녀의 허리를 감싸고 깊게 키스했다. 이윽고 태진의 입술은 이연의 가느다란 목을 타고 쇄골로 내려와 집요하게 자신의 흔적을 남겼다.

"흐읏……!"

오롯이 서로를 탐하는 시간은 그 끝을 모르고 계속되었다. 두 사람의 호흡이 흥분을 담아 거칠게 흐트러졌다.

태진과 이연의 긴 밤은 이제 막 시작했을 뿐이다.

◆ ⁘ ◆

하선은 늦은 밤에 집까지 찾아온 손님을 들일까 말까 잠시 고민했다. 하지만 뼛속까지 매너가 좋은 하선은 그를 그냥 돌려보낼 수가 없었다.

"이 늦은 시간에 웬일이야?"

결국 아준을 안으로 들이고 하선은 턱을 긁적였다. 팔 길이만 한 기다란 상자를 손에 든 아준이 머리를 꾸벅 숙였다 들었다.

"지난번 제 방송에 출연해주셨을 때 최고시청률이 나왔거든요. 그래서 감사의 의미로 와인을 좀 사왔습니다."

"와인?"

그제야 하선은 아준의 손에 들린 와인 상자를 눈으로 훑었다. 이름 있는 꽤나 비싼 와인이었다. 분명 구하기 쉽진 않았을 것이다. 하선은 그의 성의를 생각해서 와인을 받아 들었다.

"고마워."

상자에서 와인을 꺼낸 다음 하선은 오프너와 잔을 찾아 가져왔다. 딱 한 잔만 마시고 자면 좋을 것 같았다.

"너도 마실래?"

"아, 저도 마시고 싶은데 차를 가져와서요."

하얀 가죽 소파에 앉은 아준이 하선의 제안을 정중하게 거절했다. 곧바로 하선은 와인을 따라 향을 맡고 입안에 머금었다. 그가 와인을 음미하고 있던 그때 어쩐지 그의 눈치를 살피는 듯한 아준과 눈이 마주쳤다.

"송아준."

"네."

두 손을 가지런히 모아 무릎 위로 올린 아준이 하선을 응시했다. 하선은 하고 싶은 말을 솔직하게 했다.

"이연이에 대한 마음은 빨리 정리하는 게 좋을 것 같은데."

"네. 정리하려고 마음먹었습니다."

아준의 목소리엔 기운이 하나도 없었다. 그럼에도 하선의 냉정한 말은 이어졌다.

"그래, 빨리 정리해. 이연이 마음에 너 없어."

"……알고 있습니다."

아준은 시선을 테이블로 떨구었다. 하선은 그에게서 무심히 눈을 떼고 다시 와인을 마셨다. 다음 순간 주머니를 뒤적거려 휴대전화를 꺼낸 아준이 하선에게 말을 걸었다.

"저, 형님."

와인을 마시던 하선이 눈동자만 굴려 그를 쳐다보았다.

"제가 휴대전화에 배터리가 없네요. 전화 한 통만 써도 되겠습니까?"

그러면서 아준은 꺼진 휴대전화 화면을 보여주었다. 하선은 곧바로 소파 구석에 던져둔 휴대전화를 찾아 건넸다.

"고맙습니다."

하선의 휴대전화를 받아 든 아준은 문자 앱을 켜고서 첨부파일을 터치했다. '동영상'을 누른 그의 손이 최근 영상들 중에 가장 눈에 띄는 영상을 발견하고 첨부했다. '전송' 버튼을 누른 순간 하선이 자리에서 일어섰다. 아준은 재빨리 삭제 버튼을 찾았다.

휙.

건너편 하선이 자신의 휴대전화를 거칠게 가져갔다. 아준이 휴대전화를 너무 오래 만지고 있었던 탓이다.

"너 뭐 하냐?"

아준은 마른침을 꿀꺽 삼켰다. 그의 목울대가 크게 꿀렁 움직였다.

"아니, 번호가 잘 기억이 안 나서……."

어색하게 변명하고는 소파에서 몸을 일으켰다.

"저, 전 이만 가보겠습니다."

급하게 자리를 뜨는 아준의 행동에 하선의 눈초리가 더욱 날카로워졌다.

"저 자식, 수상한데."

하선은 찜찜한 표정으로 계속 제 휴대전화를 만지작거렸다. 하지만 아준이 남긴 흔적은 없었다.

◆ ✣ ◆

어두운 골목길을 걷고 있는 태진과 이연의 손은 깍지를 낀 채 이어져 있었다. 그들의 서로를 바라보는 눈빛에선 애정이 가득했다. 대문을 통해 들어와 옥탑방으로 향하는 계단을 오르면서 태진은 서운한 어투로 말했다.

"오늘 밤에도 같이 있고 싶은데."

"내일은 출근해야 하잖아요."

차분하게 대답하는 이연의 얼굴에도 서운한 빛은 완연했다. 태진은 걸음을 늦추며 말을 이었다.

"그럼 같이 있다가 새벽에 돌아갈게요."

"피곤해서 안 돼요."

이연의 대꾸에 태진은 어깨를 틀더니 다부진 표정을 지었다.

"난 괜찮아요."

"아뇨. 제가 피곤할까 봐 안 된다고요."

이연은 느려진 태진의 손을 끌며 위로 올라갔다. 그 순간 태진이 눈빛을 달리했다.

"왜요? 왜 피곤할까 봐 걱정해요? 나랑 무슨 짓을 하려고?"

그러면서 그는 이연의 얼굴 쪽으로 자신의 입술을 들이밀었다. 지난밤을 떠올린 이연의 볼이 확 붉어졌다.

"아이, 몰라요, 진짜."

"말해봐요. 혹시 나랑 같은 생각인지 보게."

그때, 옥상에 다다른 두 사람의 앞으로 아준이 저벅저벅 걸어왔다. 그를 발견한 태진과 이연의 표정이 굳어졌다.

"아준아……!"

태진의 손을 놓은 이연이 그에게로 다가섰다.

"너, 언제 왔어?"

아준은 태진의 손에 머물러 있던 시선을 거두고 이연을 쳐다보았다. 그의 눈가는 불그스름해진 상태였다.

"둘이 사귀는구나?"

이연은 선선히 고개를 끄덕였다.

"응. 그렇게 됐어."

순간 아준은 두 주먹을 움켜쥐었다. 그의 원망 담은 눈초리가 이연을 쏘아보았다.

"어떻게 널 속인 놈이랑 다시 사귈 수가 있어?"

눈꺼풀을 내리고 한숨을 폭 내쉰 이연이 그를 서늘하게 응시했다. 그녀가 솔직하게 대답했다.

"좋아하니까. 단 한 순간도 싫어진 적이 없으니까."

이연의 고백에 충격을 받은 아준이 버럭 목소리를 높였다.

"왜, 난 한 번도 안 되면서, 저놈은 두 번이나 되는 건데!"

태진이 그들에게로 성큼성큼 걸어왔다. 이연의 앞으로 서서 그녀를 가린 태진이 씹어뱉듯이 말했다.

"그만하시죠. 추한데."

"뭐? 추해?"

아준은 살기 어린 눈빛으로 태진을 노려보았다. 그러다 이내 차가운 비웃음을 흘렸다.

"그래. 진짜 추한 게 뭔지 보여줄게."

아준은 그대로 옥탑을 벗어났다. 계단을 내려온 아준이 솟구쳐 오르는 화를 주체하지 못하고 휴대전화를 꺼내 들었다. 부들부들 떨리는 손으로 그 영상을 확인해보았다. 편집 상태는 완벽했다.

아준의 눈동자가 위태롭게 번뜩였다.

◆ ✣ ◆

월요일 아침 전체회의에 들어가기 전 태진이 제시한 기획안에 연훈과 학수는 적잖게 놀라는 얼굴들이었다.

"어때? 괜찮은 생각이지?"

내용 자체는 괜찮긴 했다. 진 엔터테인먼트 역사상 처음 있는 일이기도 하고.

"그러니까, 우리 진에 소속된 신인 혹은 무명배우들만 데리고 드라마를 찍겠다?"

연훈이 간단하게 정리해서 되물었다. 태진이 머리를 끄덕이자 학수는 자리에서 벌떡 일어섰다.

"아주 훌륭한 생각이십니다!"

그러곤 박수를 짝짝짝 쳤다. 태진은 매번 그를 놀라게 하는 재주가 있는 상사였다. 하지만 학수와 달리 연훈은 미묘한 표정으로 미간을 긁었다.

"그건 완전 모험인데?"

솔직히 모 아니면 도였다. 성공하면 그야말로 대박이었지만 실패할 가능성이 적지 않았다. 요즘 도통 흥망을 예측할 수 없는 게 바로 드라마 제작이었다. 게다가 자체 제작이라니.

"응. 맞아."

그건 태진도 인정하는 부분이었다. 실패하면 손해를 고스란히 떠안아야 하는 건 물론이고 배우들의 책임감이 무거운 프로젝트이니만큼 그 배우들의 멘탈에도 타격이 클 터.

"망하면 너무 쪽박이야."

"내가 책임질게."

태진은 염려하는 연훈을 향해서 담백하게 대꾸했다. 순간 연훈의 입이 동그랗게 벌어졌다. 안 하던 배우들 면담을 하더니 그가 더 변한 것 같았다.

"헐. 이건 또 무슨 자신감이야."

그러나 태진이 저렇게 말한 이상 말려봐야 소용없었다. 이제는 그저 쪽박만 아니길 빌어야 했다. 연훈이 반쯤 포기한 채 툭 말했다.

"차라리 다시 인수합병을 하자고 해, 인마."

태진은 피식 웃음을 터뜨렸다. 그의 머릿속은 이미 기획안을 구체적으로 그리고 있었다. 태진의 추진력과 고집을 잘 알고 있는 연훈도 그것의 실현화를 위해 머리를 맞댔다.

그때 학수가 주머니에서 진동하는 휴대전화를 꺼냈다. 한 번 끊기고 또 다시 걸려온 전화였기에 학수는 태진과 연훈을 향해 말했다.

"저 잠깐 전화 좀 받고 오겠습니다. 급한 건인지 계속 전화가 들어와서요."

그러곤 고개를 꾸벅 숙이고 사장실에서 나갔다. 그사이 태진은 연훈과 함께 '진 드라마 프로젝트'에 대해 더 깊이 있는 이야기를 나눴다.

그런데 얼마 지나지 않아 학수가 사장실 안으로 헐레벌떡 뛰어 들어왔다.

"대, 대표님!"

태진과 연훈의 앞으로 달려온 그가 상기된 얼굴로 더듬거렸다.

"지금, 일단, 먼저, 심호흡부터 하시고……!"

"네가 먼저 해야 할 것 같은데?"

태진은 유유히 등을 기대며 긴 다리를 꼬았다. 그 대신 학수가 심호흡을 하고는 휴대전화를 들이밀었다.

"이것 좀 보세요."

학수가 보여준 것은 유명 SNS 앱의 인기 동영상들 중 하나였다. 일 분 남짓으로 편집된 영상이었는데, 태진이 이연에게 정체를 고백한 바로 그 동영상이었다.

- ……사실 나는 여기 있으면 안 되는 사람이에요. 진 엔터테인먼트 대표 자리에 있는 사람이거든요. 근데 처음 이연 씨를 만나고 문득 궁금해졌어요. 시니는 어떤 곳일까 하고. 어떤 대단한 곳이길래 난다 긴다 하는 톱스타들이 다 그곳 출신인 걸까 궁금했죠. 으음. 막상 들어와서 보니까 이연 씨가 대단한 사람이더라고요…….

영상 속 태진의 얼굴은 흐릿했지만 누군지 모를 정도는 아니었다.

태진은 그대로 얼어붙었고 연훈은 자리에서 펄쩍 뛰었다.

"대체 어떤 자식이 올린 거야!"

버럭 소리를 지른 연훈이 머리카락을 거칠게 긁었다.

"설마, 하선?"

그 영상을 가지고 있었던 사람이 그였으니 당연한 의심이었다. 그러나 태진은 고개를 가로저었다.

"그 사람은 아닐 거야."

단호하게 말한 뒤 흥분한 연훈과 학수를 지그시 올려다보면서 그렇게 생각하는 이유를 밝혔다.

"이 영상이 공개되면 우리만 타격 받는 거 아니잖아."

타격을 받는 건 시니도 마찬가지였다. 학수가 턱을 괴더니 태진의 의견에 수긍했다.

"하긴. 시니에도 적잖게 영향은 있겠네요."

"대표가 라이벌 기획사 대표 얼굴도 몰랐다는 거니까."

연훈도 심각한 얼굴로 동의했다. 이걸 터뜨리는 건 서로의 회사에 결코 좋은 일이 아니었다.

"그러니까 하선은 아니야. 이연 씰 많이 아끼거든."

평소 행동을 보면 하선은 마치 이연을 여동생처럼 아끼는 것 같았다. 그런 그가 시니에 악영향을 끼칠 만한 짓을 했을 리 없었다.

"누군지 모르겠지만, 당장 잡아서 고소하자. 뭐가 됐든 남의 영상을 맘대로 공개한 거잖아!"

연훈은 노발대발했다. 물론 태진도 같은 생각이었지만, 순서가 그게 먼저가 아니었다.

"후우……."

한숨을 길게 내쉰 태진이 마른세수를 했다. 그의 뇌리에 어젯밤 아준이 했던 말이 스쳤다.

"진짜 추한 게 뭔지 보여줄게."

이런 짓을 저지를 수 있는 이로 그밖에는 생각할 수가 없었다.

'송아준. 또 너냐?'

태진은 관자놀이에 손을 얹으며 눈을 가늘게 떴다.

그 시각, 시니 측에서도 그 영상을 확인했다. 마침 하선의 드라마 촬영장에 와 있던 이연은 휴대전화로 영상을 확인하고 사색이 되었다.

"이게 도대체 왜……."

촬영을 준비 중이던 하선도 그녀의 곁에서 같이 영상을 보았다. 이연의 의심 섞인 눈초리가 하선에게로 향했다.

"오빤, 아니지?"

"그걸 묻는 거 자체가 기분 나빠."

하선은 단박에 눈썹을 찡그렸다. 그의 분노 서린 눈빛을 마주한 이연은 낮게 한숨을 쉬었다.

"빨리 경찰에 수사 의뢰해서……."

"그럴 필요 없어. 누군지 알 것 같으니까."

이연은 다급하게 짐을 챙기려다 멈칫했다. 그녀가 두 눈에 힘을 주고 물었다.

"누군데?"

부산스러운 촬영장을 한 번 슥 둘러본 하선이 그녀에게 가까이 다가서며 그 유명한 이름을 말했다.

"송아준."

"아준이?"

이연의 깔끔한 눈썹이 볼품없이 구겨졌다. 그와 동시에 풍성하고 긴 속눈썹이 파르르 떨렸다. 그녀에게서 시선을 떼지 않으면서 하선은 설명을 덧붙였다.

"걔가 내 휴대전화를 빌려 썼거든. 이틀 전에."

하선은 그제 밤에 갑자기 찾아와서 어색하게 있다가 휴대전화를 빌려 썼던 아준을 떠올렸다.

"어쩐지 행동이 수상하더라니."

휴대전화를 지나치게 오래 사용한다 했더니 자기 휴대전화로 그 동영상을 보낸 모양이다. 애초에 재미있겠다 싶어 영상을 옮겨둔 자신의 실수다.

"미안하다, 진짜."

진심을 담아 사과한 하선이 밴으로 걸어가서는 제 휴대전화를 가지고 돌아왔다.

"지금 그 동영상 지울게."

그사이 이연은 아준에게 전화를 걸었다가 연결이 되지 않아 입술을 잘끈 깨물었다. 휴대전화를 만지던 하선이 고개를 갸웃했다.

"근데 지우려는데 진 대표가 보내달라고 하네?"

이연의 눈이 휘둥그레졌다. 하선은 바로 태진에게서 온 문자를 보여주었다.

[그 영상이 필요합니다. 나한테 보내주십시오.]

문자를 몇 번이고 확인하는 두 사람의 눈빛엔 의문이 가득했다.

◆ ◆ ◆

진 엔터테인먼트는 태진의 동영상이 엄청난 조회수를 기록하면서 그야말로 비상에 걸렸다. 쉴 새 없이 문의 전화가 울렸고 질문 메일이 쌓여갔다. 정말 진 엔터테인먼트 대표가 시니 엔터테인먼트에 들어가서 염탐을 한 게 맞느냐, 시니 엔터테인먼트 대표를 속인 거냐, 사기행각 아니냐 등등 인터넷도 시끄러웠다.

"너 미쳤어?"

그런데 그 최악의 상황에 태진이 내놓은 대책이라는 것이 기가 막혔다.

"어디서 그걸 대책이라고 내놔?"

연훈은 버럭 목소리를 높이며 안 된다고 펄쩍 뛰었다. 학수의 반응도 그와 별반 다르지 않았다.

"저, 정말 그렇게 하실 건 아니죠?"

학수가 파리하게 질린 얼굴로 물었다. 태진은 바지 주머니에 양손을 찔러 넣은 채 딱 잘라 대답했다.
"할 건데?"
태진은 이미 굳게 결심한 상태였다. 플랜B까지 생각해둔 그가 일단 그 첫 단계만 설명했다.
"우리 진 엔터테인먼트 공식 SNS에 그 동영상 풀버전을 공개할 거야."
이미 세상에 공개되어 있는 일 분 남짓의 부분을 포함한 전체 영상을 말이다.
"공개하고 난 다음엔요?"
"그 뒤는, 내가 알아서 할게."
태진은 그 이상은 말해주지 않았다. 학수는 붉으락푸르락 변하는 낯빛으로 계속 그를 말렸다. 뒤쪽에서 고민하는 얼굴로 이리저리 왔다 갔다 하던 연훈이 불쑥 끼어들었다.
"아니야. 생각해보니까 그게 낫겠어."
"네?"
학수의 작은 눈이 동그랗게 벌어졌다. 그러곤 두꺼운 눈꺼풀을 수차례 깜박거렸다. 살짝 흥분한 연훈이 학수를 향해서 소리쳤다.
"감정에 호소하는 거지!"
학수가 얼이 나간 표정으로 연훈을 쳐다보았다. 태진은 소파 등에 엉덩이를 기대며 그의 다음 말을 기다렸다.
"사실 시니에 정체를 숨기고 들어온 거다. 근데 들어와서 신이연 대표에게 사랑에 빠졌다. 너무 미안한데 용서해달라."
연훈이 비장한 눈빛과 목소리로 말을 이었다.
"이게 풀버전 내용이잖아. 이 얼마나 절절한 고백이냐고."
어차피 벌어진 일이었고 수습은 해야 했다. 그렇다면 그저 덮기보단 드러내는 게 맞았다. 더 확실하게 더욱더 화제가 되는 거다. 주객이 전도될 만큼.

"아아. 하긴, 저도 보고 눈물 날 뻔했어요."

학수는 그제야 강경했던 태도를 조금 누그러뜨렸다.

그 순간 태진은 난감한 듯이 턱을 긁적였다. 그들은 단단히 오해를 하고 있었다. 자신이 동영상 풀버전을 공개하는 건 이 사태를 그런 식으로 해결하려는 목적이 아니었다. 즉, 그건 그의 플랜A가 아니란 말이다.

하지만 굳이 입에 담지는 않고 몸을 세웠다. 그런 다음 학수에게로 어깨를 틀었다.

"네가 해줘야 할 일이 있어."

"뭔데요?"

학수는 긴장해서 침을 꿀꺽 삼켰다. 이제 그는 태진의 입에서 어떤 말이 나와도 놀라지 않을 자신이 있었다. 그런데,

"긴급 이사회 소집해줘."

태진이 내뱉은 말에 학수는 기함하고 말았다.

◆ ✣ ◆

하선은 밴 안에서 휴대전화만 보고 있었다. 촬영하다 쉬는 틈틈이 그가 하고 있는 행동이었다.

"허."

그러다 방금 접한 기사를 읽고 입을 틀어막았다.

"진 대표, 제정신이야?"

진 엔터테인먼트가 이 사태를 어떻게 수습할지 걱정이 되어서 촬영에 집중을 할 수가 없었다. 그런데 상황이 굴러가는 꼴이 가관이었다. 수습은커녕 불구덩이로 뛰어드는 느낌이랄까.

"어떻게 풀버전을 공개해? 게다가 '중대발표 예정'이라니?"

진 엔터테인먼트는 오늘 밤 영상에 관한 중대발표를 할 거란 글과 함께 그 영상의 풀버전을 올렸다.

"도대체 어쩌려는 거야?"

요즘 같은 세상에 무조건 덮는 것만이 능사는 아니라지만, 그래도 이건 사태를 너무 키우는 것 같았다.

하선은 답답한 마음에 옆자리의 이연에게로 고개를 돌렸다. 그녀는 쉬지 않고 울려대는 휴대전화를 손에 쥔 채 생각에 잠긴 모습이었다. 회사엔 기자들이 죽치고 있을 게 뻔해서 여기 있는 거지만 그녀의 마음은 이미 이곳을 떠난 듯했다.

"야, 신이연."

이연의 다갈색 눈동자가 자신을 보자 하선은 그 속을 알 수 없어 물었다.

"너 괜찮냐?"

이연은 대답 대신 기자의 전화번호가 뜨고 있는 휴대전화를 쳐다보았다. 그녀가 무거운 눈꺼풀을 내리며 통화거부 버튼을 눌렀다.

그녀는 오늘 오직 한 사람의 전화만 받을 생각이었다.

◆ ✣ ◆

태진은 이번 사태가 보통 심각한 사안이 아님을 아주 잘 알고 있었다. 진 엔터테인먼트의 명예 실추와 기업의 이미지 악화 그리고 회사에 대한 기본 신뢰가 흔들리는 일이었다. 당연히 이사진들은 사태 해결을 촉구하며 시끄럽게 굴었다. 그래서 태진은 긴급 이사회를 열어 발표했다.

"오늘 밤 안에 제가 무조건 해결하겠습니다. 만약에 그러지 못한다면 모든 책임을 지고 대표 자리에서 내려오겠습니다."

깔끔하게 처리할 수 있는 방법은 딱 하나뿐이었다. 해결할 자신도 분명히 있었지만, 절대 혼자 할 수 있는 일이 아니었다. 태진이 세운 대책엔 결정적으로 그녀의 도움이 필요했다.

◆ ⁘ ◆

디귿자 모양의 소파에서 태진의 계획을 듣던 이연이 벌떡 몸을 일으켰다. 하루 종일 그를 걱정했던 시간들이 한순간에 보상받는 기분이었다.

"당신, 천재 아니에요?"

이연이 상기된 얼굴로 물었다. 슈트 재킷 없이 베스트만 걸친 태진이 쑥스러운 듯 뒷목을 긁었다.

"과찬이십니다."

이연은 반짝거리는 눈동자로 다시 태진의 옆자리에 앉았다. 태진은 차분하게 설명을 이었다.

"잘 알겠지만, 이건 이연 씨한테 허락을 받아야만 진행할 수 있는 일이에요."

동영상 사태를 해결하려면 이연의 동의가 필요했다. 아무리 완벽한 계획이라도 그녀의 허락 없이는 불가능한 일이었고 자신도 진행하고 싶지 않았다. 다음 순간 이연이 태진의 손을 덥석 붙잡았다.

"당연히 허락하죠."

"고마워요."

태진은 그녀를 마주 보며 부드럽게 입꼬리를 올렸다. 이연은 생각할수록 그의 머리가 비상한 것 같아서 감탄사가 나왔다. 태진의 반듯반듯한 이목구비를 지그시 관찰하던 이연이 갑자기 장난스러운 표정을 지었다.

"근데, 만약에 제가 싫다고 했으면요?"

그건 태진에게 플랜B였다. 그것도 그의 계획에 있었다는 말이다. 그래서 망설임 없이 대답했다.

"실제 제 고백이었다고 발표하면 되죠."

"!"

이연은 깜짝 놀랐다. 그의 눈빛이 진심이었던 것이다. 태진은 정말 자신의 행동을 솔직하게 고백하고 대표직에서 내려올 생각이었다. 책임감 있는 행동임에는 분명하나 이연은 심장이 철렁했다.

"정말 제 판단에 달린 거였네요?"

"그럼요."

태진은 시원스럽게 고개를 끄덕였다. 실제로 그는 이연이 조금이라도 기분 나빠하거나 반대하면 계획을 엎고 모든 사실을 그대로 밝히려고 했다. 하지만 이연은 너그럽게 이해해주었다.

이연이 자리에서 일어서더니 태진의 팔을 끌어당겼다.

"뭐 해요? 지금 당장 발표해요."

확정이 되었으니 지체할 이유가 없었다. 태진이 일어나서 그녀의 손을 잡았다.

"같이 할래요?"

"네?"

태진은 의아해하는 이연을 서재로 데리고 갔다. 컴퓨터 책상으로 가서 먼저 앉은 태진이 제 허벅지를 툭툭 두드렸다. 이연은 그게 무슨 의미인지 모르지 않았지만, 부끄러워서 도저히 발을 뗄 수가 없었다.

결국 태진이 주저하는 그녀를 부드럽게 끌어서 자신의 위에 앉혔다. 곧 두 사람의 공조가 시작되었다.

◆ ✣ ◆

지난밤 진 엔터테인먼트의 공식 SNS에 중대발표가 올라왔다.

[화제의 동영상은 '진 드라마 프로젝트'의 스페셜 드라마 티저 영상으로, 진 대표가 드라마 티저를 콘티 대신 영상으로 찍어둔 것이 유포된 상황.]

하루아침에 태진의 동영상은 드라마 티저 영상으로 그 목적이 바뀌어 있었다.

[영상에 이름이 나온 시니 엔터테인먼트의 신이연 대표는 '진 드라마'의 연기 디렉터로 참여할 예정.]

그렇게 진 엔터테인먼트는 드라마 자체 제작 사실을 공표했다. 그 발표를 토대로 관련 기사만 수백 개가 쏟아졌다. 이도 태진이 지시한 것이었다.

태진은 각 부서 팀장들에게 정리된 사항을 자세히 전달하기 위해 전체회의를 열었다. 회의실로 향하는 내내 연훈과 학수에게선 감탄에 감탄이 이어졌다.

"우와, 그러니까 그 영상이 진 드라마 티저였다?"

"정말 완벽한 대처이십니다!"

학수는 오늘도 박수를 쳤다. 솔직히 그는 상상도 못 한 일이었다. 그들을 슥 돌아본 태진이 넥타이의 위치를 고쳤다.

"드라마 제작은 잘 준비하고 있지?"

"그럼요. 당연하죠. 지금 그 티저 때문에 엄청난 관심을 받고 있으니까요."

웬만한 배우보다 잘생긴 연예기획사 대표님의 드라마 티저 영상은 그야말로 관심 폭발이었다. 덕분에 오피스 직원들은 어제보다 더 바빠졌다.

학수는 오늘 두 시간 일찍 출근해서 지금까지 진행한 일들을 태진에게 보고했다.

"배우들은 내부 오디션을 통해 내일까지 캐스팅 완료할 예정이고요, 작가는 바로 섭외해서 티저를 바탕으로 대본 작업 시작했어요."

태진은 걸음이 느려지더니 학수에게로 완전히 돌아섰다. 신속한 일처리에 감탄한 연훈도 학수를 돌아보며 엄지손가락을 치켜세웠다.

"오오. 역시."

태진은 학수의 두툼한 어깨를 잡고는 토닥토닥 둔탁하게 두드렸다.

"믿음직해."

"앞으로도 저만 믿으십시오."

학수는 큰 주먹을 들어 보이며 듬직하게 대답했다. 태진이 다시 회의실 쪽으로 걸음을 옮기자 연훈과 학수가 뒤를 따랐다. 잠시 후 회의실에 다다른 태진이 문득 발을 멈췄다. 작은 창을 통해 모여 있는 직원들이 보였다.

"학수야."

"네."

학수에게로 뱅글 돌아선 태진이 나직하지만 분명한 목소리로 말했다.

"한 가지만 더 해줘야겠다."

"뭔데요?"

학수는 그의 입에서 또 무슨 말이 나올까 기대감과 긴장감에 휩싸였다. 태진은 회의실 안을 재차 확인한 다음 한층 더 목소리를 낮췄다.

"고소장 접수."

"네?"

"뭐?"

학수와 연훈이 동시에 화들짝 놀랐다. 곧바로 태진은 설명을 덧붙였다.

"내 영상 유포한 사람, 고소해야지."

"찾아냈어? 누군데?"

연훈이 목소리를 높이자 태진이 입 앞에 검지를 세웠다. 그러곤 그 사람의 대표 수식어를 먼저 꺼냈다.

"천재 MC, 송아준."

◆ ✣ ◆

아준은 '출석요구서'를 손에 든 채 부들부들 떨고 있었다. 이쪽 업계에서 지독하게 버텨온 게 11년인데 겨우 이 정도 일에 기죽을 리 없었다. 다만 이번 상대는 진 엔터테인먼트 대표였다.

아준은 다급히 휴대전화를 집어 들었다. 그리고 빠르게 이연의 번호를 찾았다. 이연에게 전화를 걸려던 참이었다.

딩동. 초인종이 울렸다. 인터폰 화면에 이연의 얼굴이 비치자 아준의 표정이 확 밝아졌다.

"어서 와, 이연아. 마침 잘 왔어."

아준은 품에 누런 서류봉투를 안고 있는 이연을 무척 반갑게 맞이했다. 그녀를 거실로 데리고 가며 아준은 속사포처럼 말했다.

"나 고소당한 거 알지? 근데 아마도 벌금 정도로 끝날 거야. 이번에도 네가 외부에 알려지지 않게 잘……."

이연이 아준의 말허리를 댕강 잘랐다.

"그 건으로 온 거 아니야."

"어?"

아준은 당황한 기색이 역력했다. 이연은 그를 무심하게 응시하면서 말을 이었다.
“내가 널 개인적으로 보는 건 오늘이 마지막일 거야.”
아준의 심장이 쿵쾅쿵쾅 뛰었다. 그와 반대로 이연은 차분했고 무서울 정도로 감정이 없어 보였다.
“그, 그게 무슨 소리야?”
동요한 아준이 더듬거리며 물었다. 이연의 인형 같은 커다란 눈망울이 차갑게 가라앉았다.
“마지막 인사 하러 온 거라고.”
아준은 동공이 세차게 일렁였다. 그런 그에게 이연은 품에 안고 있던 누런 서류봉투를 건넸다.
“내가 주는 마지막 선물.”
봉투를 열어본 아준은 경악하는 표정이었다. 상단에 쓰여 있는 글자들 때문이었다.

[공동 매니지먼트 계약해지]

이번 일에 대해 어떤 책임도 묻지 않기에 멋대로 용서한 줄로만 알았다. 그녀가 이런 결심을 한지도 모른 채 말이다.
“이연아……!”
아준은 절망하며 울상을 지었다. 그를 바라보는 이연의 눈빛은 여전히 얼음장처럼 냉랭했다.
“설마 그런 짓을 저질러놓고 계속 시니와 일할 수 있을 거라고 생각한 건 아니지?”
계약서에도 명시되어 있었다. 어느 한쪽이 상대에게 막대한 손해를 끼쳤을 경우 일체의 책임을 져야 하며 상대는 일방적으로 계약을 해지할 수 있다고.

“그 영상 유포는 진 엔터테인먼트에만 타격을 줄 뻔한 게 아니야. 가만히 있었으면 나도 시니 대표로서 타 기획사 대표의 얼굴도 모르는 우스운 사람이 됐겠지, 공개적으로.”

이연은 그동안의 정을 생각해서 아준의 매니지먼트를 계속하고 있었지만, 이제는 한계였다. 이 이상 아준을 두고 봐줄 수가 없었다.

“넌 시니에 큰 이미지 타격을 줄 뻔했고 하선 오빠의 물건을 훔친 거나 다름없어.”

하선까지 휴대전화를 뒤져 영상을 빼낸 아준을 고소하겠다고 나서고 있었다. 때문에 아준에 대한 처분은 꼭 필요했다.

“하선 오빠까지 널 고소하겠다고 하는 걸 내가 막았어.”

이연은 그저 이렇게 조용히 마무리하는 것이 친구이자 시니 창립멤버인 송아준에 대한 예의라고 생각했다. 그렇지만 값은 제대로 치를 필요가 있었다.

“여기 3층은 약속대로 나한테 팔아. 고소 막아준 대가로.”

“이연아…….”

“이걸로 깔끔하게 끝내자, 우리.”

아준의 두 눈에 눈물이 고였다. 금방이라도 떨어질 것 같은 눈물을 보면서도 이연은 침착했다. 그녀도 너무 지친 탓이다.

“그동안 수고했어.”

이연은 마지막 인사를 건네고 냉정히 돌아섰다. 남겨진 아준은 끝내 후회의 눈물을 흘렸다.

♦ ✣ ♦

간부 회의실에 모인 세 사람은 원형 테이블에서 머리를 맞대고 있었다. 허리를 꼿꼿하게 편 학수가 두 사람에게 보고했다.

"내일부터 진 드라마 촬영 들어갑니다."

속전속결로 진행된 '진 드라마' 제작은 10부작으로 결정되었고 촬영은 내일 새벽에 시작된다. 이번 드라마 제작의 도화선이 된 티저 영상이 계속 주목을 받고 있었기에 지체 없이 빠르게 진행해야 했다.

"대본 읽어봤는데, 재미있더라."

어젯밤 태진은 1, 2부 대본을 메일로 받고서 꼼꼼히 읽어보았다. 초반 내용이 자신의 이야기와 비슷해서 흥미로웠다.

"그쵸? 대박이죠? 그러니까 내일 촬영장에 한번 가보시는 건……."

"나 내일 바빠."

태진은 의자에 등을 기대고는 손깍지를 꼈다. 학수의 동그란 얼굴에 서운한 기색이 완연했다.

"본인이 기획하신 거니까 끝까지 책임을 지셔야죠."

오늘은 태진의 영상을 따라 하는 제대로 된 티저 영상도 찍을 예정이었다. 같이 가서 지켜보려고 했는데 오늘 일정이 빡빡해서 무리였다. 그래서 내일 첫 촬영 땐 잠깐이라도 들르려고 했더니 바쁘다는 대답이 돌아왔다.

"배우들도 은근히 기다리고 있단 말이에요."

당연히 출연진들도 모두 태진의 티저 영상을 보았다. 그들은 영상 속에서 배우보다 더 배우 같았던 잘생긴 대표님에게 탄복했다.

"분식차 보낼게."

태진은 간결하게 대꾸했다. 갈 수 없으니 돈이라도 보내겠다는 말인데, 학수는 그 말이 너무 정 없게 느껴졌다.

"대표니임."

그래서 말끝을 늘이며 태진에게로 커다란 상체를 기울였다. 괜히 쑥스러워서 피하시는 건가 했는데, 그게 아니었다.

"너 혹시 까먹었냐? 나도 촬영 있잖아."

태진의 지적에 학수는 잠시 잊고 있었던 그의 스케줄을 떠올렸다. 연훈이 잽싸게 질문을 던졌다.

"무슨 촬영?"

"화보."

연훈과 학수는 동시에 웃음을 터뜨렸다.

"아하. 그거."

그들의 웃는 얼굴에 태진은 기분이 나빠져서 슬쩍 눈썹을 구겼다. 이윽고 연훈이 웃어버린 이유를 밝혔다.

"좋겠다? 여자친구랑 둘이 커플 화보 찍어서?"

학수도 입가를 가린 채 쿡쿡거렸다.

"근데 아무도 여자친구란 걸 모르잖아요."

그랬다. 태진은 이연과 함께 커플 화보 촬영을 제안 받았다. 연예계에서 제일 핫한 두 기획사 대표를 커플로 엮은 잡지 화보였다.

진짜 커플인데, 비즈니스 커플 콘셉트로 촬영을 하게 된 것이다.

"재밌냐?"

비밀연애라서 여자친구를 여자친구라 부를 수 없는 홍길동 태진은 애꿎은 연훈과 학수만 노려보았다.

그사이 휴대전화로 관심을 돌린 연훈이 포털사이트 메인에 뜬 기사를 보고 입술을 동그랗게 벌렸다.

"송아준, CBC 프로그램 하차한대. 어제 다른 방송은 시청률 반토막 났던데."

아준에 관한 새 소식은 메인화면을 가득 채우고 있었다. 학수는 재빨리 연훈을 따라 휴대전화를 확인했다.

"아무래도 그 일 때문이겠죠?"

세 사람은 동시에 며칠 전에 있었던 사건을 떠올렸다. 개인 SNS에서 시작돼 인터넷을 시끌벅적하게 만든 사건.

"같이 방송하는 동료가 SNS에서 그렇게 송아준을 까댔으니, 쯧쯧. 인성 쓰레기라면서 갑질 얘기도 신랄하게 써놨더라고요."

방송동료가 SNS에 아준의 험담을 했는데 그게 화제가 되는 바람에 한동안 각종 커뮤니티가 시끄러웠었다.

"터질 게 터진 거지, 뭐. 고소당한 것도 소문 다 퍼졌더라. 이미지 타격이 얼마나 크겠어. 방송에선 항상 웃으며 착한 얼굴만 하던 놈인데."

바르고 성실한 훈남 이미지였던 아준이었기에 여론은 싸늘했다. 솔직히 연훈은 내심 통쾌했다.

"시니도 송아준이랑 손절했다면서요? 기사 떴던데. 각자 갈 길 가기로 했다고."

학수의 말에 연훈과 태진은 고개를 주억거렸다. 학수가 갑자기 미소를 띠며 익살스럽게 덧붙였다.

"근데 지금이면 송아준을 헐값에 데려올 순 있겠네요."

그러자 다음 순간 태진의 서늘한 눈빛이 그에게로 향했다. 태진이 씹어 뱉듯 낮게 경고했다.

"입조심해, 다시 태어나고 싶지 않으면."

학수는 흠칫 놀라 어깨를 움츠렸다. 그가 당황한 기색을 숨기지 못하고 대꾸했다.

"죽일 거란 말을 꽤 신박하게 하시네요?"

여전히 태진의 시선이 매서웠기에 학수는 어색한 헛기침을 했다. 그러더니 곧 냉정하게 말했다.

"당연히 농담이었죠. 이제 송아준은 추락하는 새잖아요. 아무 관심 없어요.”

나머지 방송들도 시청률이 내려가서 폐지 수순을 밟거나 송아준이 하차하게 될 것이다. 그의 추락은 분명 엔진이 고장 난 비행기보다 더 빠를 것이다. 그런 예측이 가능한 건 그들이 비슷한 모습들을 많이 지켜봐왔기 때문이다.

◆ ✣ ◆

태진은 드라마 티저가 된 그 동영상으로 인해 일약 스타덤에 올랐다. 길거리에서도 그를 알아보는 이들이 생겨났고, 회사에서도 직원들의 태도가 달라졌다.

전에는 그를 말 걸기 어려운 영화배우 보듯 훔쳐만 봤을 뿐 다가오지는 않았던 직원들이 이제는 적극적으로 달라붙었다.

“대표님, 저랑 사진 좀 찍어주시면 안 돼요?”

“저도요, 대표님!”

출근했다가 이연과의 화보 촬영 때문에 나서려는데 여직원들에게 붙잡히고 말았다. 그래서 태진은 1층 로비에서 몇 차례 사진 촬영을 해야 했다. 사진을 다 찍어주고 유리문을 열고 나왔더니 점심시간인 터라 여직원들 서넛이 태진을 따라 나왔다. 한 여직원이 태진의 팔을 잡으며 쾌활하게 물었다.

“대표님, 애인 있으세요?”

태진은 팔을 비트는 동작으로 간단히 그녀의 손을 떼어냈다. 목소리에는 일부러 감정을 담지 않았다.

“있습니다.”

그러자 여직원들이 달려들 듯이 태진을 에워쌌다.

"누군데요?"

"연예인이에요?"

"혹시 백효인 씨?"

태진은 자신을 둘러싼 여직원들이 부담스러워서 물러섰다. 그의 정갈한 눈썹이 가운데로 모아지던 그때였다.

"접니다."

갑자기 들려온 목소리에 태진과 여직원들의 고개가 돌아갔다. 목소리의 주인공은 새하얀 셔츠에 하늘색 H라인 스커트를 입은 이연이었다. 도로변 쪽에서 또각또각 구두 소리를 내며 당당하게 걸어온 그녀가 가슴 위에 손을 올렸다.

"저예요, 그 애인이."

"!"

여직원들은 놀라서 얼굴이 어색하게 굳어졌다. 물론 그녀들은 이연이 누군지 모르지 않았다. 얼마 전에 방송한 오디션 프로그램에 태진과 함께 출연해서 또 한 번 화제가 됐었으니까.

이연은 여직원들에게서 시선을 떼지 않으면서 태진의 옆으로 걸어왔다. 그러곤 그의 팔에 팔짱을 끼며 싱긋 웃었다. 태진이 경직된 채 복화술로 물었다.

"괜찮겠어요?"

"네."

그와 달리 이연은 큰 소리로 대답했다. 그녀가 살짝 놀라는 태진을 향해서 윙크를 찡긋했다.

"제 남잔 제가 지켜야죠."

이연은 약속장소를 태진의 회사 앞으로 잡길 잘했다는 생각이 들었다. 안 그랬으면 이렇게 여직원들을 직접 정리할 수 있는 기회를 잡지 못했을 테니까.

다음 순간 이연이 태진의 손 쪽으로 손을 내리자 태진이 깍지를 꼈다. 여직원들은 슬금슬금 뒷걸음질을 치기 시작했다. 이연은 만족스러운 미소를 지었다.

"이젠 안 숨기려고요."

태진은 그렇게 선언하는 그녀가 너무나 예뻐 보였다.

이연의 손을 잡고 지상주차장 방향으로 걸음을 옮기며 태진이 다정하게 물었다.

"우리 화보 촬영까지 아직 시간 있죠?"

"네."

"그럼, 어디 잠깐 들를래요?"

태진의 제안에 이연은 두 눈을 빛냈다. 그녀가 호기심 어린 표정으로 고개를 갸웃했다.

"어디요?"

태진은 대답 대신 이연을 부드럽게 잡아끌어 차에 타게 했다.

한 시간쯤 달려 태진과 이연은 진 드라마 촬영 현장에 도착했다. 그들이 세트장으로 들어서자 배우들은 환호성을 터뜨렸다.

"우와, 대표님!"

"어? 신 대표님도 오셨다!"

태진은 물론이고 이연까지 환대를 받았다. 이연은 달려오는 활기찬 배우들에게 두 손을 팔랑팔랑 흔들었다.

"다들 반가워요."

태진이 눈으로 세트장 밖을 확인하고는 배우들을 향해 중요사항을 전달했다.

"분식차 준비했으니까 먹고들 해요."

"네, 감사합니다!"

대답하는 배우들의 목소리가 쩌렁쩌렁 세트장 안을 울렸다. 배우들이 전해주는 열기에 태진과 이연은 절로 환한 미소를 지었다. 분식차를 초토화시킬 기세로 먹어치우고 있는 젊은 배우들과 스태프들을 태진과 이연은 뒤쪽 구석에서 지켜보았다.

"아시겠지만 여기 배우들은 전부 우리 진 소속 신인 아니면 무명인 애들이에요."

태진이 옅은 미소를 띤 채 이연에게 말했다. 그를 돌아본 이연의 눈매가 가늘어지더니 이내 장난기가 서렸다.

"누가 뜰지 봐줄까요?"

이연은 솔직히 농담 반, 진담 반이었다. 그가 봐달라고 하면 까짓 거 황금 눈썰미 좀 활용해볼 생각이었다.

"아뇨."

그러나 태진은 그걸 원치 않았다. 그가 원하는 건 무척 단순했다.

"그냥 드라마가 재미있을지 같이 봐줘요."

그저 이연과 함께 자신이 기획한 드라마를 보고 싶었다. 태진은 싱겁게 웃으며 이연의 어깨를 팔꿈치로 슬쩍 건드렸다.

"사실은 내가 처음 기획한 드라마라 조금 마음이 쓰이거든요."

팔짱을 끼고 그를 가만히 올려다본 이연이 새치름한 눈빛을 보냈다.

"잊은 모양인데, 저도 이 드라마 연기 디렉터예요."

그녀는 현재 빠른 시일 내에 이 드라마 배우들의 연기를 봐주기 위해 스케줄 조정 중에 있었다.

"아아. 그랬죠, 참."

태진의 입가에 머쓱한 미소가 피어올랐다. 그를 따라 이연도 해사한 미소를 지었다.

"그러니까 이제 우리의 드라마예요, 우리의."

나란히 서 있는 두 사람의 웃는 얼굴이 닮아 있었다.

◆ ⁘ ◆

정원으로 꾸며진 야외 세트장에는 노란 벤치가 준비되어 있었다. 그곳으로 화려하게 치장한 두 사람이 어색하게 다가가 앉았다. 태진은 볼륨을 넣은 펌 헤어에 까만 와이셔츠와 하얀 슈트 차림이었고 이연은 물결치듯 크게 웨이브를 준 헤어스타일에 강렬한 빨간 롱드레스를 입고 있었다.

"이런 건 처음이시죠, 두 분?"

카메라를 세팅하던 포토그래퍼가 시선이 이리저리 방황하고 있는 태진과 이연에게 물었다. 얼굴을 간지럽히는 머리카락을 귀 뒤로 넘기는 이연의 옆에서 태진이 대답했다.

"네. 화보 촬영도 처음인데, 처음부터 무려 커플 화보네요."

초보자에겐 너무나도 고난도였다. 피아노 악보도 못 읽는데 연주회에 나가는 기분이랄까.

"저는 처음 아닌데. 오랜만이지."

이연이 웃는 얼굴로 나직하게 말했다. 태진의 눈이 동그랗게 커졌다.

"맞다. 그렇죠, 참."

그녀는 십 대 때 모델 활동을 했었으니 말이다.

그때였다. 카메라 렌즈 너머에서 포토그래퍼가 감탄을 했다.

"근데 두 분이 정말 잘 어울리시네요. 잘해볼 생각 없어요, 서로?"

태진은 꽤 당황한 표정이었다. 이연도 그와 많이 다르지 않았다. 허공을 배회하던 그들의 눈이 공중에서 마주쳤다. 이연은 웃었지만 태진은 웃지 못했다.

"아……. 농담이었는데, 남자 분 표정이 더 굳었네. 잠깐 쉬어 갈까요?"

포토그래퍼는 결국 촬영을 조금 미루기로 했다. 스태프들은 흩어졌지만, 이연과 태진은 벤치에 그대로 앉아 있었다. 이연이 옆자리의 태진에게 말을 걸었다.

"갑자기 궁금해졌는데, 태진 씨의 이십 대는 어땠어요?"

아이라이너로 인해 더욱 선명해진 태진의 눈매가 이연에게로 향했다. 아무래도 그녀는 태진의 긴장을 풀어주고 싶은 것 같았다.

"흐음. 막무가내?"

태진은 잠시 동안 곰곰이 생각하다 진지하게 대답했다. 이연의 큰 두 눈이 더 크게 벌어졌다.

"어? 저랑 똑같네요."

막무가내라 표현해도 좋을 정도로 무작정 뛰어들었고 막 매달렸었다. 그때는 힘든 줄도 몰랐었다.

"그리고 단무지! 단순, 무식, 지독!"

"'지' 자는 내가 아는 거랑 다르네요."

태진의 대꾸에 이연은 입가를 가리며 쿡쿡 웃었다. 맞닿은 각자의 눈동자엔 서로가 가득 들어차 있었다.

"우리의 이십 대는 대체 뭐였을까요?"

이연이 가는 손가락으로 턱을 괬다. 태진이 그녀에게로 상체를 기울이더니 이마를 콩 하고 부딪쳤다.

"내가 몸집을 키우고 있을 때 당신은 전설이 되어가고 있었죠."

"……제가 황금 눈썰미라 불리고 있을 때 당신은 국내 최고가 되어가고 있었고요."

한편, 포토그래퍼는 이마를 맞댄 그들의 모습을 발견하고 바로 카메라를 들었다. 너무 아름다워 보였던 것이다. 그의 카메라 셔터 소리가 계속 울렸다.

태진은 카메라를 전혀 신경 쓰지 않고 이연의 몸 쪽으로 손을 내밀었다.

"앞으로도 좋은 자극이 되어보죠, 서로."

"네. 앞으로도 잘 부탁해요."

악수에 응하며 이연은 예쁘게 웃었다. 악수를 나누는 두 사람에게 햇살이 따스하게 내려앉았다.

◆ ⁘ ◆

화보 촬영이 끝나자마자 이연은 시니 사무실 건물 앞으로 태진을 데리고 갔다. 고급스럽게 변한 외관을 올려다보면서 태진이 물었다.

"리모델링했어요?"

그의 옆에 나란히 선 이연이 비장한 표정을 지었다. 그러곤 한 손을 건물 쪽으로 쭉 뻗었다.

"네. 꽤 괜찮죠? 1층은 사무실이고, 2층은 배우들을 위한 공간, 3층은 연기 아카데미로 꾸밀 거예요."

태진은 입술을 늘어뜨려 부드러운 미소를 지었다.

"이제 이 건물 전체가 시니 엔터테인먼트예요."

가로등 아래 이연이 사랑스럽게 설명을 이었다. 태진은 다시 모던하고 세련된 느낌의 시니 건물을 올려다보았다. 이렇게 되기 위해 그녀가 얼마나 노력했을지 눈에 보여서 마음이 짠했다.

"이연 씬 정말 대단해요."

태진은 팔을 길게 뻗어 이연의 어깨를 끌어안았다. 이연은 그에게 브이자를 해 보였다.

"저 성공했죠?"

"성공이야 진작에 했죠."

태진이 이연의 머리 위로 손을 올려 다정하게 쓰다듬자 이연은 눈을 초승달로 만들며 활짝 웃었다.

그런데 그때 건물 안에서 모자와 마스크를 쓴 젊은 남자가 총알처럼 튀어나왔다. 벽 쪽에 세워둔 차로 뛰어가는 그를 이연은 재빨리 쫓아갔다. 태진도 반사적으로 그들을 쫓았다.

덥석. 이연은 운전석 문을 여는 남자의 팔을 잡아챘다. 그러곤 소스라치게 놀라는 남자의 모자를 확 벗겼다. 남자의 뚜렷한 눈매와 콧대를 확인한 이연은 헛웃음을 터뜨렸고 남자는 안도의 한숨을 내쉬었다.

"하아, 기잔 줄 알았네."

"나야말로 도둑인 줄 알았다, 이 녀석아."

어둠 속에서 다급하게 뛰어가는 행동이 너무나 수상했던 것이다. 문득 이상한 촉이 발동한 이연이 허리를 굽혀 조수석을 들여다보았다. 그러더니 잠시 후 조용히 운전석의 문을 닫았다. 그녀가 나직이 물었다.

"이인후. 너 설마 연애하니?"

그렇게 물을 법도 한 것이 조수석에는 한채림이 하얗게 질린 채 앉아 있었던 것이다. 게다가 인후는 방금 전에 자신이 기자가 아닌 사실에 안심했다.

"내가 그렇게 아직은 안 된다고 말했는데……!"

"대표님들도 비밀연애 하잖아."

인후가 마스크를 턱 끝으로 내리고는 태진과 이연을 번갈아 쳐다보았다. 이연이 서늘한 음성으로 반박했다.

"너랑 우리랑 같아?"

"다를 건 뭐야. 유명한 건 비슷한데. 비밀 있는 건 똑같고."

"야, 이인후."

이연은 큰 눈을 부릅뜨고 인후를 노려보았다. 그렇지만 인후는 여유로운 표정으로 그녀의 손에서 자기 모자를 가져왔다.

"둘이 비밀연애 하는 거 보고 배웠어. 아, 나도 저렇게 하면 되겠구나 하고."

하선과 함께 이연의 옥탑방에 갔던 날, 이연의 침대에서 자고 있는 태진을 보고 깨달았다. 저들처럼 비밀로 연애를 하면 되는 거구나.

다시 모자를 눌러쓴 인후가 여전히 뚱해 있는 이연에게 거래를 제안했다.

"그 대신 나도 도울게."

"뭘?"

"아카데미에서 가끔 수업해줄게."

솔직히 구미가 확 당기는 제안이었다. 이연은 살짝 마음이 누그러져 눈에서 힘을 풀었다.

"약속 지켜. 비밀도 지키고."

"걱정 마."

그사이 조수석에서 내린 채림은 태진과 이연을 향해 고개를 꾸벅 숙였고 두 사람은 다소 어색하게 인사를 받아주었다. 다음 순간 인후는 채림에게 차에 타라고 말한 뒤 두 사람을 돌아보았다.

"갈게. 우리도 데이트로 바빠서."

"너무 자주 만나진 마. 사진 찍혀."

이연은 재빠르게 앞으로 발을 디디며 당부했다. 그녀의 큰 목소리 때문에 태진은 황급히 주변을 살펴야 했다.

"이연 씨 때문에 들키겠어요."

어머. 이연은 제 입술을 틀어막으며 어둑한 주위를 둘러보았다. 태진은 그녀의 팔뚝을 잡아 시니 건물 쪽으로 데려왔다.

그대로 건물로 들어온 두 사람은 사무실들을 둘러보다가 마지막으로 3층에 가서 전등을 켰다. 그 순간 아직은 어수선한 사무실 풍경이 드러났다. 여기저기 상자가 쌓여 있는 사무실 안을 훑어보면서 태진이 물었다.

"아직 정리가 하나도 안 되어 있네요?"

"네. 이사 나간 지 얼마 안 돼서요. 지금부터 정리할 거예요."

"지금부터?"

태진은 조금 싱겁게 웃어버렸고 이연은 애교스럽게 두 눈을 깜박거렸다.

"네. 밤새워서."

"밤새워서?"

태진이 되묻자 이연은 뒷짐을 지고 가녀린 어깨를 살랑살랑 흔들었다.

"같이 해줄 거죠?"

짐짓 근엄한 표정으로 팔짱을 낀 채 아주 잠시 고민하던 태진이 묵직하게 고개를 끄덕였다.

"물론이죠."

그러곤 하얗고 가지런한 이를 드러내며 환하게 웃었다.

"한때 내가 시니에서 연습생이었잖아요."

"어우, 솔직히 그때 제가 차마 말은 못 했는데, 연기를 너무 못했어요."

이연이 장난스럽게 한 말에 태진은 웃음기를 거두고는 바로 수긍했다.

"맞아요. 난 그냥 잘생기기만 했죠."

이연은 어이없다는 듯 실소를 터뜨렸다. 그녀의 얼굴로 제 얼굴을 내리며 태진이 물었다.

"왜 웃어요? 나한테 첫눈에 반했다면서요? 그럼 내가 그 어떤 톱스타들보다 잘생겼다는 거 아니에요?"

이연은 그를 새침하게 쳐다보더니 그의 턱을 양손으로 붙잡고 뽀뽀를 했다. 그리고 입술 위에서 속삭였다.

“그럼요. 제 눈엔 세상에서 제일 잘생겼죠.”

이번엔 태진이 그녀의 입술에 입을 맞췄다. 두 사람의 가벼운 입맞춤은 점점 프렌치키스로 농후하게 바뀌어갔다. 질척한 소리를 내며 이어지던 키스가 이내 거친 호흡까지 만들어냈다.

한참 후에야 입술을 뗀 태진이 열에 들뜬 눈빛으로 이연의 어깨를 잡았다.

“우리 정리보다 더 급한 게 생긴 것 같은데, 그거 먼저 할까요?”

“무슨 소리 하시는 거예요?”

이연은 얼굴이 화끈거려서 재빨리 그의 손을 떼어내고 물러섰다. 태진은 그녀가 벌린 거리를 금방 다시 좁혀왔다.

“에이, 알면서.”

“전 몰라요.”

태진이 사무실 안을 둘러보더니 목소리를 한층 낮춰 물었다.

“여기선 좀 그런가? 그럼 내 차는 어때요?”

“어떻긴 뭐가 어때요?”

이연은 부끄러워서 새 책상 사이로 도망을 다녔고 태진은 그녀를 쫓아다녔다. 얼마 못 가 태진에게 붙잡힌 이연은 그의 품에 꼭 갇혀버렸다. 빈틈없이 끌어안은 두 사람은 자연스럽게 다시 입을 맞추었다. 이번 키스는 끝나지 않을 것처럼 오래도록 이어졌다.

epilogue 1

에필로그 1

태진은 깊은 한숨과 함께 휴대전화를 내려놓았다. 그런 다음 관자놀이에 검지를 얹고 문질렀다.

그때 사장실 문에 노크 소리가 나더니 학수와 연훈이 들어왔다. 그들의 귀로 태진이 중얼거리는 목소리가 들려왔다.

"오늘도 야근이네."

태블릿을 들고 들어오던 학수가 벽시계를 확인했다. 밤 9시를 훌쩍 넘긴 시간이었다. 그가 잰걸음으로 다가가 물었다.

"근데 오늘'도'라뇨? 어제는 안 했는데요?"

태진은 시선을 책상에 고정한 채로 입술만 열어 대답했다.

"나 말고 신 대표."

아뿔싸, 학수가 태블릿으로 입가를 가리며 그의 눈치를 살피고는 연훈을 돌아보았다. 연훈도 어깨를 으쓱할 뿐이었다. 다음 순간 학수가 일부러 밝게 입을 열었다.

"요즘 아카데미가 유명해져서 시니가 더 잘나가잖아요. 우리도 신인그룹 런칭으로 바쁘고."

학수가 알기로 태진과 이연은 서로 너무 바빠서 최근에 데이트를 거의 못 하고 있었다. 데이트했단 소리를 들어본 적이 꽤 오래된 것 같아서 학수는 조심스럽게 물었다.

"근데 두 분, 마지막으로 데이트하신 게 언제예요?"

"저번 달?"

태진이 왠지 촉촉해진 눈동자를 들어 대답했다. 학수는 그를 측은하게 바라보았다. 학수 옆의 연훈도 비슷한 눈빛을 보냈다.

"그래도 지난주에 얼굴은 봤어. 행사장에서."

태진은 저번 주에 유나 콱 디자이너의 새 브랜드 런칭 행사장에서 이연을 만났다. 그 일 분 남짓의 애틋한 순간을 학수도 보았다. 학수가 슬픈 눈을 한 채 입술을 틀어막았다.

"흑, 슬프다. 진짜 선남선녀 커플인데, 왜 만나질 못해."

어깨를 들썩이며 우는 척하는 학수를 태진은 곱지 않은 눈길로 쳐다보았다. 연훈이 문득 고개를 갸웃하면서 두 팔에 팔짱을 꼈다.

"그래서 그런가, 어떻게 스캔들 기사가 한번 안 나네."

"그러게요. 커플 화보도 찍었고 딱히 숨어서 만나는 것도 아닌데."

태진과 이연이 연인 사이라는 건 이미 공공연히 알려진 사실이었다. 그런데 아직 공개적으로 기사가 난 건 아니었다.

"이쪽 업계 사람들은 다 아는 것 같은데, 굳이 기사를 안 쓰네요."

학수도 이상하다는 듯이 머리를 갸우뚱 기울였다. 그 순간 불현듯 스친 생각에 연훈은 가볍게 툭 말했다.

"혹시 신 대표가 막고 있나?"

말끝으로 껄껄 웃는 연훈에게로 태진의 서슬 퍼런 눈빛이 꽂혔다. 연훈은 움찔해, 웃음을 멈췄다.

"농담이야, 농담. 노려보기는."

연훈의 시선이 괜스레 통유리창으로 향하자 태진도 혀를 차며 눈을 돌렸다. 창밖은 봄 햇살로 인해 밝고 따사롭기만 한데 사무실 안은 썰렁했다.

"그냥 제가 확 기사 내달라고 할까요?"

결국 이번에도 학수가 분위기를 부드럽게 만들기 위해 나섰다.

"그러지 마."

태진은 손깍지를 끼고 학수를 올려다본 다음 비장한 표정으로 말을 이었다.

"내가 직접 움직일 거야."

그 알 수 없는 비장함에 학수와 연훈은 어리둥절해서 서로 눈빛을 교환했다.

◆ ⁘ ◆

이연은 사무실 직원 세 명과 함께 근처 식당으로 점심을 먹으러 나왔다. 그때 이연의 비서 일을 맡고 있는 선민이 직원들에게 장난스럽게 한 말에 이연은 눈살을 찌푸렸다.

"뭐? 합병설?"

"네."

귀엽게 생긴 선민이 냉큼 고개를 끄덕였다. 어이없다는 듯한 표정으로 이연은 재차 물었다.

"진이랑 우리랑?"

이번에도 선민은 세차게 고개를 끄덕거렸다. 이에 이연은 아담한 머리를 절레절레 흔들었다.

"말도 안 돼."

선민은 대수롭지 않게 생각해서 농담으로 한번 꺼내본 루머였지만 이연이 정색하자 목소리가 한층 작아졌다.

"그런 설이 공공연히 퍼져 있대요. 기사도 났고."

어디서 시작된 루머인지는 모르겠으나 진 엔터테인먼트가 시니 엔터테인먼트를 인수합병할지도 모른다는 소문이 있었다. 자신이 시니를 더 잘 알아서인지 그 루머가 시니 발은 아닐 거라 추측은 가능했다.

"진 엔터테인먼트는 규모가 워낙 크잖아요."

"우리도 작진 않아."

이연은 살짝 예민하게 반응했다. 그러자 직원들이 그녀의 눈치를 살폈다. 선민만 태연히 뿔테안경을 밀어 올리며 솔직하게 대꾸했다.

"그래도 진이랑 비교할 순 없죠."

반박할 수 없었기에 이연은 입술을 앙다물었다. 그사이 직원들은 식당으로 걸음을 재촉했다. 그들을 따라가면서 이연이 중얼거렸다.

"열애 기사를 못 쓰게 했더니, 이상한 기사를 쓰고 있네."

옆에서 그 말을 들은 선민이 쌍꺼풀 없이 동그란 눈을 크게 떴다.

"진 대표님이랑 열애설이 안 나는 이유가 대표님 때문이었어요?"

"응. 내가 막고 있어."

안 그래도 개인적으로 이상하게 생각하고 있던 부분이었다. 그런데 이연이 기사가 안 나도록 손을 쓰고 있는 거였다. 선민이 놀란 표정으로 물었다.

"왜요?"

이연은 무슨 그런 당연한 걸 묻느냐는 듯한 눈빛을 보냈다.

"아직은 때가 아니니까."

짧게 대답하고서 이연은 식당으로 들어갔다. 선민도 서둘러 그녀의 뒤를 좇았다.

◆ ⁘ ◆

사무실 한켠에 자리한 자신의 방에서 보도자료를 체크하던 이연이 울리는 휴대전화를 확인했다.

[내 남자]

이연은 발신번호를 보고 싱긋 미소를 지었다. 전화를 받자마자 태진이 다짜고짜 물었다.

- 내일모레 밤 8시, 시간 어때요?

"음? 내일모레요?"

이연은 얼른 팔 근처에 있던 태블릿 PC를 켜서 스케줄표를 체크했다. 그날 밤 일정은 없었다.

"그날 밤, 괜찮네요. 같이 저녁 먹을래요?"

- 그래야죠. 그날이 우리 사귄 지 1주년이거든요.

이연이 얇은 눈꺼풀을 깜박거렸다. 그와 동시에 긴 속눈썹이 소리가 날 것처럼 팔랑거렸다.

"1주년이요?"

되묻는 이연의 목소리에 휴대전화 너머 태진이 차분하게 반문했다.

- 1주년인 거 모르고 계셨어요?

"아아……."

기억을 더듬어보니 작년 이맘때쯤이 그와 연인이 된 시점이긴 했다. 이연이 낮은 한숨과 함께 이마를 감싸 쥐었다.

- 예상은 했지만, 예상보다 슬프네요.

우울한 음성이 들려오자 이연은 눈을 질끈 감았다.

"정말 미안해요. 요즘 너무 바빴거든요."

게다가 기념일을 챙기는 스타일도 아니었다. 이연은 태진 혼자서 1주년을 기억하고 있었다는 사실이 미안해서 손톱을 입에 물었다.

- 그럼, 이건 잊지 말아요. 내일모레 밤 8시.

"네, 물론이죠. 기억할게요."

이연은 보이지도 않을 텐데 고개를 반복적으로 끄덕였다.

- 그날 각오는 좀 하고 오시는 게 좋을 거예요. 내가 단단히 벼르고 있거든요.

이연의 입가에 쓴웃음이 피어올랐다. 그때 그녀의 집무실 문이 노크도 없이 벌컥 열렸다.

"대표님, 대표님, 우리 대표님!"

"안녕하세요, 대표님!"

열린 문 사이로 건장한 체격의 고등학생 남자애들이 앳된 얼굴을 들이밀었다. 천둥벌거숭이 같은 그들은 시니 엔터테인먼트의 연습생들이었다. 이연은 그들이 실수로 문이라도 부수지 않을까 예의 주시하면서 휴대전화에 대고 말했다.

"암튼, 알았어요. 전 레슨 때문에 이만 끊어야겠어요. 내일모레 봐요."

전화를 끊은 이연이 남학생들에게로 뚜벅뚜벅 걸어갔다. 남학생들은 그녀의 고운 얼굴을 향해 호들갑을 떨었다.

"대표님, 오늘도 아름다우십니다!"

"완전 여신이세요!"

"알아."

이연은 눈빛 하나 달라지지 않고 무표정하게 대답했다. 남학생들의 호들갑은 더욱더 심해졌다.

"2년 뒤면 성인이니까 그때 고백하겠습니다! 기다려주세요."

"오오, 대표님! 당신은 왜 대표님이신가요?"

"대표님, 그거 아세요? 대표님이 제 이상형인 거?"

까부는 방법도 아주 각양각색이었다. 그러나 이연은 다섯 명 정도 되는 남학생들을 슥 둘러보면서 여유롭게 팔짱을 꼈다.

"눈들이 참 높구나."

그제야 남학생들은 깔깔깔 웃음을 터뜨렸다. 이렇게 태연하게 반응하지 않으면 더 심하게 놀려대기 시작하니 어쩔 수 없었다.

"시답잖은 소리 그만하고, 레슨 시작하자."

남학생들의 등을 때리면서 이연은 연기 교실로 향했다. 학생들은 그녀를 졸졸 따라갔다.

◆ ✣ ◆

태진의 집으로 들어선 이연은 깜짝 놀랐다. 간접등을 켜고 촛불로 분위기를 낸 거실의 바닥에는 장미꽃잎이 깔려 있었다. 그리고 그 정중앙에는 태진이 턱시도를 입은 채 서 있었다.

이연은 대리석 테이블 위에 있는 삼단 케이크와 핑거 푸드 그리고 백 송이는 될 듯한 꽃다발을 보고 입술을 가렸다.

"언제 이런 걸 다 준비했어요?"

감격한 표정의 이연이 일렁이는 눈망울로 태진을 쳐다보았다. 왕자님 같은 턱시도 차림의 태진이 그녀 앞에서 말갛게 웃었다.

"데이트를 안 하니까 시간이 넘쳐나서."

농담이란 걸 알지만 그래도 이연은 얼굴이 화끈거렸다. 그녀가 태진의 손을 끌어가 잡았다.

"미안해요. 근데 저만 바쁜 거 아니었잖아요."

"맞아요. 서로 바빴죠."

한 사람만 바쁜 게 아니라 둘 다 바쁘다 보니 데이트를 자주 하지 못했었다. 하지만 가끔 행사장이나 촬영장 등에서 만나기 때문에 어쩌면 크게 신경 쓰지 않았는지도 모른다.

그러나 태진은 이제 보고 싶어도 참는 짓은 그만하고 싶었다. 행사장에서 우연히 마주치는 행운만 바라고 싶지 않았다.

"그러니까 이젠 얼굴 좀 매일 봅시다."

올곧은 눈동자로 이연만을 바라보던 태진이 꽃다발을 집어서 그녀에게 건넸다.

"아, 고마워요."

이연이 꽃다발을 품에 안고 향을 맡는 사이 태진은 재킷 주머니에서 작은 상자를 꺼냈다. 상자를 열며 태진이 말했다.

"우리 결혼해요, 이연 씨."

프러포즈였다. 이연은 흔들리는 동공으로 물방울 다이아가 박힌 한 쌍의 반지를 확인했다. 당황한 그녀의 시선이 백 송이의 꽃다발로 돌아갔다.

"……."

이연은 한참 동안이나 침묵했다. 그 침묵에 긴장한 건 태진만이 아니었다. 현관과 가까운 작은방 안에서 폭죽을 터뜨릴 준비만 하고 있던 학수와 연훈, 하선과 인후 그리고 선민은 긴장감에 잔뜩 경직되어 있었다. 그들은 청혼 이벤트를 도와주러 왔다가 이연이 바로 청혼을 받아주지 않아서 나갈 타이밍을 놓쳐버렸다.

"이연 씨?"

결국 태진은 말 없는 이연의 이름을 불렀다. 이연은 주저하는 얼굴로 아랫입술을 깨물었다. 애가 탄 태진이 반 발자국 앞으로 디디자 이연이 입을 열었다.

"미안해요."

그녀가 말을 안 하는 것도 당황스러웠지만 그 첫마디는 더 당황스러웠다. 다음 순간 이연은 태진에게 꽃다발을 돌려주었다.

"당신이랑 결혼할 수 없어요."

"네?"

장담컨대 태진은 태어나서 이렇게까지 눈앞이 캄캄했던 순간은 없었다.

결혼할 사람은 이연뿐이라 믿었던 그는 세상이 무너지는 기분이 들었다.

툭. 태진의 꽃다발이 바닥으로 떨어진 그때 이연이 단어를 하나 덧붙였다.

"아직은."

태진은 무너지던 세상이 그대로 멈추는 느낌이었다.

epilogue 2

에필로그 2

턱시도 재킷을 벗은 태진은 거칠게 보타이를 떼고 셔츠의 단추를 연이어 세 개나 풀었다. 그래도 계속 가슴이 답답했다.

“아직 결혼할 수 없다고요, 아직.”

이연이 강조한 이 말 때문이었다.

솔직히 태진은 충격을 받았다. 물론 결혼을 아예 안 하겠다는 건 아니었지만 그래도 사랑하는 남자의 청혼을 그렇게 간단히 밀어낼 줄은 몰랐다.

“어떻게 내 프러포즈를 거절할 수가 있어요?”

골반에 두 손을 척 얹은 태진이 기가 막힌다는 듯이 물었다.

“거절이 아니라 보류라고요.”

이연은 애절한 표정으로 진지하게 대답했다. 그 말에 태진은 가슴이 더욱 갑갑해지는 것 같았다. 심지어 두통까지 밀려오는 느낌이었다.

“저는 올 한 해 할 일이 너무 많아요.”

연기 아카데미에서 키운 좋은 인재들이 열 명이나 데뷔를 앞두고 있었다. 이연은 그들을 끝까지 책임져야 할 의무가 있었다.

“아뇨. 나는 무슨 일이 있어도 올해 안에 해야겠어요.”

태진은 자신이 이렇게 적극적으로 밀어붙이지 않는다면 이연과 언제 결혼하게 될지 알 수 없었기에 강한 어조로 말했다.

이연은 일을 무척 사랑하는 여자였고 그녀만큼 자신도 그랬다. 게다가 그는 내년에 신사업을 준비하고 있어서 지금보다 더 바빠질 예정이었다.

“이제 겨우 반년 남았다고요.”

“반년이나 남은 거죠.”

누구 하나 구부러지지 않을 평행선 같은 말다툼이 길어질수록 작은방 안의 다섯 사람은 어색하게 그들끼리 시선이 교차했다. 결국 연훈은 들고 있던 폭죽을 내려놓으면서 혀를 끌끌 찼다.

“틀렸네, 틀렸어.”

1주년 기념 파티 겸 청혼 이벤트였는데, 어느 쪽도 제대로 된 것이 없었다. 연훈의 말에 나머지 사람들은 무언으로 동의했다.

“파티도 틀렸고, 결혼도 틀렸어.”

“그러게요. 두 분 다 고집이 워낙 세셔서.”

학수가 앤티크한 디자인의 장의자 등받이에 통통한 엉덩이를 걸치며 맞장구를 쳤다.

“나는 이연 씨가 조금 물러서야 한다고 봐.”

지친 연훈이 장의자에 털썩 앉고는 투덜거렸다. 그 순간 아직까지 폭죽을 손에서 놓지 못하고 있던 하선이 미간을 꿈틀했다. 그가 연훈의 앞으로 저벅저벅 걸어갔다.

“?”

연훈이 단조로운 느낌의 눈매를 하선에게로 올리자 하선이 강렬한 눈빛으로 쏘아보았다.

“왜요? 왜 우리 이연이가 물러서야 하죠?”

“그거야, 그동안 태진이가 많이 양보했으니까요.”

연훈은 내심 당황했지만 애써 태연하게 대꾸했다. 자신이 틀린 말을 한 건 아니니까.

하선이 한쪽 눈썹을 치켜올리며 삐딱하게 물었다.

"뭘 그렇게 양보했는데요?"

"밤늦게까지 기다려준 거라던가……."

이연을 기다리는 태진을 워낙 많이 봐온 연훈이었다. 그러나 그건 하선 측에서도 마찬가지였다.

"그런 거라면 우리 이연이도 만만치 않게 했습니다만?"

이연이 피곤에 찌들어서도 태진을 기다린 적이 얼마나 많은데, 저런 소릴 함부로 한단 말인가.

"맞습니다. 우리가 산증인이죠."

인후도 하선의 뒤로 와서는 그를 거들었다. 결국 그들과 연훈의 날 선 시선이 첨예하게 대립했다. 그래서 또 평화의 상징인 학수가 나서야 했다.

"왜 여러분들이 싸워요! 싸우지 마세요!"

그때까지 가만히 있던 선민도 세 사람을 말리기 시작했다. 선민은 일단 하선 쪽을 먼저 진정시켰고 학수는 그들 사이를 막아섰다.

"우린 싸우지 말고 같이 대표님들을 응원해야죠!"

비장하게 열변을 토한 학수가 연훈에게로 돌아서더니 더 크게 말했다.

"대표님이 신 대표님을 얼마나 사랑하는지 우린 알잖아요!"

그제야 연훈은 얌전해졌다. 사실 학수가 너무 시끄러워서 그냥 입을 다문 거였다. 그런데 선민은 학수의 열변에 감격을 하고 말았다. 그래서 흥분한 채 소리쳤다.

"그래요! 우리 대표님이 열애 기사를 막고 있긴 해도, 정말 진 대표님을 좋아하시는 것 같긴 해요!"

그녀의 폭로로 갑자기 분위기가 싸해졌다.

◆ ⁘ ◆

태진은 이연을 만날 날만 기다렸다. 학수에게서 그 사실을 들은 날 이후로 계속 이연이 한가해질 때를 기다렸다. 그러나 그녀는 좀처럼 한가해지지 않았고 그들은 결국 영화제 뒤풀이 장소에서 마주쳤다.

"얘기 좀 해요."

식당 복도에서 이연을 보자마자 태진은 그녀를 데리고 정원으로 나갔다. 정원 구석에 있는 벤치 앞에서 걸음을 멈춘 태진이 주머니에 손을 찔러 넣으며 물었다.

"이연 씨가 우리 열애 기사를 막고 있다는 소리를 들었는데, 진짜예요?"

이연의 곱게 화장한 얼굴이 어색하게 굳었다. 꽤 난감한 듯 그녀는 코끝을 찡긋거렸다.

'……이선민. 너구나……?'

"그냥 우린 연예인도 아니니까 불필요한 기사를 쓰지 말라고 했을 뿐이에요."

예상보다 당당한 대답이 들려오자 태진은 노골적으로 한숨을 크게 내쉬었다. 울컥한 감정을 다스리기 위해 그가 몸을 뒤로 뱅글 돌렸다. 그 순간 이연은 놀라서 앞으로 발을 디뎠다. 덥석, 태진의 팔뚝을 붙잡은 이연이 조심스럽게 물었다.

"화났어요?"

태진은 다시 몸을 돌려 그녀가 잡고 있는 팔로 시선을 내렸다. 그 작은 손짓 하나에 마음이 풀려버렸다.

"화내면 이연 씨가 나한테 관심을 좀 더 가져줍니까? 그럼 화내고."

태진은 까만 눈동자로 이연을 뚫어지게 응시했다. 순간 심장이 쿵 하고 반응한 이연이 볼을 붉혔다.

"무슨 말을 그렇게 해요? 내 관심 1순위는 항상 당신이에요."

"정작 나는 그걸 못 느껴서요."

태진의 묵직한 투정에 이연은 입술을 안쪽으로 물었다. 그러곤 그의 팔을 양손으로 꽉 잡았다. 그가 이대로 가버리지 못하도록.

"화내고 있네요, 뭐."

시무룩하게 중얼거린 이연이 문득 눈빛을 바꾸었다. 두 눈에 힘을 준 그녀가 태진에게서 손을 떼고는 뒷짐을 졌다.

"그럼 저도 할 말 있어요."

태진은 허전해진 팔을 손으로 쓸면서 그녀의 다음 말을 기다렸다. 이연이 태진과의 거리를 좁혀왔다. 태진의 눈동자가 그녀의 말간 얼굴을 담았다.

"합병설은 어떻게 된 거예요? 혹시 태진 씨 쪽에서 흘린 얘기예요?"

황 기자를 통해 알아봤는데 진 엔터테인먼트 측에서 흘러나온 이야기라고 했다. 이연은 바로 태진을 떠올렸다.

"……그냥 농담 삼아 해본 말이에요."

태진은 아까보다 작아진 목소리로 대답했다. 이연의 눈초리가 사나워졌지만 계속 솔직하게 말을 이었다.

"시니를 이쪽에서 흡수하면 이연 씨가 좀 덜 바빠지지 않을까 해서."

"어떻게 그런 농담을 해요? 하나도 재미없어요."

이연이 정색하면서 대꾸했다. 태진의 표정이 불만을 가득 담아 언짢게 변했다.

"나 재미있어서 만나는 거 아니잖아요?"

"그렇게 유치하게 나올 거예요?"

이연은 헛웃음을 터뜨렸고 태진은 시크하게 입꼬리를 올렸다. 코웃음을 친 태진이 바지 주머니에 한 손을 찔러 넣고 나머지 한 손을 들어 보였다.

"그럼 이만. 내가 당신만큼 바쁜 사람이라서."

도도하게 손바닥을 내린 그가 뱅글 돌아서 가버렸다. 가는 내내 뒤 한번 돌아보지 않았다.

"하아."

이연은 손으로 이마를 짚었다. 태진의 멀어지는 뒷모습을 지켜보는 그녀의 입가에 설핏 미소가 떠올랐다. 손을 입가로 내리며 이연이 중얼거렸다.

"왜 저런 모습도 귀엽지?"

태진의 투정 부리는 모습이 사랑스러워서 견딜 수가 없었다.

"이제는 때가 된 건가."

그래서 이연은 드디어 결심을 했다.

◆ ⁘ ◆

[(독점)신이연 대표 인터뷰, 결혼한다면 진 대표와]

이른 아침에 뜬 기사 제목이었다. 하루 전날 이연이 황 기자와의 인터뷰에서 말한 내용이었는데, 기사로 뜨자마자 크게 화제가 되었다.

"아직 결혼 생각은 없는데, 한다면 사랑하는 진 대표랑 할 거예요."

이연이 인터뷰에서 처음으로 태진의 이야기를 꺼낸 것이다. 그것도 아주 솔직하게.

당연히 시니 엔터테인먼트는 하루 종일 기자들과 방송국으로부터 걸려온 전화에 시달렸다. 이연은 기다렸다는 듯이 태진과의 사이를 공식화했다.

[(공식입장)시니 신이연 대표, 진 대표와 연인 사이 맞다]

그 후로도 이연은 적극적으로 인터뷰에 응했다. 대여섯 건의 인터뷰를 모두 수락했고 모든 인터뷰에서 그동안의 한을 풀듯 태진의 이야기를 했다.

"사실은 카메라 트라우마가 있었는데, 그걸 낫게 해준 사람이 진 대표예요. 그는 제 은인이자 제 목숨과도 같은 애인이에요."

이연은 진솔하게 태진에 대한 마음을 밝혔다. 그녀에게 주저함이나 망설임은 없었다. 오직 태진을 향한 확신만 가득했다.

늦은 오후, 모처럼 한가해진 이연이 여유롭게 믹스커피를 타서 마시고 있을 때 사장실 문이 거칠게 열렸다.

"이연 씨!"

여기까지 뛰어온 듯한 태진의 상기된 얼굴을 보면서 이연은 싱긋 웃었다. 그녀는 말없이 정수기로 가서 컵에 물을 따랐다.

"일단 물 좀 마셔요."

태진은 이연이 건넨 물을 벌컥벌컥 마셨다. 한숨 돌린 그가 여전히 상기된 채로 물었다.

"지금 이 상황, 뭐예요?"

이연의 기사가 하루 종일 인기 포털사이트 메인을 장식하고 있었고 자신의 휴대전화는 불이 날까 무서울 정도로 연락이 쏟아지고 있었다. 이연이 자신과의 사이를 밝힘과 동시에 사랑고백까지 했으니 말이다.

"제 인터뷰 꼼꼼히 읽었어요?"

"당연하죠."

태진은 그녀의 인터뷰들을 한 글자도 빠짐없이 정독했다. 일부 감명 깊은 대목은 외웠을 정도였다.

이연은 태진의 즉답이 마음에 든 듯 화사하게 웃었다.

"그럼 이제 제 마음은 다 알았겠네요."

이렇게 말한 다음 이연은 책상으로 돌아갔다. 서랍을 열어 하얗고 작은 상자를 꺼낸 그녀가 다시 태진의 앞에 섰다.

"자, 이거."

"?"

태진의 눈빛에 물음표가 떠올랐다. 태진이 그것을 손에 들고 가만히 들여다보자 이연이 말했다.

"열어봐요."

태진은 바로 상자의 뚜껑을 열었다. 그 속에는 핑크골드의 링을 따라 다이아몬드가 박힌 밀그레인 디자인의 반지가 한 쌍 들어 있었다. 링 안쪽엔 'TJ♡EY'가 새겨져 있었다.

"내년까지 못 기다리겠으면 우리 약혼해요."

"약혼이요?"

태진이 까만 동공을 이연에게로 들어올렸다. 이연의 큰 눈망울은 아까부터 그만을 향해 있었다.

"이건 그 약혼반지이자 커플링이에요."

이연은 태진을 너무나도 사랑했고 그녀 역시 결혼할 사람은 그뿐이라고 믿고 있었다. 어렵게 시작한 사랑이니만큼 더더욱 신중하게 지키고 싶었다.

"결혼반지는 태진 씨가 준비했으니까."

이연은 입가를 늘어뜨려 부드러운 미소를 지었다. 이맛살을 살짝 찡그린 태진이 짧은 한숨을 내뱉었다.

"하아, 내가 감히 신이연을 이길 수 있을 거라 잠시 어리석은 착각을 했네요."

태진은 절대 이연의 고집을 꺾을 수 없었고 이제는 꺾고 싶은 마음도 사라졌다. 져도 상관없을 정도로 사랑하니까.

"껴줄게요."

이연은 좀 더 큰 반지를 빼내 태진의 네 번째 손가락에 끼워주었다. 태진도 그녀와 똑같이 따라 했다.

두 사람의 손에서 같은 반지가 눈이 부시게 반짝거렸다.

♦ ✣ ♦

약혼식은 태진의 펜트하우스 가든에서 조촐하게 진행되었다. 그러나 미니드레스를 입은 이연과 연미복 차림의 태진은 그 존재 자체로 화려했고 초대된 사람들 또한 화려한 얼굴들이었다.

수식어가 필요 없는 톱스타 하선과 효인, 그리고 인후와 그의 여자친구인 채림. 그들 뒤로 진 엔터테인먼트 부사장 연훈 그리고 학수와 선민. 모두 행복한 표정으로 태진과 이연의 언약식을 지켜보았다.

이마를 맞댄 채 반지를 끼워주고 선언문을 읽는 태진과 이연의 모습은 한 폭의 그림처럼 아름다웠다. 오늘 결혼을 약속한 두 사람의 미래가 그들만큼 화려하고 예쁘지만은 않겠지만, 그래도 함께하기에 찬란하게 행복할 것임에는 분명했다.

-fin.

writer's postscript

작가후기

안녕하세요. 고지영입니다.

여러분은 첫눈에 반한 적이 있으신가요.

저는 생각해보니까, 제가 꽤 인생을 오래 살아왔는데도 불구하고 딱 한 번밖에 없었습니다.

그 순간을 지금도 잊지 못해요. 강산도 두 번은 변했을 텐데.

한 삼 초 정도 시간이 멈춘 듯했습니다. 그 사람밖에 안 보였어요.

그 신기한 경험이 이 글의 시작이었는지도 모르겠네요.

첫눈에 반했지만 그게 길거리 캐스팅의 전설인 이연의 눈에는 또다시 원석을 찾아낸 것처럼 느껴졌을 테고, 그렇게 첫눈에 반한 태진에게 말을 걸게 됩니다. 태진이 숙적인지도 모르고요. 후후.

일단 이렇게 프롤로그를 써놓고 몇 년은 구석에 있었던 소설입니다. 언제까지고 어둠 속에 있었을지도 모르는 소설이 세상에 나오게 되어서 정말 기쁩니다.

이 글이 멋지게 세상에 나올 수 있도록 같이 고심하고 애써주신 가하 편집팀 분들, 기지영 차장님, 이승진 이사님 그리고 카카오 페이지 측에도 감사의 인사드립니다.

그리고 사랑하는 엄마아빠, 언니, 동생, 힘이 되어주는 내 베프들 혜영이랑 승진이 모두 모두 고맙고,

무엇보다 '숙적과의 동침'을 읽어주신 독자님들, 정말 감사합니다.

제 글이 여러분들을 미소 짓게 만들었다면 세상에서 제일 행복할 것 같습니다.

언젠가 또 인사드리겠습니다.

- 지영